TIF EXTRA

Scott Sigler

2° volume.

LA PORTA SULL'ABISSO

romanzo

Traduzione dall'inglese di Sara Brambilla

FANUCCI EDITORE

Dello stesso autore abbiamo pubblicato:

Contagio

Prima edizione: luglio 2012
Titolo originale: *Contagious*

via delle Fornaci, 66 – 00165 Roma
tel. 06.39366384 – email: info@fanucci.it
Indirizzo internet: www.fanucci.it
This translation is published by arrangement with Crown Publishers,
an imprint of the Crown Publishing Group,
a division of Random House, Inc.

Stampato in Italia – Printed in Italy

Progetto grafico: Grafica Effe

Scott Sigler

LA PORTA SULL'ABISSO

In memoria di Mike Lehn, che mi ha dato il buon esempio.
In memoria di Mookie: i quattordici anni trascorsi
come compagni di scrittura sono stati troppo pochi.
Ai Junkies di Sigler sparsi in tutto il mondo. L'FDO® vi ringrazia.

Prologo

20 gennaio

Doveva essere uno scherzo.

Essere angariato il primo giorno di lavoro non era una novità, ma John Gutierrez non aveva mai pensato che qualcuno avrebbe avuto il coraggio di prenderlo in giro *quel* primo giorno.

Il giorno dell'insediamento.

Non si può proprio angariare il presidente degli Stati Uniti.

«Murray, non lo trovo divertente» disse John. «Il Paese deve affrontare dei problemi gravissimi e questo va al di là del buongusto.»

Murray Longworth parve sorpreso. «Uno... scherzo? Non è uno scherzo, signor presidente.»

Certo che lo era. John Gutierrez non era mica nato ieri.

Si guardò intorno nella Sala Ovale per valutare la reazione dei suoi consiglieri principali. Tom Maskill, il suo ansioso vicecapo dell'ufficio della Casa Bianca, stava cercando invano di sembrare sconcertato. Donald Martin, il segretario della Difesa, era seduto comodo su un divano d'antiquariato, con le gambe accavallate. Donald faceva parte della vecchia guardia di Washington: alto, bianco, con i capelli grigi e un completo fatto su misura... Sembrava un ricco proprietario di piantagioni. Vanessa Colburn, il capo dell'ufficio della Casa Bianca, era seduta su una sedia a strisce. All'apparenza, era l'esatto opposto di Donald: donna, nera e giovane. Sul suo volto serio e impassibile era stampato uno sguardo freddo che avrebbe potuto raggelarti sui due piedi. In quel momento, il suo sguardo era fisso su un certo Murray Longworth, vicedirettore della CIA.

Anche Murray aveva la tipica aria della vecchia guardia di Washington, ma era diverso da Donald. Pure il completo di Murray sembrava costoso, ma, come chi lo portava, sembrava un tantino sgualcito e stanco. Murray aveva superato l'età della pensione, era leggermente sovrappeso e aveva sempre un cipiglio impresso sul viso. La sua immagine era familiare tra i dinosauri di Washington, una figura che Vanessa aveva soprannominato l'Uomo bianco della Guerra fredda. Era *un* vicedirettore della CIA, ma non *il* vicedirettore. Murray lavorava soprattutto dietro le quinte.

«Ho sentito dire molte cose sul suo conto, Murray» disse John. «Prima di entrare in carica, ho parlato con tutti e cinque i presidenti che mi hanno preceduto. Tra le tante cose positive che mi hanno detto, c'è una sola persona che ognuno di loro ha citato per nome: lei. Hanno detto che lei è un... come posso dire? Un tipo speciale di factotum.»

«Sì, signor presidente» disse Murray.

«Adesso pare che tutti mi abbiano indicato lei per un motivo, cioè per raccontarmi questa storia ridicola su delle escrescenze triangolari che infettano gli americani trasformandoli in assassini psicopatici.»

«Signore,» disse Murray «le assicuro che non è uno scherzo.»

«Allora perché non ne abbiamo mai sentito parlare prima d'ora?» chiese Vanessa con un tono di voce inespressivo quasi quanto il volto.

«Il presidente Hutchins voleva che questa faccenda rimanesse segreta» disse Murray. «E tenere segrete le cose è il mio mestiere.»

Murray aveva portato un grosso schermo piatto per la sua presentazione. Sembrava fuori luogo nella Sala Ovale, un appariscente congegno tecnologico in una stanza pensata per trasudare storia e tradizione. John fissò l'immagine ferma sullo schermo: una donna anziana, ovviamente morta, con una bitorzoluta escrescenza triangolare blu sulla spalla. Tutti i lati del triangolo erano lunghi all'incirca due centimetri e mezzo. Non si trovava sulla sua pelle o sotto di essa, bensì ne faceva *parte.* Sotto la foto era scritto il suo nome: CHARLOTTE WILSON.

Secondo Murray, l'escrescenza aveva spinto Wilson ad assassinare suo figlio con un coltello da macellaio, poi ad attaccare due poliziotti prima che la uccidessero a colpi di pistola per legittima difesa.

Non era solo uno scherzo, era imperdonabile.

In base a una richiesta degli ex presidenti, John aveva tenuto in serbo la presentazione del progetto Tangram di Murray Longworth per la fine della giornata. Era l'ultimo dei molti segreti sbalorditivi della precedente amministrazione: due sottomarini invisibili indugiavano in fondo al Mare del Giappone, pronti a tempestare la Corea del Nord di armi nucleari; altri due sottomarini erano collocati lungo le coste del Qatar, pronti a colpire l'Iran se il nuovo governo fosse caduto e i fondamentalisti avessero posato il dito sul tasto che azionava la bomba atomica; erano stati raggiunti degli accordi segreti con il governo cinese; un gruppo interno aveva lavorato su un cacciabombardiere Mach-10 innovativo, in grado di volare sessantaquattro chilometri al di sopra della terra; erano stati stipulati in tutta fretta degli accordi per trivellare in Alaska e lungo le coste della Florida, senza tener conto di una dozzina di altre operazioni grossolane che – durante l'amministrazione Hutchins – erano state all'ordine del giorno.

«Se potessi concludere la presentazione, signore,» disse Murray «le cose potrebbero diventare più chiare.»

John guardò Vanessa e poi Donald. Si strinsero entrambi nelle spalle. John sospirò e fece cenno a Murray di proseguire.

«Grazie, signore» disse Murray. «Il morbo è stato scoperto circa quattro mesi fa dalla dottoressa Margaret Montoya, l'epidemiologa del Centro per il controllo e la prevenzione delle malattie infettive, e dal suo collega, il dottor Amos Braun. Entrambi si stanno ancora occupando di quel progetto. All'inizio, i sintomi si presentano con un prurito e piccoli sfoghi che si trasformano in grosse piaghe e, infine, in escrescenze blu triangolari. Sembra che la malattia causi una paranoia estrema nelle sue vittime, al punto tale che, alla fine, quasi tutti i soggetti hanno evitato gli ospedali, gli assistenti sanitari o i membri delle forze dell'ordine. Soprattutto la paranoia nei confronti della polizia e dell'esercito si è dimostrata particolarmente grave. La maggior parte delle vittime o è morta per cause sconosciute oppure si è suicidata o è stata assassinata dalle forze dell'ordine in conseguenza di un comportamento psicotico.»

«Aspetti un attimo» disse Vanessa. «Il parassita li ha *spinti* a evitare gli ospedali? Un conto è un comportamento aggressivo causato da uno squilibrio chimico, ma si aspetta che crediamo che questi parassiti abbiano modificato davvero la capacità dell'ospite di prendere decisioni?»

«In natura succede in continuazione» disse Murray.

«Ma qui si tratta di *persone*» disse Vanessa.

«Il comportamento è una semplice reazione chimica, signorina» disse Murray. «Si fidi di me, non ci sono dubbi.»

Il volto di Vanessa lasciò intendere quanto si fidasse dell'opinione di Murray. «Questo ipotetico parassita è contagioso?»

Murray scosse il capo. «Per quanto ne sappiamo, non si trasmette da un ospite infetto ad altre persone. Però qualcosa diffonde il morbo, e non abbiamo scoperto quale sia il vettore.»

«Quindi gli americani possono prendere un parassita che li trasforma in assassini,» disse Vanessa «e ciononostante voi avete tenuto la popolazione all'oscuro?»

«Sì, il presidente Hutchins ha deciso di tenere segreta quest'informazione» disse Murray. «Temeva che una fuga di notizie avrebbe potuto diffondere il panico e far affluire in ospedale una marea di finti casi che avrebbero ostacolato la nostra capacità di scovare le vere vittime. C'è anche la minaccia che si propaghi una mentalità incline al linciaggio, e questo causerebbe seri danni ad americani la cui unica colpa è soffrire di orticaria o psoriasi.»

Vanessa si appoggiò allo schienale della sedia e sollevò le mani in segno di disgusto. «Vede, signor presidente? È per questo che gli ultimi otto anni hanno paralizzato l'America. La vecchia guardia non si è mai fidata della gente. È proprio per questo che siamo qui, per porre fine a un governo amministrato come una rete di bugie.»

«Capisco che sia entusiasta all'idea di attuare nuove politiche» disse Murray. «Ma se vuole un piccolo consiglio, signorina Colburn, è meglio che ascolti tutta la storia prima di accantonare le decisioni ponderate da un ex presidente.»

Vanessa si protese di nuovo in avanti e lo guardò di traverso. John non riuscì a trattenere un sorrisetto. Murray Longworth stava già litigando con Vanessa Colburn? John si chiese quanto sarebbe durato Murray.

«Senz'altro» disse Vanessa, sfoggiando il suo miglior sorriso zuccheroso. «La prego di continuare.»

Murray annuì. «Quello di Charlotte Wilson è stato solo il primo caso in cui ci siamo imbattuti.» Puntò un telecomando verso lo schermo.

Clic.

Gary Leeland: un vecchio pieno di vita dagli occhi carichi d'odio che avrebbero reclamato tutta l'attenzione se non fosse stato per il triangolo bluastro largo due centimetri e mezzo sul collo.

«Quest'uomo si è presentato all'ospedale, poi, dopo qualche ora, ha dato fuoco al suo letto. È bruciato vivo.»

Clic.

Martin Brewbaker: un cadavere steso sul tavolo di un obitorio ricoperto di bruciature di terzo grado annerite e con le gambe recise sotto le ginocchia.

«Quest'uomo ha ucciso tre persone: la moglie, la figlia di sei anni e, quando abbiamo cercato di catturarlo, un agente della CIA di nome Malcolm Johnson.»

Clic.

Blaine Tanarive: un cadavere carbonizzato e putrefatto, ridotto a poco più di uno scheletro rivestito di sottili fibre verdi.

«Anche questo ha sterminato la famiglia» disse Murray. «L'abbiamo trovato già morto.»

John non sorrideva più. Fissava l'ultima foto. «Cosa gli è accaduto?»

Murray guardò per un attimo la foto, poi si voltò verso John e i suoi collaboratori.

«Quando gli ospiti muoiono, i loro corpi si decompongono a una velocità estremamente avanzata. I cadaveri si sgretolano riducendosi a uno scheletro annerito in meno di due giorni.»

John fissò Donald, Vanessa e Tom. Il suo punto forte era sempre stato la capacità di fissare le persone per capirle dall'espressione del volto, dalla postura e dai movimenti.

Tom sembrava sul punto di vomitare. Donald ci credeva visibilmente. Vanessa iniziava a crederci. E, più ci credeva, più si arrabbiava. La maggior parte delle persone non se ne sarebbe accorta, ma John la conosceva meglio di quasi tutti gli altri. Un segreto simile tenuto nascosto agli americani... Avrebbe voluto la testa di qualcuno. Purtroppo per Murray Longworth, probabilmente quella testa sarebbe stata la sua.

Clic.

Perry Dawsey: un uomo gigantesco riverso su un letto di ospedale con gli occhi chiusi, il petto nudo, le braccia e le gambe legate con pesanti cinghie di tela. Aveva una piaga nera e stillante sulla clavicola destra, l'avambraccio destro ricoperto di bende bianche e tubi che gli entravano nel naso e nelle braccia.

«Perry Dawsey» esclamò Donald. «Conosco questo nome. Non è quel giocatore di football che è impazzito e ha ucciso il suo amico? Il Terrificante Perry Dawsey?»

Murray annuì. «Dawsey è l'unico sopravvissuto conosciuto. Aveva sette parassiti, che si è estirpato dal corpo, togliendosi l'ultimo cinque settimane fa.»

«Gesù Cristo» esclamò Vanessa. «Come ha potuto tenere segreto un simile numero di vittime? Cos'è lei, una specie di mostro?»

Stavolta fu il turno di Murray di abbozzare un sorriso. John detestò immediatamente quell'espressione, era il sorriso di un cacciatore. Era chiaro che a Murray Longworth piaceva quel gioco e che era abituato a vincere, a qualsiasi costo.

«È curioso che abbia nominato i mostri» disse Murray. «Abbiamo messo insieme una squadra per indagare sul problema, capeggiata dall'agente della CIA Dew Phillips. Grazie al lavoro di Phillips abbiamo scoperto che i parassiti abbandonano l'ospite umano e diventano organismi dotati di moto proprio.»

Se nella Sala Ovale non ci fosse stato un tappeto così bello, si sarebbe potuto sentire cadere uno spillo.

«Murray,» disse John parlando lentamente e scegliendo le parole con cura «ci sta dicendo che queste escrescenze triangolari... *si schiudono* uscendo dalle *persone*?»

«Esatto, signor presidente» disse Murray. «Li definiamo perfino neonati.»

«E poi?» chiese Donald. «*Camminano* da soli o giù di lì?»

«Esatto, signor segretario» disse Murray. «Non si limitano a camminare, ma agiscono come un'unità. I neonati hanno cercato di costruire e attivare una struttura che riteniamo essere una specie di porta o un'arma. Questo materiale è stato girato dai soldati dell'esercito a Wahjamega, in Michigan.»

Murray fece partire il filmato. La qualità era abbastanza buona. John vide i soldati, gli alberi e poi qualcosa nel folto del bosco invernale... qualcosa di *brillante*. Sembrava un ampio passaggio ad arco, che forse raggiungeva i sei metri nel punto più alto, una fede nuziale illuminata semisepolta nel suolo fangoso della foresta. All'interno, riuscì a scorgere altri tre archi, disposti in ordine decrescente dal più vicino al più lontano. Era come guardare dentro un cono di luce.

E *creature*, che scorrazzavano sugli archi come termiti su un tronco marcio. Un conto era una strana escrescenza sulla pelle, ma questo... questo non era nemmeno lontanamente *possibile*. John sentì un brivido freddo diffondersi sulla pelle. Se questo *era* vero, allora doveva trattarsi di... cosa? Alieni? Demoni? Non poteva succedere davvero una cosa simile.

«Neanche per sogno» esclamò Vanessa. «Non può essere vero. Perché sta facendo perdere tempo al presidente con effetti speciali?»

«È vero, signorina» disse Murray.

John si protese in avanti per guardare più da vicino, con il fondoschiena a malapena appoggiato sul bordo della sedia. «Cosa diamine dovrebbero essere quegli affari?»

«Neonati» disse Murray. «Li si vede proprio... adesso.»

Il filmato diventò tremolante quando i neonati si precipitarono improvvisamente in avanti per attaccare. L'inquadratura si inclinò bruscamente prima che la creatura più vicina raggiungesse le truppe, probabilmente perché il soldato che stava girando il filmato aveva lasciato cadere la telecamera. Murray mise in pausa in quel punto. John fissò il primo piano obliquo di una creatura a forma di piramide con occhi neri verticali e arrabbiati e zampe tentacolari.

Di nuovo, calò un silenzio totale.

John Gutierrez aveva fatto carriera grazie alla sua capacità di valutare le persone. Quella dote innata gli aveva permesso di passare da sindaco a senatore dello Stato. Era stata determinante nella decisione di inserire Vanessa nel suo staff. Quando l'aveva conosciuta, aveva *capito*. La sua abilità e la sua ostinazione l'avevano fatto approdare dal senato statale al Congresso, e adesso alla Casa Bianca. Era stata un'impresa straordinaria, tenuto conto del fatto che John aveva quarantasei anni ed era il primo presidente ispanico della nazione. John Gutierrez si fidava dei suoi occhi e del suo istinto, e adesso quegli strumenti gli dicevano che Murray Longworth non stava prendendo nessuno per i fondelli.

Era tutto vero.

«Con cosa diavolo abbiamo a che fare, Murray?» chiese John. «Non avrà intenzione di dirmi che questi sono alieni, vero?»

«Questa è l'ipotesi più probabile, signore» disse Murray. «La loro tecnologia è molto più avanzata di qualsiasi cosa conosciamo. Sospettiamo che le creature siano una forma di macchina biologica, progettata per costruire la struttura luminosa.»

John avrebbe voluto uccidere Hutchins. Tanto valeva che l'ex presidente lasciasse un'enorme montagna di merda fumante sul tappeto della Sala Ovale. Adesso il problema ricadeva in pieno sulle spalle di John e, qualsiasi cosa fosse successa, l'opinione pubblica l'avrebbe associata alla sua presidenza e non a quella di Hutchins.

«Wahjamega» esclamò Donald. «Aspetti un attimo, è dove si è schiantato l'elicottero Osprey lo scorso dicembre. Sono morti otto soldati.»

«Era una copertura» disse Murray. «Non si è verificato nessuno schianto. Gli otto soldati sono morti quando abbiamo attaccato e distrutto la porta.»

Donald si guardò attorno nella stanza pieno di incredulità,

come se si aspettasse che Vanessa o John o Tom dicessero: 'Ci sei cascato!'

Ma nessuno disse: 'Ci sei cascato!'

«È semplicemente stupefacente» esclamò Vanessa. Sembrava sarcastica, ma anche piuttosto scossa, e John non poteva biasimarla. «Probabilmente, le famiglie di quegli uomini coraggiosi non sapranno mai la verità. Sono morti in battaglia, e noi l'abbiamo definito un incidente di elicottero. Che gesto *patriottico* da parte nostra! Allora, cos'è successo in seguito?»

«Dawsey ha avuto bisogno di pesanti cure mediche» disse Murray. «L'avevamo sistemato in un ospedale per veterani di guerra di Ann Arbor, in Michigan. Sembrava essersi ripreso più velocemente del previsto, ha avuto accesso a un computer, si è inserito abusivamente nel database della struttura e ha modificato la sua posizione di persona pericolosa. È un po' imbarazzante dirlo, ma l'8 gennaio se n'è andato.

«I parassiti gli hanno costruito qualcosa nel cervello, una specie di struttura simile a una rete che gli consente di rintracciare gli ospiti infetti. Ne ha trovato uno che aveva appena ucciso tre persone. Dawsey ha assassinato l'uomo per autodifesa. Comunque, prima che l'uomo morisse, Dawsey ha scoperto l'ubicazione di un'altra porta, a...»

«Mather, nel Wisconsin» lo interruppe Donald. «L'incidente dell'Osprey a Mather. Sono morti dodici uomini.»

Murray annuì.

«Chi ne è al corrente?» chiese John. «Chi conosce tutta la storia?»

«I capi di Stato maggiore» disse Murray. «Hanno dovuto mettere in atto la decisione del presidente Hutchins di isolare i soldati coinvolti e di riassegnarli a una nuova unità. I soldati stessi sanno di aver preso parte a un combattimento insolito, ma pochissime persone conoscono tutta la storia: Phillips, Montoya, Braun, l'agente Clarence Otto – che è il collegamento tra Montoya e la CIA – il direttore della CIA, Hutchins e alcuni membri del suo staff.»

«E l'FBI?» chiese Vanessa. «La CIA non esercita nessuna autorità sulla politica interna. Non dovreste occuparvi di nulla di tutto ciò.»

«L'FBI non conosce i dettagli della vicenda» disse Murray. «Ancora una volta, abbiamo agito seguendo gli ordini diretti del presidente Hutchins.»

Vanessa fissò Murray e scosse il capo. John sapeva che aveva puntato con fermezza il mirino su quell'uomo: stava andando a caccia di dinosauri. Sarebbe spettato a Murray respingere i suoi attacchi e dimostrare il suo valore.

Ma cos'altro doveva dimostrare quell'uomo? Un parassita umano che modificava il comportamento, perlomeno due operazioni militari sul suolo degli Stati Uniti che avevano causato perdite, quelle che molto probabilmente avrebbero potuto essere macchine aliene... *E nessuno sapeva niente.* I mezzi di informazione non avevano nemmeno una vaga idea. Adesso John capiva perché il suo predecessore fosse entusiasta di Murray Longworth.

«In realtà, non sappiamo ancora con chi dobbiamo vedercela» disse Murray. «Non siamo riusciti a catturare viva nemmeno una di quelle creature. Quelle che uccidiamo si disintegrano molto rapidamente, nel giro di poche ore. Perfino il materiale di cui è costituita la porta si decompone quasi immediatamente, quindi non ci ha fornito informazioni.»

«Come facciamo a sapere se questi affari sono davvero ostili?» chiese Donald. «Hanno attaccato le nostre truppe, lo capisco, ma non potrebbe trattarsi di un'azione di difesa volta a proteggere quella struttura abbastanza a lungo da consentire loro di... Non riesco a credere che lo sto dicendo ad alta voce... Abbastanza a lungo da consentire loro di stabilire un contatto?»

«Una specie così tecnologicamente avanzata potrebbe avviare almeno una comunicazione rudimentale» disse Murray. «L'unico motivo logico per cui non l'hanno fatto è che non *vogliono.* Edificano solo in zone remote. Perché non dovrebbero costruire qualsiasi cosa sia in bella vista? Perché se lo facessero, il nostro esercito potrebbe circondarli, pronto ad attaccare qualsiasi cosa spuntasse. Questo non è un problema a meno che non stiano chiamando a raccolta i *loro* soldati. Questo isolamento indica che vogliono introdurre risorse, risorse che potrebbero essere vulnerabili durante il processo di introduzione.»

«Una testa di ponte» disse Donald. «Vogliono controllare una zona di sbarco.»

Murray annuì. «È la nostra ipotesi, signor segretario. E, infine, considerate il comportamento delle vittime infette. Questi parassiti denotano un livello di bioingegneria che non riusciamo nemmeno a concepire. Qualcosa capace di utilizzare un ospite umano in quel modo potrebbe creare *accidentalmente* un comportamento che spinge l'ospite a *evitare* il contatto con gli operatori sanitari? O a uccidere persone care, persone che potrebbero vedere le piaghe e chiedere aiuto?»

Murray si interruppe. Rimase immobile con le mani lungo i fianchi. Donald, Vanessa e Tom si voltarono tutti a guardare John, che bevve un lungo sorso d'acqua. Cosa cazzo aveva intenzione di farsene del regalino di commiato di Hutchins?

Posò l'acqua.

«Donald,» disse John «nella tua posizione di segretario della Difesa, credi che queste cose siano ostili?»

Donald annuì. «In base a quanto ci è stato detto, sì.»

Si rivolse a Vanessa. «E tu cosa ne pensi?»

Sembrava che pronunciare quelle parole la facesse soffrire. «Concorderei anch'io, ma *in base a quanto ci è stato detto*, signor presidente, dobbiamo rendere pubblica questa faccenda.»

«È *pazza*, cazzo?» esclamò Murray. Guardò tutte le persone presenti nella stanza, poi si mise un po' più dritto. «Mi scuso per lo sfogo, ma è un brutto momento per rendere pubblica la faccenda. La dottoressa Montoya sta progettando un esame che consentirà di scoprire se una persona è infetta. Abbiamo la squadra di Phillips appostata e stiamo cercando attivamente altri ospiti.»

«Si fidi della gente» disse Vanessa. «Dobbiamo affrontare questo problema come una nazione.»

John si appoggiò allo schienale della sedia. Non c'era nulla come una decisione importante, forse storica, per inaugurare la sua presidenza alla grande.

«Murray» disse John. «Tra quanto sarà pronto l'esame?»

«Non possiamo dirlo con certezza» affermò Murray. «Almeno una settimana, ma non sapremo se funzionerà finché non avremo trovato altri ospiti.»

Forse non era il momento giusto per rendere pubblica quella gatta da pelare. Murray Longworth aveva serbato segreti per cinque amministrazioni; John pensò che avrebbe potuto fare la stessa cosa durante la sesta.

«Due settimane» disse John. «Mi servono due settimane per valutare la situazione. Mettiamo in pratica quell'esame e partiamo da lì. E, Murray, tenga nascosta questa faccenda.»

Murray annuì. Sembrava compiaciuto, come se in qualche modo avesse saputo fin dall'inizio che la riunione sarebbe finita in quel modo. John non poté lasciarsi sfuggire il suo sorrisino.

John capì anche che nemmeno Vanessa se l'era lasciato sfuggire.

Primo giorno

1

Tad spicca un balzo

Avevano intenzione di ucciderlo.

Tad non avrebbe permesso che accadesse, nemmeno se avesse dovuto uccidersi.

La finestra si aprì.

Le tende furono mosse dallo stesso vento notturno che spruzzava pioggia gelida e schegge di ghiaccio sul volto di Thadeus Tad McMillian junior. Il bambino sperò che il fratellino non si svegliasse. Quando Sam si svegliava, piangeva forte. *Davvero* forte. Le sue urla facevano sempre accorrere mamma e papà.

Mamma e papà, che volevano *uccidere* Tad.

Tad scese dal baule dei giocattoli. Prese il baule e lo trascinò accanto alla culla del fratello. Trasportarlo gli riacutizzò il dolore alle vesciche sulle mani, ma doveva stare in piedi sul baule dei giocattoli per raggiungere l'interno della culla, proprio come ne aveva bisogno per raggiungere il saliscendi della finestra scorrevole. Tad posò il baule accanto alla culla, vi si issò sopra e si protese in avanti per rimboccare le coperte sotto il mento del neonato. Così Sam sarebbe rimasto al caldo. Tad accarezzò delicatamente i capelli del fratello, poi si sporse in avanti e baciò il bambino sulla fronte.

«Addio» sussurrò Tad.

Scese dal baule e lo trascinò davanti alla finestra per l'ultima volta.

«Buona fortuna, Sam» disse Tad sommessamente, voltandosi a guardare il fratello. «Spero davvero che tu non faccia la fine di Sara.»

Tad si aggrappò al telaio della finestra mentre posava i piedi sul supporto scorrevole di metallo. La pioggia gelida gli inzuppò subito la maglietta. Dei frammenti di ghiaccio umido gli punsero il volto. Per poco, una raffica di vento non lo ricacciò indietro, ma Tad riacquistò l'equilibrio e tenne duro.

Era meglio così. *Qualsiasi cosa* era meglio che restare lì.

Tad McMillian saltò nella notte.

2

Ogden si prepara ad attaccare

Non molto lontano dai confini di South Bloomingville, in Ohio, nell'oscurità ovattata del bosco invernale, il colonnello Charlie Ogden era in piedi dietro una fila disordinata di nove uomini che costituivano la sua squadra personale, il quinto plotone della compagnia Raggi X, il battaglione della Reazione interna. Compagnia Raggi X era il nome ufficiale dell'unità ma, col tipico spirito militare fomentato dal testosterone, gli uomini si chiamavano in un altro modo.

Si definivano gli Sterminatori.

I ragazzi si erano perfino inventati un simbolo per la loro unità: un fulmine che colpiva uno scarafaggio capovolto. La portavano sulla spalla destra. Più in basso, aggiungevano piccole pezze nere triangolari per ogni missione di combattimento e decoravano il triangolo con una X bianca per ogni mostro ucciso.

Sulla manica di Ogden c'erano due triangoli neri. Il primo triangolo recava due X bianche perché il colonnello Charlie Ogden non rimaneva seduto a bordo di un Hummer a chilometri di distanza dall'azione. Conduceva le operazioni dal fronte. E, quando si conducono le operazioni dal fronte, a volte bisogna combattere.

Ma questo non significava che fosse stupido – la sua squadra personale era la migliore degli Sterminatori, composta da uomini in grado di masticare Buick arrugginite e di cagare chiodi di acciaio inossidabile. Di solito, il quinto plotone di qualsiasi compagnia era costituito da personale d'appoggio, autisti e armieri – perlopiù truppe non combattenti – ma, dal momento che Ogden poteva fare qualsiasi cosa volesse, si era concesso una guardia personale che poteva buttarsi nella mischia in qualunque momento.

Alla sinistra di Ogden c'era il caporale Jeff Cope, il suo uomo addetto alle comunicazioni che pesava cinque chili di troppo. Alla sua destra c'era il bruno sergente maggiore Lucas Mazagatti, il suo principale sottufficiale. Dietro di lui, intenti a osservare, c'erano l'eccessivamente abbronzato capitano David Lodge, comandante della compagnia Whisky, e il corpulento ed energico sergente maggiore di Lodge, Devon Chiodo Nealson.

«Mi fornisca un aggiornamento, caporale» disse Ogden.

«Il terzo plotone si apposterà tra dieci minuti a ovest dell'obiettivo» disse Cope. «Il quarto plotone assumerà una posizione di difesa fra venti minuti a nordovest dell'obiettivo. Il primo e il secondo plotone sono già appostati appena davanti a noi, signore.»

I centoventi uomini della compagnia Raggi X erano quasi pronti.

«Ottimo» disse Ogden. «E il supporto aereo?»

«Gli aerei spia Predator si trovano a nordest dell'obiettivo» disse Cope. «Quattro Apache sono di guarnigione a un chilometro e mezzo da qui. L'obiettivo è segnalato; gli Apache possono distruggerlo in qualsiasi momento. Due F-15E muniti di missili GBU-31 sono di guarnigione a otto chilometri da qui. Ci sono altri due F-15E di scorta a undici chilometri da qui.»

«Molto bene.»

Si voltò verso il capitano Lodge. «E tu che mi dici, David?»

«La compagnia Whisky si trova a un chilometro e mezzo a ovest, colonnello» disse Lodge. «Siamo pronti a partire.»

Nealson si protese in avanti per parlare o, per essere più precisi, tenuto conto della sua statura di un metro e ottantasette, si protese verso il basso. «C'è qualche possibilità che riusciremo a entrare in gioco stavolta, signore?» Lo disse a voce un po' troppo alta per i gusti di Ogden, ma per Nealson si trattava di un sussurro. Il suo solito tono di conversazione era tre o quattro volte più alto di quello di un uomo normale, e le sue grida avrebbero indotto chiunque a cercare un posto in cui nascondersi.

«Chiodo,» disse Ogden «la compagnia Whisky verrà coinvolta solo se saremo invasi e io sgancerò bombe sulla nostra postazione. A quel punto, voi interverrete per fare piazza pulita di qualsiasi cosa sarà rimasta. Quindi speriamo che stanotte possiate prendervi una pausa. Lodge, voglio che tu e Chiodo torniate indietro con i vostri uomini venti minuti prima che cominci l'attacco.»

Nealson assunse di nuovo un atteggiamento rilassato. Sembrava deluso. Lodge si sforzò di non sembrare sollevato, ma lo era visibilmente. Lodge era un ottimo impiegato, ma forse non aveva una vera anima da guerriero.

Restava un solo interrogativo: quali nuovi trucchi avevano in serbo stavolta quei piccoli bastardi?

Ogden guardò nel binocolo per la visione notturna, esaminando tutti i dettagli del loro obiettivo, che si trovava a duecento metri verso nord. Fissò la sagoma luccicante ormai familiare. Era formata da due oggetti paralleli lunghi sei metri che ricordavano grossi tronchi disposti fianco a fianco. La struttura di tronchi conduceva in una serie di quattro archi ricurvi, il primo alto circa tre metri, i tre successivi progressivamente più grandi, con l'ultimo che svettava a circa sei metri. Tutti gli oggetti, sia i tronchi che gli archi, avevano una superficie organica e irregolare.

Ma stavolta c'era qualcosa di diverso.

Le ultime due volte che aveva visto una struttura simile, tutte le parti erano molto più spesse, sia i tronchi che gli archi. Questa sembrava... anoressica.

L'affare era circondato di fango perché il calore prodotto dalla struttura aveva sciolto la neve. Le prime due costruzioni avevano sprigionato un'enorme quantità di calore. In base ai dati inviati dal satellite, avevano raggiunto entrambe circa 75 gradi. Questa si attestava costantemente intorno ai 43 gradi. E c'era un'altra differenza fondamentale: la prima struttura, a Wahjamega, in Michigan, aveva mostrato segni di azione, come se stesse succedendo qualcosa *all'interno* del cono, solo un'ora dopo essersi surriscaldata. Questa era calda da quasi tre ore.

Ma non c'era ancora traccia di movimento.

A quanto pareva, a Wahjamega avevano colto le creature alla sprovvista. Quegli esseri erano strisciati su tutta la struttura e, quando avevano avvertito la presenza degli uomini di Ogden, avevano attaccato. La battaglia era stata una specie di incubo – dei mostri a forma di piramide erano scattati in avanti su zampe tentacolari nere, precipitandosi dritti verso il fuoco delle armi automatiche. Alcuni mostri erano riusciti a superare i proiettili, costringendo gli uomini a ingaggiare un brutale combattimento corpo a corpo.

Erano morti otto uomini.

Tre settimane dopo Wahjamega, Perry Dawsey aveva scoperto un'altra struttura nel folto dei boschi, vicino a Mather, nel Wisconsin. L'obiettivo principale di Ogden era stato conquistare o distruggere la struttura di Mather prima che potesse attivarsi, ma i superiori gli avevano dato un obiettivo secondario: catturare una creatura viva. Ma, quella volta, furono gli esseri a cogliere gli Sterminatori alla sprovvista. Le creature avevano addirittura eretto un perimetro a circa cento metri dalla struttura. Si erano nascoste sui maledetti alberi; i suoi uomini si erano letteralmente spinti sotto quegli affari. Quando gli Sterminatori erano arrivati a circa settanta metri dalla struttura, gli esseri erano saltati giù e li avevano attaccati alle spalle.

Non appena erano caduti, la struttura si era attivata. Nella confusione del combattimento corpo a corpo, Ogden non aveva avuto modo di capire quanti fossero i nemici. L'intera unità avrebbe potuto essere sopraffatta, quindi non aveva esitato – aveva chiamato il supporto aereo per accertarsi di raggiungere l'obiettivo principale. I missili degli Apache avevano fatto a pezzi la struttura.

Ciò non aveva lasciato un granché da esaminare, non che fosse importante; proprio come a Wahjamega, i frammenti distrutti della struttura si erano dissolti in pozze di viscidume nero nel giro di poche ore dopo l'attacco degli Apache. I suoi uomini non erano riusciti a catturare nemmeno uno di quegli esseri, ma Ogden non aveva intenzione di fargli una predica –

era un po' eccessivo aspettarsi che degli uomini a cui era stato teso un agguato da un'orda di mostri si preoccupassero d'altro a parte sopravvivere.

In quel combattimento erano morti dodici uomini.

Da una prospettiva puramente tattica, le perdite non costituivano un problema. L'unità di Charlie Ogden attingeva a risorse talmente oscure e segrete che probabilmente non lasciavano filtrare nemmeno un raggio di luce. Aveva bisogno di rimpiazzi? Li otteneva. Aveva bisogno di equipaggiamenti? Otteneva qualsiasi cosa volesse, comprese armi sperimentali, perfino dieci missili Stinger terra-aria nel caso un oggetto volante fosse uscito da quelle porte. Di rifornimenti? Di trasporti? Di supporto aereo? Stesso discorso. Ogden prendeva gli ordini da Murray Longworth, che faceva direttamente da tramite tra lui e il comitato dei capi di Stato maggiore e il presidente. A dire il vero, si trattava di un potere esaltante – non aveva bisogno né di ordini di requisizione né di approvazione, bastava dire al caporale Cope di inoltrare una richiesta e le cose apparivano come per magia.

L'assegno in bianco per avere uomini ed equipaggiamento era la chiave per il successo delle missioni. Così come una flessibilità senza limiti di tempo che gli consentiva di dirigersi all'istante, senza ordini, senza approvazione, ovunque potesse annidarsi il pericolo. Doveva essere flessibile e veloce perché lo scontro di Mather aveva mostrato un evidente cambiamento delle tattiche delle creature. Avevano *previsto* un assalto da parte della fanteria. Avevano *imparato* dalla prima battaglia, avevano imparato e si erano adattate.

Questo rodeva l'animo a Ogden. A Wahjamega, i suoi uomini avevano ucciso tutti gli esseri e non avevano trovato nulla che potesse costituire un equipaggiamento per la comunicazione. Come avevano fatto le creature di Wahjamega a comunicare con quelle di Mather?

Nonostante il cambiamento di tattica, le creature avevano perso comunque a Mather, e questo significava che probabilmente avrebbero cambiato di nuovo tattica – e allora cosa avrebbe dovuto affrontare Ogden stavolta? I suoi uomini avevano controllato gli alberi. Avevano controllato *tutto*. Con i binocoli normali, con quelli per la visione notturna, con i raggi infrarossi, inviando esploratori in avanscoperta. Non avevano visto nient'altro che gli esseri sulla struttura. Nessun picchetto, nessun perimetro. Ogden non riusciva a capire. Le creature sembravano attendere l'arrivo dei suoi uomini.

Ogden aveva i suoi obiettivi e le sue opzioni d'attacco. La prima opzione prevedeva l'impiego della fanteria per cercare di espugnare la struttura intatta. Se quell'opzione fosse fallita, avrebbero attaccato con la seconda: i missili degli Apache. Se fosse stato necessario, gli aerei da combattimento Strike Eagle avrebbero costituito la terza opzione: avrebbero sganciato abbastanza bombe da una tonnellata da trasformare una zona di un chilometro e mezzo quadrato dell'Ohio in un cratere in fiamme. In questo modo, sarebbero morti tutti i suoi uomini e Ogden stesso, ma se fossero arrivati a questo punto, sarebbero già stati sopraffatti.

Se fosse fallita anche la *terza* opzione, il presidente non avrebbe avuto altra scelta che autorizzare quella che era stata battezzata semplicemente 'Opzione numero quattro'.

E Charlie Ogden non voleva nemmeno pensarci.

Guardò di nuovo l'ora. Cinquanta minuti. Di solito, avrebbe attaccato non appena gli uomini si fossero trovati in posizione. Avrebbe potuto farlo se ne avesse scorta la necessità, ma stavolta le cose sarebbero andate un po' diversamente.

Stavolta, avrebbe avuto un pubblico. Un pubblico che gli avrebbe consentito di fare carriera, passando dall'aquila da colonnello alla stella da generale.

Charlie sollevò di nuovo gli occhiali per la visione notturna e fissò la struttura luccicante. Si augurò che Murray, da parte sua, riuscisse ad attenersi alla tabella di marcia perché, nel giro di cinquanta minuti, presidente o meno, Charlie Ogden avrebbe attaccato.

3

Tad, questo è il signor Dawsey

Con un brivido, Tad si ritrovò all'esterno.

Rotolò sull'erba chiedendosi se fosse già morto. La spalla gli doleva enormemente. Non si *sentiva* morto – si muoveva ancora. Quando la gente saltava dalle finestre, in televisione, cadeva a terra e non si muoveva più. Rotolò sul fondoschiena. L'acqua fredda gli penetrò nel fondo dei jeans.

Tad si alzò lentamente. Anche le gambe gli dolevano molto. Quando trasse un respiro profondo, la pioggia e i frammenti di ghiaccio gli schizzarono nella bocca spalancata. Sollevò lo sguardo verso la finestra del primo piano, aperta sul cielo notturno. Strano, dall'alto della sua stanza sembrava un salto gigantesco, ma da laggiù era elevato come un canestro da basket.

Non era importante se fosse alto o meno. Era fuori. Fuori di casa.

Bene, allora non era morto... Ma non aveva nemmeno intenzione di tornare lì dentro.

Tad corse. Le gambe gli dolevano, ma funzionavano, e quello era sufficiente. Balzò sul ciglio della strada e svoltò a sinistra. Si precipitò lungo un marciapiede spaccato dalle radici degli alberi e scivoloso a causa della fanghiglia.

Scattò energicamente. Sollevò lo sguardo appena prima di scontrarsi con un uomo.

Un uomo *enorme*.

Tad si fermò, paralizzato. Quell'uomo era così grosso che, per un attimo, Tad si dimenticò della casa, della madre, del padre, della sorella e perfino del piccolo Sam.

L'uomo era lì, illuminato da un lampione che formava un cono di foschia, luce e pioggia impetuosa sferzata dal vento. Guardò verso il basso con gli occhi azzurri e torvi. Indossava un paio di jeans e una maglietta grigia a maniche corte che aderiva ai suoi muscoli enormi come un costume da supereroe. I lunghi capelli biondi gli avviluppavano la testa e il volto come una maschera. Una grossa cicatrice frastagliata delle dimensioni di una palla da baseball gli deturpava la pelle dell'avambraccio sinistro.

L'uomo gigantesco parlò. «Sei...?» La sua voce si affievolì. Per un attimo, strinse gli occhi. Poi li riaprì, come se avesse appena ricordato qualcosa di molto importante. «Sei... Tad?»

Tad annuì.

«Tad,» disse l'uomo «senti *prurito*?»

Tad scosse il capo. L'uomo rivolse l'orecchio destro verso Tad e inclinò la testa verso il basso, come avrebbe fatto se Tad avesse sussurrato e lui stesse cercando di sentire.

«È una questione importante» disse l'uomo. «Sei *sicuro*? Sei *davvero* sicuro di non sentire prurito? Nemmeno un pochino?»

Tad ci pensò attentamente, poi annuì di nuovo.

L'uomo si piegò su un ginocchio. Perfino in ginocchio, dovette ancora abbassare il capo per guardare Tad negli occhi. L'uomo protese lentamente una mano gigantesca posando delicatamente il palmo sulla testa di Tad. Le grosse dita si piegarono verso il basso intorno alla tempia sinistra di Tad, mentre un pollice grande come l'intero pugno di Tad si serrava sulla sua guancia destra.

Tad rimase completamente immobile.

L'uomo voltò il capo di Tad verso destra.

«Tad, cosa ti è successo all'occhio?»

Tad non disse nulla.

«Tad, non farmi incavolare» disse l'uomo. «Cosa ti è successo all'occhio?»

«Papà mi ha picchiato.»

L'uomo strinse ancora gli occhi.

«Tuo padre ti ha picchiato?»

Tad annuì. O cercò di farlo – non riusciva a muovere la testa.

L'uomo si alzò. Tad gli arrivava a malapena alla cintura.

Mollò la presa sulla testa di Tad e indicò la direzione da cui era venuto il bambino. «Quella è casa tua?»

Tad non ebbe bisogno di guardare. Si limitò ad annuire.

«Come hai fatto ad andartene?»

«Sono saltato dalla finestra» rispose Tad.

«Smamma, Tad» disse l'uomo. Allungò una mano dietro la schiena ed estrasse un lungo pezzo di metallo nero, piegato a un'estremità. Tad lo riconobbe perché, quando, l'estate precedente, lui e la sua famiglia erano andati a fare una gita a Cedar Point, suo padre aveva dovuto cambiare una gomma.

Era un cric.

L'uomo si avviò lungo la strada, dirigendosi verso la casa di Tad.

Tad lo guardò per qualche secondo. Poi si ricordò che stava scappando e da cosa. Scattò lungo il marciapiede.

Percorse un isolato prima di fermarsi di nuovo. Chi avrebbe mai detto che la fuga avrebbe comportato così tante distrazioni? Prima quell'omone grande e grosso che sembrava un supereroe, adesso un incidente automobilistico. Una bella Mustang bianca e rossa e una piccola auto bianca con il portellone posteriore si erano scontrate frontalmente. Il bagagliaio della Mustang era aperto. Anche la portiera sul lato del guidatore della piccola auto bianca era aperta. La luce interna dell'auto con il portellone posteriore illuminava un uomo riverso immobile, i piedi ancora vicini al pedale dell'acceleratore, la schiena sul manto stradale umido.

L'uomo aveva il volto ricoperto di sangue.

E teneva in mano una pistola.

C'era un altro uomo seduto sul sedile del passeggero, immobile e proteso in avanti, con il volto appoggiato su un airbag sgonfio.

Al di sopra della pioggia torrenziale e del vento forte, Tad udì una vocina.

«Fa' rapporto!» disse la voce. «Maledizione, Claude, fa' rapporto!»

Tad sapeva che avrebbe dovuto continuare a correre. Ma se i suoi genitori fossero venuti a cercarlo? Forse aveva bisogno di quella pistola.

Tad si avvicinò all'uomo riverso sul manto stradale. La pioggia ripuliva costantemente il sangue dal volto dell'uomo e lo faceva defluire sul cemento nero umido.

«Baum! Dove sei?»

La voce proveniva da un piccolo frammento di plastica bianca posato accanto alla testa dell'uomo. Era uno di quegli auricolari che usavano in *Frankie Anvil*, il suo programma televisivo preferito. Forse quell'uomo era un poliziotto come Frankie.

I poliziotti l'avrebbero portato via proteggendolo da mamma e papà.

Tad guardò per un secondo l'auricolare, poi lo raccolse. «Pronto?»

«Baum? Sei tu?»

«No,» rispose Tad «mi chiamo Tad.»

Ci fu una pausa.

«Tad, sono Dew Phillips. Sai dove si trova il signor Baumgartner?»

«Uhm... no» disse Tad. «Aspetti, il signor Baumgartner ha dei folti baffi neri?»

«Sì! È lui, è lì?»

«Oh» esclamò Tad. «Be', è sdraiato a terra, sanguina e giù di lì.»

«Merda» esclamò Phillips. «Quanti anni hai, Tad?»

«Sette. Lei fa parte della polizia?»

Ci fu un'altra pausa. «Sì, certo, sono un poliziotto.»

Tad si lasciò sfuggire un lungo sospiro. La *polizia*. Era quasi al sicuro.

«Tad, c'è un altro uomo nei paraggi, un uomo di nome Milner?»

«Non lo so» rispose Tad. «Il signor Milner è, diciamo, *davvero* grosso?»

«No» disse Phillips. «Quella è un'altra persona.»

«Oh,» esclamò Tad «il signor Milner potrebbe essere il tipo basso seduto sul sedile del passeggero, ma sembra morto. Può mandare qualcuno a prendermi? Non ho intenzione di tornare a casa.»

Phillips parlò di nuovo. Stavolta la sua voce era calma e lenta. «Manderemo subito qualcuno a prenderti. Ascoltami attentamente, Tad, quell'uomo davvero grosso di cui parlavi... adesso è lì con te?»

«No, se n'è andato» disse Tad. «Penso che sia diretto a casa mia.»

«Casa tua?»

«Sì, signore. Abito proprio in fondo alla strada.»

«D'accordo, resta attaccato a quell'auricolare. Lo useremo per trovarti. Dammi il tuo indirizzo e poi, in qualsiasi direzione hai visto andare quell'omone, corri dalla parte *opposta*. E corri in fretta.»

4

La sala operativa

L'ascensore si aprì al pianterreno dell'ala ovest. Tom Maskill e Murray Longworth uscirono. Naturalmente, negli ultimi trent'anni, Murray si era recato diverse volte alla Casa Bianca, ma nessuna occasione era stata così importante e non si era mai imbattuto in un pubblico di questo calibro: il comitato dei capi di Stato maggiore, il segretario della Difesa, il capo dell'ufficio della Casa Bianca e, naturalmente, il presidente.

In realtà, c'erano due sale operative sotto la Casa Bianca. La prima poteva contenere circa una trentina di persone. Era quella che si vedeva nei programmi televisivi, nei film e nei telegiornali.

Ci passarono proprio davanti.

Tom lo condusse attraverso delle porte di mogano nella più piccola delle due sale operative. Come la sua controparte più famosa, questa stanza esibiva pannelli di mogano e schermi che occupavano quasi una parete intera. Questa, però, era più discreta. Un tavolo di mogano per i negoziati si trovava al centro della stanza, con sei sedie su ciascun lato. Pochissime persone erano al corrente dell'esistenza di questa stanza – veniva usata soprattutto per discutere di problemi che non dovevano raggiungere l'opinione pubblica.

Le sedie sul lato sinistro del tavolo (la sinistra del presidente, naturalmente) erano occupate da uomini dell'esercito. Accanto al presidente era seduto Donald Martin, il segretario della Difesa, poi il generale Hamilton Barnes, il presidente del comitato dei capi di Stato maggiore, il generale dell'esercito Peter Franco, il generale dell'aviazione Luis Monroe, l'ammiraglio Nathan Begely, il capo della marina, e infine l'altamente presuntuoso generale Monty Cooper dei marines, che sfoggiava un taglio di capelli cortissimo.

Vanessa era seduta dall'altro lato del tavolo, sulla prima sedia a destra del presidente. Poi c'era la sedia di Tom, quindi lo spazio destinato a Murray. Le pareti erano fiancheggiate da sedie vuote. Di solito erano occupate da ufficiali subalterni e assistenti, ma oggi tutti si erano presentati da soli. Non potevano permettersi fughe di notizie. Forse Gutierrez voleva ancora rivelare tutto all'opinione pubblica, ma perlomeno aveva capito che, finché non fosse giunto quel momento, non potevano permettersi occhi e orecchie estranei.

«Signor presidente,» disse Murray «l'inizio dell'attacco è previsto tra quarantacinque minuti. Se posso, signore, vorrei approfittare del tempo per aggiornarla su un altro sviluppo.»

Gutierrez sospirò e si accasciò sulla sedia. Murray non poteva biasimarlo perché lasciava trasparire la sua frustrazione – tra gli iraniani, le crescenti ostilità tra l'India e il Pakistan, le complicazioni palestinesi, le truppe russe che minacciavano un intervento armato per accaparrarsi il petrolio dell'Artico e, naturalmente, il progetto Tangram, dovevano essere i primi otto giorni in carica più lunghi che un presidente avesse mai affrontato.

Gutierrez rimase stravaccato per un secondo, poi si tirò di nuovo su a sedere e si sistemò la giacca. Sembrò un chiaro sforzo per assumere un'aria più presidenziale. Rivolse un cenno del capo a Murray.

«Abbiamo scoperto un altro possibile sito in cui vivono degli ospiti» disse Murray. «Vicino a Glidden, in Wisconsin.»

«Si trova nei paraggi di Bloomingville, dove Ogden sta per attaccare?» chiese Gutierrez.

«*South* Bloomingville, signore» disse Murray. «Comunque no, dista più di mille chilometri. Glidden si trova vicino alla penisola superiore del Michigan.»

«C'è un'altra struttura?» chiese Vanessa.

«Non lo sappiamo ancora» disse Murray. «Dew Phillips si trova a Glidden nel tentativo di trovare degli ospiti dei parassiti che possano localizzare la struttura. Sta sfruttando Perry Dawsey per rintracciare gli ospiti.»

«Dawsey?» esclamò Vanessa.

«È sotto controllo» disse Murray.

«Sotto controllo» disse Vanessa freddamente. «Ho eseguito alcune ricerche. Quando era infetto, Dawsey ha ucciso il suo amico Bill Miller. Ha ucciso Kevin Mest, la persona che gli ha fornito l'ubicazione del sito di Mather, e poi mi sembra che si sia dimenticato di dirci che ha dato fuoco a tre anziane signore per farsi rivelare il sito di South Bloomingville.»

Murray sbarrò gli occhi. Come aveva fatto a scoprirlo?

«Si è trattato di legittima difesa» disse Murray.

Vanessa inarcò le sopracciglia. «Tre donne di ottant'anni, Murray? Per legittima difesa?»

Il presidente strinse gli occhi. «È vero, Murray?»

Vanessa aveva tenuto in serbo quell'informazione e glie-l'aveva comunicata proprio davanti al presidente.

«Sì, signor presidente, ma non scherzo a proposito dell'autodifesa. Quelle signore erano infette. Hanno cercato di attaccare Dawsey con una molotov. A quanto pare, lui l'ha presa e l'ha rilanciata.»

«Si tratta di cinque morti» affermò Vanessa. «Ci dica, Murray, perché vi avvalete ancora di lui?»

«In realtà non abbiamo altra scelta, signorina» disse Murray. «Come vi ho spiegato, l'unico motivo per cui abbiamo trovato le porte è che Dawsey è in grado di rintracciare gli ospiti.»

«Lo capisco» disse Vanessa, la voce che trasudava disprezzo. «Il vostro segugio ha fiutato la pista. Adesso mandate soldati professionisti, non Phillips e il suo pazzo prediletto.»

Donald si schiarì la voce. «Vanessa, gli uomini di Ogden sono già schierati. Non penso che Murray abbia scelta.»

Vanessa scoccò a Donald uno sguardo truce che valeva più di mille discorsi. «Ogden ha a disposizione i quattrocentottanta uomini del DOMREC» disse usando l'acronimo militare che designava il battaglione della Reazione interna. «Quattro compagnie composte da centoventi uomini ciascuna. Ogden attaccherà con la compagnia Raggi X e può contare sulla compagnia Whisky di riserva sul posto, giusto?»

Donald annuì.

«In questo modo, le compagnie Yankee e Zulu restano di stanza a Fort Bragg» disse Vanessa. «Quindi, perché diamine non usiamo loro invece di Dawsey e Phillips?»

«Dobbiamo essere scaltri» disse Murray. «Glidden è una città, non un bosco. Se portiamo due compagnie nella via centrale di una città degli Stati Uniti, potremmo attirare l'attenzione.»

«È un pazzo scatenato, no?» esclamò Vanessa.

«Basta così» disse Gutierrez. «Sono sicuro che abbia preso dei provvedimenti per tenere Dawsey sotto controllo, giusto, Murray?»

«Sì, signor presidente» disse Murray. «Abbiamo incaricato due agenti esperti di seguire Dawsey in continuazione. Dawsey localizzerà gli ospiti, poi questi uomini entreranno in azione, abbatteranno Dawsey se necessario e metteranno al sicuro gli ospiti.»

Il generale Cooper batté due volte la mano sul tavolo. «Va tutto benissimo, ma qui dobbiamo monitorare un attacco» disse con una voce così arcigna che sembrava quasi una caricatura di come *dovrebbe* esprimersi un generale dei marines. «Non voglio parlare a sproposito, signor presidente, ma abbiamo delle informazioni da condividere con lei in modo che sappia cosa sta vedendo quando comincerà l'attacco.»

Gutierrez annuì. «Grazie, generale Cooper. Murray, prima di concentrarci sull'attacco di Ogden, voglio mettere in chiaro una cosa. Sappiamo che questa è una situazione di crisi e che degli americani potrebbero rimanere feriti, ma non è il caso che vengano feriti dalle stesse persone che dovrebbero risolvere il problema. Intesi?»

«Sì, signore» rispose Murray.

Murray capiva la necessità di tenere Dawsey sotto controllo – sperava soltanto che lo capisse anche Dew Phillips. Vanessa Colburn non stava scherzando. Voleva chiaramente liberarsi di Murray. E, per quanto la detestasse, quella donna aveva ragione a proposito di una cosa...

Quel ragazzo *era* un fottuto psicopatico.

5

Non dovresti picchiare i tuoi figli

Dew Phillips passò col semaforo rosso all'incrocio tra Grant e Broadway. Aveva perfino messo il lampeggiante sul tettuccio della sua Lincoln, la cui luce a intermittenza rischiarava gli scrosci di pioggia torrenziale. Affanculo la riservatezza. I suoi due uomini erano stati messi al tappeto. Quell'assassino era di nuovo a caccia di ospiti.

Dew si chiese se qualcuna delle persone infette sarebbe stata viva all'arrivo di Margaret.

Thadeus McMillian senior era seduto al tavolo della cucina e faceva sobbalzare sul ginocchio Stephen, il figlio di cinque anni. Stephen indossava i pantaloni del pigiama gialli sfrangiati, che erano i suoi preferiti, e una magliettina dei Milwaukee Bucks. Era maledettamente carino. Stephen era il bambino bravo. Tad junior? Non era un bravo bambino. Sara? Non era una brava bambina.

Thadeus scacciò quei pensieri. Non voleva pensare alla figlia.

Sul tavolo c'erano una dozzina di bottiglie di birra vuote, che avevano lasciato cerchi umidi sulla cartina aperta sul ripiano. Sul pavimento c'erano altre bottiglie di birra, insieme a un quinto di gallone mezzo vuoto di gin. Non beveva gin. Sua moglie Jenny tracannava quella roba.

Quella fottuta stronza alcolizzata.

Era stata una ragazza da tre Martini al giorno finché Junior non aveva iniziato a fare i capricci. Da allora, aveva eliminato del tutto i bicchieri di Martini e aveva cominciato a versarsi il gin nella sua tazza da caffè preferita di Hello Kitty. Ogni volta che beveva un sorso, quella stupida gatta dei cartoni animati sembrava fissarlo.

Zoppicando con una stampella, Jenny saltellò in cucina. Non poteva appoggiare il peso su quel piede, il che era comprensibile se si vedeva quell'affare (e Thad non aveva nessuna voglia di rivederlo mai più). L'insistenza con cui Jenny teneva sempre in mano la tazza di Hello Kitty complicava ancor più la camminata con la stampella.

Si fermò appena dopo aver varcato il vano della porta tra la cucina e la scala che conduceva alle stanze dei bambini.

Lo fissò. E lo fece anche quella fottuta gatta.

«Cosa facciamo con tuo figlio?» chiese.

Thadeus si strinse nelle spalle. «Non lo so.»

«Esercita una cattiva influenza su Stephen e Sammy» disse lei. «Non capisco perché l'hai lasciato crescere senza controllo.»

«Senti, io gli ho dato le basi» disse Thadeus. «Cos'altro possiamo fare?»

«Puoi punirlo» disse lei. Thadeus distolse lo sguardo, pieno di vergogna. *Aveva* punito il bambino... forse un po' troppo. Aveva picchiato il suo stesso figlio. In pieno volto. Non l'aveva *schiaffeggiato*, ma preso a *pugni*. Come aveva potuto farlo alla sua stessa carne e al suo stesso sangue? E tuttavia il bambino si comportava in modo insensato. Bisognava fare qualcosa.

«Thadeus,» disse Jenny «dobbiamo andare, sai che dobbiamo. Hanno quasi finito e noi non siamo nemmeno partiti. Non possiamo portare Junior, ma non possiamo nemmeno lasciarlo qui.»

L'uomo annuì lentamente. Forse Jenny aveva ragione. Per quattordici anni, sin dal loro primo appuntamento, aveva sempre potuto contare sui suoi saggi consigli. Magari lei era in grado di vedere la soluzione più ovvia quando lui non ci riusciva. Non lo sapeva. Magari teneva a lui al punto tale da trattarlo con affettuosa fermezza.

Abbassò il capo e fissò distrattamente la nuca del piccolo Stephen. Junior era sempre stato il suo preferito. Sapeva che non si dovrebbe avere un figlio preferito, tuttavia non poteva cambiare il fatto che Junior gli scaldava il cuore un po' più degli altri. Forse era per questo che si era comportato in modo così indulgente.

«D'accordo, Jenny» disse Thadeus. «Portalo qui.»

Jenny si tirò indietro per poter gridare in direzione delle scale che conducevano al primo piano.

«Junior! Vieni in cucina! Io e tuo padre vogliamo parlare con te.»

Si protese di nuovo in avanti appoggiandosi pesantemente alla stampella. Sentirono aprirsi la porta della camera da letto di Tad. Scricchiolava sempre. Thadeus continuava a dire che avrebbe oliato i cardini, ma non aveva ancora trovato il tempo di farlo.

«Devi essere risoluto,» disse Jenny seccamente «non devi vacillare. Devi essere forte, proprio come con Sara.»

Sara. Non voleva pensare a Sara.

Tad scese le scale con passo pesante e rapido.

Ma come poteva un bambino piccolo muoversi così rumorosamente?

Thadeus guardò Jenny tirarsi di nuovo indietro nel corridoio.

Un braccio, un braccio gigantesco, si abbatté con violenza producendo un fischio simile a quello di una mazza da golf che oscilla appena prima di colpire la palla.

Poi un tonfo sordo e umido, simile al suono di un'anguria caduta sul pavimento.

La testa di Jenny scattò verso il basso, poi rimbalzò di nuovo mollemente verso l'alto, ma si fermò a metà strada. La sommità della testa ondeggiò come una gelatina di frutta tremolante. Jenny tentò di fare un passo barcollante, poi stramazzò a terra. La sua tazza di Ginny Kitty cadde producendo un tintinnio di ceramica e rovesciando quattro dita di liquore sul linoleum della cucina.

Thadeus serrò la presa sul piccolo Stephen mentre si alzava. Si accinse a girare intorno al tavolo dirigendosi verso il bancone per prendere un coltello, una padella, *qualsiasi cosa,* quando l'uomo mostruoso svoltò l'angolo.

Thadeus McMillian senior si fermò di botto.

«Cazzo» esclamò.

Quel gigantesco incubo bagnato e biondo era in piedi sul vano della porta della sua cucina. Una volta Thadeus aveva visto un uomo così grosso. *Quasi* altrettanto grosso. Aveva incontrato in un bar Dusty Smith, il difensore dei Detroit Lions. Dusty era alto un metro e novanta e pesava centotrenta chili. Sembrava più un frigorifero con le gambe che un essere umano.

Quel tipo era più grosso di Dusty Smith.

E Dusty Smith non teneva in mano un cric.

Quell'uomo teneva in mano l'arnese che aveva appena ucciso Jenny. Nell'altra mano enorme, teneva il figlio neonato di Thadeus, Sam. Non stava cullando Sam; teneva il piccolo nel modo in cui si sarebbe potuta raccogliere una bambola che era stata lasciata sul pavimento. Il pollice e l'indice circondavano il minuscolo collo mentre le altre tre dita erano avvolte intorno al pigiama giallo che copriva il corpo di Sammy.

Gli occhi di Sammy erano chiusi.

Oh no è lui!

Le voci nella testa di Thad. Erano rimaste in silenzio per quasi tutta la sera.

È quel bastardo!

«Sono qui per aiutarvi» disse il bastardo.

Il piccolo Stephen sollevò un braccio e indicò l'uomo. Parlò con la sua voce infantile.

«Pa... pà,» disse «uccidi quel coglione.»

Improvvisamente, Stephen si dimenò e scalciò. Thad lo lasciò andare. Il bambino cadde goffamente ma si rialzò subito in piedi. La magliettina dei Milwaukee Bucks di Stephen si arrotolò quando il piccolo si tirò su, mettendo in mostra un triangolo azzurro sulla pelle sopra le reni. Il bambino proruppe in un grido di battaglia micidiale e stridulo che sembrò quasi comico per la sua vocina, poi si avventò contro l'uomo gigantesco.

Il bastardo fece un passo in avanti e sferrò un calcio agitando i fianchi durante l'attacco. Stephen produsse un piccolo staccato quando il piede lo colpì, per metà un colpo di tosse, per metà uno strillo. Il suo corpicino schizzò dalla parte opposta della stanza come se fosse stato esploso da un cannone. Con uno schianto ripugnante, il lato destro di Stephen sbatté contro il bordo del tavolo della cucina. Il tavolo s'inclinò per l'impatto rovesciando le bottiglie di birra sul linoleum prima di tornare al suo posto vacillando. Il corpo di Stephen, ancora piegato con una strana angolazione verso destra, cadde a terra.

Le dita del bambino fremettero per un po', ma a parte quello, Stephen non si mosse.

Thadeus raggiunse il bancone, aprì un cassetto con uno strattone ed estrasse un coltello da macellaio.

Siii uccidilo uccidilo!

Si voltò a guardare l'uomo che aveva sterminato la sua famiglia ma, mentre lo faceva, vide un lampo nero rotante, poi la sua testa si riempì di un'oscurità e di un dolore improvvisi. Cadde a terra con gli occhi sbarrati, mentre i pensieri gli entravano e uscivano dalla mente. Cercò di sputare. Un pezzo di dente gli uscì a malapena dalle labbra e rimase appeso alla guancia destra, impiastrato in quel punto dal sangue e dalla saliva.

Alzati, alzati!

Una mano gli si serrò intorno al collo e lo sollevò.

I suoi piedi penzolavano.

Uccidilo, uccidilo!

Non riusciva a respirare.

Thadeus aprì gli occhi. Il volto di quell'uomo mostruoso si trovava solo a un paio di centimetri dal suo. Aveva una barba rossiccia di due giorni. Sogghignava. Thadeus fissò i suoi occhi azzurri sgranati per la pazzia.

«Non dovresti picchiare i tuoi figli» disse l'uomo.

Thadeus sentì una sirena che si avvicinava, ma era troppo tardi. La mano che gli serrava il collo avrebbe potuto essere una morsa di ferro. Lo stringeva lentamente ma in modo inesorabile.

«Va tutto bene» disse l'uomo. Sorrise. «Sono qui per aiutarti.»

Respira!, disse la voce nella sua testa, la stessa voce che l'aveva spinto a uccidere la sua unica figlia. *Combatti! Devi respirare!*

Thadeus sentì la vescica rilassarsi, avvertì il calore del piscio riempirgli le mutande e i jeans, poi percepì che lo sfintere lo stava tradendo nello stesso modo. Perfino mentre moriva, in qualche modo, provava una sensazione di imbarazzo.

Avrebbe voluto dire un'ultima cosa. Avrebbe voluto dire alle voci nella sua testa di ficcarselo dove non batte il sole, ma non riuscì a emettere alcun suono fatta eccezione per un lieve farfugliamento sibilante.

6

La Margomobile®

Margaret Montoya, Clarence Otto e Amos Braun erano seduti sui comodi sedili della cuccetta personalizzata di un autoarticolato con motrice e rimorchio. L'enorme veicolo a diciotto ruote avanzava verso nord sull'autostrada 13, seguito da vicino da un secondo autotreno esteriormente identico. I due camion, progettati per essere utilizzati insieme come una sola unità, valevano circa venticinque milioni di dollari ed erano diventati noti come Margomobile.

I tre erano seduti in ordine di altezza dal più grande al più piccolo ed erano uno spaccato di diverse culture: la pelle color cioccolato e la corporatura alta e muscolosa di Clarence a sinistra; i lunghi capelli neri e la carnagione ispanica di Margaret al centro; il minuto ed estremamente caucasico Amos a destra. Quei due uomini costituivano metà della squadra di Margaret. L'altra metà guidava gli autotreni. Anthony Gitsham era al volante di quello su cui si trovavano a bordo, Marcus Thompson guidava l'altro. La risolutezza con cui Murray era intenzionato a ridurre al minimo le persone al corrente dei fatti aveva comportato che quell'incarico scelto venisse appioppato a Gitsh e Marcus, per le loro qualità uniche.

Entrambi avevano almeno un centinaio di ore alla guida di un autoarticolato, avevano ricevuto un addestramento medico, avevano fatto esperienza sul campo di battaglia e – cosa più importante – erano anche pratici di procedure e dispositivi contro il rischio biologico. Gitsh aveva guidato autotreni dell'esercito in Medio Oriente e alcune volte aveva maneggiato piccole armi da fuoco, ma non era Clint Eastwood. Clint non era così pallido e così scheletrico e non aveva un'acconciatura afro che lo faceva sembrare una copia bianca delle Pantere Nere del 1974. Marcus costituiva un perfetto contrasto con Anthony, con la sua pelle scurissima, la testa rasata e muscoli abbastanza sodi per entrambi. Apparentemente, l'esperienza sul campo di battaglia di Marcus era piuttosto considerevole. Non voleva parlarne e nessuno glielo chiedeva. Da quanto aveva potuto desumere Margaret, essere incaricato di guidare un camion e di trasportare cadaveri in putrefazione che avrebbero potuto avere un'infezione mortale o forse no... Be', era una specie di vacanza per Marcus. Forse era per questo che fischiettava tutto il giorno, maledizione.

L'intera squadra aveva già indossato le tute nere contro il rischio biologico, che li rivestivano completamente di PVC ermetico fatta eccezione per le mani e la testa. Margaret era così abituata alla tuta che ormai non ci pensava più. Una parte sciocca e incontrollabile di lei apprezzava il fatto che nascondesse i chili di troppo sui fianchi.

Quando fosse arrivato il momento di entrare in azione, si sarebbero messi i guanti assicurati alle cinture e i caschi posati ai loro piedi, avrebbero pressurizzato le tute e poi sarebbero stati pronti ad affrontare gli ultimi orrori di una serie infinita e raccapricciante.

Orrori che sembravano coinvolgere sempre un certo Terrificante Perry Dawsey.

Margaret non sapeva come o perché Perry potesse ancora sentire i triangoli. I referti della TAC avevano evidenziato un sistema di linee sottilissime che si diffondevano nel centro del suo cervello, come una ragnatela tridimensionale o una rete spugnosa. Mentre combatteva per tenerlo in vita, non aveva osato rischiare di cercare di prendere un campione di materiale. Qualsiasi trauma ulteriore inferto a quel corpo devastato sarebbe potuto essere il colpo di grazia. Da quando aveva ripreso conoscenza, Perry non aveva nemmeno voluto parlare di quella faccenda – non era una sorpresa che non permettesse a nessuno di ficcargli un trapano nel cranio.

Anche se fossero riusciti a prelevare un campione, probabilmente non sarebbe servito a nulla – l'Agenzia per la sicurezza nazionale, il gruppo che si occupava di spionaggio legato ai segnali e di crittografia per il governo, non aveva captato nulla. I triangoli e le creature comunicavano, tuttavia nessuno sapeva come. La teoria dominante dell'Agenzia per la sicurezza nazionale contemplava una forma di comunicazione che prevedeva l'apertura di un varco attraverso i quanti, ma, nella migliore delle ipotesi, si trattava di una congettura senza un brandello di dati a confermarla.

Qualsiasi fossero le conoscenze scientifiche alla base di ciò, l'istinto del ritorno al luogo d'origine di Perry era stato l'unica cosa che aveva permesso loro di restare in partita. Purtroppo, quando trovava degli ospiti infetti, li uccideva. Prima Kevin Mest, che aveva massacrato tre amici con un attizzatoio. Perry affermò di averlo fatto per legittima difesa, e tutti se la bevvero. Cosa dire della sua pretesa di aver bruciato tre ottantenni per autodifesa? Be', quella fu un po' più dura da mandar giù.

Ma, qualsiasi cosa avesse fatto, per quanto brutta, aveva sempre trovato le strutture. La morte di Kevin Mest portò alla distruzione di quella di Mather da parte di Ogden. E le tre signore anziane che Perry aveva arso vive? A causa loro, adesso Ogden si trovava a South Bloomingville, com'era auspicabile per abbattere anche quella struttura.

A Glidden sarebbe stato diverso. L'aveva detto Dew. I suoi uomini, Claude Baumgartner e Jens Milner, tenevano sempre sotto controllo Perry. *Avrebbero* preso degli ospiti vivi. Quando l'avessero fatto, Margaret sapeva che avrebbe potuto operare gli infetti e rimuovere i parassiti con successo.

Murray voleva degli ospiti vivi per altre ragioni, ragioni che avevano creato una specie di circolo vizioso. Voleva interrogare i triangoli. In teoria era una buona idea, ma Margaret avrebbe eseguito delle operazioni per togliere tutte le escrescenze che avesse trovato. Se in quel modo avesse ucciso il triangolo per salvare un ospite, peccato per Murray. Il suo lavoro consisteva nel salvare vite, non nel tenere qualcuno incatenato in qualità di interprete dei parassiti.

Clarence esaminò una cartina posata sulle sue ginocchia.

Si asciugò il sudore dalla fronte con il dorso della mano, poi emise un sospiro esasperato.

«Suvvia, Margo, questa tuta è fastidiosa» disse. «Voglio toglierla.»

«Dacci un taglio, Clarence» disse Margaret. «Non ho intenzione di riparlarne.»

«Ma è inutile tenere questo affare» affermò Clarence. «Dew è entrato in contatto con dozzine di cadaveri senza contrarre nessun parassita.»

«Per ora.»

Amos sorrise. «Sembri una versione nera dell'omino Michelin. Questa tenuta non ti dona.»

«E tu sembri un minuscolo capo del Ku Klux Klan che ha lavato i vestiti bianchi con quelli neri» disse Clarence. Guardò di nuovo Margaret. «E cosa mi dici di Dawsey? L'hai rimesso in sesto ma non hai sviluppato triangoli. Questa tuta mi fa sudare e il sudore non mi dona *affatto*.»

Margaret avrebbe voluto dissentire su quel punto. Aveva visto l'agente della CIA Clarence Otto sudato; l'aveva visto in quel modo da vicino e in privato, mentre anche lei era sudata, e non riusciva a immaginarselo con un aspetto migliore.

Amos rise. «Hai sottolineato che sei sudato per alludere ad altro? Non mi degno nemmeno di risponderti. Sul serio, Otto, dovrai metterti un po' più di impegno per prenderti gioco del fatto che voi due scopate ogni volta che pensate che non vi stia guardando nessuno.»

«Quella tuta fermerà anche i microbi,» disse Clarence «ma temo che non offrirà molta protezione contro un colpo di pistola.»

Amos rise di nuovo e sollevò le mani rivolgendo i palmi verso l'esterno come se volesse dire: 'Va bene, va bene, rilassati.'

Clarence parlava da duro, con una voce roca che intimidiva e tutto il resto, ma negli ultimi tre mesi lui e Amos erano diventati rapidamente amici. Clarence Otto era semplicemente molto simpatico. Sagace, disponibile, rispettoso e dotato di una forte vena di buonsenso deduttivo, metteva spesso sotto una prospettiva strategica le scoperte scientifiche di Margaret e Amos. Per quanto riguardava Amos, la sua competenza multidisciplinare e la sua pura genialità avevano aiutato la squadra a rimanere un passo avanti rispetto all'infezione. Forse, più che altro, mezzo passo, ma perlomeno si trovavano ancora davanti.

A un certo punto, negli ultimi tre mesi, entrambi gli uomini avevano confessato una passione comune per la pallacanestro. Otto, ex difensore della terza divisione e tifoso irriducibile dei Boston Celtics, scoprì che il piccolo, fragile e minuto Amos Braun aveva un'ottima elevazione esterna. Be', definirla elevazione era esagerato – si staccava da terra *forse* di sette centimetri e mezzo quando lanciava la palla. Amos non avrebbe mai potuto giocare con la difesa a uomo. Però, in una partita di horse[1], avrebbe potuto battere Otto sei volte su dieci. Anche Amos era un tifoso irriducibile di basket, anche se preferiva i Detroit Pistons, e questo forniva ai due uomini parecchi argomenti di cui discutere nelle molte ore in cui non c'era un cadavere sul tavolo delle autopsie.

«Clarence,» disse Margaret «nessuno si è infettato tramite contatto, ma questo non significa che la malattia non sia contagiosa. Potrebbero anche esserci delle tossine che non abbiamo ancora visto o qualcos'altro che potrebbe farti del male. Quella tuta ti terrà al sicuro, quindi continua a portarla.»

Otto sospirò. «Sì, signora.»

«È colpa tua se è diventata così» disse Amos. «Mi ricordo quando Margaret era una persona totalmente influenzabile. Sei stato tu a farla salire a bordo del treno espresso di Gloria Steinem e a trasformarla in una femminista e quant'altro.»

«Lo so, lo so» disse Otto. «Magari avessi tenuto la bocca chiusa e l'avessi lasciata tranquilla in cucina.»

«E non dimenticarti che avresti potuto metterla incinta» disse Amos. «Ma ti stai dando da fare.»

Margaret si sentì avvampare. «Piantala, Amos!»

«Amos, il mio piccolo amico bianco,» esclamò Otto «te la sei presa perché un affascinante uomo di colore ci sta dando dentro e tu no.»

---

1 Variante della pallacanestro.

«Affascinante finché non ti metti quella tuta e inizi a sudare» disse Amos. «Allora sembri una caramella mezza masticata.»

Margaret sospirò. Quell'infantile scambio di insulti non finiva mai. Non riusciva proprio a capire gli uomini.

Otto sorrise e annuì, e questo significava che stava per replicare con una battuta, ma il suo cellulare trillò prima che potesse parlare. C'era un'unica persona che avrebbe potuto chiamarlo. Clarence rispose.

«Parla Otto.» Rimase in ascolto. Il suo sorriso si smorzò in un'espressione seria. Strinse il cellulare tra la spalla e l'orecchio, poi guardò la cartina.

«Arriviamo tra tre minuti.» Riattaccò.

«Cosa c'è?» chiese Margaret.

«Baum e Milner sono al tappeto» disse Otto. «Li ha trovati un bambino di nome Tad, che ha detto che Dawsey si stava dirigendo a casa sua.»

Otto si protese in avanti per dare istruzioni a Gitsh.

Margaret imprecò sottovoce. Se Perry avesse raggiunto gli ospiti prima di loro...

7

Meno letale

La sparatoria riecheggiò nel bosco come uno staccato quando il terzo plotone aprì le ostilità, facendo scintillare di lampi di armi da fuoco l'oscuro filare di alberi a occidente. Il primo plotone attese esattamente tre minuti, poi si spinse a nord, direttamente verso la struttura. Il secondo plotone dilagò verso est e poi piegò verso nord, pronto a circondare le creature se fossero sfuggite al fuoco del terzo plotone.

Il quarto plotone mantenne la sua posizione. Se le creature fossero fuggite verso nordovest, si sarebbero imbattute direttamente nel quarto plotone. Se fossero scappate verso nord, il quarto plotone avrebbe colpito a tappeto il loro fianco.

Gli aerei spia Predator volteggiavano bassi a nordest, pronti a sganciare missili Hellfire che avrebbero respinto le creature nel bel mezzo dell'azione o le avrebbero uccise sul colpo.

Gli esseri non avrebbero potuto fuggire in nessun posto.

Ogden guardò attraverso gli occhiali per la visione notturna, pronto a cambiare strategia se ci fosse stato un imprevisto.

Ma non accadde nulla.

«Caporale Cope, cosa mi dice del supporto aereo?»

«Gli Apache, i Predator e gli Strike Eagle sono ancora di guarnigione, signore» disse Cope. «Sono pronti, se ha bisogno di loro.»

«Molto bene.» Ogden osservò il primo plotone farsi sotto, marciando metodicamente e procedendo a balzi squadra dopo squadra per garantirsi un'avanzata costante mentre continuava a sparare sulle postazioni nemiche. Quando il primo plotone si avvicinò, il terzo plotone cessò il fuoco per evitare perdite amiche.

Due soldati in ogni squadra composta da nove uomini trasportavano un'arma meno letale. Come tutti i plotoni, il primo era formato da tre squadre e quindi contribuì all'assalto iniziale della fanteria con sei armi meno letali.

Un tempo, tali armi erano definite *non* letali, ma in battaglia non si aveva mai la garanzia di salvarsi la vita. Se si uccideva la metà delle persone contro cui si combatteva, invece di tutte... Be', allora non erano veramente *non* letali, giusto?

Non sapevano cos'avrebbe funzionato contro le creature, quindi avevano portato due armi meno letali: il fucile appiccicoso e gli Shock Round.

Il fucile appiccicoso sparava getti di schiuma che, teoricamente, avrebbero dovuto ingarbugliare le zampe tentacolari delle creature. I fucili erano stati usati con fortune alterne contro la popolazione della Somalia – alterne perché a volte la schiuma finiva negli occhi degli obiettivi accecandoli oppure ostruendogli la bocca. Se si somma una bocca ostruita a un paio di mani immobilizzate da quella stessa schiuma, nel giro di pochi minuti ci si ritrova con un obiettivo morto. Era un'arma inaccettabile contro degli obiettivi umani, ma le creature erano un'altra storia – valeva la pena di correre il rischio.

In confronto ai fucili appiccicosi, gli Shock Round sembravano quasi normali: erano proiettili da 5,56 millimetri che trasmettevano una scarica elettrica concentrata. Non erano mai stati collaudati, ma gli uomini di Ogden non dovevano fare nulla di diverso da quanto erano stati addestrati a fare – puntare le loro armi e sparare.

Aveva evitato i taser. La loro portata era troppo corta per i suoi gusti. Se l'elettricità avesse funzionato contro le creature, se ne sarebbe avvalso con gli Shock Round.

Aveva portato le armi meno letali dando per scontato che le creature si sarebbero comportate come avevano fatto nelle ultime due battaglie – una volta iniziato lo scontro, prendevano d'assalto le truppe di terra e le costringevano a ingaggiare un combattimento corpo a corpo. Sperava che l'avanguardia delle creature potesse essere abbattuta con un'arma meno letale, poi le altre avrebbero potuto essere massacrate con un convenzionale fuoco concentrato.

Ma stavolta le creature non attaccarono.

Ogden osservò la struttura. I mostriciattoli si muovevano intorno alla costruzione e scorrazzavano sul terreno che la circondava, ma non uscivano allo scoperto per combattere. Uno dopo l'altro fremettero quando i proiettili lacerarono la loro pelle di plastilina. Gli schizzi del loro sangue viola, che sembravano grigi attraverso gli occhiali per la visione notturna, spruzzarono sul terreno in filamenti viscosi prima che le creature crollassero in mucchi palpitanti. Se alcuni di quei proiettili erano degli Shock Round, colpirono le creature come munizioni normali.

Perché diamine non contrattaccavano?

Aveva la brutta sensazione di sapere perché: si trattava di un'altra trappola. Qualcosa di nuovo. Non aveva altra scelta che continuare l'avanzata e sperare che il piano d'attacco fosse abbastanza flessibile da permettere ai suoi uomini di reagire quando quella trappola fosse scattata.

Il caporale Cope abbassò il microtelefono e lo tenne contro il petto.

«Colonnello, il primo e il secondo plotone riferiscono che gli esseri non oppongono resistenza. Nessuno esce allo scoperto per attaccare. Secondo le loro stime, le forze nemiche sono ridotte forse a cinque o sei individui.»

«Ordini il cessate il fuoco immediato degli armamenti letali» sbraitò Ogden. «Sostituiteli lentamente con le armi meno letali. Prima i fucili appiccicosi, ma dica loro di provare anche gli Shock Round per appurare se sortiscono qualche effetto. Tutte le squadre devono cercare di catturare una creatura viva. Dica ai capisquadra di non impiegare armi da fuoco letali a meno che non lo ordino specificamente.»

Gli ultimi colpi riecheggiarono nel bosco quando i soldati smisero di sparare con le carabine M4 e con le armi automatiche M249 delle squadre.

Ogden si voltò verso Mazagatti. «Sergente maggiore, facciamoci sotto. Voglio vedere questa cosa da vicino.»

«Signore,» esclamò Mazagatti «non farei il mio dovere se non le dicessi che è un'idea stupida permetterle di avvicinarsi così tanto. Di nuovo. Signore.»

«Intesi» disse Ogden. «Mi sento fortunato. Di nuovo. Proceda.»

Mazagatti rivolse dei segnali con le mani alla squadra personale di Ogden. Ogden estrasse l'arma che portava di lato e lo seguì. Il caporale Cope rimase un passo indietro e a destra con la radio a portata di mano.

Adesso che la sparatoria era finita, Ogden udì le armi non letali: il sibilo dei fucili a schiuma e le detonazioni apparentemente normali degli Shock Round. Seguì il plotone fino a settantacinque metri dalla struttura prima di ordinare a tutti i plotoni di fermarsi. Adesso il primo plotone era a soli quaranta metri di distanza; con un rapido scatto si sarebbe ritrovato proprio dentro alla struttura.

Ogden vide le creature scorrazzare all'interno degli archi luminosi. Con i loro corpi triangolari e le tre zampe tentacolari che sembravano massicci pitoni neri. La sommità dell'essere più basso gli sarebbe arrivata soltanto al ginocchio, quella del più alto al mento.

La schiuma appiccicosa sembrava funzionare dal momento che aveva ridotto due creature ad ammassi deboli che si dimenavano sul terreno fangoso, incapaci di districare i tentacoli. Contò altri cinque esseri che si muovevano liberamente senza attaccare. Avevano paura delle armi? Erano consapevoli che le armi meno letali avrebbero potuto isolarli? Se sì, perché non correvano almeno verso nord? Perché non cercavano di fare *qualcosa*?

Ogden fiutò di nuovo una trappola: il nemico non si stava comportando in modo razionale o coerente con i due scontri precedenti. Ma, trappola o meno, aveva ricevuto i suoi ordini.

«Caporale Cope, dica al primo plotone di farsi sotto e di catturare il nemico senza uso di armi.»

Cope parlò nel microtelefono e riferì gli ordini.

Trentacinque metri più avanti, Ogden guardò una schiera di uomini levarsi e avanzare in silenzio. I tre artiglieri armati di fucili a schiuma guidarono la carica, ognuno fiancheggiato subito a destra e sinistra da compagni muniti di M4. I soldati rimanenti della rispettiva squadra si sparpagliarono su entrambi i lati di questa avanguardia.

Ogden osservò. Le creature parvero avvertire l'avanzata. Si ammassarono più fittamente intorno alla base dell'arco più piccolo.

Il primo plotone procedette fino a trenta metri. Poi a venti. La schiera di uomini si precipitò in avanti attraverso la neve, facendosi sotto...

Una scintilla lampeggiò da qualche parte sotto le creature, alla base dell'arco. Era la fine? Si stava aprendo?

Ci fu un altro lampo, poi un bagliore costante rischiarò in controluce le creature. Questa nuova illuminazione comparve solo alla base di un arco. Tremolò e sussultò, poi Ogden capì di cosa si trattava: fuoco.

Le fiamme erano blu e non arancione, ma era comunque fuoco. Le fiamme lambirono l'arco come un'esca, saettando lungo la curva quasi come un lanciafiamme.

Tutti e cinque gli esseri che si muovevano liberamente saltarono nelle fiamme dandosi fuoco. Sgambettarono verso le creature incollate e le incendiarono prima di andare a sbattere contro gli altri archi e gli affari simili a tronchi, diffondendo le fiamme. Nel giro di pochi secondi, l'intera struttura era avvolta da lingue di fuoco blu crepitanti.

Il calore indusse i soldati ad arretrare, fermando la loro avanzata come una parete.

«Dica agli uomini di indietreggiare e di costruire un perimetro a una distanza di cinquanta metri» disse Ogden. «E di mettersi le maschere antigas, non sappiamo che tipo di fumi emetta quell'affare.»

Non era un'imboscata. Aveva la sensazione che si trattasse di qualcosa di peggio.

Non di una trappola ma di un... *diversivo*.

8

Una conversazione stimolante

Dew arrivò a casa di Tad solo qualche secondo dopo due furgoni grigi privi di contrassegni. I due veicoli accostarono sulla strada mentre lui parcheggiò la Lincoln sul prato umido appena prima che i furgoni scaricassero i tiratori con addosso le tute resistenti ai materiali pericolosi. Nessuno parcheggiò sul viale d'accesso perché avevano bisogno di mantenerlo sgombro per la Margomobile.

Dew scese dalla macchina e sentì subito la pioggia gelida schizzargli la sommità della testa calva. Non aveva percorso nemmeno quindici passi quando si ritrovò con la giacca inzuppata. Camminava speditamente ma non correva; a quello ci pensavano già due giovani completamente ricoperti da tute nere resistenti ai materiali pericolosi. Erano entrambi armati di un mitra FN P90 compatto, così come i loro due compagni con addosso le tute che si appostarono sul prato.

Uno dei due giovani sferrò un calcio violento alla porta d'ingresso e l'aprì fracassandola. Entrò, seguito dal suo collega.

Dew contò lentamente fino a dieci concedendo ai due giovani il tempo di assicurarsi che non ci fossero pericoli all'interno della casa. Dal momento che non udì spari, entrò.

I due uomini si trovavano in un soggiorno collocato tra la porta d'ingresso e la cucina. Nessuno di loro si muoveva: avevano puntato i loro P90 contro un uomo enorme e bagnato seduto al tavolo della cucina.

Un uomo che teneva una Budweiser nella mano destra e un neonato con gli occhi sbarrati nella sinistra.

Un cric era posato sul tavolo. Nel punto in cui era piegato di novanta gradi brillava perché era bagnato. Un ammasso di cuoio capelluto e lunghi capelli castani era attaccato al metallo nero.

Una donna morta era riversa sul vano della porta che conduceva fuori dalla cucina. Dew sapeva che era morta perché le teste dei vivi non avevano quell'aspetto; gli occhi dei vivi non erano sbarrati con un'espressione vacua e, di solito, i vivi non erano riversi in una grossa pozza del proprio sangue.

Un bambino morto giaceva a terra accanto al tavolo, a meno di un metro dal piede di Perry, simile a una canoa. Il piccolo aveva la schiena spezzata, con la spina dorsale piegata nel mezzo con un'angolazione di quarantacinque gradi.

Quel posto puzzava come se qualcuno si fosse cagato addosso.

Dew estrasse la sua Colt M1911. La tenne lungo il fianco, rivolta verso terra. «Come hai fatto a entrare qui dentro?»

«Dalla finestra sul retro» disse Perry. «È alta solo tre metri. Riesco ancora a saltare piuttosto bene per essere uno a cui hanno sparato al ginocchio.»

Dew ignorò la frecciata. «Coglione fuori di testa. Avevamo bisogno di queste persone.»

«Li ho aiutati» disse Perry.

«Magari potessi spararti e porre fine alla tua sofferenza.»

«Accidenti, *soffro* terribilmente» disse Perry. «Quindi fa' pure.» Bevve un sorso.

«Hai intenzione di uccidere quel neonato?» chiese Dew con tutta la calma con cui avrebbe potuto chiedere a qualcuno di passargli il sale, per piacere.

«No, il neonato è a posto» disse Perry. Gettò distrattamente il piccolo a uno dei soldati. Dew reagì con un fremito quando il bambino descrisse lentamente un arco nel vuoto. Il soldato gettò a terra il suo P90 e afferrò goffamente il neonato che scoppiò subito a piangere.

A piangere *rumorosamente*.

Il bambino non aveva pianto quando era in braccio allo psicopatico che aveva appena massacrato la sua famiglia, ma non appena si ritrovò al sicuro, azionò la sirena che annunciava un bombardamento aereo. È proprio impossibile capire i bambini.

«Voi due, portate il neonato fuori di qui» disse Dew ai soldati. «Conducetelo in un furgone e tenetelo lì. Manderò una persona a visitarlo. Il dottor Braun, un tipo davvero basso, lo riconoscerete quando lo vedrete.»

Gli uomini se ne andarono lasciando Dew da solo con Perry.

Dew iniziò a tremare a causa del completo e della camicia bagnati. Il tempo del Wisconsin era molto simile a quello del Michigan; erano entrambi schifosi, cazzo, e gli facevano dolere l'anca malmessa.

«C'è qualcun altro?» chiese Dew.

Perry indicò un punto all'interno della cucina. Dew si avviò con circospezione verso l'estremità del soggiorno, si sporse un tantino in avanti e guardò dietro l'angolo.

C'era un altro cadavere, di un uomo, riverso sul pavimento davanti al frigorifero. Una grossa macchia scura gli copriva il cavallo e le gambe dei jeans. Era lui la fonte della puzza di merda.

Altri tre ospiti morti. Murray Longworth si sarebbe infuriato quando l'avesse scoperto. Tre omicidi. Come se niente fosse. E Dawsey era seduto al tavolo a sorseggiare una Budweiser.

Sarebbe stato semplicissimo piantare una pallottola nella testa di quel pazzo.

Perry prese un'altra birra da una confezione da sei e la piegò verso Dew. Quel gesto sembrava dire: 'Ne vuoi una?'

«Finisci pure di bere finché puoi» disse Dew. «Se Baumgartner e Milner sono morti, non mi importa quanto Murray ti ritenga importante.»

«Erano quei due idioti che mi seguivano a bordo di una piccola automobile bianca?»

Dew annuì.

Perry si strinse nelle spalle, scolò la birra e poi aprì quella che aveva offerto a Dew.

«Base, sono Phillips» disse Dew. Il microfono nel suo auricolare captò le parole e le trasmise al furgone che costituiva la base a cinque o sei isolati di distanza.

«Ricevuto, Phillips» disse la voce metallica.

«Notizie di Baum e Milner? Qualcuno li ha già trovati?»

«Mi lasci controllare» disse la voce.

Dew attese.

Dawsey bevve un lungo sorso. «Scommetto che hai voglia di spararmi. Scommetto che hai voglia di uccidermi.» Fece sobbalzare il tappo dorato della Budweiser con la mano libera.

«Magari voglio solo *aiutarti*» disse Dew sommessamente.

Perry sorrise e annuì. «Buona idea.»

La voce metallica ritornò. «Baumgartner e Milner sono vivi. L'agente Revel sostiene che sono un po' malconci ma si riprenderanno. Sta arrivando un'ambulanza. A proposito, la loro automobile e la Mustang di Dawsey sono completamente distrutte.»

Dew ripose la sua calibro 45 nella fondina assicurata sotto la spalla.

Dawsey sorrise. «Ti ho detto di non incaricare nessuno di seguirmi, Dew. Avrei potuto ucciderli se avessi voluto.»

«Cosa cazzo c'è che non va in te, Dawsey? Ti abbiamo detto milioni di volte che abbiamo bisogno di un ospite vivo.»

«Non sono un soldato» disse Perry. «I tuoi ordini non significano un cazzo per me.»

«Abbiamo bisogno di informazioni, pezzo di merda assassino. Queste persone disponevano di informazioni.»

«Io dispongo di tutte le informazioni di cui avete bisogno» disse Perry. Scostò le bottiglie di birra mettendo in mostra una cartina ricoperta di cerchi stesa sul tavolo. Con un gesto impetuoso della mano spinse da parte anche un ammasso di capelli che si era staccato dal cric lasciando un lungo arco insanguinato sulla carta. Si pulì la mano sulla gamba dei pantaloni.

«La prossima porta si trova a nordest di qui» disse Perry. «Al di là del confine con il Michigan. La città più vicina si chiama Marenisco. È il posto in cui erano dirette queste persone. Se qualcun altro qui intorno è infetto, si sta recando in quel posto, oppure ci si trova già. È questa l'informazione che vi serve davvero e, adesso che ne siete in possesso, perché avete bisogno di quei falliti vivi?»

«Falliti? Quello che hai spezzato in due non poteva avere più di cinque anni.»

«Certo» disse Perry. «E ti avrebbe ficcato nella pancia qualsiasi coltello fosse riuscito a prendere. *Perché* avete bisogno di lui vivo?»

Dew digrignò i denti. «Perché lo dicono gli scienziati, ecco perché.»

Perry annuì. «Giusto. Hanno bisogno di veder soffrire qualcuno. Hanno bisogno di veder impazzire qualcuno. Hanno bisogno di vedere qualcuno passare quello che ho passato io, giusto?»

Dew non disse nulla.

«Sei costretto a sopportarmi, vecchio» disse Perry. «Sono l'unico che possa sentirli. Sono l'unico che possa *trovarli*. Sono una gallina dalle uova d'oro.»

Dawsey era completamente incontrollabile. Certo, Dew capiva che il ragazzo fosse confuso. Solo cinque settimane prima, Dawsey si era tagliato le palle, cazzo. Dew poteva comprendere che fosse afflitto da rabbia, depressione e perfino stress postraumatico, ma *quello*?

Tuttavia, una parte di Dew non riusciva a scrollarsi di dosso il pensiero che, se avesse trattato gli infetti come faceva Perry, il suo collega, Malcolm Johnson, sarebbe stato ancora vivo.

«Perry, devi smetterla» disse Dew. «Margaret ritiene di poter salvare queste persone. Come può farlo se continui a perdere la testa?»

«Non può salvarle» disse Perry. Si scolò la bottiglia con un unico sorso e poi ne aprì una terza. «Fidati di me, so di cosa sto parlando. Solo io posso dare a queste *persone* l'aiuto di cui hanno bisogno.»

Dew fissò per alcuni istanti quell'uomo gigantesco. Per la terza volta – e la seconda negli ultimi tre giorni – Dawsey aveva localizzato una struttura.

Dew ricordò l'orrore che aveva provato quando aveva scorto la prima. Era così rovente da sciogliere la neve che la circondava. L'aveva vista accendersi e diventare completamente luminosa, poi aveva visto migliaia di creature *attraversare* la porta, riversandosi quasi nel bosco prima che una dozzina di missili ad alto potenziale anticarro, sganciati dagli elicotteri Apache, riducesse quell'affare in mille pezzi.

«Hai individuato due nuove porte in un lasso di tempo piuttosto breve» disse Dew. «Pensi che ce ne siano altre?»

Perry si strinse nelle spalle. «Non lo so. Non sono proprio in grado di spiegarlo. Sento... Che termine usate voi spie? Sento *confabulare*. Potrebbero arrivarne delle altre. Non saprei dirlo. Ma ti conviene entrare in azione, vecchio, invece di startene qui seduto a grattarti le chiappe; penso che quella di Marenisco sia a buon punto.»

Dew puntò un dito contro Dawsey. «Tu rimani *qui*. Denuncerò l'accaduto e poi ti riaccompagnerò in albergo.»

«Grazie, papà» disse Perry. «Oh, e incarica i tuoi sottoposti di tirar fuori la mia borsa dal bagagliaio della Mustang. E, a proposito di Mustang, me ne servirà un'altra. Assicurati che sia una GT. Stavolta la preferirei blu con una striscia argentata, ma mi accontenterò di qualsiasi colore riuscirai a trovare. Non voglio fare il difficile.»

Dawsey non era solo un pazzo e un assassino, ma era anche un furbacchione. Dew lo fissò chiedendosi se forse non avrebbe dovuto estrarre di nuovo la pistola e farla finita.

La pistola... Questo sollevava un interrogativo interessante.

«Hai messo fuori combattimento Baumgartner e Milner» disse Dew. «Erano entrambi armati. Perché non hai preso le loro pistole?»

Vide qualcosa guizzare negli occhi di Perry, un lampo che appariva solo nei rari e brevi momenti in cui parlava di triangoli o di creature: si trattava di paura?

«Le pistole sono adatte alle mammolette» disse Perry. «Trovo che i cric siano più nello stile di Charles Bronson.»

Dew lo fissò per qualche altro secondo, poi prese la cartina e uscì dalla casa. Mentre se ne andava, vide la prima delle due Margomobili accostare sul viale d'accesso. Quando Margaret avesse scoperto che non aveva nulla su cui lavorare, non ne sarebbe stata felice.

9

Sottomesso

I freni ad aria compressa dell'autoarticolato fischiarono quando la motrice rallentò e si fermò.

La casa dei McMillian non era un granché da vedere: una tipica scatola di due piani con tre camere da letto, con l'intonaco un tempo bianco e adesso screpolato, scrostato e punteggiato di macchie scure di legno messo a nudo che aveva assunto la patina del tempo. C'era un grosso giardino con vecchi alberi privi di foglie. Due furgoni grigi erano parcheggiati lungo la strada e Margaret ipotizzò che l'anonima Lincoln nera sul prato appartenesse a Dew.

In realtà, l'acquazzone era una circostanza propizia: la pioggia gelida avrebbe tenuto i vicini ficcanaso all'interno delle loro case. Magari, alcuni avrebbero sbirciato fuori a causa della confusione, ma, finché non cercavano di superare il perimetro, andava bene.

Gitsh allungò il collo dal sedile del guidatore per guardare Margaret, con l'acconciatura afro che sobbalzava un tantino a ogni movimento. «Io e Marcus dobbiamo andare avanti a collegare i rimorchi per preparare la stanza degli esami, signora?»

«Sì, Gitsh» rispose Margaret. «Grazie.»

L'uomo scese e chiuse la portiera del guidatore. La stanza degli esami era un'espressione curiosa. Naturalmente la definivano tutti così, ma per il momento non avevano svolto alcun esame, solo autopsie. Non era esattamente un'espressione ironica, tenuto conto del fatto che, in origine, quella struttura composta da due rimorchi era stata progettata per svolgere sul posto autopsie di vittime di malattie infettive. Se si doveva gestire un contagio letale e sconosciuto, era più sensato analizzare i cadaveri delle persone nel luogo in cui erano morte piuttosto che trasportarle in un laboratorio di livello di sicurezza quattro contro il rischio biologico. Non importava quanto fosse sicuro il trasporto, si rischiava comunque di diffondere il contagio da qualche parte lungo il tragitto. D'altra parte, una struttura portatile di livello di sicurezza quattro contro il rischio biologico permetteva non solo di analizzare il cadavere sul posto, ma anche di bruciarlo.

Qualche secondo dopo che Gitsh ebbe chiuso la portiera del guidatore, si aprì quella sul lato del passeggero e Dew Phillips salì a bordo grondando acqua. Frammenti di ghiaccio erano attaccati alla sua testa calva e all'anello di capelli rossi che gli circondava la nuca da tempia a tempia. Sembrava stanco, bagnato e seccato.

«C'è un solo sopravvissuto» disse Dew. «Un neonato che si trova sul furgone a destra. Dottor Braun, può andare a visitarlo? Non è infetto.»

«Come fai a saperlo?» chiese Margaret.

«Perché, se lo fosse stato, Perry l'avrebbe ucciso. Come ha fatto con le tre persone che lo erano.»

Margaret tornò ad accasciarsi sul sedile. Erano arrivati troppo tardi. Di nuovo.

«Andrò a visitare il bambino, Dew» disse Amos. «Ma mi chiedo perché i tuoi amici del governo non riescano a controllare il signor Hannibal Lecter.»

«Ha mandato Baum e Milner all'ospedale» sbottò Dew. «Forse *le* piacerebbe provare a controllare un assassino alto un metro e novanta che probabilmente può sollevare l'intero autotreno?»

Amos scosse il capo. «Neanche per sogno. Quell'ubriacone mi spaventa a morte. Si assicuri che quel pazzo sia uscito dalla casa prima che ci entri io, altrimenti non mi prenderò nemmeno la briga di scendere da questo veicolo.»

«Il piccolo uomo bianco ha ragione,» disse Clarence «Dew, i suoi uomini non possono far uscire l'eunuco di lì?»

Dew annuì stancamente. Margaret si protese in avanti.
«No,» disse «prima voglio parlarci io.»
«Scordatelo, Margo» disse Clarence. «Cosa diavolo c'è che non va in te?»
«Prima di tutto, quell'uomo si chiama Perry, non *l'eunuco*, nemmeno *il signor Hannibal Lecter* e neppure *quel pazzo*. Secondo, non c'è nulla che non va in me.»
«C'è *qualcosa* che non va in te» disse Dew. «Non hai sentito che ho detto che ha appena ucciso tre persone?»
«Sì, e ti ho anche sentito dire che non ha ucciso il neonato perché non è infetto. Non ha ucciso il bambino che ha trovato Baum e Milner e, potrei aggiungere, non ha ucciso nemmeno loro. Siccome non sono infetta, andrà tutto bene.»
«Neanche per sogno» disse Clarence. «Probabilmente è di nuovo ubriaco. Dew, è ubriaco?»
«Se non lo è, è sulla buona strada.»
«Visto?» esclamò Clarence. «Non entrerai lì dentro, Margo, punto e basta.»
«Ha ragione» disse Dew. «Scordatelo.»
«La maggioranza vince» disse Amos. «Per passare a un nuovo argomento, il presidente dà la parola al senatore Gonzales di Topeka.»
«*Chiudete* il becco tutti quanti» disse Margaret. «Non possiamo consentire a Perry di uccidere gli ospiti. Qualcuno deve fargliela capire.»
«Non preoccuparti di quello» disse Dew. «Puoi scommettere che la prossima volta che fiuterà una pista, lo ammanetteremo e gli incateneremo le gambe prima di riuscire a rintracciarla.»
Amos rise. «Manette? Probabilmente se le mangerà.»
«Manette?» esclamò Margaret. «*Catene alle gambe*? Dopo le torture che quell'uomo ha subìto, pensate di potergli far capire qualcosa mettendogli dei ceppi?»
«Ha appena *ucciso* tre persone» disse Clarence. «Per piacere, qualcuno mi dica che non sto sentendo davvero queste stronzate buoniste progressiste.»
«Margaret,» disse Dew «devi tirar fuori la testa dalla sabbia.»
«Smettetela!» gridò Margaret. «Tutti voi, smettetela e ba-

sta! Dobbiamo capire perché Perry si comporta così, e dobbiamo capirlo subito. È il mio paziente, ve lo siete dimenticato? Sono stata io a impedire alla putrefazione di ucciderlo.»

«Ehi, io ti ho aiutata» disse Amos.

Margaret agitò le mani con scarsa considerazione. «Sì, naturalmente. Non era questo che intendevo. So che Perry è estremamente pericoloso, non sono un'idiota. Ma, da quando abbiamo scoperto che può rintracciare gli ospiti, è a piede libero. Avrebbe potuto tagliare la corda in qualsiasi momento, ma non l'ha fatto. E tuttavia lo tieni isolato da tutti.»

«Hai maledettamente ragione che lo tengo isolato» disse Dew. «È quello che si fa con i pazzi. Scordatelo, Margaret. Non puoi entrare lì dentro.»

«L'azione si è conclusa» disse lei sommessamente. «In quella casa ci sono solo cadaveri, quindi adesso tocca a me.»

«Aspetta!» esclamò Amos. «Ho sentito una barriera invisibile contro l'emancipazione femminile frantumarsi da qualche parte.»

«Non sto scherzando» disse Margaret. «Ci troviamo in una situazione problematica e questo significa che *tu*...» puntò un dito contro Dew «e *tu*» puntò un dito contro Clarence «dovete fare quello che dico *io*. Giusto?»

I due uomini non dissero nulla.

Amos si sporse in avanti. «Purtroppo è quanto ha ordinato Murray, signori.» Indicò la sua testa. «Memoria fotografica e quant'altro. Non è divertente come impugnare una pistola, ma essere intelligenti ha la sua utilità.»

Dew sollevò le mani. «Sapete una cosa? Che vada tutto a farsi fottere. Devo mettermi in contatto con il colonnello Ogden. Spetta a te accertarti che non accada nulla a Margaret, Otto. Buona fortuna, cazzo.»

Dew scese dal camion sbattendo la portiera alle sue spalle più forte che poté.

«È una stronzata» disse Clarence.

«Vado sul retro a prendere dei sacchi per i cadaveri» disse Margaret. «Vieni ad aiutarmi, Amos. Se sei così preoccupato per la mia incolumità, Clarence, va' la dentro e di' a Perry di restare immobile. Minaccialo pure, perché è quel che fate voi uomini e, a quanto pare, funziona benissimo. Ma mettiti il casco *e* i guanti prima di entrare!»

Margaret passò davanti ad Amos per uscire dalla portiera del passeggero della cuccetta. Come Dew, se la chiuse alle spalle sbattendola.

Clarence rimase seduto in silenzio scuotendo il capo.

Amos cercò invano di soffocare una risata.

«Ci trovi qualcosa di divertente?» chiese Clarence.

«Mettiti il casco e i guanti» disse Amos. «Se tu non fossi già abbastanza arrabbiato, probabilmente ti prenderei in giro.»

«Non è il momento giusto, Amos.»

«Ho detto che ti *prenderei* in giro. Ma in realtà non ti sto prendendo in giro. C'è una grossa differenza. Amico, posso solo immaginare com'è quella donna a letto.»

«In camera da letto comando io» disse Otto con astio. «Purtroppo, sembra essere l'*unico* posto in cui comando io.»

«Sei sottomesso.»

«Non ti ci vedo a tenerla a bada.»

«Tutti sanno che *sono* sottomesso» disse Amos. «A mia moglie, alle mie figlie, a Margaret, non è esattamente una novità. Ma tu, signor maschio alfa? Tiri avanti illudendoti che, un giorno o l'altro, sarai in grado di cambiare la situazione.»

«Va' a farti fottere, nano. E aiutami con questi guanti.»

Amos tenne i guanti in modo che Otto potesse infilarci dentro le mani. Amos si assicurò che gli anelli di congiunzione si fossero chiusi con uno scatto, poi li avvolse con del nastro adesivo.

«Ehi,» esclamò Amos «scommetto venti dollari che Dawsey ti ucciderà.»

«Ci sto.»

«Se lo farà, li prenderò dal tuo armadietto. Non mi sembra il caso di rovistare nelle tasche di un cadavere.»

«Fa lo stesso. Se vincerai tu, credo che non mi importerà affatto delle apparenze.»

Entrambi si sistemarono i fili sottili degli auricolari intorno all'orecchio destro. Ogni filo conteneva un minuscolo altoparlante che entrava nel canale auricolare, un microfono e un trasmettitore collegati al centro comunicazioni della Margomobile. I dispositivi erano sintonizzati su una frequenza predefinita, la stessa usata da Dew e dagli altri agenti. Consentivano agli scienziati di comunicare tra loro e di monitorare tutte le comunicazioni tra Dew e la sua squadra.

Otto si infilò il casco nero. Amos lo aiutò a sigillarlo, poi avvolse il nastro adesivo intorno al colletto di metallo. Otto allungò la mano destra mettendo in mostra i comandi della tuta fissati all'interno del polso. Bastò che Amos premesse il pulsante dell'accensione e il compressore fissato alla cintura di Otto si avviò con un ronzio quasi impercettibile. Il pesante tessuto di PVC della sua tuta si gonfiò lievemente a causa dell'aumento di pressione all'interno. Se la tuta avesse subìto uno strappo, l'aria sarebbe fluita verso l'esterno, tenendo teoricamente lontano dalla sua pelle tutti gli agenti contagiosi o le tossine finché la tuta non fosse stata riparata e decontaminata.

«Vado a guadagnarmi venti dollari» disse Clarence.

«È stato bello conoscerti» disse Amos. «Ci vediamo dall'altra parte.»

Otto annuì, poi aprì la grossa portiera della cuccetta e saltò giù. La pioggia gelida rimbalzò sulla sua tuta nera mentre si incamminava verso la casa.

10

Una bella bevuta

Perry finì la quinta birra. Una sbronza benvenuta iniziò a farsi strada nel suo cervello. Si alzò e si diresse verso il frigorifero. La porta non si apriva completamente. Era parzialmente bloccata dal corpo dell'uomo che si era cagato addosso. Perry posò un piede sul fianco dell'uomo e lo spinse verso destra.

Nel frigorifero trovò un'altra confezione da sei. Bene, il morto non avrà avuto un briciolo di disciplina, ma perlomeno non era uno smidollato a cui piacevano le birre artigianali prodotte in piccole quantità.

Con in mano la nuova confezione da sei, Perry superò il cadavere e tornò a sedersi al tavolo proprio quando un altro uomo con addosso una tuta nera entrò in cucina. Questo impugnava solo una pistola. Attraverso la visiera trasparente della tuta, Perry vide il volto serissimo dell'agente Otto.

«Ehi, Clarence,» disse «mi sembri un ninja grasso.»

«Grazie,» disse Otto «significa molto detto da una fonte di saggezza come te.»

Perry aprì la bottiglia e la bevve tutta d'un sorso. Se ne era scolate sei. Altre cinque e sarebbe stato completamente sbronzo. Tutti devono avere uno scopo nella vita, giusto?

Otto si guardò lentamente attorno all'interno della stanza per appurare i danni. «Eri ubriaco quando hai ucciso queste persone?»

«Non sono persone» disse Perry. «Comunque no, non ero

ubriaco, ma intendo porvi rimedio.» Aprì la seconda bottiglia e ne tracannò metà prima di posarla.

«Immagino di sì» disse Otto. «Ascolta, amico, sai che mi terrorizzi, vero?»

Perry si strinse nelle spalle. Era così che andavano le cose. Non importava cosa facesse o cosa dicesse, lo guardavano come se fosse un mostro. Allora perché non rispondere alle aspettative?

«Margaret sta per venire qui» disse Otto.

«Certo» esclamò Perry. «Guarda con quanti nuovi giocattoli potrà divertirsi. Vedi questo?» Toccò il bambino morto con il piede. «Lo chiamo la Molla.»

«Risparmiami le tue battute da psicopatico» disse Otto. «Sappi soltanto che, quando lei si troverà in questa stanza, se farai un movimento brusco, ti ucciderò.»

«Oh, suvvia, Clarence! Una pistola? Non *fare* così! Cosa ne dici se io e te risolviamo la questione nella vecchia maniera?»

«Scordatelo.»

«Cosa c'è che non va, Clarence? Il padrone Dew ti ha detto che non puoi giocare con i bambini bianchi?»

Dietro la visiera del casco, vide gli occhi di Clarence serrarsi.

«Fa' pure, *ragazzo*» disse Perry. «Dammi un pugno. Non farò la spia.»

Perry sperò che lo facesse. Otto era abbastanza grosso da costituire una sfida. Non un granché come sfida, ma era pur sempre qualcosa. Sarebbe stato bello spaccargli la faccia.

In realtà non aveva nulla contro Otto. Tranne che Otto si scopava la dottoressa Montoya, e questo significava che faceva sesso, cosa che Perry pensava di *non* poter più fare. Se quella non era una ragione sufficiente per menare botte, non sapeva cosa lo fosse.

«Ci rinuncio» disse Otto. «Puoi risparmiarti queste stronzate da macho. C'è un solo modo in cui io e te possiamo ballare, e cioè se entra in gioco un proiettile.»

«Oh, è orribile» esclamò Perry. «Ti sei scritto da solo quella merda?»

A Perry parve di aver visto Otto sorridere appena, ma poi l'espressione impassibile aveva ripreso il sopravvento.

Margaret entrò nella stanza con le braccia cariche di sacchi verdi. Li gettò a terra in un mucchio. Con addosso la tuta nera, sembrava identica a Otto, tranne che era più bassa di trenta centimetri. L'uno accanto all'altra sembravano la versione adulta e quella infantile di un alieno di un pessimo film di fantascienza.

«Ehi, Otto, è arrivata l'altra tua padrona» disse Perry. «Svegliatevi, bianchi. Gli ebrei stanno usando i neri come guardie del corpo.»

«Non sono ebrea, Perry, ma ispanica» disse Margaret. «E ho il dvd di *The Blues Brothers*; l'ho visto una cinquantina di volte, quindi conosco quella battuta. La prossima cosa che mi dirai è che odi i nazisti dell'Illinois?»

Buon dio! Conosceva *The Blues Brothers*?

«So anche che non sei razzista» disse. «Quindi smettila di provocare tutti. Non ne sei capace.»

Perry si chiese se Clarence Otto avesse una vaga idea di quanto fosse in gamba quella pollastrella. Odiava tutte le persone coinvolte in quel progetto assurdo, ma doveva ammettere di odiare Margaret un po' meno degli altri. Inclinò verso di lei una birra intera.

«Vuoi una birra, *chica*? Ho provato a offrirne una a quello schiavo del tuo ragazzo, ma lui mi ha detto che l'unico bianco di suo gradimento è un bianco morto.»

Margaret si sedette al tavolo, davanti al corpicino sul pavimento. Lo fece con una noncuranza che avrebbe potuto trattarsi di una normale scena in una cucina qualunque, fatta eccezione per la tuta nera contro il rischio biologico e i cadaveri.

«No, Perry, *Clarence* non l'ha detto. Comunque no, non voglio una birra, ma grazie lo stesso. Devi smetterla.»

«Smettere di bere? Caspita, che ottima idea. La sobrietà mi è servita a tanto.» Finì la birra e ne prese un'altra. Adesso la sbronza stava davvero iniziando a fare effetto. La desiderava, aveva bisogno che prendesse il sopravvento in modo da dimenticare. Se si fosse ubriacato abbastanza, forse sarebbe riuscito a dormire.

«Perry,» disse Margaret «guardati intorno. Guarda cos'hai combinato. Hai *ucciso* queste persone.»

«Perché continuate tutti a dire che sono *persone*? Erano morti ambulanti.»

«No, maledizione, *non lo erano*. Ti ho salvato, giusto?»

«E che esperienza fantastica è stata!»

«So che è stata dolorosa» disse Margaret.

Perry rise. «Già. *Dolorosa*. A proposito, sei sicura che il tuo cognome non sia Mengele invece di Montoya?»

«Oh, va' a farti fottere, Perry» disse Margaret. «Ti ho salvato la vita. Io e Amos abbiamo escogitato da soli un modo per farlo, perché, credimi, la tua malattia non figurava propriamente su Wikipedia. So che hai sofferto, ma ti ho salvato la vita, e tu mi paragoni a Josef Mengele? Perché non mi dici semplicemente: 'Grazie di avermi salvato la vita, Margaret.'»

«E meno male che hai detto che non sono capace di provocare.»

Era strano con quanta chiarezza si riuscisse a scorgere le emozioni attraverso una visiera. Margaret strinse gli occhi e increspò appena il labbro superiore. Era maledettamente adorabile.

«Non dimenticare, dottoressa, che ti ho concesso un certo vantaggio iniziale» disse Perry. «Non avevo triangoli quando mi hai trovato, ricordi? E puoi guardarti intorno quanto voi, ma non vedrai nessun trinciapollo qui in giro. Queste persone non ci hanno nemmeno *provato*.»

Margaret distolse lo sguardo. Lo facevano tutti quando menzionava il trinciapollo. Trasse un respiro lento, poi lo guardò di nuovo in pieno volto.

«Perry, ho imparato tantissimo aiutandoti a guarire. Posso *salvare* quelle persone. Perché pensi che Dew si dia tanto da fare per acciuffarle vive?»

Perry guardò Margaret fissandola negli occhi marroni. Era vero, gli aveva salvato la vita. La maggior parte delle volte preferiva che non l'avesse fatto.

Era davvero difficile credere che nel mondo fosse rimasta una persona buona come Margaret. Era anche difficile credere che ci fosse una persona così ingenua.

«Ti stai illudendo, signora» disse Perry. «Non puoi salvarli.»

«Posso, Perry, e lo farò. Abbiamo bisogno del tuo aiuto e non solo per trovare gli ospiti. Continui a non volerci dire nulla della tua esperienza. Riesci a immaginare quanto sia frustrante quando l'unica persona sopravvissuta non vuole rivelarti le informazioni più importanti?»

Perry scosse il capo. «Non ho intenzione di parlarne.»

«Me ne sono accorta» disse Margaret. «Ascolta, tutti comprendono che è una situazione traumatica. Credimi. Devi superarla. So che non vuoi pensare a quanto è successo a Bill, ma...»

«*Non* parlare di lui!» Prima ancora che le parole gli uscissero di bocca, Perry si protese verso di lei e batté con forza il pugno sul tavolo. Margaret trasalì, gli occhi spalancati per la sorpresa e la paura. Clarence estrasse la pistola puntandola dritto al petto di Perry.

Perry si tirò subito indietro. Maledizione. Aveva perso il controllo. Aveva spaventato Margaret. Era l'ultima cosa che avrebbe voluto fare.

Margaret si voltò a guardare Clarence. «Metti giù quel maledetto affare.»

Clarence abbassò la pistola.

«Ti chiedo scusa» disse Perry.

Margaret gli posò una mano inguantata sull'avambraccio. «Non preoccuparti. Mi dispiace aver rivangato dei ricordi spiacevoli, ma devi iniziare a fare la cosa giusta.»

«La cosa giusta?» Perry si alzò e posò una bottiglia intera sul tavolo davanti a lei. Era un regalo. Margaret non l'avrebbe bevuta, ma era il pensiero che contava.

«Sei una pupa intelligente, Margo» disse Perry. «Ma in questo caso non sai qual è la cosa giusta. Fidati di me, la cosa giusta è permettermi di aiutarli.»

«Credi di aver aiutato queste persone?»

Perry annuì. «Certo.»

Fece per uscire, poi si fermò e si voltò verso di lei. «E quella tuta, Margaret. È la peggiore che abbia mai visto. Se compri una tuta come quella, scommetto che ti regalano una scodella di minestra.»

«Ma su di te sta bene» disse Margaret. «*Scuola di golf*. Ho visto anche quello.»

Perry sorrise e indicò Otto, che sembrava terribilmente a disagio in quella situazione. «Margie, sei troppo in gamba per il signor Simpaticone laggiù. Goditi i tuoi nuovi compagni di gioco.»

Uscì dalla cucina sperando che la birra che aveva lasciato a Margo non fosse quella che gli avrebbe consentito di passare il segno.

Aveva bisogno di dormire. Dormire, senza sentire la voce di Bill.

11

Nessuna scelta

Dew attese a bordo della sua automobile mentre Anthony Gitsham e Marcus Thompson collegavano i rimorchi dei due autoarticolati per rendere completamente operativa la Margomobile. In realtà, i due rimorchi non erano davvero dei rimorchi, ma carri senza sponde, ciascuno dei quali trasportava un container largo due metri e mezzo, alto tre metri e lungo dodici. Dal momento che si trattava di container da carico di dimensioni standard, quegli affari potevano essere trasportati facilmente per ferrovia, in nave o perfino per via aerea con elicotteri da carico. Una volta uniti, i due container fungevano da locale per le autopsie portatili di livello di sicurezza quattro contro il rischio biologico.

Dipinti di blu e segnati per farli sembrare arrugginiti e vecchi, non attiravano una seconda occhiata in autostrada. Ma era solo l'esterno a sembrare ammaccato: le zone interne luccicavano del biancore incontaminato di un ospedale a tecnologia avanzata.

Tre mesi prima non esisteva qualcosa di simile a un laboratorio mobile di livello di sicurezza quattro contro il rischio biologico. Era il più elevato: comprendeva emergenze come ebola, il morbo di Marburg, la superinfluenza e così via. Un'azienda aveva progettato il rimorchio. Margaret l'aveva scoperto e aveva insistito che era proprio quel che ci voleva per la missione segreta e assurda del progetto Tangram. Dew era d'accordo. Così come Murray, che aveva sovvenzionato la realizzazione urgente di un prototipo e poi ne aveva ordinati altri due. Al prezzo speciale valido solo per una settimana, di venticinque milioni di dollari ciascuno.

«Affanculo,» aveva detto Murray «sono solo soldi dei contribuenti.»

Quante cose si potevano fare con risorse segrete! Quando i rimorchi furono consegnati e la squadra li ebbe controllati, Amos li aveva definiti la Margomobile, e quel nomignolo gli era rimasto appiccicato.

Grosse somme o meno, Dew non poteva discutere con Margaret, la combinazione dei rimorchi era un affare a qualsiasi prezzo. Le tende di livello di sicurezza quattro contro il rischio biologico che Margaret aveva usato in diversi ospedali funzionavano, ma bisognava montarle e si doveva avere a che fare con un personale dell'ospedale preoccupato, con i mezzi di informazione locali eccetera. La Margomobile aveva risolto il problema. Si poteva portare il laboratorio di livello di sicurezza quattro contro il rischio biologico direttamente dove si trovavano i cadaveri e fare quanto doveva essere fatto. Quell'affare era perfino dotato di un inceneritore a microonde, cazzo, forniva tutto il necessario dal prelevamento dei cadaveri al loro smaltimento.

I due rimorchi venivano montati in parallelo. Dietro, il rimorchio a destra, il rimorchio A, era munito di normali sportelli per il carico. Quando venivano aperti, mettevano in mostra altri due sportelli: gli sportelli per il carico erano solo una copertura. Lo sportello a sinistra conduceva in un piccolo centro computerizzato, lungo tre metri e largo un metro e mezzo. Una scrivania sottile correva per tutta la lunghezza della stanza. Reggeva tre combinazioni di mouse e tastiera posate davanti a tre schermi piatti fissati alle pareti. Se si aggiungevano tre sedie da ufficio, ci si poteva mettere al lavoro. Altre apparecchiature garantivano una trasmissione cifrata sicura a chiunque si sintonizzasse sulla frequenza del rimorchio o potesse connettersi a un collegamento satellitare con l'Agenzia per la sicurezza nazionale. Voce, filmati, dati, qualsiasi cosa di cui si avesse bisogno. In origine, l'apparecchiatura per le comunicazioni era stata progettata per fornire un collegamento sicuro con il Centro per il controllo e la prevenzione delle malattie infettive o con l'Organizzazione mondiale per la sanità, ma funzionava anche con una vecchia spia della CIA.

Lo sportello destro conduceva in una camera d'equilibrio claustrofobica larga meno di un metro che si addentrava per tre metri nel rimorchio prima di raggiungere una seconda porta ermetica che si apriva sul centro di decontaminazione di due metri e mezzo per tre. Lì dentro, dozzine di ugelli emettevano una combinazione ad alta pressione di gas al cloro e di candeggina liquida concentrata. Sarebbe stata letale per qualsiasi cosa a partire dai microbi fino agli uomini. Una volta passati attraverso il centro di decontaminazione, un'ultima porta ermetica conduceva nel settore principale: una stanza per le autopsie larga due metri e mezzo e lunga sei metri, un'area ampia come un normale soggiorno in cui occuparsi degli agenti patogeni più letali che il mondo avesse da offrire.

Il rimorchio a sinistra, il rimorchio B, ospitava uno spogliatoio angusto con armadietti per le tute e l'attrezzatura contro i materiali pericolosi. La stanza non faceva parte della zona a tenuta stagna; bisognava entrare nello spogliatoio, infilarsi la tuta, poi uscire di nuovo e passare nella camera di equilibrio del rimorchio A per raggiungere la stanza delle autopsie. Nel rimorchio B c'erano anche compressori d'aria, celle frigorifere, filtri, generatori, nove alloggiamenti per cadaveri come quelli che si trovano in qualsiasi obitorio e una camera di contenimento dalle pareti trasparenti destinata agli ospiti vivi. Quella cella conteneva carrelli per autopsie, l'uno accanto all'altro, distanziati da uno spazio appena sufficiente per entrare, voltarsi e uscire. Se avessero dovuto usare quella cella, probabilmente l'ospite (o gli ospiti) sarebbero stati legati ai carrelli: la segretezza e la sicurezza erano all'ordine del giorno, non la comodità.

Un passaggio coperto pieghevole partiva dal rimorchio B e si collegava direttamente alla stanza delle autopsie del rimorchio A. In questo modo avevano bisogno di un'unica zona di decontaminazione per accedere alle aree a tenuta stagna di entrambi i rimorchi. Gitsh e Marcus erano intenti a collegare il passaggio simile a una fisarmonica.

A Dew piacevano quei ragazzi. Marcus era quel genere di persona che si sarebbe voluto avere al proprio fianco durante uno scontro a fuoco. Gitsh non molto, ma era un tipo che sorrideva sempre e, nel corso di un incarico lungo e in un posto isolato, ciò era importante quanto la capacità di sparare dritto. Dew guardò l'ora; di solito il processo di collegamento richiedeva dieci minuti. Adesso ne erano passati più di undici. Più tardi gliene avrebbe dette quattro.

Gitsh aprì la porta del centro computerizzato. Dew scese dalla Lincoln sfidando ancora una volta la pioggia per lanciarsi all'interno. Si sedette davanti a un computer, digitò username e password, poi stese la cartina sporca di sangue sulla tastiera. Prese il telefono di sicurezza e selezionò un numero che aveva in memoria. Trovava ancora strano poter chiamare il colonnello Charlie Ogden nel bel mezzo di uno scontro sul campo e riuscire a mettersi in contatto con lui tutte le volte. Le meraviglie di un esercito a tecnologia avanzata.

«Compagnia X, parla il caporale Cope.»

«Sono Dew Phillips. Mi passi Ogden.»

«Subito, signore.»

Dew attese. Teneva il telefono con la mano destra mentre tracciava con la punta delle dita della sinistra una linea retta tra South Bloomingville, Ohio, e Glidden, Wisconsin. Circa novecentosessanta chilometri. Il progetto Tangram aveva a disposizione diversi Osprey V-22, che erano perfetti per le loro necessità. Potevano decollare e atterrare ovunque perché non avevano bisogno di una pista d'atterraggio grazie a un motore di elicottero su ogni ala. Una volta in volo, quei motori si inclinavano lentamente in avanti e l'elicottero diventava un aeroplano a turboelica doppia. Visto che ogni Osprey poteva trasportare ventiquattro soldati e percorrere circa quattrocentottanta chilometri all'ora, erano preziosi per trasportare le truppe di Ogden dal punto A al punto B. In momenti di vera emergenza logistica, gli Osprey potevano perfino trasportare i rimorchi della Margomobile, un rimorchio per velivolo.

«Parla Ogden» disse la voce familiare. «Che novità ha da comunicarmi?»

«Prima lei» disse Dew. «Ha abbattuto la struttura?»

«Starei qui a parlare con lei se non l'avessi fatto?»

Dew scosse il capo. Charlie Ogden non badava molto ai convenevoli.

«Ne abbiamo individuata un'altra» disse Dew. «Cerchi Marenisco, Michigan, su qualsiasi sofisticata cartina elettronica abbia a disposizione.»

Ogden sbraitò un ordine al suo staff.

«L'ho trovata» disse Ogden.

«Abbiamo scoperto che lì c'è un'altra struttura.»

Ci fu una breve pausa. «D'accordo, adesso le cose hanno più senso.»

«Tra quanto tempo potrà arrivare sul posto, Charlie?»

«Ci sono qui vicino i nostri Osprey. Se facciamo rifornimento in volo... forse due ore e mezzo.»

«Cosa mi dice delle due compagnie che si trovano ancora a Fort Bragg?»

«Posso mandarle subito, ma non sono dotate di Osprey e sono troppo lontane per gli elicotteri. Potremmo imbarcarle sui C-17 e scaricarle vicino a quella zona. Diciamo che ci vorranno una trentina di minuti per il decollo, novanta per trasportarli in volo e farli scendere con il paracadute e quindici per farli radunare e mandarli all'attacco. In entrambi i casi, nella migliore delle ipotesi ci vorranno due ore e mezzo, più probabilmente tre ore. Ha delle immagini di questo affare?»

«Ci stiamo collegando ai satelliti proprio adesso» disse Dew. «Dovremmo ricevere qualcosa da un momento all'altro. Ho detto agli osservatori di inviarvi delle foto non appena le troveremo.»

«Intesi. Ascolti, penso che South Bloomingville fosse una finta. Architettata per attirare la nostra attenzione mentre loro erigevano una struttura a Marenisco.»

«Cosa sta dicendo, Charlie?» chiese Dew. «Quei piccoli bastardi si avvalgono di tattiche di alto livello?»

«Non si sono difesi. Quando ci siamo avvicinati, hanno distrutto la struttura e nel frattempo si sono uccisi. Penso che fosse un arredo scenico.»

«Un *arredo scenico*?»

«Come i finti aerei su finte piste di atterraggio improvvisate per ingannare lo spionaggio satellitare. Si è accesa come tutte le altre porte, ma era più sottile. Il materiale era appena sufficiente per assumere la forma e il comportamento giusti, ma non per funzionare.»

Dew sentì una sensazione di impotenza attanagliargli lo stomaco. «Allora, se la porta di Marenisco è già calda,» disse Dew «se non riuscirete ad arrivare in tempo, cosa succederà?»

Ogden abbassò la voce parlando con qualcuno accanto a lui. «Cope, ordini al FAC di raggiungere questa destinazione.»

Dew udì un lontano 'sissignore.'

«Charlie,» disse Dew «cosa cazzo sta facendo?»

«Ho appena schierato il FAC, il controllore di volo avanzato. È un caccia F-22 Raptor velocissimo. Localizzerà l'obiettivo e trasmetterà le coordinate allo squadrone degli Strike Eagle.»

«Gli F-15? Ha intenzione di sganciare delle fottute bombe da una tonnellata? Si tratta del Michigan, non di Falluja, Charlie, cazzo. Perché non possiamo usare gli Apache come abbiamo fatto a Wahjamega e a Mather?»

«Dipende se riusciamo a farli arrivare in tempo» disse Ogden. «Se invio adesso gli Apache, dovranno volare per due ore filate. Gli Strike Eagle raggiungono una velocità Mach 2,5, arriveranno a destinazione tra venticinque minuti.»

Il cellulare di Dew vibrò; quando lo consultò, trovò un sms che consisteva soltanto di un codice di sedici caratteri.

«Ho ricevuto le foto del satellite, Charlie.»

«Le abbiamo appena ricevute anche noi. Cope, le apra sullo schermo.»

Dew spinse da parte la cartina e digitò attentamente il codice. Apparve una serie di immagini in miniatura, alcune a colori, altre in bianco e nero. Dew cliccò la prima immagine in bianco e nero, ingrandendola fino a riempire lo schermo. Quasi tutta la foto mostrava la configurazione nera e irregolare degli alberi fitti. Però, il centro dell'immagine raffigurava un simbolo bianco indistinto che aveva finito per rappresentare il terrore sconosciuto dell'infezione.

Il fatto che fosse bianco significava che la porta era già incandescente.

«Ordinerò un attacco a tutto campo» disse Ogden. «Toglierò di mezzo quel maledetto affare.»

«Aspetti, Charlie» disse Dew. «Quella zona *sembra* piuttosto disabitata, ma non disponiamo di informazioni sulla popolazione. Non possiamo far sorvolare l'area dagli aerei per appurare se ci sono persone nei paraggi?»

«Phillips, non m'importa un accidente se la porta è costruita proprio sopra un istituto pieno di orfani e suore. Ho intenzione di abbatterla.»

«Suvvia, Charlie. Vuole sganciare bombe da una tonnellata sul suolo statunitense? Dobbiamo ottenere l'approvazione di Murray.»

«No» disse Ogden. «Il presidente mi ha autorizzato a prendere tutte le decisioni necessarie sul campo di battaglia fino all'opzione numero quattro. Quella deve provenire dal numero uno in persona. Altrimenti, tocca a me.»

«Ma quell'ordine era partito dal presidente Hutchins. Probabilmente Gutierrez non ne è nemmeno a conoscenza.»

«Ho ricevuto degli ordini» disse Ogden. «Dobbiamo attaccare immediatamente e con veemenza. Siete stati bravi a scoprire questo posto, Dew. Posso solo dire che, grazie a dio, abbiamo Dawsey. È l'unico fattore che ci tiene in gioco. Passo e chiudo.»

Charlie interruppe la comunicazione.

Dew ripose il microtelefono.

Grazie a dio, abbiamo Dawsey. Pensa un po'. Quel ragazzo non aveva nemmeno una rotella a posto ed era il loro asso nella manica. Cosa avrebbe pensato il vecchio Charlie se avesse saputo che Dew aveva quasi sparato in bocca a Dawsey con la calibro 45? *Mi dispiace, Charlie, il nostro asso nella manica ha un buco in testa.*

Dew si massaggiò il volto con entrambe le mani, poi prese di nuovo il microtelefono. L'esplosione provocata dalle bombe sganciate dagli Strike Eagle sarebbe stata colossale, probabilmente l'avrebbero rilevata perfino i sismografi. Insabbiare una faccenda simile avrebbe richiesto manipolazione, occultamento e bugie. E chi meglio di Murray Longworth avrebbe potuto fare una cosa simile?

12

Mi hai dato una notizia bomba

Nella sala operativa ferveva la conversazione. Le immagini della porta di Marenisco illuminavano quasi tutti gli schermi piatti.

Per Murray c'era qualcosa di frustrante insito in quell'immagine. Tramite il satellite e gli aerei spia avevano assistito all'attacco sferrato dagli uomini di Ogden alla porta di South Bloomingville. L'avevano vista prendere fuoco, bruciare e sbriciolarsi, tuttavia qui c'era una seconda porta che sembrava quasi identica.

Altri schermi mostravano cartine digitali del Michigan: un cerchio verde contrassegnava la porta nella penisola superiore mentre le icone degli F-15 segnalavano la posizione degli Strike Eagle di Ogden. Quegli aerei passavano adagio sopra il lago Michigan; avevano già percorso metà della distanza da South Bloomingville a Marenisco.

Su un grosso schermo appariva solo un conto alla rovescia: quindici minuti, ventitré secondi e così via. Quando fosse arrivato allo zero, gli Strike Eagle avrebbero sganciato il loro carico esplosivo... a meno che il presidente non avesse revocato l'attacco.

Gutierrez aveva rinunciato a mantenere un aspetto presidenziale. Delle goccioline di sudore gli punteggiavano la fronte. Nonostante le apparenze, però, *non* si era arreso allo stress. Poneva domande intelligenti, esigeva risposte intelligenti e costringeva il comitato dei capi di Stato maggiore a scattare ai suoi ordini.

«Maledizione, signori» esclamò Gutierrez. «*Non* potete dirmi che non disponiamo di altri reparti che possano raggiungere Marenisco e attaccare la porta nei prossimi quindici minuti.»

«È proprio quanto le stiamo dicendo» affermò il generale Hamilton Barnes. In qualità di presidente del comitato dei capi di Stato maggiore, la comunicazione di quasi tutte le brutte notizie legate all'esercito spettava a lui, anche se Monty Cooper, il capo dei marines, non esitava a intromettersi nella conversazione senza essere interpellato.

«Signor presidente,» disse Cooper «ci troviamo nel bel mezzo di due guerre e di un'azione di polizia sul suolo straniero. Anche se le nostre truppe non fossero fortemente ridotte a causa di ciò, non potremmo comunque schierare un contingente delle dimensioni di una compagnia nella penisola superiore del Michigan in meno di un'ora. L'unità che può intervenire più velocemente è la divisione Forza pronta dell'ottantaduesimo aviotrasportato. Le unità di pronto intervento della divisione Forza pronta possono raggiungere qualsiasi parte del mondo in diciotto ore, qualsiasi parte degli Stati Uniti probabilmente in sette ore, e lei non ha idea di quanto sia veloce in termini militari. Con tutto il dovuto rispetto, signore, non possiamo agitare una fottuta bacchetta magica e far apparire delle truppe.»

Barnes si voltò verso Cooper, ovviamente per rimproverarlo.

«Lasci perdere, generale Barnes,» disse Gutierrez «ci vuole più che qualche parolaccia per offendermi. Ma non lo faccia un'altra volta, generale Cooper.»

«Signore» disse Cooper.

Gli occhi di Gutierrez saettarono verso l'orologio. Anche Murray lo guardò. Tredici minuti e cinquantaquattro secondi.

«Tra quanto tempo la compagnia X raggiungerà la porta?» chiese Gutierrez.

«I loro Osprey sono appena decollati da South Bloomingville» disse Barnes. «Potranno attaccare tra poco meno di due ore. Gli Apache si trovano a più di un'ora di distanza.»

Gutierrez batté velocemente il pugno sul tavolo con frustrazione.

«Non capisco» disse Vanessa. «Come può un colonnello

avere l'autorità di ordinare un bombardamento come questo? Non deve almeno ottenere il benestare del comitato dei capi di Stato maggiore?»

Il generale Barnes rispose: «Sul campo di battaglia comanda Ogden. È autorizzato a usare qualsiasi mezzo a sua disposizione per raggiungere gli obiettivi che gli sono stati prefissati. Non ha bisogno di approvazione per utilizzare risorse già sotto il suo comando.»

«È ridicolo» disse Vanessa. «Non ha bisogno di approvazione per niente?»

«Il presidente Hutchins ha disposto le cose in questo modo per un motivo» disse Murray. «Nel tempo che abbiamo impiegato per ottenere le informazioni e avviare una discussione su cosa fare, gli aerei hanno già percorso metà del tragitto che li separa dall'obiettivo. Ogden può ordinare le opzioni dalla uno alla tre senza supervisione. Solo l'opzione numero quattro richiede l'approvazione del presidente.»

«E in cosa consiste esattamente l'opzione numero quattro?»

«Nella grossa esplosione» disse il generale Cooper. «L'opzione quattro è un attacco nucleare tattico.»

«Un *attacco nucleare*?» chiese Vanessa. «Sul suolo americano? Mi sta prendendo in giro?»

«Un attacco nucleare *tattico*, signorina» disse Murray. «Abbiamo a disposizione tre testate B-61. Sono testate di potenza variabile. Possiamo regolare l'esplosione da 0,3 a 170 megatoni.»

«Murray,» disse Gutierrez «come ha potuto Hutchins anche solo prendere in considerazione l'ipotesi di sganciare un'arma nucleare?»

«Dobbiamo ammettere la possibilità di non riuscire a trovare una struttura in tempo» disse Murray. «Se dovesse succedere, la porta si aprirà e lascerà passare la prima testa di ponte. Non sappiamo con che genere di armi o di tecnologia avremo a che fare a quel punto. Dobbiamo tenerci pronti per distruggere sia la struttura che l'esercito nemico.»

«È assurdo» disse Vanessa.

«Il piano è stato approvato dal presidente Hutchins» disse Murray.

«Il presidente non è più *Hutchins,*» ribatté Vanessa «ma John Gutierrez.»

Murray annuì. «E gli ordini di un ex presidente sono validi finché l'attuale presidente non ne emana di nuovi.»

Vanessa si voltò verso Gutierrez. «Allora emani un nuovo ordine, signor presidente» disse. «Revochi tutta questa faccenda.»

Gutierrez si appoggiò allo schienale della sedia. «Che tipo di armamenti sono queste bombe convenzionali che Ogden ha intenzione di usare?»

Il generale Luis Monroe, capo dell'aviazione, parlò per la prima volta. «La terza versione della GBU-31 è una bomba di una tonnellata. È in grado di demolire i bunker ed è l'arma più potente che abbiamo, fatta eccezione per le bombe nucleari. L'esplosione ucciderà qualsiasi cosa nel giro di trentatré metri dal punto di impatto e causerà vittime a più di cento metri di distanza. Il raggio totale dell'esplosione è di circa milleduecento metri.»

«Un *raggio* di milleduecento metri?» disse Vanessa. «Ma... Si tratta di un diametro di duemilaquattrocento metri.»

Monroe annuì. «Hanno funzionato molto bene in Iraq e in Iran. Se fosse giorno, la nuvola di fumo sarebbe visibile da trentadue chilometri di distanza. Tutte le città circostanti avvertiranno l'impatto e probabilmente penseranno che si sia verificata una piccola scossa di terremoto.»

«Come diavolo faremo a tenere *tutto* segreto?» chiese Vanessa.

«Ho una copertura pronta» disse Murray. «È una zona profondamente rurale e remota, quindi è plausibile che una cellula di terroristi vi abbia installato una fabbrica di bombe. Quando l'abbiamo scoperto, siamo giunti alla conclusione che avrebbero potuto costruire una bomba sporca, quindi abbiamo mandato degli F-15E a distruggerla. Una bomba sporca costituisce una minaccia radioattiva, quindi possiamo chiudere una vasta area mentre indaghiamo. Tutti l'hanno vinta: lo spionaggio ottiene le informazioni, il potere esecutivo reagisce in modo decisivo e l'esercito elimina i terroristi.»

Tutti gli occhi erano fissi su Murray. I capi di Stato maggiore non erano sorpresi perché gli avevano già visto fare cose simili. Nemmeno Donald Martin sembrava sorpreso. Mentre faceva carriera per diventare segretario della Difesa, senza dubbio si era già imbattuto in bugie simili. Gutierrez, Vanessa e Tom Maskill, però, sembravano sbalorditi.

«Terroristi interni o stranieri?» chiese Gutierrez.

Murray si strinse nelle spalle. «Quello che preferisce, signor presidente. Ho acquisito una conoscenza approfondita dei gruppi che sostengono la supremazia dei bianchi, se volete seguire quella linea. Oppure possiamo optare per al-Qaida. Decida lei.»

Gutierrez si sfregò lentamente le mani mentre pensava.

«Facciamo i sostenitori della supremazia dei bianchi» disse. «Non posso consentire a degli stranieri di costruire una bomba sul suolo americano.»

«Sì, signor presidente» disse Murray. «Posso fare in modo che funzioni.»

«John,» esclamò Vanessa, sbalordita «mi stai prendendo in giro. Hai intenzione di permettere a quegli aerei di sganciare bombe *e* di mentire agli americani in proposito?»

Tutt'intorno al tavolo, ci fu un'alzata di sopracciglia quando chiamò il presidente per nome. Vanessa parve non accorgersene. E nemmeno Gutierrez.

«Non vedo altra scelta» disse.

«Abbiamo la possibilità di dire la verità e di fidarci della gente» disse Vanessa.

Il generale Cooper la derise. «Signora, con tutto il dovuto rispetto, dove ha imparato come gira il mondo, nel paese dei balocchi? Abbiamo a che fare con alieni e porte intergalattiche generati da un'infezione che inizia come un maledetto sfogo. Se lo raccontiamo alla gente, il Paese si disintegrerà nel caos più totale.»

«Non sono d'accordo» disse Vanessa. «Questa cosa farà riunire la gente.»

Cooper rise di nuovo e si accinse a ribattere, ma Murray lo interruppe.

«Dobbiamo prendere una *decisione*» disse. Lo schermo dietro il presidente passò da un'immagine statica della porta a una sequenza ripresa ad alta quota da una cabina di pilotaggio, in cui scorrevano i blu e i neri freddi di una foresta del Wisconsin congelata. Alcuni punti brillavano bianchi mentre l'aereo passava sopra le case.

«Gli Strike Eagle cominceranno a bombardare tra due minuti, signor presidente» disse Murray. «Se vuole annullare l'operazione, deve dirlo subito.»

Gutierrez si appoggiò allo schienale della sedia e congiunse la punta delle dita. Si lasciò sfuggire un sospiro profondo e guardò il soffitto. Murray poteva comprenderlo. Un conto era rendere operativo un provvedimento legislativo del presidente che avrebbe potuto comportare delle perdite tra i civili, ma essere la persona che *impartiva* quell'ordine era un altro paio di maniche.

Lo schermo piatto principale si illuminò di una nuova luce: la struttura aveva appena iniziato a brillare.

«Maledizione,» esclamò Gutierrez «quanto tempo manca?»

«Se ci basiamo su Wahjamega, forse un quarto d'ora. Ma non ne siamo sicuri, signor presidente.»

Gutierrez annuì. «Se sganciamo quelle bombe, quante persone crede che potrebbero morire? In via ufficiosa. Me lo dica subito.»

Murray si strinse nelle spalle. «Se saremo fortunati, nessuna che non sia già infetta. È una zona molto remota, quindi, se saremo sfortunati, al massimo dieci.»

Gutierrez annuì. «Proceda col bombardamento. Fornisca a Tom una relazione informativa che riassuma i punti salienti della sua storia di copertura. Indica una conferenza stampa per le otto del mattino. Donald, generale Barnes, verrete con me a quella conferenza.» Si voltò sulla sedia per assistere al bombardamento.

Vanessa non stava guardando gli schermi. Stava guardando Murray. Tutti i valori che Gutierrez aveva abbracciato durante la campagna elettorale avevano appena ceduto il passo alla realtà. Nella sua mente idealista, probabilmente Vanessa incolpava Murray. Peccato, peggio per lei; il presidente stava prendendo la decisione giusta per il Paese e lei avrebbe dovuto farsene una ragione.

Nel giro di pochi secondi, i blu e i neri freddi dello schermo lasciarono trasparire una macchia bianca che crebbe rapidamente di dimensione. Era tremolante e sfocata, ma era impossibile confondere la sagoma definitiva a spina di pesce della struttura.

Un lampo apparve sullo schermo dall'estremità in alto a destra. Esattamente un secondo dopo, lo schermo si illuminò di un bianco accecante. Quel bianco scomparve rapidamente mettendo in mostra una voluta di fumo ascendente che all'inizio era di un bianco incandescente ma presto si smorzò in un grigio chiaro guizzante.

Tutti erano seduti a guardare in silenzio. Alla fine, Donald interruppe la quiete.

«Spero proprio che non ne abbiano costruita una terza.»

13

Autopsia numero 1

Margaret guardò Gitsh e Marcus spingere il robusto carrello per le autopsie su per la rampa e attraverso lo sportello destro sul retro del rimorchio A. C'era un sacco di spazio nel sacco per i cadaveri posato sulla barella; il corpicino del bambino all'interno era come un unico pisello in un baccello destinato a tre. Margaret seguì la barella nella camera d'equilibrio bianca, poi si chiuse alle spalle lo sportello esterno a tenuta stagna. I tre aspettarono nell'angusta camera d'equilibrio mentre la pressione all'interno si stabilizzava, il che doveva succedere prima che lo sportello interno a tenuta stagna fosse aperto. Della resina epossidica bianca e liscia rivestiva ogni superficie, come in tutte le altre zone del rimorchio contro il rischio biologico. L'intero rimorchio, compresa la stanza dei computer, era dotato di un doppio sigillo: una copertura ininterrotta di resina epossidica, poi tutti i cavi e le tubature e quindi una seconda parete di resina epossidica. Come in qualsiasi laboratorio contro il rischio biologico, lo scopo era eliminare tutti gli angoli, le crepe e i margini possibili.

Sopra lo sportello interno una luce passò dal rosso al verde. Margaret aprì lo sportello, poi seguì il carrello nella camera di decontaminazione. Gitsh chiuse lo sportello interno dietro di loro. Margaret si tirò indietro mentre gli uomini azionavano i comandi che lasciavano uscire lo spruzzo potente di candeggina liquida e di gas al cloro dagli ugelli montati alle pareti, al pavimento e al soffitto. Gitsh e Marcus rivoltarono il sacco contenente il cadavere per accertarsi che gli ugelli ne colpissero ogni singolo centimetro quadrato.

Margaret allargò le braccia e si girò lentamente per consentire allo spruzzo letale di coprire la sua tuta contro il rischio biologico. Controllò il visualizzatore per verificare quanta aria respirabile avesse a disposizione: nel serbatoio della sua tuta era rimasta una riserva di venti minuti. In realtà, la camera di decontaminazione era l'unico posto in cui usavano i serbatoi di ossigeno. Altrimenti, collegavano i caschi alle scorte d'aria dei rimorchi tramite tubi incorporati oppure si limitavano a fidarsi del sistema dei filtri. I filtri della tuta potevano trattare qualsiasi cosa delle dimensioni di mezzo micron o più, ma il gas di cloro sarebbe penetrato e avrebbe ustionato loro i polmoni provocando una morte dolorosa nel giro di pochi minuti.

Dopo che Marcus e Gitsh ebbero finito di lavarsi sotto lo spruzzo di cloro, Margaret aprì l'ultimo sportello a tenuta stagna ed entrò nella stanza delle autopsie. Essendo larga circa due metri e mezzo e lunga sei, era la zona più vasta della Margomobile.

Gitsh spinse il carrello fino all'estremità opposta della stanza, dove si bloccò davanti a un lavandino rivestito di resina epossidica. Il carrello largo sessanta centimetri lasciò meno di un metro su entrambi i lati, parecchio spazio in cui lavorare. Gitsh girò una manopola ai piedi del carrello sollevando l'estremità di un paio di centimetri. La lieve angolazione garantiva che qualsiasi fluido colasse lungo i margini ai lati del carrello riversandosi nel lavandino, che si scaricava nel sistema di smaltimento dei rifiuti.

«Bene, ragazzi, colleghiamoci» disse Margaret. Quattro tubi gialli arrotolati pendevano dal soffitto. Allungò una mano, ne abbassò uno e lo porse a Marcus, che lo connesse al retro del casco di Margaret. La donna avvertì un rapido sibilo quando l'aria pressurizzata penetrò nella sua tuta, facendola gonfiare ancora un po'. Il timer che segnalava sul suo visualizzatore quanta aria le rimanesse all'interno si ridusse a un'esile illuminazione spettrale mentre il logo circolare che indicava il rifornimento di ossigeno esterno si accese. Anche l'icona delle comunicazioni senza fili si smorzò quando la luce della connessione alla rete si illuminò.

«Tiriamolo fuori dal sacco» disse Margaret.

Dopo aver collegato i loro caschi, Gitsham e Marcus abbassarono la cerniera del sacco esterno che conteneva il cadavere e lo sfilarono. Marcus lo posò su un telo rosso per lo smaltimento contrassegnato da un logo arancione acceso contro il rischio biologico. Ripeterono il processo con il secondo sacco e posarono il corpo del bambino sul tavolo.

Margaret non riuscì a trattenere un brivido. La maglietta dei Milwaukee Bucks gli era salita fino alle ascelle. Il calcio di Dawsey gli aveva rotto almeno otto costole che erano sprofondate all'interno come ceramica rotta. La spina dorsale era spezzata sul lato destro dell'ottava vertebra toracica piegandolo di quasi novanta gradi verso destra. Una maschera di pura rabbia si era cristallizzata sul volto del bambino in un ghigno attonito a denti scoperti che mostrava un odio assoluto perfino nella morte. Margaret aveva visto troppe volte visi simili. I visi degli infetti.

«Gitsh, metti subito un campione sotto il microscopio – voglio appurare il livello di decomposizione – poi prepara le iniezioni. Marcus, portami il dispositivo sperimentale per l'esame del tampone.»

«Sì, signora» disse Marcus.

«Registratore in funzione» disse Margaret. Una luce verde lampeggiò nell'angolo in alto a destra del visualizzatore per segnalare che tutto ciò che diceva e vedeva veniva registrato nella sala dei comandi.

«Sono connesso, Margaret» disse Clarence, la cui voce la raggiunse nell'auricolare. «Ho gli altri cadaveri nel secondo rimorchio. Amos sta visitando il neonato, ma sembra a posto. Hai già eseguito l'esame del tampone?»

«Tieni duro, lo sto facendo adesso.» Protese la mano e Marcus le porse un piccolo congegno elettronico bianco grosso come due pacchetti di sigarette collegati alle estremità. Poi l'uomo aprì un pacchetto sottile di stagnola ed estrasse un bastoncino di plastica di dieci centimetri, il cui ultimo centimetro era ricoperto di tessuto umido. Margaret passò l'estremità rivestita di tessuto sulle gengive e all'interno della guancia del bambino.

I triangoli raccoglievano gli zuccheri semplici del corpo umano e li usavano per produrre la cellulosa, materiale che si trovava solo nelle piante. La cellulosa formava un materiale da costruzione che permetteva ai triangoli di trasformarsi in neonati. La teoria di Margaret prevedeva che una parte della cellulosa filtrasse nel flusso sanguigno e infine permeasse i fluidi corporei, compresa la saliva.

Il prototipo del dispositivo aveva alcuni comandi. La caratteristica principale era una fila di tre luci quadrate vicino alla sommità: una arancione, una verde e una rossa. Margaret infilò il tampone di plastica nell'alloggiamento corrispondente del dispositivo portatile, e la luce arancione lampeggiò segnalando che era in corso un esame. L'indicatore successivo sarebbe stato la luce verde, che indicava l'assenza di tracce di cellulosa, o quella rossa, se il materiale fosse stato presente in concentrazioni superiori a quelle che si sarebbero potute rilevare in una macchia d'erba casuale.

Lampeggiò la luce rossa.

«Funziona» esclamò Margaret. «Clarence, il test *funziona.*»

«Fantastico» disse Clarence. «Informerò subito Murray. Può mettere subito in produzione il dispositivo. Ottimo lavoro, Margaret. Finalmente abbiamo trovato ciò di cui avevamo bisogno.»

«Grazie» disse Margaret. Si era affezionata alla voce di Clarence che le risuonava nell'orecchio mentre lavorava. L'uomo restava nella stanza dei computer per soddisfare tutte le sue richieste e ascoltare lei e Amos formulare teorie mentre sezionavano corpi infetti.

Gitsh le picchiettò una spalla. «Il campione è proiettato sullo schermo, Margo.»

La donna si voltò a guardare l'enorme schermo piatto sulla parete. Non era stata lei a progettare il rimorchio, ma lo schermo era una sua idea. Guardare nei microscopi era piuttosto seccante; inviare le loro immagini a un grosso schermo al plasma permetteva a tutti di vedere cosa stava accadendo.

Lo schermo mostrava quel che si aspettava – il rosso, il rosa e il bianco della carne e dei vasi sanguigni enormemente ingranditi, insieme al grigio della materia in decomposizione e al nero delle cellule che erano già state distrutte da tempo dalla reazione a catena dell'apoptosi. Solo circa il venticinque percento si era decomposto: era il miglior campione di cui avesse mai potuto disporre. Ciononostante, non aveva molto tempo.

«D'accordo, ragazzi,» disse Margaret voltandosi di nuovo verso il tavolo «dobbiamo lavorare in fretta.»

Anthony usò le forbici per tagliare i calzoni gialli del pigiama e la maglietta del bambino lasciando il suo corpo piegato nudo sul tavolo.

«Maschio caucasico, approssimativamente di sei anni,» disse Margaret «con la colonna vertebrale spezzata e un trauma esteso causato dalla forza bruta.»

Ancor prima di inciderlo, capì che gli organi interni del bambino erano completamente spappolati.

«Un triangolo sullo stomaco» disse Margaret. «Pesantemente danneggiato, non costituisce una priorità. Uno sulla sommità anteriore della coscia destra. Intatto. Precedenza assoluta. Voltatelo, per favore.»

Gli assistenti girarono il piccolo cadavere.

Adesso il corpo spezzato era piegato verso la sinistra di Margaret.

«Uno sulla parte bassa della schiena, appena sopra l'ottava vertebra toracica. Completamente distrutto, non costituisce una priorità. Non ci sono altri triangoli visibili sul corpo. Rigiratelo e somministriamogli la serie di iniezioni. Massimo dosaggio. Io mi occuperò della coscia destra.»

Riadagiarono delicatamente il cadavere sulla schiena spezzata. Marcus allineò sei grosse siringhe, ciascuna con un lungo ago rivestito di plastica dura. Margaret tolse con cura il cappuccio alla prima siringa e si mise all'opera nella zona intorno al triangolo.

Non appena i triangoli morivano, innescavano la reazione a catena dell'apoptosi. L'apoptosi è un processo normale in un corpo umano sano: a volte, le cellule non sono più di nessuna utilità e diventano un peso per l'organismo, quindi si autodistruggono. Però, i triangoli facevano qualcosa a quel codice chimico trasformandolo in un effetto domino che dissolveva tutto il tessuto di un maschio adulto in meno di due giorni.

Margaret aveva affrontato quel problema quando si era data da fare per salvare la vita a Perry. L'aveva operato subito per togliere ogni traccia dei triangoli morti che marcivano dentro il suo corpo. Ciò non aveva fermato l'apoptosi, ma l'aveva rallentata concedendole abbastanza tempo per trovare una soluzione.

L'apoptosi viene innescata da proteine chiamate caspasi, note anche come proteine carnefici. Le caspasi esistono in tutte le cellule in forma inattiva ma, quando le cellule sono danneggiate o vecchie, le caspasi si attivano e uccidono la cellula. In una persona normale, altre proteine note come inibitori delle proteine dell'apoptosi, o IPA, interrompono il processo non appena la cellula designata muore. I triangoli alteravano questo processo normale neutralizzando le capacità repressive degli IPA, permettendo alle caspasi di diffondere la reazione a catena micidiale alle cellule circostanti, che poi rilasciavano le *loro* caspasi, che poi distruggevano *altre* cellule e così via.

Margaret aveva contrastato questo processo testando molteplici farmaci che inibivano le caspasi. La formula magica si rivelò essere un farmaco sperimentale chiamato WDE-4-11, che interrompeva con successo la reazione a catena dell'apoptosi. Questo consentiva di salvare il tessuto umano, anche se i cadaveri dei triangoli si decomponevano comunque nel giro di poche ore.

Ciò significava che poteva operare un ospite vivo, togliere i triangoli e poi usare il WDE-4-11 per fermare l'apoptosi. Nonostante le convinzioni ingenue e violente di Perry, *poteva* davvero salvarli. Per farlo, però, salvare il tessuto era solo un passo: doveva anche occuparsi degli effetti mentali. A questo scopo, disponeva di una serie di farmaci che controllavano l'umore, compresi quelli che avevano contrastato gli squilibri chimici del cervello di Perry facendolo tornare a una sembianza di sanità mentale.

O così aveva pensato Margaret sul momento.

Concentrò la sua attenzione sulla rimozione del triangolo dalla gamba del bambino morto. Il tessuto umano si sarebbe conservato, ma il triangolo si sarebbe trasformato in liquame nero nel giro di poche ore, e lei doveva agire in fretta.

14

Ubriaco fradicio

Dew parcheggiò la Lincoln davanti alla stanza del motel di Perry. Soffici raffiche di fiocchi di neve avevano sostituito la pioggia e la grandine. Come diceva il proverbio, se non ti piace il clima del Wisconsin, aspetta altri dieci minuti. Dew aveva sentito lo stesso tipo di battute a proposito del Michigan, dell'Ohio e dell'Indiana, ed erano tutte vere.

Perry era seduto sul sedile del passeggero. Era svenuto con una birra nella mano sinistra, mentre la destra stringeva ancora una confezione sbrindellata da sei in cui rimanevano solo due bottiglie. Dew non voleva fare da autista a quel pezzo di merda fuori di testa, ma non aveva intenzione di mettere a repentaglio la vita di qualcun altro.

«Svegliati» disse Dew.

Perry non si mosse.

Dew mise la retromarcia, indietreggiò di circa un metro e mezzo, ingranò la marcia, poi diede gas e frenò di colpo. Il corpo massiccio di Perry barcollò in avanti contro la cintura di sicurezza.

La sua testa scattò verso l'alto e sbatté le palpebre confuso.

«Casa dolce casa» disse Dew.

Perry si voltò e lo guardò con occhi ebbri. «Grazie, papà» disse.

Dew non disse nulla. Perry lo fissò e sorrise per qualche secondo, apparentemente in attesa di una risposta. Non ne ricevette nessuna. Quando scese, la Lincoln si sollevò di almeno quindici centimetri. Maledizione, quanto era grosso quel ragazzo!

Dew spense il motore e scese dall'automobile. La sua stanza si trovava proprio accanto a quella di Dawsey. Come sempre.

«Dawsey, hai intenzione di restare in camera tua stanotte o di trovare altri bambini da uccidere?» chiese Dew.

«Pensavo che uccidere i neonati fosse il tuo passatempo preferito.»

Dew scosse il capo. Era un maledetto riferimento all'omicidio di neonati. Certo, se l'era voluta, ma perfino ubriaco, quel ragazzo sapeva davvero come provocarlo.

«Sai che ti dico?» esclamò Dew. «Sono troppo vecchio e stanco per queste cose. Andrò a letto. Tu entra pure in coma a furia di bere. Ma vedi di non morire, altrimenti finirò nei guai.»

Si diresse verso la sua stanza, inserì la chiave, poi si chiuse la porta alle spalle, lasciando Dawsey in piedi sotto la neve.

Perry annuì. *Vedi di non morire*. Per quelle persone non era nient'altro che una risorsa. Un fenomeno da baraccone. Entrò in camera sua girando la chiave, chiuse la porta, poi si gettò sul letto. Fece cadere la birra che si rovesciò sulla moquette. Andava tutto bene, ne aveva altre due. Si rotolò sulla schiena e fissò il soffitto. Girava in modo vorticoso. Senza distogliere lo sguardo dal soffitto, tastò intorno in cerca di un'altra bottiglia, la trovò e svitò il tappo. La capovolse. Quasi tutta la birra gli schizzò sul viso o spruzzò sul letto, ma in parte gli finì in bocca, quindi non era andata poi così male.

«Ne ho dell'altra, Bill» disse Perry. «Ho ucciso quei bastardi.»

Bill non rispose. Non rispondeva mai alle domande dirette. Si limitava a interloquire inaspettatamente di quando in quando. Diceva a Perry di prendere una pistola e di uccidersi.

Bill. Perché cazzo Margo aveva proprio dovuto tirarlo in ballo? Perry beveva per *dimenticare* Bill. Be', non funzionava. Nulla che Perry facesse funzionava mai. Tranne quando voleva fare del male a qualcuno. Uccidere qualcuno. Quello funzionava sempre.

Comunque, qual era il problema di Dew, cazzo? Fingeva di essere arrabbiato per quella famiglia. Perché Dew e gli altri non capivano? Quelle persone non erano più esseri umani. Erano *deboli*. Non avevano *disciplina*. Questo significava che dovevano morire. Se uno di loro, uno qualsiasi, avesse almeno *cercato* di togliersi i triangoli, Perry l'avrebbe lasciato vivere. Forse. Ma non aveva importanza, perché, per il momento, nessuno aveva combattuto.

Nessuno tranne lui.

Perché? Perché era speciale? Sapeva perché: quell'ubriacone fuori di testa di suo padre che picchiava la moglie e il figlio l'aveva temprato con una cinghia.

Perry posò la bottiglia di birra sul letto, accanto al lato destro del suo viso. La inclinò; stavolta ne versò più nella sua bocca che sul letto. Aveva il viso tutto umido e appiccicoso.

Non provava nulla per gli infetti. Nulla. Quel maledetto bambino gli era saltato addosso, accidenti. Non erano solo infetti, erano *stupidi*.

Fu l'ultimo pensiero che passò per la testa di Perry prima che perdesse coscienza per la seconda volta quella notte.

15

Il giardino di Chuy Rodriguez

Chuy Rodriguez abitava all'incrocio tra le vie Hammerschmidt e Sarah a South Bend, in Indiana. Chuy aveva una moglie, Kiki, e due figli: John di sedici anni e Lola di quattordici.

Nel loro giardino sul retro c'era una quercia con poche foglie affetta da una specie di malattia della corteccia. L'albero aveva ancora tre, forse cinque anni di vita, e Chuy paventava già quanto sarebbe stato spoglio il suo giardino quando avesse dovuto abbatterlo.

L'albero di Chuy, però, non costituiva una vera fonte di ansia. Quella andava cercata direttamente sopra l'albero.

Una *sessantina di chilometri* direttamente al di sopra di esso.

Se si riusciva a guardare lassù, anche con un telescopio molto potente, forse non si era in grado di notare una piccola macchia confusa, simile a un minuscolo riflesso di calore. Quel riflesso proveniva da lunghezze d'onda di luce visibile che colpivano un oggetto scivolando sulla sua superficie e poi proseguivano lungo la loro strada seguendo quasi con esattezza la loro traiettoria originale.

Quell'oggetto non era *davvero* invisibile. Se fosse stato un affare gigantesco che occupava metà dell'orizzonte, ormai tutti avrebbero dovuto scorgerlo.

Dal momento che era un tantino più grande di un barile di birra, però, non lo notò nessuno.

Quell'oggetto era inanimato. Freddo. Calcolatore. Non

provava emozioni. Se le avesse provate, quando aveva sentito svanire la porta di Marenisco con un'esplosione che aveva sconquassato il terreno, probabilmente avrebbe detto: 'Oh, no, cazzo, di nuovo!'

Un tempo, la forma dell'oggetto era stata piuttosto liscia e lucida, come una lacrima con una punta a entrambe le estremità invece di una sola. Ma era stata così al lancio, prima del lungo viaggio che si era concluso sopra la quercia malata di Chuy Rodriguez.

In realtà, lo spazio non è vuoto. È pieno di materia. Materia come diversi frammenti di terra, rocce, ghiaccio; solo che quei frammenti sono sparpagliati a distanze *davvero* immense. Se ci si spinge abbastanza lontano in quello spazio non poi così vuoto, ci si imbatte in quella materia. A seconda della velocità con cui si viaggia, colpire perfino un piccolissimo *granello* di polvere può causare un danno piuttosto grave. La roccia a forma di doppia lacrima era stata progettata per assorbire il colpo e continuare a volare. La tecnica funzionava quasi sempre, ma la superficie esterna dell'oggetto, intaccata e crepata, dimostrava la veridicità di una massima relativa alla progettazione valida in tutto l'universo: non si può collaudare tutto.

Era quasi riuscito a completare la missione. Ancora una volta, però, era stato fermato prima che la porta potesse aprirsi... Ancora una volta, era stato fermato dall'ospite infido.

Fermato dal *bastardo*.

La sua missione era semplice a livello astratto: doveva partire dal pianeta natio e cercare segnali che indicassero la presenza di vita sensibile. Lo spazio, come è già stato detto, è immenso. Perlustrare lo spazio in cerca di un pianeta adatto avrebbe richiesto un investimento di gran lunga maggiore perfino del progetto da bancarotta che aveva portato al lancio di quell'oggetto così tanto tempo addietro. Comunque, quello era un modo per restringere la ricerca di pianeti che ospitavano la vita: trovare pianeti su cui già esisteva.

Lo fece rintracciando segnali di trasmissione.

I segnali di trasmissione significavano diverse cose. Primo, significavano che un pianeta poteva sostenere forme di vita biologica avanzate: livelli prevedibili di gravità, di densità, di temperatura, di gas e di liquidi. Secondo, le trasmissioni comportavano una gamma prevedibile di risorse; era molto probabile che un pianeta composto solo di silice e zolfo non fosse in grado di produrre tecnologia capace di inviare segnali nello spazio. Infine, cosa forse più importante, le trasmissioni indicavano la presenza di una vasta popolazione che poteva eseguire compiti tecnicamente avanzati.

E questo era fondamentale quando avevi bisogno di schiavi che costruissero le colonie al tuo posto.

L'istituzione di colonie, come l'esplorazione, è un'operazione dai costi proibitivi. Rendere schiava una popolazione indigena fornisce una soluzione a basso costo. Contribuisce anche a eliminare un potenziale rivale interstellare.

Se tutto fosse andato bene, se il pianeta fosse stato dotato di una forza di gravità e di un'atmosfera adatte, l'oggetto avrebbe potuto darci dentro. Avrebbe disseminato il pianeta di macchine che avrebbero costruito un portale che collegava due posti così distanti che nessun essere vivente, né i figli di quell'essere vivente, né i pronipoti di quell'essere vivente, sarebbe potuto sopravvivere in nessun modo al viaggio. Comunque, con quel portale, un simile viaggio sarebbe potuto avvenire subito. Centinaia di anni luce percorsi in un battito di ciglia.

Questo oggetto, questo *Orbital*, era arrivato nel sistema solare terrestre circa vent'anni prima dopo aver captato molteplici segnali: radio, televisione e microonde. Si avvicinò lentamente, con cautela, perché c'era sempre la possibilità che la vita sensibile fosse *troppo* avanzata e lo vedesse arrivare. Quindi l'Orbital rimase a guardare per qualche anno. Fece delle analisi e infine giunse alla conclusione di potersi avvicinare senza essere scoperto.

Una volta che l'Orbital si avvicinò alla distanza operativa, trascorse altri anni in osservazione. Mentre i segnali avevano molteplici forme, la specie dominante era quasi sempre presente. Basti dire che grazie a un'analisi ripetuta delle immagini, l'Orbital riusciva a riconoscere un essere umano quando ne vedeva uno.

Dopo sette anni, l'Orbital apprese le conoscenze tecnologiche dell'umanità. Era in grado di identificare i principali centri abitati e, cosa più importante, le zone scarsamente o per nulla popolate. Non capiva nessuna lingua, ma non ne aveva bisogno, avrebbe imparato la lingua una volta che le sonde fossero state sganciate con successo.

L'Orbital trasportava diciotto piccole sonde delle dimensioni di una lattina di bibita gassata, ciascuna delle quali poteva diffondere più di un miliardo di minuscoli semi nel vento. Ogni seme conteneva due elementi principali. Il primo era il macchinario microscopico necessario per analizzare i potenziali ospiti e condizionare i loro processi biologici. Il secondo era un minuscolo frammento infinitesimale di cristallo. Questo frammento combaciava esattamente con uno che si trovava al centro di ogni altro seme e, cosa più importante, all'interno dell'Orbital. Questo frammento insostituibile e irripetibile era la *struttura portante*, il dispositivo che riplasmava la struttura molecolare della biomassa per trasformarla nel materiale necessario a costruire una porta.

La prima sonda era stata un fallimento totale. Era stata sfortunata con il tempo. La seconda sonda era riuscita a stabilire diversi collegamenti ma, sfortunatamente, tutti con animali privi di coscienza. Quando ciò accadeva, i semi si limitavano a disattivarsi: un triangolo abbozzato su un animale addomesticato, che viveva in una gabbia o in un recinto, avrebbe potuto mettere in allarme gli umani contro la minaccia incombente. I semi avevano bisogno di ospiti dotati di coscienza anche per sviluppare dei lavoratori che potessero comunicare e collaborare, usare arnesi e veicoli e informarsi sulla zona e i potenziali pericoli.

Fu solo con la sesta sonda che i semi attecchirono su un essere dotato di coscienza. Anche se quei semi morirono prematuramente, l'Orbital fu in grado di raccogliere un *biofeedback*. Analizzò i dati, identificò i problemi principali e poi modificò conformemente la serie seguente.

La settima sonda si dimostrò ancor più vicina al successo. Raggiunse ulteriori sviluppi, compresa la creazione del materiale biologico necessario per la costruzione dei lavoratori. Si trattava delle strane fibre rosse, blu e nere che sarebbero state associate al morbo di Morgellons.

Le serie dall'ottava alla decima furono ciascuna migliore della precedente perché crearono collegamenti saldi che sommersero l'Orbital di preziosi biofeedback. Imparò molto sulla struttura del DNA della specie ospite, perfezionando il processo di costruzione a un livello altamente funzionale. Raccolse dati sulla composizione del cervello e sulla struttura chimica sufficienti per manipolare i comportamenti degli ospiti e per dissuaderli dal mettersi in relazione con ospiti non infetti.

L'undicesima serie costituì una svolta cruciale: riuscì ad accedere ai livelli superiori del cervello dell'ospite, compresa la memoria e lo sviluppo del linguaggio. L'Orbital iniziò a costruire un vocabolario di immagini, concetti e parole. Un ospite trovò perfino un sito adatto alla costruzione di un portale. Quest'ospite, Alida Garcia, morì subito dopo, ma gli ostacoli principali erano stati superati.

Questo avrebbe dovuto rendere la dodicesima serie quella decisiva.

La dodicesima serie attecchì su cinque ospiti. Produsse un cambiamento linguistico, passando dallo spagnolo all'inglese. Il vocabolario dell'Orbital crebbe. Capiva sempre più segnali di trasmissione provenienti dal pianeta. I lavoratori si svilupparono bene e per poco non raggiunsero la fase della schiusa prima che delle complicazioni inattese causassero la morte degli ospiti, compresi Blaine Tanarive, Gary Leeland, Charlotte Wilson e Judy Washington. I triangoli di Martin Brewbaker si attivarono qualche giorno dopo gli altri, ma l'uomo morì comunque.

Altri dati. Altre modifiche.

Le tabelle delle probabilità indicavano che la tredicesima serie aveva l'ottantadue percento di possibilità di successo. Molteplici semi si radicarono in undici ospiti, per un totale di settantadue potenziali lavoratori. In realtà, cinquantasei di loro si schiusero e raggiunsero il sito localizzato da Alida Garcia.

I lavoratori iniziarono a costruire la porta. Il successo sembrava inevitabile.

Ma poi era apparso l'ospite infido. Un ospite che aveva contrattaccato, aveva ucciso gli embrioni dei lavoratori e aveva causato l'intervento dell'esercito umano. I lavoratori avevano dato un nome a quell'ospite. Lo definivano il *bastardo*.

L'Orbital ci riprovò. A parte qualche miglioria biologica di scarsa importanza, la quattordicesima serie usò la stessa strategia della tredicesima. Le sonde si diffusero, i semi atterrarono, gli embrioni germogliarono, i lavoratori si schiusero. Tutto andò bene finché l'Orbital non venne a conoscenza di un altro imprevisto.

L'ospite infido riusciva ancora a *sentire*.

Le strutture cresciute nel cervello degli ospiti funzionavano come antenne collegando gli embrioni e gli ospiti e permettendo all'Orbital di dirigerli e di guidarli aiutandoli a trovarsi a vicenda in modo che potessero lavorare insieme per raggiungere i siti delle porte. L'ospite infido era rimasto connesso a quella griglia di comunicazioni.

Sentiva.

Trovò il sito della porta di Mather.

Portò l'esercito... di nuovo.

Ci erano andati così *vicino*.

Una progettazione riuscita dei lavoratori non bastava a portare a termine l'incarico. L'Orbital cambiò tattica.

La quindicesima serie funzionò alla perfezione. Si diffuse vicino a Parkersburg, in West Virginia, e attecchì su sei ospiti, che raggiunsero tutti i boschi vicino a South Bloomingville prima della schiusa.

La sedicesima serie si mise in moto solo dopo qualche ora, diffondendosi a Glidden, nel Wisconsin.

La quindicesima e la sedicesima serie si schiusero a tempo di record e costruirono le loro porte a tempo di record. L'Orbital attivò la porta di South Bloomingville per creare un diversivo e attirare l'esercito umano.

Il bastardo trovò *entrambe* le porte.

Dopo aver sfiorato tutti questi successi, all'Orbital rimanevano soltanto due sonde. Se non avessero funzionato, l'intera missione sarebbe stata un fallimento.

Doveva cambiare di nuovo strategia.

L'enorme esplosione che distrusse la porta di Marenisco dimostrò che gli umani sapevano reagire in fretta e con una forza travolgente. All'inizio, collocare le porte in zone appartate era sembrata la strategia migliore, ma consentiva anche un largo impiego dell'artiglieria senza esporre a gravi rischi la popolazione locale.

I lavoratori avevano anche bisogno di protezione. Erano progettati per schiudersi dai corpi degli ospiti e poi *costruire*, non *combattere*. Erano in grado di uccidere, ma erano surclassati dagli eserciti umani che contrattaccavano a ogni porta. I lavoratori avevano bisogno di *difensori*, qualcosa che tenesse occupati gli eserciti umani e li facesse combattere abbastanza a lungo da permettere ai lavoratori di attivare le porte.

Dal momento che i difensori non avrebbero costruito la porta, non avevano bisogno della struttura portante. Era un bene. Dava il via a una nuova strategia. Poiché il nuovo modello dei difensori non richiedeva una struttura portante, poteva fare una cosa che gli embrioni dotati di strutture portanti non potevano fare: il nuovo modello poteva *riprodursi*.

L'Orbital iniziò a modificare la nuova serie di semi.

Secondo giorno

1

Divertimento con i gatti delle nevi

La rimpatriata della famiglia Jewell si stava rivelando un successo travolgente, e Donald Jewell non avrebbe potuto essere più felice.

Certo, non erano rimasti molti Jewell.

Mamma e papà Jewell se n'erano andati in quella grossa pista per il gatto delle nevi che si trovava in cielo. La mamma cinque anni prima, il papà meno di sei mesi dopo. Avevano lasciato tre figli: Mary, Bobby e Donald.

Adesso Mary Jewell-Slater viveva a Londra con il marito. Non poteva volare ogni Natale dall'altra parte dell'oceano per vedere la famiglia. Telefonava. Quello era sufficiente.

Adesso Bobby Jewell viveva nella casa di mamma e papà. Aveva sposato la fidanzata dell'università, Candice, e aveva subito messo al mondo un fagotto di allegria chiamato Chelsea, una bambina di sette anni dai riccioli biondi che sapeva come girava il mondo.

Donald, il membro più vecchio della famiglia Jewell, aveva divorziato quattro anni prima da quella stronza di sua moglie Hannah. La donna aveva ottenuto la custodia di Betty, che allora aveva dodici anni e adesso sedici ed era un'autentica bellezza. Hannah si era trasferita dalla loro casa a Gaylord, in Michigan, ad Atlanta portando Betty lontano dalla sua famiglia. Il divorzio stabiliva che Donald vedesse Betty durante le vacanze un anno sì e uno no. Quindi Betty aveva trascorso il primo Natale con Hannah, poi con Donald e così via. Questo era il suo secondo Natale da padre divorziato.

Donald – che adesso abitava a Pittsburgh – parlava al telefono con la figlia almeno un giorno sì e un giorno no. Chiacchieravano anche tramite webcam, si inviavano email e si scrivevano perfino lettere alla vecchia maniera. Erano legati come potevano esserlo un padre e una figlia separati da più di mille chilometri.

Quasi sempre da lontano, aveva visto la figlia trasformarsi da dodicenne dinoccolata in un'adolescente stupenda che sarebbe potuta apparire sulla copertina di pressoché tutte le riviste. Era identica alla madre, il che infastidiva Donald, perché questo gli faceva odiare Hannah un po' meno. Aveva pensato di essere parziale a proposito dell'aspetto della figlia, ma, quando mostrò le sue foto ai colleghi di lavoro, i loro commenti lascivi confermarono i suoi timori. Sfortunatamente, quei commenti avevano generato anche un paio di risse. La stessa indole collerica che Hannah aveva citato nelle carte del divorzio non era sparita. Il suo psicologo nominato dal tribunale li aveva definiti 'problemi del controllo della rabbia'. Lo strizzacervelli gli aveva prescritto delle pillole. Donald mentì dicendo che le avrebbe prese. Tutti erano felici.

La sua bambina stava crescendo in fretta e lui non voleva che perdesse i contatti con la famiglia. Per questo motivo aveva organizzato la riunione di famiglia. Betty aveva preso un aereo da Atlanta a Pittsburgh, poi aveva dovuto affrontare un viaggio di otto ore in automobile da Pittsburgh a Gaylord. Temevano il viaggio? No, parlarono per tutto il tragitto. Donald imparò più cose sulla musica del momento, sui vestiti alla moda, sui pettegolezzi scolastici e sul tradimento degli amici di quanto avesse voluto, e si godette ogni singolo minuto.

Quando Betty tornò a Gaylord, la ragazza del Sud scomparve e la ragazza del Nord tornò in vita. Betty non saliva su un gatto delle nevi da due anni, tuttavia non aveva perso colpi. Con una tuta bianca su un gatto delle nevi blu, sfrecciava in un campo aperto, con il padre che la seguiva a soli quindici metri di distanza e si avvicinava sempre di più. Nonostante il rombo del motore del gatto delle nevi e il vento sferzante, Donald riuscì a sentire la sua risata. *Vediamo se Hannah riesce a competere con questo*. Bobby si trovava almeno a cento metri da loro. Non era aggressivo come Donald e, a quanto pareva, come Betty.

Betty gridò qualcosa. A Donald parve che fosse: 'Prova a prendermi, vecchio.' Ma non ne fu sicuro.

Bobby era il proprietario di tutto quel terreno. In certi posti del mondo, ottantamila metri quadrati sono considerati una tenuta. Vicino a Gaylord, in Michigan, ottantamila metri quadrati erano definiti soltanto 'un po' di terra'. Si trattava soprattutto di vecchi campi di granoturco, oltre ad alti pini verdi, scheletriche querce invernali e boschi di betulle. Bobby viveva in totale isolamento al centro di tutto questo: ci volevano due minuti solo per raggiungere la sua casa dalla strada.

Betty seguì la pista imboccando una svolta a sinistra che attraversava un bosco di pini. Rallentò per iniziare a svoltare, poi diede gas al motore e accelerò in curva. Scomparve dalla vista solo per qualche secondo quando Donald svoltò dietro di lei.

Quando la rivide, sentì il cuore balzargli nel petto. Più avanti, la pista incrociava una strada ricoperta di neve su cui un camper bianco e marrone stava avanzando ad andatura sostenuta.

«Rallenta, ragazza» sibilò Donald tra sé. Ovviamente Betty non poteva sentirlo o leggergli nel pensiero, perché aveva accelerato. Donald cercò di raggiungerla per fermarla, ma la ragazza stava dando gas.

Il camper iniziò a suonare il clacson ma non sembrò rallentare. A quanto pareva, Betty pensava che l'avrebbe fatto. Con un peso sul cuore, Donald si prefigurò la traiettoria dei due veicoli; Betty non ce l'avrebbe fatta a passare in tempo.

A quanto pareva, se ne avvide anche Betty. Premette i freni. L'estremità posteriore del gatto delle nevi slittò di coda verso destra sollevando davanti a esso un'ondata di neve. La slitta perse quasi tutta la velocità ma si capovolse comunque. Betty saltò giù quando la slitta cadde pesantemente di lato continuando ad avanzare. Betty atterrò sui piedi e scivolò per alcuni metri prima di cadere con violenza. Il gatto delle nevi slittò lungo il sentiero per altri tre metri fermandosi proprio sul margine della strada.

Il camper passò rombando e lasciandosi dietro una nuvola di neve. Il grosso veicolo rallentò sforzandosi di arrestarsi completamente sulla strada innevata.

Donald si fermò slittando e saltò giù dalla slitta. Betty si era già messa a sedere. Si era tirata su e *rideva*.

«Tutto a posto, Betty?»

La ragazza si tolse il casco lasciandosi ricadere i capelli neri sulle spalle ricoperte dalla tuta bianca. Rise di nuovo, poi trasalì.

«Oooh» esclamò con un sorriso simile a una smorfia. «Oh, papà, penso di essermi fatta male al fondoschiena.»

Donald sentì il camper fermarsi e la slitta del fratello avvicinarsi. Non gli importava di nessuna delle due cose; era troppo arrabbiato.

«Betty Jean Jewell, cosa diavolo stavi facendo?»

«Stavo cercando di batterti, naturalmente» disse Betty. «Se fossi riuscita a superare il camper, avresti dovuto farti da parte e io avrei vinto.»

«Che idiota. Avrebbero potuto ucciderti.»

Betty agitò la mano con scarsa considerazione. «Oh, rilassati. Mi hai insegnato tu a saltar giù da una slitta, papà, sto bene.»

«Non salirai mai più a bordo di un gatto delle nevi, discorso chiuso.»

Il sorriso di Betty si spense. «Sul serio, papà, sto bene. Mi sembra che ti stai arrabbiando troppo.»

Si stava di nuovo arrabbiando, la stessa rabbia che gli aveva rovinato tutta la vita. Trasse un respiro profondo e iniziò a riprendere il controllo.

E ci sarebbe riuscito se non fosse stato per l'autista del camper.

«Stupida ragazzina!» gridò l'uomo. «Che razza di stupida acrobazia del cazzo era quella?»

Donald sollevò lo sguardo. L'autista – un ciccione dalla barba rossa ben oltre la mezza età – era sceso dal camper e si stava avvicinando. Si trovava solo a tre metri di distanza. La collera di Donald cambiò bersaglio in un attimo, alimentata dagli insulti rivolti alla figlia.

«Non inveire contro di lei, Schumacher, sei stato tu a percorrere la strada a tutta birra.»

«Non ho superato i limiti di velocità, stronzo.»

«Ti prego, papà» esclamò Betty.

Donny non la sentì; era già fuori di sé. «Stronzo? Sono uno stronzo? Hai mai sentito parlare del fottuto pedale del freno?»

Da qualche parte nei meandri del suo cervello, Donald udì il gatto delle nevi del fratello rallentare e fermarsi.

L'uomo indicò la strada. «Vedi il manto stradale ricoperto di neve, genio? Pensi che si possa fermare un camper con uno spazio di frenata così breve su una strada simile?»

«Allora, forse, dovresti prendere delle lezioni di guida, coglione. Avresti potuto uccidere mia figlia.»

«*Io* avrei potuto uccidere *lei*?»

«È quel che ho detto, testa di cazzo.»

«Donny, Mark, smettetela!» gridò Bobby, ma nessuno dei due uomini vi badò.

«Be',» disse l'uomo «se *sei* suo padre, forse investirla non sarebbe stato poi così grave per il pool genetico.»

Quello fu il colmo. Donald gettò a terra il casco e si precipitò in avanti.

E si ritrovò a fissare la canna di una pistola.

«Papà!» gridò Betty.

«Abbassa la cresta, amico» disse l'uomo barbuto. «Oggi non mi va proprio di fare a pugni.»

«Oh, caspita» esclamò Bobby. «Uhm, Mark, non potresti abbassare quell'affare?»

L'uomo guardò alla sua destra ma tenne la pistola puntata contro Donald. «Conosci questo bastardo, Bobby?»

Donald non si mosse.

«Uhm... sì» disse Bobby. «È mio fratello Donny. Uhm... Donny, questo è il mio vicino, Mark Jenkins.»

«Piacere di conoscerti» disse Donald. Rimase completamente immobile mentre parlava.

L'uomo barbuto spostò lo sguardo da Bobby a Donald, poi di nuovo a Bobby.

«Oh» esclamò l'uomo abbassando la pistola. «Be', allora mi dispiace.»

Un respiro profondo uscì dai polmoni di Donald.

«Mi dispiace di aver puntato una pistola contro tuo fratello, Bobby, ma mi stava aggredendo.» Mise la sicura e si infilò la pistola da qualche parte nella grossa cintura. Rimasero tutti lì in silenzio per un attimo.

«È un tantino imbarazzante» disse Betty.

«Allora, Mark,» disse Bobby «com'è andata la battuta di caccia?»

«Non ho preso un accidente» disse Mark. «Avevo tutti i fucili nuovi ma i cervi non si sono fatti vedere. Però, forse, non è un buon momento per le chiacchiere, Bobby. Perché non vieni a cena da me con la tua famiglia? Settimana prossima.»

«Va bene, Mark» disse Bobby. «Ci vediamo.»

Mark annuì, si voltò e tornò al suo camper. I Jewell lo guardarono salire a bordo e allontanarsi.

«Quella pistola è regolarmente denunciata?» chiese Donald.

Bobby si strinse nelle spalle. «Probabilmente sì. Sai quanto me che da queste parti non si va in giro a fare domande. Si è trasferito qui l'anno scorso. Ha una cotta segreta per Candice.»

«Davvero?»

«Davvero» disse Bobby. «È abbastanza esplicito in proposito. Normalmente mi farebbe incazzare, ma lui può guardare tutto ciò che vuole. Non ne faccio un dramma, per motivi che sono sicuro adesso puoi comprendere.»

«Già» disse Donald. «Credo di capire qual è il tuo punto di vista.»

«Uffa, papà» esclamò Betty. «Sai essere un *tale* rompipalle. Ti dispiacerebbe andare a prendere la mia slitta, così posso tornare a casa dello zio Bobby a morire di vergogna?»

Donald ubbidì. La ragazza saltò su e poi si allontanò in tutta fretta lungo il sentiero. I fratelli Jewell la guardarono andarsene.

«È davvero brava a guidare quell'affare» disse Bobby.

Donald annuì.

«Donny, sto solo tirando a indovinare. Non hai preso le tue medicine, giusto?»

Donald scosse il capo.

«Lo immaginavo» disse Bobby. «Quel che mi piace di te è la coerenza: non impari mai. Andiamo, Candice sta preparando un pranzo abbondante e mia figlia, il Tornado Biondo, vuole guardare i Pistons con lo *zietto Donny*. Pensi di farcela senza cercare di picchiare qualcuno?»

«Mi impegnerò al massimo.»

Risalirono sulle slitte e si diressero di nuovo lungo la pista. Donald si sentì un perfetto idiota perché aveva perso le staffe in quel modo davanti alla figlia. E se quel tipo non fosse stato il vicino di Bobby? E se fosse stato solo un imbecille con una pistola? Allora Donald e sua figlia avrebbero potuto trovarsi davvero in pericolo. Magari avrebbe cominciato a prendere quelle medicine non appena tornato a casa.

2

Il caffè del motel

Dew era seduto nella sua stanza del motel a sorseggiare il caffè. Rammentò i tempi in cui era un lusso avere nella propria stanza una di quelle macchinette per il caffè in tazze singole. Adesso si trovavano dappertutto ma si faceva economia sulle cose essenziali: chi diavolo preparava il caffè con un solo bricchetto per il latte e una sola bustina di zucchero?

Per quanto il caffè fosse schifoso, aveva bisogno di una scarica di caffeina per sostenere quella conversazione. Teneva il caffè in una mano e il suo vecchio telefono satellitare di sicurezza, simile a un mattone, nell'altra.

«È stata una carneficina, Murray» disse Dew.

«Stavolta l'hai combinata grossa, primo» disse Murray usando l'abbreviazione di primo sergente, il grado di Dew quando prestavano servizio insieme. Dew odiava quell'espressione, e Murray lo sapeva.

«Mi hai ficcato in un bel guaio» disse Murray. «Il nuovo capo di Stato maggiore vorrà le mie palle su un vassoio d'argento per questo. Ho detto loro che Dawsey era sotto controllo.»

«Sì, be', è stata una cosa piuttosto stupida da fare, LT.» La vecchia abbreviazione di Murray di luogotenente risalente ai tempi di guerra lo infastidiva quanto 'primo' infastidiva Dew.

«Non tutto è andato storto» disse Dew. «Almeno Margaret ha elaborato quel test per gli ospiti. È un grosso passo avanti.»

«È vero. Quello potrà essere d'aiuto» disse Murray. «Non so se sarà sufficiente, Vanessa Colburn ce l'ha con me.»

«C'è un'altra cosa che potrebbe essere d'aiuto» disse Dew. «Dopo che ho fatto rapporto, i ragazzi hanno trovato la figlia, Sara McMillian, in una fossa poco profonda nel giardino sul retro. È stata uccisa con una martellata alla testa. Quindi Dawsey non ha massacrato propriamente degli innocenti.»

«Bene» disse Murray. «Come stanno il neonato e il figlio maggiore?»

«Il neonato è in buona salute. Non è infetto. Il figlio maggiore, Tad, è fisicamente a posto. Psicologicamente... Be', abbiamo scoperto che il padre ha costretto Tad a scavare la fossa per la sorella.»

«Mi stai prendendo per i fondelli?»

«Non ti sto prendendo per i fondelli» disse Dew. «È quanto ha affermato il bambino. E probabilmente sta dicendo la verità perché ha le mani piene di vesciche. È piuttosto difficile scavare nel terreno ghiacciato. Per questo la fossa era poco profonda.»

«Cristo. Be', immagino che potrei dire che in realtà Dawsey ha salvato Tad, già che ci sono. Per dipingerlo più come un eroe coraggioso che come un pazzo.»

«Ascolta, Murray. Penso che forse sia arrivato il momento di togliere di mezzo Dawsey.»

Ci fu una pausa. «In che senso toglierlo di mezzo?»

«Non in *quel* senso» disse Dew. «In una casa di cura o giù di lì. In un carcere di massima sicurezza. Fa lo stesso.»

«Suvvia, Dew» disse Murray. «Sai che non possiamo farlo.»

«Ha aggredito due agenti.»

«Baumgartner ha il naso rotto e Milner un occhio nero, cazzo» disse Murray. «Probabilmente sono usciti più ammaccati da una partita di pallacanestro.»

«Non importa. Assalire un agente è un reato federale.»

«Oh, tutt'a un tratto hai intenzione di iniziare a osservare la legge alla lettera? Non possiamo fallire, primo. Forse tu e io possiamo condividere una cella e trascorrere insieme un po' di tempo prima che ci condannino alla sedia elettrica.»

Dew non disse nulla.

«È quello che pensavo» disse Murray. «La sai una cosa? Quel ragazzo non è diverso da noi. Solo che lui non ha un distintivo.»

Quell'affermazione colpì nel segno. Dew era davvero come Perry? Era disposto a fare tutto il necessario per portare a termine il lavoro? No, non erano simili per una ragione fondamentale che Dew non voleva ammettere: aveva ucciso molte più persone di Dawsey.

«Ha sfasciato la macchina» disse Dew. «Ne vuole un'altra.»

«Allora procuragliene un'altra. Si tratta soltanto del denaro dei contribuenti. Insomma, smettila di lamentarti di quel ragazzo. Dew, abbiamo bisogno di un ospite vivo.»

«Perché cazzo credi che mi lamenti di lui? Come posso procurarmi degli ospiti vivi se Dawsey va in giro a ucciderli come un animale selvatico, cazzo?»

Murray rimase in silenzio per un attimo. «Cosa diavolo ti è successo?»

«Oh, Cristo» esclamò Dew. «Hai intenzione di propinarmi un discorso pieno di entusiasmo ingenuo?»

«Limitati a chiudere il becco e ad ascoltare» disse Murray. «E questo è un ordine. Il tuo lavoro consisteva nel convincere gli uomini a seguirti perché, se non l'avessero fatto, sarebbero morti e probabilmente tu con loro. Questa situazione non è diversa. Trova un modo di portare a termine l'incarico. Fallo rispettando i parametri che ti vengono posti. Non voglio saperne dei tuoi ostacoli o della pressione a cui sei sottoposto.»

«Cosa ne dici di toccare con mano questo schifo e *poi* di parlarmi di pressione?» esclamò Dew. «Sarei pronto a cambiare posto con te in un batter d'occhio.»

«Vanessa Colburn ti mangerebbe vivo» disse Murray. «Non dureresti nemmeno cinque minuti qui, proprio come io non durerei cinque minuti lì. Cosa cazzo c'è che non va in te? Il tuo collega viene ucciso e tu pensi di essere esentato dal trovare un modo per sbrigare il tuo lavoro?»

Dew trasse un respiro lento. «D'ora in poi ti conviene fare molta attenzione a come scegli le parole, LT.»

«Oh, smettila di fare le scenate da duro» disse Murray. «Malcolm è morto, Dew. Accettalo. Cerchi vendetta, vero?»

«Hai ragione, maledizione.» Era esattamente quello che cercava. Più di qualsiasi altra cosa, fatta eccezione per una pozione magica che riportasse in vita Malcolm.

«Be', sei tu l'unico che può farcela» disse Murray. «Non hai di certo ricevuto questo incarico per il tuo bell'aspetto o per la tua prestanza fisica. Sei vecchio, hai la pancia e un'anca malandata. Hai solo due cose che ti rendono minimamente degno: spari quando ti viene detto di sparare e sai trovare le soluzioni ai problemi. Convinci Dawsey a collaborare e procurami... un... *ospite*... vivo.»

Murray interruppe la comunicazione.

Forse era un coglione, ma questo non gli toglieva di dosso la sensazione fastidiosa che avesse ragione.

«È per questo che ti assegnano gli incarichi difficili, vecchio mio» disse Dew alla stanza vuota. «Perché sai trovare le soluzioni ai problemi.»

Allora, come diavolo sarebbe riuscito a far ragionare il Terrificante Perry Dawsey?

3

Il pasto più importante della giornata

A volte, attingere a fondi segreti era divertente.

La Capanna della colazione di Bob non era affatto una capanna. In realtà, faceva parte del motel: era una piccola trattoria confortevole senza pretese con venti tavoli, quattro dei quali erano un po' appartati all'interno della sala. Per il modico prezzo di cinque ritratti di Ben Franklin, gli uomini di Dew avevano la sala tutta per loro.

Affanculo. Erano soltanto i soldi dei contribuenti.

Si poteva trascorrere poco tempo nella stanza dei computer della Margomobile. Noleggiare la sala sul retro del ristorante permetteva loro di parlare apertamente. Dew era seduto al tavolo con Clarence Otto, Amos Braun e Margaret Montoya. Gitsh, Marcus, Milner con il suo occhio nero e Baumgartner con il suo naso fratturato erano seduti a un altro tavolo. Marcus fischiettava sommessamente la melodia di *The House of the Rising Sun* degli Animals.

La sera prima Dew aveva mandato a casa gli altri uomini dopo che avevano sigillato la scena del crimine. Erano dei cervelloni del posto, che sfruttava per la loro forza fisica quando ne aveva bisogno; quella tattica gli forniva di quando in quando altri uomini in grado di sparare, tuttavia riduceva il numero delle persone al corrente dell'intera storia.

Amos aveva il menu aperto davanti a sé. Riusciva a malapena a vedere al di sopra di esso. Dew pensò di fare una battuta a proposito del fatto che gli sarebbe servito un seggiolone, ma immaginò che Amos l'avesse sentita un milione di volte. Non avevano occasione di farlo spesso, forse due o tre volte alla settimana. Dew non solo non vedeva l'ora, ma trovava anche il tempo di renderlo possibile. L'intera situazione era diventata così pesante e disperata che avevano bisogno di una pausa. Le riunioni a colazione fornivano loro una rara possibilità di fare qualcosa di *normale*, di ridere e scherzare, anche se si trattava quasi sempre di umorismo macabro.

«D'accordo, Margaret» disse Dew. «Forniscimi una sintesi delle autopsie della scorsa notte.»

La donna sollevò lo sguardo dal menu. «Cosa, qui?»

«Sì, proprio qui» rispose Dew. «Sono abbastanza sicuro che i russi non abbiano installato delle microspie nella Capanna della colazione di Bob.»

«I russi?» chiese Otto. «Non trova che questo riferimento denoti la sua età?»

«In realtà, mio caro amico incolto,» disse Amos «russi è un termine corretto, dal momento che adesso c'è una nazione che si chiama Russia. Il termine 'comunisti' non sarebbe corretto dal momento che l'URSS non esiste più.»

Otto si accigliò, poi sorrise. «Dimmi, mio piccolo amico bianco, non mi devi venti dollari?»

«Oh, merda» esclamò Amos. «È vero.» Estrasse il portafogli e gli porse un biglietto da venti ben ripiegato.

«Per quale motivo?» chiese Margaret.

Otto intascò i venti dollari. «Aveva scommesso che Dawsey mi avrebbe ucciso ieri sera.»

Margaret restò a bocca aperta per lo stupore. «Amos! Come hai potuto?»

«Gli ho dato i soldi, no?»

Margaret scosse il capo e guardò in cagnesco entrambi gli uomini. «Sul serio. Non bisogna scherzare su queste cose.»

«Meglio ridere che piangere» disse Otto. «O qualcosa di simile. Ho vinto venti dollari, cos'altro conta?»

La cameriera venne a prendere le ordinazioni. Rimasero seduti in silenzio finché non ebbe portato a termine il suo lavoro e non se ne fu andata.

«D'accordo,» disse Dew «torniamo al nostro dovere. Prima

di tutto, Margo, congratulazioni per aver elaborato l'esame dei triangoli.»

Sia Otto che Amos applaudirono sommessamente.

Margaret arrossì. «Oh, è stato un lavoro di squadra.»

Amos rise. «Piantala, Miss Modestia. È stata una tua idea e ha funzionato.»

«Cos'altro hai scoperto esaminando i cadaveri?» chiese Dew.

«Nulla di completamente nuovo» disse Margaret. «Anche se abbiamo affinato le nostre conoscenze. Io e Amos abbiamo scattato delle bellissime foto al punto di intersezione nervoso dei parassiti, le migliori finora. Lo stesso vale per i collegamenti al sistema circolatorio. Penso che siamo riusciti a documentare piuttosto bene il modo in cui questi affari interagiscono con i rispettivi sistemi, anche se la parte inquietante resta tuttora l'interazione con il cervello. Ovviamente questi parassiti conoscono meglio di noi il funzionamento interno del nostro cervello.»

«Cosa mi dici del vettore?» chiese Dew.

Margaret scosse il capo. «Ancora nulla. Potremmo ottenere gran parte di queste informazioni solo interrogando le vittime infette e scoprendo cos'hanno mangiato, bevuto, dove sono andate, chi hanno toccato, cose simili. L'unica persona che *può* parlarne *non* vuole farlo.»

«Maledetto Dawsey» esclamò Dew. «Cosa ne pensi del numero degli ospiti di questa volta? Erano tre, e prima ci sono state le tre anziane signore a cui Perry ha dato fuoco. Quel numero ha qualche significato?»

«Probabilmente no» rispose Amos. «Si sono verificati casi con un solo ospite, come Perry, oppure con due o perfino tre ospiti. La cosa più importante in questo caso è che si tratta di un'unica famiglia che viveva sotto lo stesso tetto, quindi è probabile che mangiassero lo stesso cibo o percorressero gli stessi tragitti. Le tre vecchie signore vivevano nella stessa casa di riposo. Tutti i giorni facevano passeggiate insieme. Questo dimostra che, qualunque sia il vettore, può colpire alcune o tutte le persone presenti in una zona specifica.»

«Possono esserselo trasmesso a vicenda?» chiese Dew. «Una persona viene infettata e poi contagia gli altri?»

Margaret scosse il capo. «Tutti i triangoli dei McMillian si trovavano allo stesso stadio di sviluppo, e questo indica che tutti hanno contratto il morbo nello stesso momento. Aggiungi il fatto che altre tre persone che vivevano sotto lo stesso tetto *non* hanno triangoli. Per quanto ne sappiamo, non è contagioso.»

«E questo solleva una questione interessante» disse Amos. «La porta era finita, giusto? Costruita dai neonati che si erano già schiusi. Quindi, se tutti i McMillian si trovavano allo stesso stadio di sviluppo, devono averlo contratto *dopo* gli altri ospiti. Perché erano in ritardo, per così dire?»

«Ovviamente sono stati infettati in seguito» disse Margaret. «Di qualunque cosa si tratti, qualcosa che hanno toccato o mangiato, i membri infetti della famiglia sono rimasti esposti a essa nello stesso momento. Questo continua a non fornirci indizi sul possibile vettore. Amos, Tad ti ha detto nulla?»

Amos scosse il capo. «È saltato fuori che è rimasto in casa per un po'. A volte i genitori lo lasciavano a casa da solo. Avrebbero potuto prendere il morbo mentre andavano a fare compere o a sbrigare commissioni.»

«La squadra dell'FBI che interverrà in seguito lo interrogherà» disse Dew. «E magari scoprirà qualcosa quando eseguirà dei controlli sul passato dei McMillian.»

Margaret allungò una mano dalla parte opposta del tavolo e prese quella di Dew. «Quanto hai detto è giusto, Dew, ma *abbiamo* già qualcuno che era infetto. Se Perry si aprisse e ci fornisse una descrizione per sommi capi del suo comportamento nei giorni che hanno preceduto l'infezione, avremmo qualcosa su cui lavorare. Non puoi parlargli di nuovo?»

Dew roteò gli occhi. «Cosa cazzo è questa, la Giornata internazionale dell'aggressione a Phillips? Ho appena sostenuto questa conversazione con Murray, grazie tante.»

«Bene» disse Margaret. «E cos'ha detto il capo impavido?»

«Ha detto che devo trovare un modo per far ragionare Dawsey. Ti suona familiare?»

Margaret si sporse in avanti, con entrambi i gomiti sul tavolo. Puntò la forchetta contro Dew. «Hai minacciato Perry e questo non ha funzionato. Hai cercato di ingannarlo seguendolo per metterlo fuori combattimento prima che uccidesse gli ospiti, e nemmeno *questo* ha funzionato. Hai provato a essere semplicemente gentile con lui?»

«Essere *gentile* con lui?» esclamò Dew alzando la voce. Indicò Milner e Baumgartner. «Guardali in faccia, Margo, e poi dimmi che dobbiamo essere gentili con Dawsey.»

Margaret inclinò il capo verso destra. «E cos'avrebbero fatto quegli uomini quando avessero raggiunto Perry, Dew?»

Dew non disse nulla.

«Be'? Suvvia, sputa il rospo!»

Dew digrignò i denti. «Avevano ricevuto l'ordine di fermarlo con i taser.»

«E poi?»

Dew distolse lo sguardo. «Poi avrebbero dovuto ammanettarlo e iniettargli una droga per metterlo KO.»

Margaret si limitò ad annuire e a sorridere. Era troppo intelligente perché potesse costituire un vantaggio per lei.

«Tu sei stata gentile con lui» disse Dew sorprendendosi per la sua stessa irascibilità. «Guarda a cosa ci è servito.»

«Sono una donna, Dew. Forse per te è una novità, ma l'opinione che Perry ha delle donne in generale non è poi così alta. Ho passato parecchio tempo con lui durante la sua convalescenza. Posso essere gentile quanto vuoi e lui ricambierà la gentilezza, ma non mi *ascolterà*.»

«È un comportamento sessista» disse Dew. «Sono alquanto sconvolto.»

Margaret annuì. «E non abbiamo a disposizione molti mesi per insegnargli a essere sensibile in modo da riuscire a comunicare con lui. Se vogliamo farlo ragionare subito, deve essere un uomo a parlargli.»

«Allora, cosa cazzo vuoi da me, Montoya?» chiese Dew. «Vuoi che organizzi una partita a poker? Vuoi che faccia una doccia calda con lui e che gli tenga la mano fino alle prime ore del mattino?»

«No» disse Margaret. «E smettila di citare i film di Clint Eastwood. Cosa ne dici di iniziare dalle cose semplici: gli hai chiesto di fare colazione con noi?»

Dew si limitò a sbattere le palpebre. Non gli era nemmeno passato per la mente.

«Oh» esclamò Otto. «Non ci ho mai pensato.»

«Preferisco che non lo facciate» disse Amos. «Non ho intenzione di starmene seduto a un tavolo con quel tipo. Potrebbe scambiarmi per un burrito.»

«Forse volevi dire per una mezza pila di mini frittelle» disse Otto.

«Ridatemi il mio menu» disse Amos. «Forse ordinerò del prosciutto della Foresta Nera e lo getterò nel cesso.»

«Oh, Amos» esclamò Otto sorridendo come se gli fosse appena venuta l'idea più ingegnosa della storia dell'umanità. «Sei scombussolato perché non riesci a vedere al di sopra del tavolo? Devo chiedere alla cameriera di portarti un seggiolone?»

«Come se non l'avessi già sentita un milione di volte.»

Dew allungò una mano e strinse il gomito di Margaret, poi si alzò.

«Dove stai andando?» chiese Amos.

«A vedere se Perry vuole fare colazione con noi» disse Dew. «Prima o poi Margaret deve pur avere torto a proposito di qualcosa, quindi è arrivato il momento di scoprirlo.»

«Non verrà» disse Amos.

«Scommetto di sì» disse Otto. «Il nostro Dew sa essere molto convincente.»

«Punto venti dollari sul fatto che Dawsey non uscirà nemmeno dalla sua stanza» disse Amos.

Otto annuì. «Ti prendo in parola.»

Margaret scosse il capo. «C'è qualcosa su cui voi due non siete pronti a scommettere?»

«Sono sicuro di sì» rispose Otto.

«Scommetto venti dollari che non ci sia» ribatté Amos.

Margaret scosse di nuovo il capo.

Otto sorrise a Dew. «Be', lo porti pure qui, così potrò vincere altri venti dollari.»

Dew si voltò e uscì dal ristorante.

4

Sveglia, è ora di alzarsi

Toc toc toc.

Qualcuno bussò alla porta.

Ogni colpo rispondeva al martellamento nella sua testa.

Gli occhi di Perry si aprirono fremendo. Era possibile che sbattere le palpebre facesse male? Sì.

Toc toc toc.

«Andatevene!» disse Perry. O piuttosto lo sussurrò.

Toc toc toc.

«Andatevene!» gridò Perry, pentendosene subito. Si portò di scatto le mani sul volto coprendosi gli occhi con i palmi. Perché aveva la faccia tutta appiccicosa? Il letto puzzava di birra stantia.

«Alzati, Dawsey. È ora di fare colazione.»

Quel bastardo di Dew Phillips. Davanti alla sua porta allo spuntar del giorno. Perry si mise a sedere e guardò l'orologio con le cifre rosse luccicanti sul comodino.

Erano le 8:45 del mattino.

D'accordo, non era lo spuntare del giorno. Ma era comunque ancora troppo presto per alzarsi, maledizione.

«Sveglia, ragazzone!» gridò Dew. «Andiamo! Ti stanno aspettando tutti e il mio cibo si sta raffreddando.»

Il capo gli doleva maledettamente.

«Vattene, Dew» disse Perry. «Non sto scherzando.»

Dew voleva esibirlo a colazione in modo che tutti potessero farsi una bella risata alle spalle di quel fenomeno da baraccone? Neanche per sogno. Perry non sapeva qual era il loro gioco, ma non aveva intenzione di starci.

«Suvvia, ragazzo, riesco a sentire l'odore di birra fin qui fuori. Hai fatto il bagno in quella roba?»

Perry si alzò e andò in bagno. Mise il secchiello del ghiaccio di plastica nel lavandino, poi aprì il rubinetto dell'acqua fredda.

«Aspetta,» disse Perry «devo vestirmi.»

«Questo è lo spirito giusto» disse Dew. «E se puzzi come la stanza, ti conviene fare una doccia. Veloce, però. Non ho a disposizione tutta la giornata.»

Perry aprì l'acqua calda della doccia e la lasciò scorrere. Estrasse dal lavandino il secchiello del ghiaccio ormai pieno e si diresse verso la porta d'ingresso.

«Ehi, Dew?»

«Sì?»

«Ehi, fa freddo fuori?»

«Siamo nel pieno dell'inverno nel Nord del Wisconsin» disse Dew. «Fa un freddo cane.»

Con un unico gesto ben ponderato, Perry aprì la porta e rovesciò l'acqua contenuta nel secchiello del ghiaccio sul petto di Dew. Scorse per un attimo Dew trasalire prima che l'acqua lo inzuppasse e vide gli occhi del vecchio spalancarsi per il freddo e la sorpresa. Perry chiuse la porta e girò la chiave.

«Rinuncio alla colazione» disse Perry. «Facciamo un'altra volta?»

Toc toc toc.

«Apri quella fottuta porta, testa di cazzo.»

Perry si accinse a coricarsi di nuovo, poi si ricordò che il letto era inzuppato di birra. Tolse le coperte e le gettò sul pavimento.

«Ti conviene andare a cambiarti» disse Perry. «Come hai detto, fa un freddo cane.»

Toc toc toc.

«Ti riempirò di botte, ragazzo.»

Perry rise, ma gli fece più male che parlare. Tolse le lenzuola e le gettò sopra le coperte, lasciando il materasso esposto. Aveva alcune macchie umide di birra, ma sarebbe andato bene lo stesso. Si era addormentato con addosso i vestiti; erano anch'essi inzuppati di birra, quindi se li tolse e si sdraiò. L'acqua che scorreva nella doccia contribuì a soffocare le grida di Dew. Perry si limitò a chiudere gli occhi e ad attendere. Se Dew non se ne fosse andato immediatamente, i vestiti gli si sarebbero congelati addosso, avrebbe preso la polmonite e sarebbe morto.

In ogni caso, avrebbe vinto Perry.

Venne colpito da un'ondata di nausea. Fece scivolare la testa oltre il margine del letto e vomitò sul pavimento. Come se il capo non gli facesse già abbastanza male; il vomito causato dai postumi di una sbronza non era una delle cose più dolorose del mondo? E Perry Dawsey *conosceva* il dolore. Trascinò indietro il volto usando l'angolo del materasso per ripulirsi il vomito dalla bocca.

I colpi alla porta cessarono e Perry si addormentò rapidamente.

5

Servizio in camera

Qualcuno bussò alla porta di Dew.

L'uomo continuava a rabbrividire mentre si abbottonava una camicia asciutta. Avrebbe dovuto infilarsi sotto la doccia, ma non aveva tempo, c'era troppo lavoro da sbrigare.

«Chi è?»

«Sono Margaret. Ti ho portato il cibo.»

Dew non aveva ancora mangiato. Era talmente arrabbiato che non si era nemmeno accorto di quanto avesse fame. Si infilò la camicia nei pantaloni, li abbottonò e sollevò la cerniera, poi aprì la porta.

Margaret era lì nella luce del mattino. Aveva un ottimo aspetto, come sempre, gli occhi neri che lo fissavano con una gentilezza mista a un'aria costantemente spaurita, dovuta all'aver visto troppi orrori in così poco tempo. Ma quello che la rendeva *davvero* attraente era il contenitore di polistirolo pieno di cibo che teneva con la mano sinistra e la tazza fumante sempre di polistirolo che teneva con la mano destra.

«Doppia razione di panna e di zucchero» disse. «È così che ti piace, vero?»

«Sei un angelo» disse Dew. Prese il contenitore. «Vuoi entrare?»

Margaret annuì ed entrò nella stanza. Si guardò intorno, indugiando sulla valigia riposta accuratamente nell'armadio, sulle scarpe allineate accanto alla valigia e sulla camicia bagnata, il giaccone sportivo e i calzoni appesi sull'attaccapanni, ognuno sulla sua gruccia.

«Cosa ti è successo?» chiese.

«Ho seguito il tuo consiglio, ecco cosa è successo.» Dew si sedette e aprì il contenitore. C'erano delle posate di plastica avvolte in un tovagliolo di carta. Estrasse la forchetta e si ficcò le uova in bocca.

Margaret si sedette sul letto accanto al comodino. Guardò le armi di Dew disposte lì sopra – la calibro 45, la calibro 38, il coltello Ka-Bar, il coltello a serramanico, lo sfollagente pieghevole – poi distolse lo sguardo abbassandolo con noncuranza sul letto, lontano da esse.

«Allora sei stato gentile con Perry» disse. «E poi cos'hai fatto, sei andato a nuotare?»

«Ha aperto la porta e mi ha gettato addosso dell'acqua» disse Dew mentre masticava.

«Stai scherzando.»

Dew scosse il capo. «Credo che fosse un secchiello del ghiaccio.»

«A quanto pare, Amos ha recuperato i suoi venti dollari.»

«Quei due scommettono parecchio?»

Margaret annuì. «Scommetterebbero su qualsiasi cosa. Quella stessa banconota da venti dollari è passata di mano in mano almeno una dozzina di volte. Deve essere una strategia per rafforzare i legami di amicizia tra uomini.»

«Si chiama divertimento» disse Dew. «Gli uomini non hanno strategie per rafforzare i legami di amicizia, si limitano ad avere dei passatempi.»

«Come gettarsi addosso dell'acqua?»

«Quello non è un passatempo» disse Dew. «Significa essere delle teste di cazzo. Chiedo scusa. La sua camera puzzava come un club universitario. Credo che risenta ancora dei postumi di una sbornia. Colossale.»

Dew infilzò la forchetta finché non raccolse l'ultimo boccone di uova. «Quel ragazzo è un fottuto alcolizzato» disse appena prima di ficcarsi le uova in bocca.

«Non ha avuto abbastanza tempo per diventare un alcolizzato, Dew. Sai che sono passate solo sei settimane da quando si è tolto quegli affari.»

Dew inghiottì metà delle uova, poi prese una salsiccia e si infilò tutto in bocca.

«Caspita, sei una buona forchetta!» disse Margaret. «Saresti un commensale di classe.»

«*Trasudo* classe» disse Dew mentre masticava. «È tutta una questione di buona educazione. Abbiamo eseguito dei controlli esaustivi sul passato di Dawsey. Quel ragazzo usava i contanti per pagare dappertutto tranne al bar ma, fidati di me, le sue ricevute della carta di credito indicano che spendeva *parecchio* in quei bar.»

Margaret roteò gli occhi, espressione che Dew trovò irrispettosa e affascinante allo stesso tempo.

«È un ventenne, per amor del cielo» disse. «Tu non passavi del tempo al bar quando avevi vent'anni?»

«Naturalmente no» disse Dew. «Ero impegnato a costruire chiese e ad aiutare i poveri.»

«Oh, adesso riesco a vedere la tua aureola» disse Margaret. «Prima mi era sfuggita. Qui c'è una pessima illuminazione.»

«D'accordo, non hai tutti i torti. Ma la sai una cosa? La tua fredda logica dottorale mi dà sui nervi. Devi sempre aver ragione?»

«Dottorale? Mi piace quel termine. Non *devo* sempre aver ragione, Dew, ma è così che vanno le cose.»

Dew bevve un lungo sorso di caffè. Gli scottò un po' la bocca, ma non ci badò; sentì il calore scendergli lungo il petto.

«Be', dottoressa, temo tu *non* abbia sempre ragione. Ho provato a fare a modo tuo e mi sono beccato dell'acqua in faccia.»

«Allora riprovaci.»

«Perché diamine dovrei?»

«Intendi dire oltre al fatto che abbiamo bisogno di un ospite vivo per capire cosa diavolo sta succedendo?»

«Già,» disse Dew «oltre a quello.»

«Cosa ne dici di essere comprensivo, Dew? Cosa ne dici di essere indulgente? Perry ha passato le pene dell'inferno. Ha perso il suo migliore amico.»

«Sì? E allora? Anch'io.»

«E hai picchiato a morte il tuo migliore amico? Gli hai inchiodato le mani con dei coltelli da macellaio e hai scritto la parola 'disciplina' sulla parete con il suo sangue?»

In tutta la sua vita, Dew non si era mai imbattuto in una persona che lo facesse sentire stupido come Margaret Montoya. Perlomeno non senza dargli un pugno sulla bocca.

Dew prese le scarpe e iniziò a metterle. «No» disse. «Non ho fatto nulla di simile.»

«Giusto. Quindi, forse, soltanto forse, Perry sta cercando di scendere a patti con cose che non puoi nemmeno capire.»

«Queste storie sono valide solo fino a un certo punto» disse Dew. «Inizio a pensare che non sia nulla più che un attaccabrighe matricolato, e l'unico modo per far ragionare un attaccabrighe è suonargliele di santa ragione.»

Margaret sorrise. Non si trattava di quel tipo di sorriso che sottintendeva: 'Scommetto che sarebbe divertente andare in camporella con te.' Dew sapeva com'erano quei sorrisi in una donna. Perlomeno *una volta* sapeva com'erano. Ormai non glieli rivolgevano più. Questo era un altro genere di sorriso, del tipo che una donna giovane rivolge a un uomo anziano quando l'uomo anziano dice una stupidaggine.

«Dew, so che sei bravissimo a fare il tuo lavoro, ma devi avere delle vedute un po' più larghe, d'accordo?»

Dew prese la giacca asciutta dall'ometto e se la mise. «Delle vedute un po' più larghe? Cosa cazzo dovrebbe significare?»

Margaret si strinse nelle spalle. Il suo sorriso si fece un po' più ampio, un po' più accondiscendente. «Be', guarda te stesso e poi... guarda lui. Non riuscirai a farlo ragione a furia di percosse e spararargli non servirà a nulla. Ci hai già provato.»

Dew infilò velocemente le armi nelle loro diverse fondine e nei loro vari nascondigli. «Dottoressa, attieniti alle faccende scientifiche e dottorali e lascia il resto a me, d'accordo?»

Margaret sfoggiò di nuovo quel sorriso, poi fece spallucce. «Di' pure quel che vuoi. Allora, cosa facciamo adesso?»

«Dobbiamo portare a termine alcune cose qui. Poi penso che ci avvicineremo a Chicago.»

Fino a quel momento, non era emerso nessun disegno che collegasse le quattro porte. Chicago sembrava il sito successivo più probabile, a due passi dal Wisconsin, dal Michigan, dall'Indiana e dall'Ohio.

«Cosa ne dici di accertarti che la Margomobile sia pronta,

dottoressa?» disse Dew. «Voglio che ce ne andiamo di qui prima che i mezzi di comunicazione del posto smettano di scrivere che un gruppo che sostiene la supremazia dei bianchi è stato bombardato a Marenisco e stabiliscano che in realtà la storia potrebbe essere un'altra.»

Aprì la porta e le indicò di uscire. Margaret se ne andò, seguita da Dew.

6

La paaallacanestro di Deee-troit!

«Siediti qui, zietto Donny» disse Chelsea. Picchiettò il cuscino centrale del divano. Era il posto di papà, ma lo zietto Donny era un ospite. Chelsea si sedeva sempre in braccio al papà. Non vedeva più lo zietto Donny, quasi mai. Da quando si era trasferito a Pittsburgh. Non vedeva nemmeno Betty. E questo era ancora peggio.

Betty era così carina. Aveva i buchi alle orecchie. Il papà non permetteva a Chelsea di farsi i buchi alle orecchie. 'Magari tra qualche anno' le diceva papà. Un anno era un periodo di tempo così lungo. Qualche anno? Chelsea non riusciva a immaginare che quel momento sarebbe mai arrivato. Non si sarebbe *mai* fatta i buchi alle orecchie e non sarebbe *mai* stata carina come Betty.

Lo zietto Donny si sedette sul cuscino centrale. «Proprio qui, tesoro?»

«Sì» disse Chelsea. «Proprio qui. E per sederti qui devi pagare il pegno.»

«Il pegno? Quanto mi costerà?»

«Baci!» disse Chelsea.

Lo zietto Donny la sollevò da terra. «Pronta?»

La bambina annuì. Entrambi incresparono le labbra e produssero un suono simile a *mmm* mentre le accostavano lentamente, poi produssero un rumore di baci esagerato quando il *mmm* si trasformò in un sonoro *aaah*. Lo zietto Donny la posò sul cuscino alla sua sinistra. Chelsea gli si accovacciò subito in braccio.

Betty sorrise e si sedette sul cuscino a destra.

«Oh, mio dio, eravate così carini che stavo per svenire» disse Betty. Si protese verso Chelsea. «E dove sono i *miei* baci?»

Mmm-aaah.

Il papà si sedette sul cuscino a sinistra. Premette il telecomando. La televisione passò da un cartone animato a uomini con addosso delle tute bianche intenti a lanciare un pallone da basket.

Chelsea batté le mani, poi si appoggiò al petto dello zietto Donny.

L'uomo le scosse le spalle. «Tesoro, sai che ora è?»

La bambina guardò l'orologio di Topolino. La lancetta più lunga era sull'undici, quella più corta era sull'uno, quindi... erano...

«Non *quell'*ora» disse lo zietto Donny. «La partita, Chelsea. È l'ora della...»

Chelsea trasse un respiro profondo, si mise a sedere, poi gridò all'unisono con lo zietto Donny: «Paaallacanestro di Deee-troit!»

Si appoggiò al suo petto. «Zietto Donny, chi è il tuo giocatore preferito dei Pistons di tutti i tempi?»

«Mmm» disse lui. «Be', li seguo da parecchi anni, tesoro. Direi Bill Laimbeer o Chauncey Billups. Chi è il tuo?»

«A me piace Peyton Manning!»

«Hai sbagliato sport, ragazzina» disse lo zietto Donny.

«Oh» esclamò Chelsea. «Allora mi piace Chaunney Billups.»

«Chauncey, ragazzina» disse lo zietto Donny.

«*Chaun-see*» disse lei provando a pronunciare la parola per vedere se suonava bene. «Avevo intenzione di chiamare il mio cucciolo Fluffy, ma adesso lo chiamerò Chauncey. Così potrai venire a giocare con Chauncey, zietto Donny.»

«Mi sembra un buon piano» disse lo zietto Donny.

Il papà sospirò. «Non prenderemo un cucciolo, Chelsea. Non cercare di convincere altre persone a sostenerti come fai sempre.»

«Ma papà, voglio un cucciolo!»

«Chelsea, non ho intenzione di discuterne adesso.»

Chelsea si mise a braccia conserte. «Non sei tu che comandi.»

La mamma uscì dalla cucina così in fretta che Chelsea trasalì. La mamma aveva in mano il pesante mestolo di legno. Il mestolo che usava per sculacciarla. Era ancora incrostato di purè.

«Signorina, se lo dici un'altra volta, le prendi.» La mamma agitò il mestolo mentre parlava, scagliando piccoli frammenti di purè.

«Ma, mamma...»

«Non una parola di più» disse la mamma.

Chelsea mise il broncio e ricadde contro il petto dello zietto Donny.

La mamma annuì una volta agitando i capelli biondi, poi si voltò e tornò a grandi passi in cucina con la stessa velocità con cui era arrivata.

«Chelsea sta attraversando la fase della cocciutaggine» disse il papà allo zietto Donny. «Di solito, quando non ottiene ciò che vuole, fa i capricci. A quanto pare, si comporta meglio perché ci siete tu e Betty.»

«Sta' attento» disse lo zietto Donny. «A volte non superano mai la fase dei capricci.»

Betty assestò una pacca sulla spalla allo zietto Donny. «Dacci un taglio, vecchio.»

Lo zietto Donny rise e Chelsea si dimenticò del cucciolo. Guardò per un attimo gli uomini con addosso la tuta, poi prese la mano di Betty. «Chi è il tuo giocatore preferito, Betty?»

Betty allungò una mano e accarezzò i capelli alla cugina. «Oh, non lo so, bambolina. Non presto molta attenzione alla pallacanestro. Se vuoi parlare di vestiti o di fiori, sono la persona giusta.»

Il modo in cui Betty le accarezzava i capelli era così bello.

«A me piacciono i denti di leone» disse Chelsea.

«Oh, sono carini» esclamò Betty. «Preferisci quelli gialli o quelli bianchi?»

«A me piacciono quelli bianchi» rispose Chelsea. «Mi piace il modo in cui fluttuano e volano.»

Betty convenne con lei. Betty era sempre d'accordo con lei, e questo era molto bello. Chelsea era seduta a destra del papà, a sinistra di Betty e in braccio allo zietto Donny. Era proprio fantastico.

Guardò gli uomini togliersi la tuta bianca. Pensava che quella fosse la parte più divertente della pallacanestro. Se lei si fosse tolta la tuta davanti ad altre persone, si sarebbe messa nei guai. Voleva dell'altro gelato. Ne aveva già mangiato uno, e quello avrebbe dovuto bastarle, ma la mamma non si trovava nella stanza.

«Papà, posso mangiare un gelato?»

«Forse volevi dire *un altro* gelato, Chelsea? Non è nemmeno mezzogiorno, e so per certo che ne hai già mangiato uno.»

«Perché non posso mangiarne un altro? Mi piace.»

«Chelsea!» gridò la mamma dalla cucina. «Devo venire lì?»

«No» si affrettò a dire Chelsea. «La smetto.»

Sospirò e ricadde di nuovo contro il petto dello zietto Donny. Non era proprio giusto. Guardò gli uomini entrare in campo per iniziare a giocare.

7

Stanno per arrivare i rinforzi

Sessanta chilometri al di sopra del giardino di Chuy Rodriguez, l'Orbital concluse il calcolo delle probabilità.

I risultati mostrarono un ottantasei percento di possibilità di successo. Ben più del settantacinque percento necessario specificato dai suoi parametri.

Iniziò a modificare i semi della diciassettesima serie. Trasmise anche un messaggio alle creature rimaste, quelle che non erano riuscite a raggiungere Marenisco o South Bloomingville in tempo, quelle che erano nascoste. Inviò il messaggio ai triangoli che stavano ancora crescendo all'interno degli ospiti, da semi che erano stati trasportati dal vento per giorni prima di atterrare in modo propizio.

Il messaggio diceva: 'Restate nascosti, non fatevi notare. Stanno per arrivare i rinforzi.'

8

Voci

Perry Dawsey si mise improvvisamente a sedere sul letto. Il vapore fluttuava vicino al soffitto. Ogni superficie di vetro della stanza era imperlata d'acqua, perfino la sveglia che indicava le 16:17. Sentiva ancora i postumi della sbronza, anche se non erano più così forti. Avvertiva i morsi della fame. Forse il posto in cui Dew voleva fare colazione si trovava vicino.

Ma non erano stati i postumi della sbronza a svegliarlo. Non era stata la fame.

Erano state le *voci*.

Non le stesse voci che sentiva di solito. Più o meno simili a quelle, tuttavia diverse. Non era in grado di definire il concetto, come quando si ha una parola sulla punta della lingua e non si riesce a individuarla.

Era cambiato qualcosa. Qualcosa di grosso. Ma si trattava anche di qualcosa di piccolo. Tutto ciò aveva un senso? No, eppure le voci erano lì.

Non comprendeva le parole specifiche, non sapeva nemmeno se il messaggio contesse parole. Era più simile a un impulso senza emozioni. L'impulso gli faceva venire voglia di nascondersi, di non farsi notare, di rimanere lontano da tutti.

Nascondersi... e *aspettare*.

Perry si alzò. La stanza era un disastro. Le coperte inzuppate di birra formavano una piccola montagna sul pavimento mentre i vestiti inzuppati di birra si trovavano accanto al letto. Oh, cazzo, si era vomitato sui jeans. Quel posto puzzava.

Si diresse verso la sua sacca e frugò all'interno. Merda, tutti quegli indumenti erano sporchi. Avrebbe dovuto chiedere a qualcuno degli uomini di Dew di lavarglieli. Dopo averli annusati tutti, Perry trovò la maglietta, la felpa, la biancheria intima e i jeans meno disgustosi. L'unico punto a suo favore erano un paio di calzini sportivi puliti. Portò i vestiti nel bagno pieno di vapore.

Prima avrebbe fatto la doccia, poi avrebbe rintracciato Dew.

9

Il signor Uccello di ghiaccio

La sonda non era di materiale solido. Non stabilmente solido, perlomeno. L'intero affare era costituito da una serie di particelle minuscole, ciascuna più piccola di un granello di sabbia. Una forma speciale di bloccaggio combinata a una carica statica faceva agire le singole particelle come una lastra solida di materiale. Era perfino ermetica. A seconda del punto in cui i collegamenti erano applicati a ogni particella, si poteva ottenere qualsiasi forma. Ciò comprendeva parti mobili come alettoni, contenitori in cui raccogliere il combustibile e beccucci per dirigere la forza creata dall'accensione di quel carburante. Queste parti si univano per permettere alla sonda grossa come una lattina di attraversare la parte superiore dell'atmosfera e uno spesso strato di nuvole. I venti alti spingevano la sonda prima in una direzione e poi in un'altra. Essa si lasciava trasportare dal vento e usava i motori più come guida che per orientare il volo.

A 1875 metri, la sonda attraversò lo strato di nuvole. Individuò una zona che poteva costituire un obiettivo e sfrecciò verso nordovest. Per l'Orbital e per la sonda, un posto era identico all'altro. Però, sulle cartine umane, quel posto aveva un nome.

Si chiamava Gaylord.

A quattrocento metri, la sonda impartì le sue ultime istruzioni. Inviò una carica in ogni particella che spense i legami statici.

La sonda non esplose. Si disintegrò passando in un attimo dalla condizione di macchina solida a quella di nuvola di granelli, granelli che si sarebbero sparpagliati cadendo senza attirare nemmeno un briciolo di attenzione. La disintegrazione rilasciò anche i semi.

Più di un miliardo di semi.

Un leggero vento di sudovest disperse i semi come una sottile scia di fumo. Ogni raffica li diffuse ancor più lontano: alcuni intrapresero un viaggio solitario, altri furono sospinti in sciami simili a scie di condensazione semitrasparenti o a impalpabili serpenti spettrali.

I semi si diffusero.

I semi caddero.

La stragrande maggioranza sarebbe atterrata sulla terra, nell'acqua o nella neve. Sarebbero rimasti lì finché gli elementi non avessero danneggiato i loro delicati ingranaggi interni trasformandoli in semplici ammassi di materia inanimata. Alcuni sarebbero stati fortunati e avrebbero resistito abbastanza a lungo da finire su un ospite, ma le probabilità erano a loro sfavore. Naturalmente, era proprio questo il motivo per cui veniva rilasciato un miliardo di semi alla volta: anche se le probabilità fossero state sfavorevoli, alcuni sarebbero comunque atterrati in un luogo adatto.

Una delle eteree scie di semi in espansione andò alla deriva vicino a una casa nei sobborghi di Gaylord, vicino all'autostrada 32. Quella casa era l'abitazione della famiglia Jewell.

A quanto pareva, i Jewell ne avevano abbastanza dei gatti delle nevi e del basket. Bobby, Candice, Chelsea, Donald e Betty erano alle prese con il rito invernale della costruzione di un pupazzo di neve.

Donald fece perfino promettere a Bobby di non fornire al pupazzo di neve un pene eretto, cosa che Bobby aveva fatto fin da bambino. Scolpiva sempre un membro enorme e chiamava il pupazzo di neve signor Uccello di ghiaccio. Divertente? Sì, accidenti. Ma inappropriato adesso che Betty aveva sedici anni. Inoltre, Chelsea aveva ormai superato l'età in cui Bobby avrebbe dovuto iniziare a comportarsi da adulto invece che come un bambino intrappolato nel corpo di un uomo.

La scia di semi si alzava e si abbassava assecondando la lieve brezza. Cadendo a terra, metà di essi si abbatté sulla neve e vi rimase attaccata, condannata a una fine gelida. L'altra metà fu trasportata dal vento staccandosi dalla neve e volò quasi in orizzontale rispetto al terreno.

Donald finì di preparare la testa del pupazzo di neve e si fece aiutare da Betty a sollevarla. Era piuttosto compatta, ma non si poteva mai sapere se questi affari avrebbero retto quando si staccavano da terra. Inoltre, Betty si riteneva troppo alla moda per portare i guanti, quindi costringerla a sollevare un enorme blocco di ghiaccio e neve gli sembrava piuttosto appropriato. Bobby indossava solo una maglietta e un paio di jeans, il che non contribuì a mostrare a Betty che bisognava portare indumenti invernali adatti. Probabilmente, entrambi avrebbero preso il raffreddore, e Donald avrebbe riso per ultimo. L'unico problema era che Chelsea voleva imitare la cugina e aveva gettato via anche lei i guanti. Se Chelsea si fosse presa il raffreddore, Donald si sarebbe arrabbiato con Betty.

Posarono con successo la testa in cima al corpo mentre Chelsea danzava sul posto stringendo una grossa carota arancione. La sua tuta azzurra rigonfia la faceva sembrare piuttosto paffuta. La carota era l'ultimo tocco del capolavoro annuale del pupazzo di neve (che, purtroppo, quell'anno sarebbe stato il signor Uccello di ghiaccio solo nello spirito), quindi, naturalmente, l'onore spettò alla più piccola.

Proprio mentre Bobby si abbassava per prendere Chelsea e sollevarla in modo che potesse sistemare la carota che avrebbe costituito il naso del pupazzo di neve, la nuvola invisibile di semi microscopici si abbatté sulla famiglia Jewell.

Mancò del tutto Candice.

La maglietta di Bobby si dimostrò una scelta disastrosa: ne prese sette sul braccio sinistro.

Donald era voltato nel verso giusto e ne inspirò tre dal naso. Altre due gli atterrarono sulla mano sinistra.

Il cappello e i folti capelli neri di Betty agirono come una specie di difesa, intrappolando i semi nella lana o tra i riccioli laccati. Però, il vento le sferzò il capo e quattro atterrarono sulla guancia sinistra. Uno cadde subito, ma Betty avrebbe comunque dovuto vedersela con i tre che si erano impiantati saldamente. Se avesse portato i guanti, avrebbe almeno evitato quello che le si era attaccato alla mano sinistra.

La piccola Chelsea fu la più sfortunata di tutti. Scavò un buco nella faccia del pupazzo di neve con il pollice sinistro, poi infilò dentro la carota con la mano destra. Mentre rigirava la carota, conficcandola più in profondità e sistemandola per bene in modo che non cadesse, quindici semi atterrarono sulla sua pelle nuda e appiccicaticcia, attaccandosi saldamente al dorso delle mani, ai palmi e alle dita.

Senza smettere di ridere, la famiglia terminò il pupazzo di neve e applaudì. Chelsea si fece baciare da tutti. *Mmm-aaah! Mmm-aaah!* Poi entrarono in casa.

10

Dettare legge

La stanza 207 era diventata di fatto il centro operativo per l'attuazione del progetto Tangram a Glidden e Marenisco. Con un po' di soldi in più, la direzione dell'albergo aveva fatto sparire magicamente il letto sostituendolo con un tavolo e delle sedie di legno del ristorante. Se si aggiungeva un tavolo più piccolo per una fila di quattro valigette portadocumenti che aprendosi si trasformavano in postazioni telefoniche dotate di computer, si otteneva un ufficio improvvisato. In quel momento, nell'ufficio erano presenti Dew, Baumgartner, Milner e Amos. Si stavano occupando dei vari aspetti dell'insabbiamento del caso dei McMillian. Amos era lì solo per le ciambelle gratis, ma c'era da aspettarselo.

Le comunicazioni davvero delicate avvenivano ancora nella Margomobile, ma lì c'era pochissimo spazio. Dew voleva finire di chiamare tutti a rapporto per accertarsi di non essersi lasciato sfuggire nulla. Doveva anche tener d'occhio le forze dell'ordine e i mezzi di informazione del posto.

Affrontare la polizia del posto era quasi sempre una passeggiata. Nonostante le dispute giurisdizionali, i poliziotti erano tutti nella mischia più o meno per lo stesso motivo, e non per i soldi. Se si diceva ai poliziotti della città, della contea o perfino dello Stato che era scoppiato un casino, un casino di cui in realtà non si poteva parlare, ma che era davvero serio e adesso era risolto e le persone erano al sicuro... Be', novantanove su cento avrebbero lasciato perdere. E quell'uno percento rappresentato da uno stronzo progressista che non avrebbe lasciato correre? Aveva sempre dei superiori che sarebbero stati al gioco e avrebbero fatto pressione a quel tipo per indurlo a lasciar stare. A volte non funzionava nemmeno questo. In quei casi, Dew gli avrebbe dato un ultimo avvertimento nel corso di una chiacchierata conclusiva faccia a faccia. Avrebbe detto a quel tipo che la sua vita si sarebbe trasformata in un mucchio di merda d'asino fumante, che la sua reputazione era sul punto di essere rovinata e, se si fosse arrivati al dunque, avrebbe dovuto far fronte a una falsa accusa che avrebbe posto fine alla sua carriera nelle forze dell'ordine.

Se neppure *quello* avesse funzionato, Dew avrebbe passato la palla a Murray e si sarebbe lavato le mani dell'intera faccenda. Murray Longworth faceva sparire i problemi. Sarebbero stati cavoli amari per il tipo sulla graticola, ma tutte le guerre comportano dei danni collaterali.

Stavolta, però, Dew non ebbe problemi. Le voci su un gruppo di terroristi interni, su truppe dell'esercito, su sparatorie e su una bomba potentissima sganciata a Marenisco avevano monopolizzato l'attenzione. Non che la gente non fosse interessata alla triste storia di Thad McMillian senior che era impazzito e aveva ucciso la moglie, la figlia e il figlioletto. Una tragedia, ecco cos'era. Era una vergogna che gestisse un laboratorio di metanfetamine in quella casa, una vera vergogna, ma ciò spiegava gli avvistamenti di uomini con addosso tute contro i materiali pericolosi armati di pistole e anche i due enormi autoarticolati parcheggiati nel passo carraio dei McMillian. Spiegava anche l'assenza di Tad junior e del neonato. Erano stati coinvolti nel programma di protezione dei testimoni. Solo per il breve periodo in cui i federali si sarebbero trattenuti in città per occuparsi del caso del laboratorio di metanfetamine. I bambini erano al sicuro, anche se nessuno era in grado di dire quando o se sarebbero tornati in città. A quanto pareva, la loro nonna (dal lato materno) abitava nello stato di Washington, e alla fine i bambini sarebbero andati a vivere da lei. I mezzi di informazione locali si bevvero tutta la storia. Certo, il titolo PADRE STERMINA LA FAMIGLIA SOTTO L'EFFETTO DELLA METANFETAMINA avrebbe indugiato sulle prime pagine dei giornali della zona per qualche altro giorno. Glidden era così piccola da non avere nemmeno un quotidiano. Ben presto tutto il clamore si sarebbe smorzato. Questa era l'America. Le persone venivano uccise. Così è la vita. A che ora inizia la partita?

Quindi Dew Phillips era dell'umore migliore che ci si potesse aspettare da un uomo che stava cercando di affrontare una bizzarra invasione di parassiti. Aveva contribuito a distruggere la quarta porta. Indossava abiti asciutti. Era di nuovo al caldo. I mezzi di informazione e la polizia locale stavano al gioco. Aveva la pancia piena e il servizio in camera continuava a portargli caffettiere e scatole di ciambelle dalla Capanna della colazione di Bob.

Tutto stava andando a gonfie vele, fino al momento in cui la porta non si aprì e Perry Dawsey entrò nella stanza.

Quattro teste si voltarono a guardarlo. Milner posò la mano sull'impugnatura della pistola e la tenne lì. Baumgartner serrò le mani sullo schienale di una sedia di legno. Amos indietreggiò contro una parete, con una ciambella al cioccolato e alle nocciole che gli pendeva dalla bocca.

«Devo parlarti, Dew» disse Perry. «Subito.»

«Allora parla.»

«Fa' uscire questi finocchi di qui» disse Perry.

«Sarei felice di levare le tende» disse Amos. «Se tu fossi così gentile da togliere la tua mole massiccia dalla porta, me ne andrei immediatamente.»

Perry si spostò di lato. Amos schizzò fuori dalla stanza come un velocista di livello mondiale che si staccava dai blocchi.

«Ragazzo,» affermò Dew «se hai qualcosa da dire, dillo e basta. Queste persone fanno parte della squadra.»

«Sono dei fottuti inferiori» disse Perry. «Non costringermi a picchiarli di nuovo, vecchio.»

Dew Phillips annuì. Sì, ne aveva abbastanza di quella faccenda. Decisamente.

«Milner, Baumgartner,» disse Dew «andate a fare una passeggiata.»

Baumgartner parve incerto e guardò Dew. Milner continuò a fissare Perry senza sollevare la mano dalla pistola. Non aveva distolto lo sguardo dall'omone nemmeno per un secondo.

«Signore,» disse Baumgartner «credo che dovremmo restare qui.» La placca di metallo che aveva sul naso scintillò alla luce della stanza d'albergo. Tra la placca e i baffi, non sarebbe potuto sembrare più idiota.

«Ho detto di andare a fare una passeggiata» ripeté Dew.

«Signore,» disse Baum «uhm... Forse, il fatto che resti da solo con Dawsey non è...»

«Andate a farvi una *passeggiata*, ragazzi, cazzo» disse Dew. «Uscite. Voglio sostenere una conversazione in privato con il cittadino Dawsey.»

Baumgartner mollò la presa sulla sedia. Uscì dando nel frattempo una pacca sulla spalla a Milner. Milner riuscì a seguire Baum all'esterno senza distogliere lo sguardo da Dawsey e senza spostare la mano dalla pistola.

Perry chiuse la porta. «Ascolta, Dew, sta succedendo qualcosa.»

«Ci arriveremo tra un attimo» disse Dew. «Prima dobbiamo affrontare un piccolo punto seccante all'ordine del giorno.»

«Non capisci, Dew.»

«C'è una nuova porta?»

Perry ci pensò per un attimo, poi scosse il capo.

«Senti delle nuove voci?»

Perry ci pensò di nuovo. «Più o meno. Sì, delle voci, ma non pronunciano parole.»

«Nessuna parola» disse Dew. «Allora, sei *sicuro* che non parlino di una porta?»

Perry annuì.

«Bene» disse Dew. «Quindi rinvieremo la discussione di qualche minuto e affronteremo il mio argomento di conversazione.»

«Ma Dew, io...»

«Chiudi quella fottuta bocca, testa di cazzo.»

Perry lo fissò per un attimo, poi sorrise. «Oh, capisco» disse. «Hai intenzione di farmi una predica per come mi sono comportato?»

«Esatto» disse Dew. «Non me ne frega un cazzo di quanto

tu sia fuori di testa, Dawsey. Sono stanco delle tue stronzate. Devi cominciare a collaborare, intesi?»

Perry si protese in avanti e posò le mani sul tavolo di legno. Era l'unica cosa che separava i due uomini.

«Ti chiamo quando ho bisogno di te» disse Perry. «Non posso schierare un gruppo di teste di cazzo dell'esercito con pistole ed elicotteri. Tu sì. Fatta eccezione per questo, i tuoi servizi non sono richiesti, quindi continua a fare il bravo rompiscatole e va' dove ti dico di andare.»

Dew sentì montare la collera. Da qualche parte nei meandri del suo cervello, si chiese se ne sarebbe uscito vivo.

«Di' un po'» esclamò Perry. «Non ho visto una Mustang nuova parcheggiata davanti alla stanza. Cos'è successo?»

«Sei soltanto un piccolo bastardo intrappolato nel corpo di un omone» disse Dew.

«Non puoi farci un cazzo.»

«*Uè uè*» piagnucolò Dew. «Allora te la sei vista brutta e adesso il mondo ti deve un lecca-lecca?»

«Hai maledettamente ragione a dire che il mondo mi deve un lecca-lecca. Perlomeno il governo me lo deve. Dove cazzo era il governo quando stavo passando le pene dell'inferno, eh? Dove cazzo eri tu quando quegli affari mi stavano divorando dall'interno?»

«Sei sopravvissuto» disse Dew.

«Sono *l'unico* sopravvissuto» disse Perry. «Perché ho combattuto. Perché ho disciplina. Anche tu devi avere disciplina.»

Dew rise. «Vuoi la disciplina? Mi piacerebbe dartene un po'.»

Perry sorrise. «Vuoi spararmi? Fa' pure. È l'unico modo in cui puoi mettermi fuori combattimento. Senza quella pistola sei una nullità, vecchio.»

Dew lo teneva in pugno. A quel punto, una zuffa era il risultato inevitabile. Non doveva far altro che continuare a provocare Dawsey e fargli perdere il controllo. Farlo infuriare.

«Intendi questa pistola?» Estrasse la sua vecchia calibro 45 dalla fondina assicurata alla spalla. Espulse il caricatore, alzò il carrello e sollevò la pistola per mostrargli che non c'erano proiettili nella camera di scoppio. Posò la pistola sul tavolo tra loro. Sollevò il caricatore con la mano destra e usò il pollice per togliere con un colpetto il primo proiettile. Poi il secondo. Fissò Perry dritto negli occhi mentre svuotava tutte e sette le pallottole. Sollevò l'ultimo proiettile, poi gettò via il caricatore e fece saltellare la pallottola su e giù sul palmo della mano.

«Quindi, adesso non ho una pistola» disse Dew. «Ora cos'-hai da dire, ragazzo?»

«Sì, certo» disse Perry. «Come se fosse l'unica che hai.»

Dew annuì in modo esagerato. Il ragazzo era più intelligente di quanto sembrasse. Dew tirò su la gamba destra dei pantaloni e prese la sua Taurus Model 85 calibro 38 dalla fondina assicurata alla caviglia. Svuotò il tamburo dai cinque colpi e gettò la pistola a terra. Dalla gamba sinistra agguantò uno sfollagente telescopico d'acciaio e lo buttò in un cestino della carta straccia dalla parte opposta della stanza. Non appena lo fece, si pentì di non averlo tenuto. Con uno scatto del polso lo sfollagente sarebbe passato da quindici a quaranta centimetri, un manganello d'acciaio istantaneo. Però, la frittata era fatta; non poteva tornare indietro e riprenderselo. Poi Dew allungò una mano fino alle reni ed estrasse il suo coltello Ka-Bar dal fodero orizzontale. Infine si portò le mani all'inguine e prese un coltello a serramanico nero. Il coltello a serramanico e il Ka-Bar seguirono lo sfollagente nel cestino della carta straccia.

«Cosa cazzo fai, vecchio? Stai andando in guerra o giù di lì?»

«Tutti i giorni, ragazzo, tutti i giorni. Adesso, a meno che tu non abbia intenzione di perquisirmi le cavità corporee in cerca della bomba a mano che tengo nel buco del culo, dovrai credermi sulla parola quando dico che sono disarmato. Allora, lo facciamo oppure hai intenzione di restartene lì seduto a menartelo?»

«Parli sul serio, vecchio? Guardati. Hai la pancia. A volte ti vedo zoppicare e quant'altro. Se ti colpisco con metà della forza che possiedo, probabilmente ti uccido.»

«Non sono il tuo amichetto Bill» disse Dew sommessamente.

Perry spalancò gli occhi con un misto di rabbia e vergogna.

«Sei un omone, Dawsey» disse Dew. «Hai ucciso un tipo che pesava settanta chili bagnato fradicio.»

«Non parlare di lui» disse Dawsey a voce bassa facendo venire a Dew la pelle d'oca sulla schiena.

Dew gli rivolse il suo miglior sorriso da stronzo. «Cosa c'è che non va, femminuccia? Non vuoi darmi un pugno? Forse posso trovarti un tappetto da qualche parte nei paraggi. Magari un neonato, o una donna grassa, o una ottantenne. Ma non funzionerà, perché quelle persone non sono tue amiche. Non sono il tuo *migliore* amico. Uno che si fidava di te, che ha cercato di aiutarti.»

Dawsey serrò le mani in pugni delle dimensioni di un blocco di calcestruzzo. «Non è stata colpa mia» disse con la stessa voce calma. «Io... io non riuscivo a controllarmi.»

«Certo che no» disse Dew. «Si chiama responsabilità, ragazzo. Se tu avessi avuto davvero un po' di disciplina, quel finocchio del tuo amichetto sarebbe ancora vivo.»

Perry abbassò la mano sinistra di traverso rispetto al suo corpo e afferrò l'angolo destro del tavolo. Lo sollevò e lo spostò con un solo movimento, capovolgendolo senza sforzo alla sua sinistra. Il tavolo si fracassò contro la parete e le gambe si spezzarono per il colpo. La calibro 45 scarica rimbalzò sulla moquette.

Dew attese.

Ringhiando, Perry Dawsey sollevò il pugno destro. Increspando i muscoli enormi, fece un passo in avanti per appioppargli un pugno fortissimo.

E proprio quando Perry fece quel passo, Dew gli gettò il proiettile in faccia.

La pallottola rimbalzò sulla fronte di Perry, che sbatté le palpebre e trasalì a causa di una reazione automatica provocata da un oggetto che era stato scagliato contro il suo volto. Girò il capo, con il pugno sospeso nel vuoto e strascicò istintivamente i piedi per mantenere l'equilibrio quando l'impeto lo sospinse in avanti.

Dew aprì la mano destra ampliando il più possibile lo spazio tra il pollice e l'indice. Si avvicinò al mostro che si approssimava scattando in avanti con la mano aperta in orizzontale. L'incavo del pollice sbatté contro la gola di Dawsey. Dew si ritrasse; se avesse premuto più forte, avrebbe spezzato la trachea di Dawsey uccidendolo per soffocamento. Voleva fargli del male, non ucciderlo.

Non ancora, perlomeno.

Dawsey si portò subito le mani al collo e serrò gli occhi. Produsse un solo rumore, per metà un colpo di tosse, per metà un conato di vomito.

Poi Dew Phillips gli ficcò un pollice nell'occhio sinistro.

Perry si scostò di nuovo trasalendo, voltando il capo a sinistra per proteggersi l'occhio, sollevando la mano sinistra per coprirlo e tenendo serrata sulla gola la mano destra. Non riusciva né a respirare né a vedere.

Dew avanzò per sferrare un calcio al ginocchio di Dawsey, ma l'omone agitò il pugno descrivendo un arco a casaccio che colpì la spalla destra di Dew. La forza fece girare Dew su sé stesso. L'uomo cadde con violenza rovesciando il tavolo pieno di ventiquattrore aperte. Dew avvertì il dolore acuto di un taglio sulla tempia destra e solo un secondo dopo iniziò a colare un rivolo di sangue.

Dew aveva preso parte a centinaia di risse, ma non era *mai* stato colpito con così tanta forza.

Si rialzò goffamente. Cercò di muovere il braccio destro ma non ci riuscì, era intorpidito e inerte.

Dawsey continuava a tossire, a cercare di respirare, a tenere chiuso l'occhio sinistro che lacrimava e ad agitare avanti e indietro la mano destra a casaccio e alla cieca. Dew rasentò la parete fino al tavolo rotto. Con la mano sinistra afferrò una gamba del tavolo per l'estremità più sottile. La sommità spessa della gamba la faceva sembrare una mazza lucida di legno.

Dew avanzò e l'agitò verso il basso. Il legno spesso si abbatté contro il ginocchio destro di Dawsey che gridò, sebbene la sua gola riuscisse a produrre solo un sussurro roco. Cadde reggendo il proprio peso sulla mano destra e il ginocchio sinistro.

«Vuoi la disciplina?» chiese Dew. «Ti darò la disciplina.»

Dew brandì la gamba del tavolo descrivendo un arco ampio e la scaraventò contro la testa di Perry. La pelle si lacerò subito e il sangue sgorgò da uno squarcio di cinque centimetri che gli macchiò i capelli biondi. Nonostante il taglio, Dawsey trasalì a malapena. La palpebra destra si aprì un tantino fremendo, ma la sinistra rimase serrata. Dalla sua posizione semiaccucciata, si lanciò in avanti protendendo entrambe le mani.

Dew Phillips si affrettò a indietreggiare con calma e colpì la bocca di Perry con la gamba del tavolo spaccandogli il labbro all'impatto.

Perry cadde a faccia in giù, poi abbassò le mani e cercò di rialzarsi.

«Collaborerai» disse Dew. Brandì la gamba del tavolo descrivendo un altro arco con cattiveria e l'estremità della mazza fischiò nell'aria prima di abbattersi sulla schiena di Dawsey producendo un tonfo a contatto con la carne. Dawsey si lasciò sfuggire un altro sibilo soffocato e cadde di nuovo a faccia in giù.

«Lo farai perché è la cosa giusta da fare.» Dew roteò il braccio verso il basso colpendo il fianco destro di Perry con la gamba del tavolo e fracassandogli le costole. Perry rotolò a sinistra, raggomitolandosi in posizione fetale. Non riusciva ancora a vedere e il fatto che strizzasse gli occhi tradiva la sua cecità. Il sangue gli copriva la testa e gli sgorgava dalla bocca. Aveva le ginocchia piegate contro il petto e le mani protese davanti a sé nel tentativo di respingere l'attacco.

Dew sferrò un altro colpo, stavolta con tutta la forza che poté. L'estremità della mazza percosse la coscia destra di Dawsey, che riuscì a emettere un grido profondo con la gola strozzata.

«Non intendo più sopportare le tue stronzate» disse Dew. Brandì la gamba del tavolo e gli colpì di nuovo la coscia sapendo che la seconda volta gli avrebbe fatto molto più male della prima. «Vuoi finirla di comportarti da coglione?»

«Smettila!» gridò Perry. «Per piacere!»

«Mi stai supplicando di risparmiarti la vita, Dawsey? Come ha fatto il tuo amico Bill? Come hanno fatto gli ospiti dei triangoli?»

«Li stavo aiutando!» Parlò come se avesse fatto i gargarismi con dei frammenti di vetro.

Dew brandì la gamba dritta davanti a sé, colpendo Dawsey sulla fronte. Il suono prodotto dal legno sul legno anticipò un altro taglio, che era più lungo del primo e sanguinava di più. «Li stavi aiutando? Testa di cazzo fuori di testa, forse dovrei picchiarti a morte qui su due piedi!»

«No!» Ancora sdraiato su un fianco, con le ginocchia contro il petto, Perry agitò le mani alla cieca.

Dew sollevò la gamba del tavolo per assestare un altro colpo alle costole di Dawsey. Voleva fare del male a quel ragazzo.

La voce di Perry era per metà un urlo e per metà un singhiozzo. «Non colpirmi più, papà! Ti prego!»

Dew lo fissò per qualche secondo, tenendo la gamba del tavolo sospesa nel vuoto.

«Ti... prego, papà» balbettò Dawsey. «Basta.»

Dew abbassò la gamba del tavolo lungo un fianco, poi la gettò a terra. Non riusciva ancora a muovere il braccio destro. L'uomo gigantesco e ricoperto di sangue giaceva piangendo sul pavimento, con il corpo massiccio scosso dai singhiozzi.

«Manderò qui qualcuno a sistemarti» disse Dew. «Poi torna in camera tua. Verrò a parlarti lì. Abbiamo del lavoro da sbrigare.»

Dew uscì dalla stanza.

11

Lo scocciatore viene suturato

Clarence infilò la testa nel rimorchio delle comunicazioni. Margaret gli sorrise. Non poté farne a meno. L'aveva trovato attraente sin dal primo momento in cui l'aveva visto. Adesso, dopo aver trascorso tre mesi a occuparsi di quell'incarico e più di qualche notte nel suo letto, lo trovava uno schianto. Si stava innamorando di lui. No, era *già* innamorata di lui. Non sapeva se sarebbe stata un'infatuazione momentanea e se, quando quella follia fosse finita, sarebbero andati ognuno per la sua strada. Forse l'attrazione era solo uno sfogo, un modo per affrontare la morte che li circondava quotidianamente.

Forse stava con lei perché era l'unica donna che lavorava al progetto Tangram. Quel pensiero le era passato per la mente più di una volta. Era più vecchia, pesava dieci chili di troppo e, anche se riceveva ancora parecchie attenzioni dagli uomini, non era più come una volta. Era già innamorata di lui? Scacciò quel pensiero: se avesse consentito a quel sentimento di prendere il sopravvento e lui non l'avesse ricambiata...

«Dottoressa,» disse Clarence «Dew dice che devi recarti nell'ufficio.»

«Sono un po' occupata» disse Margaret. «Digli che, se vuole vedermi, può salire a bordo del rimorchio. Poi mi libererò di lui e tu potrai farmi un bel massaggio alle spalle.»

Clarence scosse il capo. «Uh, non è possibile. Devi recarti nell'ufficio e portare un kit di pronto soccorso. A quanto pare, Dew e Perry hanno avuto un faccia a faccia risolutivo.»

«Oh no. C'è bisogno di un'ambulanza?»

«Potrai appurarlo tu stessa» disse. «Non preoccuparti, verrò con te.»

Margaret cercò negli armadietti della stanza delle comunicazioni. C'era un kit di pronto soccorso da qualche parte... Lo trovò, prese la scatola di plastica bianca per il manico e scese di corsa dal rimorchio verso la stanza 207.

In un certo senso, Clarence le aveva fatto mettere in discussione le sue scelte di vita, proprio adesso che era proiettata come un razzo verso una carriera di successo e si trovava letteralmente sulla strada di una potenziale catastrofe globale. Era lei il capo, in mancanza di un termine migliore, cosa che aveva sempre voluto essere ma, a causa dei sentimenti che provava per lui, quel concetto iniziava a sembrare vuoto. Quando questa faccenda si fosse conclusa, se si fossero separati, cosa avrebbe dovuto aspettarsi? Di tornare nel suo piccolo appartamento di Cincinnati, un posto che in realtà usava solo per dormire, perché lavorava tutto il giorno?

«Non devi aver paura» disse Clarence quando raggiunsero la stanza. «Sarò lì con te.» Le aprì la porta.

«Paura? Perché dovrei aver paura di Dew Phil...»

Le si spezzò la voce quando vide Perry Dawsey rannicchiato in posizione fetale, insanguinato come un maiale infilzato.

«Come ti ho detto,» ripeté Clarence «sarò lì con te.»

Margaret non riusciva a crederci. Dew Phillips aveva picchiato Perry Dawsey? In realtà, picchiato non era il termine giusto. L'aveva quasi ammazzato di botte. Sì, quell'espressione era più precisa.

«Lasciaci soli, Clarence.»

L'uomo voltò il capo guardando prima Perry e poi lei.

«Sei pazza? È al tappeto, non è morto.»

«Lo so.»

«Potrebbe scattare da un momento all'altro, Margo» disse Clarence. «Io resto qui.»

Margaret lo prese per mano e lo accompagnò fuori dalla stanza, poi gli abbassò la testa per sussurrargli in un orecchio.

«So che vuoi proteggermi, tesoro, ma non mi farà alcun male.»

«È un assassino, Margaret» sussurrò Clarence in risposta.

«Dovrai fidarti del mio giudizio» disse lei. «Mi sono presa cura di lui per cinque settimane, e ti dico che non mi farà del male.»

«Bene, allora rimarrò a guardare per appurare quanto mi sono sbagliato.»

«È appena stato riempito di botte» disse Margaret. «Non sono un uomo, ma penso che questo vi faccia vergognare un po', giusto?»

Clarence la fissò, poi annuì.

«Quindi, forse, se entrerà una donna lì dentro, invece di un altro uomo, non sarà altrettanto sgradevole, perché non penserà che mi stia chiedendo se anch'io posso picchiarlo.»

«Be', non è proprio quel che penserei io» disse. «Ma, sì, sarei imbarazzato se un altro uomo mi guardasse mentre mi suturano. A meno che non si trattasse di un dottore, naturalmente. I dottori non mi metterebbero in imbarazzo in una situazione simile.»

«È una logica da uomini?»

«Sì» disse Clarence. «Ascolta, non possiamo almeno incaricare Amos di prendersi cura di lui?»

Margaret gli sorrise. «Se riesci a convincere Amos Braun a restare da solo in una stanza con Perry Dawsey, ti darò venti dollari.»

«Non accetto questa scommessa.»

«Sono una professionista, Clarence. Apprezzo il fatto che tu voglia proteggermi, ma questa conversazione è finita, d'accordo? Resta qui fuori, se sei preoccupato. Se cercherà di farmi qualcosa, griderò per chiedere aiuto.»

«Questo funzionerà solo se riuscirai a emettere un suono prima che ti spezzi il collo.»

Margaret sospirò, poi gli diede una pacca sul petto ed entrò nella stanza 207. Si chiuse la porta alle spalle.

«Perry? Sono Margaret.»

L'uomo aprì l'occhio destro. Il sinistro era chiuso per il gonfiore.

«Ehi» esclamò.

«Ti darò una sistemata, d'accordo?»

«Lasciami stare.»

«Non se ne parla. Io sono un dottore. Tu stai sanguinando. Basta fare due più due.»

Perry la guardò con l'unico occhio sano, poi si mise lentamente a sedere. Appoggiò la schiena contro la parete.

«Bene» disse. «Solo finché non avrai fermato l'emorragia.»

Margaret si inginocchiò e aprì il kit di pronto soccorso. Premette una garza sulla ferita in cima alla testa di Perry. «Tienila ferma, per piacere.»

Perry lo fece.

Margaret gliene applicò un'altra sul taglio che aveva sulla fronte. La benda si inzuppò immediatamente di sangue.

«Bene, Perry. Dimmi cosa ti fa male.»

«Il mio amor proprio. Sono appena stato picchiato da uno che potrebbe essere il simbolo dell'Associazione pensionati d'America.»

«Magari sei fortunato» disse Margaret.

«Be', allora comprami un fottuto biglietto della lotteria. Come fai a dire che sono fortunato?»

«Negli ultimi tre mesi Dew mi ha raccontato delle storie. Ha ucciso un sacco di persone, Perry. So che sei grosso, forte e atletico. Sai combattere; Dew Phillips sa uccidere o farsi uccidere.»

«Ah!» esclamò Perry. «Non ha fatto nessuna delle due cose. Significa che ho vinto?»

Margaret rise. «Visto? Hai fatto una battuta. Non puoi essere ridotto poi così male.»

«Sì, come no!»

Margaret mise da parte la garza insanguinata, poi versò un po' di acqua ossigenata sulla ferita.

«Ti fa male?» chiese.

«In confronto all'essere percossi con la gamba di un tavolo? Potrebbe anche essere un massaggio erotico.»

«Bene, allora consideralo il tuo lieto fine.»

Prese a suturargli le ferite. Sei punti sulla fronte, cinque in cima alla testa e altri tre sul labbro.

«Com'è ridotto l'occhio?» chiese Perry. «È spacciato?»

Margaret gli aprì le palpebre e puntò una minuscola torcia

contro la pupilla. L'occhio era già pieno di sangue, ma la pupilla si contrasse a ogni lampo.

«Ti verrà un bell'occhio nero, ma tornerà tutto a posto.»

Gli fece togliere la maglia. I suoi occhi indugiarono sulla cicatrice nodosa grossa come un pugno che aveva sulla clavicola destra, poi lanciò inavvertitamente una rapida occhiata a quella simile sull'avambraccio sinistro. L'aveva curato per settimane e conosceva le sue orribili cicatrici: quella sulla coscia sinistra, quella al centro della schiena e quella sul gluteo destro, oltre a quella più piccola sullo stinco sinistro.

Margaret tastò le costole e scoprì che non erano rotte. Perry si rifiutò di togliersi i pantaloni, quindi Margaret dovette fidarsi quando le disse che la coscia era a posto. Concluse controllandogli il ginocchio, sollevando la gamba dei pantaloni e usando la punta delle dita per sondare la zona. Era gonfio, ma Margaret non sentì nulla di rotto, quindi affondò le dita un po' più in profondità per controllare il danno ai legamenti.

«Ti fa male se faccio così?»

«Sì» rispose Perry.

«Descrivimi il dolore.»

«Maledettamente atroce è un'espressione medica corrente?»

Margaret si fermò. «Se ti stavo facendo così male, perché non hai detto niente?»

Perry si strinse nelle spalle. «Io e il dolore siamo amici di vecchia data.»

«Be', tu e il tuo vecchio amico dolore trascorrerete un bel po' di tempo insieme mentre ti riprenderai. Riesci a tornare in camera tua?»

Perry si alzò in piedi a fatica. Margaret cercò di aiutarlo, ma era così pesante che si sentì come una ragazzina che fingeva di essere utile ma che in realtà non serviva a nulla. Trovò un flacone di ibuprofene nel kit di pronto soccorso.

«Prendi quattro di queste e va' a letto, d'accordo? Verrò a farti visita più tardi.»

Perry prese il flacone e zoppicò fino alla porta. La aprì, poi si voltò.

«Di' a Dew che ho bisogno di vederlo» disse Perry. «Digli che è importante e che... e che non gli darò più problemi.»

«Non puoi aspettare domattina? Voglio che tu dorma.»

Perry ci pensò per un attimo, poi annuì. Sollevò il flacone, lo scosse una volta a mo' di saluto, poi si diresse zoppicando verso camera sua.

Margaret voleva davvero che dormisse, ma voleva anche evitare una seconda rissa. Perry si comportava in modo diverso, da sconfitto, ma probabilmente Dew non si era ancora calmato e anche una parola insignificante avrebbe potuto far scoppiare un'altra zuffa tra i due uomini.

L'unico motivo per cui Perry Dawsey era ancora vivo era che Dew Phillips voleva che lo fosse.

Margaret doveva assicurarsi che Dew non cambiasse idea.

12

Non può essere un bene

Mentre la famiglia Jewell dormiva, iniziarono i cambiamenti.

La nuova serie di semi si comportò più o meno come quella che aveva infettato Perry Dawsey. Almeno all'inizio. I *demodex folliculorum* – minuscoli acari che vivono su tutti gli esseri umani del pianeta – trovarono i semi. Dal momento che i semi avevano un aspetto e un odore simili a quelli dei frammenti di pelle morta che costituivano l'unico cibo dei demodex, gli acari li mangiarono. Gli enzimi che digerivano le proteine negli stomaci microscopici degli acari si diedero un gran daffare con i rivestimenti dei semi, distruggendoli e permettendo all'ossigeno di penetrare per far avvenire la germinazione.

E, come l'infezione di Perry, anche questa serie entrò in azione in molti mucchi microscopici di merda d'insetto.

Ogni seme attivato spinse un filamento nella pelle penetrando fin negli strati sottocutanei. In fondo al filamento, i ricettori misurarono i livelli chimici e la densità specifici, localizzando il punto perfetto per lo sviluppo del secondo livello.

A differenza della serie di Perry e di quelle precedenti, questi filamenti rilasciarono nel flusso sanguigno una delle due sostanze chimiche seguenti:

la sostanza chimica A se si trattava di un seme che avrebbe fatto la schiusa, simile a quelli che avevano infettato Perry Dawsey e Martin Brewbaker;

la sostanza chimica B se si trattava della nuova serie.

Le sostanze chimiche filtrarono nel sistema circolatorio dell'ospite. Dopo un breve periodo, il filamento misurò i livelli sia della sostanza A che della sostanza B. Questo portò a una semplice decisione maggioritaria: se ci fosse stata più sostanza A, i semi destinati alla schiusa avrebbero continuato a crescere e i semi della nuova serie si sarebbero disattivati. Se ci fosse stata più sostanza B, sarebbe accaduto il contrario.

A conti fatti, Bobby Jewell fu l'unico con più semi normali che facevano la schiusa. Infatti, cinque dei suoi sette parassiti erano uguali a quelli che avevano infettato Perry.

Betty, Donald e Chelsea Jewell avrebbero avuto l'onore di tenere in incubazione la nuova serie.

Da questo momento, le due serie seguirono degli schemi di crescita pressoché identici. Le radici del secondo livello si protesero per ricavare materiale dall'ambiente sottocutaneo: proteine, ossigeno, amminoacidi e soprattutto zuccheri. Entrambe le serie sfruttarono i processi biologici naturali dell'ospite per creare nuovi microrganismi. C'erano le *palle lettrici*: – affari ricoperti di ciglia, seghettati e dotati di moto proprio progettati per squarciare le cellule ed esaminare il DNA all'interno, analizzando le matrici biologiche dell'ospite come un computer che legge le righe del codice di un software. C'erano i *costruttori* che crearono l'intelaiatura flessibile di cellulosa che, nella serie originale, si sarebbe trasformata in triangoli. C'erano i *mandriani*: microrganismi che si immisero nel corpo in cerca di cellule staminali per staccarle e trascinarle in quell'intelaiatura dove le palle lettrici sarebbero penetrate dentro di esse per modificarne il DNA.

La nuova serie aggiunse nuove funzioni a questa lista. Modificò le cellule staminali per produrre minuscoli fili dotati di moto proprio di una forte fibra flessibile micromuscolare. Queste fibre si sarebbero assemblate da sole unendosi in schemi collettivi precisi. Mentre il corpo di Bobby Jewell era alle prese con le attività delle palle lettrici, dei costruttori e dei mandriani, sua figlia, suo fratello e sua nipote avrebbero dovuto vedersela con i *nuovi* microrganismi.

Chelsea, Donald e Betty avrebbero sperimentato gli effetti degli *striscianti*.

Terzo giorno

1

Strisciare

I semi di Perry Dawsey appartenevano alla tredicesima serie. I suoi triangoli erano rimasti in incubazione per sette giorni. A causa di costanti miglioramenti nella progettazione, ai semi della diciassettesima serie ne servirono solo cinque.

Cinque giorni sono una meraviglia ingegneristica di autorganizzazione, la testimonianza di una tecnologia molto avanzata. Consideratela un aggiornamento della vecchia tipologia.

Alla *nuova* tipologia, però, cinque giorni sembrarono un'eternità. Mentre le strutture di Perry avevano dovuto costruire diverse parti complesse, le nuove strutture produssero una cosa sola.

Microscopici fili di muscoli umani modificati.

Muscoli *trasformati abusivamente.*

Naturalmente, ogni filo conteneva cellule muscolari ma anche minuscoli secretori di neurotrasmettitori e una complessa serie cristallina di molecole capaci sia di inviare che di ricevere segnali rudimentali.

Di per sé, un filo trasformato abusivamente era inutile. Poteva dimenarsi... E basta. Poteva anche inviare e ricevere segnali per comunicare che era presente, e questo era fondamentale perché i fili non erano stati progettati per operare da soli.

I segnali per comunicare la loro presenza li riunirono, quasi come gli ultimi frammenti separati di cereali che galleggiano sulla superficie del latte. I frammenti si limitano a galleggiare finché non si ritrovano vicino e poi la tensione superficiale li riunisce con uno strattone. Quando un filo captava un segnale che comunicava la presenza di un altro filo, si dimenava verso di esso. I fili che si dimenavano si protendevano l'uno verso l'altro, si toccavano e si intrecciavano. In quel momento il loro segnale diventava doppiamente forte, attirava altri fili e così via.

Una normale cellula muscolare umana da sola è inutile. Però, molte cellule che lavorano all'unisono producono un movimento complesso. I filamenti trasformati abusivamente seguivano una logica simile: l'insieme si dimostrava più della somma delle parti. Quando le serie di filamenti trasformati abusivamente raggiungevano una certa dimensione, una larghezza di circa cinquecento micron, il segnale per annunciare la propria presenza si spegneva.

Un micron è un milionesimo di metro. Cinquecento micron sono un cinquantamillesimo di metro o circa un duecentesimo di pollice. Maledettamente piccoli, ma è comunque possibile vedere una cosa simile a occhio nudo.

Se si fosse potuto guardare dentro i corpi di Chelsea Jewell, Donald Jewell e Betty Jewell, si sarebbe visto qualcosa di piuttosto inquietante, qualcosa che somigliava tantissimo a una cellula nervosa umana. A un'estremità, c'era un lungo assone sottile. All'altra estremità, i dendriti che si ramificavano si estendevano come gli affluenti di un fiume.

Ma in una normale cellula nervosa, i dendriti non si attaccano ad altre cellule nervose, ad altre cellule muscolari e ad altre membrane, e sicuramente non si protendono e non si spostano.

Capite, le normali cellule nervose non *strisciano*.

Gli striscianti svilupparono un sistema di navigazione molto semplice: causare dolore. Si trattava di una strategia pratica, non sadica: il corpo umano è fatto in modo da dare la massima priorità ai messaggi dolorosi. I dendriti ramificati degli striscianti si protendevano, si agganciavano agli assoni, poi rilasciavano una sostanza chimica che imitava i normali segnali di dolore. Alcuni nervi ignoravano quel messaggio: i neuroni efferenti, quelli che trasportavano i segnali dal cervello al resto del corpo. Chiamati anche neuroni motori, permettevano al cervello di svolgere il suo compito, controllando le reazioni muscolari e le funzioni corporee. I nervi che *non* ignoravano quei messaggi di dolore, ma invece li riproducevano e li trasmettevano al cervello, erano i nervi afferenti.

Una volta che gli striscianti identificavano delle catene afferenti, afferravano, strattonavano e strisciavano. Ogni tre o quattro nervi, rilasciavano di nuovo il segnale del dolore, misuravano i risultati e continuavano a muoversi.

Alla fine, avrebbero raggiunto il cervello strisciando.

2

Lo zietto Donny se ne va

La neve soffice veniva sospinta dal vento in tutte le direzioni, volando negli occhi di Chelsea e solleticandole il naso.

Non si sentiva bene. Si sentiva accaldata, dolorante, e aveva delle piccole protuberanze sulle mani, che le facevano un po' male, ma non le prudevano o giù di lì. Teneva la mano del papà mentre lo zietto Donny e Betty salivano a bordo dell'automobile dello zietto Donny. Betty si soffiò il naso in un fazzoletto di carta rosa, poi appoggiò la testa sul sedile e chiuse gli occhi. Anche lei non si sentiva bene.

Lo zietto Donny chiuse la portiera e abbassò il finestrino. Tossì in modo violento, producendo un suono rumoroso che saliva dal petto, poi protese la mano fuori dal finestrino verso papà. Il respiro dello zietto Donny fluttuava in grandi volute mentre parlava.

«Grazie di averci ospitato, fratellino» disse. «E grazie del regalino che non vuole abbandonarci.»

«Oh, chiudi il becco. Hai portato tu quel virus sconosciuto da Pittsburgh. Non ho intenzione di stringere la mano in cui hai appena tossito.»

Lo zietto Donny strinse gli occhi. «Cosa diavolo significa?» Chelsea fece un passo indietro. Improvvisamente lo zietto Donny le parve spaventoso.

«Ti sto solo provocando» disse Bobby. «Rilassati, fratellone.»

Lo zietto Donny sbarrò gli occhi per qualche secondo, e poi il suo volto si addolcì. Sbatté più volte le palpebre come se si fosse appena svegliato o giù di lì.

«Scusa» disse. «Io... io penso di averla presa male.»
«Cosa mi dici delle medicine?» disse Bobby.
Lo zietto Donny annuì. «Le ho prese. Davvero.»
«Bene» disse papà. «Verremo presto a Pittsburgh.»
Lo zietto Donny strinse di nuovo gli occhi, poi li riaprì. Scosse il capo come avrebbe fatto un cucciolo.
La mamma si fece avanti e si protese al di là del finestrino per abbracciare goffamente lo zietto Donny. «Sii prudente» disse. «Questa tormenta dovrebbe trasformarsi in pioggia ghiacciata. Le strade sono piene di persone dirette a sud e il traffico sarà molto intenso. Fa' attenzione agli ubriachi.»
Si ritrasse dal finestrino. Lo zietto Donny sorrise e annuì. La mamma girò intorno all'automobile per salutare Betty. Lo zietto Donny guardò dritto verso Chelsea protendendo una mano.
«Vieni qui a salutarmi, bambolina» disse.
Chelsea si tirò indietro. Perché lo zietto Donny voleva toccarla? Aveva intenzione di farle qualcosa?
«Tesoro,» disse Bobby «va' a salutare lo zio.»
Lo zietto Donny sorrise. Chelsea sbatté alcune volte le palpebre. Si trattava dello zietto Donny: perché avrebbe dovuto avere paura di lui? Le voleva bene. Chelsea lasciò andare la mano del papà e corse verso la portiera dell'automobile. Si alzò in punta di piedi e baciò sulla guancia lo zietto Donny.
«Ciao, zietto Donny.»
«Fa' la brava bambina, d'accordo?»
Chelsea annuì. Sembrava... diverso. Anche papà. E anche la cugina Betty. L'unica che non sembrava diversa era la mamma. Perché? Forse Chelsea non doveva affatto aver paura dello zietto Donny, forse doveva aver paura della mamma. La mamma avrebbe potuto prendere il mestolo per sculacciarla.
Chelsea si sporse in avanti e sussurrò all'orecchio dello zietto Donny: «Quando verremo a trovarti, puoi portarmi a fare i buchi alle orecchie?»
Lo zietto Donny rise, poi le accarezzò una guancia. «Temo che dipenda da tuo padre.»
Chelsea adorava il modo in cui lo zietto Donny le sorrideva. Proprio come papà. Lo zietto Donny era molto simile a papà. Chelsea avrebbe voluto che venisse più spesso a trovarla. Sapeva tante cose sulla paaallacanestro di Deee-troit.

Lo zietto Donny corrugò il volto. Allontanò delicatamente Chelsea, poi tossì così forte che per poco non colpì il volante con la testa. Tossì di nuovo, poi si appoggiò allo schienale e rise. Agitò la mano davanti al viso come se stesse cercando di calmarsi.

«Te la farò pagare per averci attaccato questo schifo» disse lo zietto Donny a papà. «Spero di arrivare a casa prima che si sviluppi in pieno; ho la sensazione che sarà una bella batosta.»

«Se ti senti male, sii prudente e trovati un albergo» disse la mamma. «Non essere testardo come quello stronzo di tuo fratello.»

«Suvvia, Candice» esclamò papà.

Chelsea sapeva che papà la stava indicando, anche se non riusciva a vederlo. Lo faceva sempre quando la mamma diceva parole volgari.

«Oh, merda, mi dispiace» disse la mamma. «D'accordo, mettetevi in marcia e guida con prudenza!»

Lo zietto Donny alzò il finestrino e uscì dal passo carraio indietreggiando. Mentre si allontanava, Chelsea si grattò i piccoli bernoccoli sulle mani.

La mamma si inginocchiò davanti a lei. «Va tutto bene, tesoro?»

Cosa intendeva dire la mamma? Forse non voleva dire... nulla. Chelsea si sentiva davvero accaldata. La mamma stava solo cercando di prendersi cura di lei. Chelsea scosse il capo.

«D'accordo, piccola» disse la mamma. «Ripariamoci da quest'aria fredda e andiamo a letto.»

«Vengo anch'io» disse papà. «Mi sento a pezzi. Andiamo a nanna.»

La famiglia Jewell rientrò in casa.

3

Strategie per rafforzare i legami di amicizia tra uomini

Dew Phillips bussò alla porta di Perry.

«Entra.»

Dew lo fece e si chiuse la porta alle spalle. Perry Dawsey aveva un aspetto orribile. Una linea rossa e nera di cuoio capelluto gli attraversava i capelli biondi. Un'altra linea simile gli scendeva lungo la fronte formando un angolo da sopra l'occhio sinistro fin quasi al ponte del naso. Aveva le labbra mostruosamente gonfie. L'occhio sinistro era completamente rosso e punteggiato da un'iride azzurra.

Dawsey era seduto sul materasso spoglio, con i gomiti appoggiati alle cosce e il capo chino. Teneva in mano una bottiglia mezza vuota di Wild Turkey.

«Dove cazzo sei andato a prendere quella bottiglia?»

«Tu hai la tua diaria, io ho la mia» disse Perry. «Avevo un'altra bottiglia nel portabagagli della Mustang, ma si è rotta.»

Dew si premette con noncuranza il braccio destro contro il fianco destro, avvertendo il rigonfiamento confortante della calibro 45 sotto la giacca. Era stato fortunato con Dawsey e non aveva intenzione di sfidare la sorte: se Dawsey l'avesse attaccato, Dew gli avrebbe sparato.

«Come ti senti?» chiese Dew.

Perry sollevò il capo. I capelli biondi gli ricaddero sul viso.

«Mi sento come se qualcuno mi avesse colpito alla testa con la gamba di un tavolo» disse Perry. «E sulla bocca. E sulla schiena. E sulla coscia. E guardati: dal quel cerottino deduco che ti ho proprio conciato per le feste.»

Dew si portò la mano al piccolo cerotto che aveva sulla fronte. Il taglio che si era procurato urtando contro il tavolo non aveva richiesto nemmeno un punto.

«Se ti è di consolazione,» disse Dew «faccio ancora fatica a muovere il braccio.»

«Perché, soffri di artrite? Non ti ho mica dato un pugno.»

«Mi hai sfiorato» disse Dew. «Tutto qui. Ascolta, non ho intenzione di mentirti, la mia pazienza è esaurita. Se farai del male ad altri miei uomini, ti sparerò. Se mi aggredirai ancora, ti sparerò. Alla gamba se avrò tempo, in faccia in caso contrario. Abbiamo un grosso bisogno di te, ma non ho intenzione di sacrificarmi per il bene della squadra, non so se mi spiego.»

«Mi... mi comporterò bene» disse Perry. «Mi meritavo una bella lezione.»

Dew si meravigliò di quell'espressione. Avrebbe potuto usarla lui stesso durante la sua infanzia dopo una rissa. Ma erano passati più di cinquant'anni. I ragazzi di oggi non erano fatti così: non si prendevano a pugni e poi si stringevano la mano per chiudere la questione. Di questi tempi, litigavano e si procuravano una pistola. Sorprendentemente, Dew provò una punta di ammirazione per Perry.

«Non posso dire che meritassi di essere percosso con la gamba di un tavolo» disse Dew.

Perry si strinse nelle spalle. «Peso quasi trenta chili più di te. Se ti avessi messo le mani addosso, penso che ti avrei ucciso. Inoltre, non importa come si vince, purché si vinca.»

Il silenzio calò sulla stanza per qualche istante.

«Allora,» disse Dew «non vuoi una rivincita?»

Perry fissò la parete per qualche secondo, poi parlò lentamente, con fare meditabondo: «Non molte persone sono in grado di tenermi testa. Tu e... C'è solo un'altra persona che sia mai riuscita a farlo. Non voglio una rivincita. Collaborerò.»

Dew annuì. Si concesse la speranza che forse era finalmente riuscito a farlo ragionare. «D'accordo, ragazzo. Partiamo dall'inizio. Mi hai detto che era cambiato qualcosa. Cosa?»

«La voce.»

«La voce. Hai detto che non avevano ancora proferito una parola. Adesso riesci a sentirle?»

Perry scosse il capo. «No. Se mi trovo abbastanza vicino a una persona infetta, riesco a sentire le parole, ma quando mi trovo lontano, si tratta più che altro di una sensazione. Di immagini o emozioni, roba simile. A volte, riesco a sentire più chiaramente le voci, a volte è come un mezzo sussurro in una stanza affollata. Più persone infette ci sono in un posto, più forte è la sensazione. Si riescono a distinguere solo dei frammenti, forse abbastanza da afferrare il succo di una conversazione, capisci cosa intendo dire?»

Dew annuì.

«Adesso sento ancora gli stessi frammenti, ma c'è una... intensità diversa. Non so come descriverla. È come... come quando sei sotto di ventuno punti alla fine del primo tempo, ma poi correggi la strategia d'attacco, li accerchi e il tuo reparto offensivo mette a segno il doppio dei punti riducendo lo svantaggio a sette quando mancano tre minuti e sei eccitatissimo perché, se riesci a fare un ultimo placcaggio, il tuo reparto offensivo può lottare fino alla fine o addirittura vincere. Ed è difficile riuscirci, giusto? Ma senti che è il destino e che accadrà di certo. Hai lo slancio. Pensi di aver capito il loro gioco e che la vittoria è... è...»

«Inevitabile?» chiese Dew.

Perry schioccò le dita, indicò Dew e sorrise. Quel sorriso assunse un'aria spettrale sulle sue labbra gonfie e suturate.

«Esatto» disse Perry. «È inevitabile. È proprio così che ci si sente.»

«Allora, questa voce divina dice, o ti dà la sensazione... Uhm, che stia per avvenire una rimonta al quarto tempo?»

Perry annuì. «Sì, più o meno così.»

«Allora cosa succede in seguito?»

«Non lo so» disse Perry. «Forse *è* davvero una voce divina e, se andremo in paradiso, Dio ci darà un calcio in culo e ci caccerà via.»

«Non c'è nessun paradiso» disse Dew. «E non c'è nessun Dio. Perché se ci fosse una divinità onnipotente, sarebbe sicuramente un bastardo crudele. Si diverte a far morire i buoni e lasciar vivere i cattivi. E, a quanto pare, si diverte a infettare gli ex campioni di football con parassiti che li divorano dall'interno.»

«Farò un brindisi a queste parole» disse Perry, e bevve un lungo sorso di Wild Turkey.

«Siamo in un bel guaio, ragazzo» disse Dew. «Forse dovresti smettere di bere.»

«Forse tu dovresti iniziare» disse Perry. «Ho ucciso il mio migliore amico, mi sono tolto da solo quella robaccia e sono una specie di linea diretta sensitiva per questi affari. E tu? Amico, stai sganciando bombe sul suolo americano. Sei incaricato di combattere dei veri e propri alieni. Se vuoi sapere la mia, è una ragione piuttosto valida per farsi un bicchierino o tre.»

Perry gli porse la bottiglia. Dew guardò la brutta cicatrice sul suo avambraccio sinistro. Cicatrici di guerra, ecco cos'aveva Perry.

Dew prese la bottiglia. Il ragazzo aveva ragione. Dew bevve un lungo sorso. Il sapore del bourbon gli suscitò una sensazione gradevole, un ricordo confortante di tempi lontani in cui bastava bere un bicchiere per rilassarsi. Tracannò un'altra lunga sorsata, poi restituì la bottiglia a Perry.

Perry bevve. «C'è qualcosa che devi fare?»

«Lo sto facendo» disse Dew. «Margaret mi ha chiesto se possiamo restare qui un po' più a lungo per consentirti di riposare. Quindi, finché non partiamo, il mio compito principale consiste nel convincerti a essere più collaborativo.»

Perry guardò la sedia. Dew non ne era sicuro, ma gli parve che il ragazzo fosse arrossito un po'. Come se fosse imbarazzato o giù di lì.

«Uhm...» disse Perry. «Vuoi... sederti a... fare quattro chiacchiere?»

Perry gli porse di nuovo la bottiglia. Dew la prese, si sedette e bevve un altro lungo sorso.

4

Lo zietto Donny ha avuto giorni migliori

Donald Jewell, o lo zietto Donny, come a Chelsea piaceva chiamarlo, non si sentiva bene. Forse era più corretto dire che si sentiva come una lattina di culo di elefante lessato andato a male.

La febbre era salita. Si era presentata puntualmente con un malessere generale e fitte fastidiose al braccio sinistro. La cosa ancora peggiore era il fatto che Betty sembrava altrettanto ammalata. Era accasciata sul sedile del passeggero, con la testa premuta contro il finestrino e gli occhi chiusi. E sudava.

Ma quello non era il peggio.

Qualcuno lo stava seguendo.

Non sapeva con certezza di chi si trattasse; c'erano moltissime automobili sull'autostrada. Ma aveva visto diverse volte delle automobili dietro di lui, le stesse automobili. Chi erano? Cosa volevano?

Era in strada da più di due ore. Ne aveva davanti almeno altre sei, più probabilmente otto o nove se il tempo non si fosse placato. La pioggia gelida rendeva la guida una scocciatura colossale. Tutto il traffico sulla I-75 procedeva a settanta all'ora. Perlomeno, a nord le persone sapevano guidare in inverno: le automobili in difficoltà appartenevano sicuramente a meridionali o a gente proveniente dall'Ohio.

Era accaldato e aveva sonno, le condizioni meteorologiche erano disastrose: non era una buona combinazione quando tutta la sua vita era seduta sul sedile del passeggero accanto a lui.

Chi lo stava seguendo? Chi?

Donald si allontanò dal traffico, immettendosi in un'area di servizio vicino a Bay City. Uscì lentamente dall'autostrada per appurare quali veicoli dietro di lui facessero la stessa cosa. Nessuno. Dovevano aver capito che li aveva scoperti.

O forse si stava solo comportando come un pazzo... Non lo stava seguendo nessuno. Erano solo assurdità.

Raggiunse l'edificio dell'area di servizio e parcheggiò piano per non svegliare la figlia. Il parcheggio era pieno di automobili. Alcune avevano ancora il motore acceso, i tubi di scappamento che emettevano gas di scarico, i tergicristalli che combattevano continuamente contro i frammenti di ghiaccio. Altri automobilisti avevano gettato la spugna, spegnendo i motori e permettendo alla pioggia gelida di ricoprire le loro macchine di un sottile strato irregolare di ghiaccio.

Dal momento che si trovava lì, forse avrebbe potuto dormire un po'. Non avrebbe dovuto guidare visto che si sentiva così. E se si fosse addormentato al volante?

Aprì silenziosamente la portiera e si diresse verso il bagagliaio, con le spalle ingobbite per proteggersi dalla gelida pioggia sferzante. Si fermò a metà strada con il volto contratto dal dolore e la testa che si muoveva a scatti a sinistra fino a toccare la spalla con l'orecchio. Avvertì un'altra fitta di dolore, stavolta davvero fortissima. Si smorzò lentamente. Quando fu passata, il cappotto di Donald era quasi inzuppato. Maledì il fratello per averlo fatto ammalare, poi aprì il portabagagli ed estrasse un sacco a pelo.

Precipitandosi di nuovo in macchina, si tolse il cappotto umido prima di stendere metà del sacco a pelo sulla figlia. Stese l'altra metà su sé stesso, tossì, si soffiò il naso, maledì il fratello ancora una volta, poi posò il capo contro il poggiatesta.

Avrebbe lasciato passare un'ora o due, il tempo di schiacciare un veloce pisolino mentre la tormenta si placava e gli spazzaneve ripulivano le autostrade, e poi si sarebbe rimesso in viaggio.

All'interno del corpo di Donny, le cose stavano andando rapidamente di male in peggio, cazzo.

Il problema partì dai telomeri. Cos'è un telomero? Pensate ai piccoli frammenti di plastica all'estremità dei lacci delle scarpe. Immaginate, ogni volta che vi allacciate le scarpe, di dover tagliare un pezzettino di plastica per farli scorrere attraverso i passanti dei lacci. Dopo averlo fatto un certo numero di volte, la punta di plastica si consuma e il laccio inizia a disfarsi. Una volta che i lacci si disfano del tutto, diventa impossibile allacciare le scarpe e dovete andare in giro con un'aria da idioti.

I telomeri sono gli equivalenti del DNA di quei frammenti di plastica dei lacci delle scarpe. Quando le cellule si dividono tramite mitosi, si dividono anche i cromosomi di quelle cellule. Una serie di cromosomi si divide per trasformarsi in due mezze serie. Il corpo duplica ogni mezza serie e una cellula diventa due cellule figlie.

È abbastanza semplice, ma c'è un inghippo.

Quando i cromosomi si dividono è come se una cerniera si dividesse in due parti. Gli enzimi inondano il cromosoma appena diviso e riempiono le metà mancanti della cerniera, un piccolo dente alla volta. Il problema è che i denti della cerniera non riescono ad arrivare fino all'estremità: lì ci deve essere un piccolo cappuccio, e quel cappuccio è l'ultimo frammento del telomero ripetuto. Alla successiva divisione cellulare, quell'ultimo frammento di telomero viene scartato proprio come il frammento reciso dell'estremità di plastica del laccio.

Se le cellule con i telomeri accorciati continuano a dividersi, possono accadere cose bruttissime. La cellula potrebbe subire l'apoptosi (quella naturale, non la reazione a catena indotta dai triangoli). Peggio ancora, i danni a un gene cruciale potrebbero rendere cancerosa quella cellula. Questo può succedere alle cellule epiteliali, muscolari, polmonari... e perfino staminali.

Quando una cellula staminale si divide in due cellule figlie, sfrutta un processo definito differenziazione per trasformare una cellula figlia in un'altra cellula staminale, mentre l'altra può diventare un sacco di cose positive: una cellula muscolare, ossea, nervosa o quant'altro. In questo, le cellule staminali sono diverse dalle altre. Ma quando si dividono, subiscono la stessa riduzione dei telomeri di qualsiasi altra cellula.

Quando si invecchia e le cellule continuano a dividersi, quei telomeri si accorciano ed è più probabile che sorgano dei problemi. Si usa un termine semplice per definire questo fenomeno: invecchiamento. Le cellule con telomeri troppo corti smettono di dividersi e di ricostruirsi. Questo è il motivo per cui la pelle si assottiglia quando si invecchia: le cellule smettono di duplicarsi in modo altrettanto efficace perché hanno sfruttato i telomeri durante i precedenti anni di vita.

Oppure, per metterla in termini più semplici, la copia di una copia di una copia può essere piuttosto logorata.

I triangoli usavano molte cellule staminali per fabbricare la loro intelaiatura di cellulosa e diventare creature vere e proprie. A volte, gruppi di vecchie cellule staminali davano esiti negativi: cellule difettose, perfino cellule cancerose. Quando succedeva, le palle lettrici, i mandriani e i costruttori identificavano le cellule staminali compromesse e si limitavano a eliminarle.

D'altra parte, le cellule staminali che producevano filamenti striscianti operavano da sole. Avevano *fretta*. I mandriani si davano da fare per trovare e trasformare altre cellule staminali, non per controllarne la qualità.

Donald, essendo il più anziano dei tre Jewell infetti, aveva i telomeri più corti di Betty e molto più di Chelsea. La maggior parte delle sue cellule staminali modificate produsse filamenti muscolari difettosi. Alcuni di questi filamenti erano guasti in partenza, dei semplici frammenti galleggianti. Altri vissero abbastanza a lungo da inviare e ricevere il segnale per comunicare la loro presenza e unirsi ad altri filamenti. Altri ancora riuscirono a raggiungere le dimensioni di striscianti veri e propri e iniziarono la loro missione lungo i nervi, anche se di solito questo sforzo da solo era sufficiente per farli disattivare dopo aver percorso una breve distanza.

E, quando si disattivavano, iniziavano a marcire.

All'inizio lentamente, con una reazione esponenziale di basso livello. Ma, quando il numero dei filamenti morti cresceva, lo faceva anche il livello delle sostanze chimiche che inducevano la putrefazione.

Tutti i filamenti muscolari modificati trasportavano sia il catalizzatore dell'apoptosi che un forte elemento chimico contrario che bloccava il catalizzatore. Se c'erano più filamenti vivi che morti, l'apoptosi non poteva prendere piede. Ma, quando c'erano più filamenti morti che vivi, l'equilibrio si spostava dalla parte opposta.

Nel corpo di Donny, quell'equilibrio si stava spostando in fretta. Minuscole aree di cellule morte si espandevano e si moltiplicavano. Soprattutto nella mano sinistra, l'apoptosi si aggravò e iniziò a diventare ingovernabile.

Mentre dormiva, Donny Jewell iniziò a dissolversi dall'interno.

5

Il libricino blu

Nemmeno una perdita. Be', un ferito, se si contava il soldato semplice Domkus che era inciampato su un ramo e si era slogato una caviglia ma, a parte quello, nulla. Allora, se era stato lo scontro più proficuo che avevano sostenuto fino a quel momento con le creature, perché il colonnello Charlie Ogden si sentiva così in ansia?

L'aviazione aveva portato via da Marenisco tutti i membri delle compagnie Whisky e Raggi X per ricondurli a Fort Bragg. Il North Carolina non era esattamente un punto nevralgico delle missioni, ma non si trovava poi così lontano, solo a quarantacinque minuti di volo da Detroit a bordo di un aereo da trasporto C-17 Globemaster.

Fort Bragg era una grossa base. Abbastanza grossa da tenere segregato un intero battaglione per più di cinque settimane. A parte per le missioni, gli uomini non avevano mai lasciato la base e non avevano avuto contatti con persone al di fuori dei membri del reparto, fatta eccezione per le lettere passate al vaglio dalla CIA o le telefonate tenute sotto controllo dalla CIA solo ai familiari più stretti. Ogden non costituiva un'eccezione: non vedeva la moglie da più di un mese. Era una rottura, ma la guerra era così.

Fort Bragg ospitava anche l'USASOC, il commando delle operazioni speciali dell'esercito degli Stati Uniti che si occupava di guerra non convenzionale, ricognizioni speciali e antiterrorismo. Questo comportava un andirivieni di aerei di ogni tipo a tutte le ore. Nessuno chiedeva dove fossero diretti e nessuno chiedeva perché ci andassero. La vita dell'USASOC era così ventiquattr'ore su ventiquattro, sette giorni su sette, e ciò forniva una copertura ideale alle operazioni del progetto Tangram.

Se si aggiungevano tutti i velivoli disponibili alla vicina base aerea di Pope, compresi parecchi C-17, si otteneva una miscela perfetta: riservatezza intrinseca e infinite opzioni per il trasporto. Il battaglione della Reazione interna andava e veniva senza che nessuno si chiedesse perché.

Ogden era seduto da solo nel suo alloggiamento, intento a compiere il suo rito notturno. Consisteva in tre cose.

Una lettera alla moglie.

La Bibbia.

Il libricino blu.

Scrisse una lettera breve. Era stanco e aveva bisogno di dormire. 'Ti amo, mi manchi terribilmente, non so quando potrò tornare a casa, ma prego che possa accadere presto.' Le solite cose, ripetute solo perché erano sincere e doveva comunicargliele tutti i giorni. Piegò la lettera, la mise nella busta, ma non la sigillò: l'indomani qualche idiota della CIA l'avrebbe letta per assicurarsi che non stesse scrivendo ai familiari a proposito delle creature.

In realtà, la Bibbia era costituita soltanto dal Nuovo Testamento. Quasi tutte le lettere dorate sulla copertina di finta pelle rossa si erano staccate. Metà della quarta di copertina si era strappata da qualche parte in Medio Oriente. Si trattava solo di un danno casuale, non di un sacrilegio.

Tutte le sere leggeva brani del Nuovo Testamento, poi passava al libricino blu. A volte, leggeva rapidamente i brani della Bibbia, saltava qua e là, si soffermava su alcune frasi e non su altre, ma non lo faceva con il libricino blu. Di quello, leggeva ogni singola parola. Ogni singolo nome.

Lo aprì e iniziò a leggere.

LEWIS AUCOIN, 22 ANNI.

Non annotava mai il grado. La morte era la morte. Non si moriva in modo migliore perché si aveva un grado superiore, vero?

PARKER CICHETTI, 27 ANNI.

Si ricordava di Parker. Era un bravo ragazzo. Sapeva fare giochi di prestigio.

DAMON GONZALES, 20 ANNI.

Non aveva mai incontrato Damon. Nemmeno una volta.

Continuò a scorrere la lista dei nomi, concedendo a ciascuno un momento di ricordo, un barlume di luce nel mondo terreno nel caso la vita ultraterrena fosse buia e silenziosa. A volte si chiedeva se le anime dei morti potessero andare in paradiso solo se qualcuno ricordava il loro nome. Una volta che si veniva dimenticati, si era davvero scomparsi per sempre. Tipi come Einstein, Patton, Cesare... Tutti i giorni la gente leggeva le loro gesta sui libri di storia, vedeva i loro nomi nei film e in televisione: loro trascorrevano l'eternità in paradiso. E i tipi come Damon? Probabilmente si sarebbero spenti per sempre poco dopo che Ogden stesso fosse trapassato.

Non sapeva da dove avesse tratto quella strana convinzione, ma era sempre nei meandri del suo cervello e lo guidava spingendolo a raggiungere risultati sempre più alti. Doveva farsi un nome. Non aveva mai pensato che il suo nome sarebbe potuto diventare importante come quello di un Churchill o uno Schwarzkopf, ma adesso aveva cambiato idea.

Gli era stato assegnato un incarico che capita una volta nella vita e, se avesse avuto successo, la vittoria gli avrebbe fatto ottenere per sempre un posto nei libri di storia.

Dio lo stava mettendo alla prova con quell'incarico? Era decisamente possibile. Dio agiva in modi misteriosi, è vero, ma vent'anni nell'esercito avevano mostrato a Ogden più brutalità commesse dagli uomini nei confronti di altri uomini di quanto desiderasse ricordare. A volte, Dio si limitava a disporre in campo i giocatori e a lasciare che agissero da soli.

Prima che tutto cominciasse, pensava di trascorrere altri quattro o cinque anni col grado di tenente colonnello, *forse* di diventare colonnello verso la fine della carriera e poi di andare in pensione con quel rango. Non era poi così bravo a fare giochetti politici. Conosceva le tattiche e le strategie. Sapeva come vincere le battaglie e minimizzare le perdite. Era su questi criteri che l'esercito avrebbe *dovuto* basare le promozioni, ma non andava sempre in quel modo.

Com'erano cambiate le cose nelle ultime cinque settimane! Era un colonnello a tutti gli effetti. Faceva riferimento direttamente al comitato dei capi di Stato maggiore e aveva la loro totale fiducia. Disponeva di fondi segreti, di un assegno in bianco per procurarsi le risorse, i trasporti e il supporto aereo.

Una carica simile sarebbe dovuta spettare a un tipo con più anzianità di servizio, ma il presidente Hutchins era ossessionato dalla segretezza e aveva ridotto al minimo le persone al corrente della situazione. Ogden aveva semplicemente pescato la carta fortunata in occasione della prima missione, e adesso doveva continuare a giocarla.

Avrebbe adempiuto alla missione di distruggere tutte le porte che avesse trovato e l'avrebbe fatto aggiungendo il minor numero di nomi possibile al libricino blu. Trentasette nomi erano sufficienti, ma sapeva che ce ne sarebbero stati degli altri.

Molti altri.

Ripose il libro e la Bibbia, poi si coricò per concedersi le sue solite quattro ore di sonno. Perlomeno, non doveva chiudere la serata scrivendo lettere di condoglianze alle madri, ai padri e alle mogli. Il mattino dopo, avrebbe ricominciato ad architettare piani, pensando a come prepararsi per un nemico contro il quale non aveva mai combattuto nessuno, un nemico che avrebbe sicuramente cambiato tattica.

Qualsiasi cosa fosse successa, il colonnello Charlie Ogden sarebbe stato pronto.

6

Gaylord va a dormire

I Jewell ebbero l'onore di annoverare tra loro la persona più infetta, ma non furono gli unici abitanti di Gaylord a tentare di farsi passare la febbre, la stanchezza e la paranoia dormendoci sopra.

Bobby e Chelsea Jewell erano già a letto. Donald e Betty dormivano a sprazzi in un'area di servizio della I-75 fuori Bay City, in Michigan.

Sam Collins era maledettamente vecchio, maledettamente stanco e, anche se era convinto che probabilmente qualcuno avrebbe fatto irruzione e l'avrebbe ucciso, si limitò a chiudere a chiave tutte le porte e andò a dormire.

Wallace Beckett non fu altrettanto coraggioso. Non riusciva a smettere di grattarsi la guancia e la parte inferiore del collo. Si nascose nella dispensa, bloccò la porta con una scala, poi si addormentò sul pavimento. Suo figlio Beck (sì, al bambino era stato appioppato lo sfortunato nome di Beck Beckett) era così accaldato che si tolse tutti i vestiti e andò a dormire nudo nella vasca da bagno vuota. Nicole Beckett, moglie di Wallace e madre di Beck, era andata a trovare la nonna a Topinabee. Purtroppo per lei, sarebbe tornata a casa il mattino seguente.

Anche Ryan Roznowski aveva un prurito insopportabile. Odiava il prurito. Era una fobia che si portava dietro dall'infanzia, quando si era preso l'orticaria ai testicoli. Sua madre gli aveva detto di smetterla di toccarsi in continuazione, ma lui le dava ascolto? Quell'incidente indusse Ryan a tenere abbondanti scorte di lozione alla calamina. Ne ricoprì i quattro punti che gli davano prurito, poi si nascose prontamente sotto una catasta di legna nel box e si addormentò.

Bernadette Smith fu colta improvvisamente dal sospetto strisciante che i suoi figli le parlassero alle spalle. Li mandò nelle loro stanze ordinando loro di non uscire e di non fare rumore. Altrimenti, le avrebbero prese di nuovo. Suo marito Shawn discusse con lei sull'opportunità di sculacciare i bambini, ma lei gli disse di chiudere il becco oppure non gli avrebbe permesso di andare a giocare a bowling. «Anzi, Shawn, perché non vai al negozio a comprarmi gli assorbenti? E, quando torni, non *osare* svegliarmi o permettere ai ragazzi di uscire dalle loro stanze. Mi hai sentito, Shawn?» Shawn l'aveva sentita. Non era solita picchiarlo, ma riusciva a controllarlo lo stesso.

Chris 'Cheffie' Jones era messo peggio degli altri. Cheffie aveva i pavimenti di legno ricoperti da un grosso tappeto. Per ragioni note solo a lui, strisciò sotto il suddetto tappeto. Sicuro che questo lo rendesse davvero invisibile, Cheffie si addormentò.

L'Orbital aveva preventivato dalle quindici alle venti infezioni. Il fatto che se ne fossero verificate dieci era un risultato al di sotto delle previsioni, ma comunque all'interno di parametri accettabili per ottenere un successo. E l'infezione si era suddivisa equamente: cinque persone erano affette dalla tipologia dei triangoli, cinque dalla tipologia nuova. Almeno questo era in linea con le previsioni statistiche.

Tutti quegli ospiti dormivano.

L'unica domanda era: quanti di loro si sarebbero svegliati?

7

Non chiamate il dottor Cheng

Margaret, Amos e Clarence erano seduti nella stanza dei computer della Margomobile in attesa di una telefonata collettiva con Murray Longworth. Il suo volto apparve in perfetto orario sullo schermo piatto centrale. Murray li stava osservando su uno schermo simile a Washington.

«Dov'è Dew?» chiese.

«Sta parlando con Perry.»

«Non potete parlare in viaggio?» chiese Murray. «Voglio che ve ne andiate di lì.»

Clarence si sporse in avanti. «Perry ha avuto un piccolo incidente. Margaret vuole che riposi ancora prima di ripartire.»

«Un incidente?» chiese Murray. «Che tipo di incidente?»

«È caduto dalle scale» disse Clarence. «Poi ha sbattuto contro una porta. Adesso è felice di collaborare con noi.»

Murray abbozzò un sorriso. «Immagino che le buone notizie non finiscano mai. Abbiamo completato la produzione della prima serie del dispositivo che hai messo a punto, Margaret. Ne stiamo distribuendo diecimila alla polizia, ai paramedici e agli ospedali di tutto il Midwest.»

«Caspita,» esclamò Margaret «come avete fatto a produrli così in fretta?»

«Grazie al denaro, in che altro modo se no?» disse Murray. «Entro domani sera ne avremo pronti altri cinquantamila.»

«Fantastico» esclamò Margaret. «Ma siamo ancora al punto di partenza per quanto riguarda il vettore.»

«Sa che abbiamo persone che si occupano di questo, dottoressa» disse Murray. «Alcune delle menti più brillanti che la nazione possa offrire.»

«Tipo?»

«Non è autorizzata a ricevere quest'informazione» disse Murray. Sembrava seccato e, in realtà, Margaret non poteva biasimarlo: aveva perso il conto delle volte in cui avevano sostenuto quella conversazione. Sperava che il presidente Gutierrez allentasse la morsa della segretezza che aleggiava intorno al progetto, ma fino a quel momento era ancora valida la politica di Hutchins.

«Bene» disse Margaret. «Non sono autorizzata. Mi permetta di riformulare la domanda. Queste menti brillanti sanno *esattamente* cosa stanno cercando? Sono al corrente di tutta la storia?»

«Lei si limiti a continuare a fornirci tutte le informazioni biologiche che riuscirà a scoprire» disse Murray. «Dobbiamo mantenere tutto diviso in scomparti.»

Margaret roteò gli occhi. «Murray, stavolta abbiamo dovuto sganciare una bomba. La vostra suddivisione in scomparti non funziona.»

«Ascolti, non sono un perfetto idiota» disse Murray. «Il dottor Cheng sta usando tutte le risorse a disposizione del Centro per il controllo e la prevenzione delle malattie infettive per scoprire il vettore.»

«Bene» disse Margaret. «E come può farlo se non è in grado di dire di che malattia si tratti?»

«Sta usando dei batteri carnivori come copertura inserendo sintomi aggiuntivi come triangoli blu, necrosi della pelle, paranoia, eccetera. Si sta avvalendo di tutti i database sulle malattie del Centro in cerca di tali sintomi e sta anche lavorando sui dati che gli investigatori dell'FBI hanno raccolto su ognuno degli ospiti e sui familiari degli ospiti.»

Margaret si appoggiò allo schienale della sedia. In realtà, modificare i sintomi di batteri carnivori per includere quelli dei triangoli era un'idea brillante. Tutti quelli che svolgevano la professione medica prendevano molto sul serio le fasciti necrotizzanti e avrebbero prestato molta attenzione a ogni aggiornamento e a qualsiasi richiesta di informazioni.

«D'accordo, capisco la strategia» disse Margaret. «Allora, di che aspetti si sta occupando Cheng?»

«Di ogni cosa, dai vettori meccanici e biologici ai culti della fine del mondo, concentrandosi intenzionalmente su vittime specifiche» disse Murray. «Si sta focalizzando sulla natura rurale delle strutture nella speranza di trovare una correlazione con i cervi o altri animali che prosperano nelle zone remote.»

«Il vettore di Bambi» disse Amos. «Be', è davvero geniale. Sono proprio felice che se ne stia occupando una delle *menti più brillanti* della nazione.»

Margaret posò delicatamente una mano sul braccio di Amos per zittirlo. «Murray,» disse «i cervi non sono i vettori, e non si tratta di un culto della fine del mondo. Cheng si sta arrampicando sugli specchi. Dobbiamo accedere agli stessi dati di cui è in possesso lui.»

Murray sorrise. «Margaret, il dottor Cheng ha un curriculum impeccabile e si è occupato del morbo di Morgellons per anni. Dispone anche di una rete di computer del Centro, il database sulle malattie più avanzato del pianeta. Cosa vi fa pensare di poter fare di meglio in un maledetto rimorchio per le autopsie?»

«Le tre persone presenti in questa stanza sanno già tutto» disse Margaret. «Se bisogna stabilire un collegamento, molto probabilmente saremo noi a farlo. Ehi, se è soddisfatto dei suoi caccia per l'opzione numero quattro in volo per tutta l'America, allora mantenga pure lo status quo, però faccia in modo di farci trovare *molto* lontano dalla palla di fuoco da due milioni di gradi, d'accordo?»

Murray ci pensò sopra per un attimo. «Va bene, d'accordo, le fornirò l'accesso ai dati.»

«Cosa ci dice dello spionaggio legato ai segnali?» chiese Clarence. «Ogden ritiene che sia coinvolto un satellite. C'è qualche novità in proposito?»

Murray scosse il capo. «Nulla. L'Agenzia per la sicurezza nazionale non ha ancora captato nessun tipo di segnale. La NASA sta cercando indizi riguardo a qualcosa di strano in orbita, ma finora non ha trovato nulla.»

«Potrebbe trattarsi di un satellite invisibile» disse Clarence.

«Mi hanno detto che la fisica non quadra» disse Murray. «Va al di là della mia comprensione.»

«Il nemico sta facendo cose con la biotecnologia che, per ora, non riusciamo nemmeno a decifrare, figuriamoci a riprodurre» disse Margaret. «Magari nascondere qualcosa alla NASA non è difficile come ci piacerebbe pensare.»

«Può darsi» disse Murray. «Otterrà il suo accesso, ma non contatti direttamente Cheng, intesi? A quanto pare, non nutre una gran simpatia nei suoi confronti, Margaret.»

«Non riesco a capire perché» disse Margaret.

Murray interruppe la comunicazione.

«È fantastico aver ottenuto i dati» disse Amos. «Ma, sul serio, Margo, il Centro per il controllo e la prevenzione delle malattie infettive dispone di quel software, di uno dei supercomputer più potenti del mondo per farlo funzionare e analisti di sistemi per analizzarlo. So che noi tre siamo un gruppo di scimmie evolute, ma cosa abbiamo noi che loro non hanno?»

«Semplice» disse Margaret. «Abbiamo un Perry Dawsey che finalmente si è deciso a collaborare.»

8

I giovani della nazione

Le cellule di un bambino non si sono divise tanto quanto quelle di un adulto. Quindi i telomeri dei bambini hanno subìto meno danni, mutazioni e accorciamenti. Sono semplicemente più sani.

Quindi, quando le palle lettrici trasformarono le cellule staminali di Chelsea in fabbriche di muscoli modificati abusivamente, la maggior parte di esse produsse esattamente quello che avrebbe dovuto produrre: fibre muscolari alterate.

Le fibre si cercarono a vicenda, poi si trasformarono in striscianti che si trascinarono lungo i nervi di Chelsea.

Fitte di dolore attraversarono il corpo della bambina facendola contorcere nel sonno, facendola piagnucolare, facendole scendere le lacrime dagli occhi chiusi. Come gli altri nuovi infetti, dormì nonostante il dolore.

Non ostacolati da una cattiva produzione o dall'apoptosi dilagante, i suoi striscianti tennero un'ottima andatura. L'esercito di microrganismi che si muovevano lentamente seguì i nervi afferenti dalle mani alle braccia alle spalle e ben presto si ritrovò a scivolare nella sua colonna vertebrale e nella spina dorsale.

Il viaggio fino a quel punto non era stato facile. I nervi attraversano e/o circondano i muscoli, le vene, le ossa, i tendini, i legamenti e la cartilagine. Gli striscianti si fecero largo a fatica attraverso queste zone dense come esploratori che si facevano strada nel sottobosco fitto della giungla. Raggiungere la spina dorsale, però, fu come uscire da quella giungla per ritrovarsi sull'asfalto liscio di un'autostrada.

Gli striscianti si riversarono a migliaia nella spina dorsale.

Da lì bastavano un salto, un balzo e uno slancio per finire nel cervello di Chelsea Jewell.

9

Conversazione tra ubriachi

Era da moltissimo tempo che Dew non si ubriacava in quel modo.

L'ultima volta era successo con Malcolm, il suo collega. Malcolm, che era stato ucciso da un'ascia conficcatagli nello stomaco da Martin Brewbaker, uno degli infetti. E adesso Dew si stava ubriacando con uno come Brewbaker.

Ma Dawsey non era più infetto.

«Ti dirò una cosa, ragazzo» esclamò Dew. «Ho conosciuto parecchi tipi tosti da giovane. Devo ammettere che, sotto certi aspetti, potresti essere il più tosto.»

Perry sorrise con le labbra spaccate e sollevò la bottiglia a mo' di saluto. Erano rimasti solo un sorso o due.

«Grazie, signor Phillips» disse Perry, poi capovolse la bottiglia. Ne lasciò un goccio, forse mezzo dito, e porse la bottiglia a Dew, che la prese e la finì.

«Sai a che mi serve!» esclamò Perry. Il suo sorriso svanì, anche se era stato finto fin dall'inizio. Aveva un'aria spaurita. Dew aveva già visto espressioni simili parecchi anni prima. Le aveva viste sui volti dei ragazzi del suo plotone. Non su tutti i ragazzi e non sempre. Di solito, dopo aver perso un amico o dopo essersi rannicchiati per proteggersi da un attacco di mortaio che proseguiva da giorni o dopo aver ucciso un bambino che teneva in mano una granata e correva proprio verso i loro compagni o la prima volta che conficcavano un coltello nel ventre di un uomo tenendogli la mano sulla bocca mentre moriva.

«Allora sono un tipo *tosto*» disse Perry. «Evviva, cazzo. Cosa ci ho guadagnato dall'essere tosto? Il mio cazzo è spacciato, amico. Me l'hanno ricucito, ma non sanno se mi verrà mai più un'erezione. Mi hanno detto che potrei restare impotente per il resto della mia vita. Di certo non potrò mai avere figli.»

«Non potrai mai avere figli, e allora? Io non avrò mai un figlio maschio.»

«Però hai una figlia» disse Perry.

Dew annuì. «È vero, e le voglio un bene dell'anima. Mi hai messo in difficoltà. Ma la sai una cosa? Odia pescare. Non è mai voluta venire nemmeno una volta solo per fare un tentativo. Ha visto i pesci in televisione e li ha *trovati* viscidi. Non sono mai andato a pescare con mia figlia. E non potrò farlo nemmeno con i nipoti, perché non avrà mai figli. La mia discendenza si estinguerà proprio come la tua.»

«Perché non avrà mai figli?»

«È lesbica.»

«Davvero?»

«Davvero» disse Dew. «Non ce le vedo lei e la sua compagna a scodellare una nidiata di marmocchi, se capisci cosa intendo dire. E, comunque, le voglio bene per quello che è, cazzo, quindi se userai di nuovo la parola 'lesbica', ti darò un calcio nelle palle.»

«Non sono stato io a usare la parola 'lesbica', signor Phillips. Sei stato tu.»

«Davvero?»

«Sì.»

«Oh» esclamò Dew. «Be', allora smettila di chiamarmi signor Phillips, maledizione.»

«Sì, signore.»

«E piantala con quel 'signore', merda. Lavoro per vivere. Puoi chiamarmi Dew. Ma non *Dewie*. Non lo sopporto.»

«D'accordo, Dew» disse Perry. La sua voce risuonò più profonda del solito. Aveva i gomiti appoggiati sulle cosce, il capo di nuovo chino, i capelli scompigliati che gli ricadevano sul viso come un sipario biondo che nascondeva un palcoscenico.

Dew si rese conto di aver appena minacciato Perry di dargli

un calcio nelle palle. Probabilmente non era la cosa più delicata da dire a una persona che aveva usato un trinciapollo per torturarsi l'uccello e i gingilli. Dew trasse un respiro profondo: avrebbe dovuto ricordarsi di pensare prima di parlare.

«La sai una cosa, ragazzo?» esclamò Dew.

Perry riuscì a stringersi nelle spalle senza sollevare il capo.

«Sono un po' stanco dei tuoi piagnucolii.»

Stavolta Perry sollevò lo sguardo. Non del tutto, ma quanto bastava per consentire agli occhi azzurri di guardare da dietro il sipario biondo.

«Piagnucolii?» disse Perry con un sibilo. «Prova a estirparti da solo tutto quello schifo, a farti sparare due volte, poi a subire cure sperimentali per due settimane che ti fanno sentire come se degli omini di fuoco ti camminassero sotto la pelle e ti pisciassero fiamme su tutti i punti vitali, tipo il cervello. E mentre visiti la mia fetta di paradiso, portati una squadra di specialisti per ricucirti il cazzo, *senza* le palle, naturalmente, perché erano attraversate da tentacoli, e *poi* ascolta quei fottuti specialisti dirti che il tuo cazzo ha forse il dieci percento di possibilità di tornare a funzionare. Cosa ne dici di provarci, *Dew*, e di dirmi perché piagnucolo.»

«Pooovero bambino, cazzo.»

Gli occhi di Perry lasciarono trasparire un'altra emozione: vergogna. O forse era soltanto dolore. Il dolore causato dall'udire una persona che rispetti dirti che non vali niente.

«Ascolta, tutto questo è terribile» disse Dew. «Ma il fatto è che devi smetterla di piangerti addosso.»

«Penso di avere dei motivi validi come una cartella vincente della tombola per piangermi addosso» disse Perry. «Credo che passerò la mano e ritirerò duecento dollari, perché se non ho *io* il diritto di piangermi addosso, chi ce l'ha, cazzo?»

«Cosa ne dici di Marty Hernandez?»

Perry strinse gli occhi perplesso. «Chi diavolo è?»

«Un ragazzo con cui ho prestato servizio in Vietnam.»

«Oh, suvvia,» disse Perry «è una storia di guerra?»

«Sì, è una storia di guerra. Ascolta e basta, d'accordo?»

Dew lasciò aleggiare nell'aria le sue parole. Perry gli rivolse un altro sguardo con gli occhi socchiusi, ma annuì.

«Siamo di pattuglia sulle colline di Binh Thuan. Ci troviamo sotto il fuoco nemico perché ci hanno colti di sorpresa. Un paio di ragazzi vengono abbattuti subito. Io e Marty abbandoniamo il sentiero e saltiamo in una piccola depressione che ci fornisce un po' di riparo, ma Marty viene colpito da un proiettile proprio mentre salta. Viene centrato alla gamba sotto al ginocchio, amico. Gliela *tranciano*, fatta eccezione per una piccola striscia di carne e pelle. Quindi inizia a gridare. Mi spingo sul margine e rispondo al fuoco, perché potrebbero trovarsi proprio dietro di noi, capisci?»

Perry annuì come se capisse.

«Marty è messo veramente male, ma non posso aiutarlo perché i vietcong ci stanno attaccando. Riesco a vederli farsi sotto, quindi sparo. Marty è tutto ricoperto di sangue, ha foglie, rami e schifezze appiccicati al moncone della gamba. Smette di gridare. Io continuo a sparare. So di averne uccisi due, forse tre, poi Marty dice con estrema calma: 'Andiamocene di qui, Dew.' Io gli lancio un'occhiata furtiva. Ha usato il coltello per recidersi del tutto la gamba e si preme il piede e la gamba contro il petto come se fossero un neonato, cazzo. I proiettili si abbattono tutt'intorno a me, quindi mi volto e ricomincio a sparare. Allora sai cosa fa Marty?»

Perry scosse il capo.

«Inizia a parlare dei Raiders.»

«Non ci credo, cazzo. Gli Oakland Raiders?»

Dew annuì. «Sì, li adorava. Aveva quel simbolo con lo scudo e le spade tatuato su una spalla, amico. Era un pessimo tatuaggio, per giunta. Gliel'aveva fatto un altro tipo del plotone, ma non importa, giusto?»

«Giusto.»

«Giusto. È sotto shock, se ne sta lì seduto con in mano la gamba come se fosse un neonato e dice: 'Devono riprendersi Flores.' Conosci Tom Flores?»

«Certo, ha vinto due Super Bowl da allenatore.»

«Prima era un quarterback.»

«Davvero?»

«Davvero.»

Adesso Perry si era proteso con gli occhi colmi di interesse.

Dew proseguì: «Era un quarterback. Il primo quarterback ispanico del campionato, quindi, naturalmente, Hernandez *El Mexicano* considera Flores una specie di divinità con il casco e i parastinchi. Quando i Raiders vendettero Flores alla squadra di Buffalo, Hernandez si infuriò. Dice: 'Devono riprendersi Flores, Dew.' È seduto lì con in mano la gamba recisa e parla di football, maledizione.»

«Allora, cosa gli hai detto?»

«Niente. Mentre uccido musi gialli a destra e sinistra, penso: 'Che dio mi perdoni per averlo pensato, ma penso che, se riesce a tenere la sua gamba, può tenere anche un fucile e allora perché non spara?' Comunque, la nostra linea si schiera a destra e a sinistra e noi teniamo duro, poi la nostra VA chiama l'artiglieria.»

«VA?»

«La vedetta avanzata.»

«Oh.»

«Quindi arriva l'artiglieria, praticamente proprio sopra di noi. Io sto ancora sparando. Marty ricomincia a parlare, ma deve urlare per sovrastare il frastuono dell'artiglieria. Quindi sta gridando: 'Mi sono appena fatto fare questo maledetto tatuaggio e loro hanno venduto Flores alla squadra di Buffalo. Non ho intenzione di farmi fare un tatuaggio dei Buffalo Bills, Dew. Niente affatto.' L'artiglieria si ferma, i vietcong se ne vanno, quindi decido di portare via di lì l'unità. Mi volto per aiutare Marty e lui è morto.»

«Ma hai detto che stava parlando normalmente.»

Dew annuì. «Sì. Avrebbe potuto trovarsi nel mio soggiorno a guardare *Il football del lunedì sera*. Era appena morto, riverso lì con il piede e la gamba stretti tra le braccia come se fossero il suo orsacchiotto.»

Dew rimase in silenzio per un istante chiedendosi se Perry avrebbe afferrato.

«Non capisco» disse Perry.

Forse Perry conosceva i computer, ma aveva il buonsenso di una capra.

«Quanti anni hai?» chiese Dew.

«Ventisette» rispose Perry.

«Marty Hernandez ne aveva diciannove e tre giorni. Nemmeno lui avrà mai figli. Non è neppure arrivato a vent'anni. La tua vita è un disastro, te lo concedo, ma hai già vissuto dieci anni più di Marty. E lui se n'è andato in modo più sereno di molti altri. Ho visto dei ragazzi morire mentre cercavano di rimettersi le budella nel ventre. Ho visto ragazzi piangere e implorare mentre qualcuno continuava a pugnalarli nel petto con una baionetta. Quindi la tua vita è un disastro? E allora, cazzo? Perlomeno tu sei *vivo*. Devi fare buon viso a cattivo gioco. Puoi comportarti da uomo oppure no.»

Dew si alzò. Dovette fare due tentativi. Perry non disse nulla. Dew barcollò un tantino quando abbassò lo sguardo verso l'omone.

«Ragazzo, devo sapere una cosa.»

«Va bene» disse Perry.

«Quando hai messo al tappeto Baum e Milner, non hai preso le loro pistole. Perché?»

«Non ne avevo bisogno.»

«Balle» disse Dew. «Stavi per entrare in quella casa per uccidere le persone infette. Per quanto ne sapevi, potevano essere membri dell'Associazione nazionale per le armi che si erano guadagnati sul campo la loro appartenenza. Forse non ti interessa farti uccidere, ma conosco i tipi come te; il gioco era entrato nel vivo e tu volevi impedire alla porta di aprirsi. Non volevi perdere. Giusto?»

Perry guardò il pavimento con i capelli biondi che ricadevano in avanti. «Voglio fermarli più di qualsiasi altra cosa» disse sommessamente. «Mi hanno portato via così tanto, ma io... perlomeno posso ancora vincere. Se non possono fare quello che sono stati mandati a fare, fesserie o meno, be' allora, indovina un po'! Vinco io. Che vadano a farsi fottere, *vinco io*.»

Dew annuì. «Capisco quanto stai dicendo. Non hai idea di quanto desideri fermare quei piccoli bastardi. Ma non hai preso le pistole, e questo significa che gli hai lasciato una possibilità di sconfiggerti. Perché?»

Perry rimase seduto immobile e in silenzio. Dew si limitò ad attendere. A volte si ottiene di più con il silenzio che con tutte le parole del mondo.

«Penserai che sono pazzo» disse Perry.

«Penso già che tu sia più fuori di testa di una stanza con le pareti imbottite di Charlie Manson. Quindi sputa il rospo.»

«Io... sento ancora Bill.»

Dew non se l'aspettava. Quel tizio era un attaccabrighe pieno di problemi.

«Intendi dire allo stesso modo in cui sentivi tuo padre quando eri infetto?»

Perry annuì. «Sì, più o meno. Bill continua a dirmi di spararmi.»

«Di spararti.»

«Uh-uh. Quindi non voglio prendere una pistola perché... perché magari gli darei ascolto.»

«Se vuoi davvero ucciderti, non hai bisogno di una pistola.»

Perry sollevò lo sguardo. «Sì, ma gli altri modi richiedono almeno qualche preparativo. Un po' di tempo per pensare. Magari si rinsavisce. Ma con una pistola? Si passa dal pensarci al puntarsela contro e premere il grilletto in quanto, diciamo due secondi?»

Dew annuì. Aveva pianificato di fare proprio la stessa cosa se avesse scoperto strani bernoccoli pruriginosi sulla sua pelle. Non era meglio spararsi in bocca piuttosto che sopportare le traversie di Perry?

«Sì» disse Dew. «Due secondi a dir tanto.»

«E questo è il motivo per cui non ho toccato le loro pistole.»

Non era uno psicologo ma, anche se era talmente ubriaco da reggersi a malapena in piedi, Dew Phillips era comunque dotato di tutto il buonsenso che gli aveva dato sua madre. Perry aveva dei propositi suicidi ma era abbastanza avveduto da stare alla larga da qualcosa che avrebbe potuto trasformare istantaneamente in realtà quei propositi.

«Hai mai usato una pistola, Dawsey?»

Perry scosse il capo.

«Cerca di dormire un po'. La tua vita è quella che è. Domani faremo in modo che tu smetta di piangerti addosso.»

10

Il tuo cervello è pieno di striscianti

Chelsea Jewell si svegliò. Si asciugò un velo di sudore dal volto, poi si alzò dal letto. Prese il cuscino e trascinò la trapunta giù dal materasso.

La mamma sarebbe potuta entrare mentre dormiva. Sarebbe potuta entrare per punirla. Chelsea doveva nascondersi.

Aprì le ante a soffietto dell'armadio e tirò fuori tutte le sue scarpe. Le mise sotto al letto, poi portò dentro il cuscino e la coperta. Chiuse le ante dell'armadio, si sdraiò posando la testa sul cuscino e il corpo sulla trapunta e si addormentò prima ancora di potersi coprire.

All'interno della testa di Chelsea, 1715 striscianti erano in attesa alla base del cranio. Come unità, rilasciarono endorfine ed encefaline nel sangue che si riversava nel cervello. Questi potenti oppiacei naturali si diffusero nel suo cervello agganciandosi ai recettori oppioidi e impedendo loro di ricevere qualsiasi informazione, in particolare, messaggi di dolore.

Il che, tenuto conto di quanto stava per accadere, avrebbe potuto essere l'unico gesto compassionevole che gli striscianti avrebbero mai compiuto.

Gli striscianti si sollevarono espandendosi come gas nel lobo frontale. Una volta dispersi, si smembrarono ritrasformandosi in singole fibre muscolari modificate abusivamente pronte a riassemblarsi in modi nuovi con funzioni completamente nuove.

I segnali per manifestare la propria presenza si attivarono di nuovo, ma stavolta le fibre si allacciarono le une alle estremità delle altre formando dei lunghi filamenti. Questi filamenti si incrociarono a vicenda su tutti gli assi, X, Y e Z e tutti quelli compresi tra gli estremi, creando una rete simile a una corda che attraversava il lobo frontale, il lobo parietale, l'ippocampo e, in particolare, il lobo prefrontale. In molti punti le fibre formarono dita simili a dendriti che si collegarono alle cellule cerebrali di Chelsea a un'estremità e alla rete all'altra estremità.

Nel giro di poche ore, 1715 striscianti si trasformarono in una rete neurale che connetteva le parti del cervello di Chelsea che controllavano le funzioni principali. Funzioni come la memoria, il pensiero, la ragione, l'astrazione e l'emozione.

Alla fine, le fibre rimanenti si dimenarono e confluirono al centro del cervello di Chelsea. Se ci fosse stata la possibilità di guardare lì dentro, si sarebbe potuto giurare che si stavano attaccando a vicenda facendosi a pezzi. Ma le fibre non erano vive e non erano singole; facevano parte di una funzione più ampia. Non si stavano dilaniando; si stavano risistemando, ricostruendo... rimescolando.

Quando finirono, formarono una palla del diametro di circa mille micron. Dei tentacoli si dipartirono da questa palla collegandosi alla rete neurale di striscianti trasformati. Una volta stabiliti questi collegamenti, la palla fece quanto era stata progettata per fare.

Inviò un segnale.

11

Allunga la mano e tocca qualcuno

L'Orbital aveva tenuto sotto controllo il primo biofeedback della nuova serie. Basandosi sui livelli inizialmente alti di apoptosi, l'Orbital aveva dato per scontato a rigor di logica che questa serie di semi costruttori di striscianti fosse un totale fallimento. I lavoratori che crescevano avrebbero dovuto cavarsela da soli ancora una volta e cercare di evitare quel bastardo mentre costruivano la porta.

L'Orbital era già alle prese con la creazione di una seconda serie di costruttori di striscianti con un codice modificato. Questa sarebbe stata l'ultima possibilità, la diciottesima e ultima sonda.

Comunque, quando ricevette il segnale, abbandonò il codice modificato. Concentrò tutta la forza di elaborazione sulla nuova situazione.

Quel segnale, quell'unico segnale, significava un successo potenziale. Forniva un punto diretto di accesso. E, se l'Orbital avesse potuto comunicare in modo abbastanza chiaro, raccogliere abbastanza informazioni e rinviare abbastanza codici di riprogrammazione giù per la catena dei segnali, allora quell'unico segnale avrebbe comportato un vettore.

L'Orbital mandò un proprio segnale e iniziò a raccogliere informazioni.

12

Le foto dell'ultimo anno scolastico

«Svegliati, papà.»

La mente di Donald era immersa in un mare di dolore tenuto a freno. Il suo corpo scottava. Ogni centimetro sembrava fritto e la mano sinistra stava ancora peggio.

«Svegliati, papà!»

Non voleva svegliarsi. Quando dormiva, non era costretto a sentire il dolore.

«La *maa* faccia, papà! La maa faccia!»

La voce colpì nel segno, come pure l'insistenza isterica delle parole di Betty. Pronunciava male le parole, come se avesse del cibo in bocca. Donald si svegliò sbattendo le palpebre e trasse un brusco respiro mentre il dolore continuava a inondargli il corpo. Quel respiro fu seguito da un colpo di tosse che esplose con violenza trascinandogli del filo spinato attraverso i polmoni e la gola e costringendolo a chiudere gli occhi mentre del liquido gli bruciava la bocca. Aveva tossito così forte da vomitare.

«Papà! Oh, *moo* dio!»

Donald tirò fuori la mano destra da sotto il sacco a pelo, la mise sul volante e si riaccomodò. Il volante era caldo e umido a causa del suo vomito. Non voleva spostare l'altra mano – gli bruciava troppo – quindi la lasciò sotto la coperta. Aprì gli occhi.

E scoprì che non si trattava affatto di vomito.

Il volante era inzuppato di sangue. Sangue e frammenti di qualcosa di nero.

«Va tutto bene, papà? Hai tossito sangue!»

Donald sbatté le palpebre nel tentativo di orientarsi. Soffriva terribilmente. Il suo corpo scottava. Sua figlia gli gridava proprio nell'orecchio, cazzo. Doveva calmarla. Donald si voltò a guardarla e trasalì quando vide il suo viso. Sulla guancia sinistra aveva tre ferite nere che stillavano del liquido. Per un attimo, pensò che per un'adolescente non poteva esserci nulla di peggio di qualcosa che le deturpava il volto. Solo per un attimo, però, perché, nonostante la confusione mentale, Donny si rese conto che non si trattava di un foruncolo enorme: c'era qualcosa che non andava affatto nella sua bambina. Doveva portarla all'ospedale. Dovevano andare *entrambi* all'ospedale.

«Tesoro, io...» Un altro accesso di tosse si fece largo nel suo petto. *No, basta, è troppo doloroso.*

La tosse salì e Donald si coprì la bocca con entrambe le mani. Quando lo fece, ebbe la sensazione di aver sferrato un pugno contro un vetro rotto con la mano sinistra. Il sangue spruzzò tra le dita inzuppando il volante e perfino il parabrezza.

«Oh *moo* dio, papà, la tua mano *latuamanolatuamano!*»

Adesso Betty si trovava nel bel mezzo di una crisi isterica e pronunciava le sillabe tutte unite senza punteggiatura, interrotte solo dal volume delle sue grida.»

Donald sollevò la mano sinistra. Sembrava che l'avesse immersa nell'acido. Le dita umide, avvizzite e annerite spiccavano inerti. Quasi tutta la carne era scomparsa. In alcuni punti riuscì a vedere le ossa. Perlomeno, ipotizzò che si trattasse delle ossa perché perfino quelle erano nere e butterate.

Donald Jewell gridò. Allungò la mano destra e afferrò la maniglia della portiera. Facendolo, urtò la mano sinistra.

Il mignolo e l'anulare caddero in un blocco informe, proprio sul suo grembo.

«*Ohmoodioohmoodio!*»

Donald ignorò le dita mancanti e la sensazione di aver toccato una saldatrice. Cos'altro poteva fare? Le ignorò, aprì la portiera con uno strattone e saltò giù goffamente dall'automobile. Le dita annerite gli caddero dal grembo e rimbalzarono sul manto stradale ghiacciato. Aveva smesso di piovere. Donny si precipitò verso il cumulo di neve più vicino, ormai ridotto a un affare striminzito tutto incrostato di ghiaccio. Piangendo e gridando lo prese a calci per frantumare la crosta, poi ficcò la mano annerita attraverso il buco nella neve. La sua mano bruciava. Doveva raffreddarla, ma la neve non migliorò la situazione.

Venne colpito da un altro accesso di tosse, stavolta profondo, proveniente dallo stomaco. Del sangue caldo gli sgorgò dalla bocca. Sentì il sapore di qualcosa di marcio, di frammenti che gli bruciavano la lingua. Tutta quella schifezza si riversò sul cumulo di neve bianca e ghiacciata ricoprendolo di un rosso acceso e di un nero umido. Donny Jewell cadde su un fianco. Venne sopraffatto dal dolore che gli straziava il corpo da ogni possibile angolazione.

Voleva soltanto dormire.

Il colpo di tosse successivo lo spinse a mettersi in posizione fetale. Altro materiale rosso e nero gli schizzò fuori dalla bocca. Qualcosa dentro di lui si ruppe. Lo capì non a causa del dolore sempre più intenso, ma perché i muscoli dello stomaco parvero rilassarsi improvvisamente come se fosse stato avvolto a spirale da un elastico che era appena scattato.

Riusciva ancora a sentire le grida di sua figlia.

L'ultimo pensiero che gli attraversò la mente fu la speranza che il suo volto guarisse in tempo per le foto dell'ultimo anno scolastico.

13

Cheffie

Al risveglio, Cheffie Jones si ritrovò sotto il tappeto del soggiorno.

Aveva due infezioni. Una sulla clavicola sinistra, una appena sotto il pomo d'Adamo. La pelle tra i due punti si era annerita e afflosciata, mentre la necrosi si era diffusa verso il viso, lungo il petto e nel profondo della gola.

Prima di morire, Cheffie ebbe appena il tempo sufficiente a scostare il tappeto e chiedersi perché stesse così male. Mentre dormiva, l'apoptosi gli aveva indebolito la carotide, che cedette proprio in quel momento. All'inizio si formò solo un buchino, che bastò per consentire al sangue di zampillare nella melma annerita circostante. Soffriva a tal punto da non accorgersi nemmeno della differenza. Il primo foro di spillo diventò un secondo, poi un terzo e poi la pressione del sangue contro la parete sottile dell'arteria produsse un buco delle dimensioni della gomma di una matita.

Il sangue gli schizzò in tutta la gola. Qualche getto sottile proruppe all'esterno attraverso il putridume nero, ma per la maggior parte si diffuse all'interno del suo corpo. Cheffie gorgogliò mentre lo ingoiava. Il sangue gli riempì gli alveoli e ben presto ridusse la capacità dei suoi polmoni di immettere ossigeno.

Non fu in grado di gridare perché le sue corde vocali si erano disintegrate appena prima che la carotide cedesse. Riuscì a raggiungere la porta d'ingresso incespicando e ad aprirla, poi cadde. Cercò di strisciare, ma non ebbe molto successo; già in partenza Cheffie non era in buona forma e, senza ossigeno, i suoi muscoli smisero di funzionare in fretta. Si tirò su in ginocchio sforzandosi di mettere una mano fuori dalla porta d'ingresso, poi cadde di nuovo.

Cheffie Jones smise di muoversi. Era soffocato nel suo stesso sangue.

La reazione a catena dell'apoptosi proseguì.

14

Il bastardo

L'Orbital corresse le tabelle delle probabilità e prese in considerazione uno scenario dopo l'altro. La mente della bambina aveva prodotto un segnale chiaro. Avrebbe potuto essere abbastanza forte da portare a termine la fase successiva della nuova strategia. E, se non fosse stata abbastanza forte, avrebbe potuto esserlo l'*altro* bambino. Non era ben sviluppato come Chelsea, ma stava progredendo in fretta. Insieme avrebbero fornito tutta la forza cerebrale terrestre di cui l'Orbital aveva bisogno per guidare i protettori.

A meno che, naturalmente, il bastardo non li avesse trovati, così come aveva trovato gli altri.

Il biofeedback proveniente dalla nuova serie mostrò all'Orbital che coltivare fibre muscolari in ogni ospite era troppo rischioso. Troppa possibilità di resa danneggiava le cellule staminali.

Era un problema di semplice soluzione: i bambini sarebbero diventati il vettore. I bambini avevano sviluppato con successo delle fibre muscolari modificate, fibre che potevano dividersi da sole e riprodursi. Se si fossero introdotte queste fibre nei nuovi ospiti, l'infezione si sarebbe diffusa.

Questo risolse un problema – la creazione dei protettori – ma ne lasciò un altro, altrettanto importante, in sospeso: come fermare il bastardo. L'Orbital non era stato costruito per occuparsi di situazioni simili. I creatori non avevano programmato istruzioni specifiche su come gestire un ospite trasformatosi in cacciatore.

Ucciderlo era la strategia più ovvia, ma non aveva ancora funzionato. Degli ospiti delle ultime tre serie ci aveva provato ma avevano fallito. Non avevano solo fallito, ma erano pure morti nel tentativo di farlo, impedendo ai loro potenziali neonati di accedere alla fase della costruzione. Il bastardo era umano, *poteva* morire, ma prenderlo di mira era troppo rischioso.

Le simulazioni si susseguirono e una strategia continuò a mostrare la maggiore probabilità di successo: limitarsi a tenere lontano il bastardo.

L'Orbital era in grado di escludere un solo ospite dalla rete delle comunicazioni? Sì, stabilì di poterlo fare. Sarebbe stato difficile e avrebbe richiesto gran parte della capacità che l'Orbital avrebbe dovuto dedicare all'analisi delle comunicazioni relative agli altri ospiti. La bambina ospite poteva essere modificata. Poteva agire da ponte centrale delle comunicazioni, consentendo alla facoltà di analisi dell'Orbital di localizzare e bloccare il bastardo.

Se l'uomo non avesse potuto sentire, non avrebbe potuto localizzare la nuova porta.

Quarto giorno

1

Il bar Big Sammy

Margaret non aveva preso in considerazione le sedie della stanza dei computer finché Perry non si sedette su una di esse. All'inizio l'uomo aveva deciso di rimanere in piedi, ma le sue smorfie appena accennate lasciarono intendere che le ginocchia gli dolevano da morire. Margaret giocò l'asso nella manica del medico curante e gli ordinò di sedersi. Se qualcuno gli avesse messo davanti un asse da stiro con sopra un piatto pieno di tacchino, sarebbe sembrato un adulto costretto a sedersi su una sedia per bambini il giorno del Ringraziamento.

Margaret si sedette a destra di Perry, mentre Dew a sinistra. Clarence rimase in piedi dietro a Margaret trasudando tensione. Tutti avvertirono le vibrazioni di Clarence tranne Clarence stesso.

Naturalmente, Amos non si vedeva da nessuna parte.

«Non mi va proprio di parlarne» disse Perry.

Dew strinse la spalla sinistra di Perry e la scosse per dargli sostegno. «Motivo in più per togliersi subito questo peso nel modo giusto» disse. «Inoltre, in che altro modo puoi passare il tempo? Facendo sollevamento pesi?»

Perry annuì. «Più che altro, flessioni sulle braccia e in avanti.»

«Mi sembri già abbastanza in forma per il momento» disse Margaret. «Abbiamo accesso a parecchie informazioni sui singoli ospiti di triangoli. Spero che aggiungere i dettagli della tua esperienza possa aiutarci a individuare la fonte dell'infezione.»

Perry si strinse nelle spalle. «Farò quel che posso.»
Margaret picchiettò sulla tastiera, richiamando una cartina sullo schermo piatto davanti a lui.
«Su questa cartina sono segnalate le case dei sette ospiti di triangoli conosciuti nella zona di Ann Arbor» disse.
Spostò il mouse e cliccò una selezione sullo schermo. Apparvero sulla cartina le icone di sette case.
Perry vide che due icone, una sopra l'altra, erano situate tra Ann Arbor e Ypsilanti. Quelle due formavano la punta di un triangolo, mentre la seconda si trovava quasi nel centro di Ann Arbor e la terza a Pittsfield, a sud di Ann Arbor.
Le altre tre icone sembravano disposte più a caso: una a Whittaker, circa otto chilometri a sud e un po' a est del condominio di Perry, e altre due molto vicine tra loro in una zona agricola appena a sud di Ford Lake e Rawsonville.
«Che schema seguono?» chiese Perry.
«Nessuno» rispose Margaret. «Questi sono soltanto gli indirizzi delle case delle vittime. Possiamo aggiungere anche gli indirizzi dei posti di lavoro o delle scuole.» Cliccò di nuovo con il mouse e apparvero sette puntini blu. «Possiamo aggiungere anche tutti gli spostamenti noti degli ospiti nelle due settimane che hanno preceduto il giorno in cui hanno iniziato ad avvertire il prurito, ma la cartina diventerebbe incomprensibile se lo facessimo.
«Il problema è che non riusciamo a trovare nessun legame tra questi posti. Non abbiamo ancora idea di quando o dove di preciso le persone siano state infettate. Dobbiamo avvalerci dei tuoi ricordi dei giorni prima dell'inizio del prurito per confrontarli con le informazioni di cui disponiamo. Speriamo di riuscire a stabilire un collegamento che ci indichi il momento e la causa dell'infezione.»
Perry annuì.
«Bene,» disse Margaret «tanto per cominciare, tu e Patricia DuMond abitavate nello stesso condominio.»
«Chi è Patricia DuMond?» chiese Perry.
«Mi pare che tu la chiamassi Patty la Cicciona» disse Margaret.
Perry era fuggito dal suo stesso appartamento subito dopo

aver ucciso il suo amico Bill, appena prima che arrivasse la polizia. Aveva avuto a disposizione solo pochi minuti per nascondersi e non aveva alcun posto in cui scappare. Patty la Cicciona abitava nel palazzo accanto: i suoi triangoli avevano chiamato Perry con la promessa di un rifugio. Perry si era rivelato un ospite poco gradevole e l'aveva perfino malmenata. Non l'aveva uccisa: Patty era morta quando i suoi triangoli si erano schiusi uscendo dal suo corpo dilaniandolo, ma lui non aveva fatto assolutamente nulla per aiutarla. Le traversie di Patty erano state uno dei motivi principali per cui Perry uccideva tutti gli ospiti che trovava: morire per mano sua, per quanto brutale, era molto, *molto* meglio che morire a causa di una schiusa.

«Oh» esclamò Perry sommessamente. «Sì, lei. Bene.»

«Quindi, due ospiti abitavano nello stesso condominio» disse Margaret. «Ma *solo* due. Se il vettore si trovava nel condominio o è *passato* per il condominio, presumiamo che avrebbero dovuto esserci altri ospiti.»

«A meno che non te la scopassi» disse Dew. «Il che significa che avreste potuto essere infettati contemporaneamente.»

Perry scosse il capo. «Non sopporto doverlo ammettere, ma non facevo sesso da settimane. Potrei averla vista in giro di tanto in tanto, ma non ne sono sicuro. Il condominio era piuttosto grande. Però posso affermare con certezza di non aver mai parlato con lei.»

«Lavorava a Royal Oak, mentre tu lavoravi ad Ann Arbor» disse Margaret. «Quindi vi dirigevate in sensi opposti per recarvi al lavoro.»

Quando Margaret picchiettò sulla tastiera, due dei puntini blu iniziarono a pulsare, uno sull'ubicazione dell'American Computer Solutions, dove Perry si occupava di assistenza ai clienti.

«Stiamo cercando di capire dove tu e Patty potreste esservi incrociati» disse Margaret. «Siamo più o meno al corrente dei luoghi in cui è stata nei giorni che hanno preceduto il lunedì in cui hai iniziato ad avvertire il prurito perché questo database contiene i suoi tabulati telefonici e le ricevute delle sue carte di credito.»

«È legale?» chiese Perry.

Dew rise. «Non preoccuparti di questo, ragazzo.»

«Mi sono fatta la stessa domanda» disse Margaret. «Ma impedire a questa cosa di uccidere la gente ha la precedenza, non trovi?»

«Il diritto dell'individuo di essere salvaguardato, nella sua persona, nella sua casa, nei suoi documenti ed effetti, da perquisizioni e sequestri irragionevoli non deve essere violato» disse Perry. «Avete mai sentito parlare del Quarto emendamento?»

Margaret fissò quell'omone malconcio stretto sulla sedia minuscola. Sembrava soltanto uno sportivo imbecille. Dew era senza parole come lei.

«Non siate così sconvolti» disse Perry. «Non dimenticate che sono andato all'università.»

«Ti dirò una cosa, laureato» affermò Dew. «Quando leggerai su un libro di storia che Thomas Jefferson aveva dei triangoli blu che gli crescevano sulle palle, potrai citare i padri fondatori quanto vorrai.»

Perry si appoggiò allo schienale della sedia e sospirò. «D'accordo, va bene, fa lo stesso. Andiamo avanti.»

Margaret proseguì. «I tuoi movimenti non sono dettagliati come quelli di Patricia. A quanto pare, l'unica persona che hai chiamato è Bill Miller. Abbiamo visto che hai prelevato tutte le settimane la stessa somma di denaro da uno sportello del bancomat vicino a casa tua, ma che non hai fatto quasi nessun acquisto con la carta di credito.»

«Uso la carta di credito solo al bar» disse Perry. «Quando alzo un po' il gomito, do troppa mancia a ogni giro. Con la carta di credito do la mancia una volta sola e non spendo troppo per le mie bevute. Per tutto il resto uso i contanti. È così che non sforo il bilancio. Quando esaurisco i contanti della settimana, smetto di spendere.»

Margaret annuì avvertendo un fremito di speranza. Se Perry aveva fatto la spesa da qualche parte ed era entrato in contatto con qualche altro ospite di triangoli, era probabile che Cheng se lo fosse lasciato sfuggire semplicemente perché Perry aveva usato i contanti.

«Dal momento che non sappiamo cosa provochi l'infezione, ignoriamo quanto duri il periodo di incubazione» disse Margaret. «Magari il vettore ti ha colpito il giorno prima, la settimana prima o il mese prima, quindi procediamo un giorno alla volta. Ci hai detto che hai iniziato ad avvertire il prurito un lunedì, quindi sforzati di ricordare: cos'hai fatto quella domenica?»

Perry si toccò i punti sul labbro mentre pensava. «Probabilmente io e Bill abbiamo guardato partite di football per tutto il giorno.»

«Dove?»

Perry si strinse nelle spalle. «Probabilmente nel mio appartamento.»

«No, sappiamo che ti trovavi in un bar quella sera» disse Dew. Tracciò una linea con un dito sullo schermo piatto. «Ecco qui. Dov'è il bar Big Sammy?»

«A Westland» disse Perry. «Proprio a metà strada tra Ann Arbor e Detroit. Ci sono grossi schermi e un sacco di ragazze sexy.»

«Quella domenica sera hai speso esattamente quarantasei dollari» disse Dew. «Risulta dalle ricevute della tua carta di credito.»

Perry ci pensò sopra un secondo, poi annuì. «Sì, certo. Lo faccio per le mance: aggiungo la quantità giusta di spiccioli per far saltare fuori una cifra tonda. Io e Bill siamo andati da Big Sammy a guardare i Lions giocare contro i Colts. Era il posticipo. Hanno perso.»

«Che sorpresa» esclamò Dew.

«Suvvia» disse Perry. «Sii magnanimo con loro. Quella volta hanno perso soltanto per due touchdown.»

«Poi cos'è successo?» chiese Margaret. «Cos'hai fatto dopo la fine della partita?»

Mentre ci pensava, Perry spostò il dito dal labbro suturato all'occhio nero. «Sono tornato a casa. Mi pare che fossi un po' ubriaco, quindi ho guidato con la massima attenzione. No, aspettate, mi era venuta fame, quindi mi sono fermato in un negozio per comprare qualcosa da sgranocchiare.»

«Dove ti sei fermato?»

Perry si strinse nelle spalle. «Accidenti, non me lo ricordo. Sono passate circa sei settimane ed ero ubriaco.»

Dew si avvicinò allo schermo piatto. «Non potrebbe trattarsi della drogheria Meijer di Belleville?»

«Può darsi» disse Perry. «Si trova sulla via di casa.»

Margaret si alzò, si avvicinò a Dew e si fermò dietro di lui. «Perché?» chiese. «Cos'ha quella drogheria particolare di così importante?»

Dew indicò un'altra linea. La punta del suo dito lasciò una piccola macchia sullo schermo.

«Le ricevute della carta di credito mostrano che Patricia DuMond ha speso più di cento dollari alla drogheria Meijer di Belleville» disse Dew. «Alle 22:31.»

Margaret tornò a sedersi sulla sedia e iniziò a percuotere i tasti, con la punta delle dita animata dall'eccitazione. «Questo potrebbe servirci a qualcosa.»

Stavolta fu Dew ad alzarsi dalla sedia e rimanere in piedi dietro Margaret. «Allora il vettore è una drogheria?»

Margaret scosse il capo. «No, probabilmente non si tratta del negozio in sé, o del cibo che vende. Altrimenti avremmo sicuramente stabilito un collegamento tra esso e altri ospiti. Ma, per la prima volta, potremmo aver localizzato due ospiti nello stesso posto e allo stesso tempo.»

Premette alcuni tasti e l'icona che rappresentava l'infezione di Perry e Patricia scivolò verso ovest per incombere sopra il negozio Meijer. La nuova posizione dell'icona creò subito una curva che partiva da Whittaker, poi si spostava gradualmente verso nordest passando per le icone delle due case vicino a Rawsonville, poi diventava più brusca verso est in direzione di Meijer a Belleville.

Perry era stato lì verso le 22:30. Anche Patricia. Se gli ospiti che abitavano a Rawsonville si trovavano in casa a quell'ora, il che era probabile...

«Clarence,» disse Margaret «questo affare può risalire alle condizioni meteorologiche del passato?»

«Probabilmente, sì» disse lui. «Fammi provare.»

Margaret si alzò e Clarence si sedette.

Perry si protese in avanti per guardare Clarence battere un tasto alla volta. «Hai bisogno di una mano, campione?»

Clarence tenne lo sguardo fisso sulla tastiera e sullo schermo davanti a sé. «Credo di potercela fare, capo, ma grazie per l'aiuto fondamentale.»

«Allora non si tratta della drogheria» disse Dew. «Pensi che fosse qualcosa che si trovava nell'aria, vero? Qualcosa trasportato dall'aria?»

«L'espressione trasportato dall'aria implica che un ospite abbia trasmesso la malattia a un altro tramite starnuti, colpi di tosse o perfino il respiro» disse Margaret. «Guarda l'ampiezza di questa curva. Qui abbiamo a che fare con chilometri, non con metri. L'espressione più accurata è trasportato dal vento, in cui il vento funge da vettore meccanico che sposta la spora.»

«Ma non credi che Cheng abbia controllato le condizioni meteorologiche?» chiese Dew.

«Naturalmente,» disse Margaret «ma il vento può cambiare direzione da un secondo all'altro. Adesso disponiamo potenzialmente del momento preciso in cui è stata contratta l'infezione. Cheng no. Perry, cos'hai fatto dopo aver acquistato il cibo?»

«L'ho mangiato mentre tornavo a casa» disse Perry. «Sono rincasato, mi sono spogliato e sono andato subito a letto. L'indomani dovevo lavorare.»

«Dovevi avere il vettore sulle mani» disse Margaret. «O forse sugli abiti e, quando ti sei svestito, l'hai diffuso alle altre parti del corpo. Devi esserti toccato... uhm... le parti intime.»

«Un tipo che si gratta le palle nell'intimità della sua casa» disse Dew. «Sai che novità.»

«Bene» disse Clarence. «Ho trovato le condizioni meteorologiche del passato. Cosa ti serve, Margo?»

«Forniscici la direzione del vento alle 22:30 di quella domenica» disse lei. «Concentrati su Belleville, se puoi.»

Otto continuò a digitare. Apparvero delle frecce blu che puntavano soprattutto verso est e appena verso nord. Una riga verde di testo in fondo alla schermata diceva: OTTOCENTO METRI ALL'ORA, DUECENTOSESSANTA GRADI.

«Non va bene» disse Dew. «La direzione del vento non allinea gli ospiti di Rawsonville con il negozio.»

«Clarence,» disse Margaret «mostrami la proiezione in time-lapse dell'andamento del vento dalle 22:00 alle 22:30.»

Otto guardò i tasti per un attimo senza digitare.

«Uhm... Non penso sia possibile con questo computer.»

«Cristo» esclamò Perry. «Passamela.»

Prese la tastiera e se la posò in grembo. Le sue dita spesse vi saettarono sopra. Sullo schermo apparvero i campi dei dati, che si riempirono di righe di testo più velocemente di quanto Margaret riuscisse a leggere.

«Voi mi ricordate gli idioti a cui ero solito prestare assistenza al lavoro» disse Perry. «Sembra che non abbiate mai letto il manuale di un software in tutta la vita. È roba molto semplice.»

Premette un ultimo tasto e le frecce blu sullo schermo cambiarono direzione. Invece che puntare da ovest verso est, iniziarono a orientarsi verso nord, poi curvarono verso nordest e infine si rivolsero verso est.

Perry batté qualche altro tasto. Le frecce blu sparirono fatta eccezione per una che partiva dall'icona della casa di Whittaker, curvava verso destra per toccare entrambe le icone di Rawsonville e poi ancora più a destra per passare sul negozio di Meijer.

«Cazzo» esclamò Dew. «Ecco. È proprio trasportata dall'aria.»

«Trasportata dal vento» disse Margaret.

«Giusto, trasportata dal vento» disse Dew. «Allora, cosa mi dici degli altri ospiti che non rientrano in questo schema?»

«Potrebbe trattarsi di molteplici fattori» disse Margaret. «Potrebbero aver attraversato la curva del vento proprio al momento giusto, potrebbe essere stata un'altra... Non lo so... Un'altra raffica di vento che ha trasportato le spore in altre zone. Questa curva non spiega tutti i casi, ma ne spiega la metà. È rilevante dal punto di vista statistico, non ci sono dubbi.»

Clarence si voltò sulla sedia per guardarla. «Ma questo cosa ci rivela in realtà? Voglio dire, il vento può soffiare in tutte le direzioni.»

Perry parlò prima che potesse farlo Margaret. «Ci fornisce una proiezione basata sulla velocità del vento e sulla distanza tra i punti in cui si è propagata l'infezione. Da questo possiamo potenzialmente estrapolare un tragitto percorso dal vettore e magari perfino un campo di potenziali siti da cui è partita la diffusione. Se si combinano questi dati con gli ospiti di altri siti infetti, forse si può restringere l'area di ricerca del punto da cui ha avuto inizio la diffusione. Quanto sta dicendo Margaret è che il colonnello Ogden aveva ragione: si tratta di un satellite. Questa analisi delle condizioni meteorologiche potrebbe rivelarci dove cercarlo.»

Margaret sorrise e annuì all'indirizzo di Perry, che le strizzò l'occhio.

«Università?» chiese Dew.

Perry annuì. «Università.»

«Perry,» disse Margaret «possiamo farlo qui?»

Perry scosse il capo. «Questo richiede un computer molto più potente. Disponi semplicemente della cronologia della direzione del vento, certo, ma hai bisogno di estrapolare quel dato per raffrontarlo con la distanza tra i punti di diffusione dell'infezione, la temperatura dell'aria, l'umidità... e probabilmente un mucchio di altre cose che non conosco nemmeno. È tutt'altra faccenda rispetto a quello che ti ho appena mostrato.»

«Passiamo la palla a Murray» disse Clarence. «Vediamo se può lanciarla a una delle *menti più brillanti* che la nazione possa offrire.»

«Eccome se può, cazzo» esclamò Dew. «Incaricherà di occuparsene il Servizio nazionale del tempo, i climatologi e dio solo sa cos'altro più velocemente di quanto si possa canticchiare *Oh, Susanna.*»

Clarence continuò a fissare Perry. «Forse mi sono sbagliato a proposito dello stereotipo dello sportivo idiota» disse. «Sei piuttosto intelligente, maledizione.»

Perry non distolse lo sguardo dallo schermo. «No, avevi ragione a proposito dello stereotipo. Solo che non vale per il football. Bisogna essere intelligenti per giocare bene a football perché è uno sport complicato.»

Si voltò e sorrise a Clarence. «Gli sportivi idioti giocano a basket.»

Perry si voltò di nuovo verso lo schermo.

Clarence scosse il capo mentre Margaret si limitò a ridere.

2

Comanda Chelsea

Chelsea Jewell si svegliò lentamente. Aveva un forte mal di testa. Voleva la mamma.

No, non era corretto. Doveva stare attenta alla mamma. Magari la mamma voleva farle del male. Chelsea voleva il papà. Il papà andava ancora bene.

Tuttavia, non era corretto nemmeno quello. Non *voleva* il papà... Voleva *proteggere* il papà.

Voleva proteggere ciò che si trovava *dentro* il papà.

Sei sveglia?

Chelsea si guardò intorno nella stanza. Da dove proveniva quella voce? Non riusciva a vedere nessuno.

Sei sveglia?

«Sì» disse Chelsea. «Dove sei?»

Sono molto lontano.

«Oh» esclamò Chelsea. «Allora perché riesco a sentirti?»

Perché sei speciale. Sei l'unica laggiù che possa sentirmi.

«La mamma e il papà non riescono a sentirti?»

Non ancora.

«Il mio papà sta male» disse Chelsea. «E anch'io. Adesso mi sento un po' meglio, ma mi fa molto male la testa e ho la lingua tutta gonfia e giù di lì. Ho tanta paura della mamma. Mi sa che vuole farmi del male.»

Non devi temere la mamma.

«Ne sei sicuro?»

Sì.

Chelsea sentì svanire la paura della madre come se la brezza l'avesse soffiata via.

Il tuo papà non sta male. È una persona molto importante.

Chelsea ebbe una visione di qualcosa di triangolare, qualcosa che ricordava uno dei suoi mattoncini di legno gialli, quello che sembrava una piccola piramide, solo che nella sua visione era nero e si muoveva su strane zampe. Era bello. Era speciale. Proprio come la mamma diceva sempre che lei era speciale.

«Il papà ha delle belle bamboline dentro di lui» disse Chelsea. «È per questo che è importante?»

Esatto. Il papà ha delle bamboline dentro di lui.

La mamma diceva che Chelsea era speciale, e la mamma aveva sempre protetto Chelsea.

E adesso Chelsea avrebbe protetto il papà e le bamboline.

La porta dell'armadio si aprì riversando la luce all'interno.

«Tesoro,» esclamò la mamma «cosa diamine ci fai qui?»

Chelsea sbatté le palpebre mentre i suoi occhi si adattavano alla luce. Attese la paura, che però non arrivò. La voce aveva detto che non doveva aver paura, e lei non l'aveva.

«Dormivo» rispose Chelsea.

«Ma perché nell'armadio?»

Chelsea si strinse nelle spalle. «Non lo so.»

«È quanto ha detto anche tuo padre. L'ho trovato che dormiva dietro il divano, pensa un po'. Mi state facendo uno scherzo?»

Chelsea scosse il capo.

«Cooome no?» esclamò la mamma. «Vi nascondete entrambi a dormire da qualche parte e non mi state facendo uno scherzo? Ci penseremo più tardi. Ma basta giocare. Come stai?»

«Non tanto bene» disse Chelsea.

La mamma prese Chelsea e l'adagiò di nuovo sul letto. Posò una mano sulla fronte di Chelsea. La mano della mamma era fresca e gradevole.

«Non scotti come prima» disse. «Ti senti meglio o peggio?»

«Un po' meglio» disse Chelsea.

La mamma corrugò la fronte stringendo gli occhi.

«Apri la bocca, tesoro» disse. «Tira fuori la lingua.»

Chelsea lo fece. La mamma assunse la sua tipica espressione preoccupata.

«Tesoro, hai delle macchie blu sulla lingua. Ti fa male?»

«Un pochino» disse Chelsea.

«Tirala fuori di nuovo. Non ho mai visto una cosa simile. Non mi piace affatto. Credo che domani andremo tutti dal dottore.»

Chelsea avvertì un brivido correrle lungo la pelle. Il *dottore*. Il dottore che le faceva sempre male con gli aghi e quant'altro. La voce si sbagliava, avrebbe *dovuto* temere la mamma.

«Ma a me non piace il dottore» disse Chelsea.

«E a me non importa se ti piace o meno, signorina, ci andrai lo stesso. Sia tu che tuo padre. Ha un prurito insopportabile e gli stanno venendo delle piaghe arancione sulla pelle.»

«Papà ha delle bamboline dentro di lui» affermò Chelsea. «Me l'ha detto il mio amico speciale.»

«Oh, adesso hai un amico speciale? Che bello, tesoro. Come si chiama?»

Chelsea ci pensò per un attimo, ma non sapeva come si chiamava. Si strinse nelle spalle. «Non lo so.»

«Be', non puoi avere un amico speciale senza dargli un nome» disse la mamma. Spinse delicatamente Chelsea sul letto e si accinse a rimboccarle le coperte. «Come ti piacerebbe chiamarlo?»

«Cosa ne dici di... Chauncey?» chiese Chelsea.

La mamma sorrise. «Aaah, Chauncey, come il giocatore di pallacanestro preferito dello zio Donald?»

Chelsea annuì. «Sì. E il suo nome assomiglia al mio. Chelsea e Chauncey.»

«Be', è un bel nome» disse la mamma. Accarezzò i capelli di Chelsea trasmettendole una sensazione davvero gradevole. «Dormi ancora un po', d'accordo?»

«Non sono più così stanca» disse Chelsea. «Voglio alzarmi.»

«Resta qui sdraiata ancora un po', tesoro. Poi potrai alzarti se vorrai, ma resta qui a giocare con i tuoi giocattoli, d'accordo? Non voglio che ti metta a correre di qua e di là. Verrò a controllarti più tardi e domani andremo dal dottore.»

La mamma si abbassò e la baciò sulla fronte, poi uscì dalla

stanza e si chiuse la porta alle spalle. Chelsea si sedette al buio chiedendosi se Chauncey avrebbe parlato di nuovo con lei.

Lo fece.

Non devi andare dal dottore. Devi fermarla.

Chelsea sussurrò in modo che la mamma non potesse sentirla. «Come faccio a fermarla, Chauncey? Comanda la mamma. Devo fare quel che dice lei.»

Non ti comanda.

«No?»

No. Sei tu che comandi lei.

«Davvero?»

Sì.

«Be'... è molto più grande di me. E se mi costringe ad andare dal dottore?»

Puoi fermarla stanotte. Dopo che sarà andata a dormire.

Un'immagine balenò nella mente di Chelsea.

Sì, avrebbe potuto fermare la mamma.

3

Il tiratore

Dew era stanco di nicchiare.

La sua Colt M1911 calibro 45 era posata sul tavolo del poligono. Era carica, con il cane arretrato e la sicura inserita. Perry Dawsey era lì in piedi, con le cuffie e gli occhiali, intento a fissare l'arma.

«Senti, Dew, è tutto fortissimo, ma non mi va di sparare, d'accordo?»

«Prendi la pistola, ragazzo» disse Dew. «Grazie a te soffro ancora dei postumi della sbronza e non sono proprio dell'umore adatto. Mi stai mettendo in imbarazzo davanti a tutto il poligono.»

Naturalmente, il poligono era vuoto. Dew l'aveva affittato per intero.

Perry fissò la calibro 45. «E se la prendo e... Insomma... Avverto l'impulso di sparare a te?»

Dew si tirò su la gamba dei pantaloni ed estrasse la calibro 38. «Mi metterò dietro di te, puntandoti questa contro la schiena. Se ti volterai in modo strano, ti ammazzerò. Questo ti fa sentire meglio?»

«Un po'» disse Perry. Dew avrebbe riso se il ragazzo non avesse avuto un'aria maledettamente seria.

Perry continuò a fissare la calibro 45.

Dew sospirò. «Cosa c'è adesso?»

«E se... e se ascoltassi Bill?»

«Intendi dire se ti suicidassi?»

Perry annuì.

«Ascolta, ragazzo, devi tirare fuori le palle.»
«Non è divertente.»
«Scusa, merda» disse Dew. «Era solo un modo di dire. Ascolta. Ronald Reagan, il più grande presidente di tutti i tempi, citava una frase che riassume perfettamente questa situazione: 'Se è necessario un massacro, togliamoci il pensiero.' Quindi, se hai intenzione di ucciderti, smettila di cazzeggiare e fallo.»
«Vedo che sei uno di quegli hippy sensibili.»
«A casa ho un giardino pieno di fiori» disse Dew. «E me la cavo benissimo con l'uncinetto. Sul serio, non mi convinci con questa paura. Insomma, smettila di fare la femminuccia e prendi questa maledetta pistola, cazzo.»
Perry allungò lentamente la mano verso la calibro 45, poi la ritrasse.
«Se ti spari in testa, soffrirai solo per un attimo» disse Dew. «Se ti sparo a un piede, ti farà male per parecchio tempo. Quindi prendila o di' addio a un dito.»
Perry allungò di nuovo la mano e prese la calibro 45. All'inizio la mano gli tremò violentemente, così forte che Dew si chiese se la pistola non avrebbe potuto addirittura esplodere un colpo. Stava giocando col fuoco. Dew tenne la calibro 38 puntata contro la schiena di Perry, per qualsiasi evenienza.
«Respira piano» disse Dew. «Punta la pistola e premi lentamente il grilletto. Quando esploderà un colpo, rimarrai un po' sorpreso. E ricordati, dopo aver sparato, di togliere il caricatore e di agganciare il carrello alla parte posteriore. In questo modo si scaricherà un proiettile, quindi non essere sorpreso. Controlla la camera di scoppio e il caricatore, poi posala sul tavolo e allontana le mani. Proprio come hai fatto quando ci siamo esercitati.»
«Sì, ma allora la pistola non era carica.»
«Fa' come ti ho detto e non correrai alcun rischio, d'accordo?»
«D'accordo» disse Perry.
Dawsey puntò la calibro 45 verso il bersaglio ed espirò. La pistola sembrava un giocattolo nella sua manona. Dew avrebbe voluto dare a Perry la calibro 38, ma non era sicuro che il dito del ragazzo passasse attraverso il guardamano.
Dew attese, poi *bang*, la pistola esplose un colpo. Una voluta

di fumo salì dalla canna mentre entrambi gli uomini guardavano il bersaglio che si trovava a nove metri di distanza. Perry aveva colpito il cerchio centrale, appena a sinistra della X.

«Buon tiro» esclamò Dew.

«Pensavo che questo affare avesse un rinculo.»

«Estrai il caricatore, aggancia il carrello alla parte posteriore...» disse Dew con la voce che si affievoliva.

Perry annuì subito e con vigore. Seguì attentamente tutte le istruzioni di Dew, poi posò l'arma sul tavolo davanti a sé. Sollevò lentamente entrambe le mani dalla pistola per dimostrare che non la stava tenendo in pugno. Sembrava... sollevato. Come se tutta la pressione si fosse allentata, come se avesse appena perso la verginità.

«Bene» disse Dew. «Allora non hai sentito la pistola sussultarti in mano?»

Perry scosse il capo.

«Quando sparo, la sento rinculare, ma non è poi così grave» disse Dew. «Considerato quanto sei forte, non mi sorprende che tu non riesca a sentirlo affatto.»

«Uhm... Dew?» L'espressione sul volto di Perry lasciava intendere che aveva paura di porgli una domanda. Cazzo – aveva reciso dei mostri dal suo stesso corpo, si era preso due pallottole e aveva continuato a combattere ma adesso aveva paura di porgli una domanda.

Non vuole fare la figura dello stupido, pensò Dew. Non vuole fare la figura dello stupido davanti a te.

«Sputa il rospo» disse Dew. «Puoi chiedermi qualsiasi cosa.»

«Uhm... Premere il grilletto lentamente è davvero forte, ma se devo usare questo affare sul serio, non mi conviene sparare più in fretta di così?»

Dew sorrise. «Certo, è una domanda logica da porre. Non che tu debba usare sul serio uno di questi affari, ma per ogni evenienza, riempi il caricatore ed esplodi tutti i colpi il più velocemente possibile, d'accordo? Guarderemo il bersaglio così potrai confrontare la precisione. Poi discuteremo di come sparare in situazioni diverse. A volte, c'è bisogno di sparare con precisione, a volte c'è bisogno di scaricare i proiettili il più velocemente possibile. D'accordo?»

Perry sorrise e annuì. Una volta tanto, si trattò di un vero sorriso.

Aveva ancora un aspetto orribile con i punti, ma perlomeno era sincero.

Dew indietreggiò di tre passi. Puntò con noncuranza la calibro 38 verso il pavimento, ma non aveva intenzione di riporla nella fondina. Non ancora.

Perry infilò altri due proiettili nel caricatore, lo inserì, poi fece scorrere con il pollice la leva del carrello per sistemarlo con uno scatto. Puntò l'arma e, in meno di due secondi, esplose sette colpi, che parvero giungere da una mitragliatrice. Dew vide muoversi la mano del ragazzo o piuttosto non la vide muoversi affatto. Avrebbe potuto essere scolpita nel granito e fissata alla parete.

Perry espulse il caricatore, controllò la camera di scoppio, posò la pistola e il caricatore, poi sollevò di nuovo entrambe le mani al rallentatore. Dew fissò il bersaglio. Non riuscì a credere ai suoi occhi. Premette l'interruttore che riportava il bersaglio alla loro postazione di tiro per guardarlo meglio.

Perry aveva esploso tutti e sei i colpi nel cerchio centrale. La X centrale non c'era nemmeno più, sostituita da un grosso foro dai bordi di carta frastagliati.

Perry sorrise e abbassò lo sguardo su Dew. «Non c'è male, vero?»

«Mi stai prendendo per il culo, ragazzo? Sei sicuro di non aver mai sparato prima d'ora?»

L'omone scosse il capo. «Nossignore. Papà non mi permetteva di toccare le armi. Ma, voglio dire, si tratta soltanto di coordinazione tra l'occhio e la mano, giusto? Come in un videogioco. Sono sempre stato bravo in questo genere di cose.»

Dew fissò il bersaglio. Era sensato. Dawsey era stato un atleta di prim'ordine. Avrebbe avuto uno degli ingaggi più alti della Lega nazionale di football americano, probabilmente il più alto in assoluto, se non fosse stato per l'infortunio al ginocchio che aveva posto fine alla sua carriera. Era così forte da non avvertire nemmeno il rinculo della calibro 45, era in grado di puntare la canna con precisione e di tenerla perfettamente immobile mentre svuotava il caricatore.

Improvvisamente, Dew si chiese se, dopotutto, aver insegnato a Perry a sparare fosse stata una buona idea. Se Perry era capace di uccidere le persone a mani nude, chissà cos'avrebbe potuto fare con un'arma piena di munizioni.

4

Betty lo sgorbio

Il corpo di Betty Jewell affrontò una situazione atroce. Degli striscianti semiformati si disintegrarono diffondendo la morte prodotta dall'apoptosi. La sua unica colpa consisteva nel fatto di essere abbastanza grande da avere dei telomeri che si accorciavano e subivano il danno minore che tocca a tutti noi. Naturalmente, il crollo dei suoi telomeri non fu grave come quello del padre, dal momento che l'uomo aveva ventisei anni più di lei.

Se fosse stata più giovane, forse se avesse avuto cinque anni di meno, le sarebbe andata meglio.

Naturalmente, meglio significava che più striscianti avrebbero già raggiunto il suo cervello. La sua rete cerebrale era sottile, deperita, e aveva bisogno di ulteriori striscianti per completare interamente il cambiamento e inviare il segnale. Altri cercarono di raggiungere il suo cervello, trascinando i loro corpi semiputrefatti lungo i suoi nervi o cercando di superare i cadaveri in decomposizione degli striscianti che si erano già disattivati. Questi sopravvissuti protesero i loro pseudodendriti, afferrando, tirando e inviando i loro segnali di dolore per valutare la reazione.

Se Betty fosse morta, la missione degli striscianti sarebbe fallita, quindi contrastarono la decomposizione con sostanze chimiche opposte progettate per neutralizzare la reazione a catena. I punti in cui aveva contratto l'infezione erano già una causa persa, l'apoptosi era troppo diffusa per fermare il processo. Gli striscianti mandarono alcuni di loro ai margini per secernere la sostanza chimica neutralizzante, nel tentativo di localizzare il danno e impedirgli di diffondersi. All'interno di questi perimetri, la putrefazione aveva sciolto la carne e intaccato le ossa.

Questa non era una buona notizia per il volto di Betty Jewell.

Gli striscianti non consideravano il volto una priorità. Naturalmente, avevano bisogno di occhi per vedere e di una bocca per respirare. Quelli erano importanti, così come le mani.

Le mani potevano usare degli arnesi.

Le mani potevano usare delle armi.

Gli striscianti si avvalsero della loro logica collettiva per dividersi in diversi gruppi. Alcuni si spostarono nelle mani nel tentativo di salvarle, altri si spostarono nel cervello nel tentativo di raggiungere la massa critica necessaria alla rete neurale, altri ancora si spostarono negli occhi, nelle orecchie e nella bocca per proteggere l'immissione sensoriale. Una Betty incapace di vedere, sentire o parlare non sarebbe stata in grado di difendersi, e quella non sarebbe stata affatto una Betty utile.

5

Interferenza

Chiacchiere.

Quello era il termine migliore per definirle. Perry udì di nuovo quelle chiacchiere. Provenivano da sud. Sud e... est? Sì, est.

Da qualche parte là fuori dei triangoli si stavano svegliando.

Per il momento aveva sentito soltanto dei frammenti di pensieri, solo alcune sillabe. I triangoli non sapevano ancora parlare. Dovevano impararlo dai ricordi dei loro ospiti.

Quanti ce n'erano là fuori? Perry non era in grado di dirlo. Non sapeva mai dirlo con sicurezza.

Quella mattina, aveva colto solo dei brandelli. Come quando si fiuta un odore nel proprio appartamento, un odore che si sente soltanto se ci si volta in una certa direzione, e poi scompare. E si conosce quell'odore perché lo si è già fiutato. È solo che non si riesce a ricordare cosa sia. Si trattava di quel tipo di familiarità.

Erano familiari ma diversi. C'era qualcos'altro in quei brandelli. Qualcosa di meno casuale. Forse più potente?

Perry bussò alla porta della stanza 207. Dew andò ad aprire.

«Ehi, Perry» esclamò sorridendo, quasi come se fosse felice di vederlo. «Entra pure.»

Perry lo seguì all'interno della stanza. C'erano anche Baum e Milner, e Amos, che aveva una ciambella in una mano, un fascio di carte nell'altra e un computer portatile posato sulle gambe. Baum e Milner si irrigidirono. Gli occhi di Amos schizzarono subito verso la porta. Non appena Perry entrò nella stanza, Amos lasciò cadere la ciambella, chiuse il computer e scappò fuori.

«Maledizione, quel piccoletto è un po' nervoso» disse Dew.

«Sì» disse Milner. «Chissà perché.»

Perry fissò l'uomo più basso. «Milner, ho intenzione di restare qui anche se hai qualcosa da ridire.»

Baum rise. «Sei sicuro di volerne prendere un po'? Mi sembri un tantino malconcio dall'ultima volta.»

«Baum, chiudi quel cazzo di becco» disse Dew. «Se credi di poterle suonare a Dawsey, sarò felice di spostare tutta questa roba per permettere a voi due di battervi.»

Baum fissò Perry senza dir nulla.

Perry non riusciva a credere alle sue orecchie. Dew stava prendendo le sue difese? Be', non stava esattamente prendendo le sue difese, ma stava sfidando Baum a mettere in pratica i suoi propositi.

«Allora?» disse Dew a Baum.

Baum scosse il capo. «Farò il bravo.»

«Allora chiudi il forno» disse Dew. «Anche tu, Milner. Dunque, Perry, cos'hai da dirci?»

«Sento delle chiacchiere» disse Perry sommessamente.

Tutti e tre gli uomini alzarono il capo di scatto.

«Dove?» chiese Dew.

Perry si strinse nelle spalle. «Non lo so ancora con certezza. Riesco solo a percepire che provengono da sudest.»

«Di nuovo in Michigan?» chiese Dew. «O forse in Ohio?»

Perry si strinse nelle spalle ancora una volta.

«Allora perché non sei corso a cercarle?» chiese Milner. «Perché non hai preso la tua macchina di lusso e non ci sei andato?»

«Perché io e lui abbiamo raggiunto un accordo» disse Dew. «Adesso Perry fa parte della squadra.»

Milner rise. Dew gli scoccò un'occhiata che sottintendeva 'ti trovi già su un terreno minato', e il sorriso di Milner svanì.

«Cosa dicono?» chiese Baum. Il suo disprezzo per Perry era improvvisamente scomparso. «Riesci a capire qualche nome? Qualche posto?»

Perry scosse il capo. «Non ancora, ma stanno diventando sempre più forti.»

«Siediti, ragazzo» disse Dew. «E rilassati, le avvertirai di nuovo come prima. Caricheremo tutti e ci avvieremo in quella direzione generica.»

Perry zoppicò verso una sedia e si sedette.

E, proprio in quel momento, le chiacchiere... cambiarono.

«C'è qualcosa che non va» disse Perry. «Tutt'a un tratto sono diventate... più sommesse.»

«Concentrati. Forse devi focalizzarti su di esse?»

«Non è così che funziona» disse Perry. «Loro ci sono sempre. Non posso controllarle. Si stanno smorzando. Non riesco a sentire le chiacchiere. Quel che sento adesso sembra... Be', sembra piuttosto indistinto.»

Guardò Dew. «Sono scomparse. Non riesco più a sentirle.»

6

Il dottor Dan costa venti dollari ad Amos

L'elicottero Osprey V-22 sorvolò l'autostrada a un'altezza elevata, poi svoltò di centottanta gradi. Si abbassò per avvicinarsi al suolo e atterrò nel parcheggio, frapponendo tra sé e la strada l'edificio dell'area di servizio.

Quando il velivolo atterrò, Margaret scorse l'immagine familiare di due autoarticolati anonimi parcheggiati parallelamente. Avevano una tinta diversa rispetto a quelli che aveva lasciato a Glidden, marrone e ammaccata, un altro esempio di finto gusto industriale trasandato. Fatta eccezione per l'appendice di plastica che collegava i due rimorchi, nessuno li avrebbe degnati di un secondo sguardo.

«Mi chiedo se sia il modello dell'anno scorso» disse Amos. «Il parcheggio delle Margomobili dev'essere affollato in questo periodo dell'anno.»

Il viaggio fin lì era stato organizzato in fretta e furia. Una volta diffusasi la voce che due corpi erano risultati positivi all'esame della cellulosa, Dew avviò l'operazione in grande stile. Nel giro di quindici minuti, Margaret, Amos, Clarence, Gitsh e Marcus erano in volo. Murray aveva predisposto il silenzio radio durante il viaggio; non voleva correre alcun rischio. Dopo un'ora e mezza, il loro Osprey stava atterrando in quell'area di servizio di Bay City, in Michigan.

Margaret non sapeva che ci fossero altre Margomobili. Perfino all'interno di quella cerchia ristretta, Murray serbava ancora dei segreti all'interno di altri segreti. In realtà, adesso Margaret si chiese quante Margomobili esistessero. Aveva certamente senso usare molteplici veicoli: portare lì da Glidden i prototipi avrebbe richiesto dieci ore. Perfino trasferirli usando elicotteri da carico avrebbe comportato una perdita di tempo prezioso. Con molteplici veicoli e molteplici equipaggi, Murray avrebbe potuto delimitare i siti dell'infezione molto più in fretta.

Margaret e la sua squadra saltarono giù dall'elicottero e si diressero subito verso i rimorchi marroni. All'esterno c'era un uomo con addosso un'uniforme dell'aeronautica, riparato da un pesante giaccone blu e un cappello che gli lasciava ricadere lungo i lati del volto dei paraorecchie che avevano tutta l'aria di tenere caldo. L'uomo rivolse loro un saluto militare rigido.

«Sono il capitano Daniel Chapman» disse.

«Non faccio parte dell'esercito» disse Margaret. «Come tutti i presenti.»

Il saluto svanì. «Bene. Non sopporto il saluto militare.» Protese la mano. «Sono il dottor Chapman. Chiamatemi Dan. Piacere di conoscervi.»

Margaret ricambiò la stretta. «Sono la dottoressa Margaret Montoya. Questi sono il dottor Amos Braun e l'agente Clarence Otto.»

«Agente di cosa?» chiese Dan mentre stringeva la mano ai due uomini.

«Agente delle stelle» disse Clarence sorridendo. «In realtà, non ha alcuna importanza, non trova?»

Dan annuì e alzò una mano come per dire: 'Scusi se gliel'ho chiesto, avrei dovuto immaginarlo.'

Li condusse all'interno della sala dei computer della Margomobile. Era esattamente identica a quella che avevano lasciato a Glidden, fatta eccezione per il simbolo dell'aeronautica sugli schermi piatti e i due aloni lasciati da tazze di caffè sul bancone. Dan attese finché Margaret non si sedette, poi restò in piedi alle sue spalle. Amos si sedette sulla sedia accanto a lei, mentre Otto parve scomparire nello sfondo. Margaret non capiva come riuscisse a farlo in una stanza di un metro e mezzo per tre, però ci riusciva comunque.

«Abbiamo due casi di infezione» disse Dan. «Donald Jewell

di quarantadue anni di Pittsburgh e sua figlia Betty di sedici anni. Naturalmente, non sono autorizzato a sapere esattamente da *cosa* siano infetti. Mi limito a seguire le procedure che mi sono state comunicate. Sono disposto a stare al gioco, ma vi prego di non rifilarmi la storia della fascite necrotizzante. Comunque, se doveste decidere di farmi sapere cosa diavolo sta succedendo, non mi lamenterò.»

«E se a causa di quell'informazione rimarrà segregato per mesi?» chiese Amos. «Oppure si beccherà una pallottola perché sa troppe cose?»

«Allora potrei lamentarmi un po'» rispose Dan. «Ma sono sempre stato un tipo piagnucoloso.» Puntò un piccolo telecomando verso il computer e premette un tasto.

Il simbolo dell'aeronautica scomparve dallo schermo, sostituito dalla foto di un uomo riverso sul manto stradale ghiacciato. Si trovava davanti all'edificio dell'area di servizio appena fuori dal rimorchio. Gli abiti dell'uomo pendevano sul suo scheletro. Un teschio nero sporgeva da un colletto allentato e qualcosa di nero aveva macchiato il manto stradale intorno a lui.

«Questo è Donald Jewell» disse Dan. «Le registrazioni delle telecamere di sicurezza mostrano che ha parcheggiato in quest'area di servizio ieri, più o meno verso le tredici. A quell'ora infuriava una tormenta piuttosto fitta mista a pioggia gelida, quindi nessuno ha riferito di averlo visto scendere dall'auto. Non sappiamo con certezza per quanto tempo il corpo sia rimasto lì prima che qualcuno lo trovasse. L'ipotesi più probabile è dieci minuti. Il tizio che lo ha rinvenuto ha chiamato il 911. I poliziotti sono giunti sul posto nel giro di un quarto d'ora.»

«Hanno toccato qualcosa?» chiese Margaret.

«L'agente Michael Adams ha usato dei guanti da chirurgo per tastargli il polso» disse Dan. «Dal momento che non ha trovato battito, si è tolto i guanti, li ha lasciati sul posto e non ha avuto altri contatti con il cadavere. La figlia era ancora a bordo dell'automobile. Si è rifiutata di far entrare Adams, che, avendo scorto delle piaghe sul suo volto, ha chiamato un'ambulanza. La ragazza non voleva permettere nemmeno ai paramedici di salire a bordo dell'automobile. Nel frattempo, i paramedici hanno eseguito il test del tampone sul cadavere. Il Centro per la cura e la prevenzione delle malattie infettive ha chiamato la mia squadra perché eravamo di stanza a Detroit. In realtà, siamo stati noi a far scendere la ragazza dall'automobile.»

«Da quanto tempo le è stato affidato questo autotreno?» chiese Amos.

«Tre settimane» disse Chapman. «Non abbiamo avuto molto da fare, se devo dirvi la verità.» Tirò indietro le spalle, gonfiò il petto e parlò con voce profonda. «Limitatevi a gingillarvi con l'attrezzatura e ad aspettare una chiamata. Se non ricevete quella chiamata, è una buona notizia. Se la ricevete, tenetevi pronti a fare tutto il necessario.»

Margaret dovette soffocare una risata. Dan stava facendo un'imitazione perfetta di Murray Longworth.

«È stupefacente» disse Amos.

«Grazie» disse Dan. «Dovreste sentire la mia imitazione di Gutierrez; fa morire dal ridere. Comunque, dopo che i paramedici hanno chiamato il Centro per la cura e la prevenzione delle malattie infettive, l'agente Adams e il suo collega hanno evacuato l'area di servizio e l'hanno chiusa. Hanno seguito tutte le istruzioni, parola per parola. Sono dei tipi svegli; hanno fatto un ottimo lavoro. Hanno scattato delle fotografie.»

Allungò una mano al di sopra della spalla di Margaret e picchiettò sulla tastiera del computer. Sugli schermi appesi alla parete balenò una serie di immagini che mostravano la prima fase della decomposizione di Donald Jewell, e poi passavano gradualmente alla sua condizione attuale.

«Caspita» esclamò Clarence. «Quei tipi hanno visto parecchie cose. Non temete che parlino?»

Dan tirò di nuovo indietro le spalle e gonfiò il petto. «Ce ne siamo già occupati. Comprendono la gravità della situazione e l'importanza della segretezza.»

«Sul serio,» disse Amos «mi fa venire i brividi.»

«Riderei,» disse Clarence «però sono sicuro che Murray abbia installato una telecamera da qualche parte e che ci stia spiando.»

Dan iniziò a guardarsi intorno nervosamente per la stanza. «Oh, accidenti, davvero?»

Margaret allungò una mano all'indietro e strattonò la manica di Dan. «Si rilassi, sta scherzando.» Perlomeno, sperava che stesse scherzando.

«Ci mostri di nuovo le foto» disse.

Dan lo fece.

«Con che frequenza le hanno scattate?»

«Ogni quarto d'ora» rispose Dan. «Proprio come specificano le vostre istruzioni.»

Amos e Margaret si scambiarono uno sguardo.

«Cosa c'è?» chiese Clarence.

«Quel tipo si è decomposto molto più rapidamente di chiunque altro abbiamo mai esaminato» disse Amos. «Due volte più velocemente dei casi precedenti, forse anche di più.»

Clarence fece una smorfia. «Cosa mi dice degli altri? Disponiamo dei nomi e degli indirizzi di tutte le persone che si trovavano qui in quel momento o che sono arrivate dopo?»

Dan annuì. «I poliziotti si sono fatti dare da tutti un documento identificativo, il numero di targa, il libretto di circolazione e quant'altro.»

«Clarence,» disse Margaret «dobbiamo chiedere a Murray di mandare degli agenti da tutte queste persone per eseguire il test del tampone.»

«Sì, signora.» Clarence si sedette sulla sedia davanti al terzo computer e prese il telefono.

«Ma Margo,» esclamò Amos «non è contagiosa.»

«Non si trasmette da un ospite all'altro» disse Margaret. «Ma i McMillian sono stati infettati in seguito, ricordi? Qualunque sia il vettore, potrebbe essere persistente e rimanere attaccato agli abiti o ai capelli. Guardando queste foto, il morbo è mutato, perlomeno fino a un certo punto; per quanto ne sappiamo, adesso potrebbe essere contagioso.»

Amos annuì. «Immagino che la prudenza non sia mai troppa.»

«Tutti hanno seguito delle accurate procedure contro il rischio biologico» disse Dan. «L'abbiamo considerata come un ceppo di ebola che parte in sordina, poi ti inganna e ti sorprende all'improvviso se non stai attento. I resti del signor Jewell si trovano nella cella frigorifera del rimorchio B. Tutti gli indumenti sono in un contenitore separato contro il rischio biologico, nel caso vogliate vederli.»

Otto si appoggiò il telefono sulla spalla e si voltò verso Amos. «Scommetto venti dollari che il dottor Dan ha messo ciascun calzino in una busta separata.»

«Ci sto» disse Amos.

Dan sorrise. «Ho perfino etichettato le buste dei calzini con DESTRO e SINISTRO. Mi dispiace, dottor Braun.»

«Mi chiami Amos, giovane ossessivamente preciso e incredibilmente diligente.» Amos estrasse dalla tasca dei pantaloni il biglietto da venti dollari ripiegato e lo porse a Otto senza distogliere lo sguardo dallo schermo.

Il giovane dottore aveva colpito Margaret. «Per essere uno che non ha idea di cosa stia succedendo in realtà, ha fatto un ottimo lavoro, Dan» disse. «A quanto pare, siamo pronti per metterci all'opera. Mi mostri le foto dei resti della ragazza.»

Dan parve sorpreso. «Non è stata informata durante il tragitto fin qui?»

Margaret scosse il capo. «No, ci è stato imposto il silenzio radio per tutto il viaggio. Perché? Cosa ne è stato del cadavere della figlia?»

«Non è un cadavere, è viva» disse Dan. «Si trova nella camera di contenimento.»

7

Sei lì, Dio? Sono io, Chelsea

Si stava svolgendo una conversazione.

Un interlocutore aleggiava sessantaquattro chilometri al di sopra della terra, proprio sopra la quercia malata nel giardino di Chuy Rodriguez.

L'altro interlocutore era seduto sul pavimento della camera da letto di Chelsea. Alla sua sinistra era posata una pila di Barbie, Bratz e altre bambole. Alla sua destra si trovava una pila simile ma più piccola. Mentre parlava, la bambina prendeva una bambola dalla pila a sinistra, la spogliava, la teneva in grembo e poi le disegnava sopra con un pennarello blu.

Disegnava dei piccoli triangoli.

Erano molto graziosi.

Quando finiva con una bambola, la posava sulla pila a destra, poi ne prendeva un'altra con la mano sinistra.

«Chauncey, ti piacciono le barrette di gelato Crunch?»

Non le ho mai mangiate. Non posso farlo.

«Oh» esclamò Chelsea. «Allora cosa mangi?»

L'Orbital utilizzò un po' della sua capacità di analisi per rispondere. Essendo inanimato, sopportava le sue domande con una pazienza infinita, il che era una fortuna, perché le domande sembravano davvero infinite. La maggior parte delle volte, non conosceva la risposta. Aveva accumulato un bel po' di conoscenza grazie ai contatti con i triangoli e dozzine di ospiti umani, ma gli ci voleva ancora un po' di tempo per stabilire dei legami tra il linguaggio e i fatti.

Mangio la gravità.

«Oh» esclamò Chelsea. «È buona?»

L'Orbital si diede da fare per capire in che senso aveva utilizzato la parola buona. Buono significava molte cose per gli umani. Poteva significare un'autoaffermazione delle proprie capacità. Poteva significare un modo di agire socialmente accettabile. Poteva significare un calcio piazzato messo a segno. L'Orbital eseguì una ricerca per confrontare quel termine con il consumo di cibo. S'imbatté in diverse immagini immagazzinate tramite gli ospiti, cose tipo pollo grigliato, cioccolato, torta e purè. Era questo che intendeva lei. Senza gli elaboratori della gravità, l'Orbital sarebbe precipitato sulla terra, quindi applicò la definizione corretta e rispose.

Sì, è molto buona.

«Oh» esclamò Chelsea. «Chauncey, chi è il tuo giocatore preferito dei Detroit Pistons?»

Non lo so.

«Oh» esclamò Chelsea. «Chauncey, sei Dio?»

L'Orbital ebbe accesso alle immagini. Un uomo anziano con una lunga barba bianca. Un uomo più giovane con i capelli lunghi e una corta barba castana. Teste luminose. Amore. Odio. L'intervento divino nelle vite umane. Punizione. Ira. Distruzione. L'Orbital confrontò queste immagini con delle risposte emotive catalogate e giunse alla conclusione che si trattava di qualcosa che poteva virtualmente usare per motivare gli ospiti.

Perché pensi che sia Dio?

«Be', perché puoi parlare nella mia testa e giù di lì. Le persone non possono farlo quasi mai.»

Cosa pensi di Dio, Chelsea?

Chelsea cantò: «So che Gesù mi ama perché la Bibbia lo proclama. Andiamo in chiesa quasi tutte le domeniche, ma, a volte, durante il campionato di football non ci andiamo. Amo Dio perché Dio ama me.»

L'Orbital richiamò altre immagini. Esaminò i segnali che provenivano dal cervello di Chelsea mentre parlava di Dio e Gesù. Sì, era uno sprone potente.

Chelsea, se Dio ti dicesse di fare qualcosa di cattivo, lo faresti?

Chelsea smise di disegnare sulla Barbie. Guardò fisso la parete, piegando il capo verso destra mentre pensava.

«A volte, papà dice che Dio ci mette alla prova, ma ci ama e non ci chiederebbe di fare qualcosa di cattivo. Quindi, se Dio mi chiedesse di fare qualcosa, allora non potrebbe trattarsi di qualcosa di cattivo, quindi lo farei.»

Sì.

«Sì cosa?»

Sì, sono Dio.

«Oh» esclamò Chelsea. «D'accordo. Posso continuare a chiamarti Chauncey?»

Sì.

Chelsea prese la bambola e iniziò a disegnare dei triangoli blu.

«Chauncey, preferisci gli Snickers o i Twix?»

L'Orbital continuò a rispondere alle domande.

La porta della sua stanza si aprì lentamente e la mamma infilò dentro la testa.

«Chelsea, piccola, come ti senti?»

«Bene» disse Chelsea. Prese un'altra bambola e le tolse i vestiti.

«Chelsea, cosa stai facendo lì dentro?»

«Sto solo disegnando dei triangoli sulle mie bambole e sto parlando con Chauncey.»

«Oh» esclamò la mamma. «Chauncey, il tuo amico speciale?»

«Uh-uh» esclamò Chelsea. Disegnò un triangolo blu sulla fronte di quella bambola. Molto grazioso.

«Di cosa gli stai parlando?»

«Oh, be'» disse Chelsea. «Dei fiori, del mio vestito rosa, dei miei cartoni animati preferiti, della pallacanestro, della gravità, del gelato, di Dio, delle bambole e...»

«D'accordo, tesoro» disse la mamma interrompendo Chelsea. La mamma stava ridendo appena.

Chelsea non capì cosa ci trovasse di così divertente.

«Continua a parlare con Chauncey» disse la mamma. «Hai intenzione di disegnare su tutte le bambole? È un pennarello indelebile? Non rovinarle, tesoro.»

«Non le sto rovinando, mamma» disse Chelsea. Prese una Barbie bionda con dei triangoli blu sulle braccia, le gambe e il volto. La sollevò per farla vedere alla mamma. «Non sono rovinate. Le sto migliorando. Le sto rendendo più belle.»

«D'accordo, tesoro» disse la mamma. «Vieni a chiamarmi se hai bisogno di qualcosa, va bene?»

«Sì, mamma.»

La mamma chiuse la porta. Chelsea posò la Barbie sulla pila di destra, poi prese un'altra bambola dalla pila di sinistra.

8

Angoscia adolescenziale

Margaret si rifiutò di piangere.

Aveva un lavoro da sbrigare. Ma guardare quello schermo piatto, guardare il volto di quella povera ragazza...

«Lasciatemi andare!» gridò la ragazza. Strattonò debolmente le cinghie, ma non sarebbe andata da nessuna parte. Anche se si fosse liberata delle cinghie, non avrebbe potuto evadere dalle pareti rinforzate e trasparenti della minuscola camera di contenimento.

Le telecamere all'esterno della stanza fornivano un'ottima vista. Le pareti bianche di resina epossidica splendevano sotto le luci al neon incassate nel soffitto.

Delle manette di pelle serravano i polsi e le caviglie di Betty Jewell al carrello delle autopsie. Uno strato usa e getta di gommapiuma sottile sopra al carrello fungeva da imbottitura, ma era comunque un carrello di acciaio e non era stato progettato per essere comodo. La ragazza indossava un camice blu dell'ospedale con macchie viola nei punti in cui il sangue era gocciolato dalle sue piaghe stillanti.

«Le abbiamo iniettato la formula WDE-4-11» disse Dan. «Questo ha rallentato la reazione dell'apoptosi, ma continua a degenerare, soprattutto intorno alle lesioni facciali.»

«Dobbiamo operarla subito» disse Amos. «Dobbiamo sbarazzarci di quel tessuto danneggiato per vedere se riusciamo a interrompere del tutto la reazione a catena.»

Margaret si rivolse a Dan. «Vi ha riferito quando ha iniziato a mostrare i sintomi? Cos'ha detto finora?»

«Non ha intenzione di parlare con noi» disse. «Pensa che vogliamo ucciderla. Continua a chiederci del padre, ma penso sappia che è morto. Chiede anche della madre.»
«Avete contattato la madre?» chiese Margaret.
Dan scosse il capo. «Non ci abbiamo nemmeno provato.»
Amos si voltò verso di lui. «Cosa diavolo intende dire con 'non ci abbiamo nemmeno provato'? Quella ragazza ha appena perso il padre. Ha bisogno della sua famiglia.»
«Ho ricevuto l'ordine di tenere in isolamento tutte le vittime infette» disse Dan. «Non dev'esserci nessun tipo di contatto finché non l'avrò affidata a qualcun altro, cosa che sto facendo adesso con lei, dottoressa Montoya.»
«Bene» disse Margaret. «Adesso è affidata a noi. Per piacere, Clarence, chiama la madre della ragazza.»
«No» disse Clarence.
Margaret lo fissò, sbalordita. Poteva capire Dan, che era un soldato, ma Clarence? «Chiameremo *subito* la famiglia di questa ragazza.»
«Purtroppo non possiamo farlo, dottoressa» disse Clarence.
«Ma non ha triangoli» disse Margaret. «Ha di certo qualcosa, ma nulla si schiuderà uscendo dal suo corpo. Non costituisce una minaccia.»
Clarence scosse il capo. «Sai che non possiamo affermarlo con certezza, Margaret. Quante volte mi hai detto che la malattia potrebbe subire delle mutazioni e diventare contagiosa? Hai detto che è cambiata, giusto?»
Margaret non sapeva cosa rispondere: Clarence stava usando le sue stesse parole contro di lei.
Amos puntò un dito sullo schermo. «È una cittadina americana quella che si trova in quella gabbia. Sì, in una gabbia. Ha dei diritti, maledizione.»
Clarence scosse di nuovo il capo. «In questo momento no. Se contattiamo la madre, di punto in bianco, la stampa si getterà addosso a questa storia.»
«La stampa?» gridò Amos. «Ti preoccupi della stampa? Ascolta, nazista di mer...»
«Smettila, Amos» disse Margaret. «Ha ragione. Potrebbe essere contagiosa.»

Amos la guardò come se fosse pazza. «Be', certo che potrebbe essere contagiosa» disse. «È per questo che l'abbiamo messa in una cella di contenimento di livello di sicurezza quattro contro il rischio biologico, cazzo. Questo non cambia il fatto che è un'adolescente spaventata. Ha bisogno della sua famiglia. Possiamo far venire qui sua madre e tenerla sotto sorveglianza o quant'altro.»

«Ha ragione anche a proposito dei mezzi di informazione» disse Margaret.

«Margaret, cosa c'è che non va in te?» chiese Amos. «Sei un medico. Ricordi l'espressione *primum non nocere*?»

Margaret deglutì. Quell'espressione latina significava 'primo, non nuocere'. In realtà non faceva parte del giuramento di Ippocrate, ma quelle parole venivano comunque inculcate nella testa di tutti gli studenti di medicina.

«Sì, me la ricordo» disse. «Ricordo anche un'altra espressione latina, quella che abbiamo trovato dipinta sulla parete della camera da letto di Kiet Nguyen. In quella casa piena di ragazzi morti. *E pluribus unum*. Te la ricordi?»

Amos non disse nulla. Distolse lo sguardo.

«Cosa significa, Amos? Dillo!»

«Significa 'da molti, uno'» disse sommessamente.

«Allora seguiremo gli ordini» disse Margaret. «Non avviseremo la famiglia della ragazza. Mettiamoci le tute. Entreremo là dentro per parlare con lei.»

Completamente rivestiti dalle tute, Margaret e Amos entrarono nella stanza delle autopsie. Una porta ermetica li condusse nel passaggio pieghevole che collegava il rimorchio B. Margaret vide la luce sopra la porta passare dal rosso al verde. Amos sollevò il saliscendi e aprì la porta verso l'esterno mettendo in mostra un corridoio lungo un metro e venti e una porta identica dalla parte opposta. Dovevano chiudere la loro porta per aprire l'altra, sia perché si trattava di una camera di equilibrio sia perché non c'era abbastanza spazio nel corridoio per aprirle entrambe.

Quando fosse arrivato il momento di spostare la Margomobile, gli ugelli incorporati avrebbero inondato l'interno del passaggio di cloro e candeggina. Poi Gitsh e Marcus avrebbero ripiegato il passaggio nei suoi supporti all'interno del rimorchio B e chiuso la porta esterna priva di giunture, così la Margomobile avrebbe potuto fare come Willie Nelson: si sarebbe messa di nuovo in viaggio.

Margaret si avviò lungo il passaggio. Amos chiuse la porta dietro di lei. Sopra l'ingresso del rimorchio B, la luce passò dal rosso al verde. Amos aprì la porta ed entrarono. La cella di contenimento di Betty si trovava solo a un metro e venti di distanza.

La ragazza sollevò il capo per guardarli e per poco il cuore di Margaret non si spezzò in due.

Tre enormi piaghe nere le deturpavano il lato sinistro del volto. Una era situata al centro dello zigomo, una sulla mascella, nel punto in cui si collegava al collo, e una sulla tempia. L'ultima si era estesa sotto i capelli scuri che prima dovevano essere stati bellissimi. Adesso, aveva delle ciocche umide appiccicate al viso, alla fronte e al tavolo intorno a lei.

Le macchie nere che si stavano decomponendo sul suo volto erano di gran lunga la cosa peggiore, ma non erano le uniche zone problematiche. Il suo corpo era punteggiato da almeno due dozzine di cerchi grossi come una moneta da dieci centesimi. Le mani avevano un aspetto orribile: metà della pelle era raggrinzita, nera e stillante, mentre le dita erano simili a una scultura d'arte moderna ricavata dall'uva passa umida. Aveva diversi aghi infilati nei piedi, tra i pochi punti incontaminati del suo corpo.

La ragazza era scossa dai singhiozzi. Anche se era legata da circa sedici ore, non aveva esaurito le lacrime.

Margaret e Amos si avvicinarono alla cella di vetro trasparente. Il telecomando situato su uno schermo piatto montato sulla porta fungeva da interfaccia senza fili di tutti i sistemi della cella di contenimento. Poteva perfino essere usato per avviare una sterilizzazione disperata d'emergenza. Bisognava soltanto digitare il numero 5455 e ogni singolo centimetro di entrambi i rimorchi si sarebbe riempito della combinazione mortale di cloro e candeggina.

Margaret premette un pulsante per azionare l'interfono:

sarebbero stati in grado di sentire Betty nei loro auricolari e le loro voci sarebbero risuonate negli altoparlanti all'interno della cella.

«Ciao, Betty» disse Margaret.

Betty smise di piagnucolare per un secondo, quanto bastò per inspirare con affanno una grossa boccata d'aria.

«Lasciatemi andare!»

«Non possiamo» disse Margaret. «Sei molto malata.»

«Col cazzo che sono malata, fottuti pezzi di merda! Siete stati voi a farmi questo? Vi prego, fate venire mio padre. Fate venire mia madre. Vi prego!»

«Tuo padre è morto» disse Amos.

Margaret si affrettò a premere un tasto sullo schermo per spegnere l'interfono.

«Cosa stai facendo, Amos?»

«Le sto dicendo la verità.»

Margaret avrebbe voluto dargli un ceffone sulla bocca. «Dobbiamo indurre questa ragazza a parlare, Amos, non farla diventare ancora più isterica.»

«Ho una figlia adolescente, Margaret» disse. «Tu no. Quindi chiudi il becco, cazzo.»

Aveva un'espressione gelida sul volto, che Margaret non gli aveva mai visto prima. Amos stava mettendo quella faccenda sul piano personale, proiettando la situazione di Betty sulla sua stessa figlia. Allungò una mano verso il pulsante e accese gli altoparlanti della stanza. «È vero, Betty» disse Amos. «Tuo padre è morto. Mi dispiace tantissimo.»

Margaret si rese conto che Betty non gridava più. Sul volto devastato della ragazza continuavano a scorrere le lacrime, ma nei suoi occhi c'era una lucidità spietata.

«Papà è... morto? L'avete ucciso voi?»

«È morto nel parcheggio prima che qualcuno potesse raggiungerlo» disse Amos. «Prima che qualcuno potesse soccorrerlo.»

La ragazza fu scossa da un unico singhiozzo simile a un forte colpo di tosse e poi giacque immobile.

«Ma è da ore che sono qui» disse Betty soffocando i singhiozzi. «Perché non me l'ha detto nessuno, cazzo?»

«Perché non pensavano che riuscissi a sopportarlo» disse Amos. «Ti hanno trattata come una bambina. Mi dispiace, ma adesso sei affidata a me e alla dottoressa Montoya. Sono il dottor Amos Braun.»

«Cosa... cosa mi sta succedendo?»

«Sei molto malata» disse Amos. «Hai la stessa malattia che ha ucciso tuo padre. Non sappiamo perché si stia sviluppando più lentamente nel tuo corpo.»

«Perché mi state facendo questo?»

«Stiamo cercando di salvarti» disse Amos. «Ma prima dobbiamo porti alcune domande importanti. Da dove venivate tu e tuo padre?»

«Lasciatemi andare» disse Betty a bassa voce. «Vi giuro che non sono una delle persone che cercate. Non uccidetemi, vi prego non uccidetemi.»

«Betty, non stiamo cercando di ucc...»

«Ti taglierò quella fottuta gola, bastardo testa di cazzo!» Strattonò le cinghie con una forza tale che il pesante carrello barcollò. «*Lasciatemiandarelasciatemiandarelasciatemiandare!*»

«Dobbiamo sedarla, Amos» disse Margaret. «È paranoica.»

Amos ignorò Margaret. Il suo volto lasciava trasparire angoscia e un profondo bisogno di vedere Betty calmarsi e collaborare.

Era Betty Jewell quella che vedeva lì dentro oppure la sua stessa figlia, in via di decomposizione, terrorizzata e legata a un carrello per le autopsie?

«Da dove venivate?» le chiese. «Dobbiamo sapere dove vi trovavate.»

Betty li fissò con gli occhi spalancati pieni di odio e terrore. Gridò emettendo un unico strillo lungo e affannoso. Si fermò solo per trarre un profondo respiro, poi proruppe di nuovo in quello strillo affannoso.

«Per piacere,» disse Amos «smettila. Stiamo cercando di aiutarti.»

«Basta, Amos» disse Margaret. Allungò una mano verso il pannello di controllo e premette un tasto, immettendo cinquanta milligrammi di propofol in uno degli aghi infilati nei piedi di Betty. Amos posò entrambe le mani inguantate sul vetro. Lui e Margaret guardarono in silenzio mentre le grida di Betty diminuivano, si smorzavano e si interrompevano.

«Ha perso coscienza» disse Margaret.

«Allora portiamola nel rimorchio A» disse Amos. «Voglio operarla subito.»

9

Messaggi contrastanti

La rete neurale si estendeva nel lobo frontale di Betty, ma era ancora molto sottile. *Troppo* sottile per inviare il segnale. Aveva bisogno di altri collegamenti.

Per ore, gli striscianti di Betty avevano contrastato la reazione a catena che causava la decomposizione nel tentativo di raggiungere il suo cervello. L'iniezione di WDE-4-11 si rivelò un'àncora di salvezza per gli striscianti: i combinata con le secrezioni del loro antidoto contro l'apoptosi, causò l'arresto della reazione a catena prima che peggiorasse al punto tale da non permettere loro nemmeno di muoversi.

Mentre Margaret e Amos trasportavano Betty lungo il passaggio pieghevole in direzione della stanza delle autopsie, alcune fibre muscolari si fusero al centro del suo cervello, si lacerarono in frammenti e formarono una palla. Mentre la palla di fibre di Chelsea era larga mille micron, quella di Betty si avvicinava più ai seicento ed era grossa poco più della metà.

Era sufficiente per inviare un segnale debole.

E sufficiente per ricevere una risposta.

Quel segnale di risposta non era destinato agli striscianti, ma all'ospite.

Gli striscianti rimasti smisero di produrre l'antidoto contro l'apoptosi e iniziarono a inondare il cervello di Betty di neurotrasmettitori.

Dovevano svegliarla in modo che potesse ricevere il segnale.

10

La porta aperta di Cheffie

Né la neve, né la pioggia, né il caldo, né l'oscurità della notte possono impedire a questi messaggeri di portare a termine rapidamente i giri che gli sono stati assegnati.

La frase è attribuita a Erodoto e si riferisce ai messaggeri dell'antico impero persiano. Molte persone pensano erroneamente che sia il motto del servizio postale degli Stati Uniti. La frase è incisa sopra l'ufficio postale James A. Farley di New York, ma non è uno slogan ufficiale.

Ufficiale o meno, John Burkle pensava che fosse una descrizione piuttosto azzeccata e precisa delle persone che guidavano un furgone bianco delle poste con una maledetta temperatura di quindici gradi sotto zero, accompagnata da maledetti venti che soffiavano a cinquanta chilometri all'ora e sospingevano sottili raffiche di neve proprio lungo le maledette strade laterali. Chi guida con questo tempo?

I postini. Ecco chi.

Andò a finire con la ruota destra del furgone in un solco ghiacciato davanti alla casa dei Franklin. Il giorno prima c'era una pozza di fango piena di frammenti di ghiaccio marrone. Perché per due giorni di fila la temperatura si era mantenuta sui dieci gradi. Se non vi piace il clima del Michigan...

John infilò la posta nella cassetta metallica dei Franklin, poi si diresse verso la casa successiva. Da quelle parti le case erano piuttosto distanziate, perlomeno di ottomila metri quadrati. La casa successiva apparteneva a Cheffie Jones. Cheffie era sempre stato un tantino spostato. Aveva battuto la testa durante un incidente in fabbrica o giù di lì. Stava quasi sempre da solo. Però aveva un sacco di tempo per acquistare stronzate su eBay; John infilò quattro scatolette nell'enorme cassetta della posta di Cheffie. A volte Cheffie usciva a prendere la posta e a salutarlo. John guardò verso la casa, ma non scorse nessun movimento. Si accinse ad andarsene, poi si fermò bruscamente e si voltò a guardare.

La porta d'ingresso era aperta?

Sì. Si trovava a più di trenta metri di distanza ed era un po' difficile da capire, ma sembrava che una cosa ricoperta di neve ostruisse la porta.

C'erano quindici gradi sotto zero e la porta d'ingresso era aperta.

John parcheggiò il furgone delle poste. Allungò una mano nella borsa ed estrasse il suo taser. Lì dentro avrebbe potuto esserci un ladro. Cheffie aveva un cane? John non riusciva a ricordarlo. Aveva una tabella di marcia a cui attenersi, ma non si sentiva tranquillo a ignorare una porta aperta con un tempo simile. Si avvicinò con circospezione alla casa.

«Cheffie?» esclamò. Da quelle parti non conveniva avvicinarsi a una casa silenziosamente. Nel Nord del Michigan le persone prendevano sul serio il diritto a possedere un'arma da fuoco. Bisognava fare parecchio rumore per informarle che si stava arrivando in modo da non essere scambiati per ladri se il proprietario della casa era sobrio o per cervi se era eccessivamente ubriaco.

La porta era aperta di circa venti centimetri. Sotto un leggero strato di neve, qualcosa di lungo, sottile e nero ostruiva la porta. John si avvicinò al portico per vedere meglio.

Era una mano.

Una mano nera e scheletrica.

Nonostante gli indumenti pesanti della tenuta invernale blu da postino, John Burkle tornò di corsa al furgone in un tempo che gli avrebbe quasi permesso di qualificarsi alle olimpiadi.

11

Il viso di Betty Jewell

Betty Jewell scelse il momento peggiore della storia dell'umanità per svegliarsi.

Con gli occhi ancora chiusi, si chiese quanti tipi di dolore ci fossero. Baskin-Robbins, con i suoi trentuno gusti di gelato, non era niente in confronto.

Sta' quieta.

Non sapeva da dove provenissero quelle parole. Non dalle sue orecchie. Con le orecchie sentiva il tintinnio degli arnesi e le voci smorzate di un uomo e una donna. Quelle voci erano collegate a uno dei nuovi tipi di dolore.

Le stavano incidendo il viso, cazzo. Era uno strazio, un vero inferno, ma era peggio del fuoco che si stava diffondendo in tutto il suo corpo? Merda, era importante sapere cosa fosse peggio? Ciascuna delle due cose era sufficiente per indurla a ficcarsi una pistola in bocca e premere il grilletto se ciò significava mettere a tacere il dolore.

Betty, devi salvarti l'anima.

L'anima? Non poteva salvarsi solo il viso? Non hai bisogno di un'anima per le foto dell'ultimo anno scolastico.

Oh, dio, come faceva male! Quanta sofferenza!

Uccidili, Betty. Uccidi le persone che ti stanno facendo del male. Poi tutto il tuo dolore sparirà.

Quella voce. Era così bella. Era la voce di Dio? Altrimenti, come avrebbe potuto udirla? Ma in realtà non importava chi stesse parlando perché la voce le prometteva che il dolore sarebbe cessato.

Per quello, Betty avrebbe fatto qualsiasi cosa.

Aveva la guancia destra posata su un cuscino duro. L'avevano messa sul fianco destro, il braccio sinistro ancora legato dietro di lei. L'uomo e la donna incombevano su di lei incidendole il viso, il suo viso un tempo bellissimo. Li sentiva incidere.

Quale dei due le stava facendo tutto quel male? Il dottor Braun? Quella stronza messicana? Non importava, erano entrambi coinvolti. Avrebbero pagato entrambi.

Aprì lentamente l'occhio destro. Non vide nient'altro che il blu. Le avevano coperto il viso con una salvietta o qualcosa di simile. Le sembrava che la salvietta le coprisse anche l'occhio sinistro. Riusciva ad aprirlo? Decise di non farlo: aveva un vantaggio su di loro finché credevano che fosse priva di coscienza. Qualsiasi cosa fosse la salvietta, non arrivava fino al tavolo. Se abbassava lo sguardo sul tavolo solo con l'occhio destro, poteva vedere appena sotto la salvietta fino al braccio destro e alla cinghia di pelle che la teneva legata.

Mosse il piede sinistro molto lentamente, le avevano liberato i piedi per girarla sul fianco.

Con tutto il peso che gravava sulla spalla destra, non poteva allungare la mano destra senza far vacillare tutto il suo corpo. Ma poteva allungare la mano sinistra se lo faceva molto, molto lentamente.

Solo un po' alla volta, pianissimo, con un aumento continuo e graduale della pressione.

«Non ha senso» disse l'uomo. La tuta di gomma gli smorzava la voce, ma Betty riuscì a distinguere le sue parole. Sembrava molto vicino, come se si stesse protendendo proprio sopra il suo viso coperto.

«Non ha triangoli» disse l'uomo. «Non ha le fibre del Morgellons. Allora, cosa sta causando questa continua morte cellulare?»

Betty continuava a muoversi. Si sentiva male. Un nuovo tipo di dolore si aggiunse alla lista. Avvertì una sensazione di lacerazione. Senza produrre alcun suono, continuò a muoversi e ad esercitare una pressione costante. La pelle si staccò lentamente dalla sua mano, permettendole di allungarla attraverso la cinghia, come se si fosse sfilata un guanto nero insanguinato. Sentì dei frammenti di pelle rovinata raggrinzirsi sul lato opposto della cinghia. Sapeva che avrebbe dovuto essere inorridita, ma ormai era troppo tardi per queste cose.

Aiutati che il ciel t'aiuta.

Doveva agire.

Senza la pelle, le cose sarebbero state scivolose. Avrebbe dovuto afferrarle nel modo giusto.

«Guarda qui, Margaret!» disse l'uomo. «Io... O mio dio, vedo qualcosa. C'è qualcosa che *si muove* qui dentro, qualcosa di davvero minuscolo. Mettiti gli occhiali per l'ingrandimento, guarda!»

Aveva pronunciato il nome del Signore invano. Peccatore. Betty udì il fruscio di una tuta di gomma quando la donna si spostò accanto all'uomo.

«Cosa diavolo è quello, Amos?» Anche la voce della donna proveniva da un punto proprio davanti a lei e incombeva sopra il suo volto. «Sembra... Sembra una cellula nervosa.»

«È stupefacente» esclamò l'uomo. «Riesco a vederlo muoversi. È difficile stabilirlo con certezza con tutti questi danni, ma penso che stia seguendo il nervo V3 verso il cervello.»

Betty sentì la mano sinistra scivolare completamente all'interno della cinghia. Non la tirò fuori, non ancora, ma adesso avrebbe potuto farlo quando voleva.

«Recidilo» disse la donna. «Forse questi affari sono la causa della decomposizione. Se riusciamo a toglierli, magari possiamo stabilizzarla.»

«Passami il vassoio dei campioni, per piacere» disse l'uomo. «L'organulo strisciante è stato isolato e rimosso. Lo sto esaminando. L'oggetto si è strappato in pezzi più piccoli... Guarda, Margaret! Questi frammenti sembrano una specie di... fibra muscolare. Si stanno... Si stanno movendo da soli.»

«Staccane un altro dal suo viso» disse la donna. «Riprendiamoli da ogni angolazione.»

Betty attese. Attese finché non sentì il bisturi penetrare di nuovo, attese finché non fu sicura di sentirlo incidere il suo zigomo.

Attese quel momento, in modo da sapere *esattamente* dove si trovasse.

Tenendo il corpo e la testa il più immobili possibile, Betty Jewell sfilò la mano dalla cinghia.

Margaret osservò la tecnica abile e delicata di Amos mentre rimuoveva la carne in decomposizione in cerca di un altro nervo strisciante.

Gli occhiali per l'ingrandimento ad alta potenza montati davanti alla sua visiera mostravano la ferita aperta di Betty in modo sorprendentemente dettagliato: vide il primo piano particolareggiato di un panorama costituito da vasi sanguigni, muscoli, vene, ossa e marciume nero. E, in mezzo a tutto questo, si stava muovendo qualcosa di veramente minuscolo. Corpuscoli simili a dendriti sembravano allungarsi come gli pseudopodi di un'ameba. Si contraevano spostando il corpo in avanti e trascinandosi dietro la coda.

Proprio come la telecamera sul casco di Margaret, gli occhiali per l'ingrandimento avrebbero registrato quanto vedevano. A giudicare dal rapido ritmo della decomposizione, guardare quel filmato sarebbe stato l'unico modo in cui avrebbe potuto studiare quegli affari perché non sarebbero vissuti a lungo.

E nemmeno Betty, a meno che non fossero riusciti a fare qualcosa di drastico.

«Non è affatto come Dawsey» disse Margaret. «A meno che non si tratti di uno stadio larvale, una fase che si era già conclusa prima che lo esaminassimo.»

«Non lo so proprio» disse Amos. «Aspetta, ce n'è un altro. Guardalo, sta strisciando lungo il nervo afferente. Stacchiamolo da lì.»

Margaret lo guardò attentamente. Il bisturi di Amos saettò intorno a una seconda chiazza di marciume nero, recidendola in un cerchio netto.

Poi un lampo di rosso. Un oggetto sfocato che parve enorme attraverso gli occhiali per l'ingrandimento. Quel movimento improvviso, come se l'oggetto stesse volando verso il suo volto, indusse Margaret a indietreggiare.

Udì uno schiocco e un gorgoglio.

Margaret sollevò la mano destra sotto gli occhiali per l'ingrandimento togliendoseli dal capo.

Betty Jewell si mise a sedere.

Non completamente, la mano destra era bloccata nella cinghia, ma la sinistra, insanguinata e senza pelle si agitava libera brandendo un bisturi.

Amos si strinse convulsamente la gola ricoperta dalla tuta con le mani inguantate, cercando di aprirsi un varco attraverso il PVC nero. Il sangue schizzò contro l'interno della visiera. Alcune gocce colarono lungo la superficie esterna della tuta nera attraverso un forellino.

Amos fece mezzo passo indietro. Betty si scagliò di nuovo in avanti con il bisturi, sebbene il braccio destro legato le impedisse i movimenti e le facesse perdere l'equilibrio. La punta del bisturi tagliò la tuta appena sopra il pettorale sinistro.

Betty chiamò a raccolta tutta la sua forza per sferrargli un altro colpo.

Margaret prese Amos per le spalle e lo allontanò con uno strattone dal carrello. Lo spinse con fin troppa violenza per quello spazio angusto; sbatterono contro la parete del rimorchio e caddero a terra. Amos precipitò su di lei. Scalciò e continuò a cercare di afferrarsi la gola, per infilare nel buco le dita inguantate e allargarlo, ma il tessuto di PVC viscido di sangue non gli fornì appigli.

«Amos! Levati di dosso!» Margaret spinse e strattonò l'uomo minuto nel tentativo di liberarsi le gambe.

Quando sollevò lo sguardo vide Betty infilare le ginocchia sotto il corpo. La ragazza si tirò su, inginocchiandosi sul carrello delle autopsie, con il braccio destro ancora assicurato alla cinghia. Si protese verso la cinghia, poi posò la mano sinistra priva di pelle sopra l'interno del gomito destro.

«Oddio...» sibilò Margaret.

Betty si tirò indietro contorcendosi verso destra e si gettò di peso contro la cinghia.

Liberò la mano destra. Dei frammenti di pelle squamata caddero sul pavimento producendo un rumore umido. Lo slancio la fece cadere dal lato sinistro del carrello. Urtò contro il pavimento bianco spruzzando goccioline di sangue nella stanza delle autopsie.

I movimenti di Amos rallentarono.

Margaret riuscì a liberarsi le gambe scalciando. Si tolse di dosso Amos, poi si alzò rivolgendo la schiena alla parete del rimorchio.

Betty appoggiò la spalla destra al lavandino e si sollevò sulle gambe tremanti. Il sangue striava il camice blu, l'unico indumento che portava sul corpo nudo. Il lato destro del suo viso era quasi tutto asportato, con lo zigomo bianco e nero che luccicava sotto macchie rosse e frammenti di marciume gelatinoso ancora attaccati a quel poco di pelle che rimaneva.

Margaret si limitò a guardare. Non riusciva a muovere un muscolo. Voleva scappare e gridare, ma non riusciva nemmeno a respirare.

Il sangue gocciolava dalle dita prive di pelle di Betty. Teneva ancora il bisturi nella mano sinistra, lo stringeva con delicatezza più che impugnarlo con forza, nel tentativo di tenere fermo l'arnese di acciaio inossidabile nonostante i muscoli esposti e viscidi di sangue.

Betty sorrise. Naturalmente, solo col lato sinistro del volto, perché i muscoli del destro erano quasi tutti scomparsi.

«Stronsa» farfugliò. «Veeediamo *sce* ti piasce.»

Si trascinò in avanti cercando di mantenere l'equilibrio e lasciando sul pavimento bianco impronte insanguinate con i piedi nudi.

Il carrello delle autopsie era l'unica cosa che la separava da Margaret. Betty abbassò la mano destra e lo tolse di mezzo. Tirò indietro la mano, ma l'indice destro rimase dov'era, attaccato al carrello con un ammasso nero e rosso di carne marcia e ossa sporgenti.

Betty abbozzò di nuovo un sorriso.

Si trovava solo a un metro di distanza.

Fece un passettino strascicato in avanti.

Margaret non riuscì ancora a ordinare ai suoi muscoli di muoversi, nemmeno un po'. Respirò con un risucchio affannoso, poi espulse il fiato con un grido spasmodico che le parve intollerabilmente forte all'interno del casco della tuta.

Ma non così forte da non consentirle di udire la detonazione.

Il lato destro della testa di Betty, quello non danneggiato, esplose verso l'esterno in una voragine grossa come un pugno che spruzzò sangue, cervello e ossa sulla parete alle sue spalle e nel lavandino. Cadde come un burattino di stoffa.

«Margaret!»

Udì la voce smorzata di Clarence.

«Stai bene, Margaret? Ti ha ferita?»

La donna si voltò verso il punto da cui proveniva la voce. Clarence portava la tuta nera contro il rischio biologico. Gitsh e Marcus, anche loro con addosso le tute, si trovavano appena dietro di lui. La mano inguantata di Clarence impugnava una pistola ancora fumante. L'uomo le si inginocchiò accanto, con la pistola puntata verso il basso e lontano da lei.

Gitsh stringeva con la mano destra inguantata un coltello molto più grosso del bisturi di Betty. Tagliò la tuta di Amos, squarciandola sul petto e sul collo. Il sangue si riversò fuori dalla tuta tagliata come se qualcuno avesse strizzato un asciugamano inzuppato. Schizzò sul pavimento e sui piedi di Gitsh mentre l'uomo infilava le mani dentro la tuta per esercitare una pressione sulla ferita. Marcus afferrò le gambe di Amos.

«Clarence, mettiamolo sul tavolo» disse Marcus. «Ha la giugulare recisa. Gitsh, fa' pressione qui. Margaret, levagli il casco!»

Gli uomini sollevarono Amos e lo posarono sul carrello già insanguinato.

Margaret si ritrovò in piedi, intenta a togliere il casco ad Amos. Gitsh tenne le mani inguantate premute sul collo di Amos. Il sangue copriva il viso di Amos, gli imbrattava i capelli e gli formava delle pozze negli occhi.

Negli occhi spalancati.

Margaret guardò i guanti di Gitsh. Non c'era sangue che colava da sotto le sue dita.

Amos. La mente di Margaret tornò improvvisamente lucida.

«Fa' esattamente quello che ti dico» ordinò. «Togli le mani quando arriverò al tre, poi esercita di nuovo pressione non appena dirò *via*. Uno... due... *tre*.»

Gitsh ritrasse le mani di alcuni centimetri e le tenne sollevate, pronto a intervenire di nuovo.

Il sangue non tornò a scorrere.

Il bisturi era affondato appena a destra della trachea di Amos, poi, uscendo, gli aveva squarciato tutto il lato destro del collo.

Margaret non poteva tastargli il polso senza togliersi i guanti, ma non ne ebbe bisogno.

Amos Braun era morto.

12

Baci!

Chelsea girò la maniglia il più lentamente possibile. Non produsse alcun rumore. E neppure la porta, quando la aprì. Si infilò nella camera da letto dei genitori. Papà stava russando. Russava sempre. A volte, la mamma andava a dormire sul divano, ma non quella notte. Doveva essere stanca.

Quando papà russava, teneva sempre la bocca spalancata. Sembrava uno stupido. La mamma dormiva con la bocca chiusa.

Chelsea avrebbe dovuto risolvere quel problema.

Raggiunse il letto in punta di piedi, producendo a malapena un fruscio con i calzoni del pigiama sulla moquette. La mamma voleva portarla dal dottore? Il dottore che le ficcava della roba nel corpo? Il dottore che usava gli *aghi*? Be', adesso comandava Chelsea. L'aveva detto Chauncey. E la mamma non l'avrebbe più costretta a fare nulla.

Chelsea era in piedi davanti al bordo del letto e guardava la mamma più in basso. La mamma aveva un viso così grazioso!

Chelsea allungò l'indice e il pollice e chiuse lentamente e delicatamente il naso della mamma. Non al punto tale da farle del male, ma quanto bastava per impedire all'aria di entrare. Per alcuni secondi non accadde nulla, poi la mamma aprì la bocca e trasse un respiro profondo. Chelsea mollò la presa sul naso della mamma e si accasciò sul pavimento, distesa contro il bordo del letto. Se la mamma si fosse svegliata, avrebbe dovuto sporgersi al di sopra del bordo per vedere Chelsea laggiù.

Chelsea attese, ma la mamma non parve muoversi. Fu molto difficile non ridacchiare.

Chelsea si inginocchiò lentamente, poi si alzò in piedi pianissimo, come in un film al rallentatore. Sollevò la testa finché i suoi occhi non riuscirono a sbirciare al di sopra del bordo del letto.

La mamma aveva ancora la bocca aperta.

I suoi occhi erano ancora chiusi.

Adesso respirava davvero lentamente.

La mamma dormiva.

Costringila a obbedire.

Chelsea annuì. Sporse lentamente la testa in avanti. Attese altri tre secondi per appurare se la mamma si fosse svegliata.

Uno-mille... *Due*-mille... *Tre*-mille...

Pronta o meno, mamma, arrivo.

Chelsea posò le labbra su quelle della mamma. La sua lingua sfiorò quella della mamma. Udì un suono effervescente e avvertì la sensazione di essersi messa in bocca una manciata di caramelle frizzanti. Chelsea cadde di nuovo a terra, stavolta rotolando sotto il letto e facendo del suo meglio per non ridacchiare.

«*Arf!*» esclamò la mamma. Chelsea sentì il letto muoversi mentre la mamma si svegliava e si metteva a sedere velocemente. Produsse un suono simile allo stesso tempo a un colpo di tosse e a uno sputo. Il letto oscillò a causa dei movimenti bruschi della mamma.

«Uhm!» esclamò la mamma. «La mia booocca!»

«Tesoro?» disse papà con voce assonnata. «Cara... Va tutto bene?»

«No, ho la booocca in fiaaamme!»

«Hai appena mangiato qualcosa?»

«No, staaavo dooormendo!»

Anche con la bocca infiammata, la mamma riusciva ancora a parlare in modo da far sembrare papà un perfetto idiota.

«Rilassati. Devi aver tirato su la bile o giù di lì. Ti è salito un po' di acido.»

«*Arf!*» esclamò la mamma. «Ah-ah!»
«Sciacquati la bocca con il collutorio» disse il papà. «Prendi un Rolaids.»
Chelsea sentì il letto muoversi di nuovo. Rimase immobile. La mamma posò i piedi sul pavimento, poi andò in bagno. La luce del bagno si accese per un istante prima che la porta si chiudesse alle sue spalle, lasciando solo il proprio profilo illuminato.
Chelsea sentì il letto sobbalzare di nuovo. Poi, solo due secondi dopo, il papà russava. Caspita, era proprio un campione! Si morse la mano per soffocare delle risate fragorose. Il papà era così ridicolo!
Chelsea Jewell scivolò fuori da sotto il letto e corse silenziosamente fino alla porta della stanza. Uscì con cautela in corridoio, chiudendosi la porta alle spalle con circospezione e, nel giro di pochi secondi, tornò nel suo letto.
«L'ho fatto, Chauncey!» sussurrò. «L'ho fatto!»
Adesso non ti costringerà ad andare dal dottore. Domani comanderai tu.
«Sul serio?»
Non devi parlare ad alta voce per comunicare con me. Se pensi davvero intensamente, posso sentirti.
Chelsea strillò e nascose il viso nel cuscino. Chauncey era proprio speciale.
«Sul serio?»
Prova. Dimmi qual è il tuo colore preferito.
Chelsea tenne a freno le risate e si sforzò di pensare intensamente, qualsiasi cosa significasse. Le piaceva il rosa. Ma anche l'azzurro era davvero carino, e aveva quei calzini celesti a strisce marroni che il papà le aveva comprato durante il suo ultimo viaggio, e poi...
Concentrati. La tua mente è piena di pensieri. Rifletti.
Chelsea trasse un respiro profondo. Chiuse gli occhi e pensò.
Rosa.
Chelsea aprì gli occhi e guardò il soffitto. Chauncey era davvero in grado di udire i suoi pensieri? Se sì, allora doveva essere Dio.
«L'hai azzeccato, Chauncey.»

Allora scegli il tuo numero preferito.

Chelsea annuì e chiuse gli occhi. Quando pensò al numero, sorrise tra sé, poi si concentrò davvero intensamente.

Il numero uno.

Chelsea affondò il viso nel cuscino e strillò di gioia.

Più lo farai, più diventerà facile. Adesso va' a dormire. Domani sarà un giorno importante.

Buonanotte, Chauncey, pensò Chelsea, il più rumorosamente possibile. Si girò e chiuse gli occhi.

Era così bello avere un amico speciale!

Quinto giorno

1

L'invasione

Come la maggior parte delle professioni, essere il factotum del presidente che lavora dietro le quinte aveva i suoi pro e i suoi contro. I fondi segreti? Erano un pro. Vedere le persone più potenti di Washington fare tutto ciò che si diceva loro di fare? Era un pro. Le riunioni nella Sala Ovale, in cui ci si trovava al centro dell'attenzione? Erano un pro.

Quella stessa riunione alle tre del mattino per comunicare cattive notizie?

Quello sarebbe stato un contro. Un grosso contro.

«Purtroppo si sono verificati dei nuovi inconvenienti» disse Murray.

Il presidente era in pigiama. Vanessa era completamente vestita, con i capelli raccolti in modo impeccabile come sempre. Forse, come Murray, non era ancora andata a letto. O forse era una vampira e non aveva affatto bisogno di dormire. Non si sentiva di escluderlo.

«Con quell'analisi meteorologica?» chiese Gutierrez. «Avete trovato il satellite misterioso ipotizzato da Montoya?»

«Non ancora, signor presidente» disse Murray. «Stiamo ancora cercando di convincere gli uomini della NASA a tirar fuori la testa dal loro buco del culo e a concentrare tutte le loro energie sulla ricerca, con licenza parlando, signore.»

«Perfino durante un'emergenza, la burocrazia è quella che è» disse Gutierrez. «Mi tenga informato. Allora, sentiamo qual è il nuovo sviluppo.»

Murray si schiarì la voce e prese la parola. «Due persone infette sono state trovate in un'area di servizio vicino a Bay City, in Michigan. *Non* avevano triangoli. Donald Jewell di Pittsburgh e la figlia adolescente, Betty. Il padre è morto sul colpo. La figlia veniva tenuta sotto osservazione in uno dei laboratori portatili. Abbiamo mandato lì in elicottero la squadra della dottoressa Montoya, che ha eseguito gli esami, ma nel frattempo la ragazza è diventata violenta e ha ucciso il dottor Amos Braun.»

«Cosa?» chiese Gutierrez. «Com'è successo?»

«La ragazza ha preso il bisturi e gli ha tagliato la gola, signore. Poi ha cercato di aggredire anche la dottoressa Montoya. L'agente Clarence Otto le ha sparato e l'ha uccisa.»

«Come sta Montoya?» chiese Gutierrez. «Sta bene? È rimasto ferito qualcun altro?»

«No, signore» disse Murray. «Il dottor Braun è stato l'unica vittima.»

Gutierrez si accasciò sulla sedia. Vanessa parve accorgersene e si sporse in avanti.

«E perché Otto non si trovava nella stanza?» chiese.

Murray si sentì arrossire un tantino. «Montoya e Braun stavano sottoponendo la ragazza a un'operazione d'emergenza. L'agente Otto si trovava nella stanza dei computer a monitorare la situazione.»

«Ma non si trovava nella stanza in cui la stavano operando?»

«No.»

Vanessa inarcò le sopracciglia. «E come ci si comporta esattamente quando si ha a che fare con un caso in cui persone di ogni genere si trasformano in assassini?»

Murray non disse nulla. Se avesse insistito affinché si seguisse la procedura consueta, Otto si sarebbe trovato all'interno della stanza e probabilmente Amos sarebbe stato ancora vivo. Il rimorchio era stretto e altre persone sarebbero state di intralcio, ma quella non era una scusa per ignorare le norme di sicurezza.

Vanessa l'aveva colto in flagrante.

«Ha detto 'inconvenienti', al plurale» disse Vanessa. «Cos'altro è successo?»

«Abbiamo trovato un corpo a Gaylord, in Michigan» disse Murray. «Apparteneva a un maschio caucasico, rinvenuto da solo in casa. Il cadavere era nero e decomposto. I paramedici hanno eseguito l'esame del tampone ed è risultato positivo.»

Gutierrez si tirò di nuovo in avanti. «Quando è successo?»

«Circa otto ore fa.»

«Otto ore?» esclamò Gutierrez. «Non avete un sistema d'allarme in funzione per casi del genere?»

«Sì, signor presidente. I paramedici hanno chiamato l'ospedale e, a quanto pare, uno dei dottori del posto voleva esaminare il corpo di persona. Questo ha posticipato la telefonata al Centro per la cura e la prevenzione delle malattie infettive e, quando è stata effettuata la chiamata, ci è voluto un po' prima che l'informazione arrivasse al dottor Cheng.»

«Cheng» disse Vanessa. «È l'unico al di fuori della squadra di Dew Phillips a conoscere tutti i dettagli della situazione, giusto?»

«Sì, signorina» disse Murray.

Vanessa annuì. «Allora, si può dire con sicurezza che il vostro elevato livello di segretezza è responsabile di questo ritardo? Se avessimo diramato un allarme esteso a tutta la nazione, avremmo saputo di questo cadavere di Gaylord molto prima, esatto?»

L'aveva messo con le spalle al muro.

«È possibile, signora, ma al momento dobbiamo occuparci di questioni più urgenti. Ho controllato i tabulati del cellulare e le ricevute della carta di credito di Donald Jewell. Qualche giorno fa, ha effettuato diverse chiamate a un certo Bobby Jewell di Gaylord. Abbiamo scoperto che si tratta del fratello. Abbiamo ottenuto anche tutti gli sms inviati dal cellulare di Betty Jewell nelle scorse settimane. Nei messaggi di ieri diceva di essere malata e che il padre e la cugina Chelsea Jewell si sentivano allo stesso modo.»

«Aspetti un attimo» disse Vanessa. «Avete letto gli sms privati di quella ragazza?»

«Sì, signorina» disse Murray. «Tutti gli sms vengono registrati nei database delle compagnie telefoniche. Mi è stato riferito che tutti gli sms che siano mai stati spediti sono ancora immagazzinati da qualche parte. Abbiamo acquisito l'intera cronologia dei messaggi di Betty.»

«Acquisito» disse Vanessa «è un termine che nel gergo della guerra contro il terrorismo significa ottenuto illegalmente.»

«Con tutto il dovuto rispetto, signorina Colburn,» disse Murray senza nemmeno un briciolo di rispetto nella voce «penso che in questo momento ci siano cose più importanti di cui preoccuparsi.»

«Sono d'accordo» disse Gutierrez. «Cos'altro avete scoperto dagli sms, Murray?»

«Pensiamo che Chelsea sia affetta dallo stesso ceppo di Betty e Donald. Non ne sappiamo molto, ma in questo ceppo *non* si manifestano escrescenze triangolari. È nuovo. Comunque, gli sms di Betty dicevano che Bobby Jewell aveva delle piccole piaghe sul braccio che gli prudevano. Pensiamo che questa sia la prima fase della crescita dei triangoli. Abbiamo la possibilità di studiare l'infezione nella sua fase iniziale, signore. Le consiglierei di mandare subito Dew Phillips e la sua squadra.»

«La *squadra* di Dew» disse Vanessa. «Intende Perry Dawsey. Neanche per sogno. Non abbiamo intenzione di ripetere quell'esperienza.»

Murray si sentì torcere lo stomaco. Aveva subito bisogno di un Tums: aveva mandato Dew a Gaylord appena prima di entrare nella Sala Ovale.

«Dobbiamo mandare Perry, signore» disse Murray. «Dawsey è l'unico in grado di scovare gli ospiti.»

Vanessa sorrise. Murray odiava quel sorriso. Lo *odiava*... davvero... Cazzo.

«Ma sapete già dove vivono i Jewell» disse Vanessa. «E non avete ottenuto quell'informazione da Perry Dawsey, giusto?»

Ci era cascato in pieno. Era così ovvio che non se n'era nemmeno accorto, cazzo.

«Sì, signorina, ma potrebbero comportarsi come altri ospiti infetti e scappare, quindi abbiamo bisogno di Dawsey.»

«Capisco» disse Vanessa. «Be', mi viene da pensare che se Dawsey avesse scoperto l'infezione di Gaylord, lei l'avrebbe già detto. Quindi sono nel giusto se presumo che *non* l'abbia scoperta?»

«È esatto» disse Murray. «Percepisce che... uhm... La sua capacità di scovare gli ospiti è ostacolata da una forza sconosciuta.»

«Allora *non* l'ha scoperta stavolta» disse Vanessa. «E questo significa che, se i Jewell scapperanno davvero, non si può sapere se Perry riuscirà a rintracciarli.»

Murray si sentì il volto in fiamme. «Direi che è esatto, signorina. Ma non sappiamo nemmeno se questo impedimento continuerà o se riuscirà a sentirli se dovesse avvicinarsi. È l'unica risorsa di cui disponiamo per scovarli. Dobbiamo mandarlo subito.»

«Quel che *dobbiamo* fare» disse Vanessa «è assicurarci di aiutare i Jewell prima che sia troppo tardi. Dopo che li avremo raggiunti potrà far intervenire Dawsey – sotto stretta sorveglianza – per comunicare con i triangoli. È ancora in grado di farlo, vero, Murray?»

«Sì» rispose Murray, anche se in realtà ignorava la risposta.

«Allora siamo d'accordo che è una cattiva idea mandare prima Dawsey.»

Murray scosse il capo. «Non è quanto ho detto.»

«Suvvia, Murray» disse lei. «La sua rete ingarbugliata di segreti non funziona. Dobbiamo smettere di perdere tempo in cazzate.»

«Non penso che Amos Braun stesse *perdendo tempo in cazzate* quando è morto facendo il suo dovere, signorina Colburn.» Quelle parole gli sfuggirono di bocca prima che potesse controllarsi.

«Naturalmente, non è quello che intendeva dire lei» disse freddamente Gutierrez. «Vero, Vanessa?»

La donna guardò Murray di traverso. I suoi occhi gli inviarono un messaggio chiaro: 'Mi hai appena messo in imbarazzo davanti al presidente, e non lo dimenticherò.'

«Naturalmente no» disse. «Mi scusi, Murray.»

Gutierrez annuì una volta, come se le scuse avessero definitivamente posto fine all'incidente.

Vanessa si voltò verso Gutierrez. «Quel che intendevo dire, John, è che dobbiamo fare un salto di qualità. Dobbiamo mandare Ogden.»

Aveva chiamato di nuovo il presidente per nome.

«E cosa facciamo fare a Ogden?» chiese Murray. «Stringere d'assedio la città? Andare porta a porta a sottoporre le persone all'esame di Margaret?»

«Esatto» disse Vanessa. «È *esattamente* quanto dobbiamo fare.»

Il presidente Gutierrez la guardò piuttosto a lungo, tracciando con le dita un disegno sulla scrivania. Si voltò verso Murray. «Sarà possibile mantenere la segretezza se lo faremo?»

Murray guardò prima il presidente e poi Vanessa. Gli occhi della donna erano di nuovo gelidi e privi di emozioni. Lei non gli piaceva, ma Murray rispettava quel tipo di mossa audace. Voleva mandare l'esercito? Chiudere una città intera? Vanessa Colburn non perdeva tempo in cazzate.

«In realtà, signore,» disse Murray «sono d'accordo con la signorina Colburn. E credo che potremo mantenere la segretezza. Il dottor Cheng sta usando una copertura a proposito di batteri carnivori per nascondere la sua ricerca. Ipotizziamo che un aereo sorvoli Gaylord con materiale di ricerca sui batteri carnivori, che scompaia dai radar... Be', questo potrebbe inavvertitamente mettere a repentaglio dei civili. La popolazione sarebbe in pericolo, e questo ci garantirebbe la totale collaborazione delle forze dell'ordine della zona. Useremo i poliziotti locali come nostri portavoce perché i residenti daranno loro ascolto. Abbiamo abbastanza test per controllare tutti i residenti che riusciremo a trovare. Sarà facile convincere la gente a sottoporsi al test quando diremo che potrebbero decomporsi e morire in un modo orribile se avessero i batteri e non si facessero curare.

Evacueremo la città, sottoporremo al test tutte le persone in uscita, poi andremo porta a porta per controllare chi è rimasto. Troveremo gli infetti mentre escono dalla città oppure nelle loro case. Non appena avremo messo al sicuro la città, permetteremo a tutti di tornare. Ci vorranno al massimo due giorni.»

Gutierrez sollevò le sopracciglia per la sorpresa. «Ha esposto il piano come se avesse già invaso una città.»

Murray annuì. «Si sono già verificati altri casi. Se è disposto a firmare i documenti che assicurano la segretezza, posso raccontarle qualsiasi storia voglia sentire. Ho un'esperienza trentennale.»

Gutierrez picchiettò ancora un po' sul ripiano della scrivania prima di parlare. «Quanto tempo impiegheranno gli uomini di Ogden per schierarsi a Gaylord?»

«L'aeroporto di Otsego si trova proprio all'interno della città» disse Murray. «Ogden e i suoi uomini possono atterrare a bordo di C-17, su cui verranno caricati gli Hummer, mentre noi gli forniremo l'appoggio degli Osprey e degli Apache. Probabilmente arriveranno a Gaylord tre o quattro ore dopo che gli avrò telefonato. Ma, signore, suggerisco ancora *fortemente* di coinvolgere Dawsey. Se riuscirà a stanare gli ospiti, si potranno accorciare i tempi. Gli uomini di Ogden potranno assicurarsi che resti sotto controllo.»

Gutierrez si voltò verso Vanessa, che annuì.

«Proceda, Murray» disse Gutierrez. «Fornisca a Tom Maskill una descrizione per sommi capi dei dettagli della storia dei batteri e noi coordineremo le operazioni. Ma voglio che Dawsey e Phillips restino tranquilli fino all'arrivo di Ogden. E non sto scherzando, Murray, gli conviene restarsene seduti a bere caffè senza fare un accidente. Ho intenzione di tenerli sotto controllo e, se scoprirò che i miei ordini sono stati ignorati, lei è finito.»

Murray doveva uscire dalla Sala Ovale e chiamare Dew prima che Perry potesse commettere qualche sciocchezza.

«Sì, signore» disse Murray. «Se vuole scusarmi, devo mettere subito a punto il piano.»

Gutierrez annuì. Per poco Murray non corse fuori dalla stanza.

2

Svegliati, mamma

Chelsea era ai piedi del letto dei genitori e mangiava una barretta di gelato Crunch. Erano solo le otto del mattino, e quella era già la sua terza barretta.

La mamma e il papà non potevano più imporle le regole.

Cerca di svegliarli. Ma non usare le parole.

«Davvero?»

Parlami con i pensieri.

Scusa, pensò Chelsea.

Il mio collegamento con te sarà il più forte. Tu mi aiuterai a parlare con gli altri. Adesso prova a svegliarli.

Chelsea diede un morso al gelato, lo inghiottì, poi si concentrò.

Svegliatevi, dormiglioni.

Non accadde nulla.

Riprovaci. Non essere gentile, Chelsea. Hai presente quando ti arrabbi, quando gridi, e la tua voce diventa più alta?

Sì.

I pensieri funzionano nello stesso modo. I tuoi genitori non hanno mai fatto nulla che ti abbia irritato?

Il sorriso di Chelsea svanì.

Perché non poteva mangiare tutto il gelato che voleva? Perché papà non voleva permetterle di farsi i buchi alle orecchie? E perché non poteva avere un cucciolo? *Voleva* un cucciolo. Non era giusto. Forse papà aveva bisogno di protezione, ma doveva anche smettere di essere cattivo.

Chelsea si concentrò di nuovo.

Svegliati, papà... oppure ti sculaccerò.

Il papà si mise a sedere, completamente sveglio. Si limitò a fissare Chelsea. Non aveva mai visto il volto del papà con quell'espressione. Aveva la bocca aperta e gli occhi spalancati.

«Hai detto qualcosa, tesoro?»

Si grattò distrattamente il braccio sinistro. Gli rimase in mano un grossa crosta arancione. Senza distogliere lo sguardo dalla figlia, gettò via la crosta e iniziò a grattarsi di nuovo.

Ti ho detto di svegliarti altrimenti ti sculaccerò.

Il papà smise di grattarsi. La sua mano destra rimase più o meno sospesa sulla spalla sinistra, raggelata mentre si grattava.

«È quanto pensavo» disse a bassa voce.

Chelsea si voltò verso la mamma. *Svegliati, mamma.*

La mamma sollevò la testa, poi la posò di nuovo, si girò e gemette.

«Oh, che caldo che ho» disse. «Bob, di' a Chelsea di smettere di urlare e di tornare a letto. Mi fa stare malissimo, maledizione.»

Il papà continuò a fissarla. «Ehi, Candy? Ehi... Ti conviene svegliarti.»

«Non sto scherzando, Bob» esclamò la mamma con quella voce che sembrava dire che papà era uno stupido.

Chelsea lasciò cadere a terra il bastoncino del gelato.

Mamma, alzati dal letto altrimenti ti farò sculacciare da papà.

La mamma si mise a sedere lentamente e si tirò le coperte fin sotto al mento. E guardò la figlia con un'espressione confusa.

«Chelsea,» sussurrò la mamma «ti sento... nella... nella *testa*?»

«Alzati, Candy» disse papà. «Per piacere. Mi sta facendo venire voglia di... di punirti.»

La mamma guardò papà e iniziò a piangere. Non aveva intenzione di alzarsi. Chelsea le aveva detto di alzarsi.

Papà, la mamma si comporta come una bambina cattiva.

La mamma scosse il capo. Il papà si alzò dal letto e uscì dalla stanza. Chelsea fissò la mamma mentre entrambe sentivano il papà scendere al piano di sotto, aprire un cassetto della cucina e risalire. Quando tornò in camera da letto, teneva nella mano tremante il pesante mestolo che la mamma usava per sculacciarla.

Mamma, farà più male a papà di quanto non ne faccia a te.

La mamma continuò a scuotere il capo e a piangere finché il papà non si mise davvero all'opera. Poi iniziò a gridare.

3

Necessità di velocità

Il colonnello Charlie Ogden guardò sopra la spalla del caporale Cope. Fissavano entrambi lo schermo di un computer che mostrava in sovrimpressione una cartina di Gaylord, in Michigan.

«Ci sono parecchie strade in entrata e in uscita da quella città, colonnello» disse Cope.

«L'ho notato» disse Ogden. «Quanti abitanti ci sono?»

«Più di tremilacinquecento, signore. Sono un sacco di persone da gestire con un'unica compagnia.»

«Stavo pensando la stessa cosa» disse Ogden. «Ma ci aiuteranno la polizia dello Stato e del posto. Quanto tempo impiegheranno i C-17 ad arrivare?»

«Circa un'ora, signore» disse Cope. «Poi ci vorrà un'altra ora per caricare gli uomini e un'altra ancora per volare. La compagnia Raggi X potrà essere scaricata e pronta a schierarsi tra meno di tre ore.»

«Chiami i piloti e i capi dei plotoni» disse Ogden. «Non ci pagano per preparare i bagagli senza motivo. Adesso sbrighiamoci. Voglio essere scaricato tra due ore e mezzo, non tre.»

«Sì, signore.»

Cope si allontanò dalla scrivania e iniziò a fare delle telefonate. Ogden si sedette a studiare la cartina. L'aeroporto si trovava proprio in città. Le creature avevano commesso quell'errore anche a Wahjamega, perché avevano costruito una porta così vicino a una pista d'atterraggio che Ogden aveva fatto scaricare le sue truppe solo a circa tre chilometri dall'obiettivo.

Cope aveva ragione: c'erano parecchie strade. Di primo acchito ne scorse una ventina in uscita dalla città, senza contare le autostrade I-75 e M-32. Non c'erano veri punti di ingorgo. Ogden avrebbe potuto incaricare la polizia di occuparsi delle autostrade, mantenendo un basso profilo da quel punto di vista, ma non aveva intenzione di posizionare un paio di poliziotti su tutte le strade secondarie. Gli infetti erano troppo pericolosi per farlo. Avrebbe dovuto disporre un posto di blocco in ogni stradina, appostando almeno quattro uomini.

Le strade più piccole erano perlopiù sentieri rurali che passavano attraverso terreni agricoli, anche se c'erano parecchie piste sterrate percorribili con i veicoli che serpeggiavano attraverso le zone boschive. E poi c'erano i boschi stessi, dove le persone potevano dirigersi per evitare del tutto le strade. I suoi uomini si sarebbero sparpagliati qua e là per coprire tutta la zona.

«Cope» disse Ogden.

«Signore?»

«Chiami il capitano Lodge e metta in allerta la compagnia Whisky. Abbiamo bisogno di loro. Lasceremo le compagnie Yankee e Zulu a Fort Bragg. È meglio disporre di riserve in grado di reagire in fretta nel caso rimanessimo impegnati a Gaylord, non crede?»

«Vuole sapere la mia opinione, signore?»

«No» rispose Ogden. «È una domanda retorica.»

«In questo caso, sono d'accordo con qualsiasi cosa lei dica, colonnello.»

«È questo che mi piace di lei, Cope, il fatto che sia così presuntuoso. Adesso faccia le telefonate.»

«Sì, signore.»

Ogden avrebbe preferito usare tutte e quattro le compagnie, ma era troppo spostare un intero battaglione in una piccola città. Inoltre, era prudente lasciare due compagnie della Reazione interna libere di agire, nel caso fosse saltata fuori una porta da qualche parte. La Reazione interna era l'unica unità capace di schierarsi ed essere pronta a combattere in qualsiasi punto del Midwest nel giro di tre ore. Il tempo di reazione più veloce dopo il loro sarebbe stato quello della divisione Forza pronta. La missione della DFP consisteva nel posizionare elementi di avanguardia in qualsiasi parte del mondo nel giro di diciotto ore dall'allarme. Se la DFP doveva schierarsi all'interno degli Stati Uniti, probabilmente il tempo di reazione si sarebbe ridotto a sette o otto ore, ma non avrebbero assolutamente potuto essere pronti a combattere nel giro di tre ore.

Quando si verificava una simile urgenza, esisteva soltanto l'unità di Charlie Ogden e nessun altro.

4

Come superare la morte di un amico

Clarence Otto era seduto nella cuccetta modificata della Margomobile, con Margaret, la cui fronte era appoggiata nell'incavo del suo collo e le cui gambe erano sostenute dal suo braccio, rannicchiata sulle sue ginocchia. Le lacrime e il muco di Margaret colavano sulla giacca. Se se n'era accorto, non sembrò badarci.

Margaret non riusciva a smettere di piangere. Avrebbe voluto farlo, ci provò, ma non ci riuscì. Aveva pianto tutta la notte finché non si era addormentata sul pavimento della stanza dei computer, poi aveva ripreso non appena si era svegliata.

Si stavano dirigendo a nord, verso Gaylord. Si stavano dirigendo verso altre morti. Verso altri orrori.

Indossava ancora la divisa chirurgica, la stessa con cui aveva dormito, la stessa che aveva indossato sotto la tuta contro il rischio biologico quando Betty Jewell aveva ucciso Amos Braun.

Aveva ucciso il suo *amico*.

Un amico che non avrebbe mai più rivisto. Voleva soltanto che tornasse. Perché non poteva tornare?

«Mi dispiace tantissimo, Margo» disse Clarence mentre le accarezzava delicatamente i capelli. Continuava a ripeterlo. Forse non sapeva cos'altro dire. In realtà, non importava cosa diceva. Le bastava sentire il suono della sua voce.

Avrebbe dovuto occuparsi lei di chiamare la moglie di Amos. Non aveva mai conosciuto quella donna, tuttavia Margaret avrebbe dovuto farlo. Però si era comportata da codarda: Dew aveva mandato un paio di agenti dell'FBI a comunicarle la notizia.

«Devo alzarmi» disse. «Devo guardare il filmato che ho ripreso con la telecamera fissata sul casco. Magari mi sono lasciata sfuggire qualcosa, magari ho già dimenticato qualcosa quando...» La sua voce si affievolì.

«Più tardi avrai un sacco di tempo per lavorare» disse Clarence. «Hai bisogno di riposare. Inoltre, siamo in viaggio. Non è sicuro rimanere nel rimorchio quando questo affare è in movimento.»

Continuò ad accarezzarle i capelli.

Il groppo gelido nel petto di Margaret non aveva intenzione di abbandonarla.

«Se solo... fossi riuscita a... togliergli il casco prima» disse sommessamente, mentre i singhiozzi interrompevano la frase.

«Sai che non è vero» sussurrò Clarence. «Gli ha reciso l'arteria. Non avresti potuto fare nulla.»

«Ma ero... io la responsabile. È... è colpa mia.»

Sentì Clarence scuotere il capo, sfregando lievemente il mento contro i suoi capelli.

«Sai che le cose non stanno così, Margo. Immagino che cercherai di incolpare te stessa, perché sei fatta così. Vuoi addossarti tutte le responsabilità. Ma incolparti della sua morte è stupido, e tu lo sai. Quella ragazza aveva abbastanza sedativi nelle vene da abbattere un elefante. Non aveva mostrato alcun cenno di comportamenti violenti. Maledizione, aveva le mani legate. Nessuno avrebbe potuto prevederlo. In realtà, se c'è qualcuno da biasimare, quello sono io, perché sono incaricato di proteggervi entrambi. Non mi trovavo nemmeno nella stanza.»

«Ma siamo stati noi a dirti di stare fuori dai piedi» affermò Margaret. «Quella stanza era troppo stretta per contenere un'altra persona. Se... se non ti fossi trovato nella stanza dei computer a guardare lo schermo...»

«Posso ignorare tutti gli ordini che mi dai se ritengo che la tua sicurezza sia a rischio. Avrei potuto trattenermi nella stanza delle autopsie. Se l'avessi fatto, Amos sarebbe ancora vivo.»

Margaret si mise a sedere e lo guardò. «Smettila, Clarence. Non è colpa tua!»

«Lo so. E non è nemmeno colpa tua.»

Il suo corpo venne sopraffatto e scosso da un altro singhiozzo. Amos era morto. Chi si sarebbe preso cura delle sue figlie? Gli agenti dell'FBI avevano già comunicato loro la notizia? La sua famiglia avrebbe mai saputo la verità, oppure Murray si stava già preparando un'altra copertura? Amos Braun meritava una medaglia della Libertà postuma da parte del presidente; avrebbero propinato alla sua famiglia una bugia a proposito di un incidente in laboratorio e avrebbero versato alla vedova un indennizzo assicurativo.

«Possiamo cercare un colpevole per tutto il giorno,» disse Clarence «ma questo non servirà a riportarlo indietro. Non farà nient'altro che distogliere la nostra attenzione dal lavoro che dobbiamo sbrigare. Moriranno altre persone, Margo, puoi scommetterci. Altre brave persone come il mio amico Amos. È brutto dirlo, ma potremo piangerlo quanto vorremo una volta che avremo sconfitto questa fottuta cosa. Vuoi dare la colpa a qualcuno? Dalla a chi la merita. Dalla a questa infezione. È stata quella a uccidere Amos, non io e nemmeno tu.»

Margaret fu scossa da un'altra serie di singhiozzi, ma stavolta riuscì finalmente a tenerli a bada. Clarence aveva ragione. Quella malattia aveva ucciso Amos e tutti gli altri. Se fosse riuscita a fermarla, se fosse riuscita a *eliminarla*, avrebbe reso il più grande tributo al suo amico.

«Sai qual è la cosa buffa?» chiese Clarence.

«Quale?»

«Alla fine, mi sono ritrovato io con venti dollari in più. Sarebbe davvero seccato se sapesse che ho vinto io.»

Margaret non riusciva a credere che Clarence potesse scherzare in un momento simile. Poi pensò all'espressione di Amos quando intascava i venti dollari di Otto o al suo cipiglio quando doveva restituirglieli. Per qualche motivo se lo immaginò intento ad abbassare lo sguardo su tutti e due, indicandoli e ridendo.

E, nonostante il dolore, rise un po' anche lei.

5

Il signor Burkle, il postino

John Burkle era un tantino in arretrato col lavoro. Il motto diceva: 'né la pioggia, né il nevischio, né l'oscurità della notte', ma nessuno aveva mai annoverato i cadaveri orribilmente decomposti e anneriti tra i fattori che potevano impedirti di portare a termine i giri che ti erano stati assegnati.

John chiamò il 911, poi aspettò l'arrivo dell'ambulanza e dei poliziotti. Non poteva dire con certezza se fosse stato Cheffie la persona che aveva visto in quella casa. Cheffie era l'unico a vivere lì, ma quella... *cosa*... nera sarebbe potuta essere chiunque. I paramedici sottoposero John a un test per valutare se fosse affetto da batteri carnivori, che – grazie a dio – si rivelò negativo. Dopodiché tornò a casa, un po' scosso da tutto l'accaduto, e questo significava che avrebbe avuto un doppio carico di posta da consegnare.

Infilò buoni per la spesa e riviste in una cassetta della posta, la chiuse, tornò sulla strada e controllò la sua prossima meta.

I Jewell.

Era assurdo pensare che dei batteri carnivori avessero colpito proprio Gaylord. Non accadeva mai nulla a Gaylord, e questo era esattamente il motivo per cui John Burkle l'amava tanto.

Accostò vicino alla cassetta dei Jewell e vi infilò dentro la posta di due giorni. Si accinse ad andarsene ma si fermò quando vide Bobby Jewell percorrere il lungo passo carraio fiancheggiato dagli alberi. Bobby teneva in braccio la figlioletta

Chelsea che agitava una lettera. Com'era carina! Con tutti quei riccioli biondi. Se fosse diventata avvenente la metà di sua madre, quella bambina avrebbe spezzato diversi cuori quando fosse andata alle superiori.

«Ehilà, Chelsea» esclamò John. «Hai della posta per me?»

«Sì, signor postino!»

A circa tre metri dal furgone, Bobby posò a terra Chelsea. La bambina corse in avanti tenendo la lettera sollevata come se fosse un oggetto molto importante. I bambini erano un vero spasso: una cosa banale come spedire una lettera poteva essere fonte di novità ed eccitazione.

«Ecco, signor postino!»

John prese la lettera fingendo che fosse importante. «Be', grazie mille, signorina.»

Chelsea gli fece addirittura un inchino. John avrebbe voluto mangiarsela.

«Prego, signor postino. Il mio papà vuole mostrarle una cosa.»

«Oh!» John sollevò lo sguardo. Bobby aveva accorciato la distanza e adesso si trovava lì. John conosceva Bobby dai tempi del campionato estivo di softball ma, accidenti, quel tipo non aveva affatto un bell'aspetto. Aveva gli occhi infossati ed era pallido. Sembrava che avesse perso almeno sette chili.

«Ciao, John» disse Bobby. «Devo mostrarti una cosa incredibile.»

«Di che si tratta?»

Bobby abbassò la cerniera del cappotto, infilò dentro la mano ed estrasse una chiave inglese rossa a rullino arrugginita. «Questo affare è inceppato all'inverosimile.»

John guardò la chiave inglese, poi Bobby. Perché diamine Bobby avrebbe dovuto mostrargli una chiave inglese a rullino inceppata? L'allarme interno di John scattò: e se Bobby aveva un aspetto pietoso perché era affetto da quello schifo carnivoro?

«Uh... Bobby, adesso non ho tempo.»

«Perché, signor postino?» chiese Chelsea.

John abbassò meccanicamente lo sguardo verso la bambina. Mentre lo faceva, capì che era un errore. Quando risollevò gli occhi, la chiave inglese divenne una macchia indistinta rossa arrugginita. Trasalì appena prima che la chiave inglese gli fracassasse la mascella. Scivolò di lato cadendo dal sedile e finendo sul fondo del furgone. Cercò di rialzarsi, ma aveva i piedi incastrati tra il pedale dell'acceleratore e quello del freno. Il tempo si trasformò in una nebbia irreale e rallenta. Capì che la chiave inglese si sarebbe abbattuta di nuovo appena prima che quel colpo metallico si protraesse all'infinito.

Il suo taser.

Frugò nella borsa in cerca dell'arma che avrebbe potuto salvarlo, ma era troppo tardi.

La sensazione di rallentamento svanì quando sentì un'esplosione nell'orecchio sinistro. Gli parve che gli stesse scoppiando la testa per il dolore frastornante. Il furgone sembrò roteare intorno a lui. Cercò di nuovo di rialzarsi ma si sentiva le braccia e le gambe debolissime. Poi avvertì un peso gravare su di lui; percepì delle mani forti e callose sulla fronte e sulla mascella che lo costringevano ad aprire la bocca.

Sentì una lingua piccola, rovente e umida infilarsi nella sua bocca.

E poi avvertì il bruciore...

6

Da Applebee's

Perry Dawsey non aveva mai pensato che la normalità potesse sembrare così surreale.

O così maledettamente sgradevole.

Era seduto da Applebee's a Gaylord, in Michigan, in attesa del suo hamburger. Le pareti erano arredate con cattivo gusto. Lo stereo diffondeva le prime quaranta canzoni di una classifica di merda. C'erano tavoli pieni di uomini grassi, donne grasse e bambini grassi.

Dew era seduto alla sinistra di Perry. Perry era seduto davanti a Claude Baumgartner. Baum non portava più la placca metallica, ma il suo naso era ancora un disastro. Milner, il cui occhio era ancora nero, era seduto alla destra di Baum, davanti a Dew.

Se si aggiungevano le brutte ferite sul volto di Perry, sembravano un quartetto di ritorno da un fight club, un fight club in cui Dew aveva chiaramente vinto, dal momento che aveva soltanto un piccolo cerotto sulla testa.

Baum e Milner si limitavano a starsene lì seduti a fissare Perry senza dire nemmeno una parola.

Era stata un'altra brillante idea di Dew. 'Certo! Perché no, maledizione? Usciamo a pranzo con due tipi che ho malmenato prima di entrare in una casa e massacrare un'intera famiglia. Che diamine, un pranzo del genere è così maledettamente normale che dovrebbe comparire in una fottuta pubblicità di Applebee's.'

«Non capisco» disse Baum. «Perché non andiamo a casa dei Jewell?» La mano destra di Baum aleggiava accanto al bavero sinistro, vicino al capezzolo. A volte l'appoggiava sul tavolo, altre volte Baum fingeva di grattarsi il petto e a volte la mano si limitava a rimanere sospesa a mezz'aria. La mano sembrava orbitare intorno alla pistola nella fondina assicurata alla spalla.

A Perry non importava più di tanto. Teneva la mano sul bordo del tavolo: se Baum avesse fatto un movimento, avrebbe spinto il tavolo contro il petto di quello stronzo e l'avrebbe ribaltato all'indietro.

Baum continuava a fissare Perry con quell'atteggiamento ostile. Era già abbastanza difficile non perdere il controllo anche senza un bastardo che ti provocava con lo sguardo. Perry avrebbe voluto spaccargli la faccia, ma Dew si aspettava ben altro da lui. Quindi Perry si sarebbe trattenuto. Almeno per il momento.

«Non possiamo avvicinarci a quella casa» disse Dew. «Ce l'ha ordinato Murray.»

Milner sbuffò. «L'ha fatto per impedire al signor allegrone qui presente di sterminare la famiglia, e lei lo sa. Abbiamo l'indirizzo. Possiamo andarci io e Baum.»

Come Baum, Milner continuava a fissare Perry. Nessuno aveva insegnato le buone maniere a quei tipi della CIA?

«Neanche per sogno» disse Dew. «Non possiamo avvicinarci finché Ogden non arriva e non manda con noi alcuni uomini. Credimi, Murray è stato *davvero* chiaro. A quanto pare, il nuovo capo dell'ufficio della Casa Bianca ce l'ha con lui. Se ci facciamo vedere a casa dei Jewell prima dell'arrivo di Ogden, Murray è spacciato. E, se Murray è spacciato, farà in modo che tutte le persone sedute a questo tavolo saranno ancor più spacciate di lui. Fidati di me. Quindi tanto vale che mangiamo qualcosa mentre aspettiamo. E, a proposito, Baum, se non allontani quella mano dalla pistola, te la caccio su per il culo.»

«La pistola o la mano?» chiese Baum senza distogliere lo sguardo da Perry.

«Entrambe» disse Dew. «Ma ti sorprenderò con l'ordine di entrata. E smettila di fissare. Cristo. Si direbbe che voi due non abbiate mai mangiato prima d'ora con uno che ve le ha suonate.»

«Certo» disse Milner. «In continuazione. È come una normale uscita con gli amici del mio paese.»

Perry gli sorrise e sollevò una mano agitando le dita verso il palmo. Il gesto sembrava dire: 'Suvvia, andiamo.'

«Piantala, Dawsey» disse Dew. «Tutti e tre, smettetela. Perry è qui perché vuole collaborare con noi, giusto?»

Perry annuì.

«Quanto a voi due,» Dew guardò prima Baum e poi Jens «smettetela di fare le femminucce. Questa faccenda è troppo importante perché voi facciate gli stronzi solo perché vi ha tenuti sotto tiro.»

Dew fissò Baum. «Allora?»

Baum continuò a guardare Perry per qualche altro secondo, poi si lasciò sfuggire un sospiro e si strinse nelle spalle. «Affanculo,» disse «non è il primo coglione che mi rompe il naso.»

Gli occhi di Dew si spostarono su Milner. «E tu cosa mi dici?»

Finalmente Milner distolse lo sguardo da Perry per ricambiare quello di Dew. «Il suo amico qui presente è fonte di cattive notizie, Dew» disse sommessamente. «Per rintracciare questo tipo basta seguire la scia di cadaveri che si lascia dietro. *Uccide* le persone.»

«Non sono persone» disse Perry. Perché non lo capiva nessuno?

«Risparmiatelo!» disse Milner. «È un fottuto psicopatico, Dew, e non ho intenzione di mangiare con lui.»

Jens si alzò e lasciò cadere il tovagliolo sul piatto.

«Siediti, Milner» esclamò Dew.

«C'è qualche problema?» chiese Milner. «Allora mi licenzi. Altrimenti, mi troverà in macchina.»

Si voltò e uscì da Applebee's.

Perry abbassò lo sguardo sul piatto. Milner aveva ragione? Era solo uno psicopatico? No. Quelle non erano affatto persone. Erano infette. Dovevano morire. Tutti gli infetti dovevano morire.

«Non prendertela, Perry» disse Dew. «Gli passerà.»

Forse sì, o forse no. A Perry non importava un accidente di quello che pensavano due sottoposti. Ma... forse avrebbe dovuto. Dew sembrava ritenere rilevante la loro opinione.

Se Dew pensava che contasse, be', allora contava.

7

Farina d'avena

Chelsea spruzzò il liquido infiammabile in tutta la cucina. Il papà stava appallottolando il giornale in grosse sfere. Le appallottolò, poi la mamma le spruzzò con la sua latta di liquido infiammabile e le gettò nelle credenze della cucina.

Il tempo trascorso in famiglia era davvero divertente.

«Papà, sei *sicuro* che non ci siano pistole nel furgone del signor Burkle?»

Il papà annuì. Chelsea si chiese se il papà sapesse di cosa stava parlando. Il signor Burkle si sarebbe svegliato nel giro di poche ore, e allora Chelsea avrebbe potuto chiederglielo di persona.

«Papà, perché non abbiamo pistole?»

«Perché vuoi delle pistole, tesoro?» chiese il papà. «Hai... hai intenzione di spararmi?»

Chelsea sospirò. Adesso capiva perché a volte la mamma usava quel tono di voce che sembrava dire che papà era uno stupido. Naturalmente, non aveva intenzione di sparargli. Perché avrebbe dovuto sparare a qualcuno che aveva le bamboline?

«Be', papà, Chauncey dice che ci servono delle pistole. Quindi va' a comprarne qualcuna.»

«Non possiamo andare a comprarle, tesoro» disse la mamma. «C'è una specie di periodo di attesa o giù di lì, vero, Bobby?»

Il papà annuì.

Chelsea si accigliò. «Be', voi due dovete trovare delle pistole. Se non lo farete, dovrete punirvi a vicenda.»

Il papà scosse il capo. «Chelsea, tesoro... Non voglio picchiare di nuovo la mamma con il mestolo. Non costringermi a farlo.»

«Ti prego,» disse la mamma «basta. Dobbiamo decidere dove andare. Chelsea, tesoro, sei *sicura* che dobbiamo bruciare la casa?»

«Mamma,» disse Chelsea «se me lo chiederai un'altra volta, verrai di certo sculacciata col mestolo!»

«Mi dispiace» disse la mamma con un rapido sussurro. «Mi dispiace, tesoro, non te lo chiederò più.»

«Non una parola di più!» esclamò Chelsea.

Il papà appallottolò i giornali più in fretta.

Chelsea spruzzò parecchio liquido puzzolente sotto il frigorifero. Il frigorifero sarebbe bruciato? Avrebbe voluto restare a guardare, ma Chauncey aveva detto che dovevano andarsene.

Il papà schioccò le dita. «Mark Jenkins! Lui ha delle armi da fuoco. Pistole e fucili da caccia, ha tutto.»

«Allora va' a prenderli» disse Chelsea.

«Tesoro,» disse la mamma sommessamente «non sarà disposto a darceli. Dobbiamo trovare un modo per portarglieli via.»

Chelsea ci pensò per un minuto. Capì che in realtà la mamma non aveva più bisogno del mestolo. La mamma era *diversa* dal papà. La mamma era una protettrice come Chelsea. E questo significava che la mamma poteva...

«Mamma, tira fuori la lingua.»

La mamma lo fece. Chelsea guardò attentamente: la mamma aveva dozzine di graziosi triangolini blu sulla lingua. Il cervello di Chelsea fu inondato di informazioni. Ciascuno di quei triangoli conteneva migliaia di piccoli striscianti pronti a schizzare fuori, addosso a qualcun altro. Era così che Chelsea aveva trasmesso alla mamma l'amore di dio, e adesso la mamma era pronta a trasmetterlo ad altra gente.

«Mamma, puoi baciare il signor Jenkins? Come io ho fatto con te?»

Il papà sorrise. «Potrebbe funzionare. È cotto di te, Candy.»

La mamma guardò il papà di traverso. Gli rivolse lo sguardo che sembrava dire 'sei un vero stupido', che, di solito, accompagnava il tono con cui sembrava dire 'sei un vero stupido'.

«Allora?» disse Chelsea. «Puoi farlo, mamma?»

«Io... immagino di poterlo fare.» La mamma parve triste ed eccitata allo stesso tempo. Aveva gli occhi tristi quando guardò papà, ma Chelsea percepì la sua eccitazione al pensiero di diffondere l'amore di dio.

La mamma si schiarì la voce. «Quanto tempo ci vorrà dopo che l'avrò baciato?»

«Si addormenterà piuttosto velocemente» disse Chelsea. «Forse dovrai restare con lui per un'ora, ma poi Chauncey ha detto che si sentirà male e vorrà andare a dormire, proprio come il signor Burkle, il postino. Puoi farlo, mamma? Puoi convincere il signor Jenkins a giocare per un'ora dopo averlo baciato?»

«Sì, tesoro» disse la mamma. «Penso di conoscere un modo per convincere il signor Jenkins a giocare per un'ora e poi mandarlo a dormire.»

«Mettiti al lavoro, pigrona! Io starò qui a controllare papà.»

La mamma guardò il papà. «Immagino che è così che deve andare.»

Il papà annuì. Adesso era lui a sembrare triste.

La mamma si mise il cappotto e uscì di casa.

Le cose stavano cambiando per Chelsea, e stavano cambiando in fretta. Non aveva punti di riferimento per capire in pieno cosa le stesse succedendo e cosa stesse succedendo intorno a lei. L'Orbital lo sapeva e ne approfittò. La sua semplicità e mancanza di esperienza la rendevano uno strumento efficace. Chelsea era plasmabile.

L'Orbital doveva prepararla per il peggior scenario possibile: la sua stessa distruzione. Ogni giorno aumentavano le probabilità di un attacco. Se gli fosse successo qualcosa, l'Orbital doveva assicurarsi che Chelsea fosse comunque in grado di portare a termine la missione. L'Orbital avrebbe potuto modificarle il cervello, indurre le fibre a riprodursi, riempire gli spazi tra le cellule cerebrali e potenziare la sua capacità di valutazione e la sua intelligenza. Avrebbe potuto trasformarla nel punto focale della comunicazione. Ma tutta la capacità di elaborazione e di comunicazione non sarebbe servita se non fosse stata in grado di pensare con la sua testa.

L'Orbital doveva trasformare Chelsea Jewell in un capo.

Chelsea era seduta sul letto a pensare. La cucina puzzava troppo. E anche il soggiorno. Il papà aveva usato un'intera tanica di benzina in quella stanza e aveva detto che sarebbe bruciata per bene.

Chelsea, i cattivi potrebbero venire a cercarti presto.

«Oh,» esclamò Chelsea «è per questo che stiamo bruciando la casa, giusto? Quindi non ci troveranno?»

Sì, ma verranno anche a cercare gli altri.

«Gli altri? Quali altri, Chauncey?»

Gli altri come te, come il papà.

Chelsea saltò giù dal letto. Voleva ballare. C'erano altre persone come lei? Com'era eccitante! Iniziò a girare in circolo.

«Dove sono, Chauncey? Come faccio a trovarli?»

Devi fare in modo che vengano da te. Hai il potere di scovarli con la mente.

«Posso parlare con loro come parlo con te?»

Non nello stesso modo, non ancora, ma puoi inviare loro dei messaggi semplici. Inizia a parlare con me usando la mente e non la bocca.

Chelsea smise di girare e chiuse gli occhi. *Sì, Chauncey.*

Bene. Adesso protendi la mente. Usa i pensieri, protendi la mente e cercali.

Chelsea *pensò*. Protese la mente. Che strana sensazione! Sentì la sua coscienza espandersi e diffondersi. Avvertì prima la mamma. Poi il signor Burkle, il postino, anche se era più difficile sentire lui. Non era forte come la mamma. Subito dopo Chelsea percepì il papà, in realtà percepì le bamboline dentro di lui. Oh, com'era divertente! Stavano crescendo così in fretta!

Continua a provarci. Altri, trovane altri. Devi diventare più forte.

Chelsea trasse un respiro profondo e lo emise lentamente.

Si sforzò. Provò una sensazione... sfuggente. La sua mente si protese e stabilì un contatto! *Diversi* contatti.

Ryan Roznowski aveva delle bamboline, anche se sospettava che la moglie avrebbe chiamato ben presto la polizia. Chelsea non poteva permettere che accadesse.

Anche il signor Beckett aveva le bamboline. E il vecchio Sam Collins. E una donna di nome Bernadette Smith.

E...

E...

Beck Beckett, il figlio del signor Beckett, era *diverso*. Non come il papà o il signor Beckett. Chelsea conosceva Beck per via della scuola, anche se lui era un anno più avanti. Il pensiero di Beck fece arrabbiare Chelsea anche se non sapeva perché.

Ne ho trovati cinque, Chauncey. Adesso cosa devo fare?

Di' loro di venire da te. Di' loro di portare le pistole.

Chelsea annuì. Fece quanto le disse Chauncey. Ma perché Beck stava arrivando se non aveva le bamboline? A cosa serviva?

Chauncey, Beck Beckett non è come papà. Toccare lui è come toccare la mamma, ma non l'ho baciato.

È così perché ha ricevuto l'amore di dio direttamente da me, proprio come te. Le bamboline sono molto, molto importanti, ma le persone come te e Beck le proteggeranno.

Improvvisamente Chelsea si arrabbiò. Chauncey preferiva Beck a lei? Beck sarebbe diventato il cocco di Chauncey?

Stai parlando con lui?

Sì, ma gli ci vuole più tempo per svilupparsi.

Chauncey era l'amico speciale di Chelsea, non di quello zuccone di Beck Beckett. La sua collera crebbe.

Cosa facciamo adesso?

Devi iniziare a imparare a pensare con la tua testa, Chelsea. Lascia che ti mostri una nuova immagine carina.

Chelsea attese. La sua mente si sentiva ancora strana, come se si trovasse contemporaneamente in posti diversi. Sfuggente? Era quella la parola giusta? No, più che altro... molliccia. Come la farina d'avena raggrumata. Ah, i grumi erano le persone con cui si metteva in contatto.

Un'immagine esplose nella testa di Chelsea. Un'immagine bellissima. Diversa da qualsiasi cosa avesse mai visto. Simile a quattro hula-hoop luminosi per metà sepolti nel terreno, uno grosso all'estremità, tre più piccoli dietro di esso. E, rivolti nella direzione opposta rispetto all'hula-hoop più piccolo, due grossi tronchi. L'avrebbero costruito le bamboline.

Oh, Chauncey, è la cosa più bella che abbia mai visto. Cos'è?

Quando la mamma e il papà ti portano in chiesa, ti parlano del paradiso?

Oh, sì! Il pastore parla di Dio, del paradiso, di Gesù e di come Gesù ci ama incondizionatamente.

L'immagine che vedi, Chelsea, è una porta che conduce in paradiso.

La bambina si sentì il petto pieno di gioia. *Davvero? È davvero una porta che conduce in paradiso?*

Proteggerai le bamboline in modo che potranno costruirla. Quando l'apriranno, Chelsea, l'attraverseranno gli angeli.

Gli angeli? Davvero? Avranno le ali?

Non sono angeli buoni, Chelsea. Sono angeli della vendetta.

Che cosa significa vendetta?

Verranno a punire le persone che sono state cattive. Ti piacciono le persone cattive, Chelsea?

La bambina scosse il capo. Non le piacevano affatto le persone cattive.

Chelsea, non sarò sempre qui ad aiutarti.

Chauncey, non puoi andartene! Sei il mio amico speciale!

Per ora non me ne vado, ma forse dovrò farlo tra poco. Quindi devi imparare a pensare con la tua testa. Se dovrai aiutare le bamboline a costruire quella porta che conduce in paradiso, come potrai farlo più in fretta?

Chelsea pensò. Era come a scuola. Doveva aiutare le bamboline a costruire la porta che conduceva in paradiso. Solo una bambina speciale poteva fare una cosa simile, ma Gesù la amava, lo diceva la Bibbia. Era in grado di farcela. Ma come poteva farla costruire più in fretta? Be', aveva bisogno di...

Abbiamo bisogno di altre bamboline! E di altri eletti per proteggerle!

Esatto, Chelsea. E come puoi trovare altre bamboline?

Stavolta, la risposta giunse più rapidamente.

Devo cercare più lontano.

Chelsea si sforzò di pensare. La farina d'avena si diffuse. La bambina avvertì le bamboline sparse in molti, molti posti. Erano troppo distanti per riunirsi, e Chelsea aveva bisogno di molte di loro per costruire la porta. Aveva bisogno... Aveva bisogno almeno di trentatré bamboline.

Chauncey non le aveva comunicato quel numero, tuttavia lei lo sapeva. In che modo? Passò in rassegna i suoi pensieri. Quel numero parve provenire dalle bamboline. Era questo che intendeva Chauncey con 'pensare con la sua testa'?

Era in grado di farlo da sola. Poteva rendere orgoglioso Chauncey.

Chelsea si sforzò di pensare più intensamente. Raggiunse altri risultati, altre bamboline... e qualcos'altro...

...Qualcosa di oscuro...

...Qualcosa di... *meschino.*

Respirò più in fretta. Non riusciva a muoversi. Era come un sogno, uno di quegli incubi in cui l'uomo nero veniva a cercarla e lei scappava e poi cadeva senza riuscire a rialzarsi e l'uomo nero arrivava con in mano un coltello affilato con cui l'avrebbe pugnalata alla schiena. Ma non poteva essere un sogno perché lei era sveglia e quella cosa, quel mostro, quel mostro gigantesco l'avrebbe presa.

Avrebbe voluto gridare 'no', ma la parola uscì in un sussurro roco così sommesso che riuscì a malapena a udirlo lei stessa. «No, no, no no no!»

Chelsea, piantala, non metterti in contatto con lui.

«L'uomo nero» sibilò Chelsea. «Chauncey, l'uomo nero esiste davvero.»

Smettila, Chelsea!

Il contatto si interruppe. Chelsea sbatté le palpebre, poi trasse un respiro profondo. Tutto il suo corpo era scosso da fremiti. Aveva i calzoni caldi e bagnati.

Si era fatta la pipì addosso.

Non metterti in contatto con lui. È il distruttore. Vuole fermarci, Chelsea. Vuole farti del male. Devi ricordarti com'è e riconoscerlo per non metterti mai più in contatto con lui.

Chelsea annuì. Sapeva che il distruttore era cattivo. L'aveva percepito.

Chelsea scese dal letto e abbassò lo sguardo. Aveva i calzoni inzuppati di pipì. Si sentì avvampare. Se l'era fatta addosso. Era una bambina grande, e questo non sarebbe più dovuto accadere. Si era fatta la pipì addosso a causa dell'uomo nero.

La paura non era passata, ma Chelsea Jewell iniziò a provare le prime avvisaglie di altre emozioni.

Le prime avvisaglie della rabbia.

Le prime avvisaglie dell'odio.

Perry era seduto immobile. Aspettava che la sensazione tornasse.

Non lo fece.

Avvertì uno strappo nel grigiore, breve ma dolorosamente intenso, come quando si ascolta l'energia statica negli auricolari e si rimane sconvolti dall'inaspettata esplosione del ritorno di segnale, così forte da far rimbombare le orecchie per giorni.

Ma non si trattava di un rumore, e non l'aveva udito con le orecchie. Era un'emozione: paura. Puro terrore, cieco e non distillato dalla logica o dalla razionalità. L'aveva avvertito nell'anima. Sentiva ancora un'eco di quella paura. Così *assoluta*. Non provava qualcosa di simile da quando... da quando era piccolo.

Un bambino piccolo così terrorizzato dalle ombre sotto il letto da non riuscire a muoversi, da non riuscire a guardare, sicuro che qualsiasi cosa si fosse trovata lì sotto l'avrebbe preso trascinandolo giù per sempre.

Ma adesso non aveva paura della cosa che si annidava sotto il letto.

La cosa che si annidava sotto il letto *era* lui.

8

Con qualsiasi mezzo necessario

Il caporale Cope uscì dal retro del C-17 Globemaster a bordo dell'Hummer di Charlie Ogden inoltrandosi nella notte invernale. Non doveva recarsi lontano. A breve distanza dall'estremità della pista d'atterraggio lo attendeva una Lincoln nera. Quattro uomini indugiavano accanto a essa. Anche da lontano era impossibile confondere la mole di Perry Dawsey.

Ogden diede un colpetto sulla spalla a Cope e indicò la Lincoln. Dopo qualche secondo, Ogden saltò giù dall'automobile davanti a Dew, Perry e ad altri due uomini che non conosceva.

«Colonnello» disse Dew mentre si stringevano la mano. Dawsey non gli porse la sua e, se l'avesse fatto, probabilmente Ogden non gliel'avrebbe stretta. Gli altri due uomini si limitarono a restarsene lì rispettosamente in silenzio.

«Quel che è successo ad Amos è un vero peccato» disse Ogden. «La prego di porgere le mie condoglianze a Margaret.»

«Lo farò» disse Dew.

«Mi riferisca come vanno le cose.»

«Per ora non ci sono stati problemi» disse Dew. «I poliziotti dello Stato hanno chiuso tutte le uscite delle autostrade I-75 e 32 per Gaylord. Hanno appostato una dozzina di poliziotti a ogni entrata per sottoporre le persone all'esame del tampone. Il traffico si è intensificato, ma la situazione non è poi così grave.»

«Qualche esame è risultato positivo?»

Dew scosse il capo. «Fin qui, tutto bene. Gli agenti hanno

incaricato alcuni uomini di aspettarvi per esaminare delle cartine della zona e suggerirvi i punti migliori in cui istituire dei posti di blocco.»

«Vi risulta che si siano verificati casi di violenza?» chiese Ogden. «Qualche zuffa tra quei bastardi?»

Dew scosse di nuovo il capo. «Non è stato denunciato nulla. La polizia di Gaylord non riesce a credere che le cose vadano così lisce, ma immagino che la fabbrica di pettegolezzi di questa piccola città abbia diffuso delle storie sul cadavere rinvenuto dal postino. Se si aggiungono le notizie sugli effetti che può provocare la fascite necrotizzante, le persone sono fin troppo disposte a collaborare, a sottoporsi al test e ad andarsene in tutta fretta da quel luogo pericoloso.»

Ogden annuì. Si era aspettato che una storia di copertura di Murray Longworth filasse liscia. Quel tipo untuoso sapeva il fatto suo.

«Immagino che vi servano degli uomini» disse Ogden. «Quanti e per cosa?»

«Otto dovrebbero bastare» disse Dew. «E quelle persone rinvenute a Bay City? L'uomo si chiamava Donald Jewell. Probabilmente si trovava qui per far visita al fratello, Bobby Jewell, di trentatré anni. Dobbiamo andare a prendere Bobby.»

«Bobby vive con la famiglia?»

«Con la moglie Candice, anche lei di trentatré anni, e la figlia Chelsea, di sette. Ecco tutto.»

«Rimanga qui» disse Ogden. «Manderò un'intera squadra, nove uomini invece di otto. Va bene?»

Dew annuì.

Ogden si avvicinò a Dew e parlò a bassa voce in modo che soltanto lui potesse sentirlo.

«Murray ci ha detto di fare attenzione che Dawsey non dia fuori di matto» disse Ogden. «I miei uomini hanno ricevuto l'ordine di impedirgli di commettere qualche stupidaggine. Li rifornirò di taser ma, in caso di necessità, *abbatteranno* Dawsey con qualsiasi mezzo possibile.»

«Ha intenzione di spararigli, colonnello?»

«Se sarò costretto» disse Ogden. «Quindi faccia in modo che non si arrivi a questo punto.»

9

Beck Beckett, alunno di terza elementare

Chelsea guardò l'ultima automobile percorrere il lungo passo carraio sterrato e serpeggiante di casa sua. Osservò molto attentamente quell'automobile, proprio come aveva fatto con le ultime tre. Protese i pensieri verso l'esterno, chiedendosi se a bordo di quell'automobile potesse esserci l'uomo nero.

Sapeva che l'uomo nero si trovava molto vicino, forse perfino a Gaylord. E l'avrebbe uccisa... a meno che non l'avesse ucciso lei per prima.

Chelsea odiava l'uomo nero.

Emise un respiro lungo e lento mentre stabiliva il contatto, non si trovava a bordo di quell'automobile, che si fermò dietro le altre. Scesero due persone, un uomo e un bambino.

Era stato un bene che avesse convocato tutti lì. Il signor Beckett aveva un triangolo blu sulla guancia. Un altro che sporgeva da sotto il colletto, di cui era visibile solo la punta oltre la scollatura del maglione.

Beck Beckett aveva una bella cera.

Era un alunno del terzo anno della scuola elementare South Maple, lo stesso istituto in cui Chelsea frequentava il secondo anno. Beck era più grande. Forse la gente gli avrebbe dato retta.

Chelsea non poteva sopportarlo.

Il papà uscì e strinse la mano al signor Beckett, poi lo condusse in casa. Beck li seguì. La porta d'ingresso dava sulla cucina, dove il papà e i Beckett si unirono al vecchio Sam Collins, a Ryan Roznowski e alla moglie Marie.

Marie era morta, ma andava bene lo stesso.

Il signor Beckett si agitò una mano davanti al viso. «Ehi,» esclamò «qualcuno ha lasciato acceso il forno?»

«Salve, signor Beckett» disse Chelsea. «Benvenuto.»

Il signor Beckett smise di agitare la mano quando la vide. «Ciao, Chelsea. È un onore.» Il cambiamento subìto dalla sua voce era davvero strano. Gli adulti erano soliti trattarla come una bambina. Adesso sembravano *loro* i bambini e *lei* l'adulta.

«Grazie, signor Beckett. Mi dispiace per l'odore. Abbiamo dovuto preparare delle cose per Dio.»

Perché stai usando la bocca?

Guardò Beck. Le stava sorridendo. Ma non si trattava di un sorriso simpatico.

Ti credi tanto furbo, pensò Chelsea in risposta. Ti conviene renderti conto che Dio ama di più me.

Beck annuì. *Per ora.*

«Dobbiamo andarcene da Gaylord» disse Chelsea. «Papà pensa che verranno a cercarci.»

«Che idiozia» disse Beck. «Come fanno a sapere che siamo a casa tua?»

Gli adulti parvero raggelati, come se avessero paura di respirare. Avevano tutti gli occhi sgranati.

«Non darmi dell'idiota» disse Chelsea. «Ti trovi in casa mia.»

«Non è casa tua» disse Beck. «È la casa di Dio. Dovremmo restare qui fino alla schiusa.»

«Ce ne andiamo» disse Chelsea. «Fa' quanto ti viene detto.»

Beck Beckett si sarebbe beccato una sculacciata colossale.

Il signor Beckett fece un passo avanti. «Forse... forse dovremmo ascoltare Beck, Chelsea. Dopotutto è più grande.»

Anche il signor Beckett avrebbe dovuto essere sculacciato. Andava bene così. L'aveva programmato sin dall'inizio, ma la fece sentire meglio sapere che il signor Beckett se lo meritava.

«Il signor Beckett è una spia» sibilò Chelsea. «E anche Beck.»

Il volto del signor Beckett sbiancò. «No! No, Chelsea, non siamo spie.»

«Chiudi il becco, papà» disse Beck.

Il signor Beckett guardò il figlio, poi fece un passo indietro.

Beck sorrise di nuovo. «Dio non vuole che litighiamo, piccola Chelsea» disse. «Non siamo spie e resteremo qui.»

Chelsea sfoderò il suo sorriso più dolce. «Volete restare qui? D'accordo, Beck. Potete restare quanto vi pare.»

Trasse un respiro rapido e profondo, poi pensò il più intensamente possibile. *Fategliela pagare!*

Toccò a Beck sgranare gli occhi. Chelsea sapeva perché. Lei era molto, molto più forte di lui. Beck non si era reso conto di quanto fosse più forte e adesso era troppo tardi.

Il papà si fece avanti e sferrò una ginocchiata al signor Beckett dove fa più male. Il signor Beckett si lasciò sfuggire un gemito di dolore e cadde a terra. Il vecchio Sam Collins si avvicinò di corsa e prese ripetutamente a calci in faccia il signor Beckett mentre il papà estraeva un coltello dal cassetto e si avventava sul signor Beckett.

Calcio, pugnalata, calcio, pugnalata, calcio, pugnalata.

Il signor Beckett gridò, ma andava bene così.

Beck scosse il capo come se non volesse credere ai suoi occhi. Si voltò per scappare, ma il signor Roznowski lo afferrò da dietro.

Chelsea udì il grido mentale di Beck. *Smettila! Dio, salvami!*

Chelsea, cosa stai facendo?

Il signor Roznowski tenne la testa di Beck contro il pavimento di linoleum e iniziò a dargli delle ginocchiate in faccia. Produceva uno strano scricchiolio.

Era pericoloso, Chauncey.

Abbiamo bisogno di lui. Smettila subito.

«Non sei il mio capo, Chauncey» disse Chelsea.

Beck continuò a scalciare ancora un po' dopo la terza ginocchiata in faccia. Fremette dopo la quarta. Smise del tutto dopo la quinta. Il signor Roznowski si alzò. Il volto di Beck aveva un'aria molto strana.

Poi il papà si alzò in piedi, ricoperto dal sangue del signor Beckett. Il vecchio Sam Collins zoppicava. A quanto pareva, si era fatto male al piede scalciando il signor Beckett in faccia.

Chelsea, sono Dio, devi obbedirmi.

La bambina scosse il capo. *Adesso sono grande, Chauncey. Beck era pericoloso. Ho fatto la cosa migliore. Un giorno capirai.*

Naturalmente era una bugia. Beck non era pericoloso, ma Chauncey avrebbe potuto preferire Beck a lei. Chauncey era l'amico speciale di Chelsea. Adesso che Beck se n'era andato, le cose sarebbero rimaste per sempre così.

«D'accordo,» disse Chelsea «è arrivato il momento di andare tutti a giocare a casa del signor Jenkins. Qualcuno dovrà fare due viaggi, così potremo sbarazzarci dell'automobile del signor Beckett. Mamma, tu puoi portarmi a bordo di un gatto delle nevi. Papà, resta qui a pulire e poi vieni anche tu a bordo di un gatto delle nevi, va bene?»

«Sì, Chelsea» disse il papà.

Chelsea, il signor Roznowski e il vecchio Sam Collins si infilarono i cappotti e uscirono dalla porta d'ingresso, mentre il papà prendeva la scatola dei fiammiferi.

10

L'autopsia di Betty

L'autopsia di Betty Jewell fu un disastro.

Margaret riusciva a malapena a pensare dopo l'orribile morte di Amos, figuriamoci concentrarsi sul lavoro. Quando si infilò la tuta contro il rischio biologico e iniziò a occuparsi di Betty, il corpo della ragazza era già quasi tutto decomposto.

Margaret si avvicinò al carrello, mentre Clarence le stava accanto con addosso la tuta. Gitsh, Marcus e il dottor Dan si trovavano vicino al cadavere annerito di Betty. Gli spazi erano ristretti, ma Clarence si rifiutò di abbandonarla. Gitsh e Marcus avevano fatto un ottimo lavoro nel ripulire il locale. La stanza delle autopsie sembrava immacolata. Sul carrello continuava a fluire lentamente un denso rivolo di una sostanza appiccicosa nera che colava lungo le guide di scorrimento fin nel lavandino bianco.

Margaret voleva dare un'occhiata a quegli affari striscianti. Adesso erano la chiave di tutto, ma aveva atteso troppo a lungo. Tutti gli organismi striscianti presenti nel corpo di Betty si erano già decomposti. Perfino i campioni prelevati da Amos ormai erano soltanto un denso liquido nero.

Margaret aveva consentito al dolore di intralciare il suo lavoro.

Si sentiva debole. Posò una mano sul carrello delle autopsie per sorreggersi; quando guardò il tavolo, con l'occhio della mente vide le mani prive di pelle di Betty Jewell che colpivano Amos con il bisturi. Quando Margaret abbassò lo sguardo, vide Amos cercare di stringersi la gola dentro la tuta contro il rischio biologico senza riuscire a portare le mani sulla ferita, senza riuscire a impedire al sangue di coprirgli l'interno della visiera. Quando vide il lavandino, scorse il cervello di Betty che schizzava contro la resina epossidica bianca e gocciolava verso lo scarico.

Clarence le posò una mano sulla spalla. «Margo, stai bene?»

La donna annuì. «Sì, tutto a posto.»

Ognuno di loro aveva capito che si trattava di una bugia.

«Dan,» disse Margaret «ha guardato il filmato ripreso dal mio casco? Il filmato dell'autopsia?»

«Sì, signora» disse il dottor Dan. «Diverse volte.»

«E cos'ha visto?»

«Qualcosa che le strisciava nel volto. Il dottor Braun pensava che stesse strisciando lungo il nervo V3, verso il cervello.»

«È d'accordo?»

«Sembra proprio che le cose siano andate così» disse Dan.

Era un peccato che non avessero un cervello da esaminare. Era stato impossibile, a causa della pallottola di Clarence e della rapida decomposizione. Cosa sarebbe successo quando l'organismo strisciante avesse raggiunto il cervello?

Allora si sarebbe separato.

Si sarebbe suddiviso nelle fibre muscolari che aveva visto Amos, scisso... riorganizzato... e riunito di nuovo.

In una rete. Proprio come nel cervello di Perry Dawsey.

«Gli organismi striscianti vogliono replicare quanto abbiamo visto negli esiti della TAC di Perry Dawsey» disse Margaret.

Il dottor Dan la fissò. «È un passo piuttosto azzardato. Non abbiamo mai visto nulla di simile a questi organismi striscianti. Ho letto i suoi referti sugli ospiti rinvenuti a Glidden: il padre, la madre e il bambino. Avevate a disposizione dei cadaveri freschi, tuttavia non presentavano questi affari striscianti.»

«Ovviamente si tratta di qualcosa di nuovo» disse Margaret. «Non mi importa se è un passo azzardato. È *corretto*. Questi affari infettano un corpo umano, forse si moltiplicano in qualche modo, poi strisciano verso il cervello. Se riusciremo a impedire loro di strisciare, li fermeremo del tutto.»

«Hanno una struttura» disse Dan. «Una forma. Possono muoversi. Per farlo hanno bisogno di un citoscheletro.»

«Quegli affarini hanno uno scheletro?» chiese Clarence.

«Un citoscheletro» disse Dan. «È una specie di impalcatura microscopica che consente a una cellula di mantenere la sua forma.»

«Senza di esso, una cellula sarebbe soltanto una membrana che contiene un fluido» disse Margaret. «Senza un citoscheletro che regga la struttura, sarebbe come un gavettone. Amos pensava che gli organismi striscianti assomigliassero a fibre muscolari umane. Se questi affari fossero una specie di cellula muscolare modificata e noi distruggessimo la loro struttura cellulare, allora non riuscirebbero a contrarsi. Non riuscirebbero a muoversi. Non riuscirebbero a *strisciare*.»

«Quindi, se si elimina questo citoscheletro,» disse Clarence «li si può fermare? Tutto qui?»

«Non è così semplice» disse Dan. «Anche le nostre normali cellule sono dotate di citoscheletro. Qualsiasi cosa uccida gli organismi striscianti, ucciderebbe anche le nostre cellule.»

«Ma è già qualcosa» disse Margaret. «Un corpo umano può ricostruire le cellule perdute e, alla fine, riparare i danni, ma questi organismi striscianti sono piccolissimi, costituiti solo da poche cellule. Se distruggiamo il loro citoscheletro, potrebbero morire. Comunque, possiamo fermarli prima che raggiungano il cervello.»

«Posso organizzare una copertura» disse Dan. «Possiamo procurarci tutte le medicine che potrebbero funzionare e tenerle pronte per quando troveremo un altro ospite.»

«*Se* ne troveremo un altro» disse Clarence. «Speriamo che non ce ne siano più.»

«Oh, svegliati, Clarence» esclamò Margaret. «Sai benissimo che ce ne saranno altri, maledizione. Ce ne sono *sempre* altri.»

Sul rimorchio calò il silenzio. Margaret rivisse nella sua mente il momento appena trascorso e si rese conto di quanto fosse sembrata sgradevole.

«Scusa» disse.

Clarence si strinse nelle spalle. «Non preoccuparti, dottoressa. Non possiamo sperimentare questi demolitori di citoscheletro sui resti di Betty?»

«Non è rimasto niente» disse Margaret. «Ormai è troppo tardi. Ti dirò cosa ne faremo di questo cadavere: lo bruceremo.»

Fissò i resti di Betty, i resti anneriti, decomposti e assassini.

«Uhm, Margo,» esclamò Clarence «non ci conviene... Non so... Studiarli?»

Margaret lo assalì. «Cosa troveremo esattamente? Eh? Si tratta di un altro cadavere annerito, Clarence. Ha subìto la reazione a catena dell'apoptosi. *Boom*, una volta morta è tutto finito. Basta. Ha qualsiasi cosa avesse suo padre, quindi eseguiremo un'analisi chimica sui resti dell'uomo. Non abbiamo bisogno di questo... questo affare.»

Si voltò verso Gitsh e Marcus, che la guardarono con occhi pieni di compassione. Erano tristi per la morte di Amos, lo sapeva, ma non riuscivano a capire.

«Bruciate questa stronza» disse Margaret. «Non voglio che resti nemmeno un grammo del suo corpo, intesi?»

Sia Gitsh che Marcus annuirono lentamente.

Margaret si voltò e uscì dalla stanza delle autopsie.

11

Brucia, brucia, sì brucerai (il ritorno)

Anche se la casa dei Jewell era già quasi completamente distrutta, le fiamme continuavano a guizzare nel cielo buio. Le luci lampeggianti dei camion dei vigili del fuoco aumentarono la visibilità, mentre l'illuminazione incerta colorava i fiocchi di neve che scendevano dritti come pioggia al rallentatore. Nell'isolamento oscuro della tenuta dei Jewell, il posto sembrava un'isola di luce circondata da un oceano nero infinito.

I tubi dei camion riversavano l'acqua sulla casa in fiamme, trasformando il giardino in un caos melmoso pieno di cenere e fango. Una pista che portava a un caso di triangoli l'aveva condotto a una casa in fiamme? Caspita, pensò Dew, che sorpresa. Se fosse arrivato non appena avevano raggiunto Gaylord, probabilmente in quel momento avrebbe tenuto i Jewell in stato di fermo. Invece, Dew aveva la sensazione che non avrebbe ottenuto nient'altro che nuovi cadaveri da aggiungere alla collezione di Margaret.

Margaret. Era un disastro. Amos era morto in modo tragico. Più fosse rimasta in questo ambiente, nella terra segreta dei Murray Longworth e dei Dew Phillips, più avrebbe capito che brutture simili erano inevitabili. Si chiese se Margaret l'avrebbe rimossa o se, un giorno, in futuro, avrebbe raccontato le sue storie di guerra.

Dew guardò Perry, che osservava impassibile l'incendio. Cosa stava succedendo in quella zucca vuota? Erano passati tre giorni da quando si erano azzuffati e sembrava che Perry fosse davvero tornato in sé. A quanto pareva, Margaret aveva di nuovo ragione. Dew sperava che si trattasse di un cambiamento sincero. Per quanto sembrasse assurdo, e lo era parecchio, quel ragazzo iniziava a piacergli.

Dew diede una gomitata a Perry. «Avverti qualcosa?»

Perry scosse il capo. «Soltanto quella sensazione indistinta. C'è qualcos'altro, ma non riesco a identificarlo.»

«Cosa mi dici di quell'altra sensazione?» chiese Dew. «Quella della rimonta al quarto tempo?»

«Sì» disse Perry. «La provo ancora. Solo che adesso è più forte.»

Un uomo con una tuta da vigile del fuoco avanzò a passi pesanti verso di loro in mezzo alla fanghiglia. «Lei è Dew Phillips?»

Dew annuì e gli porse la mano.

«Brandon Jastrowski. Il capo della polizia mi ha detto che devo aiutarvi in tutti i modi.» Brandon guardò Perry, poi gli porse la mano. «E lei è?»

Perry guardò Dew, che annuì.

«Perry Dawsey» disse stringendogli la mano che gli aveva teso.

«Dawsey? Il Terrificante Perry Dawsey?»

Perry annuì.

«Cazzo» disse Brandon. «È un vero piacere conoscerla. Adoravo vederla giocare. Oh, come odio l'Ohio State, ho ragione?»

Perry annuì di nuovo.

«E che mi dice di quella faccenda dell'omicidio di cui hanno parlato qualche mese fa al telegiornale?»

«Si è verificato uno scambio di persone» disse Dew. «Adesso Perry lavora per il governo. Cos'è successo alla casa? Avete rinvenuto dei corpi?»

«Purtroppo sì» disse Brandon. «Un uomo adulto, una donna adulta e un bambino, forse tra i sette e i dieci anni. Probabilmente si tratta di Bobby e Candy Jewell – i proprietari della casa – e della loro figlia Chelsea.»

«Probabilmente?»

«I corpi sono in pessimo stato» disse Brandon. «Si trovavano tutti e tre in cucina, dove è scoppiato l'incendio. Si tratta sicuramente di un incendio doloso, non ci sono dubbi. Ed è stata commessa una grave azione criminale: la donna aveva un buco nel cranio, probabilmente un colpo di pistola alla nuca.»

«Ci servono i corpi» disse Dew.

«Come?»

«Ci servono i corpi. Ordini ai suoi uomini di portarli fuori, di infilarli nei sacchi per cadaveri e poi lasciarli lì, sotto quella piccola altalena.» Dew indicò un albero nel giardino davanti alla casa. Due corde pendevano da un ramo spoglio e ricoperto di neve e terminavano in una piccola asse di legno sommersa di neve.

Brandon guardò l'altalena, poi si voltò di nuovo verso Dew. «Ma... Ah... Dobbiamo portare i cadaveri all'obitorio della contea.»

«Non oggi» disse Dew. «L'obitorio sta venendo da noi, per così dire. Infilate i corpi nei sacchi, mettete i sacchi laggiù e fatelo il più velocemente possibile. Intesi?»

Brandon rimase per un attimo con gli occhi sbarrati, poi annuì. Tornò a dedicarsi all'incendio.

Dew estrasse il cellulare e compose un numero. Otto rispose immediatamente.

«Otto, sono Dew. Ci troviamo a casa dei Jewell. Tutti i membri della famiglia sono morti, la casa è in fiamme e forse c'è stata una sparatoria.»

«Perry ha perso di nuovo il controllo?»

«No, lui non c'entra nulla.»

«Sul serio?»

«Chiudi il becco» esclamò Dew. «Metti in moto la tua squadra. Voglio che la Margomobile venga qui il più presto possibile. È ora che Margaret si faccia coraggio e torni al lavoro.»

12

La cartina

Chelsea era seduta dietro una porta a vetri che dava sul giardino sul retro della casa del signor Jenkins. Aveva quasi chiuso le tende, lasciando solo uno spiraglio di un paio di centimetri per guardare attraverso il vetro. Era sufficiente per vedere su per la collina e osservare le fiamme che salivano da casa sua. Sembrava piccolissima da quella distanza. In realtà, non riuscì a scorgere singoli individui, ma sapeva che erano lì.

Una persona in particolare.

L'uomo nero.

Chelsea fece la massima attenzione a non raggiungerlo, a non mettersi in contatto con lui. Se l'avesse percepita adesso che era così vicino...

«Chelsea,» gridò il papà dal soggiorno del signor Jenkins «credo che tu debba vedere questo.»

Chelsea portò nella stanza la coppa di gelato e si sedette accanto al papà. Il signor Jenkins non aveva barrette di gelato, ma nemmeno la mandorla al doppio cioccolato era poi così male.

La televisione stava trasmettendo una pubblicità. Nel soggiorno c'erano sei persone: Ryan Roznowski, il papà, il vecchio Sam Collins, la mamma, il signor Burkle, il postino, e il signor Jenkins.

Il signor Jenkins era seduto su una sedia La-Z-Boy. Non aveva un bell'aspetto: era tutto sudato e pallido sotto la folta barba rossa, ma stava migliorando rapidamente. Chelsea riusciva già a percepire la sua mente. I baci della mamma avevano funzionato. Chelsea sapeva che era molto importante: le persone che baciava Chelsea potevano baciare altre persone. L'amore di Dio avrebbe potuto diffondersi da un individuo all'altro finché tutti sulla faccia della terra non avessero conosciuto la gioia.

La mamma era seduta sulle ginocchia del signor Jenkins e gli detergeva il capo con una pezzuola umida.

Andrà tutto bene, signor Jenkins. Molto presto si sentirà meglio.

L'uomo la guardò con gli occhi infossati. Sorrise. «Grazie. Grazie del dono dell'amore di Dio.»

«Comincia di nuovo» disse il papà. Puntò il telecomando verso la televisione e alzò il volume. L'immagine mostrava una bella signora seduta dietro una scrivania.

«Ancora una volta, l'ultima notizia di stasera è che un aereo da trasporto è uscito dai radar da qualche parte nella contea di Otsego» disse la signora. «L'aereo stava trasportando campioni dei batteri causa della fascite necrotizzante; il batterio che causa il morbo che divora la carne potrebbe essersi diffuso durante lo schianto, dopo essere già stato potenzialmente collegato a un decesso. È stata fatta intervenire la Guardia Nazionale e i funzionari dello Stato hanno già predisposto un'evacuazione temporanea di Gaylord.»

L'immagine cambiò e mostrò un uomo corpulento con addosso un'uniforme blu immacolata. Tutte le persone presenti nel soggiorno si mossero a disagio a quella vista. Chelsea provò una reazione simile: il suo corpo indietreggiò davanti all'uniforme e davanti alla pistola sul fianco dell'uomo. Era un nemico di Dio... Era un altro diavolo.

Sotto all'uomo c'era la scritta GENTE MICHAEL ADAMS, PORTAVOCE DELLA POLIZIA STATALE DEL MICHIGAN. Più in basso c'era un numero di telefono che iniziava per 800.

«Si tratta soltanto di un'evacuazione temporanea» disse lo strumento del demonio. «È fondamentale sottoporre tutti a un esame per verificare se qualcuno è rimasto esposto al batterio ed eseguire una perlustrazione della città. Poi potranno tornare tutti. A coloro che sono sprovvisti di mezzi di trasporto o che non possono viaggiare da soli, forniremo un numero verde a cui rivolgersi. Ben presto faremo dei controlli porta a porta per assicurarci di non esserci lasciati sfuggire nessuno. La Guardia Nazionale ci assisterà.»

«Spegnila» disse Chelsea. Il papà armeggiò con il telecomando, poi spense il televisore. Tutti gli occhi si puntarono addosso a Chelsea.

«Stanno venendo a cercarci» disse. «È questo che intendono con 'porta a porta'. Vogliono ucciderci. La Guardia Nazionale significa soldati. Vogliono impedire la costruzione delle porte del paradiso.»

«Sapevo che avrebbero fatto di tutto per prenderci» disse il papà. Stava tremando per la rabbia e l'eccitazione. «Chelsea... I soldati... Cosa dobbiamo fare?»

Tutte le persone presenti nel soggiorno annuirono. Chelsea li sentì mormorare quella parola terrificante: soldati.

«Dio ci ha mandato i soldati» disse Chelsea. «Dovete confidare in Lui, fa tutto parte del Suo piano. Ci ha mandato i soldati con un sacco di pistole. Capite? Dobbiamo mostrare ai soldati quanto Dio li ami.»

Protese fuori dalla mente le immagini di uomini armati di pistole intenti a circondare una porta. Sentì le immagini balenare nella mente degli altri e poi accadde qualcosa di strano: solo per un attimo i loro pensieri si fusero in uno solo e l'immagine assunse una chiarezza stupefacente. Come se fosse *reale*. Non appena iniziò, quel momento era già finito.

«Cos'è stato?» chiese il signor Burkle. «Cosa cazzo è appena successo?»

«Che brutta parola, signor Burkle» esclamò Chelsea.

Il signor Burkle abbassò il capo. «Scusa, Chelsea.»

Chelsea non sapeva cosa fosse appena successo. Però sapeva di esserne la causa. Il fatto che tutti pensassero insieme e pensassero alla stessa cosa li aveva fatti sentire così... così... *intelligenti.*

Mangiarono tutti il gelato e fissarono Chelsea. Volevano sapere cosa dovevano fare adesso. Chelsea chiuse gli occhi e pensò intensamente.

Dove dobbiamo costruire la porta, Chauncey?

Devi trovare un posto.

Dobbiamo recarci nel bosco?

No, stavolta no. Lì il diavolo userà le bombe contro di voi.

Se andrete in un posto pieno di gente, il diavolo esiterà a usare le bombe e in questo modo potrete disporre di un po' più di tempo.

Un luogo pieno di gente. Probabilmente alle bamboline sarebbe piaciuto molto. Ci sarebbe stata un sacco di gente con cui giocare quando fossero arrivati lì. Ma Chelsea doveva ancora nascondere tutti, altrimenti il diavolo li avrebbe trovati.

«Ha una cartina, signor Jenkins?»

«Certo, tesoro» disse. La mamma lo aiutò ad alzarsi dalla sedia. L'uomo si avviò in cucina dondolandosi sulle anche.

Chelsea doveva far scappare tutti da lì. Non stava fuggendo solo dai diavoli ma anche dall'uomo nero. Fuggire non era brutto come farsi la pipì addosso, ma non era nemmeno bello. Sapeva che stava diventando più forte. Forse, ben presto, avrebbe potuto affrontare l'uomo nero.

Affrontarlo e ucciderlo.

Il signor Jenkins tornò con una cartina ripiegata e si avvicinò al tavolo della sala da pranzo, che era ricoperto di armi: quattro fucili da caccia con quei grossi affari simili a telescopi, due doppiette e una pistola. Gli spazi tra le armi erano riempiti da scatole di munizioni.

«Potete togliere di mezzo questa roba?» chiese il signor Jenkins. «Chelsea vuole vedere una cartina.»

Delle mani si affrettarono a prendere le pistole e le munizioni. A Chelsea piaceva la velocità con cui si muovevano tutti.

Il signor Jenkins stese la cartina sul tavolo appena sgombrato. Chelsea, il signor Burkle, la mamma e il signor Jenkins vi si radunarono intorno.

Chelsea fissò la cartina, ma in realtà non sapeva come leggerla.

La mamma le accarezzò i capelli. «Sai cosa stai cercando, tesoro?»

Chelsea annuì, poi scosse il capo. «Come si fa a capire dove ci sono tante persone?»

Il signor Burkle indicò un punto giallo sulla cartina. Chelsea vide la parola FLINT scritta in grosse lettere nere sopra al giallo.

«Vedi il giallo?» chiese il signor Burkle. «Più il giallo è grosso, più persone ci sono.»

Chelsea piegò il capo e guardò la cartina. I suoi capelli biondi pendevano verso il basso sfiorando la carta. La bambina posò un dito sulla cartina e sollevò la testa tutta sorridente.

«Questo è il posto più giallo! Quindi significa che ci sono più persone, giusto?»

Il signor Burkle diede un'occhiata e poi annuì. «Sì. Lì dovrebbero proprio esserci parecchie persone.»

«Allora andremo lì.»

«Adesso cosa facciamo?» chiese la mamma.

«Be',» disse il signor Burkle «dobbiamo escogitare un modo per mostrare a un soldato l'amore di Dio, accertandoci che nessuno lo scopra, e abbandonare la città senza farci uccidere.»

«E trovare altre persone con le bamboline strada facendo» disse Chelsea. «Abbiamo bisogno di altre bamboline per costruire la porta. Signor Jenkins, quante persone ci stanno a bordo della sua grossa macchina?»

«Il camper?» chiese Jenkins. «Mmm, probabilmente altre dieci persone senza problemi. Sarà sufficiente?»

Chelsea si strinse nelle spalle. Stava diventando più facile protendersi verso l'esterno per trovare gli altri. Era in contatto con altre tre persone con le bamboline. C'erano un sacco di cose da fare: baciare un soldato, superare gli altri soldati e raggiungere il posto pieno di gente. Come avrebbero potuto occuparsi di tutto?

Aveva un'idea, un'idea che non sarebbe piaciuta a Chauncey. Magari non gliel'avrebbe detto. Però non sapeva se l'idea avrebbe funzionato; aveva bisogno di qualcuno che l'aiutasse a svilupparla.

Ciò di cui aveva bisogno era altro potere cerebrale.

Come qualche minuto prima, quando avevano avuto tutti quella sensazione...

«Pensate tutti con me» disse Chelsea. Chiuse gli occhi. Anche se non riusciva a vedere, sentì gli altri chiudere gli occhi, uno dopo l'altro. I loro pensieri si fusero e iniziarono a escogitare un piano.

Sesto giorno

1

Bifolchi straccioni congeniti che guardano il programma di Springer

Mancavano altre tre automobili. Avrebbe potuto ingannarli. Doveva ingannarli. Volevano sterminare la sua famiglia, ma Bernadette non avrebbe permesso che accadesse.

Doveva restare calma e tenere calmi i bambini. William si trovava sul sedile del passeggero, con la cintura allacciata. Era spaventato, lei lo sapeva, ma era tranquillo. Sally e Christine erano sedute sui sedili posteriori. Erano bravissime, dei perfetti angioletti. Le aveva avvolte in una coperta in modo che non prendessero freddo.

Mancavano ancora due automobili. Avvicinò la Saab portandosi alla distanza di un'automobile.

Shawn si trovava ancora a casa. Quel bastardo traditore. *Che ci resti pure, che si tenga la casa tutta per sé*. L'aveva presa per il culo, lo sapeva e basta. Magari con quella troietta della segretaria del suo ufficio presso il cantiere. Aveva assunto una ragazza che si tingeva i capelli di nero corvino e portava tutto quel trucco sugli occhi per fare la segretaria? Bernadette ignorava cosa fossero i dark e non voleva nemmeno saperlo. Probabilmente era soltanto un sinonimo di sgualdrina, cosa che molto probabilmente era quella troietta.

Sapeva che l'aveva tradita perché gliel'avevano detto le voci.

Mancava ancora un'automobile. Si avvicinò di nuovo. Abbassò il finestrino. L'aria gelida dell'inverno si riversò all'interno.

C'erano soldati dappertutto. Soldati e poliziotti. Volevano

ucciderla, lo sapeva e basta. Non voleva avvicinarsi a loro, ma le voci le avevano detto di andare in quella direzione, le avevano detto che avrebbe potuto superare il posto di blocco, raggiungere l'autostrada e allontanarsi da Gaylord.

I soldati avevano una specie di test. Magari era come l'etilometro. L'aveva già superato in precedenza. Le voci le avevano detto che avrebbe potuto superarlo e lei ci aveva creduto.

Dopotutto, se non si riesce a credere alle voci nella propria testa, a chi si può credere?

«Dove siamo diretti, mamma?»

«Ce ne andiamo, William» rispose. «Allora, ti ho detto di tacere. Hai intenzione di parlare di nuovo?»

William spalancò gli occhi e scosse il capo in modo violento. No, non aveva intenzione di parlare di nuovo. Se ci avesse provato, avrebbe dovuto fare i conti con lei.

Il camioncino a sponde basse che le stava davanti procedette. Un poliziotto dello Stato si mise di fronte alla sua automobile. Le fece cenno di avvicinarsi. Bernadette si approssimò lentamente finché l'uomo non alzò la mano per indicarle di fermarsi.

Bernadette si fermò.

Un altro poliziotto si chinò per guardare nel finestrino abbassato. Aveva una mano posata sulla portiera e un'altra sulla pistola. La scrutava da sotto quel ridicolo berretto da poliziotto; in ogni caso, dove andavano a prendere quei coglioni?

«Buongiorno, signora» disse. «Abbiamo istituito questo posto di blocco per eseguire un rapido test contro un batterio che potrebbe infestare questa zona. È a conoscenza della situazione?»

«Certo che sono a conoscenza della situazione. Pensa che non guardi il telegiornale? Pensa che sia una bifolca straccionа congenita che guarda il programma di Springer? So tutto a proposito della situazione, e stiamo bene, non abbiamo il batterio. Passeremo, poi potrà continuare a fare il suo lavoro.»

Il poliziotto parve contrariato dal fatto che Bernadette non intendesse sottoporsi a quello stupido test, ma così è la vita. Poteva andare a farsi fottere.

«Purtroppo dobbiamo sottoporla all'esame, signora» disse

il poliziotto. «Ci vorrà solo un attimo. Dobbiamo sottoporre al test anche i suoi figli, ma prima cominciamo da lei.» Sollevò una stretta busta di stagnola. Portava dei guanti da chirurgo. «Per piacere, apra questa confezione, signora, poi estragga il tampone che trova all'interno e se lo passi dentro la guancia e sulle gengive, quindi me lo restituisca porgendomi il bastoncino.»

«Mi dispiace, agente, ma è sordo? Le ho appena detto che non abbiamo bisogno di essere sottoposti al test. Le ricordo che il *suo* stipendio è pagato dalle *mie* tasse. Adesso, a meno che non voglia che mi copi il suo numero di distintivo e le renda la vita un inferno, dica al suo collega di togliersi dai piedi. Abbiamo fretta.»

Il poliziotto la fissò per un attimo. Poi guardò William. Poi guardò i sedili posteriori. Corrugò la fronte sotto la tesa del berretto. Sgranò gli occhi. Si alzò all'improvviso e indietreggiò di un passo.

Tenne la mano sull'impugnatura della pistola. «Signora, scenda subito dall'automobile.»

Sapeva. Quel fottuto poliziotto sapeva.

Bernadette premette fino in fondo il pedale dell'acceleratore. La sua Saab schizzò in avanti. Il poliziotto davanti alla sua automobile si gettò a terra a capofitto per scansarla. L'entrata dell'I-75 distava solo una trentina di metri da lì, avrebbe potuto farcela. C'era un'automobile della polizia di Stato parcheggiata di traverso all'entrata dell'autostrada. Forse c'era abbastanza spazio sulla banchina per aggirarla.

Udì uno scoppio, simile a quello prodotto dalle pistole munite di capsula.

La sua automobile sbandò a sinistra. Bernadette girò con forza il volante verso destra nel tentativo di rimettersi in carreggiata. Ci furono altri scoppi. L'automobile si spostò violentemente verso destra e slittò. Colpì un cumulo di neve e si arrestò all'improvviso spingendola in avanti.

Gli pneumatici. Avevano sparato agli pneumatici, come se quello fosse un fottuto programma televisivo come *Frankie Anvil* o giù di lì. Non capivano che la voce le diceva che sarebbe potuta passare?

Bernadette aprì la portiera, prese la borsa e scese dalla Saab.

«A terra!» gridò un poliziotto. Si levarono altre urla, che dicevano tutte la stessa cosa: «Subito a terra!»

Avevano puntato le pistole contro di lei. C'erano giacche blu e berretti rotondi ovunque, in tutte le direzioni. Avevano intenzione di ucciderla.

Bernadette allungò una mano nella borsa ed estrasse il coltello da macellaio. Gliel'avrebbe fatta vedere. Aveva funzionato con le sue figlie, facendole tacere, e aveva sicuramente dato a Shawn una bella lezione sul fatto che non doveva prendere per il culo sua moglie. Se aveva funzionato con loro, avrebbe funzionato anche con i poliziotti.

Si avventò sul poliziotto che si era sporto nella sua macchina.

Tutto divenne confuso, il suo corpo sussultò e tremò, Bernadette lasciò cadere il coltello e crollò sul manto stradale freddo e viscido. Che strazio! Il dolore cessò all'improvviso così come si era presentato, percorrendole il corpo con un effetto simile all'eco. La donna scosse il capo e cercò di alzarsi, ma all'improvviso si ritrovò con un sacco di mani addosso. Sentì che le spingevano il volto sul manto stradale umido e avvertì qualcosa che le gravava sulla spina dorsale. Le tirarono le mani dietro la schiena e sentì le manette scattarle intorno ai polsi.

2

Il posto di blocco

Circa dieci chilometri a est dell'entrata della I-75, il soldato semplice Dustin Climer guardò il cielo e vide un elicottero Black Hawk dirigersi verso ovest. Nell'ultima mezz'ora, l'elicottero aveva girato lentamente, controllando le strade sottostanti. Stava succedendo qualcosa. Dustin si chiese se ne avessero trovato uno.

«Dustin!» lo chiamò a gran voce Neil Illing. «Il tampone!»

«Scusa» disse Dustin, poi infilò il tampone nel rilevatore bianco. Teneva in mano, sia il tampone che il rilevatore, ma il movimento improvviso dell'elicottero l'aveva distratto. Dopo solo un paio di secondi, il rilevatore emise due brevi segnali acustici e il quadratino verde si illuminò per indicare che il risultato era negativo.

«È a posto» disse a Neil.

Neil si chinò un tantino per guardare attraverso il finestrino dell'automobile.

«Può andare, signora» disse Neil.

La donna si lasciò sfuggire un profondo sospiro di sollievo. Dustin non sapeva se il sollievo derivasse dal risultato negativo del test contro il batterio carnivoro o dal fatto che i quattro uomini pesantemente armati che circondavano l'automobile sembravano essersi finalmente rilassati.

«Quando potrò tornare a casa?» chiese la donna. «È una situazione assurda.»

Neil annuì. «Sì, signora. Dovrebbe poter tornare domani o, al più tardi, il giorno dopo. Guardi il telegiornale.»

«Grazie, agente.»
Neil rise. «Sono un soldato, non un poliziotto, signora.»
La donna annuì in modo esagerato, come per dire 'sì, naturalmente'. Neil sorrise di nuovo e si allontanò dall'automobile. La donna ingranò la marcia e superò il posto di blocco, proseguendo lungo la strada sterrata ricoperta di neve.
Dustin e Neil rimasero lì al freddo del primo mattino in attesa dell'automobile seguente. Joel Brauer si trovava sul ciglio della strada con in mano la mitragliatrice M249, quindi anche lui doveva sopportare il freddo. James Eager, il quarto membro della squadra, si infilò di nuovo nell'abitacolo riscaldato del loro Hummer. Sarebbe dovuto scendere solo quando si fosse avvicinata un'automobile, e questo significava che, in quel momento, Dustin lo invidiava maledettamente. Dopo un quarto d'ora, lui e Neil si sarebbero scambiati di posto con James e Joel.
Adesso che l'elicottero se n'era andato riuscirono a sentire di nuovo il debole suono dei gatti delle nevi. Probabilmente si trattava dei ragazzi del posto che sfrecciavano nel bosco.
James aprì la portiera e si sporse all'esterno. «Ne hanno trovato uno» esclamò. «Un ospite di triangoli stava cercando di immettersi nella I-75. Cope ha detto di stare all'erta. Stanno mandando i rinforzi a controllare l'entrata dell'autostrada nel caso ce ne siano altri, quindi resteremo da soli per un po'.»
«Ricevuto» disse Dustin.
James si infilò di nuovo all'interno dell'Hummer riscaldato e Dustin lo odiò un po' di più.
«È un tantino surreale» disse Neil.
«Cosa?» chiese Dustin. «Combattere dei piccoli mostri e quant'altro?»
«Be', certo, ma quanto intendo dire è che, anche se stiamo combattendo piccoli mostri e quant'altro, ci stiamo comunque occupando di un posto di blocco. Intendo dire che sto all'erta e via discorrendo, ma è noioso, capisci? Nelle ultime due ore abbiamo visto tre automobili.»
Dustin si strinse nelle spalle. «Cos'hai intenzione di fare? Dobbiamo controllare tutti. Ne hanno appena preso uno, non hai sentito James?»
«Sì, sì, ho sentito» disse Neil. «È solo che... voglio dire, cinque

giorni fa abbiamo crivellato quella struttura, e adesso siamo qui a controllare documenti e a sottoporre civili al test del tampone. Cinque giorni fa stavamo riempiendo dei mostri di maledetti proiettili elettrici mentre oggi le nostre armi principali sono queste.»

Neil estrasse dalla tasca una fascetta di serraggio e agitò il lungo pezzo di plastica sottile. Le cinghie di plastica consentivano loro di trattenere un numero elevato di persone, se necessario, ed erano molto più leggere delle manette.

«Con questa sì che potrei uccidere una creatura» disse Neil brandendo la fascetta come una spada flaccida.

«Oh, rilassati» disse Dustin. «Il colonnello Ogden non ti ha detto di non difenderti. Se ci troveremo in pericolo, spareremo.»

Neil roteò di centottanta gradi e si fermò in una postura esageratamente teatrale con le gambe divaricate. Estrasse un'altra fascetta di plastica e ne agitò una in ciascuna mano come dei *nunchaku*[2].

«Non lo so» disse. «Scommetto di riuscire a fermare i *proiettili* con queste merde.»

Joel si sbellicò dalle risa. La risata indusse Neil a strafare ancora un po'.

Dustin scosse il capo. Idioti del cazzo. Erano questi gli imbecilli con cui doveva lavorare?

Per un attimo, il rumore dei gatti delle nevi parve avvicinarsi, poi si interruppe. Climer e Neil guardarono gli alberi ma non riuscirono a scorgere le slitte.

«Una gita di piacere?» chiese Neil.

«Può darsi» disse Dustin. «Non sembra che stiano cercando di aggirare i posti di blocco. Se lo stessero facendo, non li avremmo sentiti per tutta la mattina. Si sarebbero limitati a passare per il bosco.»

«Come cazzo fa la gente a scorrazzare in momento simile?»

Dustin si strinse nelle spalle. «Immagino che non si possa informare tutti. Anche se quel tipo che è diventato tutto nero e via discorrendo ha spinto la gente a farsi in quattro per sot-

---

2. Arma tradizionale giapponese costituita da due corti bastoni uniti mediante una breve catena o corda.

toporsi a questo test. Cazzo, amico, dovrei farlo pagare cinque dollari a testa.»

Il rumore di un altro veicolo attirò l'attenzione di Dustin. Un furgone delle poste americane, di un bianco incontaminato in alto e insudiciato da spessi archi di fanghiglia marrone ghiacciata in basso, soprattutto dietro le ruote, si avviò verso il posto di blocco.

«La posta deve passare» disse Dustin. «Stavolta vuoi usare tu il rilevatore?»

«Certo» rispose Neil. «Tanto per cambiare. Dammelo.»

Dustin gli porse il rilevatore di plastica.

James Eager scese dall'Hummer e si spostò sull'altro lato della strada in modo che lui e Joel potessero tenere sotto tiro la parte anteriore del furgone.

Dustin avanzò verso il centro della strada. Sollevò la mano sinistra per indicare di fermarsi. Posò la mano destra sull'impugnatura dell'arma che teneva lungo il fianco. Il furgone rallentò lievemente e si fermò.

Dustin girò intorno al veicolo per raggiungere il lato del guidatore. L'autista aprì il portellone scorrevole.

«Buongiorno, signore» disse Dustin. «Può fornirmi il suo nome e un documento identificativo, per piacere?»

«John Burkle» disse l'uomo. Gli porse la patente. Dustin la prese, indietreggiò di un passo e la esaminò, poi sollevò di nuovo lo sguardo. La foto corrispondeva decisamente all'uomo, ma John Burkle aveva un grosso livido sul lato sinistro della mascella e, sotto al cappello, la testa era avvolta da bende che tenevano ferma una grossa fasciatura rigonfia sull'orecchio sinistro.

«Sembra che se la sia vista brutta, signore.»

«Sono stati i cani» esclamò Burkle. «Ieri uno mi ha inseguito, io sono scivolato sul ghiaccio e ho urtato un albero. È patetico, vero?»

«È stato sfortunato, signore.»

«Be', comunque, mi sono già sottoposto al test» disse Burkle. «Sono il tipo che ha trovato quel cadavere.»

Dustin annuì. «Chi l'ha sottoposta al test?»

«I paramedici. Ero così sconvolto che mi sono recato all'ospedale e ho insistito affinché me lo somministrassero di nuovo. Le dirò una cosa: non farei il vostro lavoro nemmeno per tutto l'oro del mondo.»

«Grazie, signore» disse Dustin. «Comunque, se non le dispiace, devo eseguire il test su tutte le persone che passano per questo posto di blocco.»

Il postino si strinse nelle spalle. «Non c'è problema, non è doloroso. Devo scendere?»

«Va bene così, signore, la prego di restare dove si trova.» Restituì la patente a John, che la riprese. Poi Dustin gli porse il pacchetto di stagnola con la mano sinistra. «La prego di aprirlo, di estrarre il tampone contenuto all'interno e di passarselo nella guancia e sulle gengive, poi di restituirmelo porgendomi il bastoncino.»

John allungò la mano per prendere il pacchetto di stagnola. Appena prima di afferrarlo, la sua mano schizzò in avanti e strinse il polso sinistro di Dustin. Dustin si tirò indietro di riflesso facendo cadere John dal furgone. Dustin protese in avanti la mano destra e afferrò il polso di John. Stava per liberarsi con uno strattone e torcergli il braccio verso il basso per mettere John faccia a terra quando vide qualcosa nell'altra mano del postino.

Gli ci volle solo una frazione di secondo per capire che si trattava di un taser e un'altra frazione per percepire una scarica di cinquantamila volt che gli colpì la mano sinistra e gli attraversò il corpo. Sobbalzò in modo convulso, con il cervello paralizzato e il corpo che agiva da solo. Dal lato opposto della strada, oltre il furgone, Dustin udì degli spari, le lunghe detonazioni di un fucile da caccia che riecheggiavano nei boschi.

Dustin Climer si ritrovò a terra. Udì i colpi di armi automatiche, gli schiocchi secchi di una M4 e le raffiche dell'M249. Poi l'eco di altri fucili da caccia, stavolta dietro di lui, sul lato opposto della strada.

L'M249 smise di esplodere colpi.

Cercò di muoversi, ma non ci riuscì. «Ci stanno sparando, ci stanno sparando!» Sentì gridare Neil, poi altri due colpi di fucile.

L'M4 smise di fare fuoco.

«Climer...» Era la voce di Neil. «Oh, cazzo, amico, aiutami...»

Dustin scosse il capo e cercò di mettersi in ginocchio. Sentì dei movimenti nel furgone, poi dei piedi che calpestavano la strada.

Una detonazione, stavolta senza eco perché era vicinissima. Qualcosa lo colpì sul retro della spalla sinistra. Il braccio sinistro cedette. Si ritrovò di nuovo faccia in giù.

Gli avevano sparato. Cazzo, gli avevano *sparato*.

«No!» esclamò Neil. «No, vi prego!»

Un altro colpo di fucile. Stavolta, a soli tre metri di distanza.

Neil non parlò più.

Udì i motori di un gatto delle nevi che si stava approssimando. Un altro rumore di un veicolo in avvicinamento, più grande di un'automobile o del furgone della posta.

Rumore, dolore, movimento; tutto travolse i suoi sensi.

Dustin fu girato sulla schiena. Delle mani gli coprirono gli occhi, altre mani gli tennero ferme le braccia in un vortice di confusione e dolore. Iniziò a scalciare, ma un pugno nello stomaco pose fine alla lotta, costringendolo a rannicchiarsi in posizione fetale. Sentì delle mani sul volto che gli tenevano aperta la mascella e qualcosa di umido in bocca, che gli bruciava la bocca.

Delle mani che lo allontanavano.

Il rumore del veicolo più grande si smorzò.

Il suo corpo aveva bisogno di aria, mentre la spalla gli doleva terribilmente.

Uno scoppiettio, un sibilo.

Calore. Un calore intenso, che per poco non gli scorticò il lato del volto.

Una parvenza di eternità senza ossigeno, poi un mezzo rantolo che lasciò entrare solo poca aria e infine un respiro profondo e affannoso.

«Ti ucciderò, soldatino.»

Dustin inspirò l'aria. Si mise a quattro a zampe, poi estrasse l'arma che teneva lungo un fianco. La mano destra si posò sull'impugnatura dentellata, avvertendo la sensazione fredda del potere e della protezione.

«Ti conviene premere il grilletto, soldato, altrimenti ti sparerò come ho sparato ai tuoi amici.» Dustin si sollevò su un ginocchio, impugnando la pistola con la mano destra, mentre la sinistra penzolava inutilmente, gocciolando sangue sulla strada sterrata ghiacciata.

Alla sua destra, le fiamme uscivano dal furgone postale fluttuando in grandi volute: spesse lingue arancione lambivano l'aria e schizzavano fumo nero e torbido.

Davanti a lui c'era un uomo con un fucile da caccia. Non era quello che guidava il furgone. Teneva il fucile puntato contro Dustin.

«Ti ucciderò, soldat...»

Il primo colpo esploso da Dustin centrò l'uomo in pieno petto. Due pennacchi si levarono dal suo cappotto. L'uomo indietreggiò di un passo, poi si guardò il petto.

Al di là dell'uomo, molto più in là, Dustin scorse il retro di un camper bianco e marrone che procedeva lungo la strada.

L'uomo sollevò lo sguardo. Sorrise e si accinse a dire qualcosa appena prima che altri due proiettili lo colpissero al petto. Reggendo ancora il fucile da caccia con entrambe le mani, l'uomo si accasciò e cadde sulla schiena.

Dustin si sforzò di alzarsi. Si sentiva debole e infreddolito, ma si voltò a cercare Neil che era riverso sulla schiena in una pozza di sangue rosso scuro. Qualcuno gli aveva sparato in faccia, facendogli esplodere il cervello, che era schizzato su tutta la strada. Sembrava che l'avessero colpito anche alla gamba perché aveva una macchia di sangue delle dimensioni di un pugno sopra il ginocchio destro.

Dustin si voltò. Doveva controllare gli altri. Fece un passo avanti tenendo con la mano destra la pistola tremante puntata contro l'uomo a terra. L'uomo aveva gli occhi spalancati e un ghigno stampato sul volto. Era morto stecchito. Proprio come Neil. *Occhio per occhio, bastardo infetto.*

Dustin barcollò di nuovo, riuscendo a malapena a restare in piedi quando scivolò sulla strada innevata. Oh, accidenti, i colpi di arma da fuoco facevano un male cane.

Continuò ad avanzare per controllare i suoi compagni di squadra. Joel era accasciato a faccia in giù sopra l'M249. Era immobile. Probabilmente, l'uomo con il fucile da caccia aveva ucciso prima lui. Dall'altra parte della strada, anche James era stato abbattuto, con il casco capovolto a circa un metro di distanza da lui.

Il terreno si sollevò e colpì Dustin Climer dritto in volto. Oh, accidenti, oh, accidenti... Era caduto. Si sforzò di tenere gli occhi aperti. Aveva un freddo del cazzo. Non si sentivano altri suoni al di fuori del vento. Poi udì un ronzio sommesso, che si fece più forte e più vicino. Conosceva quel suono. Era un V-22. No, erano due. Climer posò a terra la mano che teneva la pistola e cercò di alzarsi, ma il palmo scivolò debolmente sulla strada sterrata ricoperta di neve.

Infine, svenne.

3

Equipaggiamento inadeguato

Se le cose non fossero cambiate, avrebbero avuto bisogno di un'altra Margomobile solo per conservare i cadaveri.

L'ospite dei triangoli viva stava per arrivare. Dew e Ogden avevano deciso di lasciare la Margomobile davanti alla casa dei Jewell e di trasportare l'ospite invece di parcheggiare i rimorchi vicino a un casello dell'autostrada. Era sensato, dal momento che la zona in cui si trovava la casa dei Jewell era molto più rurale e piuttosto isolata.

L'ospite avrebbe potuto essere accolta nella cella di contenimento del rimorchio B.

Anche la cella frigorifera si stava riempiendo di cadaveri. Lì, conservavano già i resti liquefatti di Donald Jewell, lo scheletro nero butterato di Cheffie Jones, i cadaveri carbonizzati di Bobby Jewell e della moglie Candice. La loro figlia li avrebbe raggiunti non appena Margaret avesse completato l'ultima autopsia preliminare.

Ancora una volta, Margaret, con la tuta contro il rischio biologico, si trovava nella stanza delle autopsie del rimorchio A, intenta a esaminare un grosso sacco per cadaveri con dentro un corpicino. Gitsh si trovava con lei. Clarence si era messo la tuta e aveva controllato ogni corpo da solo, *accertandosi* che fossero tutti morti prima di occupare la sua solita postazione nella stanza dei computer.

Margaret doveva essere rapida. Bernadette Smith sarebbe giunta presto e avrebbe monopolizzato la sua attenzione. Era in arrivo anche il corpo di Ryan Roznowski, l'ospite dei triangoli che aveva ucciso i soldati al posto di blocco. Non costituiva una priorità: doveva tenersi libera per Bernadette.

«Gitsh, tira fuori Chelsea dal sacco e diamoci da fare. Dobbiamo sbrigarci. Marcus, ci sei?»

«Sì, signora» sentì dire dalla voce di Marcus nell'auricolare. «Mi trovo nella cella frigorifera, per accertarmi che i resti di Bobby Jewell siano riposti come si deve.»

«D'accordo, una volta finito, torna qui di corsa. Dobbiamo occuparci della bambina prima che arrivi l'ospite viva.»

Aveva già terminato le autopsie preliminari di Candice e Bobby Jewell. Candice era morta a causa di un colpo di pistola alla nuca, molto prima che il fuoco bruciasse il suo corpo. Bobby aveva molteplici tagli alle costole prodotti da un coltello; dopo un lavoro così sbrigativo, Margaret non era ancora in grado di affermarlo con certezza, ma era molto probabile che fosse morto anche lui prima che l'incendio lo bruciasse.

Gitsh estrasse il corpicino della bambina e lo posò sul tavolo. Le vittime bruciate con la carne carbonizzata erano sempre una gioia. In realtà, il corpo umano non si incenerisce nell'incendio di una casa. Per cremare un corpo, ci vogliono settecento gradi per due ore o anche di più. Di solito, gli incendi delle case raggiungono circa duecento gradi. Anche se possono attestarsi intorno agli ottocento gradi, generalmente a quella temperatura le fiamme consumano tutto il combustibile disponibile nel giro di mezz'ora o giù di lì. Il corpo di Bobby Jewell era annerito e carbonizzato, ma si era conservato quanto bastava da permettere a Margaret di trovare un triangolo bruciacchiato sulla guancia e un altro alla base del collo.

Si occupava del caso da abbastanza tempo per conoscere la storia: Bobby Jewell aveva contratto i triangoli e, di conseguenza, aveva sterminato la famiglia. Poi, aveva appiccato l'incendio e si era suicidato pugnalandosi ripetutamente. Sembrava assurdo, ma aveva visto anche di peggio: perlomeno Bobby non si era reciso le gambe con un'ascia. Il foro di proiettile nella nuca della moglie concordava con il profilo di un omicidio-suicidio. Margaret era sicura che anche la causa di morte della bambina l'avrebbe confermato.

Gitsh ripiegò il sacco del cadavere e lo mise nel piano inclinato dell'inceneritore.

Margaret fissò il corpo della bambina. Era rannicchiato in posizione fetale, con le gambe e le braccia piegate e i pugni stretti sotto il mento. Questo non significava che la bambina fosse bruciata viva e si fosse rannicchiata per il dolore; la disidratazione dovuta agli incendi induce i muscoli, perfino i muscoli morti, a contrarsi, facendo assumere ai corpi quella postura.

Comunque, non fu la posizione fetale ad attrarre l'attenzione di Margaret. Ciò che le saltò subito all'occhio furono le dimensioni del corpo.

Guardò lo schermo piatto montato sulla parete, parte del quale mostrava i dati di Chelsea.

«Clarence, questa dovrebbe essere una bambina di sette anni?»

«Controllo» disse Clarence nell'auricolare. «Sì, Chelsea Jewell, sette anni, quattro mesi e dieci giorni.»

«Quanto risulta alta in base alla cartella clinica?»

«Mmm... Un metro e cinque centimetri.»

«Questo corpo è più grande» disse Margaret. «E i fianchi non coincidono. Gitsh, volta il corpo sulla schiena.»

Sentì di nuovo la voce di Clarence nell'auricolare. «Non credi che si tratti di Chelsea Jewell?»

Gitsh spostò il corpo.

Margaret lo guardò attentamente, poi scosse il capo. «No, a meno che Chelsea Jewell non fosse alta circa un metro e venticinque e avesse il pene. Chiama subito Dew.»

4

I desideri non riempiono il sacco

«Come sta il soldato semplice Climer, dottore?» chiese Ogden.

«Si riprenderà» disse il dottor Harper. «È stato fortunato che il proiettile non abbia colpito l'osso. Però ha staccato un pezzo di muscolo. Colonnello, devo chiederle di nuovo di trasferirlo fuori dalla nostra zona, all'ospedale della base.»

«La richiesta è respinta di nuovo» disse Ogden. «A meno che non sia una questione di vita o di morte, non lascerà la nostra zona finché non avrò parlato con lui. E lei ha appena detto che si riprenderà, quindi *non* si tratta di una questione di vita o di morte, giusto?»

«Ma, signore,» disse il dottor Harper «può prendere il telefono e farsi mandare qui un sostituto da una delle compagnie di stanza a Fort Bragg tra... Quanto, tre ore?»

«Non mi serve un sostituto. Devo scoprire cos'è successo. Mi rifiuto di credere che un bifolco possa avere messo fuori combattimento quattro soldati.»

«Colonnello, abbiamo appena estratto un proiettile calibro 308 dalla spalla di quel ragazzo» disse il dottore. «Tre ore fa si trovava a faccia in giù su una strada sterrata e sanguinava copiosamente.»

Ogden controllò l'ora. «Adesso sono le sedici. Voglio che parli entro le diciassette, intesi?»

«È un mio paziente, signore» disse il dottore. «Non appena si desterà, sarà suo, ma è legittimo da parte mia dirle che non lo sveglierò prima.»

Ogden sospirò. Non poteva tollerare che il dottor Harper criticasse il fatto che i feriti fossero esposti a un rischio immotivato, proprio adesso che la stella da generale era così vicina. Avrebbe dovuto allontanare subito il dottor Harper e far venire lì qualcun altro che eseguisse gli ordini qualsiasi essi fossero.

«Chi c'è con Climer?» chiese Ogden.

«Brad Merriman» disse il dottor Harper. «Il tizio che chiamano l'infermiera Brad.»

Ogden annuì. Conosceva l'infermiera Brad. Era un bravo ragazzo. Era un paramedico eccellente, ma a un certo punto i ragazzi avevano cominciato a deriderlo perché era un infermiere maschio e gli avevano affibbiato quel soprannome.

«Restate sia lei che Merriman ad assistere Climer» disse Ogden. «Se uno di voi deve andare a cagare, l'altro tenga d'occhio Climer per appurare se si sveglia. E quando si sveglierà, chiamatemi immediatamente, intesi?»

Il dottor Harper annuì e gli rivolse il saluto militare, poi si voltò e se ne andò.

A Charlie non piaceva fare il rompicoglioni, ma aveva bisogno di risposte. Tre dei suoi soldati erano stati uccisi. L'unico nemico conosciuto era un civile di trentuno anni di nome Ryan Roznowski che aveva rubato un furgone delle poste e aveva cercato di forzare il posto di blocco. Il postino destinato a quel furgone era scomparso e presumibilmente morto.

Roznowski aveva quattro triangoli. Aveva anche una moglie, che non si trovava da nessuna parte, e una casa che mostrava segni di lotta, comprese delle macchie di sangue sul pavimento del soggiorno. Certo, Charlie sapeva che gli ospiti dei triangoli erano pericolosi, senza dubbio degli assassini, ma un tizio con un fucile da caccia che dava fuoco a un furgone delle poste e poi metteva fuori combattimento quattro soldati esperti... Non quadrava proprio.

Ma non c'erano solo cattive notizie. Erano finalmente riusciti a catturare un ospite vivo. Missione compiuta. Era questo che rendeva la stella da generale una certezza, purché non combinasse guai.

Ma la stella sarebbe arrivata a caro prezzo: altri nomi da aggiungere al suo libricino blu.

Neil Illing.
James Eager.
Joel Brauer.

Se avesse potuto schierare una squadra intera a ogni posto di blocco, nove uomini invece di quattro o cinque, probabilmente quei ragazzi sarebbero stati ancora vivi. Forse avrebbe dovuto far intervenire le altre due compagnie. No, il suo piano era valido; garantiva la massima flessibilità date le circostanze. *Se* avessero avuto più tempo, *se* avesse avuto più uomini...

I desideri non riempiono il sacco.

Più tardi, quella sera, avrebbe scritto alle famiglie. La parte migliore del suo lavoro consisteva proprio nel dire a una madre orgogliosa che il figlio era morto mentre serviva la nazione.

«Caporale Cope! Venga qui!»

Cope raggiunse la tenda prima ancora che Ogden terminasse la seconda frase. Doveva aver aspettato fuori, nel caso avesse avuto bisogno di lui. Non si trovano poi così spesso tipi come Cope.

«Signore?»

«Dove diavolo sono gli aggiornamenti della ricerca aerea?»

«Per il momento non è ancora emerso nulla» disse Cope. «Tutti i voli di ricognizione sono risultati negativi. Gli uomini incaricati di monitorare i satelliti hanno detto la stessa cosa. A quanto pare, non ci sono strutture nel raggio di almeno ottanta chilometri.»

Maledizione. Doveva essercene una. Bernadette Smith aveva cercato di scappare. Anche Ryan Roznowski. Quanti infetti se l'erano svignata, o tra i posti di blocco o prima dell'arrivo di Ogden? Stavolta non avevano trovato cartine: né a bordo dell'automobile di Smith né a casa sua. Lo stesso valeva per Roznowski, e la casa dei Jewell era ridotta in cenere. Non c'erano indizi.

Se avessero trovato l'ubicazione della porta, sarebbe dipeso di nuovo tutto da Perry Dawsey.

5

Avviso a tutte le unità sulla famiglia Jewell

Dew Phillips era seduto nella stanza dei computer della Margomobile. Lui e Perry avevano la stanza tutta per sé. Gitsh, Marcus, Margaret e Clarence si trovavano nella cella di contenimento del rimorchio B, dove avevano rinchiuso l'aggressiva Bernadette Smith.

Dew avrebbe voluto picchiare un certo capo dell'ufficio della Casa Bianca, poi strofinarle il viso con dei vetri rotti e finire con una spruzzata di acqua salata sui tagli freschi.

«Tutto a posto, Dew?» chiese Perry. «Ti pulsano delle vene sul cocuzzolo del testone pelato.»

«Non è tutto a posto» disse Dew. «Cazzo, li avevamo in pugno.»

Vanessa Colburn era il motivo per cui i Jewell erano fuggiti. Se solo avesse permesso a Murray di fare a modo suo, in quel momento Dew avrebbe tenuto in custodia quella famiglia.

«Chi avevamo quasi in pugno?» chiese Perry.

«I Jewell. Quei corpi che abbiamo trovato nell'incendio *non* appartenevano ai Jewell. Non sappiamo chi fosse la donna. L'uomo era Wallace Beckett. È stato identificato grazie alle impronte dentarie. Suppongono che il bambino morto fosse suo figlio Beck. Hanno perquisito la casa dei Beckett e hanno trovato Nicole Beckett fatta a pezzi e infilata in un cesto della biancheria sporca.»

«Ma Margaret ha detto che l'uomo aveva dei triangoli.»

«È proprio questo il problema» disse Dew. «Wallace Beckett

aveva *davvero* i triangoli. La famiglia Jewell era composta da un uomo, una donna e una bambina. Abbiamo trovato i corpi di un uomo, una donna e un bambino, e l'uomo aveva dei triangoli. Ti suona familiare, vero? L'uomo ha contratto i triangoli, è impazzito e ha sterminato la famiglia.»

«Aspetta un attimo» disse Perry. «Stai dicendo che i Jewell hanno ucciso tre persone, compreso un ospite, per indurci a credere alla loro bella messinscena mentre hanno lasciato la città?»

«Cerca di non perdere il filo, laureato» disse Dew. «La famiglia Jewell ci ha presi in contropiede. Non ci siamo nemmeno preoccupati di perquisire quella fottuta zona.»

«Allora chi è la donna?»

Dew si strinse nelle spalle. «Chi lo sa? Però non è Candice Jewell. Hanno capito anche questo dalle impronte dentarie. Quindi abbiamo tre cadaveri, nessuno dei quali appartiene ai Jewell, che non si trovano da nessuna parte. Se se ne sono andati subito dopo aver appiccato l'incendio, hanno su di noi un vantaggio di quindici ore. Potrebbero essere dappertutto, cazzo.»

«E se non fossero scappati subito?» chiese Perry. «Magari si trovano ancora a Gaylord.»

Dew si grattò il mento. «Può darsi. O magari hanno preso parte a quell'attacco al posto di blocco.»

«In cui è morto un altro ospite dei triangoli.»

Dew sfogliò le carte. «Sì, Ryan Roznowski. Ha ucciso tre soldati e ha ferito il soldato semplice Dustin Climer, che ha risposto al fuoco uccidendo Roznowski.»

«Che cazzo» esclamò Perry. «Questo Roznowski era una specie di Rambo delle forze speciali o cosa?»

«Un idraulico» disse Dew. «Roznowski è sposato, ma l'FBI non riesce a trovare la moglie. Di per sé non è un motivo di allarme, perché se ne sono andati tutti dalla città, ma a casa dei Roznowski ci sono segni di lotta e la moquette del soggiorno è macchiata di sangue, quindi fa' due più due, laureato.»

«La moglie di Roznowski è la donna bruciata nella casa dei Jewell?»

«Probabilmente, sì» disse Dew. «Vedremo se riusciranno a

identificarla, ma tutto quadra. Roznowski ha ucciso o ferito la moglie, poi l'ha portata a casa dei Jewell.»

«E i Beckett ci sono andati o sono stati portati lì.»

«Nicole Beckett è stata uccisa» disse Dew. «Quindi è possibile che qualcuno l'abbia assassinata e abbia rapito Wallace e suo figlio, ma penso che forse sia stato Wallace a ucciderla e poi si sia recato a casa dei Jewell da solo, proprio come Roznowski.»

«Ci è andato da solo» disse Perry. «O forse è stato chiamato. Convocato.»

«Allo stesso modo in cui i triangoli hanno messo in contatto te e Patty la Cicciona?»

Perry si strinse nelle spalle. «Può darsi. Allora, cosa facciamo adesso?»

«Per cominciare, cerchiamo delle foto della famiglia Jewell e diramiamo un avviso a tutte le unità su di loro. Accidenti, sfrutteremo di nuovo i mezzi di informazione dicendo che i Jewell sono portatori del batterio carnivoro.»

Perry annuì. «D'accordo, questo può andare, ma cosa mi dici delle loro automobili?»

«Tutte le automobili intestate ai Jewell sono bruciate nel loro box.»

«Quindi hanno preso l'automobile di qualcun altro?»

Dew annuì. «Probabilmente, sì. Avevano tre gatti delle nevi intestati a loro nome, due dei quali sono scomparsi. Se li hanno nascosti da qualche parte nei boschi, non li troveremo per settimane. Quindi, è possibile che abbiano preso davvero l'automobile di qualcun altro, ma questa città è appena stata evacuata; non possiamo sapere quali automobili dovrebbero essere qui e quali siano state portate via dagli sfollati. Però, possiamo perquisire le case dei vicini in cerca di segni di colluttazione; magari, se saremo fortunati, troveremo un corpo. Ma, se non ne troveremo nessuno, non potremo mai collegarli a un veicolo specifico.

Qual è la conclusione? I Jewell se ne sono andati. Adesso non possiamo far altro che mettere in circolazione le loro foto e sperare che commettano degli errori.»

6

L'impalcatura del potere

La resa superò le aspettative.

L'Orbital misurò le facoltà crescenti di Chelsea Jewell. La sua capacità di comunicare non si stava solo sviluppando più in fretta del previsto, ma mostrava segni di un potere immenso, alla fin fine, più forte perfino di quello dell'Orbital.

I motivi rimasero oscuri. Gli striscianti nel suo cranio continuarono a dividersi e a crescere, allungando la fitta rete che si fuse con il suo cervello. Più la rete diventava fitta, più intenso era il potere di elaborazione, tuttavia c'era dell'altro. I triangoli potevano entrare in contatto con il cervello umano e usarlo per i loro scopi, ma Chelsea era anzitutto un essere umano. Non c'era bisogno di convertire le informazioni o di tradurle. I suoi pensieri erano una lingua madre. Aveva bisogno soltanto di un collegamento, che le fu fornito dagli striscianti.

Quanto sarebbe diventata forte? L'Orbital non lo sapeva. L'importante era che il suo sviluppo fosse in anticipo sulla tabella di marcia. Chelsea avrebbe gestito quasi tutta la comunicazione e l'organizzazione, permettendo all'Orbital di concentrarsi sull'esclusione del bastardo.

7

Stanno succedendo cose strane...

Mio, in Michigan, è un piccolo paese a circa cinquantasei chilometri da Gaylord. Il camper del signor Jenkins si fermò a una pompa di benzina a Mio per fare il pieno e per dare un passaggio a un tizio di nome Artie LaFrinere.

Artie aveva udito la chiamata di Chelsea ma, dal momento che si trovava al di fuori dei posti di blocco, si diresse a Mio, abbandonò l'automobile, poi raggiunse a piedi la pompa di benzina e attese. Per essere precisi, attese vicino alla pompa di benzina perché Artie LaFrinere non sembrava poi così smanioso.

Quattro giorni prima, Artie era andato in toboga con gli amici. Aveva perso il controllo della slitta, era scivolato nei boschi ed era andato a sbattere contro un cumulo di neve. Gli amici di Artie avevano riso di lui mentre si era tolto la neve da sotto la giacca e dalla fenditura delle natiche. Purtroppo per Artie, su quel cumulo di neve si era posata una grossa raffica piena di semi, che – naturalmente – gli si diffusero sulla pancia, sulla schiena e, sì, sulla fenditura delle natiche. Artie non lo sapeva, ma adesso deteneva il record mondiale con i suoi tredici triangoli. Ogni quindici minuti o giù di lì tossiva sangue. Non parlava molto. Tutti capirono. Lo accolsero a bordo del camper e lo fecero sentire il più comodo possibile.

In realtà, Artie era il secondo passeggero: avevano preso a bordo Harlan Gaines sulla strada di campagna 491 appena fuori Lewiston. Lui e i suoi quattro triangoli se la cavavano bene. Con le tredici del signor LaFrinere, più le quattro del signor Gaines, le cinque del papà e le tre del vecchio Sam Collins, Chelsea aveva ventinove bamboline a bordo del camper.

Ne mancavano solo quattro! La matematica era una delle sue materie preferite.

Chelsea avvertì un altro ospite delle bamboline là fuori, un uomo di nome Danny Korves, che cercava di farsi strada per andare incontro al camper. Avvertì qualcosa di perfino più eccitante: bamboline dotate di moto proprio che si erano già schiuse alcune settimane prima e attraversavano furtivamente la campagna nel tentativo di raggiungerla. Disse loro dove andare ma, dal momento che potevano viaggiare solo di notte e avevano una lunga strada da percorrere, dubitava che sarebbero arrivate in tempo. Alla fin fine tutto sarebbe dipeso dal signor Korves. Chelsea si protese con la mente verso di lui e gli disse che doveva raggiungerla a qualsiasi costo.

Forse avrebbe potuto avere abbastanza bamboline per costruire quella porta, e ciò la rese felice.

Un'altra cosa che la rendeva felice era il fatto che il signor Jenkins avesse comprato tutte le barrette di gelato Crunch della Nestlé contenute nel piccolo congelatore della pompa di benzina Circle K. Il camper si trovava ancora nel parcheggio. Tutti erano seduti sul retro a gustarsi quel delizioso gelato sul bastoncino.

Il papà e la mamma avevano preso soltanto una barretta ciascuno.

«Non possiamo trattenerci a lungo, Chelsea» disse il signor Jenkins. «Ben presto scopriranno che i cadaveri che si trovano in casa vostra non appartengono a te e ai tuoi genitori.»

«Cosa stai dicendo?» esclamò la mamma. «Non saranno bruciati?»

Il signor Jenkins scosse il capo. «Gli incendi domestici non raggiungono una temperatura abbastanza elevata da consentirlo. Quando scopriranno che i cadaveri non sono i vostri, i poliziotti potrebbero iniziare a darvi la caccia. Probabilmente, sarete ricercati per omicidio. A seconda dell'urgenza con cui vi inseguiranno, controlleranno l'immatricolazione dei veicoli di tutti i vostri vicini, presumendo che magari abbiate rubato una macchina o preso un ostaggio. Tra non molto i poliziotti potrebbero cercare questo camper.»

«Dici sul serio?» chiese la mamma.

Il signor Jenkins si strinse nelle spalle. «Avete lasciato tre cadaveri in una casa bruciata. Non si tratta propriamente di una multa per divieto di sosta.»

«Quanto tempo ci resta?» chiese la mamma.

Il signor Jenkins si strinse di nuovo nelle spalle. «Non saprei. Ma so che dovremmo togliere il camper dalla strada al più presto.» Agitò la cartina tracciando il percorso con un dito. «Adesso ci troviamo sull'autostrada 33. Possiamo raggiungere la 75, che ci porterà là dopo il tramonto.»

Chelsea strisciò sotto la cartina e sulle ginocchia del signor Jenkins. La guardarono insieme. La bambina propagò il tragitto all'esterno con la mente, comunicando alle bamboline rimanenti e al signor Korves di raggiungerli durante il viaggio oppure alla fine.

«Signor Jenkins, se andremo da quella parte, incontreremo altri soldati?»

«Non lo so» rispose l'uomo. «Spero di no. Mi spaventano. So che avevamo un buon piano, tesoro, ma penso che siamo stati anche fortunati.»

Chelsea annuì. «Pure io. Ma se li incontreremo, li affronteremo, quindi a loro non conviene cercare di fermarci.»

8

Uno sguardo che fa abbassare gli occhi

Stavolta Clarence Otto era al suo fianco. Aveva una pistola appesa al collo con una corda di nylon perché non poteva portare una fondina con la tuta contro il rischio biologico.

Quando Margaret guardò nella cella di contenimento, avrebbe quasi voluto avere lei stessa una pistola.

All'interno di quelle pareti trasparenti, un'altra donna era legata al carrello delle autopsie. Nuda. Aveva un triangolo blu sul seno sinistro, uno sull'avambraccio destro e uno sul fianco destro.

Dopo quasi tre mesi di lavoro e tutta quella follia e quella violenza, era la prima volta che Margaret vedeva un triangolo vivo. Dopo averne visti così tanti morti, pensava di sapere cosa aspettarsi: occhi neri che la guardavano sbattendo le palpebre.

Ma non aveva mai pensato che avrebbero guardato *lei*. Il fatto che sbattessero le palpebre rendeva tutto estremamente strano. Li faceva sembrare... veri. Avrebbe voluto che Amos potesse essere lì a vederli. Un triangolo vivo significava che si stavano avvicinando alla fine di quell'incubo.

La donna era priva di coscienza. Le avevano somministrato abbastanza medicine da essere sicuri che rimanesse in quelle condizioni. Perlomeno, Margaret lo sperava. Anche Betty avrebbe dovuto restare sotto anestesia, e si era visto com'era andata a finire.

Margaret guardò lo schermo montato sulla porta. Bernadette Smith. Ventotto anni. Madre di tre figli. Be', non più. Adesso era madre di un solo figlio e vedova; aveva ucciso il marito e tagliato la gola alle due figlie, una di cinque anni e una di tre, prima di caricare le bambine morte sul retro della Saab.

Come sarebbe stata quella donna dopo che le avessero tolto i triangoli? Perry si sentiva ancora in colpa per aver ucciso il suo migliore amico. Come avrebbe fatto quella donna a convivere con la consapevolezza di aver ucciso il marito e i suoi stessi figli?

Ammesso che riuscissero a toglierle i triangoli. Margaret aveva visto le radiografie. Quelli sul fianco e sull'avambraccio sarebbero stati insidiosi ma fattibili. In entrambi i casi, la coda dentata del triangolo era avvolta all'osso e alle arterie, ma, nel corso di un'operazione, Margaret avrebbe potuto riparare l'arteria danneggiata.

Quello sul petto di Bernadette... era un'altra faccenda.

La coda di quel triangolo era avvolta al cuore. La radiografia evidenziava dozzine di quei ganci malefici, simili a spine acuminate di rose, che premevano contro di esso. Con una mossa sbagliata, avrebbero prodotto molteplici buchi. Se fosse accaduto, anche se Bernadette si fosse trovata sul tavolo operatorio e il dottor Dan fosse stato al suo fianco, Margaret non sapeva se avrebbero potuto salvarla.

Il cuore sullo schermo iniziò a battere più in fretta. Margaret premette dei tasti sul display per richiamare l'elettrocardiogramma della donna. La velocità del battito stava aumentando.

«Merda» esclamò Margaret. «Si sta svegliando.»

«Pensavo che l'avessi messa fuori combattimento per un paio di ore» disse Otto.

«Sì, infatti. Ma, in qualche modo, i triangoli stanno contrastando l'anestesia. Daniel?»

«Sì, signora.»

«Chiami Dew» disse. «Gli dica di portare Dawsey. La paziente si sta svegliando. Dovremo anestetizzarla di nuovo e operarla subito. Se Dew vuole porre delle domande a questi affari, gli conviene sbrigarsi, perché tra mezz'ora salverò la vita a questa donna e, nel frattempo, ucciderò questi piccoli bastardi.»

9

Dustin si converte

Dustin Climer si svegliò su una branda. Gli doleva la spalla. Gli sembrava che la testa stesse per esplodergli. Il suo corpo era pervaso dalla febbre e ogni nervo pulsava a causa del dolore lancinante. Si sfregò gli occhi e si mise a sedere. Si trovava nella tenda dell'infermeria ed era solo.

Il suo addestramento tornò a farsi sentire e Dustin posò le mani sull'arma. La carabina M4 vuota era appoggiata a un armadietto di metallo che si trovava accanto alla sua branda. Il solo fatto di tenere in mano l'M4 scarica rilassare un tantino Dustin.

Le finestre di plastica flessibile mostravano l'oscurità all'esterno. Era stato attaccato quel mattino, quindi era rimasto privo di sensi per quanto, otto ore? I suoi vestiti e le sue scarpe erano riposti sotto una rastrelliera di metallo accanto al letto. C'era qualcosa che lo infastidiva nella giacca. Il distintivo sulla spalla...

Delle immagini gli balenarono nella mente. Una bambina. Una bambina angelica, perfetta e bionda. Aveva mai visto qualcosa di così meraviglioso? Sì. Quando era rimasto privo di coscienza, aveva avuto delle visioni di qualcosa di nero e triangolare.

Le creature.

Belle?

Sì, *più* che belle. Perfette. Assolutamente divine.

Venne inondato dalla vergogna. Abbassò di nuovo lo sguardo sulla giacca e sul distintivo che raffigurava un fulmine che colpiva uno scarafaggio capovolto. E, peggio ancora, vide i tre piccoli distintivi neri triangolari cuciti più in basso. Uno di quei distintivi era soltanto nero. Uno aveva una X bianca lucida ricamata sopra.

Uno aveva *due* X.

Oh, buon dio... Cos'aveva fatto? Li aveva distrutti. Tre di loro.

Sei sveglio?

Sollevò la testa di scatto. Una voce. La voce di una bambina. Ma non la sentiva con le orecchie: si trovava nella sua mente. Si posò le mani sul volto e si sdraiò di nuovo sul letto. Era un peccatore. Aveva distrutto la perfezione e adesso avrebbe dovuto pagare.

Svegliati, dormiglione.

«Sono sveglio» disse. «Il tuo uomo ha cercato di uccidermi e adesso capisco perché. Sono pronto a pagare il prezzo.»

Non devi pagare nessun prezzo, sciocco. Non lo sapevi. E non stava cercando di ucciderti. Si è sacrificato in modo che tu diventassi un eroe; hai ucciso l'uomo che ha ucciso gli altri soldati. Ti ha sparato soltanto affinché nessuno si chiedesse perché eri stanco e volevi dormire. È morto in modo che tu potessi vedere le mie belle bamboline. Adesso le vedi? Capisci?

«Sì» sussurrò Dustin. «Sì, le vedo. Io... io le ho uccise.»

È tutto a posto. Non lo sapevi, quindi non è stata colpa tua.

«No, non lo sapevo. Non sapevo quanto fossero *belle*.»

Puoi rimediare.

«In che modo?» Si mise di nuovo a sedere. «In che modo posso farlo? Sono pronto a tutto!»

Devi far sì che gli altri vedano, disse la voce. *Sei il protettore. Devi far sì che tutti vedano, soprattutto il tuo capo.*

«Il colonnello Ogden?»

Sì. Devi baciarlo e fargli vedere quelle belle bamboline.

Altre immagini balenarono nel cervello di Climer. Immagini di Chelsea intenta a guardare la madre dormire. Immagini della lingua di Chelsea.

Sai cosa devi fare?

Dustin annuì. «Sì.»

Allora sbrigati, ma sta' attento. Non farti prendere. Adesso sei un protettore. Tu e gli altri dovete unirvi a noi perché vogliamo aprire le porte del paradiso.

Un lembo della tenda fu sollevato ed entrarono due uomini. Il dottor Harper e l'infermiere Brad.

«Be', guarda un po' chi si è svegliato» esclamò il dottor Harper. «Stavi parlando da solo?»

Gli uomini si avvicinarono alla branda.

Dustin si strinse nelle spalle. «Immagino di sì, dottore.»

«Be', non sono sorpreso» disse il dottor Harper. Spinse uno sgabello vicino al letto di Dustin e si sedette. «Probabilmente sei un conversatore migliore del qui presente Brad.»

«Ah ah ah» rise Brad. «Se continua così, smetterò di farla vincere a scacchi.»

Il dottor Harper afferrò il polso di Dustin e controllò l'orologio. «Brad, non riusciresti a battermi a scacchi nemmeno se io giocassi con la regina infilata nel retto.» Il dottore mollò la presa sul polso di Dustin, poi estrasse dal taschino una piccola torcia elettrica e iniziò a puntarla contro l'occhio del paziente.

«Guarda dritto davanti a te, soldato semplice» disse il dottor Harper. «Sembra che sia tutto a posto. Come va la testa?»

«Mi fa un po' male» disse Dustin.

Harper annuì mentre passava all'altro occhio.

«Descrivi il dolore su una scala da uno a dieci» disse il dottor Harper.

«Uhm, forse tre.»

«Non sembra un problema grave» disse il dottor Harper. «Bene, visto che sei sveglio, il colonnello vuole vederti il più presto possibile. Lo informerò che sei pronto a parlare. Brad, prendi qualche confezione di Tylenol. Quattro dovrebbero funzionare.»

Brad si inginocchiò per aprire un cassetto dell'armadietto accanto alla branda di Dustin.

Dustin afferrò la nuca del dottor Harper e gli diede una testata sul naso. Prima che Harper cadesse dallo sgabello, Dustin impugnò la sua M4 con entrambe le mani.

Brad voltò il capo per vedere cosa stava succedendo appena in tempo per prendersi il calcio dell'M4 dritto in bocca. Si accasciò sulla natica sinistra, con la bocca sanguinante e gli occhi che in realtà non potevano concentrarsi su nulla. Dustin lo colpì di nuovo. Brad cadde sulla schiena appoggiando goffamente le braccia contro il cassetto aperto dei medicinali.

Dustin abbassò lo sguardo sui due uomini. Il dottor Harper sbatteva le palpebre a tutto spiano. Le lacrime gli sgorgavano dagli occhi mentre il sangue scaturiva dal ponte del naso rotto. Cercò di indietreggiare, muovendosi come un granchio, ma parve non riuscire a radunare abbastanza forza per reggersi in piedi. I tacchi delle scarpe premettero debolmente il pavimento.

Dustin estrasse le fascette di serraggio dalla tasca dei pantaloni.

«Fa male, dottore?» chiese Dustin. «Adesso le darò un bacio e passerà tutto.»

Chelsea protese la mente sempre più lontano. Era *così* divertente! Meglio di tutti i suoi giocattoli più belli messi insieme. Aveva *avvertito* Dustin percuotere quegli uomini, come se fosse stata lì, come se li avesse percossi lei stessa.

Le piaceva. Era davvero uno spasso.

Ogni volta che protendeva la mente, quella sensazione e quei legami diventavano più forti. Ogni ospite, ogni bambolina, ogni persona convertita le trasmettevano una percezione un po' diversa. Allo stesso modo in cui il gelato alla vaniglia ha un certo sapore e quello al cioccolato un altro. Era così: ognuno aveva il suo *sapore.*

Dustin si trovava molto lontano, ma Chelsea poteva comunque mettersi in contatto con lui. Poteva mettersi in contatto anche con Bernadette Smith e con ognuna delle tre bamboline che crescevano nel suo corpo.

Quelle tre sapevano di rabbia. Di rabbia e paura.

Mandare Bernadette in autostrada aveva funzionato, ma Chelsea aveva pensato che i soldati le avrebbero sparato. Chelsea aveva perfino ordinato a Bernadette di uccidere le figlie e di portare un coltello. Ma i diavoli avevano catturato Bernadette, e quello non era un bene.

Le bamboline di Bernadette stavano crescendo così in fretta! Forse, ben presto, sarebbero uscite a giocare e a costruire.

Chelsea sentì degli aghi che le trapassavano, moltissimi aghi. Proprio come il dottore aveva sempre infilato aghi dentro di lei. Trapassavano, pungolavano, analizzavano. Però le bamboline non provavano dolore come lei. In realtà, per loro gli aghi erano soltanto una specie di seccatura.

Allora, perché erano così spaventate e arrabbiate? Nessuna delle altre bamboline aveva quel sapore. Chelsea si concentrò su quelle tre bamboline, ascoltò i loro pensieri e trovò la risposta.

Il bastardo.

L'uomo nero.

Stavano guardando l'uomo nero *dritto* in volto! Naturalmente, erano arrabbiate, naturalmente, avevano paura. Chelsea avvertì una fitta di quella stessa paura, una fitta di quella stessa rabbia. Chauncey le aveva detto di non mettersi in contatto con l'uomo nero, ma questo era successo prima. Adesso era più forte. Le bamboline si trovavano vicinissime all'uomo nero, forse a meno di un metro di distanza. Avrebbe potuto mettersi in contatto con loro e *parlare* con lui.

L'uomo nero incuteva timore a Chelsea. Non era giusto.

Adesso toccava a *lui* avere paura.

10

Affrontare il passato

Perry Dawsey non aveva mai sofferto di claustrofobia. D'altra parte non aveva mai indossato in una tuta intera, ovviamente non progettata per una persona della sua stazza, e non era mai stato condotto in un fottuto rimorchio così stipato di roba da doversi mettere di profilo per superare quegli esemplari pietosi di corridoi.

Ma la claustrofobia era l'ultima delle sue preoccupazioni. La donna nuda nella cella di contenimento di vetro trasparente attirò quasi tutta la sua attenzione.

Lei e quanto era su di lei. *Dentro* di lei.

Delle strette morse le trattenevano i polsi, le caviglie e la vita. Stava piangendo. Perry si sentì pervadere dalla vergogna per come aveva trattato Patty la Cicciona. Aveva sbraitato contro Patty. L'aveva picchiata. L'aveva ferita con un coltello. L'aveva guardata morire nella speranza, nel frattempo, di imparare qualcosa che avrebbe potuto contribuire a salvarlo. Allora non si era nemmeno comportato da uomo.

Milner aveva ragione.

Perry era un mostro.

La donna che si trovava nella stanza tirò debolmente le cinghie di pelle.

«Quelle morse sono strette?» chiese Perry a Margaret.

«Eccome se lo sono» esclamò Margaret. «Gliele ho messe io stessa. Se fossero più strette, le si fermerebbe la circolazione.»

La voce di Margaret era più fredda di una volta. Più fredda

e più dura, come se, forse, dopotutto, fermare la circolazione di quella donna non sarebbe stata la cosa peggiore del mondo. Non era la voce che aveva usato quando lo stava aiutando a guarire o quando stava ricucendo le ferite che gli aveva procurato Dew. Allora gli era sembrato che le importasse, che volesse davvero aiutarlo. E adesso? Adesso c'era una punta di disgusto nella sua voce. Forse perfino una leggera dose di odio.

«Vi prego» singhiozzò la donna. «Vi prego, lasciatemi andare. Vi giurò che non lo dirò a nessuno.»

«Cerchi di rilassarsi, Bernadette» disse Margaret. «Vogliamo aiutarla.»

«Bugiarda!» gridò la donna. «Voi fate parte della polizia! Volete farmi a pezzi!»

Riusciva a muovere solo la testa, quindi la mosse eccome, dimenandola come se fosse stata colpita da una scarica elettrica. I capelli castani sudati si agitarono in tutte le direzioni. Sul suo volto si dipinse per un attimo un'espressione di terrore attonito, di ira psicotica quello seguente e poi di nuovo daccapo.

I triangoli lo fissavano. Con i loro occhi neri avrebbero potuto guardare dappertutto, ma Perry sapeva che stavano guardando proprio lui.

Bastardo. Morirai. La tua morte sarà peggiore di quella degli altri.

Perry arretrò di mezzo passo. Quella sensazione indistinta persistette, ma qualsiasi cosa lo ostacolasse non funzionò così vicino a un triangolo. Non l'aveva previsto; aveva sperato di entrare, di non udire nulla e poi togliersi dai piedi.

Perry non si rese conto di tremare finché non sentì una mano sulla spalla.

«Rilassati, Perry» disse Dew. «Non possono raggiungerti.»

«Devo andarmene via di qui, Dew. Devo andarmene.»

Dew tenne la voce bassa. Bassa e tranquilla. «Non devi far altro che concentrarti. Abbiamo bisogno di parlare con questi affari. Dobbiamo conoscere l'ubicazione della prossima porta e tu sei l'unico che possa scoprirla.»

«Ma Dew...»

«Ascolta» disse Dew. «A volte dobbiamo fare cose che non ci va di fare. Non puoi riportare indietro Bill, ma hai la possibilità di rimediare. *Devi* coglierla al balzo.»

Dew aveva ragione. Aveva combattuto e si era sacrificato. Non stava chiedendo a Perry di fare qualcosa che lui stesso non avrebbe fatto.

«Riescono a sentirmi lì dentro?» chiese Perry.

Margaret annuì. «Nella cella ci sono degli altoparlanti. Il microfono contenuto nel tuo auricolare capta la voce. Riescono a sentirti benissimo.»

Perry annuì dentro il casco. Adesso era felice di portare la tuta perché, se si fosse pisciato addosso, non se ne sarebbe accorto nessuno. Si schiarì la voce. Per qualche motivo, gli sovvenne la battuta finale di una vecchia barzelletta: 'Di certo non si asciugherà da sola.'

Non c'era più tempo da perdere.

«Dovrei parlare con voi» disse. «Devo scoprire cosa volete.»

Vogliamo ucciderti. Sei il distruttore.

Frasi di senso compiuto. Punteggiatura. Ben presto si sarebbero liberati del corpo della donna.

«Dove si trova la prossima porta?»

Nulla.

«Volete... aprire la porta, lo so. Cosa l'attraverserà?»

Aaaannngellli.

Angeli. Avrebbero attraversato la porta. Perry non l'aveva mai sentito dire dai suoi triangoli e c'era qualcosa di profondamente inquietante.

Gli angeli stanno arrivando. Delle persone lavorano per loro, proprio come noi. Abbiamo intenzione di renderti la vita un inferno, ed è quel che ti meriti, bastardo bugiardo.

Sembravano diversi, diversi dai suoi stessi triangoli, quelli che aveva definito i Magnifici Sette. Diversi dai triangoli e dai neonati di Patty la Cicciona. Quei tre sembravano femminili, ma pungenti e arrabbiati. Perry si chiese che personalità avesse avuto Bernadette Smith prima di contrarre l'infezione. Qualcosa disse a Perry che c'era un termine per definirla: stronza.

«Cos'hanno detto?» chiese Dew.

«È difficile stabilirlo» rispose Perry. «Penso che qualsiasi cosa stia per attraversare la porta voglia costringerci a costruire degli affari.»

«Costruire degli affari?» esclamò Dew. Parlò a voce più alta, come se potesse aiutarlo a farsi udire all'interno della cella di contenimento. «Cosa dovremo costruire per voi?»

Farete quanto vi diremo altrimenti vi sculacceremo.

«Non hanno intenzione di dire di cosa si tratta» affermò Perry. «Lo capisco. Sento tanto odio e derisione provenire da loro... Penso che vogliano ridurci in schiavitù.»

«Oh, cazzo!» esclamò Dew. «I Jewell. Chiedigli dove sono i Jewell, cerca di riuscire a ricevere qualche vibrazione.»

Uccidilo. Prendi la pistola, uccidilo uccidilo uccidilo.

Perry li fissò, in attesa di avvertire l'impeto del desiderio violento.

Ma non sentì nulla.

Li aveva sconfitti. Dew aveva ragione, *poteva* farcela.

«Dove si trova la famiglia Jewell?» chiese Perry, mentre la sua voce diventava un po' più forte a ogni parola. «Dove sono Bobby Jewell, Candice Jewell e Chelsea Jewell?»

Perry fissò i loro occhi neri come l'ebano. Nulla.

E poi udì una voce. Non quella dei triangoli, ma qualcosa di nuovo.

Qualcosa di freddo.

Penso che dovresti lasciare in pace la famiglia Jewell.

La voce di una bambina. Chiara, *umana,* ma solo nella sua testa.

Hai paura, vero? Dovresti aver paura.

«Anche tu hai paura» disse Perry. «Lo sento.»

Dew sfiorò una spalla di Perry. «Cosa stanno dicendo, ragazzo?»

Uccidi quell'uomo.

«Nulla» disse Perry. «Non stanno dicendo nulla.»

Posso costringerti a farlo. Comando io. Le persone devono fare quello che dico io.

Una rabbia intensa pervase Perry. Oddio, eccola, quella smania smodata di fare del male. Le creature non erano più in grado di suscitarla in lui, ma quella bambina sì, e in modo molto più potente di quanto non l'avesse mai avvertita prima.

Solo che stavolta provava rabbia verso Dew Phillips.

Uccidilo.

Uccidilo.

«Devo andarmene via di qui» disse Perry. «Non posso restare qui.»

«Suvvia, ragazzo» esclamò Dew. «Non tirarti indietro adesso. Dobbiamo trovare i Jewell o, perlomeno, appurare se quell'affare triangolare sia disposto a negoziare o giù di lì.»

Che cosa c'è, fifone? Hai paura?

Perry scosse il capo. «No. Devo andare. Margaret, qualsiasi cosa tu abbia intenzione di fare, devi sbrigarti. Tra poco si schiuderanno.»

«Come fai a saperlo?» chiese Margaret.

«Si esprimono con frasi di senso compiuto» disse Perry. «Fanno pause, come se usassero la punteggiatura. Con me non l'hanno fatto fin quasi alla fine. Hai un giorno, forse mezza giornata prima della schiusa.»

Uccidilo.

Margaret guardò Bernadette, poi di nuovo Perry. «Ne sei sicuro?»

«Perry, parla con loro» disse Dew.

Sento la tua paura. Ti raggiungerò...

Perry si portò le mani alle orecchie sforzandosi inconsciamente di escludere le voci. Si colpì il capo rivestito dal casco con le mani inguantate prima di rammentare di non riuscire affatto a udire le voci con le orecchie.

«Lasciatemi in pace!»

«Va bene, ragazzo» disse Dew. «Rilassati.»

«Non preoccuparti, Perry» disse Margaret. «La opereremo subito. Ci sbarazzeremo di loro.»

Perry dovette voltarsi completamente per guardare Margaret. Sembrava così piccola, un faccino che galleggiava all'interno di quel grosso casco, come un pesciolino in una boccia. Era davvero così ingenua?

«La sai una cosa?» chiese Perry. «Non ti ho mai ringraziata per avermi salvato la vita.»

Si voltò e aprì la porta della camera di equilibrio. La luce passò dal verde al rosso. Uscì. Dew lo seguì chiudendo la porta alle spalle di entrambi.

Margaret fissò per qualche istante la luce verde-rossa sopra la porta della camera di equilibrio, temendo irrazionalmente che non sarebbe tornata da rossa a verde, che lei non sarebbe più riuscita ad aprire la porta e che Bernadette avrebbe potuto liberarsi dal carrello in qualsiasi momento. Quando, finalmente, la luce tornò verde, Margaret si rese conto di aver trattenuto il respiro.

«Margo, va tutto bene?» chiese Clarence.

«Sì» rispose lei.

«Accidenti» esclamò Clarence. «Quel tipo è proooprio pieno di problemi.»

«Sì» disse Margaret. «Deve essere dura rivedere i triangoli. Vederli è già abbastanza inquietante per chiunque... Non riesco a immaginare cosa possa provare Perry. Nonostante ciò, a parte quanto ha appena dovuto sopportare, credo che stia facendo progressi. È stato gentile da parte sua ringraziarmi finalmente per averlo salvato.»

«Non è quello che ha detto. Ha detto che non ti ha *mai* ringraziata. Non credo che volesse vivere.»

Margaret si stava accingendo a correggere Clarence ma si interruppe. Forse aveva ragione. La vita di Perry Dawsey non era esattamente rose e fiori.

«Non importa, perché io l'*ho* salvato.» Piegò il pollice verso Bernadette. «E salverò anche lei. Adesso, per piacere, aiutami a preparare questa donna per l'intervento. Se Perry ha ragione, non ci resta molto tempo.»

«Prima dobbiamo tornare nella stanza dei comandi» disse Clarence. «Dobbiamo parlare con Murray.»

«Perché diamine dobbiamo parlare con Murray? Dobbiamo darci una mossa, tesoro. Non possiamo perdere nemmeno un secondo.»

«Per piacere, Margaret» disse Clarence. «Questa faccenda è già abbastanza complicata. Dobbiamo accertarci che il presidente venga informato. Comunque, il dottor Dan deve mettersi la tuta. Può preparare la paziente mentre noi diciamo a Murray cosa sta succedendo. D'accordo?»

Margaret non aveva tempo per queste cose. Ma, d'altra parte, ungere le ruote faceva parte del programma. Gutierrez voleva fingere di tenere tutto sotto controllo? Avrebbe potuto stare al gioco, ma non per molto.

«Parlerò con lui» disse. «Ma ti concedo solo un quarto d'ora, tesoro. Poi eseguirò l'intervento in qualsiasi caso. Avremo bisogno di tutte le persone possibili. Potremmo dover operare contemporaneamente in due squadre separate: Dan e Marcus il cuore, io e Gitsh il fianco.»

«Certo» disse Clarence sommessamente. «Dirò a tutti di prepararsi. Torna nella stanza dei comandi, d'accordo?»

Margaret annuì. Gli strinse la mano inguantata, poi aprì la porta della camera di equilibrio e uscì.

«Aspetta, Perry.» Dew cercò di corrergli dietro, ma la tuta contro il rischio biologico sommata all'anca dolorante e alle ginocchia scricchiolanti lo rese pressoché impossibile.

Perry continuò a camminare. Anche se era zoppo a sua volta, i suoi lunghi passi lo portarono rapidamente nell'oscurità dell'ampio terreno della famiglia Jewell.

Dew si fermò e si mise una mano sul fianco. Era troppo vecchio per queste cose. «Perry! Suvvia.»

Perry si fermò e si voltò.

«Resta lì un attimo» disse Dew. «Meglio ancora, vieni qui.»

Perry guardò Dew di traverso, poi si mise a camminare e tornò indietro a grandi passi con la stessa velocità con cui si era allontanato.

«Cosa ti è preso?» chiese Dew. «Quegli affari si trovano dietro un vetro e non si sono ancora schiusi. So che sono spaventosi, ma suvvia, devi farti coraggio.»

«Non si tratta di loro» disse Perry. «Si tratta di... qualcos'altro.»

«Cosa?»

«Penso che Chelsea Jewell stesse parlando con me attraverso i triangoli.»

Dew rimpianse i giorni in cui, se avesse sentito una cosa simile, avrebbe detto: 'Sei pazzo da legare.' Ma Perry Dawsey non era pazzo. Questo era solo un altro aspetto di quell'incubo a occhi aperti.

«Cosa ti fa pensare che fosse Chelsea?»

«Sto tirando a indovinare» disse Perry. «Era la voce di una bambina. Chelsea e la sua famiglia sono fuggiti e lei è una bambina, quindi ho solo tratto una conclusione.»

«Sei un vero e proprio Colombo» disse Dew.

Perry lo fissò, poi gli rivolse uno strano sorriso. «Senza saperlo mi hai fatto un grosso complimento.»

Probabilmente c'era sotto una storia, ma quello non era il momento giusto per indagare. «Allora hai sentito Chelsea Jewell nella testa. Dimmi perché ti spaventa così tanto.»

Perry si tirò un tantino indietro e sollevò lo sguardo verso la buia notte invernale.

«A causa della forza» disse Perry. «Non era come quando mi parlavano i triangoli. C'è qualcosa di diverso. Non so, Dew, non tutte queste cose possono essere definite facilmente, ma lei voleva... Non importa cosa voleva. È potente, Dew. Molto. Qualsiasi cosa sia, non l'ho mai avvertita prima.»

«E i suoi genitori? Non ti giunge nessuna comunicazione da loro?»

Perry scosse il capo. «No, solo da lei. Dobbiamo trovarla. Occuparci di lei. Prima che diventi più forte.»

«Ci stiamo dando da fare, ragazzo. Abbiamo diramato un avviso a tutte le unità sulla famiglia Jewell. Tutti i poliziotti di dieci Stati hanno le loro foto. Su, adesso dobbiamo trovare l'ubicazione della porta. Stavolta non abbiamo cartine: o otteniamo qualcosa da Bernadette Smith o faremo fiasco. Torniamo nel rimorchio a porre qualche altra domanda ai triangoli.»

«Non ho intenzione di rientrare» disse Perry.

«Non fare la femminuccia» disse Dew.

Perry spalancò gli occhi e sollevò gli angoli della bocca abbozzando un sorriso. Puntò un dito contro Dew. «Non provocarmi.»

Perry si voltò e s'incamminò nell'oscurità.

Dew lo lasciò andare. C'era un momento per comandare, un momento per seguire e un momento per togliersi dai piedi, cazzo. Aveva già scorto una volta quell'espressione sul volto di Perry: quando il ragazzo si era avventato contro di lui, sorridente, con gli occhi sgranati, nudo e ricoperto di sangue, saltellando su un piede solo con il cazzo reciso che gli ciondolava nel pugno serrato.

Sì, era decisamente il momento di togliersi dai piedi, cazzo.

L'Orbital non riusciva a capire. Aveva impartito a Chelsea degli ordini molto precisi.

Chelsea, ti ho detto di non parlare col distruttore.

So che me l'hai detto.

Allora non l'aveva dimenticato. Ricordava l'ordine, tuttavia aveva disobbedito comunque.

Se sapevi che era proibito, perché l'hai fatto?

Non lo so.

L'Orbital cercò di elaborare la risposta. Ci provò ma non ci riuscì.

Cosa significa che non lo sai?

Non lo so.

Non disobbedirmi, Chelsea. Avvicinerai il distruttore se parlerai con lui. Non devi mai più metterti in contatto con lui.

Te l'ho già detto una volta, Chauncey. Non sei il mio capo.

L'Orbital sentì finire la comunicazione. Era stata Chelsea a interromperla. L'Orbital non sapeva che fosse possibile.

Chiaramente, doveva apporre delle modifiche aggiuntive. Adesso avrebbe dovuto utilizzare un'altra parte della sua capacità di elaborazione per accertarsi che Chelsea non parlasse di nuovo col distruttore.

Era già più potente del previsto, e quel potere sarebbe solo aumentato quando avesse stabilito dei contatti per trasformarsi sempre di più.

11

Murray e Vanessa, amici del cuore per sempre

Il presidente degli Stati Uniti d'America era seduto sulla sua sedia nella Sala Ovale, con in mano un bicchiere di Macallan di sessant'anni con ghiaccio. Vanessa Colburn era seduta su una sedia accanto alla scrivania. Murray aveva sentito dire che non beveva. Tranne, forse, il sangue delle sue vittime. O di orfani scelti a caso. O forse di un gattino.

Il Macallan era un regalo ricevuto per il giorno dell'insediamento dall'ambasciatore scozzese. Si diceva che costasse più di trentamila dollari la bottiglia. Al presidente degli Stati Uniti non si regalava esattamente una bottiglia di Chivas Regal. Probabilmente, solo quel bicchiere valeva più di quanto guadagnasse Murray in una settimana. Gli sarebbe piaciuto molto permettere a Gutierrez di assaporare lo scotch, ma non era il momento di sorseggiare lentamente.

«Signor presidente, abbiamo bisogno di una risposta» disse Murray. «La dottoressa Montoya vuole operare subito Bernadette Smith.»

«Allora operatela» disse Vanessa. «Gli uomini di Ogden vi hanno procurato l'ospite vivo che volevate, ma Dawsey non ha intenzione di parlare con i triangoli. Questo butta all'aria l'intero piano.»

In un'unica frase era riuscita a combinare il successo della sua idea di mandare Ogden sul posto all'incapacità della squadra di Murray di trarre vantaggio da ciò. D'accordo, in realtà era un periodo composto, ma questo non cambiava il fatto che

Vanessa Colburn riuscisse a farti sembrare un idiota con il minimo sforzo.

«Montoya può ancora sezionare un triangolo prima che si decomponga» disse Vanessa. «Abbiamo fatto molti progressi, anche se Dawsey non è riuscito a comunicare, quindi qual è il problema?»

«Il problema, signorina Colburn, è che per tre mesi abbiamo cercato anche di catturare una creatura viva. Adesso possiamo raggiungere quell'obiettivo.»

Vanessa lo fissò. «Raggiungere quell'*obiettivo*? Cosa diavolo sta dicendo, Murray? Che dovremmo lasciar morire quella donna per catturare una creatura?»

«È un'ipotesi in discussione.»

«È un'ipotesi se si è un fottuto *vampiro*» disse.

Lei lo stava definendo un vampiro? Spassoso. «Abbiamo bisogno di informazioni. Le guerre non si vincono con le armi. Si vincono con le notizie.»

La donna scosse il capo. «Questa non è una guerra, Murray.»

Murray ne aveva abbastanza di lei. Quella donna era molto ascoltata dal presidente? Quella donna contribuiva a decidere le sorti del mondo libero?

«Non è una guerra?» disse Murray. «Come la definirebbe, allora?»

«È una situazione critica» sbottò Vanessa. «Nessuno sano di mente la definirebbe una guerra.»

«E cosa cazzo ne sa lei della guerra? Eh? Con la sua fottuta laurea all'Ivy League? Ha intenzione di raccontare a me cos'è la guerra?»

«Si calmi, Murray» disse Gutierrez.

«Non credo di riuscirci, signor presidente» disse Murray. Sentì la sua voce e cercò di fermarsi, ma non ce la faceva più. «Mi dica, signorina Colburn, nella sua *infinita* saggezza, sa com'è farsi sparare da qualcuno?»

«A dire il vero sì» replicò la donna. «Mi sono *guadagnata* la mia laurea all'Ivy League. Me la sono guadagnata mentre crescevo senza denaro, circondata dalla droga e dal crimine. Ho visto la mia buona dose di pistole, Murray. Ho visto morire degli amici.»

Murray rise di lei. «Oh, ma davvero? Allora è cresciuta in un quartiere ghetto, e questo significa che sa cos'è la guerra? Dopo aver visto morire qualcuno, è tornata di corsa a casa a guardare MTV?»

«Lei non mi conosce» disse Vanessa. «Non sa come sono cresciuta.»

«Bene, allora me lo spieghi. Quante persone ha ucciso?»

Vanessa non disse nulla.

«Nessuna? Bene, glielo concedo. Quante volte ha sorretto il capo di un suo amico che stava morendo dissanguato, l'ha guardato negli occhi e gli ha promesso di assicurarsi che i suoi figli sarebbero cresciuti forti? Nessuna. Bene, allora, avrà di certo dovuto togliersi dalla sua fottuta faccia il cervello di un amico, giusto? Quante volte si è nascosta in una risaia mentre il suo sangue colava nell'acqua sudicia? Quante volte ha dovuto uccidere una bambina di dodici anni perché puntava contro di lei il suo fucile AK? Eh? Forse adesso il quartiere ghetto non le sembra più tanto difficile, vero?»

«Murray!» sbraitò Gutierrez. «Il servizio che rende alla nazione non è di poco conto, ma questo è troppo.»

Murray si rese conto di respirare a fatica e di sudare. Nei trent'anni trascorsi in quella stanza, davanti a sei presidenti, non era mai sbottato in quel modo. Quella donna lo irritava come nessun altro. Estrasse un fazzoletto dalla tasca e si deterse il sudore dalla fronte.

Vanessa non sembrava affatto turbata. Il suo viso aveva mantenuto un contegno impassibile, ma non era riuscita a nascondere la sua emozione principale: la soddisfazione. Aveva vinto. Aveva messo in luce gli errori di Murray. Gli aveva fatto perdere le staffe, alla grande. Nei suoi occhi, Murray scorse un messaggio cristallino: se aveva intenzione di salvare almeno in parte la sua carriera, doveva cedere e sostenere qualsiasi cosa lei avesse proposto.

Murray si schiarì la voce. «Mi scusi, signor presidente.»

Gutierrez gli rivolse il suo sorriso da politico. «È una situazione difficile. Siamo tutti un po' irascibili.»

«Ascolti, Murray,» disse Vanessa «mi creda, non sono una specie di hippy convinta che lei abbia ucciso dei bambini o giù di lì. Rispetto il suo lavoro e la sua esperienza, ma lei appartiene a un'altra epoca. Questo è il motivo per cui siamo andati al potere. Perché le persone come lei pensano che possiamo dimenticare i diritti civili degli individui se la contingenza lo esige.»

La collera di Murray si riaccese, ma non aveva la minima intenzione di perdere di nuovo le staffe. Serrò la mascella. Un silenzio imbarazzante calò sulla Sala Ovale. Alla fine, Gutierrez lo spezzò.

«Fino a che punto si potrebbe tenere sotto controllo la situazione, Murray? Se li lasciassimo schiudere, qualcuno verrebbe a saperlo?»

Vanessa scosse la testa in preda alla confusione. Si accinse a parlare, ma Gutierrez sollevò un dito per interromperla.

«Fino a che punto la si potrebbe tenere sotto controllo, Murray?»

Murray non doveva far altro che distogliere Gutierrez dal permettere ai triangoli di schiudersi. Non doveva far altro che accodarsi a Vanessa e lei si sarebbe tirata indietro.

Ma non conoscevano ancora l'ubicazione della prossima porta. Per questo avevano bisogno di una creatura. Dawsey sarebbe stato ai patti: *doveva* stare ai patti.

E inoltre... Murray odiava a morte Vanessa Colburn.

«Be', signore, sarò schietto» disse Murray. «I mezzi di informazione sono già a conoscenza del batterio carnivoro. Se qualcuno morisse a causa di ciò...» Allargò le braccia. «Sono cose che capitano.»

Vanessa scosse il capo con condiscendenza. «Non sono cose che capitano e basta.»

«Vanessa,» disse Gutierrez «fammi un favore e chiudi il becco, cazzo.»

L'espressione sul volto di Vanessa era la stessa che avrebbe potuto avere se Murray avesse tirato fuori il cazzo e le avesse chiesto di fargli un pompino con panna montata e cubetti di ghiaccio.

«Su una scala da uno a dieci, Murray,» disse Gutierrez «fino a che punto abbiamo bisogno di sapere con cosa siamo alle prese?»

«Da uno a dieci? Provi 432. Stiamo affrontando una specie

di invasione. Credo che l'ora del tè e delle focaccine sia passata da tempo.»

Guardò intensamente il presidente. A sole due settimane dall'insediamento, John Gutierrez iniziava già a vedere al di là del suo idealismo?

C'era un solo modo per scoprirlo e cioè metterlo alle strette. Murray estrasse il cellulare e lo sollevò.

«Signor presidente, la prego, *devo* conoscere la sua decisione o ben presto questa discussione sarà del tutto inutile. Non dirmi nulla equivale a dirmi di lasciarli schiudere. Se non le dispiace ricevere un piccolo consiglio da un vecchio, signore, non permetta all'indecisione di decidere al suo posto. Faccia una telefonata e ne sopporti le conseguenze.»

Gutierrez fissò il vuoto, guardando qualcosa che non si trovava nella stanza.

«Lasciateli schiudere» disse.

Murray digitò col pollice LASCIATE CORRERE sul cellulare a una velocità che avrebbe suscitato l'ammirazione di Betty Jewell ai tempi d'oro della spedizione di sms. Premette *Invia*.

Vanessa scosse il capo. Aveva l'espressione di una persona sul punto di spiegare una cosa ovvia a un proprio caro che non riesce davvero a capire. «Signor presidente,» disse «John, io... Noi non possiamo farlo.»

Gutierrez rise. Murray percepì l'angoscia in quella risata. «Vanessa, stai esitando? Non avrei mai pensato di vedertelo fare. Ho sempre saputo che, prima o poi, avrei dovuto mandare delle persone incontro alla morte. Di quando in quando, mi illudevo e indugiavo nella speranza che magari la mia amministrazione sarebbe stata fortunata e che una mia decisione non avrebbe portato a bare avvolte nella bandiera. Mandare a morire i soldati è difficile, ma la morte fa parte del lavoro di un soldato. Lo capiscono quando si arruolano. Sai cos'è ancora più duro da affrontare? La consapevolezza che c'è una donna americana di nome Bernadette Smith, di ventotto anni, madre di tre figli, una cristiana che fa volontariato in chiesa, che lascerò morire intenzionalmente nel modo più orribile che si possa immaginare.»

Vanessa scosse il capo. «Signor presidente, insisto ch...»

L'uomo batté il pugno destro sulla scrivania. «Insisti? Tu insisti? Chi è il presidente qui dentro, cazzo?»

«Tu, John» disse lei sommessamente.

«Volevi dire signor presidente» disse Gutierrez.

Vanessa abbassò lo sguardo. «Lei, signor presidente.»

«Sai perché sono il presidente degli Stati Uniti d'America, Vanessa?»

La donna scosse il capo.

«Primo, perché sono abbastanza intelligente da assumere e ascoltare persone come te. E secondo, perché sono abbastanza intelligente da sapere quando *non* ascoltare persone come te. Di solito la decisione più difficile è quella necessaria, e ormai questa decisione è stata presa. Adesso fuori di qui.»

Vanessa guardò Murray, poi di nuovo il presidente. Murray si chiese se stesse per piangere.

Vanessa aprì la bocca per parlare, poi la chiuse e quindi la riaprì di nuovo. «Vuoi... vuoi che ce ne andiamo?»

«No» disse Gutierrez. «Soltanto tu. Devo parlare con Murray.»

La donna guardò di nuovo entrambi, prima Murray e poi Gutierrez, che ricambiò lo sguardo con un'espressione impassibile.

Vanessa Colburn si alzò e uscì dalla Sala Ovale così velocemente da mettersi quasi a correre. La porta si chiuse alle sue spalle. Il silenzio rimase sospeso nell'aria.

«Cosa mi dice dell'analisi delle condizioni meteorologiche effettuata da Montoya?» chiese Gutierrez. «Siete riusciti a trovare questo satellite invisibile?»

«Non ancora» disse Murray. «Ma vi abbiamo destinato parecchie risorse, signore. Stiamo cercando di individuare delle possibili ubicazioni. Confidiamo di trovare ben presto qualcosa.»

Gutierrez annuì lentamente. Aveva chiesto del satellite come se fosse quasi una formalità.

Murray attese con calma. Era già passato per quella trafila.

«Sto facendo la cosa giusta?» chiese infine Gutierrez. La sua espressione impassibile venne meno. Murray scorse il dolore e l'indecisione sul volto dell'uomo. «Murray, mi parli sinceramente. Svolge questa professione da parecchio tempo, giusto?»

«Sì, signor presidente.»

«Sto facendo la cosa giusta a lasciar morire quella donna?»

«Non spetta a me decidere cosa sia giusto e cosa sbagliato. Deve farlo lei, signore. Io mi limito a fornirle le informazioni in base alle quali prendere le decisioni e poi mettere in pratica tali decisioni.»

«Capisco. E quest'enorme sfilza di balle l'aiuta a dormire la notte?»

«No, signore» rispose Murray. «Ma uno Xanax o due aiutano eccome.»

Gutierrez sprofondò nella sedia. Vuotò il bicchiere di scotch, poi lo posò con così tanta forza che uno dei cubetti di ghiaccio schizzò fuori e scivolò sulla scrivania. Murray si avvicinò al carrello degli alcolici, prese la bottiglia di Macallan, poi versò al presidente una dose doppia.

«Se può esserle di consolazione, signor presidente, mi rende molto orgoglioso e speranzoso il fatto che per lei sia così difficile prendere questa decisione. Ho prestato servizio per cinque presidenti prima di lei. Ho visto che per alcuni di loro prendere decisioni come questa era diventato... facile.»

Gutierrez fissò Murray per un secondo, poi sollevò il bicchiere alla sua salute. «Grazie, Murray. Adesso vada a occuparsi di questa faccenda.»

«Sì, signor presidente» disse Murray, e uscì.

12

Lezioni di pugilato

Margaret percorse a grandi falcate la stanza dei computer, la qual cosa era difficile considerato che poteva fare solo cinque passi o giù di lì prima di dover svoltare di centottanta gradi. Il tessuto di PVC sulle sue gambe frusciò mentre camminava. Indossava ancora la tuta senza casco per risparmiare tempo quando fosse dovuto rientrare per eseguire l'operazione. Dew se l'era già tolta. Non l'aveva mai visto con una divisa da chirurgo.

Clarence entrò nella stanza dei comandi.

«Ti sei messo in contatto con Murray?» gli chiese. «Per lui va bene se procediamo per salvare subito la vita a questa donna?»

Clarence guardò Dew, poi di nuovo lei.

«Che problema c'è?» chiese. «Suvvia, sbrighiamoci. Stiamo perdendo tempo.»

Dew abbassò lo sguardo sul pavimento. Il volto di Clarence era inespressivo.

«Non puoi operarla» disse Clarence.

«Cosa stai dicendo? Ormai non possiamo più ottenere nient'altro da lei.»

«Qualcosa sì» disse Clarence. «C'è ancora qualcosa.»

Margaret lo fissò per un attimo. All'improvviso capì, ma una parte di lei represse quell'intuizione. Non voleva credere alle sue orecchie.

«Clarence... non puoi dire sul serio. Non penserai davvero che dovremmo lasciar schiudere quegli affari dal corpo di quella donna?»

«Abbiamo ricevuto degli ordini» disse lui.

Clarence sapeva quale sarebbe stata la risposta di Murray. Era per questo che aveva insistito affinché aspettassero e rinviassero l'intervento. Se non le avesse rifilato quella fandonia a proposito del tenere informate le persone che contavano, Margaret avrebbe già sistemato Bernadette Smith sul tavolo operatorio.

Margaret aveva sentito l'espressione vedere rosso. In astratto la comprendeva, ma non aveva mai visto davvero rosso. Fino a quel momento. Sentì la rabbia esplodere dentro di lei come non l'aveva mai provata prima.

«*Non* lasceremo morire quella donna!»

Avanzò di due passi e si mise a picchiettare con un dito l'ampio torace di Clarence. Certo, avrebbe potuto inveire anche contro Dew, ma se l'era quasi aspettato da un assassino a sangue freddo come lui. Ma Clarence? Un uomo con cui aveva fatto l'amore? «Quella donna ha un figlio di dieci anni che ha appena perso il padre e due sorelle. So di poter salvare Bernadette. La opereremo subito, maledetti bastardi. Avete sentito? Subito.»

Clarence scosse il capo. «Non possiamo, Margaret.»

«Per te sono la dottoressa Montoya, stronzo. Dottoressa. Nel senso che ho giurato di proteggere la vita.»

«Abbiamo ricevuto degli ordini» disse Clarence.

«Ordini da parte di chi? Di quel viscido bastardo di Murray Longworth? Di Ogden? Suoi?» Margaret indicò Dew, che continuava a fissare il pavimento. «Chi cazzo crede di potermi ordinare di lasciar morire questa donna?»

«Il presidente» rispose Clarence sommessamente. «Gli ordini provengono dal vertice. Si tratta di un provvedimento legislativo del presidente.»

«È vero? Be', forse può ordinarti di asfissiare qualche ebreo coi gas tossici già che ci sei! Cosa te ne pare di questi come ordini da eseguire? O forse può ordinare al qui presente Dew di legare un negro e di frustarlo un po' giusto per dare un esempio!»

Clarence corrugò il viso per la rabbia, ma a Margaret non importava. In realtà, ne era felice. Voleva suscitare una reazione in quello stronzo, in quello stronzo che marciava al passo dell'oca. Come poteva aver pensato di amare una macchina insensibile come quella?

«Cosa ne pensi, Dew?» gridò Margaret. «Se te l'hanno ordinato, allora significa che è giusto, vero?»

«Margaret,» esclamò Clarence «per piacere, calmati.»

«Non ti ho detto che sono la dottoressa Montoya? Eh, agente Otto?»

«Non capisci, ab...»

Margaret gli sferrò un diretto. Clarence stava ancora parlando quando lo fece. Il pugno colpì l'incisivo sinistro inferiore. La testa di Clarence scattò indietro a causa del dolore, non della forza del pugno, e l'uomo si portò le mani alla bocca. Margaret aveva già scorto la rabbia sul suo viso, ma quella nuova espressione andava ben al di là. Si trattava di furia. I suoi occhi si aprirono un piccolo varco nella collera di Margaret facendole capire che, per quanto fosse arrabbiata, era comunque una donna minuta e una persona della stazza di Clarence poteva farle male. *Molto* male, in qualsiasi momento avesse voluto... o in qualsiasi momento avesse perso il controllo.

Clarence dilatò le narici. Si drizzò in tutto il suo metro e ottantasette di altezza.

«Mi hai rotto un dente» disse. La sua voce rimase bassa, ma non era più pacata. L'agente Clarence Otto, il suo amante – o per meglio dire il suo *ex* amante – era quasi sul punto di stenderla, cazzo.

«Lascia perdere, Otto» disse Dew.

Clarence voltò di scatto la testa a sinistra e guardò Dew in cagnesco. Per un attimo, Margaret pensò che la sua rabbia avrebbe potuto sfogarsi contro Dew Phillips.

«È un *ordine*» disse Dew sommessamente.

Clarence lo guardò in cagnesco per qualche altro secondo, poi fissò Margaret con gli occhi pieni di odio. Si voltò e uscì dal rimorchio.

«Devi darti una calmata, dottoressa Montoya» disse Dew. «Ci troviamo in una situazione molto grave e tu sei abbastanza intelligente da capire il quadro generale. Hai qui il kit di pronto soccorso?»

«Perché ti serve un kit di pronto soccorso, cazzo?»

Dew indicò il suo pugno destro. «Perché perdi un sacco di sangue.»

Margaret sentì un calore umido un attimo prima di sollevare la mano. Avvertì il dolore solo quando la vide. L'anulare destro era squarciato all'altezza della prima nocca, tagliato da un frammento di dente rotto incastrato tra la pelle lacerata e l'osso.

Con la mano sinistra, aprì l'armadietto ed estrasse il kit di pronto soccorso. Con una mano sola, sollevò il coperchio e frugò all'interno in cerca di un ago per suturare e di una benda.

Dew protese la mano sinistra con il palmo rivolto verso l'alto.

«Non ho bisogno del tuo aiuto, Phillips.»

«Sì, invece.» La sua mano era ancora in attesa di quella di Margaret.

«La mia mano sinistra sta bene» disse Margaret. «Sarò ben felice di squarciarmi anche quella sul tuo dente se mi provocherai.»

«Clarence Otto è un gentiluomo» disse Dew. «Io no. Sono un forte assertore della parità dei sessi. Se mi colpirai, sputerai sangue. Poi, se conosco Otto, verrà a darmi la caccia perché ho picchiato la sua ragazza. È più grosso di me, quindi dovrò dargli una ginocchiata nelle palle e poi probabilmente rompergli il braccio destro per tenerlo a bada.»

Margaret si limitò a fissarlo. Dew parlava con una voce ponderata e ferma. Una voce melliflua. Sebbene stesse parlando soltanto di violenza, la sua voce la calmò. Più la rabbia si smorzava, più il dolore alla mano aumentava.

«Vuoi sapere come gli romperò il braccio destro, dottoressa Montoya?»

Le balenarono nella mente delle immagini di Perry Dawsey, immagini di quell'uomo gigantesco rannicchiato sul pavimento di una camera d'albergo, ricoperto di sangue a causa di Dew. Nel suo cervello, l'immagine di Clarence Otto si sovrappose a quella di Perry Dawsey.

La mano sinistra di Dew era ancora protesa con il palmo rivolto verso l'alto.

«No» disse Margaret. «Non voglio saperlo.» Sollevò la mano destra insanguinata e la posò sul palmo di Dew.

L'uomo estrasse il dente dalla nocca e lo posò sul bancone dei computer. «Magari Otto lo rivuole» disse. «Voi scienziati non dovreste essere superiori alle zuffe e giù di lì?»

«Non ho intenzione di lasciar morire quella donna» disse Margaret. «Quanto è appena successo non cambia nulla. Ho intenzione di operarla.»

«No.» Dew applicò la benda sulla ferita, la premette con forza e la tenne stretta. Margaret sibilò per il dolore. «Quel che farai, dottoressa Montoya, è quanto ti è stato ordinato.»

Margaret fu sul punto di protestare, ma Dew strinse la mano un po' più forte. Il dolore la fece restare senza fiato troncando le sue parole.

«Il presidente ha ordinato di consentire ai triangoli di quella donna di schiudersi» disse Dew. «Non riusciamo a localizzare la prossima porta; quindi non possiamo permetterci di uccidere qualcosa che potrebbe avere quell'informazione.»

«Non possiamo sacrificare una nostra compatriota, maledizione.»

«Svegliati, dottoressa Montoya, l'America sacrifica in continuazione i suoi cittadini. L'ha sempre fatto e lo farà sempre. Abbiamo sacrificato parecchi miei amici in Vietnam.»

«Adesso abbiamo un esercito volontario, Dew» disse Margaret. «Non è la stessa cosa. Non abbiamo più la leva obbligatoria.»

«E questa situazione continuerà finché ci saranno abbastanza truppe per combattere gli scontri a cui dobbiamo far fronte.» Dew tolse la benda insanguinata e la gettò nel cestino della spazzatura. Ne premette un'altra, la tenne ferma con il pollice sinistro e poi estrasse un kit per suturare con la mano destra. Lo aprì con i denti e lo posò accanto alla tastiera.

«Nel preciso istante in cui dovremo affrontare una minaccia abbastanza grossa, sai benissimo che tornerà la leva obbligatoria» disse. «I pochi che muoiono consentono alla maggioranza di vivere. Quella donna lì dentro deve morire per la stessa ragione.»

«Non me ne frega un cazzo» disse Margaret. «Non faccio parte dell'esercito. Sono un dottore e *non* sacrifico le persone. Non rispetterò i vostri ordini.»

Dew tolse la seconda benda, che era meno insanguinata della prima. Strinse i lembi di pelle lacerata, prese l'ago già infilato e lo passò nella carne.

Le sue mani erano ruvide ma calde. Delicate. Margaret osservò la sua tecnica: sicura ed esperta.

«L'hai già fatto prima d'ora?»

Dew annuì. «Dolcezza, l'ho fatto mentre altre persone cercavano di uccidermi. L'ho praticato su me stesso mentre altre persone cercavano di uccidermi. Questo qui è soltanto un taglietto da rissa da bar. Dove hai imparato a sferrare pugni in quel modo?»

«Ho preso lezioni di pugilato» disse Margaret. «In realtà, non ho mai colpito nessuno in tutta la vita.»

Dew annuì di nuovo. «Se non rispetterai gli ordini, sarai tagliata fuori» disse mentre le dava il secondo punto. «Non è una minaccia per dire che verrai segregata in solitudine finché questa storia non si sarà conclusa. Dico che non è una minaccia perché so che non ti importa delle punizioni o di far incavolare qualcuno.»

«No.»

Dew le diede un terzo punto. «Tuttavia, è quanto accadrà. Verrai rimossa dal caso e il tuo posto verrà preso da qualcun altro. Forse da quel dottor Chapman o magari dal tuo vecchio amico, il dottor Cheng.»

Dew le diede il quarto punto, poi la guardò negli occhi. Il suo volto si trovava solo a pochi centimetri da quello di Margaret, che sentì le sue mani muoversi: stava tagliando il filo fidandosi solo del tatto.

«Di chiunque si tratterà, non ne saprà quanto te, Margaret. Dovrà perdere tempo per mettersi in pari, tempo di cui non disponiamo. E probabilmente si lascerà sfuggire qualcosa che potrebbe fare la differenza.»

Margaret distolse lo sguardo. Dew aveva ragione.

«Non sappiamo cosa varcherà quelle porte» disse Dew. «Ma qualsiasi cosa sia le avrebbe *già* attraversate se non fosse stato per te. Grazie alla tua teoria, potremmo perfino riuscire a trovare la fonte dell'infezione. Se è un satellite, potremmo abbatterlo sparandogli. Grazie a te. Margaret, non possiamo farlo senza di te.»

«Ma Dew, quella donna... Sarà orribile.»

L'uomo annuì lentamente. «Sì. Ma *dobbiamo* sapere. Adesso giochi in serie A e, a questo livello, una delle parti integranti del gioco consiste nel sapere quando bisogna fare un sacrificio.»

«Per te è facile dirlo» affermò Margaret. «In questo sei molto bravo, vero?»

Dew sorrise. Si trattava di un sorriso pieno di amarezza.

«Dicono che sono uno dei migliori. È un onore un po' ambiguo. Ascolta, dottoressa, qualsiasi cosa tu dica, qualsiasi cosa faccia o con chiunque parli, Bernadette Smith morirà. Tu non puoi far altro che sollevare una protesta inutile ed essere estromessa dal progetto. Manterrai la tua integrità, ma a quale costo per il Paese? Per l'umanità? Dimmi che capisci almeno questo.»

Capiva eccome. Qualsiasi protesta sarebbe stata ignorata e non avrebbe ottenuto nulla; la macchina di Murray Longworth l'avrebbe schiacciata. Le cose sarebbero continuate, ma in modo meno efficace. E, per quanto ciò la inducesse a odiare sé stessa, non aveva intenzione di permettere a un gesto inutile di estrometterla dal progetto.

«Capisco» disse.

«Se pensi che Gutierrez ci abbia fatto questa richiesta per capriccio, se pensi che per me e Otto sia facile esaudirla, allora sei una sciocca. Spero che tu non debba mai fare una richiesta simile, Margaret. Ma se dovessi farlo, ricordati: una vita vale quanto quelle di centinaia di persone? Di migliaia?»

«Non sappiamo se sacrificare Bernadette Smith ci permetterà di salvare centinaia di vite. O perfino *una* vita.»

Dew annuì. «Esatto. Non lo sappiamo, ed è per questo che una decisione simile è così complicata da prendere.»

Si alzò e iniziò a risistemare il kit di pronto soccorso. La mano di Margaret era già bendata. Non se n'era nemmeno accorta. Se il destino gli avesse riservato una sorte un po' diversa, Dew Phillips sarebbe potuto diventare un ottimo chirurgo.

Dew si accinse ad andarsene, poi si voltò verso di lei. «Allora devo chiamare il dottor Chapman per gestire la faccenda, oppure sbrigherai tu il lavoro?»

Lo odiava. Lo odiava più di quanto riteneva possibile odiare un essere umano e quasi quanto odiava Clarence Otto.

«Me ne occuperò io» disse.

Dew Phillips le rivolse di nuovo quel sorriso amaro.

Uscì dalla stanza dei comandi lasciando Margaret da sola a pensare all'incubo imminente.

13

Tutto ciò di cui hai bisogno è amore

Il colonnello Charlie Ogden era in piedi nella tenda di comando, intento a consultare le cartine e le foto satellitari sparpagliate sul tavolo centrale. Il caporale Cope era seduto su uno sgabello. Era proteso in avanti come un uccello rapace, in attesa di eseguire subito l'ordine successivo di Ogden.

Ogden si chiese se quella notte avrebbe potuto concedersi almeno le sue solite quattro ore di sonno. Probabilmente non era il momento adatto. E se lui non poteva dormire, non poteva farlo nemmeno il caporale Cope. Pover'uomo. Ma Cope era giovane; in realtà non aveva bisogno di dormire. Il sonno andava bene per le femminucce.

Ogden guardò l'ora: erano le 21:30.

«Caporale.»

«Sì, signore?»

«Ha saputo qualcosa sul soldato semplice Climer dal dottor Harper?»

«Non ancora, signore» rispose Cope.

«Quante ore fa è stato qui Harper?»

«Circa dodici ore fa, colonnello.»

«Quanto ci vuole per risvegliarsi quando si viene colpiti alla spalla, cazzo?»

«Non saprei, signore» disse Cope. «Posso cercarlo su internet se vuole.»

«Era una domanda retorica, caporale.»

«Sì, signore.»

Forse, dopotutto, quel ragazzo aveva bisogno di dormire un po'.

«Caporale, la ricerca eseguita dai satelliti ha dato qualche risultato?»

«No, signore» disse Cope. «Come mi ha chiesto, sono stato addosso agli addetti all'osservazione. Adesso li chiamo per nome, signore, anche se il nome con cui vorrebbero chiamarmi quando ricevono le mie telefonate ogni quindici minuti non è Jeff, se capisce cosa intendo dire.»

Gli addetti all'osservazione erano infastiditi dall'accuratezza? Be', potevano andare a farsi fottere. Loro non si trovavano in prima linea.

Ogden sorseggiò il caffè tiepido con gli occhi fissi, cogitabondo. Aveva ampliato la zona di ricerca avvalendosi di tutte le risorse disponibili, ciononostante non c'era ancora traccia della porta. Tutti gli attacchi precedenti erano sfociati nella costruzione di una struttura in un raggio di circa centosessanta chilometri. Certo, questo comportava delle aree enormi, ma avevano dozzine di mezzi aerei e una copertura satellitare capillare. Se ci fosse stato qualcosa, avrebbero dovuto trovarlo.

Quel che lo preoccupava davvero, però, era la famiglia Jewell. Ogden non dubitava che i Jewell fossero almeno in parte responsabili della morte dei suoi uomini. Fino a quel momento, l'avviso a tutte le unità non aveva dato nessun risultato.

Allora, dov'erano andati?

Il lembo della tenda si aprì. Entrò un soldato senza camicia, con addosso gli scarponi, i pantaloni dell'uniforme da fatica e una fasciatura bianca intorno alla spalla sinistra. Nella mano destra teneva la sua M4.

«Quando si parla del diavolo...» esclamò il caporale Cope. «Come ti senti, Dustin?»

«Bene» disse Dustin. «Sono venuto a parlare con il colonnello.»

Ogden posò la tazza col caffè. «Sei ferito, figliolo, e sei senza uniforme. Ho detto al dottor Harper che sarei venuto a farti visita.»

«Va bene così, colonnello» disse Dustin. «Sono venuto io da lei. Lei è quello di cui abbiamo bisogno.»

«Torna a letto, soldato semplice Climer» disse Ogden. «Verrò a parlarti lì. Non voglio che il dottor Harper ti perda di vista, intesi?»

Climer rimase dritto in piedi e gli rivolse un saluto militare esagerato. «Sì, signore! Il dottor Harper è proprio qui fuori, signore!»

Il ragazzo si comportava in modo strano. Era colpa degli antidolorifici? Climer si avvicinò al caporale Cope. Il lembo della tenda si aprì di nuovo ed entrarono due uomini: il dottor Harper e l'infermiere Brad. Il dottor Harper aveva il naso rotto, con l'osso bianco che sporgeva da uno squarcio rosso. E tuttavia stava sorridendo. Anche l'infermiere Brad stava sorridendo, la bocca spalancata con una strana angolazione. La bava gli colava dalle labbra oscillando in un lungo filo luccicante quando si muoveva.

«Signore!» gridò Climer. «Siamo qui per una spedizione di reclutamento, signore! Vogliamo che lei esprima tutte le sue potenzialità.»

Di colpo gli fu tutto chiaro. Come aveva potuto essere così stupido? Roznowski aveva lasciato vivere Climer. Lo sparo alla spalla era stato solo una copertura per fare in modo che le condizioni di Climer non destassero sospetti mentre il morbo prendeva il sopravvento su di lui. Questo significava che adesso la malattia era diventata contagiosa.

Charlie Ogden allungò la mano per prendere la pistola che teneva lungo il fianco.

L'infermiere Brad e il dottor Harper si precipitarono in avanti.

Dustin Climer tracciò un arco orizzontale con la sua M4, colpendo alla gola il caporale Cope, che aveva reagito lentamente. Cope cadde dallo sgabello tossendo.

Ogden esplose due spari. Il primo non andò a segno. Il secondo colpì il dottor Harper al centro della fronte proprio quando Brad si lanciò in un contrasto aereo. L'infermiere Brad era un soldato giovane, forte e corpulento, e l'urto scosse il corpo di mezz'età di Ogden. Mentre si schiantavano a terra, Ogden sentì Climer precipitarsi verso di loro. Ogden cercò di sollevare la pistola ma Brad gli afferrò il polso con entrambe le mani. Con la mano libera, Ogden infilò il pollice nell'occhio destro di Brad. Il bulbo oculare schizzò fuori dall'orbita riversando del liquido trasparente sulla mano di Ogden.

L'infermiere Brad non mollò la presa.

Non smise di sbavare.

Non smise nemmeno di sorridere.

Un'altra mano portò via la pistola a Ogden e gli puntellò il braccio a terra. Qualcosa lo colpì allo stomaco, ed egli si ritrovò improvvisamente incapace di respirare. Cercò di scalciare, cercò di strattonare, ma non riusciva a respirare, non riusciva a combattere contro i due giovani soldati che lo immobilizzavano a terra.

Il volto di Climer parve galleggiare sopra il suo, illuminato in controluce dal chiarore della tenda.

«Sì, signore!» disse Climer. «Voglio che metta la testa a posto, signore!»

Ogden sentì delle mani sui lati della testa, che lo tenevano fermo in modo da impedirgli di voltarsi in qualsiasi direzione. Climer gli si sedette a cavalcioni sul petto. Tenne con la mano destra la fronte di Ogden, immobilizzandogli la testa a terra. Con l'altra mano, Climer gli afferrò il mento – con forza – e lo costrinse ad aprire la bocca.

Poi Climer si sporse in avanti avvicinandosi.

Ogden avrebbe voluto dirgli 'cosa cazzo stai combinando?' se avesse potuto respirare o se avesse potuto muovere la bocca, ma non riusciva a fare nessuna delle due cose. Poteva soltanto ringhiare dal profondo della gola.

Il colonnello Charlie Ogden vide la lingua di Climer. Era gonfia. Ricoperta di piaghe blu.

Piaghe blu triangolari.

Le labbra di Climer si serrarono intorno alle sue e la lingua di Climer affondò nella sua bocca. Attonito per lo spavento e la confusione, Ogden cercò di nuovo di divincolarsi. Cercò di morderlo ma non ci riuscì, la mano forte di Climer gli teneva aperta la mandibola.

Ogden sentì il calore umido della lingua di Climer frugare all'interno della sua bocca. Percepì la puntura di un centinaio di aghi.

Poi avvertì il bruciore.
Climer si mise su a sedere, abbassò lo sguardo su di lui, si asciugò le labbra con il dorso della mano e sorrise.
La bocca di Ogden era in fiamme.
«Adesso non ci vorrà molto, signore» disse Climer. «Non ci vorrà molto.»

14

Benvenuti a Detroit

«Signor Jenkins, siamo già arrivati?»

«Penso che ci siamo vicini, Chelsea» disse il signor Jenkins.

Chelsea era stanca di viaggiare. Seguiva il percorso sulla cartina. Prima c'era stato il lungo tragitto da Gaylord, poi avevano attraversato tutta la città in cerca del posto giusto. Il camper avanzò lungo una St Aubin Street deserta. I fari illuminarono gli edifici abbandonati e il manto stradale frantumato. Una leggera brezza sospinse fiocchi di neve nel cielo, invisibili finché non passavano davanti ai fari, poi di nuovo invisibili quando li superavano velocemente. Nonostante tutto fosse coperto da cinque centimetri di neve, videro spazzatura ovunque: giornali, buste di Doritos, schegge di legno rotto, pile di mattoni spezzati punteggiati di frammenti di malta come rocce dell'oceano macchiettate di cirripedi.

«Volevi un posto segreto» disse il signor Jenkins. «Penso che questa zona vada bene. Questa è la Detroit che stavamo cercando.»

«Quaggiù non c'è nessuno» disse la mamma. «Sembra una città fantasma. Dovrebbero esserci almeno dei senzatetto o degli abitanti abusivi.»

«L'inverno è duro per loro» disse il signor Jenkins. «Sembra che questi edifici siano privi di corrente, quindi non c'è nemmeno il riscaldamento a meno che non accendano un fuoco.»

«E cosa mi dici delle bande?» chiese la mamma. «Staremo al sicuro qui?»

Il signor Jenkins si strinse nelle spalle. «Direi di sì. Guardati intorno. Cosa ci farebbero qui le bande? Morirebbero di freddo, ecco cosa. Se ci nascondiamo e restiamo rintanati, non dovremmo avere problemi. È come quasi tutte le città, scommetto: se non rompi il cazzo alla gente, la gente non lo rompe a te.»

«Di nuovo quella brutta parola, signor Jenkins» disse Chelsea.

Il signor Jenkins abbassò il capo. «Scusa, Chelsea.»

Il camper svoltò a destra in Atwater Street. Alla loro sinistra c'era un piccolo porticciolo turistico quasi del tutto vuoto che dava sul Detroit River. Più avanti, a destra, videro un edificio solitario di mattoni a tre piani circondato da aree abbandonate ingombre di macerie, steccati rotti ed erba alta incurvata dalla neve. Un nastro blu scolorito circondava l'ultimo piano dell'edificio, punteggiato di un marrone rossiccio nei punti in cui riemergevano i mattoni originari. Le parole GLOBE TRADING COMPANY erano dipinte sul blu con lettere bianche sbiadite.

A Chelsea piacque quell'edificio. Le piacque molto.

«Cosa ne dice di questo posto, signor Jenkins?»

«A quanto pare, non c'è nessuno» disse. «È tutto ricoperto di assi. All'interno potrebbero esserci dei vagabondi ma, in quel caso, potremmo occuparci di loro.»

«C'è...» Chelsea cercò le parole che le aveva insegnato Chauncey. «C'è parecchio cemento? Ci sono... barre d'acciaio di rinforzo? Metallo? Queste cose ci impediranno di essere visti dallo spazio.»

«Oh, certo» disse il signor Jenkins. «Ce ne saranno un sacco.»

«Bene» disse Chelsea. «Penso che alle bamboline piacerà questo posto. Entriamo a dare un'occhiata.»

«D'accordo» disse il signor Jenkins. «Facciamo un giro intorno all'edificio e cerchiamo una porta per entrare. Dobbiamo portare dentro il camper, altrimenti domani mattina la polizia lo vedrà.»

Il camper svoltò a destra in Orleans Street e, con i fari, illuminò un uomo che stava in mezzo alla strada. Portava soltanto una maglietta e un paio di jeans ed era scosso da tremiti. Perfino alla luce fioca dei fari, riuscirono a vedere che aveva le dita gonfie e scorticate. Alle spalle dell'uomo videro il retro di una tozza moto nera come l'ebano incrostata di fango gelato, terra e perfino ghiaccio.

«Cazzo» esclamò il signor Jenkins. «Fuori si gela. Quel tipo guida una Harley-Davidson? Su quell'affare c'è una targa dell'Ohio? Guardate le sue dita, cazzo.»

«Moderi i termini» disse Chelsea.

«Scusa, Chelsea» disse il signor Jenkins.

Chelsea si protese verso l'esterno con la mente. L'uomo si chiamava Danny Korves. Abitava in una città chiamata Parkersburg. Si trovava molto lontano e lui era infreddolito a tal punto che ben presto sarebbe morto.

«Signor Jenkins,» disse Chelsea «vada a prendere quell'uomo e lo faccia salire. Dobbiamo riscaldarlo.»

Non voleva che il signor Korves avesse freddo.

Dopotutto, se aveva freddo, l'avevano anche le nove bamboline che stavano crescendo dentro di lui.

Adesso che Chelsea ne aveva a sufficienza, sapeva quanto tempo ci sarebbe voluto per costruire la porta. L'edificazione sarebbe iniziata poco dopo la schiusa delle bamboline.

E quel momento sarebbe arrivato nel giro di poche ore, verso l'alba.

Settimo giorno

1

In prima linea

Tormento. Calore. Un dolore atroce, lancinante. Aveva il corpo in fiamme, il cervello in fiamme.

Si trovava all'inferno? Charlie Ogden aveva provocato un numero sufficiente di morti da avere i requisiti necessari. Sia tra i nemici che tra i suoi stessi uomini. Quanti soldati nemici? L'ipotesi più attendibile oltre i mille; la cifra in Somalia e in Iraq era stata così terribilmente alta che era difficile tenere il conto.

Il numero esatto non contava, vero? *Non uccidere*. Una morte era il prezzo per essere ammessi all'inferno; tutto il resto era solo strafare.

Il frammento di un'immagine gli balenò nella mente. Qualcosa di nero che si dimenava. Un serpente? Un centopiedi?

Il calore nel suo cervello divenne ancora più intenso, il che era impossibile, perché non poteva aumentare ancora. Ogden udì sé stesso gridare o, perlomeno, cercare di farlo ma qualcosa in bocca attutì il suono.

Di nuovo quell'immagine. Non era un serpente... ma un tentacolo.

Una creatura.

Erano lì per ucciderlo? Per vendicarsi?

Ciao...

Una voce. Altre immagini, altre figure. Creature. A centinaia, intente a costruire qualcosa, a fare qualcosa.

Qualcosa di meraviglioso. Qualcosa di... *sacro*.

Il calore aumentò ancora. Ogden sentì il cervello lacerarsi.

Una volta gli AC/DC avevano cantato che l'inferno non è un brutto posto in cui stare, tuttavia Ogden sapeva che era una stronzata assurda, perché avrebbe fatto qualsiasi cosa per sfuggire a quel tormento infinito.

Riesci a sentirmi?

Quella voce. La voce di un angelo che veniva da lui. Il calore parve diminuire. Appena, ma anche quel poco gli parve un miracolo.

Ogden produsse un suono che avrebbe dovuto essere un sì ma, attraverso il bavaglio, parve un 'iì'.

Delle mani gli toccarono la testa, la testa bollente. Gli tolsero il bavaglio. L'aria fresca gli entrò nei polmoni. Sulla lingua gonfia e dolorante avvertì un sapore disgustoso.

Riesci a sentirmi?

«Sì» sussurrò Ogden. La voce stava smorzando il calore? Amava quella voce.

Bene. Abbiamo bisogno di te.

Ogden sentì delle mani sollevarlo e metterlo a sedere su una sedia. Si guardò intorno. C'era il caporale Cope, raggiante d'amore. C'era l'infermiere Brad, che sbavava e sorrideva, con la palpebra afflosciata sull'orbita dove prima c'era l'occhio. C'era Dustin Climer, che sogghignava e annuiva come se lui e Ogden condividessero un segreto. In effetti, condividevano davvero un segreto, il miglior segreto che il mondo avesse mai conosciuto.

Ogden trasse un respiro profondo nel tentativo di gestire le nuove emozioni che gli devastavano l'anima. «Cosa volete che faccia?»

Quello per cui sei nato. Proteggere gli innocenti.

Ogden annuì. Proteggere gli innocenti. L'aveva fatto per tutta la vita.

Abbiamo bisogno dei tuoi uomini a Deee-troit, disse la voce. *Devi sbrigarti, ma sta' attento. Il demonio cercherà di fermarti. Di fermarti per poter arrivare a me.*

Ogden scosse il capo. Cope e Climer lo scossero a loro volta.

«Non arriveranno a te» disse Charlie. «Non glielo permetterò.»

Bene. Porta le armi e i tuoi uomini.

«Ma... gli uomini... non la pensano tutti così. Credo che qualcuno non capirà.»

Allora devi mostrargli l'amore. Sbrigati, per piacere sbrigati.

La voce parve dileguarsi sospinta da un vento mentale. Si smorzò, ma non l'amore. Charlie Ogden sapeva cosa doveva fare. Guardò Dustin Climer. «Quanto tempo mi ci è voluto per vedere la luce?»

Climer controllò l'ora. «Ha perso conoscenza alle 21:35, signore. Adesso sono le 04:30, quindi circa sette ore. Il caporale Cope ha impiegato solo quattro ore per convertirsi. Forse perché è più giovane, signore.»

Ogden sapeva. Sapeva esattamente quando si sarebbe aperta la porta. Chelsea gli aveva inculcato quell'informazione nella mente, come se fosse un orologio che ticchettava scandendo il tempo fino all'inizio del paradiso. Aveva poco più di cinquantadue ore per farcela.

«Caporale Cope,» disse Ogden «impartisca i seguenti ordini a tutte le truppe in caserma. Ordini al primo plotone di impedire l'accesso o l'uscita dall'accampamento. Nessuno può entrare o uscire, nemmeno un generale con quattro stelle. Ordini al secondo plotone di condurre l'esercitazione di detenzione. Devono immobilizzare tutti gli uomini del terzo e del quarto plotone. Devono legarli alle loro brande, mani e piedi. Informi tutti i capi delle squadre del terzo e del quarto plotone di collaborare senza esitazione perché sto valutando la capacità di contenere un ampio numero di individui scelti. Dopodiché, il primo plotone dovrà ritornare in caserma e attendere ulteriori ordini.»

«Sì, signore» disse il caporale Cope avvicinandosi alla radio.

Ogden si rivolse a Climer. «In quanti siamo adesso?»

«Solo noi quattro, compreso lei, signore.»

Ogden annuì e consultò l'orologio. Avrebbero impiegato circa un'ora per immobilizzare il terzo e il quarto plotone e mostrare loro l'amore di Dio. Se si aggiungeva il periodo di gestazione, che durava dalle quattro alle sette ore, i primi sessanta uomini sarebbero stati completamente convertiti appena dopo mezzogiorno.

Gli uomini della Resistenza interna tenevano sotto controllo l'aeroporto. Potevano monitorare tutti i movimenti in entrata e in uscita. Gaylord era ancora evacuata; gli unici problemi in cui avrebbero potuto imbattersi sarebbero arrivati dalla polizia, dagli addetti del pronto soccorso o dai mezzi di informazione. I cronisti erano sicuramente appostati fuori dai posti di blocco, in attesa di entrare con le luci abbaglianti e le telecamere accese. Avrebbe dovuto portare via i suoi uomini di notte percorrendo le stesse strade laterali che sorvegliavano dal giorno prima.

«Caporale Cope.»

«Colonnello?»

«Inizi a occuparsi degli aspetti logistici» disse Ogden. «Alle 23:00 porterò il terzo e il quarto plotone a Detroit. Climer, accertati che il primo e il secondo plotone completino il processo di conversione. Entro domani devono essere pronti a dirigersi a Detroit quando glielo ordinerò.»

«Sì, signore» disse Climer.

«Ci rimane la compagnia Whisky» disse Cope. «Cosa mi dice di loro, signore?»

I centoventi combattenti della compagnia Whisky costituivano una pecca nei suoi piani. Li avrebbe convertiti, ma ciò avrebbe comportato un'altra perdita di tempo e ulteriori rischi. Forse sarebbe stato meglio evitarli. Se li avesse lasciati all'aeroporto di Gaylord, anche dopo aver trasferito tutta la compagnia Raggi X a Detroit, avrebbe salvato le apparenze con Murray e la polizia di Gaylord. Naturalmente, non per molto tempo, ma adesso la cosa più importante era guadagnare qualche ora di libertà d'azione qui e lì.

«Dica al capitano Lodge che la compagnia Whisky deve occuparsi immediatamente di tutti i posti di blocco e gestire i rapporti con le forze dell'ordine» disse Ogden. «La compagnia Whisky *non* deve interagire con nessun membro della compagnia Raggi X. Informi il capitano Lodge delle nostre esercitazioni di contenimento e del fatto che devo mettere alla prova la capacità della compagnia Whisky di agire da sola. Lui e Chiodo possono gestire la faccenda senza problemi. Questo ci farà guadagnare circa un giorno, forse due, prima che qualcuno si accorga che me ne sono andato.»

«Sì, signore.»

«Adesso che ci penso, Cope, farebbe meglio a rimanere

con Climer» disse Ogden. «Tutti conoscono la sua voce e sanno che trasmette i miei ordini. Chi può venire con me e agire da mio addetto alle comunicazioni?»

«Il più adatto sarebbe il caporale Kinney Johnson, signore» disse Cope. «Ma, se devo essere sincero, non è molto sveglio.»

«Dovrò accontentarmi» disse Ogden. «Si assicuri che sia compreso nel prossimo gruppo da convertire. Adesso si dia una mossa.»

Ogden si sporse al di sopra del tavolo fissando la cartina del Michigan. Avrebbe potuto creare solo un numero limitato di protettori nelle quarantasei ore seguenti, e quella quantità sarebbe impallidita in confronto alle forze che avrebbe dovuto affrontare.

Nonostante la disparità, doveva trovare il modo di vincere. Ci sarebbe voluta una strategia. Una strategia eccellente.

Del tipo che ti avrebbe fatto entrare per sempre nei libri di storia.

2

Papà è un vero stupido

Quell'edificio era perfetto.

Delle travi di metallo arrugginite, un tempo bianche, sostenevano un altissimo soffitto a punta. C'erano buchi in quel soffitto, attraverso i quali Chelsea riuscì a intravedere piccoli sprazzi del cielo del primo mattino, con stelle minuscole che mandavano ancora lampi di luce fioca. Riuscì a vedere la *volta celeste*. Era un edificio molto ampio: il suo orologio di Topolino diceva che ci volevano trenta secondi per correre da un'estremità del pavimento ricoperto di spazzatura all'altra. Su un lato dell'edificio, un secondo balcone e perfino un terzo davano su un'estesa area centrale aperta. C'erano parecchie scritte sui muri. Anche alcune parolacce. Se qualcun altro fosse entrato a scrivere brutte parole, Chelsea avrebbe dovuto incaricare il signor Jenkins di occuparsi di lui.

Avevano trovato una grossa entrata sul retro. Il signor Jenkins l'aveva definita piattaforma di carico. Più in alto c'era una porta di metallo avvolgibile, che si era inceppata rimanendo aperta di tre quarti. Il signor Jenkins aveva detto che funzionava proprio come un rotolo di carta da cucina e che la gente era solita abbassarla, ma adesso era arrugginita e rotta. Del compensato ricoperto di scritte ostruiva il resto dell'entrata. Il signor Jenkins dovette passare con il camper attraverso il compensato, e l'intera parete crollò come un ponte levatoio nelle storie delle principesse. Gli salì sopra spezzando il legno in molti punti, ma poi lui, il papà, il vecchio Sam Collins e il signor Korves riuscirono a rimetterlo a posto.

Il camper si trovava all'interno, nascosto al sicuro. E questo era un bene perché più o meno quando ebbero risistemato quel compensato, Chelsea sentì che le bamboline erano quasi pronte a uscire a giocare.

Chelsea ordinò al signor Jenkins di disporre i papà delle bamboline l'uno accanto all'altro davanti al camper. Il sole nascente stava già diffondendo un po' di luce all'interno dell'edificio attraverso i piccoli buchi nel tetto, ma Chelsea voleva che i papà stessero davanti ai fari in modo da poter vedere tutto. Avevano la testa rivolta verso il camper e i piedi che puntavano nella direzione opposta. Sembrava quasi l'ora del sonnellino in un campeggio estivo.

Il signor Jenkins li legò.

Legò il papà, il signor LaFrinere, il signor Gaines, il vecchio Sam Collins e Danny Korves.

La mamma prese uno dei coltelli del signor Jenkins e tagliò loro i vestiti.

Tremavano tutti parecchio. Era entrata nell'edificio un po' di neve, una sottile polvere bianca che si accumulò sulle assi cadute e i mattoni rotti. Di quando in quando, una raffica di vento trovava un varco attraverso le pareti e le finestre rivestite di assi, facendo turbinare la polvere in archi lenti.

Poi, i papà delle bamboline iniziarono tutti a gridare. Fu fastidioso. Chelsea disse alla mamma di ficcare loro in bocca dei brandelli di vestiti. Funzionò.

Chelsea si sedette a guardare.

Erano tutti legati, ma continuavano a scalciare e a dimenarsi. Tutti tranne papà. Il papà guardava Chelsea. I suoi occhi sembravano tristissimi. Stava cercando di dire qualcosa. Non gridava come gli altri, anche se le bamboline sul suo braccio stavano iniziando a rimbalzare dentro e fuori.

Chelsea si alzò e gli si avvicinò. Gli tolse dalla bocca il brandello di maglietta.

«Chelsea, tesoro» disse il papà. Era difficile capire le sue parole perché respirava con estrema fatica. «Ti prego, piccola, falli... falli smettere.»

Chelsea rise. «Oh, papà! Come sei divertente!»

«No, tesoro. Non... sto scherzando.»

I triangoli rimbalzarono un po' più in fuori proiettando bizzarre ombre che si muovevano sulla parete opposta. Il volto del papà si contorse in una smorfia. Digrignò i denti ed emise un rumorino.

«Tra poco sarà tutto finito, papà.»

L'uomo aprì di nuovo gli occhi. Sbatteva le palpebre davvero in fretta. Respirava come se avesse appena fatto una corsa.

«Chelsea... puoi controllare questi affari. Puoi farli smettere... puoi... disattivarli.»

Uno dei neonati del vecchio Sam Collins si liberò con uno schiocco. Percorse un arco nell'aria, illuminato dai fari. Com'era carino!

Le grida soffocate si fecero più forti.

«Chelsea!» urlò il papà. «Non sto... Non sto scherzando. Fermali oppure ti troverai in un grosso guaio.» Le lacrime gli colavano dagli occhi. Bolle di muco gli uscivano dal naso. Iniziò a scalciare. Adesso i triangoli sul braccio stavano davvero sgusciando all'esterno.

«Papà, Dio vuole che escano. Perché dovrei fermarli?»

«Perché sto per morire, piccola stronza!» Il petto del papà si sollevò. Aprì e chiuse gli occhi, li aprì e li chiuse. «Per piacere, Chelsea! Oh mio dio, che male! Mi stanno gridando nella testa. Ti prego! Falli smettere.»

Uno dei neonati del papà si liberò con uno schiocco. Il papà gridò veramente forte. Era soltanto confuso, tutto qui. Adesso sarebbe andato in paradiso. Tutti quelli che credevano *davvero* nel paradiso avrebbero dovuto essere felici di morire. Be', più vivevano, più avevano la possibilità di fare qualcosa di male e di finire all'inferno. Non capiva perché le persone pregassero Dio di mantenerle in vita. Non aveva proprio senso.

Il papà trasse un respiro profondo per gridare di nuovo, e Chelsea gli rimise in bocca la maglietta.

«Ti voglio bene, papà» disse. «Saluta Gesù da parte mia.»

Dopo qualche istante, il papà smise di gridare.

Chelsea gironzolò, prese i neonati e li portò all'interno del camper. Voleva accertarsi che restassero al sicuro e al caldo.

3

La mamma delle bamboline

Bernadette gridò così forte che gocce di sangue le schizzarono fuori dalla bocca. Le pareti della cella di contenimento avrebbero smorzato quasi tutti i suoni, ma Margaret aveva insistito affinché i microfoni della stanza diffondessero i rumori attraverso il sistema di comunicazione.

Se gli altri avevano intenzione di lasciar morire Bernadette Smith, Margaret voleva accertarsi che udissero tutto fino all'ultimo secondo.

Dew era presente. Anche Clarence. Pure Daniel Chapman era lì, con in mano una telecamera portatile ad alta definizione. Le due telecamere fisse incassate nella cella di contenimento avrebbero ripreso tutto, ma Dan aveva la sua, nel caso avessero avuto bisogno di fotogrammi precisi. Dew aveva chiesto a Perry di venire, ma lui non si era fatto vivo.

Solo un'ora prima, Perry aveva detto a Margaret cosa doveva aspettarsi. Non era sorpresa che si fosse tirato indietro.

«9:37 del mattino» disse Margaret. «I triangoli stanno iniziando a muoversi.»

Guardò inorridita mentre i triangoli, adesso piramidi alte due centimetri e mezzo, iniziavano a rimbalzare su e giù sotto la pelle di Bernadette.

«Buon dio» esclamò Dew.

«Non distogliere lo sguardo» sibilò Margaret.

In qualche modo, Bernadette trovò la forza di gridare ancora più forte.

I triangoli rimbalzarono perfino più in fuori, tendendole la pelle e squarciandola. Piccoli schizzi di sangue spruzzarono dai margini.

«Per piacere, aiutatemi! Fatelo smettere! Fateli smettere di gridare nella mia testa!»

«Dottor Chapman,» esclamò Margaret «metta giù quella telecamera e somministri un sedativo a quella donna.»

«*Non* lo faccia, Chapman» disse Dew. «Potrebbe danneggiare i triangoli.»

Margaret si voltò a guardare Dew. La sua anima angosciata non vedeva l'ora di trovare una scusa per distogliere lo sguardo da Bernadette, e questa faceva al caso suo.

«Dew, fottuto bastardo. Stiamo torturando quella donna!»

«Non voglio correre il rischio che i tuoi intrugli uccidano i neonati» disse Dew. «Tra poco sarà tutto finito.» Perfino mentre parlava, fissò la donna morente senza batter ciglio.

«9:41 del mattino» disse Dan. «La paziente sta andando in tachicardia ventricolare.»

A quelle parole, Margaret si voltò di scatto per guardare all'interno della cella e fece istintivamente un passo avanti prima di rammentare che non le era consentito di salvare la paziente.

Ma Margaret poteva farle passare il dolore.

Tutte le persone a bordo del rimorchio indossavano una tuta contro il rischio biologico, sigillata, ermetica, protetta. Margaret si avvicinò alla porta della cella di contenimento e iniziò a premere dei tasti sullo schermo.

Prima il simbolo #, poi 5, poi 4, poi 5, poi...

Delle mani forti le afferrarono i polsi e la spinsero via.

Le mani di Clarence.

«Smettila, Margaret!»

La donna tentò di lottare contro di lui, ma fu inutile. Era troppo forte.

«Lasciami andare, mostro!» Come poteva essersi sbagliata fino a quel punto su di lui?

Dew si protese in avanti per guardare lo schermo e poi Dan. «Cosa stava facendo?»

Dan distolse lo sguardo.

«Dan,» esclamò Dew «mi risponda subito.»

«Stava cercando di effettuare una decontaminazione di

emergenza» disse Dan. «Se avesse premuto di nuovo il cinque, tutti gli ugelli per la decontaminazione presenti in entrambi i rimorchi avrebbero iniziato a spruzzare. Ciò avrebbe ucciso qualsiasi cosa non portasse una tuta contro il rischio biologico, compresa la paziente.»

Dew si voltò a guardare Margaret. «Hai digitato la parola uccidere[3] per farlo? Furbo da parte tua. Otto, non lasciarla andare. Dobbiamo finire questa cosa.»

Dew si voltò verso lo spettacolo orribile all'interno della cella di contenimento. Margaret lo imitò; non voleva guardare, ma dovette farlo.

I triangoli rimbalzarono verso l'esterno di quasi trenta centimetri prima che le loro code e la pelle devastata di Bernadette li trattenessero. Quello sul petto saltò su e giù come il cuore di un personaggio dei cartoni animati che aveva appena visto la ragazza dei suoi sogni.

Quello sul fianco fu il primo a liberarsi, schizzando dalla parte opposta della stanza minuscola prima di colpire la parete. Alto a malapena due centimetri e mezzo, si dimenò sul pavimento, con i tentacoli neri che si contorcevano in una combinazione densa di sangue umano e viscidume viola.

Poi fu il turno del braccio. Il neonato recise l'arteria mentre si liberava di scatto spruzzando sangue su tutta la parete trasparente della cella di contenimento. Lo schermo che monitorava il battito cardiaco emise dei segnali acustici a una velocità irregolare e incontrollata, senza ritmo.

Infine, il triangolo sul petto spezzò il suo vincolo di carne schizzando verso l'alto su un geyser di sangue che spruzzò il soffitto.

Margaret udì il tono uniforme e ronzante della macchina dell'elettrocardiogramma che mostrava una linea piatta.

«Spegnete quell'affare del cazzo» disse Dew.

Dan abbassò la telecamera e si affrettò a premere un tasto sul pannello. Il suono della linea piatta si smorzò, lasciando soltanto il silenzio.

---

3. In inglese *kill* corrisponde alla combinazione numerica 5-4-5-5 sulla tastiera del cellulare.

Margaret posò le mani inguantate sulla parete trasparente. Delle gocce di sangue colavano lungo il lato interno del vetro, scendendo verso il pavimento. Lasciavano piccole strisce traslucide.

I tre neonati cercarono di alzarsi sulle deboli zampe tentacolari. Riuscirono a fare qualche passo incerto, riempiendo l'aria di strani ticchettii. Rallentarono gradualmente. I loro occhi neri verticali sbatterono le palpebre pesanti sempre più lentamente, con fare assonnato, finché non si chiusero e le creaturine smisero di muoversi.

Margaret posò la testa ricoperta dal casco contro il vetro. Consultò l'orologio rosso sulla parete opposta.

«Ora del decesso, 9:44 del mattino» disse debolmente. «Spero che ne sia valsa la pena, Dew. Spero davvero che ne sia valsa la pena.»

Dew non si era ancora mosso. Fissava la cella e il corpo. «No, Margaret, non ne vale mai la pena.»

4

Occhi sul bottino

Ormai era solo questione di tempo.

L'Orbital aveva rilevato già da un po' tutti i satelliti umani capaci di percepire la sua presenza. Aveva anche identificato alcuni osservatori sulla terra che avrebbero potuto vederlo. In tutto, l'Orbital individuò undici congegni in grado di scorgerlo, se solo avessero guardato nella direzione giusta.

E adesso cinque di essi lo stavano facendo.

Uno era inopportuno, ma non costituiva una causa di preoccupazione. Era solo un caso. Il secondo non poteva essere una semplice coincidenza e significava che forse era stato visto. Col passare delle ore, l'Orbital scorse un terzo, poi un quarto e infine un quinto congegno puntato nella sua direzione.

Non c'erano dubbi: gli umani sapevano.

Era solo questione di tempo prima che sferrassero l'attacco. Le tabelle delle probabilità lo davano al cento percento. Le stesse tabelle prevedevano che il primo attacco avrebbe avuto il settantaquattro percento di probabilità di distruggere l'Orbital.

Aveva delle difese, ma era piccolo e progettato per essere furtivo e affidabile, non per combattere. Non poteva contrastare il mondo intero.

L'Orbital aveva preparato Chelsea nel migliore dei modi. Probabilmente sarebbe spettato a lei ultimare la porta. Quante erano le possibilità di successo? Incalcolabili; l'Orbital non disponeva semplicemente di dati sufficienti.

L'Orbital ripercorse rapidamente le tabelle e raggiunse l'ultima annotazione del suo dettagliato diagramma decisionale. Se un pianeta era in grado di opporsi alla colonizzazione, di individuare l'Orbital e di attaccarlo, allora quel pianeta poteva essere considerato una minaccia a lungo termine.

Una minaccia che doveva essere eliminata.

L'Orbital iniziò a modificare la sua ultima sonda.

5

Cucù, ti vediamo

Gutierrez entrò nella sala operativa più piccola come un lottatore in gabbia che si precipita sul ring con addosso un completo, agguerrito ed entusiasta all'idea di spassarsela. Tom Maskill e Vanessa Colburn lo seguirono, come l'entourage di un pugile che brillava della sua stessa aura intensa.

Ah, pensò Murray, l'energia della gioventù.

Gutierrez, Maskill e Colburn si sistemarono sulle loro sedie. Donald Martin e il comitato dei capi di Stato maggiore erano già presenti. Erano di nuovo al completo.

Murray era elettrizzato all'idea che Vanessa fosse venuta: voleva che vedesse.

«D'accordo, Murray» disse Gutierrez. «Ho appena interrotto una riunione con l'ambasciatore russo a proposito della crisi finlandese per sentire le sue notizie urgenti, quindi proceda.»

«Signor presidente,» disse Murray «la teoria sul clima elaborata da Montoya ha dato dei risultati. Crediamo di aver localizzato l'origine dell'infezione.»

Murray richiamò una cartina del Midwest sul grosso schermo della sala operativa.

«Questa è l'ubicazione della prima struttura» disse. Un puntino rosso apparve su Wahjamega, in Michigan. «Questi puntini blu segnalano approssimativamente la posizione degli ospiti sette giorni prima che attaccassimo la struttura mentre le linee verdi rappresentano la direzione del vento.»

Gutierrez esaminò brevemente la cartina, poi annuì.

«E queste sono le stesse informazioni per quanto riguarda gli ospiti di Mather, South Bloomingville, Glidden e Gaylord in Michigan.» Mentre Murray nominava ogni città, aggiungeva un puntino giallo sulla cartina. «Queste informazioni ci hanno fornito abbastanza dati da consentirci di triangolare una zona specifica di perlustrazione.»

Murray batté qualche altro tasto. La cartina si focalizzò su una griglia che comprendeva la zona sudoccidentale del Michigan, quella nordoccidentale dell'Ohio e quella nordorientale dell'Indiana.

«Ma si tratta comunque di un'area vasta» disse Gutierrez.

«Sì, signore» disse Murray. «Ma ci ha aiutato a concentrare la ricerca. I nostri computer che elaborano le immagini hanno impiegato tre giorni per identificare delle anomalie visive ma, facendolo, abbiamo trovato questo...»

Murray premette di nuovo dei tasti. La cartina scomparve e fu sostituita da una fotografia sfocata di quella che sembrava una roccia semitrasparente a forma di lacrima con entrambe le estremità appuntite.

Tutti loro, compresa Vanessa, si appoggiarono allo schienale delle sedie. Murray si sentì come un direttore d'orchestra che raggiungeva il culmine emotivo di una sinfonia. La stanza si riempì di eccitazione e sollievo. Finalmente avevano un bersaglio; finalmente potevano contrattaccare.

«Bastardo» esclamò Gutierrez.

«La NASA è convinta che sia artificiale» disse Murray. «È piccolissimo, all'incirca delle dimensioni di un barilotto di birra.»

«Come abbiamo fatto a non vederlo?»

«Ci sono un sacco di cose che non capiamo, signore» disse Murray. «Quell'affare è immobile e aleggia sessantaquattro chilometri sopra South Bend, in Indiana. Quell'oggetto sembra curvare la luce intorno a esso, e questo lo rende sostanzialmente invisibile, ma gli analisti delle immagini hanno identificato una fluttuazione visiva. Hanno dovuto inventare un programma che combinasse le immagini di cinque fonti diverse e poi creare questo modello generato dal computer.»

«Quindi questa non è una foto vera?»

«No, signore» disse Murray. «Me l'hanno spiegato con un'analogia. Immagini una lente a contatto gettata in una piscina. Non è proprio invisibile ma, se non sa che la lente a contatto si trova lì, non la vedrà mai. Se le dicessi di guardare in un angolo all'estremità meno profonda, di dimenticare il resto della piscina e di cercare qualcosa che potrebbe spiccare appena un po', se avesse una dozzina di persone ad aiutarla, alla fine vedrebbe la lente e capirebbe di cosa si tratta. La NASA non sa come quell'affare possa aleggiare lì. Non si sposta. Ci vorrebbe una tonnellata di energia per mantenere qualcosa immobile in quel modo, tuttavia quell'oggetto non sprigiona una traccia di energia. Dovrebbe essere impossibile.»

«In che senso impossibile?»

«Nel senso che è contrario alle leggi della fisica» disse Murray. «Ma esiste comunque.»

Gutierrez fissò sullo schermo la lacrima doppia sfocata. «Ci sono altri oggetti di questo tipo?»

«Adesso che gli analisti delle immagini sanno esattamente che anomalie cercare, stanno effettuando delle ricerche globali. Questo affare sembra essere l'unico nel suo genere.»

«Perché noi?» chiese Gutierrez. «Perché non in Russia? O in Cina? Cosa ne dice la NASA?»

«Pensano che si sia trattato solo di sfortuna, signor presidente. Se questo è davvero un manufatto alieno, probabilmente si è fermato al di sopra del primo continente in cui si è imbattuto. Probabilmente non lo sapremo mai, a meno che non voglia tentare di comunicare con esso.»

«Comunicare?» rise Gutierrez. «Ha già comunicato. Il suo messaggio è forte e chiaro. È stupefacente. Murray, la sua squadra è semplicemente stupefacente. Comunque, no, non voglio cercare di comunicare con questo affare. Voglio farlo sparire dal cielo, maledizione.»

«Abbiamo pensato che potesse scegliere quell'opzione» disse Murray. «Generale Monroe?»

Murray si sedette quando il generale dell'aeronautica si alzò per esporre il piano d'attacco. Murray guardò dalla parte opposta del tavolo e vide che Vanessa stava guardando lui invece dello schermo. Aveva dipinta sul volto la sua solita espressione gelida, ma Murray stava imparando a interpretarla. Nei suoi giorni migliori, non poteva nemmeno sperare di eguagliare lo spettacolo che lui aveva appena allestito, e Vanessa lo sapeva. Gli angoli della sua bocca lasciavano trasparire appena un pizzico di invidia?

Murray tornò a rivolgere l'attenzione allo schermo e guardò il generale Monroe delineare la sua strategia.

6

Il generale Charlie Ogden

Era inutile definirsi ancora colonnello. In qualità di sommo capo dell'esercito di Chelsea, adesso era davvero un generale. Già che c'era, poteva promuovere Cope, ma perché prendersi la briga? 'Caporale Cope' suonava così bene.

«Quali sono le ultime notizie della compagnia Whisky, caporale?»

«Il capitano Lodge ha riferito che non c'è traffico in nessun posto di blocco» disse Cope. «Sospetta che, in realtà, le esercitazioni per mettere alla prova la prontezza siano un modo per tenere la compagnia Raggi X nelle tende riscaldate mentre i suoi uomini stanno fuori al freddo. Mi ha chiamato anche il sergente maggiore Nealson perché voleva che gli dicessi di nascosto se lei aveva pianificato un'operazione e se poteva parteciparvi.»

«E cosa gli ha detto?»

«Gli ho detto che si trattava soltanto di una noiosa esercitazione, signore» rispose Cope. «E mi sono preso la libertà di aggiungere che, se avesse ficcanasato in cerca di altre informazioni, lei l'avrebbe rispedito a Fort Bragg alla prima occasione.»

Ogden sorrise. Cope si era dimostrato pieno di iniziativa e a Ogden serviva avere intorno una persona del genere. Meglio un caporale sveglio di un tenente stupido.

«Prepari i miei bagagli, caporale. Partirò stanotte.»

Cope se ne andò a mettere in valigia gli abiti e gli effetti personali di Ogden.

Il generale Charlie Ogden non vedeva l'ora che calasse la notte. Non vedeva l'ora di raggiungere Detroit in automobile per incontrare Chelsea di persona. Ma erano solo le 14:30, e non poteva costringere il sole a spostarsi più velocemente nel cielo. In ogni caso, aveva bisogno di tempo per pianificare.

Mancavano quarantasei ore.

Se la porta si fosse aperta di nascosto, tutto sarebbe andato bene. Il compito del generale Ogden, comunque, consisteva nel presumere che la porta non sarebbe passata inosservata.

La minaccia principale restava la divisione Forza pronta dell'ottantaduesimo aviotrasportato. Seicento soldati che probabilmente si sarebbero paracadutati nel giro di otto ore in qualsiasi punto caldo. Lui disponeva nella migliore delle ipotesi di centoventi uomini: qualsiasi strategia avesse ideato, non avrebbe potuto resistere a lungo in una situazione di disparità di cinque a uno.

Questo significava che doveva accertarsi che qualsiasi battaglia finisse prima che la divisione Forza pronta potesse reagire pienamente. Aveva a disposizione un lasso di tempo di otto ore.

Comunque, ben al di sotto di quel lasso di tempo di otto ore, sarebbero potute intervenire le altre due compagnie della Reazione interna, in attesa a Fort Bragg. Duecentocinquanta uomini che aveva guidato lui stesso. Se fossero stati allertati, avrebbero potuto virtualmente schierarsi a Detroit nel giro di due ore. Come avrebbe potuto escluderli completamente?

E ciò non teneva nemmeno conto delle forze già presenti nella zona: la polizia di Detroit, gli agenti dei sobborghi vicini, le squadre degli SWAT e la polizia dello Stato del Michigan. Non erano armati in modo altrettanto pesante e non erano addestrati altrettanto bene, ma parecchie pistole erano sempre parecchie pistole. Avrebbe dovuto escogitare un modo per tenere impegnati anche tutti loro.

Se fosse esploso un conflitto, Ogden non avrebbe potuto disporre di un supporto aereo. I suoi uomini avrebbero dovuto vedersela con gli Apache, gli Osprey, gli F-15 e probabilmente perfino con una squadriglia di caccia A-10 in grado di abbattere i carri armati, che stazionavano alla base aerea della Guardia Nazionale di Selfridge, trenta minuti a nord di Detroit.

Dunque, lo scenario era questo. Doveva fare tutto il possibile per mantenere le cose segrete e per impedire che scoppiasse un conflitto. Se fosse scoppiato davvero un conflitto, avrebbe dovuto scegliere il campo di battaglia, ritardare l'arrivo delle truppe da Fort Bragg, tenere impegnata la polizia di Detroit, nascondere la porta al supporto aereo e accertarsi che la porta fosse spalancata per far entrare gli angeli ben al di sotto del lasso di tempo di otto ore necessario alla divisione Forza pronta.

Le stelle da generale non si acquisivano di certo facilmente.

«Caporale Cope,» disse Ogden «quando avrà finito di preparare i bagagli, si metta in contatto con le compagnie di stanza a Fort Bragg. Voglio organizzare un trasferimento immediato. Gli Sterminatori hanno combattuto duramente. È ora di avvicendare alcune truppe.»

7

Un salto da McDonald's

Quante bamboline! Chelsea era seduta nel retro del camper con i neonati che le strisciavano addosso. I loro tentacoli neri la solleticavano. Sembrava che la sbaciucchiassero, che la ricoprissero di bacini dalla testa ai piedi. Camminavano su di lei, poi saltavano tutt'intorno, magari si attaccavano a una tenda oppure andavano a mangiare un pezzo dei papà. Il signor Jenkins aveva messo alcune parti dei papà su un telo di plastica in modo che la moquette del camper non si sporcasse, ma le zampe tentacolari dei triangoli continuavano a lasciare dappertutto scie di sangue.

Chelsea si alzò con circospezione per non spaventare le bamboline e si avvicinò al piccolo frigorifero del camper. In cima c'era un televisore portatile, in bianco e nero, con un piccolo schermo che trasmetteva il telegiornale delle sette. Aveva guardato dei cartoni animati ma, in realtà, i cartoni animati non le interessavano più un granché. Gli adulti guardavano il telegiornale e Chelsea rimase sorpresa quando scoprì che le piaceva.

Nel piccolo frigorifero erano rimaste solo tre barrette di gelato oltre a mezzo barattolo di maionese e hot dog raggrinzito che avrebbe potuto essere più vecchio della stessa Chelsea. Prese una barretta di gelato, la scartò e iniziò a mangiare, ma il suo stomaco brontolò perché avrebbe voluto qualcosa di più del dolce.

Signor Jenkins, mamma, venite qui.

Dopo qualche secondo, i due varcarono la portiera e se la richiusero alle spalle per tener fuori il freddo. Tremavano entrambi.

«Caspita» esclamò la mamma. «Sono già diventate più grandi.»

«Le bamboline crescono in fretta» disse Chelsea. «Tra poco inizieranno a costruire la porta. Vi state procurando abbastanza roba?»

Il signor Jenkins annuì. «In questo edificio c'è un sacco di legname. Ho passato tutta la notte a trascinare dentro bastoncini e cespugli, roba simile.»

«E io ho trovato parecchia spazzatura» disse la mamma. «Anche il signor Burkle è in giro a raccoglierla.»

Chelsea sorrise. A quanto pareva, la mamma e il signor Jenkins sapevano cosa fare.

«Mamma, ho fame» disse Chelsea. «Voglio andare da McDonald's.»

«Non so se ce n'è uno qui in giro» disse la mamma. «Inoltre, fuori è buio.»

«Ma io *voglio* andare da McDonald's!»

La mamma fece un passo indietro. Aveva paura. Avrebbe dovuto avere paura; il papà non c'era più, ma Chelsea avrebbe potuto ordinare al signor Jenkins di sculacciarla col mestolo come faceva il papà.

Il signor Jenkins prese il cellulare. «Concedimi un secondo, Chelsea. Lo cerco su Google per vedere se riesco a trovarne uno, d'accordo?»

Chelsea annuì. «E voglio le barrette di gelato. Parecchie.»

«Ho visto un emporio non molto lontano da qui» disse la mamma. «Potrei andare a prendere del cibo in quel posto.»

«Ne ho trovato uno» disse il signor Jenkins sollevando lo sguardo dal telefono. «Dista circa tre chilometri da qui.»

«Va' a prendermi del cibo da McDonald's, mamma. Voglio il cibo di McDonald's.»

«Tua madre non dovrebbe andare» disse il signor Jenkins. «È un brutto quartiere. È notte. Una donna da sola là fuori... Non sarebbe una buona idea. Ci andrò a piedi, ma dista tre chilometri quindi potrei impiegarci un'ora e mezza.»

«Non può prendere la moto del signor Korves?» chiese Chelsea.

Il signor Jenkins scosse il capo. «No, non so guidarla.»

«Allora vada a piedi» disse Chelsea. «E si sbrighi.»

Il signor Jenkins si affrettò ad annuire.

«Hai abbastanza soldi?» chiese la mamma.

«Cercherò un bancomat» disse lui. «Farò rifornimento visto che ci tratterremmo qui per qualche altro giorno.»

«Altri due» disse Chelsea. «Altri due giorni, e poi arriveranno gli angeli. Adesso vada, e non *osi* dimenticare il gelato.»

Il signor Jenkins se ne andò di corsa con il grasso che ballonzolava a ogni passo. La mamma gli corse dietro ancor prima che la portiera del camper si chiudesse. Fecero quanto aveva detto Chelsea, ed era così che doveva andare.

Tutti facevano quello che diceva lei; tutti tranne uno.

Chelsea chiuse gli occhi e aprì la mente, protendendosi all'esterno. Dove si trovava? Dove si trovava l'uomo nero? Stava pensando a lei? Aveva paura di lei? In caso contrario, gliel'avrebbe fatta venire.

Lo trovò, ma non riuscì a mettersi in comunicazione con lui. Qualcosa la stava bloccando.

Chauncey.

Cosa stai facendo, Chauncey? Mi stai impedendo di spaventare l'uomo nero?

Ti ho detto di non metterti in comunicazione con lui.

E io ti ho detto che non sei il mio capo.

Chelsea, il distruttore non è un giocattolo. Ha fermato gli angeli quattro volte. Se ti troverà, ti ucciderà. Se comunicherai con lui, metterai tutto a repentaglio.

Chelsea si arrabbiò. Non solo con l'uomo nero, ma anche con Chauncey.

Nessuno può dirmi cosa devo fare. Non più.

Chelsea aspettò che lui rispondesse. Non lo fece. Invece, centinaia di immagini si schiantarono nel suo cervello come lampi visivi prodotti da una raffica di spari. Immagini dell'uomo nero che bruciava gli ospiti, li strangolava, li picchiava e li uccideva.

Smettila, Chauncey.

Chelsea iniziò a tremare, tuttavia le immagini continuavano ad arrivare, immagini di soldati che sparavano alle bamboline, le pugnalavano e le calpestavano. I corpi delle belle bamboline venivano schiacciati e una sostanza viola spruzzava all'esterno in lunghi getti appiccicosi.

No, Chauncey!

Non riusciva a respirare, tuttavia le immagini non smettevano di arrivare. Immagini di porte, bellissime porte, che esplodevano, si disintegravano e si distruggevano in pezzi minuscoli che marcivano fino a diventare neri. Sentì di nuovo la pressione alla vescica...

Va bene, non mi metterò in comunicazione con lui. Te lo prometto!

Le immagini cessarono.

Chelsea trasse un respiro profondo. L'uomo nero non era affatto un gioco. Era la morte. La morte reale, non quella dei film.

Adesso capisci. Se ti metterai in contatto con lui, porterai la morte ai tuoi simili.

Chelsea abbassò la mano nel punto in cui metteva il costume da bagno. Il davanti dei pantaloni era un po' umido. Era stato Chauncey, ma non era colpa sua. Non era lui quello che uccideva, bruciava e distruggeva. Non era lui quello che le aveva fatto fare la pipì addosso per la seconda volta.

Era colpa dell'uomo nero.

E, prima o poi, gliel'avrebbe fatta pagare.

8

No significa no

Un'altra notte oscura presso le rovine della famiglia Jewell. Faceva un freddo cane. Di nuovo. Dew odiava il freddo. Lui, Margaret e Perry si trovavano in quella che una volta era stata la cucina dei Jewell. Una mezza luna splendente rischiarava la neve con una luce argentea. Quasi due centimetri e mezzo di fiocchi coprivano già la maggior parte dei resti anneriti, uno strato bianco posato su pezzi di legno carbonizzato e su elettrodomestici deformati.

Erano lì in piedi, fuori, al freddo, perché Perry continuava a rifiutarsi di salire a bordo del rimorchio. Non aveva intenzione di avvicinarsi ai neonati.

«Perry, sono chiusi a chiave in gabbie singole» disse Margaret. «Non possono raggiungerti.»

Era cambiata; Dew lo capì dalla sua voce. Adesso era piena di rabbia ed era completamente diversa dalla Margaret Montoya che aveva conosciuto mesi addietro. Era rimasta sconvolta dalla morte di Amos, ma adesso? Adesso, una dose malsana di rabbia ribolliva nel suo piccolo petto.

«Non possono assolutamente uscire da quelle gabbie» disse.

«Non è... quello» disse Perry. Le sue parole suonarono tese, spezzate, come se dovesse sforzarsi per completare una frase. Era immobile, ma la parte superiore del suo corpo oscillava lievemente avanti e indietro.

«Perry,» disse Dew «devi farti coraggio.»

Perry scosse il capo. Lo scosse *con violenza.* Ciò lo fece sembrare un ritardato.

«Ascolta,» disse Dew «c'è qualcosa che ti blocca, ma se stai vicino ai triangoli, puoi sentirli?»

Perry annuì. «Sì, quando mi trovavo proprio lì, riuscivo a sentirli. Riuscivo a sentire *lei*.»

«È questo il punto» disse Dew. «Non sappiamo dove si trovi la prossima porta, Perry. I Jewell devono essere lì. Se li scoveremo, rintracceremo la porta. Chelsea ha parlato con te. Devi tornare lì dentro per appurare se stabilirà di nuovo un contatto.»

«Devi farlo» disse Margaret con la voce tesa e fredda. «*Non* permetteremo che quella donna sia morta invano.»

Perry scosse di nuovo il capo. Tenne gli occhi spalancati, le narici dilatate a ogni respiro.

«Perry,» esclamò Margaret «ne hai passate così tante! Dimmi perché hai paura di questa bambina.»

«Non è più una bambina» disse Perry. «È qualcos'altro. Può... può costringere le persone a fare delle cose.»

«Siamo con te, ragazzo» disse Dew. «Ti staremo accanto, va bene?»

«La risposta è no, Dew.» disse Perry. «Dovete smetterla di chiedermi di entrate lì dentro. Dovete smetterla e basta.»

«Quei neonati si trovano nelle loro gabbiette» disse Dew. «Non possono saltarti addosso. Devi smetterla di fare la femminuccia e...»

Dew non scorse la mano di Perry. Nemmeno un movimento confuso. Un attimo prima scuoteva il capo e annuiva come un San Bernardo rabbioso, un attimo dopo Dew sentì una morsa di ferro serrargli la gola e i piedi penzolare a trenta centimetri da terra.

«Non capisci!» gridò Perry. «Non capisci proprio!»

Dew cercò di graffiare le dita di Perry, nel tentativo di isolarne uno, di piegarlo all'indietro e di romperlo, ma perfino le dita di quel ragazzo erano forti. Dew non riuscì a sollevarne nemmeno uno.

Margaret afferrò il braccio di Perry. Avrebbe anche potuto dondolarsi dal ramo di un albero per l'effetto che sortì. «Perry! Mettilo giù!»

Perry scosse Dew. Lo scosse. La vista di Dew si annebbiò per un attimo, ma poi tornò, gli restavano solo pochi secondi.

Scalciò goffamente, nel tentativo di controllare le sue azioni. Sferrò un colpo con un piede, ma centrò Margaret, non Perry.

La donna si strinse la coscia sinistra e cadde a terra. Improvvisamente, anche Dew si ritrovò a terra a tossire e a sputare. Perry era davvero grosso, davvero forte, davvero veloce. Adesso Dew capì di aver vinto quel combattimento solo grazie alla fortuna.

«Non ho paura di quello che potrebbe fare a me!» gridò Perry. «Ho paura di quello che potrebbe costringermi a fare a te!»

Dew rotolò sulla schiena e sollevò lo sguardo. Le neve sporca di fuliggine si sciolse sul fondo dei suoi calzoni. Perry era chino su di lui e lo fissava con uno sguardo folle. Mentre parlava, spruzzò saliva.

Gli picchiettò ripetutamente il dito sulla tempia per dare risalto alle sue parole.

«Non capisci? Hanno riscritto il mio cervello, cazzo! E, quando mi avvicino a quei triangoli, riesco a sentirla. È potentissima, accidenti. Non voglio che tu faccia la fine di Bill. Mi ha detto di ucciderti!»

Dew si raschiò la gola e sputò il catarro, che uscì pieno di sangue. «Allora, perché non l'hai fatto?»

Perry non disse nulla. La pazzia abbandonò lentamente il suo sguardo.

«Perché?» chiese Dew. «Se è così potente, perché non mi hai ucciso quando ti ha detto di farlo? Perché non mi hai ucciso adesso?»

«Perché... perché puoi suonarmele. Puoi riempirmi di botte.»

Dew rise, ma il dolore alla gola trasformò la risata in un colpo di tosse.

«Ragazzo, avresti potuto rompermi l'osso del collo. Ma non l'hai fatto. Quindi, se questa bambina esercita un controllo su di te, perché sono ancora vivo?»

Quello sguardo folle sparì completamente. Perry si raddrizzò, fissò Dew per qualche altro secondo, poi si voltò e se ne andò.

Margaret si mise in ginocchio. Si teneva la coscia sinistra con le mani e aveva il volto increspato dal dolore. «Mi hai tirato un calcio.»

«Mi dispiace» disse Dew. «Ho sbagliato mira. Chissà perché?»

Dew si alzò lentamente in piedi, poi abbassò la mano e aiutò Margaret a risollevarsi.

La donna emise un lungo respiro. «Cristo» esclamò. «Non sei l'uomo più sensibile del mondo, vero? 'Devi smetterla di fare la femminuccia.' Pensavi davvero che in qualche modo saresti riuscito a motivarlo?»

«È un uomo» disse Dew. «Di solito quel genere di cose funzionano con noi.»

Margaret scosse il capo. «Voi uomini non siete capaci di appianare una questione discutendo?»

«Hai ragione, le donne sono molto più logiche» disse Dew. «Forse avrei dovuto mostrargli la mia tecnica di pugilato.»

Margaret roteò gli occhi. «Bene. Mi hai colto in fallo. Ma ascoltami, Dew. Marcus e Gitsh si trovano nel rimorchio a ripulire il sangue di Bernadette. Devi convincere Perry a entrare lì dentro per parlare con quegli affari, altrimenti quella donna sarà morta inutilmente.»

Puntò un dito davanti al volto di Dew. «Intesi?»

I suoi occhi erano colmi di rabbia. Non sembrava più nemmeno Margo. Era un'altra donna, che lui aveva contribuito a creare.

«Intesi» rispose Dew. «Lo farò ragionare.»

Margaret tornò a bordo del rimorchio lasciando Dew da solo nella cucina bruciata e ricoperta di neve.

9

Due hamburger di manzo

Rome era nascosto sul sedile del guidatore della sua Delta 88. L'automobile era spenta, ma anche se fosse stata accesa, sarebbe stata gelida perché il riscaldamento non funzionava da mesi. I suoi occhi si trovavano a malapena abbastanza in alto da guardar fuori dal finestrino sul lato del guidatore, in direzione della parte opposta di Orleans Street, verso l'uomo grasso con la barba rossa che camminava lungo una recinzione alta fino alla vita. Non c'era nemmeno un marciapiede, ma solo una striscia d'erba ricoperta di neve, poi la recinzione e quindi alberi sull'altro lato. Un bianco nel quartiere sbagliato, di notte, con un grosso sacchetto bianco di McDonald's in entrambe le mani.

«Non è possibile!» disse Rome sommessamente. «Questo figlio di puttana non sa dove si trova?»

Sul sedile del passeggero, Jamall scosse il capo. «Evidentemente no. Un bianco che cammina *qui* di notte? Da solo? Dopo aver prelevato dei soldi a un bancomat? Sembra che *voglia* essere derubato.»

«Spero che abbia dei Big Mac» disse Rome. «Ho fame.»

L'uomo indossava un paio di jeans e una camicia a scacchi a maniche lunghe. A quanto pareva, non era solo ignaro di dove si trovasse, ma era anche insensibile al freddo. Ogni quattro passi o giù di lì, il suo respiro usciva in una grossa nuvola bianca che era illuminata dai pochi lampioni funzionanti.

«Ti dirò una cosa,» affermò Rome «qualcuno ha una passione sfrenata per McDonald's, cazzo.»

Avevano tenuto sotto controllo lo sportello del bancomat di Mack Avenue in cerca di una facile preda. Quel tipo si era avvicinato a piedi e aveva prelevato il denaro. Sembrava parecchio denaro. Poi Rome e Jamall l'avevano visto entrare in un McDonald's. Cinque minuti dopo, era uscito con i due grossi sacchetti. L'uomo aveva svoltato verso sud in Orleans Street e aveva tirato dritto per un quarto d'ora. Rome aveva percorso in automobile un isolato oltre Orleans Street, fino a St Aubin, poi aveva attraversato diversi isolati a sud per superare l'uomo, poi aveva fatto dietrofront ed era tornato indietro in Lafayette e infine si era ritrovato sul lato opposto di Orleans Street. In quel punto la strada era spoglia: su un lato si estendeva un parcheggio e sull'altro un lungo filare di alberi. Aveva parcheggiato e avevano atteso per appurare se l'uomo fosse così stupido da continuare a camminare in una zona così disabitata.

Lo era.

Non poteva essere più facile di così. E ciò rese nervoso Rome. «Mi sono lasciato sfuggire qualcosa?» chiese, dopo che l'uomo ebbe superato la Delta 88 di mezzo isolato. «Sul serio, quel tipo è solo?»

«Si limita ad andare dritto» disse Jamall. «Non ha nemmeno abbastanza buonsenso da percorrere la strada principale. Quel tipo deve avere fretta.»

«Non c'è nessuno qui» disse Rome.

Jamall annuì. «Nessuno. Hai detto che volevi qualcosa di semplice, amico. Non può essere più semplice di così. Se vogliamo farlo, dobbiamo sbrigarci. Andiamo a farci pagare.»

Jamall e Rome scesero dall'automobile lasciando le portiere leggermente aperte. Questo non li avrebbe traditi perché la luce del tettuccio non funzionava. Estrassero le pistole: Rome una semplice calibro 38, Jamall la sua Glock costosa. Corsero dal lato opposto della strada deserta e si avvicinarono all'uomo da dietro.

L'individuo li udì perché si voltò; e quando lo fece, si ritrovò due pistole puntate contro il volto.

«Dammi il portafogli!» disse Rome. Teneva la calibro 38 nella mano destra e protendeva la sinistra con il palmo rivolto verso l'alto.

L'uomo si limitò a fissarlo.

Jamall fece mostra di tirare indietro il carrello della Glock, poi la puntò di nuovo contro il volto dell'uomo. «Da' il portafogli al mio amico, altrimenti sono cazzi tuoi. E metti giù quei sacchetti, ci prendiamo anche quelli.»

L'uomo si voltò a guardare Jamall. Bianco come un lenzuolo, con una folta barba rossa: non sarebbe potuto sembrare più fuori luogo. Doveva essere un turista o giù di lì. O forse un ritardato, perché non sembrava spaventato. Nemmeno un po'.

«No» disse l'uomo.

Il volto di Jamall fu attraversato dalla rabbia. Rome si innervosì. A Jamall non piaceva quando la gente gli diceva di no. Specialmente i bianchi. Rome azzardò una rapida occhiata su e giù per la via. Non c'era nessuno, ma ci stavano mettendo troppo tempo.

«Te lo dirò ancora una volta» affermò Jamall. «Metti giù quei sacchetti e da' il portafogli al mio amico. Se lì dentro ci sono abbastanza soldi, non ti ucciderò.»

«No» disse l'uomo. «Non posso. Devo ancora comprare le barrette di gelato. Chelsea si infurierà se tornerò senza le barrette di gelato.»

Jamall fece due passi avanti e piantò la canna della pistola sulla fronte dell'uomo.

«Non me ne frega un cazzo delle tue barrette di gelato» disse Jamall. «Metti giù quei fottuti sacchetti.»

L'uomo si abbassò appena e posò i sacchetti sull'erba ricoperta di neve, poi si alzò. Continuava a non sembrare spaventato. Questa faccenda non andava a genio a Rome, nient'affatto. Di solito, la gente si cacava addosso quando le si puntava contro una pistola. Sembrava che quel tizio si fosse ritrovato così tante volte una pistola puntata contro il viso da esserne annoiato. I soldi potevano andare a farsi fottere, Rome voleva fuggire da lì.

L'uomo protese la mano destra.

«Ecco» esclamò Jamall. «Fai piano, dammi il portafogli.»

L'espressione dell'uomo non cambiò. Allungò la mano sinistra, afferrò la pistola di Jamall e la sollevò fino a puntare la canna nel vuoto. Non fu una mossa rapida, ma nemmeno lenta: soltanto calma. Non ebbe un attimo di esitazione. Jamall parve immobilizzarsi per un attimo, quasi incredulo all'idea che qualcuno potesse essere così stupido da provocarlo, e poi tentò di liberare la pistola.

Fu solo allora che Rome vide l'altra mano dell'uomo spuntargli da dietro la schiena, spuntare con quella stessa velocità e quella stessa calma sicura, e con in pugno una pistola.

L'uomo spinse la canna contro lo stomaco di Jamall e premette il grilletto.

Il suono fu simile a quello di un'arma giocattolo munita di capsule. Non sembrò vero. Il volto di Jamall si contorse più per la sorpresa che per il dolore.

Con la stessa calma di prima, l'uomo sollevò la pistola sotto il mento di Jamall e premette il grilletto due volte.

Poi, dalla gola dell'uomo iniziò a zampillare del sangue. All'inizio, Rome pensò che il sangue di Jamall stesse spruzzando sull'uomo, ma Jamall non sanguinava così tanto; barcollò solo per un attimo, poi cadde.

Il grassone lasciò cadere la pistola e si portò entrambe le mani alla gola. La sua espressione non cambiò. Quel tipo sembrava ancora annoiato, perfino mentre il sangue gli colava tra le dita.

L'uomo si voltò verso Rome.

Rome aveva sparato con la sua calibro 38. Ecco cos'era successo. Il fumo saliva in volute dalla canna mozza. Non si era nemmeno accorto di aver sparato, ma doveva averlo fatto. Aveva colpito l'uomo proprio alla gola.

L'uomo sbatté alcune volte le palpebre, poi posò un ginocchio a terra. Protese le mani all'indietro e scivolò a sedere. Il sangue continuava a colargli dalla gola, schizzando in parte sui sacchetti bianchi di McDonald's. Il sangue gli macchiò il colletto e la camicia, gocciolandogli dalla barba rossa.

«Magari,» disse l'uomo sommessamente «magari potessi farti conoscere l'amore.»

Poi si accasciò su un fianco e smise di muoversi.

Il ritmo del sangue rallentò facendosi sempre più sommesso.

Rome vide il portafogli dell'uomo nella tasca posteriore dei pantaloni. Lo guardò per un attimo, poi riacquistò il buon senso in un lampo di panico. Aveva appena ucciso quell'uomo. Il fatto che fosse successo nel corso di una rapina a mano armata lo rendeva un omicidio di primo grado. Guardò Jamall. Era morto. Cazzo! Jamall? Come poteva essere morto?

Non si udirono sirene. Non se ne sarebbero sentite. In quella zona nessuno chiamava la polizia solo per qualche sparo.

Rome sentì il cuore martellargli nel petto. Respirava in fretta e profondamente. Era andato tutto a puttane.

Abbassò la mano per afferrare il portafogli dell'uomo. Era pieno di banconote. Rome si infilò il portafogli in tasca. Guardò su e giù per la strada. La polizia non sarebbe arrivata, a meno che qualcuno non fosse passato in automobile lungo quella strada e avesse visto due cadaveri a terra. Allora la polizia sarebbe arrivata in fretta, molto in fretta. Rome guardò la recinzione alta fino alla vita. Era stata aperta a circa un metro di distanza.

Doveva scappare o nascondere i corpi?

Si infilò la calibro 38 nei pantaloni, afferrò il braccio del grassone e lo trascinò vicino alla recinzione. Quel tipo doveva pesare circa centoventi chili. Rome scostò la recinzione tagliata e si acquattò sotto il varco trascinando il cadavere dell'uomo dall'altra parte. Si acquattò di nuovo sotto la recinzione, poi scorse la scia di sangue sulla neve.

Cazzo. Qualcuno l'avrebbe vista non appena fosse sorto il sole. Tuttavia, questo gli concedeva parecchio tempo.

Ma restava un cadavere.

Rome guardò l'amico morto. Conosceva Jamall fin da quando avevano entrambi dieci anni. Rome aveva già visto morire altra gente, ma non il *suo* amico.

Sentì una lacrima colargli lungo la guancia sinistra.

«Mi dispiace, fratello» disse Rome mentre afferrava il polso di Jamall e iniziava a trascinarlo. «Ti prometto che baderò a tua madre. Non sopporto di lasciarti qui, ma devo andarmene. Immagino che tu faresti la stessa cosa, fratello, lo sai.»

Jamall non disse nulla. Si limitò a fissare il cielo mentre veniva spinto.

Rome trascinò il corpo di Jamall sotto la recinzione. Non mise Jamall accanto al grassone, ma a circa un metro e mezzo di distanza. Poteva fare almeno questo per il suo amico. Rome si infilò un'ultima volta sotto la recinzione, prese entrambi i sacchetti di McDonald's e li scagliò al di là dello steccato. Infine, afferrò le pistole e tornò di corsa a bordo dell'automobile. Avrebbe potuto gettarle nel fiume.

Meno di cinque minuti dopo che si erano imbattuti nell'uomo, Rome guidò la sua automobile lungo la strada deserta.

10

Come i mattoncini Lego

Chelsea costrinse la mamma e il signor Burkle a scendere dal camper. Era seduta immobile e in silenzio e concentrava tutta la sua attenzione sul signor Jenkins.

Riuscì ad avvertire dove si trovava. Avrebbe potuto mandare la mamma da lui... Ma era troppo tardi.

Chelsea sentì venir meno la vita dell'uomo.

La morte.

Aveva percepito la morte del papà, del signor Beckett e di Ryan Roznowski, ma stavolta era diverso. Loro erano soltanto dei recipienti il cui unico scopo era trasportare le bamboline. Il signor Jenkins era come lei. Era convertito; erano collegati.

Trasse un respiro profondo e cercò di gestire il flusso di informazioni che le attraversava la mente. Non fu facile. L'infezione si era diffusa a molti uomini del generale Ogden. Chelsea traeva costantemente notizie da loro, passando al setaccio il loro cervello in cerca di nuove informazioni.

Adesso conosceva parole che probabilmente la maggior parte delle bambine di sette anni non aveva mai sentito e decisamente non capiva.

Parole come organismo collettivo.

Il signor Jenkins aveva fatto parte di quel collettivo.

Chauncey, adesso cosa succederà al signor Jenkins?

Si decomporrà in fretta, in modo che nessuno possa esaminarlo e usarlo contro di noi.

Ma cosa succederà alla sua... alla sua interfaccia? A tutti quei piccoli frammenti di te che erano dentro di lui?

Sono stati progettati per distruggersi non appena il suo corpo si disattiva.

Ma noi possiamo usarli.

No, Chelsea, devono decomporsi. Non avvicinarti a lui. Resta nascosta.

Chelsea pensò. Protese la mente all'esterno mettendosi in comunicazione con i piccoli affari all'interno del corpo del signor Jenkins. Poteva farlo? Sì... sì, poteva.

Chauncey, posso cambiarli. Posso disporli in un ordine diverso, come i mattoncini Lego.

Chelsea, ti ordino di smetterla.

Chelsea ignorò Chauncey. Amava Dio, ma forse Dio lassù in paradiso non sapeva come funzionavano le cose sulla terra. Mandò un forte segnale ai frammenti all'interno del signor Jenkins, un segnale sotto forma di due immagini.

Una era l'immagine del signor Jenkins, che sorrideva con le guance paffute come quando era vivo. Doveva restare così. Non dovevano farlo decomporre.

L'altra immagine era quella del suo fiore preferito.

Ottavo giorno

1

Un gelato con una divinità

Alle 03:15, l'Hummer del generale Charlie Ogden raggiunse la malconcia parete di compensato di un ex edificio abbandonato di Atwater Street a Detroit, in Michigan. La parete di compensato fu spostata di lato, l'Hummer entrò e la parete di compensato fu rimessa a posto.

Ben presto sarebbero arrivati gli altri veicoli. Ogden aveva ordinato ai suoi uomini di separarsi, di raggiungere l'edificio prendendo strade diverse e di arrivare in momenti diversi. Un convoglio avrebbe attirato troppo l'attenzione, ma un Hummer verde qui e un altro lì... A quell'ora nessuno ci avrebbe badato. Purché i suoi uomini si fossero nascosti entro le 05:00, sarebbe andato tutto bene.

L'Hummer si addentrò nel vasto magazzino decrepito, schiacciando i detriti di legno, vetro, spazzatura e mattoni rotti con gli pneumatici robusti. C'erano due veicoli accanto alla parete opposta: un camper bianco e marrone e un'Harley-Davidson Night Rod Special.

Davanti al camper c'era un angioletto biondo.

Ogden vide dozzine di neonati che le arrivavano al ginocchio scorrazzare su zampe tentacolari nere.

E la cosa più importante di tutte.

Otto colonne ricurve in due file parallele, quattro a destra e quattro a sinistra. Gli opposti paralleli si protendevano gli uni verso gli altri. Quando fossero stati finiti, avrebbero formato quattro meravigliosi archi. Quattro grassi neonati erano seduti in cima alle colonne. Ogni neonato stringeva la sommità di una colonna con le zampe tentacolari, poi espelleva un materiale marrone schiumoso che si induriva quasi subito. Ogni espulsione sembrava far crescere la colonna di quindici centimetri, forse addirittura trenta. Se non fosse stato blasfemo pensare una cosa simile, Ogden avrebbe potuto dire che sembrava che i neonati stessero costruendo gli archi con la loro stessa merda.

Quando i neonati finirono di secernere, parvero più esili, con i lati triangolari infossati. I neonati appena dimagriti scorrazzarono via, sostituiti subito da altri grassi. Quelli magri corsero verso pile di legna o di spazzatura o di cadaveri insanguinati semidivorati. Si abbassarono su queste cose. Delle parti affilate e taglienti uscirono dalle loro basi triangolari e i neonati iniziarono a mangiare inglobando il materiale con una velocità spaventosa.

La porta: il mondo non aveva mai visto nulla di così perfetto e meraviglioso.

Il suono di piedini che calpestavano il vetro rotto distolse l'attenzione di Ogden dal trambusto dei neonati. Era l'angioletto, i cui riccioli biondi sobbalzavano a ogni passo. Teneva una barretta di gelato in ciascuna mano.

«Ciao, generale Ogden» disse la bambina. «Sono Chelsea.»

L'uomo lo sapeva perché era la sua voce quella che aveva udito nella mente quando si era convertito, quando aveva pianificato e mentre guidava. Solo a guardarla gli si riempì il cuore d'amore.

Ti stavamo aspettando.

Gli parlò direttamente nel cervello, parlò con quella voce piena d'amore e saggezza.

«Ciao, Chelsea. Mi piace la tua moto.»

Allora è tua. Il signor Korves non ne ha più bisogno.

Era l'incarnazione dell'amore. Era tutto.

Stavamo aspettando i nostri protettori, generale. Sei pronto a proteggerci?

Gli porse una barretta di gelato.

«Sì, Chelsea» disse Ogden. «Sono pronto.»

2

Cops, con la partecipazione di Sanchez e Ridder

L'agente Carmen Sanchez aveva un brutto presentimento. Aveva ricevuto una segnalazione a proposito di neve insanguinata e due cadaveri. Era felice che la temperatura fosse sotto lo zero. Certo, era assurdo, ma era meglio avere a che fare con un cadavere congelato piuttosto che trovarne uno rimasto a cuocere per alcuni giorni nell'umidità estiva di Detroit. A volte, quelle telefonate si rivelavano dei falsi allarmi, ma dopo dieci anni nell'arma si intuisce quali sono quelle attendibili. Adesso Sanchez ebbe quell'intuizione.

I lampeggianti dell'automobile della polizia balenarono quando il suo collega, Marcellus Ridder, accostò su un lato di Orleans Street. I fari illuminarono la neve calpestata.

La neve striata di sangue congelato. Le striature conducevano verso una recinzione e gli alberi al di là di essa. E, appena oltre la recinzione tagliata, c'erano due corpi, uno di un nero e uno di un bianco.

Nessuno dei due si muoveva.

Ridder parcheggiò e prese la ricetrasmittente. «Qui Adam 12, in risposta alla segnalazione di due corpi in Orleans Street» disse. «Ci sono due uomini morti. Mandate subito un'ambulanza e dei rinforzi. Stiamo perlustrando la scena del crimine.»

Un bambino di dieci anni aveva visto la neve insanguinata, aveva trovato i corpi, poi si era diretto a una pompa di benzina e aveva chiamato la polizia. Sanchez non voleva nemmeno sapere cosa ci facesse in giro un bambino di dieci anni alle quattro del mattino. Da quelle parti i genitori non erano molto severi.

Ridder ripose la ricetrasmittente sulla forcella. Scesero entrambi dall'automobile, estraendo le pistole e puntandole contro il terreno. Ridder si inginocchiò dietro la portiera aperta sul lato del guidatore mentre Sanchez fece la stessa cosa dal lato del passeggero.

«Polizia! Non muovetevi!» gridò Sanchez con il suo tono più alto da poliziotto. «Restate dove siete! Se riuscite a sentirmi, scalciate col piede destro!»

Probabilmente, alla maggior parte delle persone, la loro prudenza sarebbe parsa sciocca perché entrambi gli uomini sembravano morti stecchiti, ma tutto quel sangue comportava la presenza di armi, probabilmente di pistole, e la polizia di Detroit non scherzava con faccende simili. Uno dei due uomini avrebbe potuto rialzarsi da un momento all'altro e iniziare a sparare.

«Ho detto di muovere il piede destro!» gridò Sanchez. Di solito era così che andava: Ridder guidava e Sanchez urlava gli ordini. Ognuno aveva le sue competenze specifiche.

«Dobbiamo perquisirli» disse Sanchez. «Sei pronto?»

«Sì» rispose Ridder.

«Io mi occupo del bianco a sinistra. Vai!»

Sanchez girò di corsa intorno alla portiera e si avvicinò al bianco prono. Tenne la pistola puntata contro il terreno ma inclinata in avanti, in modo che avrebbe dovuto sollevarla solo di cinque centimetri se l'uomo fosse saltato su di scatto con un'arma.

L'uomo caucasico era sovrappeso, con la barba rossa ricoperta di ghiaccio e gli occhi marroni che fissavano vacuamente il vuoto. Gli occhi erano rimasti spalancati. Un forellino insanguinato punteggiava il lato destro della gola. La camicia, soprattutto il colletto, sembrava irrigidita dal sangue congelato.

Dei Big Mac ancora incartati erano sparsi nella zona.

Ridder si inginocchiò accanto al cadavere del nero.

«Questo tizio è morto» disse Ridder. «Non c'è battito ed è freddo al tatto.»

Sanchez abbassò la mano per sentire il battito del grassone

tastandolo con le dita sotto la barba e toccandogli il collo. Aveva la pelle fredda e soda, ma non rigida; l'uomo non si era ancora congelato. Sanchez tastò la mascella, allungò una mano più in basso e premette.

Poi si udì un rumore simile a un colpo di tosse sommesso.

Ebbe la sensazione di aver fatto esplodere qualcosa con le dita, una piccola bolla.

Una rarefatta nuvola grigia si sollevò allontanandosi dalla barba dell'uomo.

Fu solo allora che Sanchez le vide: sul collo del cadavere, sulle mani e perfino sulla fronte c'erano delle vescichette. Ne aveva fatta esplodere una e la polvere grigia era schizzata fuori diffondendosi nell'aria come polline sottile.

«Oh, cazzo» esclamò. «Cosa diavolo è questo?»

Indietreggiò con il braccio sinistro piegato e la mano sinistra discosta dal corpo. Scosse la mano spalancando le dita verso l'esterno. La sostanza polverosa volò via dalla sua pelle e fluttuò nell'aria.

Ridder lo guardò. «Cosa cazzo è successo, Chez?»

«Questo tizio ha delle vesciche» disse Sanchez. «Penso di averne toccata una. È esplosa come un palloncino o giù di lì. Che schifo, cazzo!»

Infilò la pistola nella fondina. «Va' a prendere il kit di pronto soccorso. Oh, accidenti, che cosa disgustosa, cazzo. Probabilmente quel fottuto coglione aveva l'AIDS o giù di lì. È una fottuta vescica dell'AIDS. Avrei dovuto mettermi i guanti.»

Ridder corse verso l'auto della polizia e aprì il portabagagli. Estrasse il kit di pronto soccorso.

Sanchez si fermò a guardarsi la mano per un attimo chiedendosi se sentisse davvero quello che credeva di sentire. Sì. Non era la sua immaginazione, aveva la mano bollente. Davvero bollente.

«L'AIDS non fa venire le vesciche» disse Ridder mentre estraeva dal kit il flacone di plastica trasparente dell'alcol.

«Sì? Allora perché mi brucia, cazzo? Sbrigati!»

Ridder gli inzuppò la mano di alcol, poi porse una benda a Sanchez.

«Strofinatela» disse Ridder.

«Oh, pensi che devo farlo, cazzo?» Sanchez si strofinò la mano.

Ridder aprì una tasca della cintura ed estrasse i guanti da chirurgo.

Sanchez guardò i guanti nella mano di Ridder mentre continuava a strofinarsi la pelle. «Ormai non mi serviranno più a nulla, coglione.»

Ridder fece un passo indietro. «Be', non voglio prendermi l'AIDS.»

«Hai detto che l'AIDS non fa venire le vesciche!»

«Non lo so, cazzo, va bene?»

La sensazione di bruciore aumentò. Una volta, Sanchez era andato in vacanza in Giamaica con la sua seconda moglie e, mentre nuotava, aveva sfiorato una medusa con la mano sinistra. Aveva provato una sensazione simile a quella: un bruciore/pizzicore persistente che continuava a crescere.

«Oh, accidenti» esclamò Sanchez. «Che cosa disgustosa, maledizione. Merda, come brucia.»

Ridder fissò la mano. «Ehi, Chez,» proruppe «ricordi la riunione informativa di stamattina a proposito di quella schifezza di Gaylord?»

Sanchez smise di strofinarsi. Spalancò gli occhi per la paura. «Quella schifezza carnivora? Pensi che abbia contratto quella schifezza carnivora?»

«Non lo so, amico» disse Ridder. «Rilassati.»

«Come cazzo faccio a rilassarmi?»

«Ascolta,» disse Ridder «abbiamo il kit per quel test, quell'affare col tampone. Va' a eseguirlo su quel tipo.»

«Io? Mi sembra di essermi già rovinato abbastanza la vita.»

«Be', se ce l'ha, allora ce l'hai già anche tu» disse Ridder. «Perché cazzo dovrei prenderla anch'io?»

La malattia carnivora... Era previsto che causasse bruciore? In caso contrario, cosa aveva provocato il bruciore? Quella roba era uscita dalla pelle di un morto, per amor di dio.

«Amico, mi fa un male tremendo» disse Sanchez. «Visto che hai i guanti, controllalo tu!»

«Neanche per sogno, cazzo. Lascia che se ne occupino i paramedici, sono addestrati per fare queste cose.»

Sanchez riusciva già a sentire le sirene. L'ambulanza sarebbe arrivata nel giro di pochi minuti, ma lui non poteva aspettare. Doveva saperlo subito. «Suvvia, amico» disse. «Fagli il test.»

Si avvicinò di un passo a Ridder. In un batter d'occhio, Ridder arretrò estraendo l'arma e puntandola contro Sanchez.

«Sta' lontano da me, cazzo» disse Ridder. «Rimani lì!»

Sanchez lo fece. Il suo collega stava puntando una pistola contro di lui. Era una situazione complicata. Era così che la gente veniva uccisa a colpi d'arma da fuoco. «D'accordo» disse. «Non mi muovo. Rilassati, Ridder, e smettila di puntare quella pistola contro di me.»

Ridder non smise fino all'arrivo dell'ambulanza, quando subentrarono i paramedici. i

3

Mettendosi in viaggio...

Margaret e Dew erano seduti nella stanza dei computer a guardare gli schermi piatti. Bada bene, pensò Dew. Non permettere alla frase 'come può andare peggio di così?' di passarti di nuovo per la mente.

Murray gli aveva appena inviato il filmato ripreso dal vivo dall'elicottero del notiziario di Canale 7 di Detroit. Lo schermo mostrava una strada che correva parallela a un filare di alberi ricoperti di neve. Sembrava un binario ferroviario abbandonato su cui era cresciuta da tempo la vegetazione. Vicino a una zona in cui i vecchi binari correvano sotto un cavalcavia, Dew vide un paio di autoarticolati blu senza contrassegni.

Si trattava di un'altra Margomobile. Parcheggiata all'aperto. In una grande città. Era peggio di una merda spalmata su un cracker.

La didascalia in fondo allo schermo diceva: POSSIBILE CASO DI MORBO CARNIVORO A DETROIT.

Dew mise Murray in vivavoce.

«D'accordo, Murray,» disse Dew «abbiamo afferrato la situazione. Cosa sta succedendo?»

«Sta' zitto e ascolta» disse Murray. «Qui sta succedendo qualcos'altro, qualcosa di grosso, quindi non ho molto tempo. Un test della cellulosa è risultato positivo a Detroit, ma non si tratta – ripeto non – di un'infezione di triangoli. Potrebbe essere simile al caso di Donald e Betty Jewell. L'uomo non è stato identificato e le impronte digitali non hanno dato nessun riscontro. Per il momento è una vittima ignota. Come vedi, la storia è già trapelata, quindi siamo in modalità 'controllo dei danni'. Invierò un elicottero per Margaret e la sua squadra.»

«Ma non posso andarmene adesso» disse Margaret. «Abbiamo ucciso quella donna per far schiudere i neonati e adesso sono qui.»

«Non ho tempo per sentire la sua opinione» disse Murray. «Ascoltatemi. L'uomo non è morto per il morbo. Gli hanno sparato alla gola la scorsa notte. Non si è – ripeto non – decomposto. Il poliziotto che ha trovato il cadavere gli stava controllando il battito quando è scoppiata una specie di vescica. I paramedici non si sono avvicinati al cadavere ma, dopo qualche ora, hanno sottoposto il poliziotto al test e l'uomo è risultato positivo.»

«È contagioso» disse Margaret sommessamente. «Alla fine è successo.»

«È per questo che ho bisogno che si rechi lì il più presto possibile» disse Murray. «La conclusione è semplice. Abbiamo degli ospiti di triangoli che uccidono le persone a Gaylord, quindi Ogden resterà lì. Dawsey è l'unico che può parlare con i neonati prigionieri e, dal momento che non ho intenzione di spostare quegli affari dalla parte opposta dello Stato o di permettere a Dew di perdere di vista Dawsey, rimarranno entrambi lì. Per quanto ne sappiamo, questo caso di Detroit non presenta un'infezione di triangoli. L'assenza di triangoli significa che non ci sono porte, quindi dobbiamo valutare la situazione prima di prendere provvedimenti drastici.»

«Sono d'accordo» disse Dew.

«Non ho chiesto nemmeno la tua opinione» disse Murray. «Margaret attirerà troppa attenzione se la porteremo proprio sul posto, quindi la lasceremo all'ospedale Henry Ford a qualche chilometro di distanza. Arriverà in automobile. Il personale della Margomobile ha già caricato a bordo la vittima non identificata e il poliziotto. Sposteranno i rimorchi in un posto più sicuro.»

«Non potete spostarli» disse Margaret. «Perlomeno non molto. Dobbiamo controllare la zona per appurare se il vettore del contagio è ancora lì.»

«Margaret,» disse Murray «sta guardando un filmato ripreso da un elicottero del telegiornale. Dobbiamo nascondere i rimorchi.»

«Allora spostateli in un luogo vicino» disse Margaret. «Se si è verificato un caso, potrebbero essercene altri nella stessa zona.»

«Bene» disse Murray. «Incaricherò qualcuno di occuparsene. Dew, convinci Dawsey a parlare di nuovo con quei neonati. Non mi importa a quale prezzo. Tagliagli le dita se necessario. Ho altro di cui occuparmi, quindi non chiamatemi a meno che non abbiate informazioni in base a cui agire.»

Murray riattaccò.

«Caspita» esclamò Margaret. «Non l'ho mai sentito parlare in quel modo.»

«Io sì» disse Dew. «Significa che è stato in piedi tutta la notte a lavorare a qualcosa di importante. Quello che hai appena sentito è il solitamente calmo, imperturbabile e padrone di sé Murray Longworth stressato al massimo.»

La porta della stanza dei computer si aprì e Otto si precipitò all'interno. «Margaret, sta arrivando un elicottero. Il pilota ci ha contattati via radio sostenendo di essere venuto qui per portarci a Detroit. Sta atterrando adesso.»

«Chiama Gitsh e Marcus» disse. «Andiamo.»

Otto si dileguò.

Margaret si voltò verso Dew. I suoi occhi ardevano di rabbia e fervore.

«Se questa cosa è davvero contagiosa,» disse «ci troviamo in un guaio completamente diverso. Il Paese deve sapere. Il mondo deve sapere.»

Cristo santo! Come se Dew non avesse già abbastanza problemi. La nuova e migliorata Margaret Montoya voleva rendere pubblica la faccenda. Il problema era che, se il morbo era davvero contagioso, lei aveva ragione al cento percento. I traffici loschi di Murray avevano la loro utilità, ma ormai non era più il momento per cose simili.

«Prima pensaci bene» disse Dew. «Prima di fare una sciocchezza, non puoi aspettare ventiquattr'ore?»

«Perché dovrei, cazzo?»

«Limitati a fare il tuo lavoro» disse Dew. «Valuta la situazione, come ha detto Murray. Se domani a quest'ora riterrai ancora che la cosa giusta da fare sia rendere pubblica la faccenda, lo farò con te.»

Margaret lo fissò con un'espressione che era una combinazione di odio e incredulità. «Perché dovresti gettare via la tua carriera in un modo simile?»

«Perché Murray dispone di altre persone come me» disse Dew. «E, se cercherai di rendere pubblica la faccenda contro il volere di Murray, una di loro potrebbe venire a farti visita.»

4

Non indispensabile

La conoscenza di Chelsea continuava ad aumentare.

Adesso capiva perché fosse stato inviato Chauncey. Non era una persona. La materia *organica*, come gli esseri umani o le piante o i cuccioli, non poteva sopravvivere al viaggio che aveva compiuto Chauncey.

La materia organica poteva sopravvivere a un viaggio attraverso la porta, ma c'era un inghippo: la *porta* era biologica. Come le piante. Questo significava che non potevano mandare una porta nello stesso modo in cui avevano mandato Chauncey.

Era un problema davvero insidioso e si fece ancor più complicato. Ciascun neonato aveva una... una... una struttura portante. Che bella espressione, anche se non capiva ancora cosa significasse di preciso. Aveva una specie di struttura portante per produrre il materiale per la porta. Le strutture portanti erano state inviate con Chauncey. Facevano parte del seme di ogni triangolo. Il loro numero era circoscritto (un'altra bella parola!), e questo significava che i neonati non potevano riprodursi come gli striscianti.

E i piccoli striscianti che si diffondevano nei corpi delle persone convertendole? Che creature meravigliose! Ma non erano affatto creature, come le lumache o gli insetti o i gattini. Erano solo un insieme di pezzi. Come il Lego. Si potevano assemblare i pezzi in modi diversi. Si poteva fare in modo che facessero cose diverse. In realtà, erano giocattoli molto più divertenti del Lego.

Chelsea vagava nella mente delle persone nella sua... nella sua *rete*. Quante cose interessanti! Anche molte cose birichine. Ci avrebbe pensato più tardi. Una mente spiccava al di sopra delle altre, una mente che combinava la logica alla creatività: quella del generale Ogden. Si ritrovò a trascorrere sempre più tempo lì dentro mentre attendeva che la porta si aprisse. Imparò molto. Il generale Ogden sembrava ossessionato da una cosa definita piano di emergenza.

Quasi tutta la rete di Chelsea era composta da soldati. Il generale Ogden pensava che la maggior parte di quei soldati, compreso sé stesso, sarebbe morta per difendere la porta. Pensava che i suoi soldati non fossero indispensabili. Ma se fossero morti tutti o perfino se il numero dei convertiti fosse diminuito solo un tantino, cosa sarebbe successo alla mente di Chelsea? Alla sua conoscenza?

Chelsea non lo sapeva. E perciò aveva bisogno di un suo piano di emergenza.

I soldati erano molto, molto importanti, addestrati e avvezzi a sparare alle cose. Nella sua rete erano rimaste solo due persone che non erano soldati.

La mamma e il signor Burkle, il postino.

Il signor Burkle era un uomo. Era più forte della mamma. Questo rendeva la mamma la persona più debole della rete.

E questo significava che la mamma era la meno indispensabile.

Chelsea respirò lentamente e protese all'esterno i suoi pensieri. In realtà, non sarebbe stato molto difficile modificare lo scopo della mamma. Con il signor Jenkins aveva funzionato.

Chelsea si concentrò collegandosi con gli striscianti della mamma e iniziò a spostare i pezzi.

5

Arriva Margaret

Il viaggio per Detroit sembrò durare un'eternità, anche se impiegarono solo poco più di un'ora.

Margaret aveva trascorso così tanto tempo stipata a bordo delle Margomobili o in luoghi isolati che aveva quasi dimenticato come fosse una città. Detroit non aveva un gran profilo perché i suoi edifici non erano molto alti, anche se all'arrivo non ci si poteva lasciar sfuggire le cinque torri del Renaissance Center e alcuni altri grattacieli del centro di cui non conosceva il nome. La città sembrava propagarsi da lì, diffondendosi a nord e a ovest del Detroit River, con i sobborghi che si estendevano per chilometri e chilometri.

Margaret, Clarence, il dottor Dan, Marcus e Gitsh atterrarono all'eliporto dell'Henry Ford Hospital. Da lì, due agenti li portarono via in tutta fretta a bordo di un furgone senza contrassegni e, dieci minuti dopo, percorrevano East Lafayette Street.

«Ci stiamo avvicinando all'incrocio tra Lafayette e Orleans» disse l'autista. «La scena del crimine si trova alla vostra sinistra. Il Centro per il controllo e la prevenzione delle malattie infettive l'ha sigillata per bene.»

Grossi spartitraffico di cemento, del tipo usato per costruire le autostrade, bloccavano completamente l'imbocco della Orleans. Circa mezzo isolato più avanti, Margaret vide la tenda contro il rischio biologico che era stata montata sulla scena del crimine. Quella tenda avrebbe impedito alla brezza di diffondere il contagio, se non si era già propagato. Teneva anche lontano gli sguardi dei curiosi. Alcune persone con addosso le tute contro il rischio biologico entravano e uscivano dalla tenda. Quel luogo era il più sicuro possibile.

La strada successiva era St Aubin, e loro svoltarono verso sud. In questo modo, il vecchio binario ferroviario pieno di alberi si ritrovò alla destra del furgone. Altri alberi e condomini fiancheggiavano il lato sinistro della strada. C'erano appartamenti e automobili dappertutto: la presenza di così tante persone sarebbe stata la formula perfetta per un disastro se quel contagio fosse stato trasportato dal vento, come la varietà che aveva infettato Perry. Svoltarono a sinistra sulla Jefferson, un'arteria a sei corsie piena di traffico che si snodava attraverso Detroit, poi girarono brevemente a destra (dove, stranamente, si ritrovarono di nuovo sulla St Aubin). Fabbriche abbandonate si stagliavano opprimenti e desolate. Dopo aver svoltato a destra in Woodbridge Street e poi di nuovo a destra superando un'altra fabbrica abbandonata, il furgone si immise in un ampio terreno sgombro. Margaret si rese conto che il cavalcavia proprio davanti a lei era di nuovo Jefferson Street e vi passarono sotto sfociando in un lungo fossato. Su entrambi i lati si innalzavano dei pendii ripidi e ricoperti di alberi che terminavano con un reticolato nero. Margaret capì che adesso si trovavano *sul* vecchio binario ferroviario che correva parallelo alla Orleans. Sotto il cavalcavia successivo, incuneati al di là degli alberi radi, Margaret vide due rimorchi blu parcheggiati uno accanto all'altro.

«Ottimo lavoro» disse Clarence all'autista. «Non si riesce a vederli dall'alto.»

L'autista annuì. «Sì, signore e si trovano solo a trecento metri dalla scena del crimine.»

«E che mi dice degli elicotteri del telegiornale?» chiese Margaret. «Qualcuno ha visto i rimorchi parcheggiare quaggiù?»

«No, signora» disse l'autista. «Abbiamo diramato un allarme per la sicurezza aerea costringendo gli elicotteri del telegiornale a togliersi dai piedi. E i vostri due rimorchi hanno percorso un tragitto piuttosto tortuoso per giungere qui. Ci siamo assicurati che non fossero seguiti.»

Parcheggiarono all'ombra profonda del cavalcavia. L'area era punteggiata di spazzatura ricoperta di neve. Le pareti rivestite di scritte salivano su entrambi i lati per sostenere la strada sovrastante.

«È una bella località di villeggiatura» disse il dottor Dan. «Dovrei portare qui la mia ragazza per fare colpo su di lei con il mio stile metropolitano.»

«Non è il momento di fare battute» disse Margaret. «Entriamo lì dentro il più presto possibile a prelevare dei campioni dall'agente Sanchez e dalla vittima non identificata. Dobbiamo appurare se hanno parassiti striscianti e, se sì, come possiamo uccidere quegli affari.»

Sperò che la sua intuizione fosse corretta e che fosse in grado di distruggere il citoscheletro degli striscianti per arrestare quella nuova infezione. Non era riuscita a salvare Betty Jewell. Aveva perso Amos. Era rimasta a guardare mentre Bernadette Smith invocava il suo aiuto.

Anche se non l'aveva ancora visto, non aveva la minima intenzione di perdere anche l'agente Sanchez.

6

Climer diffonde la fede

Il soldato semplice Dustin Climer sbirciò fuori dalla tenda che ospitava il secondo plotone. Alcuni tipi della compagnia Whisky erano appostati lì fuori. Forse sapevano. Forse li stavano spiando.

Ben presto avrebbero ricevuto quel che meritavano.

Climer si voltò a guardare la sua opera. Era in ritardo sulla tabella di marcia ma, nel giro di poche ore, gli ultimi Sterminatori sarebbero stati pronti a mettersi in moto. La maggior parte di loro era già stata convertita. Gli altri stavano dormendo, sudando e cercando di dimenarsi ma non potevano muoversi un granché con le mani e i piedi assicurati con fascette di serraggio alle brande.

Si voltò a guardare i soldati semplici Pickens e Abbas. Erano in giro di ricognizione per sostituire un paio di tizi malati della compagnia Whisky. Climer aveva dovuto aspettare che tornassero. Non appena lo fecero, ordinò loro di entrare lì dentro, dove dieci soldati saltarono loro addosso, li imbavagliarono e poi li legarono.

Pickens stringeva gli occhi e sbatteva le palpebre scuotendo il capo e cercando di gridare nonostante il calzino infilato in bocca. Sembrava che avesse appena ricevuto i bacini.

Abbas oppose una strenua resistenza. Nonostante avesse le braccia e le gambe legate, due uomini dovettero sedersi sul suo petto e sulle sue cosce per tenerlo fermo. L'infermiere Brad, sorridente e con un occhio solo, si chinò sul volto di Abbas.

Brad si avvicinò per dargli il bacio. Abbas si oppose ancor più accanitamente. Due paia di mani gli afferrarono la testa costringendolo ad aprire la bocca. Brad tolse il calzino dalla bocca di Abbas; l'uomo legato emise uno strano suono simile a un colpo di tosse, che forse avrebbe dovuto essere un grido, e poi Brad gli diede l'amore di Dio.

Avevano finito. Tra cinque o sette ore, tutta la compagnia Raggi X sarebbe stata pronta a servire il generale Ogden e Chelsea.

7

Il cadavere non identificato

Margaret Montoya era occupatissima.

Un cadavere non identificato, nudo, sovrappeso e con la barba rossa era riverso sul carrello delle autopsie. Era punteggiato di pustole delle dimensioni di una palla da golf. Quando Margaret era entrata nel rimorchio tre ore prima, le pustole erano grosse solo come biglie voluminose; anche se era morto stecchito, le escrescenze lucide, sottili e piene d'aria continuavano a espandersi lentamente.

Mentre lo stavano preparando per esaminarlo, molte pustole erano esplose e si erano lacerate, lasciandogli su tutta la pelle delle ferite rosa aperte. Ogni scoppio diffuse una sostanza simile a polline che fluttuò nell'aria rivestendo le pareti, i banconi e le attrezzature di strati sottili di polvere grigia.

Quando guardò quella polvere, Margaret vide realizzarsi i suoi peggiori timori. *Questa polvere, questa polvere contagiosa...* Avrebbe potuto benissimo causare la fine del mondo. Era stato solo un colpo di fortuna se l'agente Sanchez aveva trovato il corpo quando le pustole erano ancora piccole, delle dimensioni del gommino di una matita. Pustole di quella grandezza non contenevano così tante spore. Più il cadavere fosse rimasto lì, più le pustole sarebbero cresciute contenendo sempre più polvere. Sarebbero potute diventare così grandi da riuscire a infettare più persone in un colpo solo. E, se alcune di quelle persone si fossero spostate in altre parti della città o dello Stato, in altre città... allora non ci sarebbe stato modo di fermare il contagio.

Gitsh pulì il pavimento mentre Marcus spruzzò le altre superfici con della candeggina concentrata. Il dottor Dan aveva già prelevato dei campioni dall'agente Sanchez, che era ancora privo di coscienza, e adesso li stava raccogliendo dal corpo della vittima non identificata. Dan si protese in avanti nel tentativo di staccare una delle pustole piene d'aria senza romperla. Quello era il terzo tentativo, come dimostravano i due sottili puntini di polvere grigia che macchiavano già la sua visiera.

Il cadavere non identificato era risultato positivo al test della cellulosa, tuttavia non si stava decomponendo. Non presentava segni di apoptosi. Perché? Il morbo *sapeva*. Sapeva di aver trovato un altro modo per diffondersi. La decomposizione rapida non serviva più a nessuno scopo.

Margaret passò il dito inguantato sulla superficie del carrello delle autopsie. Sollevò la punta del dito davanti a sé per esaminare la polvere grigia.

O, per meglio dire, le spore grigie.

«Dan,» disse senza smettere di fissare la polvere sulla punta del dito «continui a raccogliere campioni. Ho intenzione di eseguire una batteria di test per appurare cosa possa uccidere i parassiti striscianti che ha prelevato dall'agente Sanchez.»

«Prima le conviene dare un'occhiata a questo» disse Dan. Adesso era dritto in piedi, non più curvo. Teneva una mano sulla mascella della vittima non identificata e guardava dentro la bocca aperta del morto.

Margaret si avvicinò al lato opposto del carrello e guardò all'interno. La lingua dell'uomo era gonfia e ricoperta di triangolini blu.

«Ha una lingua da Puffo» disse Dan. «Non c'è nient'altro di simile sul suo corpo. Cosa pensa che sia?»

Margaret prese il bisturi e un contenitore di campioni.

«Penso» disse tagliando un piccolo frammento di lingua «che stiamo guardando un vettore del contagio.»

«Ma cosa mi dice delle pustole?»

«Le pustole si formano dopo il decesso» disse Margaret. «La lingua deve diffondere il morbo quando l'ospite è ancora vivo.»

«Caspita» esclamò Dan. «Pensa che il contagio si propaghi leccando?»

Margaret si strinse nelle spalle. «Non ne ho idea. Dovremo controllare se l'agente Sanchez svilupperà le stesse piaghe. Se sì, sapremo di essere alle prese con un vettore continuo, che passa da un ospite all'altro. Marcus, aiuta Dan. Gitsh, continua a pulire e a strofinare dappertutto. Clarence, hai addosso la tuta?»

«Sì, signora» udì nell'auricolare. «Ora mi trovo nel rimorchio B con l'agente Sanchez.»

«Come sta?»

«Adesso è cosciente, ma è ancora un po' confuso. Si lamenta per la febbre e i dolori al corpo. Non vuole essere legato, ma capisce. Credo che, finché resterò qui con lui, andrà tutto bene. Posso farlo a meno che tu non abbia bisogno che mi occupi di qualcos'altro.»

«Non ho bisogno di nient'altro da te» disse Margaret. «Basta che resti lì e lontano da me.»

Non l'aveva perdonato per Bernadette. Non aveva intenzione di farlo. Clarence Otto era come tutti quegli altri macellai senza cuore.

Dew, Murray e perfino Perry. Il loro mestiere era la morte, e Clarence era uno di loro. Il mestiere di Margaret era la vita.

Ed era quanto avrebbe dato all'agente Carmen Sanchez.

8

Perry riceve la sua pistola

Perry stava facendo i sollevamenti sulle braccia appeso a un ramo di una grande quercia nel giardino davanti alla casa dei Jewell.

Uno dopo l'altro: su, giù, su, giù. Non barava nemmeno; non lasciava semplicemente ricadere il corpo: le discese richiedevano il doppio del tempo dei sollevamenti veri e propri. Il respiro si cristallizzava davanti a lui ogni volta che risaliva. Tutti continuavano a lamentarsi del freddo, ma lui lo adorava. Non si trovava lontano dal posto in cui era cresciuto. Maledizione, aveva giocato contro la squadra della città ai tempi delle superiori: i Cheboygan Chiefs contro i Gaylord Blue Devils. Quel clima non era freddo, era casa.

Su, giù.

Guardò l'altalena di corda più in basso lungo il ramo. La neve copriva il seggiolino di legno. Si chiese se Chelsea vi si fosse seduta sopra.

Forse suo padre l'aveva spinta.

Forse aveva riso.

Su, giù.

Doveva trovarla. Lo sapeva, ma allo stesso tempo non voleva avvicinarsi a lei. Aveva avvertito il suo potere, più intenso in misura esponenziale rispetto a quello dei neonati che cercavano di dirgli cosa fare. Erano semplicemente una scocciatura, ma lei... toccava qualcosa nel profondo della sua anima.

Non sapeva perché i suoi ordini fossero diversi. Lo erano e

basta. Se fosse diventata più potente, non sapeva proprio se sarebbe riuscito a resisterle.

Sentì un rumore di passi nella neve. Riconobbe il ritmo pesante di uno zoppo.

«Dawsey,» disse Dew «ho una cosa per te.»

«Natale è già passato» disse Perry. «Cerchi di rimediare al tempo perduto?»

«Qualcosa di simile. Sai perché sono qui.»

Su, giù.

«Non ho intenzione di entrare lì dentro, cazzo, Dew, quindi scordatelo.»

«Adesso è contagiosa.»

Perry si fermò nel bel mezzo di un sollevamento. Guardò Dew, poi si lasciò cadere a terra. Inciampò a causa del dolore al ginocchio, poi si raddrizzò e incrociò le braccia.

Dew annuì. «Hanno trovato una vittima non identificata a Detroit. Un poliziotto ha rinvenuto il suo cadavere, l'ha toccato ed è risultato positivo al test della cellulosa. Le cose sono solo peggiorate. Devi entrare lì dentro a parlare con i neonati e magari appurare se riesci a metterti di nuovo in contatto con Chelsea. Perry, devi trovare la porta.»

«Non... non posso, Dew. Non riesco ad affrontarli.»

«Invece puoi» disse Dew. «Non sono un tipo molto sentimentale, ragazzo. Ma devo dirti che ti considero l'uomo più tosto che abbia mai conosciuto. Lo schifo che hai passato avrebbe abbattuto tipi come Baum e Milner, probabilmente perfino tipi come me. Hai un animo da guerriero, Perry. Hai il mio rispetto. Combatterò con te contro questo schifo e sono disposto a morire pur di non permettere a nulla di farti del male. Capisci?»

Gli occhi di Dew ardevano per il fervore. Nemmeno Perry era un tipo molto sentimentale, ma le parole di Dew gli fecero venire un groppo in gola. Bill Miller era l'unica persona che gli fosse mai stata così vicino. Anche il padre di Perry, nel suo modo contorto. Ma Bill era morto. E anche il padre.

«Ho capito che stai per singhiozzare come una ragazzina,» disse Dew «quindi allontaniamo questa conversazione da un terreno che rasenta l'omosessualità e torniamo a essere concreti. Hai paura di cosa potrebbero farti questi affari, ma *so* che puoi sconfiggerli. In realtà, sono pronto a scommetterci la vita. Allora, ecco il tuo regalo.»

Dew infilò la mano nella fondina sotto la spalla, estrasse la sua calibro 45 e la porse a Perry dalla parte del calcio.

Perry la guardò. «Vuoi che spari al mio regalo?»

«No, laureato, questo *è* il tuo regalo.»

Perry fissò l'arma graffiata. Sembrava splendere perché era stata oliata con amore. Dew aveva sparato alla spalla di Perry con quella pistola. E al ginocchio.

Dew aveva portato quella calibro 45 in Vietnam e, da quel momento in poi, non se n'era più separato.

Non era un semplice regalo. Perry era uno psicopatico indegno, un fallito. Non meritava una cosa così importante.

«Non posso accettarla» disse Perry. «L'hai tenuta per una trentina d'anni.»

Dew annuì. «Penso che possano bastare. Adesso è tua. Ha esploso migliaia di colpi senza problemi. Ti assicuro che funziona. Quindi prendila. Vai lì dentro e fatti coraggio. Fa' quel che devi fare, non importa quanto sei spaventato. E, se non riesci a sopportare che ti ciarlino nella mente, ti do il permesso di rimandarli da dove diamine sono venuti, maledizione.»

Perry allungò una mano e prese la pistola. L'impugnatura era fredda, logora e liscia.

«Sì, è carica» disse Dew. Protese un dito e scostò delicatamente la canna dal suo petto. «Quindi cosa ne dici di cercare di non uccidermi per sbaglio, cazzo?»

Perry rise. Gli parve strano. Guardò la pistola e poi Dew.

«Lascia che te lo spieghi bene» disse Dew. «La famiglia Jewell è scappata da almeno trentasei ore. Potrebbero trovarsi in uno qualsiasi di venti Stati, perfino in Canada. Magari hanno già fatto la schiusa e i loro neonati stanno costruendo una porta mentre parliamo. Siamo alle prese anche con una seconda varietà di infezione che si è dimostrata contagiosa. Non abbiamo più tempo. Dobbiamo trovare i Jewell. Dobbiamo trovare la porta. Quindi te lo chiederò per l'ultima volta: vuoi entrare in quel rimorchio e affrontare quegli affari che ti hanno rovinato la vita oppure vuoi andare a nascondere la testa sotto la sabbia per il resto della vita? Hai il mio rispetto, ma il mio tempo? Non me n'è rimasto più. O ti fai avanti subito oppure te ne vai e mi lasci fare quel che deve essere fatto.»

Dew era dalla sua parte, ma aveva anche un lavoro da sbrigare. Perry comprese: o lo aiutava a sbrigare quel lavoro o Dew voleva che se ne andasse.

Perry pensò che forse, solo forse, si meritava davvero un po' di rispetto. Si sentiva di nuovo un essere umano, e c'era solo una persona responsabile di ciò.

Il suo amico, Dew Phillips.

«Farò tutto ciò di cui hai bisogno» disse Perry. «Ho il tuo sostegno; qualsiasi cosa comporti, togliamoci il pensiero.»

9

Perry preme il grilletto

Prima di entrare, Dew diede a Perry una fondina per la calibro 45. Gli diede anche quattro caricatori pieni, contenuti in piccole tasche di tela assicurate alle bretelle della fondina. Con sette colpi in ogni caricatore, aveva un totale di trentacinque colpi. Non che un certo numero di proiettili potesse farlo sentire al sicuro.

Perry entrò nel rimorchio B seguito subito da Dew. Indossavano entrambi delle tute contro il rischio biologico. Perry si sentì soffocare ancor più della volta precedente. Era arrivato il momento della resa dei conti definitiva con i mostri; il rimorchio avrebbe dovuto essere scarsamente illuminato, nella penombra, magari con una lampadina o due che tremolavano come nei film di fantascienza, invece era tutto di un bianco luminosissimo, cazzo. La prima cosa che vide fu la cella di contenimento vuota. Gitsh e Marcus dovevano averla lavata con un tubo flessibile o giù di lì, dal momento che tutto il sangue di Bernadette era sparito.

Perry girò a sinistra, verso il retro, verso le celle frigorifere. Sul pavimento davanti a quelle celle erano posate tre gabbiette di vetro, ciascuna un cubo di sessanta centimetri per sessanta.

All'interno di quelle gabbie, li vide.

Loro videro lui.

Bastardo.

Degli affari simili avrebbero lacerato il suo corpo per schiudersi se prima non li avesse distrutti, se non avesse reciso i Magnifici Sette. L'avrebbero ucciso proprio come i triangoli di Patty la Cicciona avevano ucciso lei. Ecco quanto si era avvicinato alla morte! Il suo corpo fu scosso dai fremiti. Si sforzò di guardare la calibro 45 per accertarsi che fosse inserita la sicura: tremava così tanto che avrebbe potuto premere il grilletto senza nemmeno rendersene conto.

«Sta' tranquillo, ragazzo» disse Dew mentre faceva il giro per portarsi alla sinistra di Perry, vicino alla mano che reggeva la pistola. «Respira. Non possono uscire da quelle gabbie. Hai tutto sotto controllo.»

Ti uccideremo.

Le creature erano cresciute in modo spropositato da quando si erano schiuse lacerando il corpo di Bernadette Smith il giorno prima. Allora i loro corpi triangolari erano alti in tutto forse due centimetri e mezzo, adesso raggiungevano i trenta centimetri o anche di più. Ogni zampa tentacolare sembrava spessa come il braccio di un bambino grasso, lunga e flessibile, veloce e forte.

Ti uccideremo ti uccideremo tiuccideremotiuccideremo.

Lo *fissavano* con i loro occhi neri, lucidi e pieni di odio, un occhio verticale su ognuno dei tre lati della piramide.

Perry serrò la mano sulla pistola.

Sssì, usa la pistola. Uccidi quell'uomo.

«Perry, li senti?»

Perry annuì.

Sparagli. Sparagli, sparagli. Sparaglisparagli.

Le loro parole non significavano nulla; erano soltanto le chiacchiere deliranti del male assoluto. Le creature erano soltanto formiche operaie, Chelsea era la regina.

«Dov'è?» chiese Perry.

Silenzio.

«Dite a Chelsea che verrò a cercarla» esclamò Perry. «Ditele che l'aiuterò.»

Avvertiva ancora quel grigiore indistinto e sfocato, anche se riusciva a sentire chiaramente quelle creature. Ma soltanto loro. Al di là di loro, nulla. Forse avrebbe potuto contrapporsi alle creature e convincerle a mettersi in contatto con Chelsea. Erano come antenne all'interno di una rete più ampia, un modo di aprirsi un varco in quell'interferenza se solo Chelsea avesse collaborato.

È Colombo, uccidilo uccidilo subito ucccidiiilo.

«Dew, vogliono che ti uccida» disse Perry. «Perché non li saluti?»

«Mi chiamo Dew Phillips. Ho l'autorità di parlare a nome del presidente degli Stati Uniti d'America. Sospendete le vostre azioni ostili, e poi potremo negoziare. Cosa volete?»

I neonati smisero di fissare Perry. Invece, fissarono Dew.

Uccidilo.

«Cos'hanno detto?»

«Vogliono ancora che ti uccida» disse Perry. «Purtroppo non hanno un gran lessico.»

Dew annuì. «Prima di tutto, schifosi bastardi, siete i pezzi di merda più brutti che abbia mai visto.» La sua voce crebbe d'intensità, conferendo alle sue parole un tono roco e stridulo. «Non so se voi piccole teste di cazzo siate in grado di pensare con la vostra testa, ma vi dirò che la mia pazienza è già finita. Adesso, vi concedo un'ultima possibilità... Cosa volete?»

Vogliamo ucciderti. Vogliamo uccidervi tutti. Uccidi Colombo, uccidilo subitooo!

«Hanno ripetuto la solita cosa?» chiese Dew.

Perry annuì.

«Colpiscine uno» disse Dew.

Perry si voltò a guardare Dew. «Cosa?»

«Colpisci uno di quei fottuti affari.»

No! Sparagli sparaglisparagli sparati fallo fallofallo.

«Perry, devi mostrare a quegli affari chi comanda» disse Dew. «Devi mostrare loro un po' di disciplina.»

Sì. Disciplina. Quegli affari avevano provocato un Dawsey e non si poteva provocare un Dawsey. Perry sollevò la pistola. Notò che la sua mano non tremava più.

Nononononononono.

Vuotò il caricatore sulla gabbia centrale. I proiettili forarono il vetro spesso producendo una ragnatela di crepe e sbrindellando il corpo di plastilina del neonato. Aveva esploso sette proiettili calibro 45, tutti andati a segno. La creatura fremette un po' contorcendosi in preda agli spasmi tra schizzi di liquido viola prima di accasciarsi immobile.

Perry sentì l'adrenalina diffondersi nel petto e avvertì un formicolio nelle dita delle mani e dei piedi. Fu come atterrare un quarterback. Oh, dio, non si era mai sentito meglio.

I due neonati rimasti si agitarono nelle loro gabbie nel tentativo di fuggire. Continuarono a sbattere contro il vetro dimenando le zampe tentacolari così velocemente che Perry riuscì a malapena a distinguerle.

«Cosa ne pensi, ragazzo?» chiese Dew. «Cos'hai provato?»

«Durante il primo anno di università giocammo a Notre Dame» disse Perry. «Colsi alla sprovvista Tommy Pillson, lo misi fuori combattimento e gli feci perdere la palla, che respinsi indietro per fare un touchdown. Tutto lo stadio mi fischiò. Pillson ebbe una commozione cerebrale. Posi fine al suo campionato. Continuarono a mostrare l'azione sull'ESPN. Chris Berman disse che ero un rullo compressore. Su una rete nazionale, disse che ero un rullo compressore. Quella sensazione non fu nulla in confronto a questo.»

Dew sorrise e annuì. «Adesso stai iniziando a capire. Lasciali riflettere su quanto è appena successo. Torneremo più tardi a vedere se riusciamo a fare progressi.»

«Dobbiamo ucciderne un altro?»

Dew si strinse nelle spalle. «Si può sempre sognare. Immagino che per un giorno sia una crescita personale sufficiente. Su, rullo compressore, hai bisogno di una birra.»

10

Denti di leone

Margaret fissò lo schermo piatto montato sulla parete dell'angusta stanza delle autopsie. Lo schermo diviso a metà mostrava gli ingrandimenti prodotti da due microscopi: il lato destro raffigurava la polvere di una delle pustole della vittima non identificata, il sinistro un campione di tessuto della mano dell'agente Sanchez.

«Oh, accidenti» esclamò Dan. «Che disastro totale.»

Il campione prelevato dalla mano dell'agente Sanchez mostrava un movimento simile a quello che Margaret aveva visto nella ferita annerita sul volto di Betty Jewell prima che la ragazza uccidesse Amos. Sembrava una cellula nervosa che si muoveva strisciando. Chi poteva sapere quanti di quegli affari ci fossero nell'organismo di Sanchez, intenti a trascinarsi verso il cervello? Forse ci erano già arrivati.

I campioni prelevati dalle pustole della vittima non identificata sembravano simili, ma erano diversi sotto un aspetto fondamentale: mentre la cellula nervosa strisciante sembrava flessibile e affusolata, il polline della vittima non identificata era lanuginoso. Si muoveva solo quando atterrava su qualcosa e lo faceva con una rigidezza goffa che lasciava intendere una durezza interna.

Sotto quella lente d'ingrandimento potente, Margaret vide la causa di quella lanugine: centinaia di minuscoli peli simili a ciglia che spuntavano dai dendriti rigidi. Ciò le ricordò il seme vaporoso di un dente di leone bianco.

«Allora è così che si diffonde» disse. «Si lascia trasportare dalle correnti d'aria finché non atterra su un ospite.»

«Poi si rintana in qualche modo» disse Dan. «E, una volta sotto la pelle, diventa un organismo strisciante proprio come quello sulla parte sinistra dello schermo. Buon dio, che portata potrebbe avere questo affare?»

Margaret non voleva prendere in considerazione la risposta, ma la conosceva già. «Dipende dai venti» disse. Pensare che la differenza tra un'infezione circoscritta e una pandemia potesse essere soltanto una forte brezza...

Avrebbe voluto che Amos fosse con lei. Era lui il parassitologo. Avrebbe elaborato rapidamente delle teorie efficaci sulla portata e sulla meccanica del contagio. Ma Amos se n'era andato proprio a causa degli affari che si muovevano sullo schermo.

«Eseguiamo subito i test» disse Margaret. «Mi passi tutti i campioni.»

Dan si avvicinò allo schermo sulla parete e digitò i comandi. L'immagine sullo schermo piatto passò da una serie di due foto accostate a serie di venticinque, disposte su cinque file di cinque che disegnavano una scacchiera sullo schermo.

Avevano identificato venticinque cure possibili per uccidere gli organismi striscianti. Adesso avrebbero potuto sperimentarle tutte contemporaneamente sugli organismi striscianti e sui semi di dente di leone. Molteplici soluzioni caustiche, calore, freddo, antibiotici, gli stessi globuli bianchi di Sanchez e sei tipi di sostanze chimiche che avrebbero potuto danneggiare le strutture citoscheletriche.

Da qualche parte, tra quelle venticinque opzioni, c'era un modo per salvare l'agente Sanchez e fermare di botto quell'epidemia.

Doveva esserci.

«Va bene» disse Margaret. «Scopriamo cosa uccide questi piccoli bastardi.»

11

Ogden vede dei rimorchi

Charlie Ogden guardava la piccola televisione del camper. Ogni parola pronunciata dal conduttore sembrava aumentare la sua collera e il suo desiderio di uccidere i nemici di Dio. Se solo fosse arrivato prima, avrebbe impedito a Jenkins di fare quel salto da McDonald's.

«Questo è un filmato di stamattina» disse il conduttore. «La polizia stava indagando sul rinvenimento di due corpi in Orleans Street. Ci sono giunte voci non confermate che uno o entrambi i cadaveri fossero affetti dal batterio carnivoro che è stato trovato in diverse zone del Michigan, compresa Gaylord, dove ha provocato almeno due decessi. Il dipartimento per la sicurezza nazionale ha innalzato il livello di allarme ad arancione, anche se sostengono che non ci sia prova del coinvolgimento di terroristi. L'interdizione dei voli sopra Detroit è ancora in vigore ma, non appena quel divieto sarà rimosso, vi mostreremo delle immagini aeree in diretta.»

Ogden abbassò il volume. Si limitò a fissare l'inquadratura di Orleans Street, con dozzine di poliziotti, furgoni bianchi del Centro per il controllo e la prevenzione delle malattie infettive e due autoarticolati con rimorchio.

Sentì la voce incantevole di Chelsea nella mente. *Perché sei così arrabbiato?*

Indicò lo schermo, lasciando un'impronta unta sul vetro con la punta di un dito.

«Per colpa di quei due rimorchi» disse Ogden. «Significa

che hanno trovato Jenkins. Le persone a bordo di quei rimorchi, Chelsea... lavorano per il diavolo.»

Stanno venendo a prenderci?

Non ancora. Non avrebbero potuto. Inviare delle truppe in un paese come Gaylord era una cosa, ma in una grande città era tutt'altra storia.

«Penso che abbiamo abbastanza tempo» disse Ogden. «Dobbiamo solo assicurarci di attenerci alla tabella di marcia. Sei sicura che la porta si aprirà esattamente quando pensi tu?»

Quando la lancetta più lunga di Topolino si troverà sulle tre e quella più corta sull'uno.

Le 13:15. Mancavano solo diciotto ore.

Quel punto dista solo pochi isolati da qui. Se i rimorchi ti fanno arrabbiare, distruggili.

«Li hanno spostati» annuì Ogden. «Ho mandato in ricognizione il sergente maggiore Mazagatti in abiti civili e i rimorchi sono scomparsi. Devono essere qui in giro da qualche parte, ma non possiamo mandare nessuno a cercarli. È troppo rischioso. Più restiamo nascosti senza farci notare, meglio è.»

Come sei intelligente, generale.

Ogden si sentì avvampare. «Grazie, Chelsea.»

Ma domani, una volta che tutto sarà iniziato, dovremo trovare i rimorchi e uccidere le persone che sono all'interno.

Ogden annuì. «Assolutamente sì, Chelsea. Manderò Mazagatti e la mia guardia personale ad accertarsi che ciò avvenga. Ma prima dobbiamo trovarli.»

12

Mach 10

Il capitano Patrick P.J. Lindeman sentì una forza di gravità pazzesca che lo sbatté contro il sedile e si chiese se il suo culo sarebbe esploso.

Be', non proprio il suo culo, ma il caccia ipersonico HTV-6XB in cui era seduto in quel momento, lo stesso caccia che ti faceva sbatacchiare le chiappe nel cielo notturno a una velocità Mach 10.

Quel fottutissimo Mach 10.

11.200 chilometri all'ora.

Questa velocità aveva abbattuto il record ufficiale del volo con equipaggio stabilito nel 1967, quando il maggiore William J. Pete Knight aveva portato il suo X-15A-2 a una velocità Mach 6,7. *Prendi su e porta a casa, Pete.*

Il volo di Knight era stato molto diverso. Tanto per cominciare, il suo X-15 era uscito dal retro di un bombardiere B-52 mentre l'HTV-6XB di Lindeman era decollato con le sue sole forze dalla base militare di Groom Lake, in Nevada. L'X-15 di Knight era sostanzialmente un razzo munito di ali e di cabina di pilotaggio. L'aereo di Lindeman usava motori turbogetto piuttosto comuni per il decollo e l'atterraggio, combinati con autoreattori supersonici per raggiungere velocità così elevate. Qual era la differenza principale? L'aereo di Knight era stato costruito solo per la velocità. Non poteva combattere.

L'HTV-6XB era un'autentica macchina da guerra.

Soprannominato la Vespa, l'HTV-6XB era l'arma più potente

del mondo per la supremazia aerea. Naturalmente, il mondo non era al corrente della sua esistenza, ma questo non cambiava il fatto che poteva mangiarsi un paio di M16 a colazione, innaffiandoli con il miglior Mirage che i francesi avessero da offrire e poi stuzzicarsi distrattamente i denti con un F-22 Raptor. La Vespa poteva raggiungere qualunque bersaglio più in fretta di qualsiasi altro velivolo sulla terra e volare più velocemente di qualsiasi cosa avesse incrociato in quello spazio aereo.

Questa particolare missione di combattimento non richiedeva una grande abilità. Lindeman decollò con rotta a nordovest, raggiungendo una quota di tremila metri, poi girò lentamente puntando il muso verso South Bend, in Indiana. I motori turbogetto convenzionali portarono la Vespa a Mach 2. A quella velocità, le prese d'aria delle turbine si chiusero facendo entrare a forza quella stessa aria nei motori degli autoreattori supersonici. Le turbine dovettero interrompere il funzionamento perché, una volta che l'aereo avesse raggiunto la velocità Mach 3 o giù di lì, l'attrito dell'aria avrebbe fuso le ventole rotanti delle prese. Però, gli autoreattori supersonici si comportarono più come un pozzo d'aerazione: non avevano parti in movimento. L'aria entrò a una velocità supersonica, si compresse, si mescolò a un combustibile gassoso e si infiammò provocando una reazione altamente controllata che portò l'aereo alla velocità Mach 10.

Il volo di Lindeman, che abbatté ogni record, lo avrebbe portato da Groom Lake a South Bend in un quarto d'ora. Quasi 2.700 chilometri in un quarto d'ora.

Dopo dodici minuti di volo, Lindeman sganciò un missile antisatellite ASM-157. La velocità Mach 10 non era nemmeno la metà di quella dell'ASM-157, che, se spinto al massimo, poteva raggiungere la velocità Mach 22,7: 24.000 chilometri all'ora.

Di solito, i velivoli non si avvicinavano nemmeno al Mach 5, figuriamoci al Mach 10. Di conseguenza, chiunque o qualsiasi cosa avesse guardato il cielo in cerca di anomalie di volo avrebbe notato la Vespa. Era difficile lasciarsi sfuggire una cosa simile.

Ed era proprio questo il punto.

L'Orbital non poteva rintracciare tutti gli aerei del Nord America. Non poteva nemmeno rintracciare tutti gli aerei militari della zona:, c'era fin troppo traffico da tenere sotto controllo. Comunque, cercò di sorvegliare delle basi militari specifiche. Quindi, quando l'HTV-6XB decollò da Groom Lake, l'Orbital notò l'aereo ed elaborò un sottoprogramma per monitorare la sua direzione.

Quando l'HTV-6XB svoltò e accelerò raggiungendo la velocità Mach 1, non fu degno di monopolizzare l'attenzione dell'Orbital. Quando raggiunse il Mach 2, l'Orbital corresse la stima in potenziale minaccia. Quando il velivolo si attestò sul Mach 5 e si diresse dritto verso South Bend, l'Orbital capì di essere sotto attacco. Quando l'aereo sganciò un missile, si trovava solo a 560 chilometri di distanza.

Per percorrere un tragitto di 560 chilometri – la distanza tra San Francisco e Los Angeles – a una velocità Mach 22 ci vuole meno di un minuto e mezzo.

L'Orbital ripassò rapidamente i protocolli controllando il diagramma delle decisioni in cerca di risposte. Nel frattempo, scorse un'altra minaccia in arrivo.

Gli ingegneri militari costruirono il satellite NFIRE per svolgere due compiti. Il primo era il difficile incarico di rintracciare missili balistici intercontinentali. Il secondo era ancor più complesso: eliminare quei missili dal cielo.

Il satellite NFIRE orbitava a un'altezza di 384 chilometri. Prendeva di mira la sommità di un missile balistico intercontinentale, di solito circa novantasei chilometri al di sopra della terra. La parte dell'NFIRE che colpiva propriamente i missili balistici intercontinentali era conosciuta come veicolo omicida: si trattava di un piccolo missile che si avvicinava all'obiettivo e poi lasciava partire una fitta scarica ad alta velocità di schegge di proiettili. In parole povere, il veicolo omicida era una granata a mano esoatmosferica a tecnologia avanzata che valeva 560 milioni di dollari.

Comunque, certi senatori si opposero all'idea di inserire un veicolo omicida nell'NFIRE. Sostenevano che un'azione simile avrebbe dato il via a una nuova corsa agli armamenti. Avrebbe innescato una militarizzazione dello spazio, e questa era una cosa di cui il mondo poteva fare a meno.

I sostenitori del progetto dicevano che il Congresso era una manica di hippy miopi e di ambientalisti fanatici che meritavano di subire la morte radioattiva a cui avrebbero sicuramente condannato tutti i cittadini americani che amavano la libertà. Naturalmente, i sostenitori lo dicevano solo tra sé. Quanto affermavano in pubblico era che il veicolo omicida aveva una portata di soli sei chilometri e mezzo, una distanza relativamente esigua se paragonata alla vastità dello spazio; quindi, in realtà, il veicolo omicida poteva essere usato solo per abbattere un razzo puntato direttamente contro il satellite NFIRE. Se serviva strettamente all'autodifesa, come poteva essere un male?

Al Congresso non importava. I senatori insistettero che il veicolo omicida avrebbe superato il segno. Quindi, per assicurarsi i finanziamenti, la NASA e l'MDA (l'Agenzia per la difesa missilistica) avevano accettato di togliere il veicolo omicida e di inserire un terminale laser per le comunicazioni, noto anche come LCT.

Il fatto era che gli ingegneri militari erano tipi piuttosto svegli ed escogitarono di nascosto un modo per inserire *sia* il veicolo omicida che l'LCT nell'NFIRE. Quindi fu detto al Congresso e all'opinione pubblica che l'NFIRE non comprendeva il veicolo omicida.

Quella fu la prima bugia.

La seconda bugia fu la portata di sei chilometri e mezzo. Delle due menzogne, probabilmente questa era la più grave perché, in realtà, la portata dell'NFIRE era di *migliaia* di chilometri. Grazie ai dati per la triangolazione forniti dalla NASA, l'NFIRE poteva sia prendere di mira che colpire l'Orbital.

Esattamente dieci secondi dopo che P.J. Lindeman ebbe sganciato il suo ASM-157, l'NFIRE lanciò il veicolo omicida.

Minaccia principale: il missile sganciato dall'aereo Mach 10. L'Orbital individuò la traiettoria del missile, poi esplose una raffica supersonica di pallottole di una lega di iridio. Le pallottole si diffusero come una nuvola densa, una nuvola che viaggiava alla velocità di diverse migliaia di chilometri all'ora. L'attrito causato dall'aria fuse le pallottole. Quando incrociarono la traiettoria del missile, erano diventate globi di spesso metallo fuso che squarciarono l'ASM-157 come un proiettile calibro 12 che fendeva un foglio di carta di riso. Il missile si frantumò in dozzine di pezzi inutili.

L'Orbital rivolse la sua attenzione a un altro obiettivo: il veicolo omicida dell'NFIRE. Quando lo fece, i sensori della temperatura rilevarono improvvisamente che un punto della sua superficie simile a un barilotto di birra era schizzato quasi istantaneamente da livelli di temperatura normali a cento gradi, poi a duecento e continuava ad aumentare...

Quattro ore prima, un aereo da carico Boeing 747-400F, che aveva subìto pesanti modifiche, era decollato dalla base dell'aeronautica di Edwards, in California. Il piano di volo prevedeva un normale viaggio da Edwards alla base dell'aeronautica di Langley vicino a Hampton, in Virginia. A differenza dell'HTV-6XB, questo 747 volava a velocità normale. Non attirò la benché minima attenzione dell'Orbital. Era solo l'ennesimo grosso aereo da carico, solo l'ennesimo volo che attraversava il Paese.

Questo 747 specifico, noto come YAL-1, aveva a bordo il laser aviotrasportato YAL-1A. Lo YAL-1A era progettato per abbattere i missili in arrivo, compresi i missili balistici intercontinentali muniti di testate nucleari o qualsiasi altro tipo di missile balistico. Teoricamente, questo laser chimico a base di ossigeno e iodio, o COIL, poteva essere usato anche contro bombardieri, caccia e missili Cruise nemici, o perfino contro satelliti che orbitavano vicino alla terra.

Trenta secondi prima che P.J. Lindeman sganciasse il missile antisatellite, l'equipaggio dello YAL-1 aveva attivato il COIL combinando gas al cloro, perossido di idrogeno e idrossido di potassio per creare delle molecole d'ossigeno altamente energetiche. Poi, l'azoto pressurizzato spinse le molecole di ossigeno attraverso una nebbia di iodio, trasferendo l'energia dell'ossigeno alle molecole di iodio. Queste molecole di iodio attivate diffusero l'energia in eccesso sotto forma di luce intensa.

Luce intensa che creò un laser a infrarossi.

Questa luce rimbalzò tra specchi, costringendo altre molecole di iodio a cedere la loro energia in qualità di fotoni, aumentando ulteriormente l'intensità del raggio laser. Da lì, il raggio si spostò in una camera in cui degli specchi si regolarono istantaneamente per compensare il movimento dell'aereo e le condizioni atmosferiche. Infine, il raggio si spostò in una capsula girevole sul muso dello YAL-1. La capsula convogliò il laser per colpire l'Orbital come un minuscolo puntino di immensa energia concentrata.

Nel giro di tre secondi, un punto della fusoliera dell'Orbital si surriscaldò raggiungendo quasi seicento gradi. L'Orbital rinunciò a tutti i calcoli e si limitò a muoversi salendo in quota mentre schizzava verso nord. Ottanta chilometri al di sopra della superficie terrestre, il raggio YAL-1 si posizionò di nuovo sul bersaglio, stavolta colpendo un punto diverso della fusoliera dell'Orbital. Per quattro secondi seguì un gioco del gatto col topo quando l'Orbital cambiò cinque volte rotta e salì a un'altezza di novantasei chilometri. Dopo ogni svolta, la mira dello YAL-1A si riaggiustava immediatamente, ma solo per un secondo ogni volta e sempre in un punto diverso mentre l'Orbital roteava per attenuare l'aumento di calore.

Il veicolo omicida del satellite NFIRE seguì l'azione di disimpegno dell'Orbital. Con un punto che aveva raggiunto i seicento gradi sulla fusoliera, l'Orbital poteva deviare tutta la luce che voleva continuando a restare in bella vista per un sensore a infrarossi. Il veicolo omicida notò l'improvvisa accelerazione e salita dell'Orbital, cambiò la rotta, poi esplose una testata che rilasciò una nuvola in espansione di schegge di proiettile che si muovevano a una velocità di mille metri al secondo.

L'Orbital stava ancora accelerando quando il veicolo omicida sganciò l'equivalente tecnologico di un orgasmo.

Dozzine di cuscinetti a sfera di uranio impoverito perforarono l'Orbital, facendo a pezzi il suo interno fragile, compreso il sistema computerizzato che aveva causato così tanti guai all'umanità. I molteplici impatti disattivarono subito l'Orbital. Il laser dello YAL-1A si riaggiustò e iniziò a riscaldare un altro punto critico, ma l'Orbital non eseguì ulteriori manovre di fuga.

Le azioni disperate dell'Orbital l'avevano allontanato portandolo al di sopra del Lago Michigan. Incrinato e distrutto, ridotto a una guscio svuotato, l'Orbital iniziò a scendere. Quando raggiunse la velocità estrema, la superficie si riscaldò arrivando a più di duecento gradi. L'attrito dell'aria allargò le crepe staccando piccoli frammenti della fusoliera un tempo intatta.

Non si fuse. Sebbene fosse seguito da alcuni pezzi, non c'era una scia infiammata simile a quella di una cometa. L'Orbital si limitò a cadere.

Centoquaranta chili di macchinari frantumati colpirono la superficie del Lago Michigan a una velocità superiore a 3.200 chilometri all'ora.

L'Orbital produsse uno schizzo piuttosto grosso.

L'impatto distrusse quanto era rimasto dell'Orbital, riducendolo in centinaia di frammenti che si sparpagliarono, sprofondarono e sfrigolarono mentre l'acqua li raffreddava rapidamente.

L'Orbital era davvero morto.

Anche se, in realtà, non era mai stato vivo.

Perry smise di bere nel bel mezzo di un sorso.

Il grigiore indistinto scomparve.

Per la prima volta da quando i triangoli avevano iniziato a parlargli mesi prima, il suo cervello era... sgombro.

Era così concentrato su questa nuova sensazione o piuttosto sull'assenza di sensazioni che non si accorse che la birra gli stava colando da un angolo della bocca e lungo il mento.

«Ragazzo,» esclamò Dew «devo portarti un biberon?»

Perry posò la birra sul banco di comando della stanza dei computer. Si pulì distrattamente il mento con il dorso della mano.

«L'interferenza è scomparsa» disse. «Qualsiasi cosa mi stesse bloccando, è scomparsa.»

Dew batté le mani una volta. «È fantastico, cazzo! Allora dov'è il prossimo ospite? In che direzione si trova?»

Perry chiuse gli occhi sforzandosi di udire e di *percepire*. Il problema era che non percepiva un accidente.

«Non lo so» disse. «Non sento niente. Proprio niente.»

Il telefono satellitare di Dew vibrò. L'uomo lo estrasse dal cappotto e rispose, poi si limitò ad ascoltare.

«Sì?» disse dopo qualche secondo. «Davvero? Dawsey ha detto che l'interferenza è scomparsa. Ti terremo informato.»

Dew spense il telefono.

«Era Murray» disse. «Quello stronzo con la bocca cucita ha combinato pagliacciate di ogni tipo senza ragguagliarmi. Hanno trovato il satellite misterioso e l'hanno abbattuto. Poco fa, quindi doveva essere il satellite a bloccarti.»

Perry sorrise e strinse la spalla di Dew. «Non sento niente, amico! Dew, penso che sia finita. Penso che l'intera faccenda sia chiusa! La sai una cosa? Che vada affanculo la loro rimonta al quarto tempo, perché abbiamo vinto noi!»

Chelsea avvertì qualcosa. O, più precisamente, smise di sentire qualcosa. Era come se avesse avuto un ronzio nelle orecchie, un rumore continuo e sommesso che era durato per così tanto tempo che non lo notò nemmeno finché non scomparve.

Chauncey?

Nessuna risposta.

Chelsea si sentì debole. Si accasciò sul pavimento del camper. Cosa stava succedendo? Non riusciva a mantenere i contatti. La rete si accese e si spense lampeggiando e si smorzò.

L'oscurità prese il posto della vista.

Chelsea Jewell svenne.

All'esterno, sul pavimento del magazzino, i soldati di Ogden si accasciarono e caddero a terra. Ogden sentì una vacuità, un vuoto duplice, il secondo molto più potente del primo.

Si sedette. Un frammento di mattone affondò nel suo fondoschiena. Uno dopo l'altro, i suoi uomini svennero come se fossero stati asfissiati con il gas.

I neonati parvero non accorgersene. Continuarono a costruire.

Ogden li guardò negli ultimi secondi in cui rimase cosciente, nella speranza che riuscissero a completare la porta da soli.

Margaret fissò lo schermo piatto della stanza delle autopsie e sorrise sinistramente soddisfatta. Lì sopra c'erano venticinque quadrati, ma solo uno attirò la sua attenzione. Mostrava l'immagine di un organismo strisciante accanto a quella dei frammenti di polline che sembravano un seme lanuginoso di dente di leone.

Una didascalia in cima a quel quadrato diceva LATRUNCULIN A. Si trattava di una tossina prodotta da un gruppo di spugne del Mar Rosso che distruggeva filamenti di citoscheletro. L'idea che quello, quell'unica parola, latrunculin, potesse fare la differenza in quella battaglia era stupefacente.

Adorava quella parola.

Perché, sotto quella parola, vedeva entrambe le strutture aliene dissolversi in frammenti sempre più piccoli. I filamenti lunghi, sodi e simili a muscoli dell'organismo strisciante si contorcevano, poi sembravano trasformarsi in sacchetti flaccidi e inerti di liquido. Il seme di dente di leone era ancor più interessante: il latrunculin disgregava, sbriciolava e liquefaceva la struttura rigida.

«Ti ho in pugno, bastardo!» sussurrò Margaret.

Non aveva mai voluto uccidere davvero qualcosa prima di quel momento. Arrestava le malattie perché era così che si salvavano le vite. Questa era una faccenda diversa. Voleva vedere la malattia morta, tutta: gli organismi striscianti, i semi di dente di leone, i triangoli e le creature. Voleva ucciderne ogni singola parte nel modo più doloroso possibile. Vedere quegli affari disgregarsi sullo schermo le riempì il cuore di una soddisfazione oscura. Si chiese se fosse quello che provava Perry quando uccideva un ospite infetto.

«Ehi, Margaret» esclamò Dan. «Ha fatto qualcosa ai campioni?»

«Sì» disse Margaret senza distogliere lo sguardo dalla bellezza assoluta di un organismo strisciante morto. «Li ho sottoposti a un bel bagno di latrunculin e li ho uccisi.»

«No, non intendevo quelli» disse Dan. «Alludevo a tutti gli altri.»

Margaret indietreggiò per vedere lo schermo intero. In tutti i venticinque campioni posti l'uno accanto all'altro non si muoveva nulla. Avevano ucciso con successo molti organismi striscianti ma, fino a pochi secondi addietro, più della metà degli scomparti aveva mostrato ancora segni di attività. Adesso, non si scorgeva nessun movimento.

«Gitsh,» disse Margaret «controlla questo schermo. È bloccato o qualcosa del genere?»

Gitsh guardò lo schermo, poi passò al computer che trasmetteva le immagini. Mentre lo controllava, gli occhi di Margaret si spostarono sulle venticinque coppie di test. Ognuna recava una parola in cima. Le parole scritte in rosso indicavano che non avevano sortito alcun effetto sugli organismi striscianti. Le parole scritte in verde mostravano che li avevano uccisi con successo.

Il cloro li uccideva, e in concentrazioni molto più basse di quelle del vapore di decontaminazione della Margomobile. In realtà, della semplice candeggina li uccideva immediatamente. Era perfetta per la sterilizzazione ma non serviva un granché per le vittime vive. Sfortunatamente, gli antibiotici non sortivano nessun effetto, e il sistema immunitario di Sanchez li ignorava completamente.

Ridurre la temperatura non serviva a nulla, il congelamento avrebbe potuto funzionare, ma avrebbe ucciso anche l'ospite. Il calore a ottanta gradi o anche di più li uccideva, ma nemmeno quella era una soluzione, poiché quelle temperature avrebbero ucciso anche l'ospite. Però, il calore forniva un altro modo per decontaminare qualsiasi zona esposta alle spore che sembravano semi di dente di leone.

«L'immagine è in movimento» disse Gitsh. Per sottolineare il concetto, cambiò l'inquadratura dello schermo passando da venticinque quadratini a un grosso quadrato che conteneva un organismo strisciante delle cellule nervose. Infilò un ago nel campione. Sullo schermo, Margaret vide l'ago ingrandito migliaia di volte. Sembrava una spada gigantesca infilzata in un'idra.

«Oh» esclamò Margaret. «È come se si fossero appena disattivati.»

«Si sono arresi» disse Dan. «Hanno visto la nuova scocciatissima Margaret e hanno gettato la spugna.»

Improvvisamente, la voce di Clarence crepitò nel suo auricolare, ansiosa e impaziente. «Margo! Murray ha trovato il satellite! Hanno appena sferrato un attacco e pensano di averlo centrato.»

«Accidenti» esclamò Margaret. Allora era per questo che Murray era così di fretta. «Quando? Due minuti fa?»

«Sì, esatto.»

«I campioni si sono disattivati» disse Margaret. «Perfino al livello più basso, dovevano essere controllati da quell'affare. Sanchez ha subìto qualche effetto?»

«È svenuto» disse Clarence. «Stava blaterando in modo incoerente, poi ha iniziato a barcollare e si è addormentato. Adesso sta russando.»

Margaret non sapeva cosa pensare. L'improvvisa disattivazione degli organismi striscianti e il mancamento di Sanchez coincidevano entrambi con la distruzione del satellite. Era possibile che fosse tutto finito?

No. Non era tutto finito. Margaret lo sapeva.

«Dan, quanto latrunculin abbiamo?»

«Parecchio, se ne abbiamo bisogno solo per Sanchez» disse Dan. «Se ce ne servisse dell'altro, potrebbe spedircelo direttamente il fornitore.»

«Vediamo prima se funziona. Inizi a fare all'agente Sanchez una fleboclisi di latrunculin. Non ho intenzione di farmi prendere alla sprovvista. Questi affari potrebbero riattivarsi da un momento all'altro.»

«Ma il latrunculin è estremamente tossico» disse Dan. «Se ne somministriamo troppo a Sanchez, potrebbe non essere più in grado di respirare e il suo cuore potrebbe smettere di battere. Non dovremmo aspettare per appurare se questi affari sono davvero morti?»

«No. Controlleremo attentamente Sanchez, ma glielo dia subito.»

«Ma Margaret, è...»

«È un fottuto ordine, Dan» disse Margaret. «Adesso proceda con quella maledetta fleboclisi.»

Dan la guardò per un attimo, poi le rivolse un saluto militare scattante e uscì dalla stanza delle autopsie.

Aveva ferito i suoi sentimenti insignificanti? A Margaret non importava. Finalmente disponeva di un'arma potenziale e aveva intenzione di usarla.

Nono giorno

1

Movimento

Margaret si sedette alla scrivania dei computer, completamente sollevata perché si era finalmente tolta la tuta contro il rischio biologico che aveva indossato per quindici ore di fila. Digitò i comandi per richiamare sullo schermo i nuovi campioni di Sanchez

Che cos'era quell'odore? Qualcuno aveva lasciato lì del cibo? Guardò sotto il ripiano della scrivania, poi sotto la sedia, prima di rendersi conto di cosa fosse.

Quell'odore proveniva da lei.

Maledizione, aveva tremendamente bisogno di fare una doccia. Però, al momento, non era possibile.

Guardò l'unità di visualizzazione dei dati. Il latrunculin stava funzionando: il numero degli organismi striscianti nel corpo di Sanchez era diminuito. Gli effetti collaterali della sostanza chimica avevano esatto un tributo, ma l'uomo non correva rischi gravi. Non ancora. Richiamò sullo schermo l'immagine di uno degli ultimi campioni. Mostrava tre organismi striscianti, ancora immobili, com'erano rimasti da quando gli uomini di Murray avevano abbattuto il satellite. Mentre guardava, uno degli organismi striscianti si dissolse lentamente in piccoli frammenti grazie al latrunculin.

Il secondo organismo strisciante iniziò a disintegrarsi. Margaret non aveva mai visto nulla di così bello in tutta la sua vita.

E poi...

...Poi l'ultimo strisciante si contorse.

Lo fissò chiedendosi se l'avesse solo immaginato e sperò che fosse davvero così. Si contorse di nuovo e continuò a contorcersi. Si protese in cerca di qualcosa da afferrare. Il braccio di un dendrite si serrò sul tessuto muscolare circostante e si mosse.

L'organismo strisciante stava strisciando di nuovo.

L'interfono ronzò.

«Margaret, è lì?» esclamò la voce di Dan con urgenza.

«Sì.»

«Sta succedendo qualcosa» disse l'uomo. «Sto guardando i campioni. Tutto ciò che non era ancora morto si sta muovendo di nuovo. Si sono appena risvegliati, dal primo all'ultimo.»

2

Il riavvio

Così tanti pensieri. Così tante voci. Senza nessuna organizzazione. Senza coesione. Sapeva cosa significava quella parola? Sì.

Chelsea sbatté le palpebre e aprì gli occhi. Spiragli di luce del primo mattino filtravano attraverso le crepe del tetto e delle finestre ricoperte di assi. Si sentiva assonnata. Si sentiva triste.

Il suo amico speciale se n'era andato.

Aveva bisogno della saggezza di Chauncey, aveva bisogno di sapere cosa Dio voleva che facesse. Avvertì le menti dei soldati, dei neonati, dei convertiti. Erano tutti molto tranquilli. Pensieri sporadici... Stavano sognando. Non c'era nessuno che li tenesse insieme.

Era a questo che era servito Chauncey. Li aveva resi una cosa sola.

Un sospetto strisciante si insinuò nella sua mente. E se *lei* avesse potuto collegare tutti? Avrebbe potuto sostituire Chauncey.

Era Dio, ma se n'era andato.

Adesso Chelsea era Dio.

Percepì tutti i soldati, la mamma, il signor Burkle, il postino, il generale Ogden... Sentì i due neonati rimasti a Gaylord... E avvertì un'altra voce, una nuova voce, molto fioca, molto debole, ma anche molto vicina.

I due neonati di Gaylord erano prigionieri.

Prigionieri dell'uomo nero.

Chauncey le aveva detto di lasciare in pace l'uomo nero. Chauncey l'aveva *ostacolata*, ma Chauncey non c'era più.

E inoltre, nessuno poteva dire a Chelsea cosa doveva fare. Non aveva paura dell'uomo nero. Dio non avrebbe dovuto avere paura di nessuno.

Avrebbe potuto neutralizzare l'uomo nero, come aveva fatto Chauncey? Forse, ma ci sarebbe voluto del tempo per imparare a farlo, per provare. Se non fosse riuscita a neutralizzarlo abbastanza in fretta, l'uomo nero sarebbe venuto a cercarla.

A meno che non l'avesse trovato prima lei.

Convocò il generale Ogden. Era ora di mettere in ordine i tasselli del suo piano di emergenza, nel caso l'uomo nero le fosse sfuggito.

3

Perry sente di nuovo

Ti ucciderò.

Iniziò come un solletico mentale, o forse un ronzio. Qualcosa di debole. Inizialmente avrebbe voluto che se ne andasse. Desiderava solo dormire.

Griderai... e griderai...

Il ronzio divenne più forte. Udì una voce ma non riuscì a decifrarla. Quel che riuscì a decifrare fu una sbronza colossale. Dio santo, come gli doleva il capo!

...E griderai.

Perry si mise a sedere e cercò di strofinarsi gli occhi per svegliarsi. Quel movimento produsse un suono metallico. Il letto oscillò. Si tenne il capo con entrambe le mani mentre si guardava intorno. Non si trovava in un letto. Si trovava su un carrello nella stanza delle autopsie. Qualcuno aveva espresso il suo senso dell'umorismo in quel modo? Be', sì, era piuttosto divertente.

Il solletico mentale crebbe. Con un senso di vuoto alla bocca dello stomaco, riconobbe quella sensazione.

Chelsea.

Hai paura?

Era diventata più forte. Perry respirò con brevi rantoli. Aveva paura.

Verrò a cercarti, uomo nero. Magari ti costringerò a spararti...

Cazzo. Cazzocazzocazzo.

Perry portò subito la mano alla vita, alla fondina. La calibro

45 era lì. La sua mano strinse l'impugnatura fredda. Non la estrasse, ma si limitò a serrarla.

A presto, uomo nero...

Prima d'ora, non l'aveva mai sentita così chiaramente. Quell'intensità lo sconvolse. Gli sembrava che ogni piccola emozione di Chelsea fosse la cosa più importante che potesse succedere. E tuttavia, dietro quell'intensità, si nascondeva uno strano vuoto, la sensazione che Chelsea non fosse né buona né cattiva.

Chelsea non sapeva cosa fossero il bene e il male.

Avrebbe fatto qualsiasi cosa volesse, senza rimorso, senza coscienza.

A presto...

Perry doveva trovarla. Trovarla e aiutarla.

Saltò giù dal carrello e corse a cercare Dew.

4

Voglia matta di McDonald's

Il soldato semplice Alan Roark parcheggiò l'Hummer sul bordo di North Chrysler Drive. Saltò giù. Così come il soldato semplice Peter Braat, che teneva la cartina. Si diressero entrambi verso il paraurti posteriore e guardarono l'enorme cavalcavia.

«Cazzo» esclamò Peter. «È parecchia strada.»

Alan annuì. Era parecchia strada.

Alla loro destra, si estendevano tre corsie della I-75 dirette a nord, poi, appena più in là, altre tre corsie dirette a sud. Quelle sei corsie passavano sotto al cavalcavia di un'altra autostrada a sei corsie, la M-102, nota anche come 8 Mile Road. Il rumore degli pneumatici che fischiavano sul manto stradale umido si unì a quello di centinaia di motori di passaggio per creare un mormorio cheto simile a quello di un fiume.

«Ci sono parecchie corsie» disse Peter.

Alan annuì di nuovo. «Sì, certo.»

Si voltò a guardare nel retro dell'Hummer. Aveva già contato cinque volte quanto era contenuto lì dietro, ma Dio si trovava nei dettagli, quindi contò di nuovo.

«Mi sembra un perimetro un po' troppo vasto» disse Peter. «Ci troviamo a sedici chilometri dalla porta. Come faremo a tenere sotto controllo un perimetro che si estende per sedici chilometri soltanto con due fottuti plotoni? Capisci cosa intendo?»

«Il generale sa cosa sta facendo» disse Alan. «E anche Chelsea.

Stanno convocando gli altri due plotoni che si trovano a Gaylord, quindi potremo contare anche su di loro. Inoltre, più sarà vasta la zona che terremo sotto controllo, più sarà difficile per loro trovare Chelsea.»

Peter annuì. «Immagino che sia sensato. Tuttavia, preferirei occuparmi della faccenda dell'aeroporto.»

«Quello è compito di Willis e Hunt.»

«Lo so» disse Peter. «Non li sopporto. Avremmo dovuto ricevere noi quell'incarico. Speriamo soltanto di riuscire a tornare in tempo per veder passare gli angeli. Quello sarà un momento meraviglioso.»

«Certo» disse Alan. «Ma, se non li vedremo, sono sicuro che sia tutto previsto dal piano.»

Peter annuì lentamente e con solennità. «D'accordo, quindi abbiamo visto queste strade. Dov'è il nostro punto?»

Alan indicò 8 Mile Road. «La raggiungeremo in automobile e poi ci metteremo al lavoro.»

«È un gioco da ragazzi» disse Peter.

Alan annuì. «Eccome se è un gioco da ragazzi. Andiamo. Ci limiteremo a girare in automobile in attesa di ricevere la chiamata. Hai fame?»

«Non mi dispiacerebbe andare da McDonald's» disse Peter. «Negli ultimi tempi ne ho una voglia matta. E ho un desiderio smodato di gelato con lo stecco.»

«Anche tu? Amico, è strano. A me non era mai piaciuto il gelato prima d'ora, ma adesso ci farei il bagno in quella roba, cazzo. Andiamo a mangiare.»

Risalirono a bordo dell'Hummer. Alan attese che il traffico si diradasse, si immise nella strada e si diresse a nord, in cerca degli archi gialli.

5

Va' a sud, ragazzo

Prendete uno stronzo bitorzoluto di cavallo, del tipo puzzolente, punteggiato di fieno semidigerito. Mescolatelo con la ghiaia. Del tipo più appuntito. Adesso, ricoprite il tutto di cherosene e dategli fuoco.

Era quello che si sentiva nella testa Dew Phillips. Si era addormentato sul pavimento della stanza dei computer, subito dopo che Baum e Milner l'avevano convinto che sarebbe stato divertente mettere lo svenuto Perry Dawsey sul carrello delle autopsie.

Be', era piuttosto divertente.

Un mal di testa simile e un Perry Dawsey iperattivo che lo mitragliava di parole erano una combinazione infernale.

«Perry, devi parlare più piano» disse Dew. «Sul serio, mi fa male la testa.»

«Sì, anche a me» disse Perry.

«C'è una differenza. Tu, Baum e Milner siete tutti giovani. Io sono abbastanza vecchio da sapere cosa succede se si beve così tanto, e questo significa che sono abbastanza vecchio da avere più buonsenso.»

«Ieri sera sembravi contento.»

Dew annuì e si pentì immediatamente di averlo fatto. «Ieri sera ero sopraffatto dalla gioia della vittoria. Ma, adesso che è mattina, mi sembra di avere la testa sottosopra, e tu mi dici che la vittoria non era affatto una vittoria?»

«Mi ha parlato» disse Perry. «Ha detto che mi ucciderà.»

«Dove si trova?»

Perry si strinse nelle spalle. «A sud.»

«Quanto a sud?»

«Non lo so» rispose Perry. «Potrebbe essere in Ohio, in Indiana o nel fottuto Kentucky per quel che riesco a capire.»

«Allora come facciamo a trovarla?»

«Come prima, suppongo» disse Perry. «Iniziamo a dirigerci a sud finché non la sentirò più forte, poi proseguiremo in quella direzione. Però il segnale è confuso. Sento qualcosa che si sta spostando verso sud, qualcosa di grosso, e qualcosa di ancora più forte al di là di esso. Dovremmo metterci subito in moto.»

Dew ci rifletté sopra. Avrebbe funzionato, come in precedenza, ma quanto tempo ci sarebbe voluto?

«Non so se abbiamo così tanto tempo» disse. «Adesso che l'interferenza è scomparsa, adesso che senti qualcosa, puoi concentrarti sui neonati. Forse scopriremo esattamente dove si trova questo affare.»

Perry ci pensò sopra per un attimo, poi annuì. «Vale la pena fare un tentativo.»

«Allora entrerai lì dentro a parlare di nuovo con loro?»

Perry trasse un respiro profondo, poi lo emise lentamente. «Non voglio. Lei è troppo forte, Dew. Potrebbe diventare più forte attraverso i neonati. Non lo so proprio.»

«Non hai risposto alla domanda» disse Dew. «Tornerai o no a parlare con loro? Verrò anch'io con te.»

«È di questo che ho paura» disse Perry.

Dew sorrise. «Faremo proprio come al poligono, d'accordo? Ti punterò una pistola contro la schiena. Se farai lo sciocco, porrò fine alle tue sofferenze.»

Per un attimo, Perry si morse il labbro. «D'accordo. Lo farò. Ma, Dew, sarebbe meglio che non mentissi a proposito di spararmi alla schiena. Se dovrò morire, morirò, ma... non posso sopportare di farti del male.»

Era difficile credere che, soltanto otto giorni prima, quello stesso ragazzo aveva massacrato un'intera famiglia. Ma le persone non possono cambiare così tanto nel giro di così poco tempo.

Quell'aspetto di Perry era sempre stato lì, in attesa di un motivo per emergere.

Il petto di Dew si riempì di orgoglio. Perry Dawsey avrebbe affrontato di nuovo il suo incubo faccia a faccia.

6

La mamma è una bambinona

Chelsea Jewell era seduta nel retro del camper, sul divano rivolto verso la parte anteriore. Il suo corpicino faceva sembrare il divano un trono enorme. Aveva un po' di sangue tra i capelli. Un neonato era seduto sul suo grembo. L'aveva chiamato Fluffy. Chelsea accarezzava Fluffy lentamente tastando la bella trama del suo rigido corpo triangolare. Fluffy teneva quasi sempre gli occhi chiusi e, quando li apriva, li apriva solo un po'.

Chelsea voleva restare calma, ma il generale Ogden la stava facendo arrabbiare tantissimo.

«Chelsea,» disse il generale «dovremmo lasciarlo perdere.»

Chelsea non disse nulla. L'uomo rimase lì, in attesa che lei parlasse. La plastica che rivestiva il pavimento del camper era strappata in certi punti, staccata a furia di calci in altri. Ricoperta di sangue appiccicaticcio, s'increspava sotto i piedi del generale Ogden. Delle piccole tracce di tentacoli insanguinati solcavano le pareti e il tessuto arancione dei sedili e dei divani.

Voglio che l'uomo nero muoia.

«Non puoi neutralizzarlo come faceva Chauncey?»

Ci sto provando, ma è difficile. Non so ancora come fare. Potrebbe venire a cercarmi prima che riesca a trovare un modo.

«La porta verrà terminata tra circa tre ore» disse Ogden. «Non dobbiamo rivelare la nostra presenza. Tenendo conto anche degli uomini in arrivo da Gaylord, disponiamo di troppi pochi soldati per un vero combattimento.»

La bambina si limitò a fissarlo. Cosa ne sapeva in ogni caso?

Era solo il generale. Chelsea era al comando. Se lei diceva che avevano abbastanza soldati, allora avevano abbastanza soldati, punto e basta.

E cosa mi dici degli altri soldati che sono rimasti a casa? Quelli che hai lasciato a vedersela con la compagnia Whisky?

«Sono solo diciotto uomini, Chelsea» disse Ogden. «Devono affrontare centoventi soldati e provocare abbastanza danni da mettere fuori gioco la compagnia Whisky.»

Be', se ne hai diciotto, allora...

Una voce la chiamò dall'esterno del camper interrompendo Chelsea nel bel mezzo di una frase.

Era la strana nuova voce profonda della mamma.

«Chelsea! Posso parlare con te, per piacere?»

La mamma aveva usato la bocca, non i pensieri, e questo significava che era sconvolta e confusa.

Chelsea sospirò. Avrebbe dovuto alzarsi e uscire. La mamma faceva già fatica a passare attraverso la portiera del camper. Chelsea sollevò Fluffy e lo posò sul divano.

«Resta lì, Fluffy. Resta lì!»

Non aveva bisogno di parlare ad alta voce a Fluffy, ma era più divertente. Era così che ci si rivolgeva ai cuccioli, con quella voce speciale che gli faceva capire che gli si voleva bene.

Vieni con me, generale.

Chelsea uscì dalla portiera laterale del camper e si ritrovò nella gelida aria invernale dell'edificio. Ogden la seguì. Guardarono entrambi la mamma.

Sembrava triste.

«Ciao, mamma.»

«Chelsea, tesoro,» disse la mamma «c'è qualcosa che non va. In me. Forse si tratta dei miei striscianti?»

Chelsea scosse il capo. «No, mamma. Non c'è niente che non va.»

La mamma iniziò a piagnucolare. Era proprio una bambina.

«Ma... Guardami» disse. «Mi fa male. Non sono più bella. Mi fa un gran male.»

«Il dolore ti avvicina a Dio, mamma. Non vuoi avvicinarti a me?»

La mamma annuì. «Certo, ma, tesoro, guarda per un attimo la mamma. Se andrà avanti così, la mamma finirà per... per...»

«Servirai Dio, mamma» disse Chelsea. «Vedrai, sarà bellissimo. Adesso, ciao, mamma. Ciao.»

La mamma si girò lentamente e si allontanò.

Chelsea si voltò a guardare il generale Ogden. «Non sai niente» disse. «Sei soltanto un generale. Io sono il tuo capo. *Voglio* che tu uccida l'uomo nero. Lo voglio!»

«Ma, Chelsea... La maggior parte dei nostri uomini si sta già dirigendo qui.»

Allora, prendi alcuni dei diciotto uomini che hai lasciato a casa e mandali a uccidere l'uomo nero. E di' loro di salvare anche i miei neonati, non possiamo più produrne altri.

«Ma, Chelsea, così ci rimarranno solo nove uomini per l'attacco a sorpresa alla compagnia Whisky. Non bastano.»

Ti credi così intelligente. Beck Beckett si credeva intelligente. Se non inizi a comportarti come si deve, posso farti sembrare proprio come la mamma.

Ogden impallidì in volto. Aprì la bocca per parlare, poi la chiuse. Il generale guardò la mamma. Si stava ancora allontanando senza smettere di piangere. Ogden si voltò a guardare Chelsea.

«Riferisci a Dustin Climer di dividere i suoi diciotto uomini» disse. «Riferiscigli di guidare l'attacco contro Dawsey. Il caporale Cope può proseguire verso Detroit come previsto.»

Chelsea chiuse gli occhi, poi spinse i suoi pensieri fino al signor Cope e al signor Climer. Adesso era molto più facile, molto più veloce.

Fatto. Adesso va' ad accertarti che il resto dei tuoi uomini sia pronto per il piano di emergenza.

Si voltò e rientrò nel camper riscaldato. La mamma iniziò a piangere più forte, ma Chelsea chiuse la portiera e non la sentì più.

7

Doppia dose

Quei piccoli bastardi stavano reagendo.

Margaret indossava di nuovo quella maledetta tuta e si trovava nell'angusta cella di contenimento con il dottor Dan. Clarence era all'esterno della porta di vetro aperta. Se Sanchez fosse riuscito in qualche modo a liberarsi dalle cinghie, Clarence non avrebbe avuto nemmeno campo libero per sparare. Ciò lo infastidiva, ma a Margaret non fregava un accidente.

Il latrunculin aveva senza dubbio funzionato, ma il corpo di Sanchez non era il campo di sterminio aperto che era stato all'inizio. Alcuni organismi striscianti sembravano resistenti alla medicina, e si dividevano e moltiplicavano. Non si trattava di mitosi, nulla di così elegante: quei piccoli bastardi si limitavano a dividersi in due versioni più piccole, ciascuna delle quali afferrava e incorporava dei filamenti muscolari vaganti che si staccavano dagli organismi striscianti morti. Sotto il microscopio, era come guardare un intrico di serpentelli che si attorcigliavano l'uno con l'altro, fondendosi e diventando un organismo collettivo.

Provò una sensazione di terrore: se gli organismi striscianti avessero sviluppato una resistenza al latrunculin, allora non avrebbe avuto nessun'arma per tenere in vita Sanchez. Se ciò fosse successo, l'unico modo per fermarli sarebbe stato uccidere l'ospite.

«Si sta indebolendo» disse Dan. «La velocità del respiro sta aumentando e il battito sta diventando irregolare.»

Margaret aveva raddoppiato il dosaggio, e ciò era stato d'aiuto, ma gli organismi striscianti erano ancora lì, sempre diretti verso il cervello.

Quanti ce l'avevano già fatta?

Era riuscita a tener testa a tutta quella faccenda fidandosi del suo istinto e seguendo il suo fiuto. E, in quel momento, il suo fiuto le diceva che, se abbastanza organismi striscianti avessero raggiunto il cervello di Sanchez, sarebbero arrivati a un punto di non ritorno.

Sanchez sarebbe cambiato per sempre. Proprio come Betty Jewell. E non era forse meglio morire?

«Raddoppi di nuovo la dose» disse Margaret.

Dan si voltò per guardarla dritto in volto. «Neanche per sogno. Non mi ha sentito? Ha il battito irregolare.»

«È un uomo forte, dottore» disse Margaret. «Può sopportarlo. Adesso raddoppi la dose.»

All'interno del casco, Dan scosse il capo. «Neanche per sogno, cazzo.»

«Maledizione, Daniel,» disse Margaret «se questi affari si ammassano nel cervello, è spacciato. Dobbiamo curarlo.»

«Ucciderlo equivale a curarlo? Perché è quanto accadrà, se aumenterà di nuovo il dosaggio.»

«Esca di qui» disse Margaret. «Lo farò io.»

L'uomo la fissò. «Non la conosco molto bene, ma è un medico. Cosa diavolo le è successo?»

«Mi sono capitati loro» disse Margaret. «Dobbiamo scoprire se questa cura funziona. Se non riusciremo a trovarne nessuna, una sola vita non conterà nulla. Adesso si tolga dai piedi.»

Daniel superò lei e Clarence e aprì la porta della camera di equilibrio per raggiungere il rimorchio A. Quando Margaret si voltò di nuovo verso Sanchez, il suo sguardo incontrò quello di Clarence. Nei suoi occhi scorse la tristezza. Più che altro, scorse la pietà. Infine Margaret capì perché Bernadette Smith aveva dovuto morire. E si odiò per questo.

Distolse lo sguardo da Clarence e iniziò ad aumentare la dose.

8

11:50, l'interrogatorio

Dew odiava la tuta contro il rischio biologico quasi quanto la odiava Perry. Si era sempre preso gioco dei profilattici umani, ma adesso che si era arreso e ne portava uno, si sentiva iellato, come se la prossima volta che non lo avesse indossato, si sarebbe preso di certo qualcosa. Con una nuova calibro 45 nella fondina assicurata ai fianchi che portava sopra la tuta, Dew pensò di sembrare un perfetto idiota.

Perry si limitò a fissare i due neonati in gabbia. Avevano un'aria apatica, sconfitta. Forse il fatto di trovarsi accanto alla gabbia centrale, che conteneva la vittima decomposta a cui aveva sparato Perry, li aveva ammorbiditi. Negli ultimi venti minuti si erano a malapena mossi.

«Cosa dicono, ragazzo?»

«Non stanno ancora dicendo nulla» rispose Perry. «Sembrano intontiti.»

«Non riesci a leggergli nel pensiero o giù di lì?»

Perry scosse il capo. «Non è così che funziona. I triangoli sono ancora collegati a cervelli umani, penso che sia per questo motivo che riesco a sentire le chiacchiere degli ospiti. Ma i neonati non sono collegati a cervelli umani. Possono parlare con me, ma solo quando ne hanno voglia.»

«Ma senti ancora le chiacchiere dei triangoli?»

Perry annuì. «Sì. Stanno anche diventando più forti, il che è piuttosto strano. Di solito, diventano più forti solo quando li sto rintracciando e mi sto avvicinando. Forse adesso hanno più potere? Non lo so, Dew, forse non abbiamo affatto bisogno di questi bastardi. Posso ucciderne un altro?»

Dew si abbassò per guardare all'interno della gabbia a sinistra. «Cosa ne dici, campione? Dovremmo spararti?»

Entrambi i neonati si agitarono. Sbarrarono gli occhi neri e parvero riacquistare un po' di vita.

«Qualcosa li ha fatti scattare» disse Dew. «Hanno paura della pistola?»

«No, non è quello» disse Perry. Chiuse gli occhi e parve concentrarsi. «Le chiacchiere stanno diventando più forti. Molto più forti. Aspetta, Dew, sto captando pensieri riguardo a una porta... e a un edificio alto.»

«L'hai riconosciuto?»

Perry tenne gli occhi chiusi, ma scosse il capo. «No, non proprio. È strano. Di solito è tutto molto caotico, come se gli ospiti si muovessero in modo disordinato nel tentativo di capire cosa fare, ma stavolta... è tutto ben organizzato. Le 13:15.»

«Le 13:15?» chiese Dew. «Cosa diavolo succederà alle 13:15?»

Perry aprì gli occhi. «Hanno una tabella di marcia. È l'ora in cui si aprirà la porta. E non capisco perché le voci sono così forti. Voglio dire, sono davvero forti, e non hanno nulla a che fare con i neonati.»

«Adesso sono le 11:50» disse Dew. «Abbiamo meno di novanta minuti. Perry, concentrati su quell'edificio. Cerca di riconoscerlo, o almeno di descrivermelo.»

Sentì la voce di Milner nell'auricolare. «Dew, può parlare?»

Perry aprì gli occhi, portava un auricolare identico, quindi anche lui sentì la voce di Milner.

«Cristo, Milner, non adesso!»

«Alcuni uomini di Ogden stanno scendendo lungo il viale d'accesso» disse Milner. «Sono a bordo di due Hummer. Vuole uscire?»

«Occupatene tu» disse Dew. «Di' loro che di qualsiasi cosa si tratti deve attendere.»

«Intesi» disse Baum. «Adesso usciamo.»

«Su, Perry, concentrati» disse Dew.

Perry chiuse gli occhi. Iniziò a corrugare il viso. «Sono un po' confuso» disse. «Adesso avverto parecchie sensazioni, emozioni. Odio. Rabbia.»

«Respira, ragazzo» disse Dew. «Prenditela comoda, respira e cerca di capire.»

Dustin Climer agitò la mano dal sedile del passeggero mentre l'Hummer si fermava rallentando sul viale d'accesso sterrato e ghiacciato dei Jewell. Il suo autista spostò con cautela il veicolo a sinistra permettendo all'Hummer dietro di lui di farsi avanti a destra. Davanti a loro si ergeva l'involucro bruciato di una casa. A breve distanza, a sinistra, erano parcheggiate le due Margomobili, l'una accanto all'altra e collegate. A destra, si innalzava un grosso albero spoglio con un'altalena.

C'erano cinque uomini a bordo del suo Hummer, quattro a bordo dell'altro. Erano più che sufficienti per sbrigare quel compito.

Climer rivolse di nuovo un cenno all'uomo in piedi davanti alla Margomobile. Saltò giù e gli si avvicinò. Riconobbe il volto baffuto di quel deficiente della CIA di nome Claude Baumgartner.

«Buongiorno, signori» disse Baumgartner. «Cosa succede?»

«Siamo venuti a prendere i neonati» disse Climer. «Ogden vuole che vengano trasferiti all'accampamento.»

Baum scosse il capo. «Uhm, non penso che sia possibile in questo momento.»

Climer sorrise. «Certo che lo è, Baum. Dipende solo da chi comanda.»

Perry conosceva quell'edificio. Nero. Alto. Lucido. Di solito, doveva ascoltare con la massima attenzione per percepire qualcosa in mezzo alle chiacchiere, ma stavolta era diverso: adesso doveva escludere delle cose e cercare di ignorare i pensieri casuali che gli squarciavano la mente. Ma ciò poteva succedere solo se c'erano parecchi ospiti, molti più dei tre che aveva percepito a Glidden.

L'immagine dell'edificio si cristallizzò.

Il Renaissance Center.

Perry spalancò gli occhi. Le chiacchiere non erano diventate più forti perché gli ospiti erano più potenti, erano diventate più forti perché, proprio come in precedenza, si stava avvicinando agli ospiti.

Per essere più precisi, gli ospiti si stavano avvicinando a lui.

«Oh, accidenti, Dew» esclamò Perry. «Sento gli uomini di Ogden! Sono qui per uccidermi!»

Una detonazione smorzata li raggiunse dall'esterno, poi un'altra e un'altra ancora.

La voce di Milner squillò nell'auricolare di Perry. «Gli uomini di Ogden hanno appena sparato a Baum!»

Dew estrasse la calibro 45. «Milner, difenditi. Quei tizi stanno dalla parte delle creature.»

Si udirono altri spari. Perry li sentì provenire sia dall'esterno del rimorchio che dagli altoparlanti all'interno del casco. Questo significava che stavano sparando nella stanza dei computer: Milner stava rispondendo al fuoco. Con la stessa velocità con cui era iniziata, la sparatoria finì. Probabilmente Milner era morto. Gli uomini sarebbero passati attraverso la zona di decontaminazione, poi nella stanza delle autopsie e quindi, superando il collegamento pieghevole, nel rimorchio B.

Allora avrebbero ucciso sia Perry che Dew.

Dew si precipitò verso la porta della camera di equilibrio, si protese per aprirla, poi si fermò. Si voltò verso Perry.

«Cosa mi dici dei neonati?» chiese Dew. «Vogliono loro?»

«Sì, ma il bersaglio principale sono io.»

Si sentirono uomini gridare e cose cadere. La luce della porta della camera di equilibrio passò dal verde al rosso; qualcuno aveva appena aperto la porta sul lato opposto del corridoio. Si udirono dei passi sulla griglia pieghevole all'esterno; si trovavano subito fuori dalla porta del rimorchio B.

«Non cercate di aprire questa porta!» gridò Dew. «Abbiamo qui due neonati e li uccideremo.»

L'uomo dall'altro lato della porta della camera di equilibrio sembrava sia felice che arrabbiato nello stesso tempo. «Se lo farete, vi tortureremo a luuungo. Se ce li consegnerete, vi lasceremo andare.»

Si sentirono altri passi all'esterno, altri uomini che si ammassavano nel corridoio pieghevole.

Perry non sapeva cosa fare. Attese che Dew dicesse qualcosa, *qualsiasi* cosa. Erano rovinati.

«Perry» sussurrò Dew, troppo sommessamente perché potessero udirlo al di là della porta della camera di equilibrio, ma Perry lo sentì benissimo nell'auricolare. «Sul pannello di controllo della cella di contenimento digita cancelletto, cinque, quattro, cinque e poi, non appena la luce della camera di equilibrio diventerà verde, premi di nuovo cinque.»

Perry percorse i quattro passi che lo separavano dalla porta della camera di isolamento. Digitò le cifre. La punta del suo dito aleggiò sopra l'ultimo cinque.

Qualcuno bussò alla porta della camera di equilibrio.

«Il tempo è scaduto, coglione!» gridò l'uomo che stava all'esterno. «Qui fuori siamo pieni di armi!»

«Anch'io ne ho alcune qui dentro» disse Dew. Sollevò la calibro 45 e svuotò il caricatore sulla gabbia del neonato a sinistra. Proprio com'era successo in seguito agli spari di Perry del giorno prima, il vetro si riempì di crepe a forma di ragnatela quando i proiettili distrussero il neonato sollevando spruzzi. Il caricatore vuoto cadde sul pavimento e Dew lo riempì di nuovo.

«Brutto bastardo!» gridò l'uomo.

Si udirono altri passi fuori dalla camera di equilibrio, poi un tonfo pesante: la porta della camera di equilibrio del rimorchio A che si stava chiudendo.

La luce sopra Dew passò dal rosso al verde. Ciò livellò la pressione nel corridoio. Gli uomini di Ogden stavano arrivando.

Perry premette il cinque.

Dai nebulizzatori del soffitto, del pavimento e delle pareti sgorgò un vapore denso di candeggina concentrata e gas al cloro. La visiera di Perry s'imperlò subito di quel liquido mortale. Udirono i primi rumori concitati dall'altro lato della porta, poi grida di panico, tosse e vomito. Le pistole spararono, ma nessun proiettile colpì la porta della camera di equilibrio.

«Accertati che la sicura sia disattivata» disse Dew. «Seguimi, coprimi le spalle e *accertati* di non puntare la pistola contro di me, intesi?»

Perry si affrettò ad annuire.

Dew aprì la porta della camera di equilibrio. Perry lo seguì nel corridoio pieghevole, dove la nebbia di cloro era così fitta che riuscì a malapena a distinguere i tre corpi riversi sulla grata, intenti ad allargare i piccoli buchi che avevano prodotto sparando nelle pareti pieghevoli del corridoio.

Dew premette sei volte il grilletto. Due per ogni uomo. I soldati smisero di muoversi.

Perry seguì Dew, ma sentì una lieve pressione sulla coscia destra. Sul suo visualizzatore lampeggiò un messaggio di avvertimento in lettere arancione: FALLA NELL'INTEGRITÀ DELLA TUTA.

Abbassò lo sguardo sulla coscia. Un pezzo di metallo del corridoio sforacchiato dagli spari aveva prodotto uno squarcio di sette centimetri e mezzo nella tuta. Il gas al cloro aleggiava intorno alla lacerazione. Perry rimase immobile solo per un secondo pensando che era arrivata la fine, che i suoi polmoni si sarebbero ustionati, prima di rendersi conto che l'aria *usciva* dall'apertura e non *entrava*. Ciò era dovuto alla pressione positiva dell'aria della sua tuta.

Perry udì altri quattro spari provenire dall'interno della stanza delle autopsie.

«Sbrigati, Dawsey!»

Perry abbassò la mano destra e strinse il taglio, raccogliendo il tessuto e sigillando il buco come meglio poté. Corse nella stanza delle autopsie.

C'erano altri due corpi. Dew ricaricò di nuovo la pistola.

«Idiota,» esclamò «ti sei rotto la tuta, cazzo?»

«Insomma, datti una mossa!»

Dew si voltò e corse nella camera principale di decontaminazione. C'erano altri due uomini che cercavano di aprirsi un varco nel tentativo di sottrarsi agli spruzzi di cloro che entravano loro nel naso, nella bocca urlante e negli occhi.

Dew uccise entrambi.

Si udì un rombo proveniente dall'esterno e uno squarcio nel metallo.

«Abbassati!» gridò Dew mentre si gettava sul pavimento bagnato di candeggina. I proiettili aprirono dei buchi enormi nella parete della camera di decontaminazione. Qualcuno all'esterno aveva aperto il fuoco sul rimorchio. Perry urtò con violenza il pavimento mentre l'adrenalina gli attraversava il corpo. Mentre cadeva, tolse la mano dal buco sulla coscia e si mosse goffamente appoggiandosi su una sola mano per richiuderlo di nuovo.

Il fuoco delle mitragliatrici trapassò le pareti del rimorchio. L'aria si riempì di schegge volanti di resina epossidica bianca, di materiale isolante giallo e di una quantità inquietante di metallo sottile e frastagliato staccato dall'esterno del rimorchio. Un'esplosione scosse il rimorchio sulla sua sospensione, scagliando Perry nell'aria e facendo schiantare Dew di testa contro la parete. Le pareti si deformarono e si contorsero. Perry atterrò con violenza sul pavimento ricurvo. Dew cadde pesantemente a pancia in giù, poi rotolò di lato.

«Dew! Dew, stai bene? Cosa cazzo era?»

«Una granata» rispose Dew con la voce stranamente calma. «Nella stanza dei computer. Tra poco ne getteranno una qui dentro.»

Perry vide il gas al cloro sollevarsi da tre punti sul casco di Dew. Aveva la visiera incrinata. L'aria ad alta pressione fuoriusciva dai nuovi buchi.

«È un bel guaio» disse Dew.

«Cazzo!»

Perdevano entrambi aria. I compressori delle loro tute potevano compensare quella perdita ancora per poco.

«Togli di mezzo il tipo che si trova all'esterno» disse Dew mentre si rialzava in piedi goffamente. «Colpiscilo, altrimenti ci ucciderà.»

Perry vide un foro di proiettile alla base della parete. La luce del sole filtrava all'interno, illuminando un cono di nebbia verde. Perry strisciò verso di esso e si sforzò di guardare fuori. Quel tipo era in cima a un Hummer e sparava con un enorme fucile fissato su una torretta. Perry portava dei guanti ingombranti, aveva la visiera imperlata di nebbia umida e teneva la coscia destra con una mano mentre qualcuno gli stava sparando, ma quel tipo si trovava solo a circa sei metri di distanza.

Perry rotolò su un fianco e allungò il braccio sinistro. Puntò la calibro 45 di Dew contro la testa dell'uomo e premette il grilletto finché il carrello non si svuotò.

La mitragliatrice smise di sparare.

L'uomo si accasciò e cadde di fianco. Pendeva per metà dal lato destro della torretta. Non si muoveva.

Perry udì la detonazione di sette spari di un'altra calibro 45.

«Perry, sono fuori!»

Perry si rialzò goffamente, un po' troppo in fretta: il braccio sinistro si impigliò in un altro pezzo di parete lacerata e la tuta si strappò di nuovo. Non si prese la briga di guardarla, ma si limitò a correre fuori dalla stanza di decontaminazione e nella parte terminale del corridoio della camera di equilibrio. L'ultima porta era parzialmente aperta, piegata e contorta, crivellata di piccoli fori. Perry percorse gli ultimi tre metri a tutta velocità, prese a spallate la porta senza fermarsi e si ritrovò all'esterno sotto il sole di un pomeriggio invernale.

Dew era al centro della casa bruciata, accovacciato con le braccia distese, la calibro 45 davanti a sé mentre spazzava il terreno avanti e indietro col tiro.

Non sapendo cos'altro fare, Perry lo imitò.

Dew vuotò un caricatore contro l'uomo morto nella torretta dell'Hummer. Apparentemente, solo per sicurezza. Ricaricò la pistola, poi emise un lungo sospiro.

«Cazzo» esclamò. «Questo è completamente rovinato, ragazzo.» Si tolse il casco e lo guardò. Perry vide quattro o cinque crepe, quell'affare era inutilizzabile.

«Perlomeno è servito al suo scopo» disse Dew gettando via il casco. Guardò la tuta di Perry. «Non penso che il nastro adesivo marrone ti potrà essere utile.»

Perry si guardò il braccio sinistro. Qualcosa aveva perforato il PVC appena sopra il polso, poi aveva lacerato il tessuto fin quasi alla spalla.

«Perry, sei sicuro che la porta si aprirà alle 13:15?»

Perry annuì. «Sì, assolutamente.»

Udirono dei motori, dei veicoli pesanti che si avvicinavano lungo il viale d'accesso.

Il generale Charlie Ogden si trovava sul retro del camper in attesa che Chelsea dicesse qualcosa. La bambina se ne stava lì seduta ad accarezzare Fluffy. Non sembrava più un'icona dell'amore. Sembrava del tutto arrabbiata, il faccino solcato dalla collera.

Sa che siamo qui. Sta arrivando.

«Ne sei sicura? Sei sicura che non l'abbiano ucciso?»

Riesco a percepirlo. Avete fallito.

«Cosa mi dici degli uomini che abbiamo mandato ad attaccare la compagnia Whisky?»

Sono morti. Avete fallito.

Ogden non disse nulla. Sapeva che tutti gli uomini sarebbero morti. Anche con il fattore sorpresa, la disparità era troppo elevata. Ma se avesse tenuto insieme tutti e diciotto gli uomini, avrebbero danneggiato la compagnia Whisky. Era colpa di Chelsea.

Ogden respinse quel pensiero. Chelsea la sapeva più lunga di lui; si aggrappò a quella convinzione e la tenne stretta perché era molto meglio che immaginarsi di subire la stessa sorte della madre di Chelsea.

«Chelsea, e adesso?»

Non possiamo fare nulla per impedire all'uomo nero di venire. Abbiamo bisogno di altro tempo. Da' il via al piano di emergenza.

Ogden annuì. «Sì, Chelsea. Inizierò subito.»

Dew perlustrò il giardino dei Jewell in cerca di un nascondiglio. I veicoli sulla strada sembravano degli Hummer in avvicinamento. Altre truppe di Ogden. Infilò la calibro 45 nella fondina e si precipitò verso l'uomo che aveva ucciso fuori dalla stanza dei computer. Si mise a tracolla l'M4 dell'uomo e gli strappò la cintura delle munizioni.

Quella maledetta tuta contro il rischio biologico gli intralciava i movimenti. Non avrebbe potuto correre nel bosco con addosso quella roba. Lo avrebbero raggiunto in pochi minuti. Abbassò la cerniera e iniziò a togliersi la tuta quando Perry lo chiamò.

«Stanno arrivando!»

Dew si voltò a guardare. Gli si accartocciarono le budella: cinque Hummer stavano percorrendo il lungo viale d'accesso rombando.

Non aveva più tempo.

Cercò un riparo. I resti carbonizzati e afflosciati di un frigorifero. Si precipitò dietro di esso, poi puntò l'M4 contro il primo veicolo.

«Dew, non sparare» disse Perry. «Non sento voci.»

Dew guardò lui, poi di nuovo gli Hummer che si trovavano quasi a ridosso di loro.

«Be', sarebbe comunque troppo tardi» disse Dew.

Il primo Hummer si fermò dietro i due a bordo dei quali erano giunti i loro aggressori. Scesero dei soldati che tenevano delle M4 puntate davanti a sé, guidati da un uomo massiccio alto quasi quanto Perry. Aveva la testa avvolta da una benda, che spiccava bianca contro la pelle nera, con una macchia rossa sulla tempia sinistra. Portava i galloni e la stella da sergente maggiore. Dew vide che anche altri uomini erano stati bendati di recente. L'uomo guardò Perry, poi avanzò a grandi passi verso Dew.

Dew girò goffamente intorno al frigorifero fuso. Si sentiva un idiota a starsene lì con addosso la divisa chirurgica, mentre la tuta contro il rischio biologico gli pendeva all'altezza della vita.

Il sergente maggiore gli rivolse di scatto un saluto militare così rigido e perfetto da sembrare quasi comico. Dew ricambiò il saluto solo perché aveva visto parecchie volte uomini come lui: quel tipo sarebbe rimasto ridicolmente sull'attenti tutto il giorno se avesse dovuto, maledizione.

L'uomo abbassò la mano e assunse una posizione rilassata. «Lei è l'agente Dew Phillips?»

«Sì» disse Dew sussultando a causa della voce stentorea dell'uomo.

«Sergente maggiore Devon Nealson, signore. Del battaglione della Reazione interna, compagnia Whisky.»

Dew avrebbe definito Devon gigantesco se negli ultimi tempi non avesse frequentato Perry Dawsey. Il collo massiccio di Devon sosteneva una testa nera come la pece. I capelli rasati, che stavano ingrigendo, facevano capolino dalla benda bianca insanguinata che gli avvolgeva la testa. Gli occhi sembravano troppo spalancati: Dew riuscì a vedere tutta l'iride di quell'uomo. Lo sguardo tradiva rabbia, o spavento, ma sembrava essere la normale espressione di Devon. Il labbro inferiore era troppo grosso per la sua bocca e sporgeva in un broncio perenne.

«La compagnia Whisky?» esclamò Dew. «Può chiamarmi il capitano Lodge? È il comandante, giusto?»

«Era il comandante, signore. Il capitano Lodge è morto.»

«Cos'è successo?»

«Signore, una squadra della compagnia Raggi X è entrata nella zona che occupavamo all'aeroporto, poi ha iniziato a sparare, a gettare granate e a usare lanciarazzi AT4. Dopo aver regolato i conti con loro, abbiamo cercato di localizzare il colonnello Ogden, ma il suo accampamento era vuoto e i suoi uomini non hanno risposto alle nostre chiamate. Ci siamo messi in contatto con il vicedirettore Longworth che ci ha detto di cercarla subito.»

«È una cattiva notizia, Nealson» disse Dew. «Quante perdite avete subìto?»

«Trentadue morti, signore» disse Nealson. «La squadra della compagnia Raggi X si è avvalsa del fattore sorpresa ed è stata molto efficiente. Ci sono altri venticinque feriti che non possono essere spostati. Abbiamo a disposizione sessantatré uomini in condizioni di combattere. Ci dica solo cosa dobbiamo fare, signore.»

«La smetta di chiamarmi signore» disse Dew. «Lavoro per vivere. Sergente maggiore, ha mai partecipato a un vero combattimento?»

«Ho combattuto in Somalia, Jugoslavia, Afghanistan e Iraq» disse Nealson. «Ho spaccato teste e ucciso in tre continenti e, se ci saranno altri membri della compagnia Raggi X con cui regolare i conti, il Nord America diventerà il quarto.»

Se fosse stato possibile rilassarsi nell'attuale situazione incasinata, Dew l'avrebbe fatto. Devon Nealson era un dono del cielo. I suoi uomini l'avrebbero seguito dappertutto.

«Sergente maggiore, qualcosa mi dice che lei ha un soprannome.»

«A volte, mi chiamano Chiodo.»

«Chiodo, adesso comanda ufficialmente la compagnia Whisky. Mi permetto di arrischiare l'ipotesi che lei abbia già stabilito le nostre opzioni di trasporto.»

«Disponiamo di tre Osprey, compreso quello che le è stato assegnato» disse Chiodo. «Sessantacinque uomini, compresi voi due. Lo spazio sarà un po' ristretto, ma gli Osprey ci trasporteranno tutti.»

«Li carichi a bordo» disse Dew. «Ci dirigiamo tutti a Detroit.»

9

11:55, la regola dei cinque secondi

Alan Roark fermò l'Hummer proprio al centro del cavalcavia della I-75. I clacson iniziarono subito a strombazzare dietro di loro. Li ignorò e finì di ficcarsi in bocca quel che restava del suo Big Mac. Quei cosi erano buonissimi, cazzo. Cercò di bere la Coca-Cola, ma sentì soltanto il suono della cannuccia che sfiorava il fondo del bicchiere.

Peter gli passò la sua Coca, che sembrava ancora mezza piena. Alan sorrise in segno di ringraziamento, poi bevve. Il liquido inzuppò il boccone gigantesco di Big Mac che aveva ancora in bocca.

I clacson continuavano a strombazzare.

Alan inghiottì ed emise un lungo *aaah*.

«Amico,» disse Peter «devi mangiare bocconi più piccoli. Sul serio.»

«È vero» disse Alan. «Mi sono lasciato trascinare dall'entusiasmo. Sei pronto?»

Peter annuì. «Il clacson di quel tipo mi sta infastidendo. Forse dovremmo mostrargli cosa significa amare invece di odiare?»

«A Chelsea piacerebbe» disse Alan. «Ma non abbiamo tempo. Parlerò con lui.»

Aprì la portiera con circospezione e scese nella luce grigia e fosca di un gelido mattino invernale. Le automobili sfrecciarono nella seconda corsia, mancandolo di pochi centimetri e sollevando sottili spruzzi di fango sudicio.

Il tizio continuava a strombazzare.

Alan allungò una mano all'interno del veicolo e prese la sua M4. Vide una patatina fritta sul sedile e se la ficcò in bocca. Era ancora calda: la regola dei cinque secondi e tutto il resto. Mentre masticava, si diresse verso il paraurti sul retro dell'Hummer.

L'automobile dietro di lui era un SUV. Chi guidava ancora quegli affari? Avevano un impatto letale sull'ambiente, cazzo.

Il guidatore vide Alan e la mitragliatrice di Alan.

Smise di strombazzare.

Alan puntò l'M4 ed esplose una raffica. Il parabrezza del SUV si incrinò formando una ragnatela e inzaccherandosi di rosso dall'interno.

Gli pneumatici stridettero. La gente lo vide e sterzò senza pensare al fatto che si trovava su un cavalcavia e che non c'era nessun posto *verso* cui sterzare. Le automobili si schiantarono. Il metallo si frantumò. La plastica si incrinò. I vetri si sparpagliarono.

Alan si voltò e vide Peter sporgersi al di sopra del parapetto del cavalcavia, con un lanciarazzi AT4 sulla spalla. Un cono di fiamme proruppe dall'estremità posteriore mentre un razzo precipitava verso il basso lasciandosi dietro una scia di fumo per due secondi prima di colpire una Chrysler grigia. L'automobile si trasformò in una palla infuocata che rotolò a cento chilometri all'ora, scagliando frammenti e pneumatici in fiamme al suo passaggio. Peter lasciò cadere il lanciarazzi vuoto, puntò l'M4 e iniziò a sparare sul traffico sottostante impazzito.

Alan l'avrebbe raggiunto nel giro di un secondo, ma prima doveva occuparsi di tutte le persone improvvisamente bloccate a bordo delle loro automobili. In soli dieci secondi, il cavalcavia della 8 Mile Road si era già intasato.

Alan mirò, esplose una raffica, si rivolse al bersaglio successivo e ripeté l'operazione.

10

Mezzogiorno, scoppia un casino

Murray Longworth odiava quella maledetta sala operativa. Era spacciato, completamente spacciato. Forse Vanessa Colburn aveva ragione. Forse *era* arrivato il momento di lasciare spazio a una nuova generazione. Doveva permettere ai giovani di guidare il Paese: era ora che Murray Longworth si dedicasse al golf.

Avevano abbattuto il satellite, maledizione. Avevano vinto. Avrebbe dovuto essere finita, e adesso erano stati raggiunti da una raffica di cattive notizie così intensa che sarebbe potuto esserne travolto. Fu attanagliato da un senso di disperazione, dall'impressione che, qualsiasi cosa si facesse, il nemico avrebbe continuato ad arrivare, avrebbe continuato a uccidere; questo non si limitava a deprimerlo, ma lo esauriva.

Erano morti trentatré soldati all'aeroporto di Gaylord. Trentatré *fino* a quel momento, perché alcuni dei feriti non ce l'avrebbero fatta. Ogden era scomparso. Non si avevano notizie degli Sterminatori. E adesso Detroit.

Erano tutti riuniti nella sala operativa: il comitato dei capi di Stato maggiore, il segretario della Difesa, Tom Maskill, e Vanessa. Lo stesso Gutierrez sarebbe arrivato presto.

Lo schermo piatto principale passò a un'inquadratura dell'autostrada ripresa dall'elicottero di un notiziario. L'angolo in basso a sinistra dello schermo mostrava il logo della WXYZ-TV di Detroit. In basso, al centro dello schermo, c'era scritto: IL CAVALCAVIA DELL'8 MILE SULLA I-75. Centinaia di automobili erano ferme sulle tre corsie dirette a nord e sulle tre corsie dirette a sud. Sulla I-75, le automobili avevano accostato lungo il margine inclinato; alcune si erano fermate lì, altre erano rotolate giù atterrando di lato o sul tettuccio.

Il traffico sul cavalcavia era più o meno simile: automobili ferme, fumo, fiamme e corpi ovunque. C'era movimento solo vicino a un veicolo verde.

Un Hummer.

Perfino da quell'angolazione ripresa dall'alto, Murray riuscì a scorgere due uomini in uniforme da fatica. Ovunque si spostassero, erano seguiti da piccoli sbuffi di fumo prodotti dalle armi automatiche.

Gli altoparlanti diffusero improvvisamente il suono che accompagnava quelle immagini.

«...Non sappiamo chi siano questi uomini o quante persone siano ferite. Da qui riusciamo a vedere dei cadaveri. Il veicolo è verde militare, ma non reca le insegne dell'unità.»

Stava già per arrivare una risposta aerea. Degli A-10 in grado di abbattere un carro armato provenienti da Selfridge sarebbero stati i primi ad attaccare, poi sarebbero intervenuti gli elicotteri d'assalto Apache. Murray aveva perfino fatto decollare in tutta fretta lo squadrone di quattro Strike Eagle specializzati di Ogden, sperò soltanto di non dover sganciare bombe su Detroit.

«Murray» esclamò Tom.

Murray distolse lo sguardo dallo schermo. Tom aveva di nuovo in mano un telefono.

«Dew Phillips è in attesa sulla linea due, sostiene che si tratta di una questione cruciale.»

Murray annuì, prese il telefono più vicino e premette il tasto della linea due mentre tornava ad assistere alla carneficina surreale sullo schermo.

«Dew,» chiese Murray «stai bene?»

«Sì, e anche Perry, ma una squadra di uomini di Ogden ha cercato di ucciderci. Hanno abbattuto Baum e Milner. Perry ha identificato l'ubicazione della porta; si trova a Detroit e, a quanto pare, si aprirà alle 13:15 in punto.»

«A Detroit è in corso una sparatoria» disse Murray. «Stanno lanciando anche dei razzi. Sembra si tratti di altri uomini di

Ogden. È scomparso, quindi è morto o si nasconde da qualche parte a comandarli.»

«Lo sappiamo» ribatté Dew. «Lo dicono tutti i telegiornali.»

«Dove ti trovi?»

«Con la compagnia Whisky» rispose Dew. «Due plotoni stipati a bordo di tre Osprey diretti a Detroit. Saremo lì tra mezz'ora. Dopo l'atterraggio, Perry cercherà la porta.»

Murray si ficcò in bocca altri quattro Tums e masticò. Non era possibile che stesse succedendo. Avevano vinto.

«Un altro» esclamò Tom.

«Attendi, Dew» disse Murray. Guardò lo schermo. L'angolo in basso a sinistra recava il logo del notiziario di Fox 2. In basso, al centro dello schermo, c'era scritto: IL CAVALCAVIA DELL'8 MILE SULL'AUTOSTRADA M-10 JOHN C. LODGE. La scena sembrava l'immagine speculare dell'altra: centinaia di automobili erano rimaste coinvolte in un tamponamento a catena, mentre dei soldati accanto a un Hummer sul cavalcavia continuavano a sparare.

Nulla avrebbe potuto superare quell'intrico di automobili. Ogden stava intasando le autostrade in entrata e in uscita da Detroit.

Murray tornò a rivolgere l'attenzione alla telefonata. «Dew, se questa è opera di Ogden, cosa diamine sta combinando?»

«Sta provocando il caos» disse Dew. «A quanto pare, sta cercando di bloccare il traffico in entrata e in uscita. Vuole delimitare un perimetro enorme con all'interno un sacco di civili in modo che non possiate sganciare bombe se troveremo la porta.»

«Bastardo» esclamò Murray.

«Le altre due compagnie delle Reazione interna si trovano ancora a Fort Bragg?»

«Si stanno già dirigendo a Detroit» disse Murray. «Dovrebbero atterrare al Detroit Metro Airport tra circa mezz'ora. Allerterò anche l'ottantaduesimo aviotrasportato. Impiegheranno otto ore, ma...»

La sua voce si smorzò. Non ebbe bisogno di finire la frase. Se la porta si fosse aperta e ne fosse uscito qualcosa, l'ottantaduesimo sarebbe stato il primo battaglione organizzato ad affrontarlo.

«Capisco» disse Dew. «Un'ultima cosa. Il sergente maggiore Nealson ha detto di aver visto almeno due plotoni della compagnia Raggi X stamattina all'aeroporto. Adesso non si trovano lì e si hanno notizie soltanto di due squadre: questo significa che un plotone e mezzo deve essere in marcia verso Detroit. Sono circa quarantacinque uomini. Manda degli aerei a farli fuori.»

«A farli fuori?» chiese Murray. «Non sappiamo se questi uomini sono infetti. Possiamo istituire un posto di blocco per sottoporli al test. Se risulteranno negativi, li useremo per stanare qualsiasi cosa Ogden abbia a Detroit.»

«Un posto di blocco?» esclamò Dew. «Sei *pazzo*? Vuoi davvero che dei soldati pieni di armi e abituati a combattere affrontino dei poliziotti statali in un posto di blocco?»

Dew aveva ragione. «Ci penserò io» disse Murray.

«Va' all'attacco, Murray. Neutralizzali, a qualsiasi costo. Dobbiamo portare Perry a Detroit per trovare la porta.»

«Aspetta che arrivino da Fort Bragg le compagnie Yankee e Zulu» disse Murray. «Le unità di Ogden dispongono di dieci missili Stinger e puoi scommettere che se li è portati tutti a Detroit. Dobbiamo toglierli di mezzo prima che voi entriate in azione. Non possiamo permetterci di perdere Dawsey.»

«LT, se Perry ha ragione a proposito dell'ora, quell'affare si aprirà tra settantacinque minuti. Qualsiasi cosa tu faccia, non tirarla per le lunghe.»

«Trattenetevi fuori dalla città» disse Murray. «Ci occuperemo di fiaccare le postazioni di Ogden e ci avvarremo del satellite per appurare se riusciremo a localizzare la porta e a trovarvi un posto in cui atterrare.»

11

12:15, Dew avvisa Margo

Margaret si trovava nella camera di isolamento, intenta a guardare l'agente Carmen Sanchez. Clarence era appostato fuori dalla stanza; paziente, silenzioso, chiaramente pronto a intervenire se Sanchez si fosse rianimato.

Ma non sarebbe successo. Sanchez aveva difficoltà a respirare e la situazione stava solo peggiorando. Forse avrebbe dovuto intubarlo tra poco. Oppure smettere del tutto di somministrargli il latrunculin perché non sarebbe sopravvissuto a un'altra ora di quella cura.

La sua lingua sembrava ancora normale.

I campioni di tessuto non mostravano più la presenza di organismi striscianti. O il latrunculin gli aveva fatto effetto oppure gli ultimi si erano spostati nel cervello. Ma, se avevano raggiunto il cervello, la sostanza chimica stava impedendo loro di formare quella rete? La rete poteva formarsi nonostante la sostanza chimica?

No. Si rifiutò di crederlo. Aveva funzionato. Era una faccenda molto più importante dello stesso Sanchez. Il latrunculin *funzionava*. Li uccideva. Non tutti, ma parecchi, e questo significava che disponeva di un'arma. È vero, l'arma doveva essere sviluppata, ma perlomeno Margaret aveva un punto di partenza.

E se non avesse funzionato, allora non avrebbe avuto nulla. Nessuna cura. Sanchez era rimasto esposto a una piccola quantità del vettore. Se non fosse riuscita a sconfiggere quell'inezia, cosa avrebbe potuto fare contro esposizioni più intense? Alcune pustole della vittima non identificata erano diventate grosse come palle da baseball: una quantità cento volte superiore a quella che era esplosa su Sanchez. Se qualcuno fosse stato colpito da un vettore simile, lei non avrebbe potuto farci nulla.

La segretezza di Murray poteva andare a farsi fottere. Margaret aveva intenzione di rendere pubblica la faccenda e avrebbe chiesto a Dew di confermare la sua offerta di sostenerla. Anche Clarence l'avrebbe sostenuta, oppure avrebbe continuato a obbedire agli ordini?

La voce di Gitsh risuonò nel suo auricolare. «Otto, sta chiamando Dew.»

«Mettilo in comunicazione» disse Clarence.

«È in linea, Dew» disse Gitsh. «Otto e Margo sono in ascolto.»

Udirono la voce di Dew, ansiosa ed eccitata. «Otto, tu o i tuoi uomini avete avuto qualche contatto con i soldati di Ogden?»

«No, signore» disse Clarence. «Ci siamo occupati tutta la notte della vittima non identificata e dell'agente di polizia. Non sapevamo nemmeno che gli uomini di Ogden si trovassero a Detroit.»

«Sì» disse Dew. «E dovete evitarli a qualsiasi costo. Il vostro rimorchio è visibile dalla strada principale?»

«No, siamo nascosti sotto un piccolo cavalcavia della ferrovia e ci sono alberi su entrambi i lati. È un ottimo rifugio. Non ci si vede affatto.»

«Bene» disse Dew. «Allora, forse, dovreste restare dove siete.»

«Dew,» esclamò Margaret «cosa sta succedendo?»

«Ogden lavora per i triangoli.»

Margaret guardò Clarence, dimenticando per un attimo la rabbia che provava nei suoi confronti. «Ogden? Come... come fai a saperlo?»

«I suoi uomini hanno cercato di uccidere Perry. Perry sta bene, ma hanno abbattuto Baum e Milner. I soldati di Ogden stanno sparando a tutto spiano sulle autostrade di Detroit uccidendo persone a destra e a manca. La porta si trova da qualche parte a Detroit e Ogden vuole proteggerla.»

Margaret rabbrividì al pensiero di quanto implicava: come se niente fosse, Ogden e i suoi uomini erano stati convertiti e lavoravano per il nemico. Evidentemente si era lasciata sfuggire qualcosa a Gaylord. E anche se il suo nuovo farmaco funzionava, era già troppo tardi?

«Stiamo arrivando» disse Dew. «Perry troverà la porta. Se riusciremo a raggiungervi, lo faremo, altrimenti restate dove siete.»

«Fate attenzione ai corpi infetti,» disse Margaret «perché è così che si diffonde il contagio. I cadaveri possono avere grosse pustole gonfie piene di spore. Se vi esplodono addosso, contrarrete la nuova variante. E gli infetti possono diffonderla con la lingua, quindi accertatevi che non vi lecchi nessuno.»

«Intesi. Avete già trovato una cura per questa schifezza?»

Margaret abbassò lo sguardo su Sanchez. «Ci siamo molto vicino.»

«Informa Murray, Margo, nel caso Ogden ti trovi e ti uccida. Vi trovate in una brutta posizione. Sono abbastanza sicuro che siate *all'interno* del perimetro delimitato da Ogden.»

«Intesi» disse Clarence.

Margaret non poteva fermarsi adesso. Doveva fare in modo che Sanchez non fosse più in pericolo di vita.

«Dew,» esclamò Margaret «mi rendo conto di cosa sta succedendo, ma dobbiamo spostare il paziente. Potrebbe essere fondamentale per porre fine a questo contagio.»

«Se Ogden vi troverà, vi ucciderà» disse Dew. «Sta battendo tutte le vie di uscita principali da Detroit. Le strade di superficie sono intasate da persone che cercano di andarsene, quindi non potete assolutamente far uscire dalla città un autoarticolato, cazzo. O restate dove siete, oppure abbandonate il rimorchio, trovate un nascondiglio e ve ne state rintanati finché non riesco a procurarvi un mezzo di trasporto. Intesi?»

«Ma Dew, si tratta di un momento critico...»

«Intesi» la interruppe Clarence. «Valuteremo la situazione e agiremo di conseguenza.»

«Bene» disse Dew. «Non offenderti, Margo, ma lascia che se ne occupi Otto a meno che tu non voglia assaggiare qualche proiettile. Perché ogni tanto non mettete da parte quell'attrezzatura da secchioni e guardate il telegiornale, cazzo?» Riattaccò.

«Ehi!» esclamò Gitsh. «Credo che vi convenga venire nella

stanza dei computer. Ci siamo appena sintonizzati sul notiziario locale e siamo in un mare di guai.»

Clarence guardò Margaret, poi allungò un braccio verso la porta della camera di equilibrio come se volesse dirle: 'Dopo di te.'

Margaret guardò di nuovo Sanchez, poi si diresse verso la camera di equilibrio.

12

12:20, punti extra

Il volo 2961 della Northwest Airlines diretto da Detroit a Bangor non avrebbe mai potuto farcela.

L'airbus A319 con a bordo centonovantatré passeggeri decollò dal Metro Airport di Detroit. Michelle McMichael, di sessantatré anni, occupava il sedile accanto al finestrino perché Bernie, con cui era sposata da quarant'anni, doveva andare a fare pipì praticamente ogni venti minuti. Lui si era seduto al posto vicino al corridoio. A Michelle andava bene così. Le piaceva tenere una cartina e guardare fuori dal finestrino mentre volavano. Usare la cartina per identificare i punti di riferimento era un modo divertente di passare il tempo. Quando l'A319 si inclinò in virata a destra, le fornì una bella visuale di un lungo tratto dell'I-94. In base alla cartina, stava guardando verso sud in direzione di Taylor, in Michigan. Allungò il collo per voltarsi a guardare l'aeroporto.

Fu allora che lo vide.

Michelle non era un'esperta di faccende militari, ma aveva visto abbastanza film da riconoscere la scia di fumo di un missile quando ne scorgeva una. E, all'improvviso, capì che era arrivata la fine.

Michelle fece in tempo ad allungare una mano e a stringere quella di Bernie. Lo guardò negli occhi e disse: «Ti amo.» Poi il missile Stinger colpì l'A319 appena dietro l'ala destra.

La testata penetrò ed esplose, spezzando l'aereo in due parti e staccando l'ala destra dalla fusoliera. Michelle morì nell'impatto, squarciata in tre pezzi insieme al sedile. In realtà, Bernie sopravvisse a malapena alla prima esplosione, ma fu ben presto incenerito quando una palla infuocata attraversò la cabina distrutta.

La coda dell'A319 si staccò avvitandosi e iniziò a cadere. Una seconda esplosione disintegrò la parte centrale. Dalla fila dieci in avanti, il muso dell'A319 si inarcò verso la città lasciandosi dietro una scia di fumo e fuoco come se fosse un secondo razzo gigantesco.

Nell'angolo nordoccidentale del Metro Airport di Detroit, noto anche come DTW, Vining Road passa sopra una serie parallela di binari della ferrovia. Sotto questo cavalcavia c'erano Brian Hunt e Jordan Willis, ex membri della compagnia Raggi X del battaglione della Reazione interna, e adesso orgogliosi adepti dell'esercito di Chelsea. Il cavalcavia li nascondeva alla vista, insieme al loro Hummer, tuttavia consentiva loro di sparare liberamente su diverse piste d'atterraggio del DTW.

Jordan aveva guardato decollare il volo 2961, aveva atteso che girasse e iniziasse a curvare verso nord. Sapeva che l'avrebbe fatto, perché sapeva che era diretto a Bangor: aveva usato il cellulare per controllarlo su un sito di viaggi. Una volta che, dopo aver svoltato, l'aereo si trovò più vicino a Detroit, puntò il missile Stinger, mirò contro l'obiettivo e sparò. Addio, volo 2961.

«Cazzo, Jordan» esclamò Brian. «Chelsea lo apprezzerà moltissimo. È stato un ottimo tiro.»

Il soldato semplice Jordan Willis annuì. Poteva solo sperare che le sue azioni compiacessero Chelsea. E quello era stato davvero un ottimo tiro, cazzo.

«Adesso viene il bello» disse. «Penso di avere preso due piccioni con una fava.»

A ventiquattro chilometri dalla loro postazione, l'A319 si lasciò dietro una densa colonna di fumo incurvata quando il suo muso cadde verso il centro di Detroit. Scese in città. Dopo qualche secondo, si innalzò nel cielo una palla di fuoco.

«Punti extra» disse Brian. «Ottimo lavoro.»

«Grazie. Caspita, guarda tutti quegli aerei che se la svignano. Scommetto che non hanno chiesto alla torre di controllo il permesso di cambiare i loro piani di volo.»

Un aereo si era avvicinato e un altro aveva volteggiato, in attesa dell'autorizzazione. Si allontanarono entrambi dal DTW. Quegli affari erano dei bestioni, certo, ma, a quanto pareva, potevano andare comunque a tutta velocità quando azionavano i motori.

Brian si issò sulla spalla il suo Stinger, in cerca dell'obiettivo giusto.

«Hai intenzione di sparare con quell'affare o di limitarti a metterti in posa?» chiese Jordan.

«Forse mi conviene tenerlo da parte» disse Brian. «Il generale dice che potrebbero ancora cercare di far intervenire dei C-5 o dei C-17. Se lo faranno, ne colpirò uno in arrivo.» Posò lo Stinger e prese una delle cinque armi anticarro AT4 di cui disponevano.

Jordan scosse il capo. Brian gli piaceva, ma a volte quel ragazzo non rifletteva proprio. «È un missile anticarro, idiota. Qui non ci sono carri armati.»

«Cosa ne dici di un serbatoio del combustibile?» Brian mirò contro un 747 che aspettava all'estremità posteriore di una pista d'atterraggio. «Penso che probabilmente quell'aereo fosse sul punto di decollare prima che tu abbattessi l'altro. In cielo si sanno muovere piuttosto bene ma qualcosa mi dice che non sono esattamente in grado di girare con precisione quando si trovano a terra.»

Jordan guardò l'aereo, un gigantesco bersaglio bianco. Uhm.

«Non avrei mai dovuto dubitare di te» disse Jordan. «In realtà, sei stato tu a darmi l'ispirazione. Penso che appurerò se uno di questi AT4 possa colpire la torre di controllo. Le chiedo scusa per averla definita un idiota, signore.»

«Non c'è di che» disse Brian mentre mirava contro il 747 immobile e premeva il grilletto.

13

12:25, base

Clarence, Gitsh, Marcus, Dan e Margaret erano seduti nella stanza dei computer del rimorchio A. Ciascuno dei tre schermi dei computer trasmetteva le immagini di un canale locale diverso. Lo schermo a sinistra mostrava le riprese dal vivo di un incendio divampato appena a est di Dearborn. Il conduttore diceva che un aereo era stato abbattuto da un missile. Lo schermo centrale mostrava le immagini concitate di persone in preda al panico che si allontanavano di corsa dall'imponente Renaissance Center, la cui sommità di vetro rotto eruttava fumo proveniente da un vasto incendio che si era sviluppato all'interno. A quanto pareva, degli assalitori si erano precipitati nella torre centrale uccidendo tutte le persone in cui si imbattevano, poi avevano iniziato a lanciare razzi che portavano sulla spalla, in tutto l'edificio. Lo schermo a destra mostrava un caccia A-10 massiccio che scendeva a bassa quota colpendo un veicolo verde sul cavalcavia dell'8 Mile Road. Nonostante il misero operato della telecamera, Margaret vide l'Hummer scuotersi e tremare mentre veniva trapassato dai proiettili.

«È assurdo» esclamò. «Sembra un filmato girato in Iran o giù di lì.»

«Credo che rimarremo qui» disse Gitsh. «Lì fuori ci sono persone dappertutto e automobili che si precipitano lungo le strade e si scontrano tra loro. Gli uomini di Ogden potrebbero scorgerci ovunque.»

«No, amico» disse Marcus. «Il fatto che ci siano persone dappertutto è il motivo *per cui* dobbiamo andarcene subito. In questo caso saremmo soltanto dei semplici civili che scappano in cerca di un nascondiglio.»

«Ci troviamo sui binari di una ferrovia che non viene usata da decenni» disse Gitsh. «Siamo rintanati sotto un fottuto cavalcavia, amico. Non è nemmeno possibile vederci dalla strada. Se resteremo qui, ce la caveremo.»

Marcus scosse il capo. «Ascolta, pensa al cadavere non identificato che si trova nella stanza delle autopsie. È stato rinvenuto a meno di un isolato da qui. Finché si trattava solo di lui, andava bene, ma adesso ci sono persone infette dappertutto. Questa gente tende a riunirsi, e ciò significa che la loro base o quant'altro deve essere qui vicino. Basta che un razzo colpisca questo rimorchio e moriremo tutti. Se usciamo di qui a piedi e troviamo un edificio in cui nasconderci, forse riusciremo a sopravvivere.»

«Intendi dire che forse *alcuni* di noi riusciranno a sopravvivere» affermò Gitsh. «Vuoi uscire lì fuori solo perché conosci queste situazioni di guerriglia urbana e vuoi salvarti.»

«Bastar...»

«Smettetela» esclamò Clarence. Parlò sommessamente, ma con un tono di voce che esigeva rispetto. «Spetta a me decidere, e io stabilisco che dobbiamo restare. Gli svincoli dell'autostrada che hanno attaccato distano sedici chilometri da qui. Probabilmente questo significa che adesso la maggior parte degli uomini di Ogden non si trova affatto vicino a noi. Non siamo attrezzati per affrontarli. Se ci vedono, siamo fregati, quindi ci conviene restare qui nascosti.»

«E il poliziotto?» chiese Gitsh.

«E il poliziotto *cosa*?» chiese Margaret.

«Suvvia, dottoressa» esclamò Gitsh. «E se si sveglia e inizia a gridare?»

Dan scosse il capo. «Non si metterà a gridare così presto. È in condizioni piuttosto gravi.»

Gitsh rise. «Sì, be', anche Betty Jewell era in condizioni piuttosto gravi, giusto? Inoltre, questi fottuti affari possono parlare mentalmente tra loro e quant'altro.»

«Lui no» disse Margaret. «L'abbiamo curato.»

«Crede di averlo curato» disse Dan. «Ma in realtà non può saperlo.»
«Dobbiamo ucciderlo» disse Gitsh.
«Ha ragione» disse Marcus. «Dobbiamo ucciderlo.»
«Non potete» disse Margaret. «Non è una questione che riguarda solo noi cinque. L'agente Sanchez potrebbe essere fondamentale per trovare la cura per la nuova variante. Lo terrò sotto controllo.»
«Sono d'accordo con Gitsh» disse Dan. «Se inizia a parlare, siamo fregati. Io suggerirei di ucciderlo.»
Margaret manifestò a Dan il proprio disprezzo con un ghigno. «Cosa ne è stato della sua vocazione di medico?»
Dan si strinse nelle spalle. «Morirà comunque di overdose di latrunculin, quindi che differenza fa? Uccidiamolo subito.»
Gitsh annuì. «Sono tre voti a favore. La maggioranza vince.»
«Questa non è democrazia» disse Clarence. «È dittatura, e io sono il dittatore. Sanchez è un civile, un poliziotto. Si è preso questa merda facendo il suo dovere. E Margaret ha ragione, potrebbe essere fondamentale per trovare una cura. A meno che non saremo sicuri che costituisca una minaccia, resterà dove si trova. Margaret lo terrà sotto controllo. Io resterò con lei. Se diventerà una minaccia, lo ucciderò io stesso. D'accordo?»
Gitsh, Marcus e Dan si scambiarono delle occhiate, poi annuirono. Nessuno di loro dubitò nemmeno per un secondo che Clarence avrebbe ucciso Sanchez se fosse stato necessario. Margaret si chiese se avesse salvato il suo paziente o se avesse soltanto ritardato la sua condanna a morte.
«Io e Margaret ci metteremo la tuta» disse Clarence. «Quando avremo finito, voi farete la stessa cosa. Voglio che tutti si sigillino per bene. Dan, resti qui dentro e tenga d'occhio il telegiornale. Ci chiami se c'è qualcosa di importante di cui dobbiamo venire a conoscenza. Gitsh, Marcus, piazzatevi davanti e dietro i rimorchi. State attenti ai pericoli. Se vedete qualcosa di sospetto, avvisateci tramite il sistema di comunicazione. Non attaccate senza di noi, intesi?»
Gitsh e Marcus annuirono.
«Suvvia, dottoressa Montoya,» esclamò Clarence «occupiamoci del suo paziente.»

14

12:30, una città paralizzata

La cacofonia di una dozzina di conversazioni telefoniche animate riempiva la sala operativa. Le immagini satellitari di Detroit illuminavano lo schermo principale. Altri schermi mostravano filmati in diretta ripresi dalle telecamere dei telegiornali e cartine tattiche punteggiate dai simboli delle diverse unità. Uno schermo mostrava due conteggi: uno dei morti, uno dei feriti.

In cima a ogni schermo appariva un conto alla rovescia: mancavano quarantacinque minuti e quindici secondi allo scoccare delle 13:15.

Il presidente John Gutierrez era seduto all'estremità del tavolo, il volto una maschera impassibile. Guardò gli schermi uno dopo l'altro, poi riprese di nuovo da capo. Murray sudava come un maiale e respirava in fretta per l'agitazione, mentre Gutierrez se ne stava seduto con un'aria calma e padrona di sé da vero capo.

La composta Vanessa Colburn non sudava affatto. Si occupava dei telefoni e offriva sommessamente consigli a Gutierrez, ma solo quando lui gliene chiedeva. Mentre il mondo di segreti di Murray gli crollava intorno, l'uomo iniziò a chiedersi se lei fosse davvero il vampiro politico che aveva ipotizzato. Per la prima volta, Murray si chiese se lui non fosse nel torto e Vanessa avesse ragione a volerlo estromettere.

Il generale Cooper aveva un telefono premuto su ognuna delle orecchie. Annuì una volta, poi si appoggiò un telefono su ciascuna spalla e si rivolse ai presenti in sala.

«Un convoglio militare è stato visto dirigersi a sud sulla I-75» disse. «Sette veicoli, compresi due camion per il trasporto delle truppe. Sono circa sessanta uomini. Ho una squadra di Apache che si sta spostando in un punto da cui potrà abbatterli facilmente.»

«Su un'autostrada?» chiese Gutierrez. «Che tipo di danno subiranno i civili?»

«Contenuto» disse il generale Cooper. «Ma di gran lunga inferiore a quello che subirebbero se quei due plotoni uscissero dall'autostrada e si riversassero nella città.»

«Proceda» disse Gutierrez.

Non ebbe esitazioni. Dopotutto, quel tipo avrebbe potuto rivelarsi all'altezza. Murray sperava sicuramente che fosse così, perché era ora di passare il testimone alla nuova generazione. Non sapeva fino a che punto sarebbe riuscito a sopportare ancora quella situazione. Un conto era partecipare alla Guerra fredda o combattere con gli iraniani, ma gli uomini di Ogden stavano distruggendo Detroit.

Detroit.

L'8 Mile Road passava sopra tutte le autostrade principali dirette a nord della città. A ogni svincolo, c'era un gigantesco tamponamento che ostruiva le strade: centinaia di automobili, alcune in fiamme, accanto ai corpi distesi scompostamente delle persone che erano state uccise a colpi di arma da fuoco mentre cercavano di fuggire a piedi. Gli uomini di Ogden avevano battuto anche le arterie principali dirette a ovest: lo svincolo tra la I-96 e la I-94 e lo svincolo tra la I-96 e la I-75. Le strade di superficie erano l'unica via d'accesso e di uscita dalla città ed erano intasate dal traffico dei cittadini terrorizzati che cercavano di fuggire dagli edifici in fiamme e dai colpi sparati a casaccio dalle armi automatiche ogni due o tre minuti. Gli ingorghi che si estendevano in tutta la città avevano costretto la polizia di Detroit a sparpagliarsi in modo disorganizzato. Quando gruppi di poliziotti isolati si imbattevano nei cecchini di Ogden, i cecchini li abbattevano o facevano esplodere le automobili della polizia con i lanciarazzi.

Ogden non si era accontentato delle strade.

Il fuoco fuoriusciva dagli ultimi dieci piani della torre centrale del Renaissance Center. Un vento di ponente trasportava il denso pennacchio di pesante fumo nero dalla parte opposta della città, in direzione di Ann Arbor. Anche il Fisher Building e il Penobscot Building erano avvolti dalle fiamme: tre dei grattacieli più alti della città bruciavano incontrollati. I vigili del fuoco si stavano occupando di quegli incendi e di altri sei inferni causati dallo schianto del volo 2961 della Northwest Airlines.

Due relitti in fiamme ostruivano le piste del Detroit Metro Airport. La torre di controllo principale era distrutta. Spari a casaccio. Centinaia di morti. La sicurezza dell'aeroporto non aveva trovato gli assalitori, e questo significava che erano ancora lì fuori. Alcuni testimoni ipotizzavano che ci fossero cinque cecchini, altri affermavano che ce n'erano dieci o perfino venti.

E il piccolo Detroit City Airport? Stesso discorso: piste ostruite, relitti in fiamme, torre distrutta. Completamente fuori uso.

L'attacco era iniziato meno di quaranta minuti prima, tuttavia Ogden aveva distrutto gli aeroporti, intasato le strade e tenuto occupati tutti i poliziotti, i vigili del fuoco e i paramedici.

«Guardate qui» disse Gutierrez. «Guardate cosa sta succedendo. Di quanti uomini dispone Ogden a Detroit?»

«Forse sessanta» disse Murray. «Non ne siamo sicuri.»

«Sessanta uomini» esclamò Gutierrez. «Ha paralizzato una grande città con due plotoni. Cosa succederà all'America se il contagio si diffonderà a seicento persone? A seimila? Dobbiamo contenerlo entro i confini della città. Non possiamo permettere che dilaghi.»

Murray guardò gli schermi e maledisse Charlie Ogden. Quell'uomo sapeva *esattamente* cosa stava facendo. Tutto ciò sarebbe finito quando i cinque C-17 fossero arrivati da Fort Bragg. Quegli aerei trasportavano due intere compagnie, oltre a veicoli e armi pesanti. La festa di Ogden sarebbe terminata.

«Generale Cooper, abbiamo bisogno di un aeroporto» disse Murray. «Dobbiamo partire dall'assunto che Ogden sterminerà qualsiasi cosa si avvicini al DTW.»

«Maledizione!»

La stanza piombò nel silenzio quando tutti gli sguardi si rivolsero verso il generale Luis Monroe. Il solitamente pacato e timorato di Dio Monroe aveva appena imprecato ad alta voce. Teneva un telefono in ognuna delle mani stringendoli come se fossero la causa di tutta la sua disperazione.

«Due C-17 sono appena precipitati» disse. «Sono state udite delle detonazioni di armi automatiche nella zona di carico, dove si trovavano le truppe. Ci sono state delle esplosioni, probabilmente di granate. Abbiamo perso quasi tutte le compagnie Zulu e Yankee, oltre all'equipaggio. Perlomeno duecento uomini.»

Sulla sala operativa calò il silenzio.

Un altro regalo di Ogden, quel tipo sapeva davvero il fatto suo.

Gutierrez guardò Murray in cagnesco. «Di cos'altro disponiamo che possa arrivare lì prima dell'una e un quarto?»

«Dew Phillips e i sessantatré uomini rimasti della compagnia Whisky» disse Murray. «Date le condizioni in cui versa adesso Detroit, non disponiamo di nient'altro.»

«Non abbiamo idea di dove si trovi la porta» disse Gutierrez. «Non abbiamo un esercito spiegato sul territorio. Abbiamo pochissimi contatti, ammesso che ne abbiamo, con la città e non disponiamo di rinforzi che possano essere schierati in meno di sei ore. Voglio che Phillips si rechi lì subito. Non ci conviene rimetterci alle opzioni degli Strike Eagle, vero?»

Murray annuì. «Generale Monroe, deve riempire la zona di risorse aeree per appurare se è possibile abbattere altri uomini di Ogden e attirare il fuoco degli Stinger che gli sono rimasti.»

Monroe annuì e tornò al telefono.

Dew e Perry dovevano trovare la porta e impedirle di attivarsi, perché sicuramente Murray non voleva rimettersi agli Strike Eagle. Trasportavano sia le gigantesche bombe da una tonnellata che... le bombe atomiche.

Notò che Gutierrez non aveva specificato quale opzione avrebbe scelto.

15

12:32, l'agente Sanchez

Svegliati, pigrone.

L'agente della polizia di Detroit Carmen Sanchez aprì gli occhi. Gli ci volle un attimo per orientarsi. Era debole e poteva a malapena muoversi. Be', era debole, certo, ma il motivo per cui non riusciva a muoversi era che aveva i polsi e le caviglie legati.

«Si è svegliato» udì dire da una voce smorzata. Alla sua sinistra c'era una donna con un bizzarro costume nero da Halloween.

Provava dolore a respirare. Quanto è grave la situazione quando si prova dolore a respirare? Piuttosto grave, è vero, ma non tanto da sentire Dio che ti parla nella testa.

«Agente Sanchez, riesce a sentirmi?»

L'uomo annuì. Riusciva a sentirla grazie agli altoparlanti alle pareti, e ciò era strano perché era in piedi proprio accanto a lui.

Aaah, eccoti qui!

Non si era mai bevuto l'intera faccenda di Dio. Mai. Si era sposato in chiesa, certo, ma questo non significava un accidente: *tutti* si sposavano in chiesa tranne i fottuti hippy. Adesso che Dio gli blaterava nella testa... Be', questo rendeva un tantino più facile credere.

«Agente Sanchez, sono la dottoressa Montoya. Lei è molto malato. Annuisca se capisce.»

L'uomo annuì.

Vuoi unirti a noi?

«Non posso» disse Sanchez. «Sono legato.»

«Ah, riesce a parlare» disse Montoya. «È fantastico. Crede di essere in grado di rispondere a un paio di domande sulle sue condizioni?»

Sanchez annuì.

I tuoi pensieri sono molto deboli, signor Sanchez. Non credo che ci sarai molto utile.

«Allora cerchi di fare un respiro profondo per me» disse Montoya.

«Forse... no» disse Sanchez.

«Forse no, cosa?» chiese Montoya. «Non riesce a fare un respiro profondo?»

Dunque, signor Sanchez, le persone con cui ti trovi sono molto cattive. Cosa dovremmo fare in proposito?

«Uccidetemi» disse Sanchez.

«Signor Sanchez, non abbiamo intenzione di ucciderla. Ce la farà.»

Capisco. Stiamo arrivando.

Sanchez voltò il capo per sollevare lo sguardo verso la donna. Le sorrise. «Sta... arrivando» disse. «Non è... bello?»

Montoya si tirò indietro scostandosi da lui. Parve improvvisamente circospetta, impaurita. «Chi sta arrivando?»

«Ch... Ch... Chelsea.»

Sanchez non vide muoversi la mano di Margaret, ma sentì le sue dita inguantate sulla mascella costringerlo ad aprire la bocca.

«No» esclamò Montoya. Sembrò sul punto di piangere. *No.*

«Cosa c'è, Margaret?»

La voce di un uomo. Probabilmente Dio avrebbe ucciso anche lui.

«La sua lingua» disse Montoya. «Ha le macchie blu.»

«Va' ad aspettarmi nella stanza di decontaminazione» disse l'uomo. «Sbrigati.»

Sanchez udì dei passi, una porta che si apriva, poi, un po' più lontano, una porta più grande che si apriva. Gli sembrava che tutto vorticasse. Provava un dolore *teeerriiibile,* e il suo cervello non riusciva a elaborare i pensieri abbastanza in fretta.

Mi dispiace che tu non possa raggiungerci, signor Sanchez, ma ci sei stato di grande aiuto, perché stavamo cercando le persone cattive che ti hanno fatto questo.

«Sono... contento» disse Sanchez.

Vide un'altra tuta nera alla sua sinistra. Più grande. All'interno c'era un uomo di colore con un incisivo spezzato, che puntava una pistola.

«Mi dispiace» disse l'uomo.

Sanchez vide un lampo e poi perse conoscenza.

16

12:35, di nuovo in marcia

Margaret attese Clarence nella camera di decontaminazione. Sapeva cosa avrebbe fatto, e sapeva che ci sarebbero voluti solo un paio di secondi.

Aveva bisogno di andarsene. Voleva soltanto tornare nel suo appartamento di Cincinnati. Voleva spendere troppo per un caffè da Starbucks e sedersi a leggere *People* o *US Weekly*, qualcosa di veramente idiota, perché voleva essere idiota.

Forse lo era già.

Il suo cervello non sembrava più valere un granché. Non aveva salvato Amos. Non aveva salvato Betty Jewell o Bernadette Smith. E non aveva salvato l'agente Carmen Sanchez.

Troppe morti. Troppi fallimenti.

Clarence entrò nella camera di decontaminazione e si chiuse alle spalle la porta della camera di equilibrio. Margaret attivò gli spruzzi. Grazie all'auricolare, riuscì a sentire gli ordini di Clarence nonostante gli spruzzi ad alta pressione.

«Dan, esca dal retro del rimorchio A» disse Clarence. «Gitsh, Marcus, andiamocene di qui. Controllate a nord, vicino alle motrici. Accertatevi che nessuno stia arrivando lungo i vecchi binari ferroviari.»

«Intesi» disse Marcus.

Margaret disattivò gli spruzzi, poi aprì l'altra porta. Dopo qualche secondo, stillando candeggina, uscirono entrambi dal rimorchio e si nascosero all'ombra del cavalcavia. Dan era lì con la tuta contro il rischio biologico, una pistola in pugno e l'aria spaventata.

«Bene» affermò Clarence. «Ce ne andremo a piedi da dove siamo arrivati e ci dirigeremo verso l'acqua. Lì dovremo guardarci solo dagli attacchi su tre lati. Io starò in testa. Gitsh e Marcus, voi starete in fondo. Dan, lei starà in mezzo con...»

La voce di Gitsh, ansiosa e stridula nell'auricolare, interruppe Clarence nel bel mezzo di una frase.

«Compagnia!»

Furono esplosi dei colpi di pistola, amplificati dalle pareti di mattoni del cavalcavia. Reagendo di istinto e in preda al panico, Margaret si circondò la testa con le braccia. Una mano le afferrò il polso, costringendola a correre.

La luce del sole. Margaret uscì dal lato opposto del cavalcavia prima di rendersi conto che era stato Clarence a trascinarla fuori.

«Margaret, sbrigati!»

Il respiro le si mozzò in gola; inciampò, poi si rialzò in piedi e corse. In questo modo, si lasciò alle spalle il suono degli spari.

Davanti a lei, sotto il cavalcavia successivo, c'erano due automobili. Un'utilitaria e una decappottabile. Probabilmente si trattava soltanto di persone in cerca di un nascondiglio ma, a quanto pareva, Clarence non voleva saperlo con certezza.

«Da questa parte!» gridò, poi svoltò a destra e iniziò a inerpicarsi di corsa su per il pendio ripido, punteggiato di alberi e ricoperto di neve. Margaret lo seguì, aggrappandosi con le braccia e muovendo energicamente le gambe con il cuore che martellava.

Si sentì un sibilo da dietro.

Poi un rombo rovinoso.

Si voltò a guardare: una palla di fuoco e fumo si sprigionò dal cavalcavia, così densa che non riuscì nemmeno a vedere le Margomobili.

Sentì una mano sul fondoschiena che la spingeva.

«Si sbrighi!» esclamò Dan. «Hanno dei fottuti razzi!»

Margaret arrancò su per la collina, piantando le ginocchia nella terra e nelle rocce finché non si ricordò della tuta contro il rischio biologico e allora corse sostenendosi solo con le mani e i piedi. Schegge appuntite le trapassarono il PVC infilzandole i palmi e le dita, ma avrebbe potuto metterci del nastro adesivo in seguito. Raggiunsero la recinzione nera in cima al pendio. Si aggrappò con le dita inguantate agli anelli del reticolato rivestito di gomma e vi oscillò sopra ancor prima di capire cosa stesse facendo.

Udì altri spari da dietro. Degli affari passarono fischiando sopra il suo capo.

Daniel gridò.

Margaret scavalcò il reticolato e cadde a terra con violenza. Si alzò e si guardò intorno. Un edificio bianco, un concessionario della Ford. Alle sue spalle, il reticolato, al di là di esso... Daniel che rotolava inerte giù per il pendio.

Clarence le strinse di nuovo il polso. «Sbrigati!»

Si allontanarono di corsa dal concessionario e si diressero verso una strada a otto corsie intasata dal traffico. Non c'erano edifici dall'altra parte della strada: un terreno vuoto a sinistra e un parcheggio a destra. Alcune persone guardavano fuori dai finestrini delle loro automobili, ma la maggior parte aveva udito l'esplosione o visto la colonna di fumo e stava già abbandonando i veicoli per correre in cerca di un riparo ovunque riuscisse a trovarlo.

Infine, Margaret riacquistò l'equilibrio e liberò la mano dalla presa di Clarence.

«Va'. Io ti seguirò. Che fine hanno fatto Gitsh e Marcus?»

«Sono morti» disse Clarence. «E Dan si è preso una pallottola in testa. L'hanno ucciso.»

Rasentarono le automobili e corsero nel parcheggio semivuoto circondato da alberi che crescevano nell'asfalto. Sul lato opposto, scavalcarono una recinzione più bassa e si ritrovarono su una strada ricoperta di ciottoli, dove le suole dei loro spessi scarponi contro il rischio biologico percossero i vecchi mattoni. Due isolati più avanti, al di là di altri terreni abbandonati punteggiati di alberi e cosparsi di rottami, vide un dimesso edificio di mattoni a tre piani. Delle lettere bianche sbiadite su un intonaco blu sbiadito in cima all'edificio dicevano: GLOBE TRADING COMPANY. Margaret si avviò in quella direzione, poi si fermò quando Clarence l'afferrò di nuovo.

«No» disse. «Guarda lì in basso, vicino all'angolo.»

Quando lo fece, Margaret vide due uomini con un'uniforme militare che uscivano di corsa da quel palazzo. Un attimo dopo, ne uscirono altri due.

«Hanno appostato qui degli uomini» disse Clarence. «Per quanto ne sappiamo, potrebbe essere il loro fottuto quartier generale. Dobbiamo andarcene da qui. Sbrigati!»

C'erano persone che correvano in tutte le direzioni. Non si trattava della fuga rumorosa di un film dell'orrore, ma piuttosto di una corsa silenziosa di persone che si muovevano velocemente semiacquattate, guardando dappertutto in cerca della prossima minaccia. Margaret e Clarence dovevano essere sembrati una minaccia simile, perché, dopo avergli lanciato una sola occhiata, la gente si precipitava nel senso opposto.

Margaret e Clarence corsero a sinistra lungo la vecchia strada di mattoni, lasciandosi a destra il terreno abbandonato e l'edificio della Globe che si trovava al di là di esso. Margaret udì di nuovo degli spari alle sue spalle: gli uomini che avevano ucciso Gitsh, Marcus e il dottor Dan stavano dando loro la caccia. Merda, merda, merda, era così che sarebbe finita la sua vita? Con una pallottola nella schiena?

La strada passò da una distesa di mattoni bitorzoluti a una pavimentazione bitorzoluta. Alla loro destra, c'era un edificio di mattoni rossi a un piano con le porte della piattaforma di carico aperte. Clarence si diresse lì.

Margaret era già esausta. «Dove stiamo andando?»

«Lontano dai proiettili.» Clarence si fermò davanti alla piattaforma di carico, la sollevò per la vita e la posò sulla sporgenza, poi saltò su dietro di lei.

«Corri, Margo. Dobbiamo trovare un posto in cui nasconderci altrimenti siamo spacciati.»

17

12:38, la gita fuori porta del caporale Cope

Il convoglio procedette rombando lungo la I-75. Tre Hummer, seguiti da due camion M939 di cinque tonnellate per il trasporto delle truppe, seguiti da altri due Hummer. Con tutti quei veicoli pesanti che avanzavano a centoquaranta chilometri all'ora, le automobili si spostarono subito dalla corsia a sinistra per permettere al convoglio di passare rombando. Su entrambi i lati si estendevano terreni agricoli, dove la neve copriva i resti stentati dei raccolti dell'anno precedente. Al di là dei campi, si estendevano filari di alberi, ad almeno quattrocento metri dall'autostrada. Era un paesaggio meraviglioso.

Il caporale Cope viaggiava a bordo del terzo Hummer avvertendo il suo legame con Dio. Ben presto avrebbero visto la porta magnifica e, a Dio piacendo, si sarebbero trovati lì all'arrivo degli angeli.

A quanto pareva, a Dio non piaceva.

Da robusta macchina da guerra, l'Hummer che si trovava in testa si trasformò improvvisamente in un fiore arancione di fuoco disseminando frammenti di metallo e parti di corpi in tutta l'autostrada. L'esplosione travolse un Maggiolino della Volkswagen che procedeva lentamente sulla corsia di destra e catapultò una parte dell'asse posteriore nel parabrezza della Ford Explorer subito dietro.

Il secondo Hummer sbandò a destra, girando intorno sia all'Explorer, ribaltatosi improvvisamente, che al Maggiolino appena incendiatosi. L'autista dell'Hummer diede prova di uno stupefacente tempo di reazione ma, a centoquaranta chilometri all'ora, il veicolo pesante perse rapidamente aderenza. Slittò di coda disponendosi quasi perpendicolare alla strada quando le ruote girarono a vuoto e l'automobile si capovolse violentemente rotolando come un barile nel fossato. Cope vide il fermo immagine di un uomo sbalzato all'esterno, a cui mancavano già un braccio e parte di una gamba.

L'autista di Cope sbandò sul margine sinistro superando il relitto in fiamme, ancora in movimento, del primo Hummer. Se si fossero trovati in Iraq, con i razzi lanciati dagli insorti che piovevano dai tetti, premere l'acceleratore sarebbe stata la cosa giusta da fare. Ma adesso non erano in Iraq e, se avessero premuto l'acceleratore, l'Hummer di Cope sarebbe diventato il primo veicolo: l'obiettivo principale.

«Ferma questo affare!» gridò Cope all'autista. «Siamo un bersaglio facile!»

L'autista premette i freni con forza, gettando Cope in avanti.

«Muoviti-muoviti-muoviti!» urlò Cope. «Cerca un riparo!»

Saltò giù dalla portiera del passeggero e iniziò a correre. Sollevò lo sguardo verso il cielo per vedere cosa stesse uccidendo i suoi uomini. Elicotteri d'attacco Apache Longbow. Erano sagome scure e compatte simili a carri armati volanti con quella caratteristica cupola del radar che sporgeva al di sopra del movimento indistinto delle pale del rotore.

Si trovava in un grosso guaio.

Mentre si allontanava di corsa dal manto stradale e si spostava sul margine destro, si voltò a guardare il suo Hummer. Il soldato semplice Bates non era saltato giù. Invece, Bates aveva girato la mitragliatrice M249 installata sulla torretta nel tentativo di rispondere al fuoco. L'uomo non ebbe nemmeno il tempo di premere il grilletto prima che un missile Hellfire lo centrasse. L'Hummer esplose in una palla di fuoco grossa come un autoarticolato. La deflagrazione scagliò Cope nel fossato sul lato della strada. Cadde con violenza, ma l'adrenalina lo spronò ad andare avanti: si rialzò in piedi goffamente e salì il pendio alto un metro e mezzo sul lato opposto del fossato.

Davanti a lui si stendeva un campo di grano ricoperto di neve di un bianco irregolare punteggiato di steli gialli in decomposizione che gli arrivavano fino al ginocchio. Distava almeno cento metri dagli alberi.

Cope scoccò un'altra rapida occhiata intorno a sé. Alcuni soldati stavano attraversando di corsa i campi, diretti verso il bosco. Sulla strada dietro di lui, si stavano sollevando nell'aria alte colonne di fumo nero. Cinque Hummer e due camion, tutti distrutti. Sembrava più la strada che conduceva a Baghdad che un'autostrada del Michigan.

In tutto quello spazio aperto, se i piloti degli Apache non l'avessero scorto alla luce del sole pomeridiano, l'avrebbero localizzato con i mirini a infrarossi: il calore corporeo di un soldato spiccava chiaramente contro il terreno ghiacciato.

Era una trappola. Un posto dove tendere un agguato. Probabilmente gli Apache erano rimasti in attesa, nascosti dietro una collina.

Non aveva nessuna possibilità.

Corse comunque.

Trenta metri alla sua destra, c'era un altro soldato che correva. Una linea tremante di un rosso splendente si protese verso l'uomo, come il raggio della morte di un libro di fantascienza: si trattava di proiettili traccianti esplosi dalla mitragliatrice da trenta millimetri di un Apache. I proiettili esplosero con violenza quando toccarono il suolo sollevando zolle di terreno ghiacciato grosse come un uomo e fumo. I primi colpi non andarono a segno ma, in una frazione di secondo, il raggio rosso della morte si avvicinò; il soldato esplose letteralmente in una nuvola di sangue.

Il caporale Jeff Cope continuò a correre.

Aveva percorso quasi quindici metri quando udì un rombo alla sua sinistra. Si voltò e vide il raggio della morte di un proiettile tracciante disegnare un sentiero verso di lui.

Non ebbe nemmeno il tempo di distogliere lo sguardo.

18

12:39, improvvisando

Li sentiva morire. I suoi soldati, i suoi protettori. Il nemico era troppo potente e là fuori c'erano troppi diavoli che volevano fermarla.

Chelsea Jewell iniziò a rendersi conto che forse, solo forse, avrebbe dovuto dar retta a Chauncey. Avrebbe dovuto dar retta al generale Ogden.

Ma non aveva importanza.

Aveva ancora la mamma.

Insieme avrebbero potuto costruire una nuova rete, una rete *più ampia* che alla fine si sarebbe diffusa in tutto il pianeta.

La porta per il paradiso?

La porta per il paradiso poteva andare a farsi fottere. Gli angeli potevano andare a farsi fottere.

Sapeva che erano delle brutte parole, ma non più di tanto, perché spetta a Dio decidere cosa è bene e cosa è male. Dio non può fare nulla di male.

Chelsea non aveva bisogno degli angeli. Se fosse riuscita a salvarsi, avrebbe potuto usare i mattoncini Lego per costruirsi gli angeli da sola.

Se fosse riuscita a salvarsi. E quello era un grosso interrogativo, perché stava arrivando l'uomo nero.

Se l'avesse trovata, non sarebbe più contato nulla. Doveva neutralizzarlo.

Neutralizzarlo... O forse controllarlo.

Sapeva che sarebbe stata in grado di farlo. Avrebbe potuto

costringerlo a fare delle cose. E chi avrebbe potuto proteggerla meglio dell'uomo nero?

Tuttavia non voleva arrivare a quel punto. Non voleva affrontarlo. Ucciderlo le era sembrato divertente quando si trovava molto lontano. Adesso che era così vicino, nulla di tutto ciò la divertiva più.

19

12:40, pista d'atterraggio

Dew teneva il telefono satellitare accostato all'orecchio destro. Si coprì l'orecchio sinistro con la mano e protese la testa in avanti, con il casco mimetico che teneva in grembo premuto contro la pancia.

«Sì» disse. «Ascolta, Murray, possiamo mettere in sicurezza qualsiasi zona della città tu voglia quando saremo atterrati, ma prima devi trovarci un punto in cui scendere.»

Perry non riusciva a sentirsi a suo agio. Gli avevano procurato un giubbotto antiproiettile e un casco. Era avvezzo a non trovare nulla della sua misura, quindi rimase sorpreso quando si accorse che entrambi gli andavano bene. Il casco in particolare avrebbe richiesto un po' di tempo per abituarcisi. Aveva un microfono fissato su un lato, collegato a un piccolo interruttore, che bisognava premere per parlare, assicurato al giubbotto. Dei piccoli altoparlanti montati all'interno gli permettevano di sentire le voci metalliche dei soldati che si preparavano per la battaglia imminente. Alcuni scherzavano, altri erano seri, ma lungo le file di sedili che si fronteggiavano sembravano tutti molto arrabbiati. Avevano perso degli amici durante l'attacco a sorpresa della compagnia Raggi X. Quasi tutti i dialoghi vertevano sulla necessità di ritrovare Ogden e su cosa gli avrebbero fatto quando l'avessero trovato. Gli uomini avevano offerto a Perry anche una carabina M4, ma Dew aveva detto che Perry si sarebbe tenuto la calibro 45, e ciò aveva posto fine alla questione.

Dew sollevò lo sguardo, con le sopracciglia aggrottate e la testa calva imperlata di sudore nonostante la temperatura fresca all'interno dell'Osprey. Si voltò verso Perry.

«Nella tua visione hai scorto il Renaissance Center, giusto?»

Perry annuì.

«Dov'era il fiume?»

Perry si sforzò di pensare. Erano successi un sacco di guai in così poco tempo. Quell'immagine era balenata da molteplici menti, come i lampi prodotti dai flash di macchine fotografiche diverse che scattavano tutte nello stesso istante. Ma in ogni immagine, l'angolatura era rimasta costante.

«A sinistra» disse Perry.

«Quanto ti sembrava lontano?»

Perry si strinse nelle spalle. «Non sono bravo con le distanze, Dew.»

«Tira a indovinare, laureato.»

«Forse un chilometro e mezzo? Forse un po' meno.»

Dew riferì le informazioni, attese, poi rise. «Mi stai prendendo per il culo, LT»

Ascoltò, poi annuì. A quanto pareva, Murray non lo stava prendendo in giro.

Dew infilò di nuovo il telefono satellitare nel giubbotto antiproiettile. «Quando atterreremo, dovremo mettere in sicurezza la zona di atterraggio. Poi Murray spedirà in aereo un'altra Margomobile. Hanno perso i contatti con Margaret e Otto, quindi pensa che i loro rimorchi siano stati distrutti.»

«Margo è morta?»

«Ne dubito» disse Dew. «Hanno ricevuto parecchi avvertimenti. Otto è un tipo sveglio, quindi speriamo bene.»

«Allora dove atterriamo?»

Dew gli rivolse un sorriso radioso. «Perry, ragazzo mio, adorerai questa pista d'atterraggio. L'ironia insita in ciò è pesante come un macigno.»

«Cosa? Dove atterriamo?»

Dew continuò a sorridere e scosse il capo. «Aspetta e vedrai.»

Perry pensò che fosse strano. Strano. Si stavano avvicinando a uno scontro a fuoco, Detroit era in fiamme, era possibile che Margaret fosse morta e Dew stava ridendo.

«Mettiti comodo e goditi il viaggio» disse Dew. «Questa potrebbe essere l'ultima volta che volerai a bordo di un affare simile.»

Perry si mise comodo e sperò che fosse vero. Ma sperò che lo fosse perché se la sarebbero cavata e non sarebbero mai più saliti su un tale apparecchio, non perché si sarebbero schiantati e sarebbero morti.

20

12:42, il piano di Ogden

Il generale Charlie Ogden tracciò un altro segno sulla sua cartina di Detroit. Aveva perso contatto con gli uomini al punto di confluenza tra la 94 e la 75. Avevano compiuto il loro dovere ma il fatto che non riuscisse a contattarli significava che altri due uomini erano morti. L'attacco era cominciato soltanto da cinquanta minuti e le perdite era superiori alle aspettative.

Quegli A-10 che volavano basso erano una vera scocciatura. Il fuoco esploso da piccole armi non sarebbe bastato ad abbatterli. Tanto per cominciare disponeva solo di dieci Stinger, cinque per i diversi aeroporti e cinque per la città. Tre della seconda serie erano già stati esplosi; due avevano mancato l'obiettivo e uno aveva fatto centro, abbattendo un Apache proprio sopra Woodward Avenue. Aveva ordinato che gli ultimi due Stinger fossero tenuti da parte. Era possibile, per quanto improbabile, che Ogden si fosse lasciato sfuggire qualcosa. Rinunciare alla superiorità aerea non era un'opzione da prendere in considerazione. Quello che non poteva gestire erano le truppe sul territorio. I suoi uomini erano troppo sparpagliati, troppo dispersi per respingere la fanteria.

Adesso Ogden riusciva a percepirlo. Riusciva a percepire quanto fossero vicini. Tra trentadue minuti all'incirca, le creature avrebbero attivato la porta.

Gli angeli sarebbero scesi su Detroit.

Si trovava nell'edificio della Globe con il caporale Kinney Johnson, un misero esemplare di addetto alle comunicazioni.

Erano presenti solo loro due, mentre le creature si ammazzavano di lavoro per ultimare la porta e Chelsea era ancora seduta all'interno del camper. Il signor Burkle continuava a correre avanti e indietro in cerca di tutto il materiale che riusciva a trovare per le creature.

«Signore,» disse Johnson «ci è giunta voce di un intenso traffico aereo a breve distanza da Belle Isle, a meno di un chilometro e mezzo a monte. Ci sono degli A-10, degli Apache e perfino degli F-15 che volano basso.»

«Volano basso... Stanno attaccando qualcosa?»

«A quanto pare solo degli obiettivi di fortuna, signore» disse Johnson. «Alcuni dei nostri uomini hanno provato a sparare a raffica con gli AT4 e hanno perfino abbattuto un A-10 ma, non appena i nostri uomini attaccano, vengono eliminati da un elicottero da combattimento.»

Sta arrivando.

Era la voce di Chelsea, permeata di paura. Ciò fece subito sudare Ogden facendogli rivoltare lo stomaco: come poteva Dio avere paura?

Sta arrivando l'uomo nero. Fermalo.

I suoi uomini non erano riusciti a uccidere Perry e Dew. E se non fossero riusciti nemmeno a causare abbastanza danni alla compagnia Whisky?

«Johnson, chiami tutti gli uomini rimasti. Cerchi gli Osprey. Ripeto, gli Osprey.»

Johnson si concentrò sul compito, e Ogden attese. Perry e Dew stavano arrivando. L'unica domanda era: chi stava sopraggiungendo con loro?

«Signore, sono stati avvistati tre Osprey – ripeto, *tre* Osprey – che si stanno avvicinando rapidamente da nord.»

«Tutti gli Stinger rimasti devono essere concentrati sugli Osprey» disse Ogden. «Riferisca a tutte le unità che riescono a scorgere gli Osprey di avanzare verso di essi e di appostarsi in posizione di tiro. Se uno dei velivoli atterra, devono concentrare tutto il fuoco su chiunque scenda.»

21

12:44, in arrivo

A Perry Dawsey veniva da vomitare.

Il centro di Detroit si stendeva davanti a loro. Lo sviluppo incontrollato della città si espandeva a destra, mentre il Lago St Clair occupava la visuale a sinistra. Volute di fumo si sollevavano dalla città, alcune dai grattacieli, altre dal terreno, mentre il vento trasportava il fumo nero da sinistra a destra, verso ovest, al di là del cuore della città, in direzione di Ann Arbor. Si chiese se il fumo si sarebbe spinto così lontano, diffondendo la fuliggine sullo stadio dell'Università del Michigan, dove un tempo era stato una stella. I tre grattacieli sembravano fumaioli, come se tutta la città di Detroit fosse una nave gigantesca che procedeva verso est.

Si trovava a bordo dell'ultimo dei tre Osprey. Dew gli aveva detto perché: probabilmente qualsiasi missile fosse stato lanciato avrebbe colpito il primo elicottero. Naturalmente, quella strategia era valida solo quanto le supposizioni del tipo che esplodeva gli Stinger.

Più Perry si avvicinava a Detroit, più avvertiva gli infetti. Era una sensazione molto diversa da quella che provava una volta. A Mather c'era stata una persona sola, veramente difficile da localizzare. Era stato molto più semplice individuare i tre ospiti della porta di South Bloomingville e i tre di quella di Marenisco. Il segnale di Detroit era molto forte; senza dubbio lì c'erano molti più ospiti di quanti ne avesse mai incontrati.

Era molto più intenso anche per un altro motivo.

Chelsea Jewell.

Riusciva a *sentirla*, ad *assaporare* la sua anima insondabile. L'avrebbe trovata e l'avrebbe aiutata perché aveva cercato di provocarlo, e nessuno provoca un Dawsey.

Nella cabina suonò un allarme.

«Ci stanno raggiungendo!» gridò il pilota. «Missili in arrivo!»

Perry si aggrappò saldamente al sedile. Il muso dell'Osprey si inclinò all'ingiù permettendogli di vedere il terreno molto più in basso e gli altri due Osprey davanti a loro. La scia di fumo partì bassa, da una casa in lontananza sulla destra. Curvò, correggendo la rotta per eguagliare la velocità dell'Osprey.

«Tieni duro, ragazzo» disse Dew. «Ormai non dipende più da noi.»

Il missile parve acquistare velocità mentre si avvicinava, percorrendo l'ultimo tratto che li separava in un batter d'occhio. Più avanti, il primo Osprey emise uno spruzzo di lampi insieme alle scie di condensazione bianche. Erano una specie di contromisura.

Non funzionarono.

L'Osprey vacillò a sinistra mentre una palla di fuoco fuoriusciva dal fianco destro. Sorprendentemente, non si disintegrò. Perry avvertì un barlume di speranza convincendosi che il pilota fosse sopravvissuto e che probabilmente sarebbe riuscito a far atterrare il velivolo. Poi il motore di destra dell'Osprey si staccò. Contemporaneamente, l'apparecchio metà elicottero e metà aereo si spostò a sinistra e precipitò in avanti. Scomparve al di sotto dell'orizzonte di Perry, che non riuscì a vederlo schiantarsi ma capì che quei tizi erano spacciati. Venti membri della compagnia Whisky, oltre all'equipaggio dell'Osprey.

Morti. Come se niente fosse.

«Speriamo che abbiano esaurito gli Stinger» disse Dew. «Le nostre probabilità di sopravvivenza sono appena scese dal sessantasei al cinquantacinque percento.»

L'allarme suonò di nuovo.

«Immagino che non li abbiano esauriti» disse Dew. Sembrava quasi rilassato, per nulla preoccupato di avere il cinquanta percento di possibilità di morire nei dieci secondi seguenti.

L'allarme passò da uno squillo a un frastuono continuo.

«Non è un buon segno» disse Dew.

Perry udì dei sibili, come se qualcosa si fosse staccato dal suo Osprey a causa degli spari. Dopo due secondi, udì un'esplosione. L'Osprey s'inclinò lievemente a sinistra, poi tornò in condizioni normali e continuò a scendere.

Dew parve un po' annoiato.

«Come fai a essere così tranquillo?» chiese Perry. «I prossimi potremmo essere noi.»

Dew si strinse nelle spalle. «Quando suona la tua ora, suona la tua ora. Inoltre, tu sei qui e sei come uno scarafaggio, sopravvivi a qualsiasi cosa. Ti resto vicino perché sei come un grosso ombrello per proteggersi dalla morte.»

Perry annuì e cercò di tenere sotto controllo il respiro. Dew aveva intenzione di restargli vicino? Col cazzo! Piuttosto era il contrario. Quello era il mondo di Dew, e Perry non aveva intenzione di allontanarsi da lui.

Dew gli diede una gomitata. «Guarda avanti. Stiamo per atterrare. È proprio quello che fa per te.»

Perry guardò, poi scosse il capo.

Dew iniziò a ridere.

22

12:46, otto in fuga

Clarence si voltò, prese la mira e sparò, esplodendo quattro colpi mentre Margaret si precipitava verso il lungo edificio di mattoni marroni a due piani. La donna guardò le insegne stradali: Franklin e St Aubin. Dei blocchi di calcestruzzo riempivano le finestre del palazzo. Quel luogo sembrava una fortezza in miniatura.

Margaret corse verso la porta. Essendo molto più veloce, Clarence la superò. Raggiunse l'uscio, si posizionò di traverso, sparò alla serratura di sicurezza e aprì la porta a calci. Si trovavano solo a un isolato di distanza dalla piattaforma di carico in cui si erano nascosti precedentemente. Gli uomini di Ogden li avevano seguiti fin lì. Clarence non aveva trovato nessun nascondiglio che ritenesse difendibile, quindi avevano ripreso a correre, con i proiettili che venivano esplosi tutt'intorno a loro. Se quell'edificio non avesse fornito loro un po' di protezione, sarebbe stata la fine.

Margaret corse dentro. Clarence chiuse la porta proprio mentre gli venivano sparati contro altri proiettili che crivellarono il legno pesante della porta rimbalzando sui mattoni della parete esterna. Se fossero rimasti un passo indietro, sarebbero stati falciati entrambi.

Margaret era così spaventata che le scappava la pipì, ma continuò a muoversi, con un pensiero nella mente che la spronava a non smettere di sollevare i piedi: quella situazione non era spaventosa come il volto di Betty Jewell con una guancia sola.

Clarence si voltò e si addentrò di corsa nell'edificio abbandonato. Macchinari metallici arrugginiti punteggiavano il pavimento pieno di crepe tra pozzanghere di acqua stagnante. Margaret scorse ovunque spazzatura e fiale di crack gettate via, oltre a un carrello arrugginito e a una mezza asse del water blu. Era un grosso edificio, pieno di corridoi e stanze. Se fossero riusciti a trovare il posto giusto, probabilmente i loro inseguitori avrebbero impiegato parecchio tempo per rintracciarli.

Clarence vide delle scale e si precipitò verso di esse. Margaret lo seguì al piano di sopra, entrambi in cerca di un nascondiglio.

23

12:48, l'atterraggio

L'Osprey rallentò subito quando si prepararono ad atterrare. Perry udì un suono metallico, dei proiettili che colpivano i fianchi blindati del velivolo. Il suo corpo era attanagliato dall'ansia allo stato puro mentre aspettava che uno Stinger li colpisse.

Ma non accadde.

Chiodo parlò ad alta voce e con calma, mentre le sue parole erano captate dal piccolo microfono che girava intorno al suo casco.

«Ci stanno sparando, probabilmente da un edificio di dieci o quindici piani che si trova a sudest della zona d'atterraggio» disse Chiodo. «Ho immediatamente bisogno di copertura aerea!»

Chiodo si voltò verso i suoi uomini. A quanto pareva, non credeva che il microfono captasse ogni parola, perché iniziò a gridare a pieni polmoni. «Bene, ci troviamo sotto il fuoco nemico. L'Osprey atterrerà con il muso rivolto verso il fuoco per fornirvi un po' di riparo mentre scenderete dalla scaletta mobile. Non appena avrete toccato terra, dirigetevi a sinistra. Lì ci sono delle gradinate. Nascondetevi sotto di esse. Cercate un riparo e rispondete al fuoco. Una volta che il supporto aereo avrà ucciso i cecchini, entreremo in azione. Abbiamo venticinque minuti per distruggere l'obiettivo. Probabilmente ci troviamo a un chilometro e mezzo di distanza, ma non siamo certi della nostra meta. Immagino che saremo raggiunti dal fuoco nemico non appena ci metteremo a correre. *Dobbiamo* avanzare a qualunque costo, intesi?»

«Sì, signore!» gridarono gli uomini all'unisono.

Dew si sporse in avanti per parlare nell'orecchio di Perry. «Nessuno di questi uomini è indispensabile. Tu, sì. Attireranno il fuoco su di loro per fornirti un riparo sufficiente per uscire allo scoperto. Speriamo che neutralizzino i tiratori.»

«Speriamo?»

Dew sorrise e diede a Perry una pacca sulla spalla. «Come ho detto, ragazzo, si tratta solo di probabilità. Penso che abbiamo un ottanta percento di possibilità di farcela.»

«Questo significa che abbiamo un venti percento di possibilità di *non* farcela.»

Dew strizzò l'occhio e puntò un dito contro il volto di Perry. Abbassò due volte di scatto il pollice: *bang-bang*. Dal volto sotto il casco trasparivano elettricità ed eccitazione. Come se qualcuno gli avesse appena tolto vent'anni.

Gli piace questo schifo, pensò Perry. Gli piace, e questo è l'uomo su cui faccio affidamento per restare in vita?

Perry avvertì qualcosa. La percezione degli ospiti vacillò. Si smorzò appena. Divampò un'altra sensazione, molto debole, ma inconfondibile.

Il grigiore indistinto.

«Dew,» disse Perry «credo che stiano cercando di nuovo di ostacolarmi.»

Prima che Dew potesse rispondere, l'Osprey atterrò violentemente, scagliando gli uomini contro i dispositivi di ritenuta.

«Alzatevi e datevi una mossa!» gridò Chiodo. Fu calata la scaletta posteriore e gli uomini si precipitarono all'esterno. Perry iniziò a scendere la scaletta guardando quella che doveva essere la cosa più surreale che avesse mai visto fino a quel momento.

La distesa verde e aperta del campo di football di una scuola superiore.

«Dovresti sentirti a casa, Dawsey!» gridò Dew.

Perry posò il piede sul terreno verde artificiale e svoltò a sinistra insieme agli altri uomini. Erano atterrati quasi sulla linea dei cinquanta metri. Attraversò di corsa un cerchio nero decorato con le lettere gialle MLK, e poi si ritrovò di nuovo sul verde.

Da qualche parte, nei meandri della sua mente, i fantasmi del passato acclamarono ancora una volta il Terrificante Perry Dawsey. Portava perfino un casco.

Davanti a lui, la testa di un uomo scattò a sinistra. L'uomo inciampò e iniziò a cadere. Perry si protese in avanti per afferrargli la giacca, poi si caricò sulla spalla destra il corpo inerte. Non smise mai di avanzare.

In lontananza, a sinistra, udì un balbettio profondo e poi un'esplosione. Udì solo di sfuggita queste cose; non riusciva a pensare ad altro che a raggiungere le tribune vuote di alluminio che si stendevano davanti a lui. Improvvisamente si ritrovò sulla pista rossa, diretto verso l'angolo delle tribune, poi vi girò intorno, la loro mole lo riparò da altri proiettili. Gli uomini circondarono Perry, aiutandolo ad abbassare il ferito. Non appena Perry lo posò a terra, fu evidente che l'uomo non era ferito.

Era morto.

Una pallottola lo aveva colpito allo zigomo destro ed era sbucata fuori dalla parte opposta, producendo un foro d'uscita molto più grosso di quello d'entrata.

«Ottimo tentativo, Perry» esclamò Dew. «Un A-10 ha dato la caccia ai cecchini su quell'edificio. Probabilmente, per il momento siamo al sicuro, ma dobbiamo sbrigarci.» Dew guardò l'ora. «In base alle tue previsioni, ci restano ventitré minuti; allora, da che parte andiamo?»

Perry distolse lo sguardo dal morto. Una quarantina di soldati lo fissavano. Alcuni respiravano a fatica. Erano tutti in attesa.

«Perry,» disse Dew «adesso o mai più.»

Perry chiuse gli occhi e si limitò a *percepire*. Senza guardare, sollevò la mano destra e indicò. Quando aprì gli occhi, vide che stava indicando il Renaissance Center in fumo.

Chiodo trasse un respiro profondo. «Sbrighiaaamoci! È l'ora della rivincita, uomini. Rompete le righe dividendovi in squadre e recuperate il tempo perso!»

Gli uomini si voltarono e iniziarono ad allontanarsi suddivisi in squadre.

Perry lanciò un'altra occhiata al morto, poi si alzò e iniziò a correre dietro agli uomini della compagnia Whisky.

24

13:00, il fottuto teorema di Pitagora

Il caporale Kinney Johnson non era il caporale Cope. Questo era sicuro.

«Mi dica» affermò Ogden. «Non si tratta del fottuto teorema di Pitagora; si limiti a fornirmi la conta dei presenti, cazzo.»

Kinney era piegato su un ginocchio, l'auricolare accostato a un orecchio, nel tentativo di mettersi in contatto con i soldati rimasti. Scarabocchiò su un blocco mentre parlava.

«Johnson!»

L'uomo sollevò lo sguardo con il volto pieno di angoscia, panico e paura allo stesso tempo.

«Presumo venti uomini, signore. Mi sembra la stima più accurata.»

Venti. Non era un buon segno.

«Signore,» disse Johnson «ho ricevuto anche delle informazioni dal perimetro interno. Un grosso reparto composto da una cinquantina di uomini si sta dirigendo a sudovest lungo Lafayette, verso la nostra postazione. È un esercito regolare. I cecchini li stanno rallentando, ma non possiamo fermarli.»

Ogden chinò il capo. La compagnia Whisky ce l'aveva fatta. Proprio adesso che erano così vicini al successo. Gli serviva soltanto un altro quarto d'ora. Finché Murray non avesse saputo in che edificio si trovavano, avrebbe dovuto bombardare mezza città. Oppure sganciare la bomba atomica, e Gutierrez non aveva le palle per farlo.

Ma, probabilmente, gli assalitori erano con Dawsey: l'uomo avrebbe scovato la porta e sarebbe stata la fine.

Ogden doveva proteggere Chelsea.

«Comunichi a tutte le unità di ripiegare nelle posizioni Bravo» disse Ogden. «Questo comprende Mazagatti e la mia squadra personale.»

Ogden chiuse gli occhi e si protese all'esterno con la mente. Doveva preparare Chelsea.

25

13:02, le posizioni Bravo

Margaret e Otto erano seduti immobili sotto un pezzo staccato di intonaco e graticcio. Si trovavano in quello che un tempo era stato un piccolo ripostiglio, o un bagno ancora più piccolo, Margaret non lo sapeva con certezza; probabilmente alcuni buchi nel pavimento servivano per le tubature idrauliche.

Sperava che le loro tute nere gli avrebbero permesso di scomparire nell'ombra. A Clarence restava solo un proiettile. Se i tre soldati li avessero trovati lì, sarebbe stata la fine.

Quando erano entrati nella stanza, aveva fatto attenzione a evitare le fiale di crack che insozzavano il pavimento. Nonostante gli spari che riecheggiavano in tutta la città, qualsiasi rumore avrebbe potuto tradirli. Gli uomini di Ogden avevano perlustrato l'edificio per dieci minuti, rovistando al pianterreno mentre Margaret pregava in silenzio che se ne andassero. Non l'avevano fatto. Adesso stavano passando al setaccio il primo piano. Ogni due o tre secondi, gli uomini esplodevano un colpo. Probabilmente, sparavano nell'oscurità, solo per essere sicuri.

Ben presto, avrebbero fatto fuoco in *quell'*oscurità.

«Stanno arrivando» sussurrò Clarence. «Riusciremo a salvarci solo se sparerò al primo tizio che entrerà e prenderò la sua arma.»

«No» sibilò Margaret. «Si muovono in squadra.»

«Dobbiamo inventarci qualcosa. Quando mi sposto, tu resta qui. Forse, se mi prenderanno, penseranno che ci siamo separati. Dopo che se ne saranno andati, esci di soppiatto come meglio puoi.»

Margaret non riusciva a parlare. Se l'avessero preso, cioè se l'avessero ucciso, Clarence sperava che ciò le permettesse di sopravvivere.

Clarence Otto era disposto a morire per lei.

Margaret udì uno schiocco di vetro frantumato, un piede che aveva calpestato una fiala di crack. Afferrò la mano di Clarence e la strinse forte. Poi si ricordò che aveva bisogno della mano per sparare e mollò la presa.

Dopo qualche istante, dei piedi calpestarono delicatamente i vetri rotti quando un secondo uomo entrò nella stanza. Anche attraverso la tuta, sentì il corpo di Clarence irrigidirsi.

«Ehi, sergente maggiore, si fermi» disse uno degli uomini. Fece una pausa, poi soggiunse: «Quello stronzo di Kinney ha detto che il generale ci ha ordinato di tornare nella posizione Bravo.»

«Adesso?»

«Sì, certo, adesso.»

«E Montoya?»

«Scordatela, amico. Dobbiamo prepararci per il contrattacco. Se il generale ci precede...»

«Bene. Ehi, andiamo. Sbrighiamoci.»

Assi cigolanti. Un ultimo debole scricchiolio di vetro. Passi che scendevano le scale. Margaret e Clarence attesero, ma non udirono nulla. Il corpo di Margaret si accasciò come se l'anima fosse fuoriuscita portando con sé lo scheletro.

Il suo corpo si rilassò, ma quello di Clarence no.

«Voglio che resti qui» disse. «Li seguirò per appurare se riesco a localizzare questa posizione Bravo.»

«*No*, Clarence. Ti resta solo una pallottola. Dobbiamo uscire di qui.»

«Non ho intenzione di discuterne con te. Devo scoprire di cosa si tratta.»

«Bene» disse Margaret. «Allora vengo con te.»

«Maledizione, Margaret, smettila. Ci troviamo in guai seri. Non si tratta solo degli uomini di Ogden. Là fuori vige il caos più totale. Potresti essere colpita dal fuoco amico. Resta qui e, non appena avrò stabilito un contatto con qualcuno, dirò a Murray di mandare degli uomini a salvarti.»

«Non ho intenzione di lasciarti» disse Margaret. «Non voglio più che mi sparino addosso, credimi, ma se te ne vai, ti seguirò. Quindi spetta a te decidere. Se vuoi che resti al sicuro, è esattamente quello che devi fare anche tu.»

Clarence la guardò in cagnesco. Sembrava ancor più arrabbiato di quando gli aveva rotto il dente.

Margaret ricambiò lo sguardo.

Clarence scosse il capo e sospirò. «Resta dietro di me e tieniti pronta a correre, intesi?»

Maledizione. Margaret pensava che sarebbe rimasto lì con lei. Be', aveva espresso il suo parere e non aveva intenzione di lasciarlo andare da solo a nessun costo.

«Intesi» disse. «Dopo di te.»

Clarence uscì dalla stanza di corsa ma con circospezione, preceduto dalla pistola. Margaret si alzò e lo seguì.

26

13:06, obiettivo localizzato...

Dew saltò sul bagagliaio di una Ford, esplose una raffica, poi si acquattò di nuovo. I proiettili tempestarono l'automobile, colpendo il metallo, il vetro e la gomma. Fino a quel momento la compagnia Whisky aveva superato quasi tutti gli ostacoli, ma gli uomini di Ogden sembravano essersi concentrati in quella zona. Il combattimento divenne sempre più difficile col passare dei secondi e le perdite aumentarono: circa quindici fino a quel momento. Grazie al supporto aereo costante e incontrastato, restavano comunque forze sufficienti per andare avanti. Quando gli uomini di Ogden sparavano, le mitragliatrici degli Apache abbattevano subito le loro postazioni.

«Forza, Perry» esclamò Dew. «Ci stanno dando sotto. Probabilmente siamo vicini. In che direzione dobbiamo andare, maledizione?»

Perry era accovacciato per metà sotto la Ford, con il manto stradale umido di fango che lo copriva del sudiciume nero tipico delle strade invernali.

«Ci sto provando» disse. «Mi stanno ostacolando. Si sta mettendo male. Penso che sia Chelsea, Dew; penso che sia opera di quella piccola stronza.»

Si udì un'altra raffica di fischi e colpi quando i proiettili si conficcarono nella Ford.

Dew udì il rombo di una mitragliatrice, poi l'esplosione, simile a quella di un petardo che ha preso gli steroidi, di proiettili di trenta millimetri che squarciarono i mattoni, il legno e il vetro.

Poi non si udì più nulla, ci fu una pausa nell'azione. Dew fece sedere di nuovo Perry e lo appoggiò contro la Ford distrutta.

«Guardami, Perry» disse Dew. «Ci rimangono nove minuti. Forza, ragazzo, concentrati.»

Perry annuì e chiuse gli occhi. «È confuso, Dew. Ci sono due segnali e... e uno si sta muovendo.»

«Focalizzati sul segnale che *non* si sta muovendo» disse Dew. «Non possono spostare la porta.»

Perry annuì. Inspirò profondamente dal naso ed espirò lentamente dalla bocca. Con gli occhi ancora chiusi, sollevò una mano e puntò un dito al di sopra del cofano della Ford malconcia.

Stava indicando Atwater Street, in direzione del centro. Un campo innevato si stendeva lungo il lato sinistro della strada e, più in là, c'era il Detroit River. Sul lato destro della strada, vide un edificio fatiscente di mattoni a tre piani, circondato da terreni abbandonati. L'intonaco blu scolorito, in cima al palazzo, recava l'insegna a malapena leggibile: GLOBE TRADING COMPANY.

«Da quella parte?» chiese Dew. «Dove, dietro quell'edificio?»

«No, dentro. Credo.»

«Lo credi o lo sai?»

«Lo credo» rispose Perry. «Te l'ho detto, il segnale si sta smorzando molto in fretta.»

Dew si grattò il viso, poi si guardò intorno. Perfino nel bel mezzo dello scontro a fuoco, riuscì a vedere i civili che correvano in cerca di un riparo, rannicchiandosi nei vani delle porte e sbirciando dalle finestre con gli occhi spaventati.

I proiettili anticarro degli Apache avrebbero distrutto l'edificio, ma ciò non avrebbe garantito l'annientamento della porta. C'era un seminterrato? Ogden aveva costruito delle berme protettive o altre strutture di sostegno per rafforzare l'obiettivo?

Dew avrebbe potuto ordinare a uno degli F-15 di sganciare una bomba da una tonnellata, ma, di nuovo, non avrebbe potuto sapere *con certezza* se avesse abbattuto la porta. Per non parlare delle inevitabili perdite tra i civili. Quelle bombe potevano uccidere persone fino a cento metri dal punto di impatto. L'ipotesi più prudente di Dew era che una bomba avrebbe ucciso almeno cinquanta persone: uomini, donne e bambini.

Guardò l'ora: erano le 13:08. Mancavano sette minuti.

Dew estrasse il telefono satellitare. «Murray! Rispondi!»

La voce stridula di Murray ribatté immediatamente: «Qui Murray, passo.»

«Crediamo di aver trovato la porta» disse Dew. «All'angolo tra Orleans e Atwater.»

«Ricevuto» disse Murray. «Possiamo bombardarla?»

«Negativo. Non abbattete l'edificio. Ci sono troppi civili in giro. Porterò all'interno la compagnia Whisky per accertarmi che si tratti del posto giusto. La espugneremo e la faremo esplodere manualmente se si riscalderà.»

Ci fu una pausa.

«Dew, sono il presidente Gutierrez.»

«Oh... Salve, signore.»

«È ammirevole che voglia proteggere i civili, ma mi hanno informato che Dawsey è sicuro al cento percento che la porta si aprirà all'una e un quarto.»

«Esatto.»

«Predisporrò un bombardamento per l'una e un quarto» disse Gutierrez. «Se vuole impedirlo, entri nell'edificio ed espugni la porta nei prossimi sei minuti.»

Cazzo. Dew si ficcò il telefono satellitare nel giubbotto antiproiettile, poi premette il tasto di trasmissione sul microfono del casco. «Chiodo, Chiodo, risponda, passo.»

Dew udì la replica negli auricolari del casco. «Qui Chiodo. Quali sono i suoi ordini?»

«L'obiettivo è l'edificio all'angolo tra Orleans e Atwater» disse Dew. «Entrate subito lì dentro e uccidete qualsiasi cosa si muova. Abbiamo quattro minuti per mettere al sicuro l'edificio altrimenti sganceranno una bomba che raderà al suolo circa cinque isolati.»

«Signorsì!»

Dew guardò Perry. «Bene, ragazzo, sei pronto?»

«No,» esclamò Perry «neanche un po'.»

Dew gli diede una pacca sulla spalla. «Ti dirò una cosa.

Usciamo là fuori, sistemiamo questa faccenda e poi, domani, io e te andremo a pescare. Cosa te ne pare?»

Perry lo guardò per un attimo, poi annuì. «D'accordo.»

Forse la figlia di Dew non sarebbe mai andata a pescare ma, probabilmente, Perry era la cosa più simile a un figlio che avesse mai avuto.

27

13:11, ostaggi

Seguire i tre cecchini si rivelò molto più semplice di quanto Margaret avesse ritenuto possibile, per un motivo molto inquietante. Erano tornati di corsa alle otto corsie di Jefferson Avenue, avevano svoltato verso ovest e avevano iniziato a radunare ostaggi. Li avevano ammassati sotto la minaccia di un'arma da fuoco, come del bestiame. Finora erano in sedici. Donne, bambini e qualche uomo. Alcune persone avevano opposto resistenza, ed erano state uccise subito a colpi di pistola. Altre avevano risposto al fuoco: uomini sui venti e i trent'anni che avevano sparato con rivoltelle e perfino con una doppietta. Forse erano membri di bande. Non avevano nessuna possibilità. I soldati corazzati lavoravano in squadra, si muovevano come un'unità ed eliminavano qualsiasi forma di resistenza. Presero perfino le armi di chi si opponeva, senza lasciarsi sfuggire nulla.

Margaret e Clarence li seguirono a distanza, rimanendo nascosti e sentendosi totalmente impotenti. Clarence continuava a imprecare sottovoce. Voleva uccidere quegli uomini. Anche Margaret, ma a Clarence restava soltanto un proiettile.

Assalire i cecchini sarebbe stato un suicidio, puro e semplice. Non poteva far altro che attendere un'opportunità. Quindi li seguì, con Margaret al suo fianco.

28

13:12, ...e fuoco

Perry non ne sapeva un accidente di tattica militare ma, in qualità di giocatore di football, riconosceva un ottimo gioco di squadra quando lo vedeva. Appena prima che Dew ordinasse l'attacco alla vecchia fabbrica, Perry riuscì a scorgere forse quattro soldati della compagnia Whisky. Saltarono fuori di scatto, spararono, si acquattarono di nuovo e si spostarono da un nascondiglio all'altro. Raccolsero sia i compagni che i civili feriti e li trascinarono al sicuro. Quindici secondi dopo l'ordine impartito da Dew a Chiodo, Perry scorse almeno due dozzine di soldati. Parvero materializzarsi dal nulla, si lanciarono in avanti e spararono alle finestre chiuse da assi dell'edificio della Globe, che si offuscò di nebbia quando i proiettili bombardarono i mattoni riducendoli in piccole nuvole marroni rigonfie. La radio fissata nel casco di Perry emise le voci eccitate dei soldati che attaccavano.

«Cecchino al secondo piano!»

«Centrato!»

«Tieni il fuoco puntato sulle finestre del primo piano. Stanno lanciando granate!»

Dew si alzò lamentandosi appena, poi corse davanti alla Ford e si precipitò verso l'edificio.

Perry estrasse la calibro 45 e lo seguì. Era una pazzia. Ma, se Dew fosse entrato, Perry sarebbe entrato con lui.

Lo scatto di Dew non fu granché. Forse, dal punto di vista mentale, quel tipo aveva vent'anni di meno, ma dal punto di vista fisico, nient'affatto. I soldati attraversarono di corsa i terreni abbandonati su entrambi i lati, superando Perry e Dew come se fossero immobili. A Perry parve che ogni passo richiedesse cinque minuti, cinque minuti durante i quali una pallottola avrebbe potuto colpirli da un momento all'altro.

Tuttavia, nessuno sparò nella sua direzione.

Perry vide solo un tiratore nemico. In realtà, non lo vide davvero, ma scorse solo quattro o cinque lampi esplosi dalla bocca di un'arma da fuoco da dietro un pezzo scheggiato di compensato che rivestiva una finestra del secondo piano. Circa due secondi dopo quello sparo, il compensato si disintegrò a causa di una massiccia raffica di proiettili che provocò una pioggia di schegge e di frammenti di intonaco. Il tiratore non sparò più.

Dew seguì una dozzina di soldati verso la saracinesca arrugginita di un box, abbassata solo di un quarto. Una parete malconcia di compensato ostruiva il resto dell'apertura. Perry udì un sibilo da dietro e si acquattò istintivamente. Un razzo lo superò sfrecciando, almeno sei metri alla sua destra. Centrò la parete di compensato ed esplose in una nuvola di fuoco e di schegge di legno.

Udì la voce di Chiodo negli altoparlanti del casco. «Espugnate quell'edificio!»

Perry avanzò ancora dietro a Dew. I soldati della compagnia Whisky si trovavano trenta metri davanti a loro e si precipitavano verso la porta che era appena stata sfondata. Per quella che doveva essere stata la centesima volta nelle ultime ore, Perry si sforzò di capire il coraggio dei soldati, uomini che *sceglievano* di precipitarsi a capofitto nel fuoco nemico.

I primi soldati raggiunsero la porta aperta. Uno lanciò all'interno una granata. Come un'illusione ottica, qualcuno da dentro l'edificio gettò fuori contemporaneamente una granata. In realtà, i due ordigni passarono l'uno accanto all'altro diretti in sensi opposti. Gli uomini della compagnia Whisky che si erano lanciati all'attacco si sparpagliarono e si precipitarono in cerca di un riparo. Due non riuscirono ad arrivarci. La granata esplose. Non sprigionò una palla di fuoco come nei film, ma solo un'esplosione terribile, una nuvola istantanea di fumo e uno spostamento d'aria potente come un pugno. I due uomini erano in piedi un attimo prima ed erano a terra quello dopo. Uno cadde a faccia in giù e non si mosse. L'altro si voltò cadendo, atterrando sul fianco destro e protendendo le mani all'indietro nel tentativo disperato di afferrarsi la schiena come se i suoi vestiti avessero preso fuoco.

Spari di un'arma automatica proruppero dalle finestre coperte da assi del primo piano, mentre su entrambi i lati della saracinesca del box era appostato un tiratore. Un altro soldato della compagnia Whisky si accasciò urlando e cercando di stringersi una coscia subito inzuppata di sangue.

Dew continuò a correre in avanti.

Perry gli stava alle calcagna.

Dew sollevò la M4 e fece fuoco. Perry puntò la calibro 45 contro una finestra e svuotò il caricatore. Il compensato si scheggiò nel punto in cui aveva sparato. Dietro di lui, a destra, udì un sibilo, poi, dopo un secondo, un pesante scrocchio quando qualcosa squarciò la finestra di compensato appena prima che un *bang* violento la facesse esplodere verso l'esterno in una nuvola infuocata di mattoni polverizzati e schegge di legno. Perry ricaricò l'arma, mentre i detriti piovevano addosso a lui e a Dew, intenti a seguire i soldati sotto la saracinesca del box.

Una volta all'interno dell'enorme spazio aperto del palazzo della Globe, non ci fu bisogno di una strategia raffinata né di sforzi per catturare un neonato vivo, ma solo della forza bruta di venticinque soldati incavolati, di un vecchio agente della CIA con un'anca malmessa e di uno dei migliori ex linebacker del campionato americano con due ginocchia scassate.

Lo scontro non durò a lungo. Solo alcuni uomini di Ogden rimasero in vita e la maggior parte di essi era già ferita. Naturalmente, i neonati attaccarono ma, non avendo nascondigli, furono velocemente falciati dal fuoco concentrato.

Perry stesso uccise tre piccoli bastardi.

Ogni sparo suscitò in lui una sensazione migliore di quello precedente, un'eccitante scarica di adrenalina che si diffondeva nel suo corpo. Aveva ucciso gli infetti perché dovevano morire, ma uccidere i neonati era puro divertimento.

Prima, tutti gli sguardi si erano concentrati sui soldati, sulle loro pistole e sui neonati. Quando l'ultimo neonato cadde tremando tra gli spasimi ripugnanti dell'agonia, Perry e gli altri osservarono la gigantesca struttura verde e marrone che si inarcava raggiungendo all'apice un'altezza di sei metri. Filamenti di materiale marrone andavano dagli archi fin sull'intelaiatura metallica del tetto, dodici metri più in alto, che reggeva in parte il peso della struttura.

E, al di là della porta, un camper bianco e marrone. Dall'interno, nonostante le interferenze, Perry avvertì gli infetti.

«È là dentro» disse, e indicò.

Dew si mise in spalla la M4 e aprì il fuoco sul camper. Nel giro di pochi secondi, anche altri quattro uomini scaricarono le loro armi sul veicolo. Apparvero dei puntini luminosi quando le pallottole squarciarono le pareti sottili. Uno pneumatico esplose, poi un altro.

Dew smise di sparare e inserì un nuovo caricatore.

«Mettete al sicuro l'edificio!» gridò Chiodo. «Non fate prigionieri, accertatevi che siano tutti morti e *non* toccate i corpi. E trovate Ogden! Voglio pisciare sul suo fottuto cadavere.»

Gli uomini si sparpagliarono.

Perry si avviò proprio sotto la porta, verso il camper. Dietro di lui udì Dew.

«Murray, abbiamo espugnato l'edificio, annulla il bombardamento» disse Dew. «Ripeto, annulla il bombardamento, tieni gli F-15 in postazione, per ogni evenienza. Faremo esplodere la porta manualmente.»

Perry continuò ad avanzare. Tenne in pugno la calibro 45 ma fece attenzione a non premere il grilletto. Il camper era talmente sforacchiato da sembrare sinistramente comico. Procedette verso la porticina laterale.

Del sangue fuoriusciva da essa.

Dew continuò a gridare. «Chiodo! Voglio applicare del C-4 alla base di ogni arco e non sia spilorcio negli altri punti.»

Perry fissò il sangue che stillava da sotto la portiera del camper, gocciolando lievemente sul cemento sudicio e crepato sottostante.

Dietro di lui si levò dell'altro trambusto: Chiodo che gridava e gli uomini che sbraitavano avanti e indietro, ma la mente di Perry se ne accorse a malapena.

Continuava ad avvertire quell'altra presenza, ma a stento, l'interferenza era aumentata durante lo scontro a fuoco, al punto che adesso era tornato quasi tutto indistinto.

Era la fine. *Doveva* esserlo.

Aprì la portiera crivellata di proiettili e guardò all'interno.

C'era un corpo, ma non era quello di Chelsea. Si trattava di un uomo con un'uniforme da postino, morto e ancora stillante sangue sulla plastica sgualcita che rivestiva in parte il pavimento angusto.

Perry si protese al di sopra del corpo e si guardò rapidamente intorno.

Chelsea non era lì.

No, nonono... Chelsea doveva essere il segnale in movimento. Era scomparsa.

«Perry!» gridò Dew. «Esci di lì!»

Perry chiuse la portiera e tornò verso gli altri.

La porta si stava accendendo, come un vetro bianco smerigliato illuminato da innumerevoli lampadine minuscole ad alta potenza che si muovevano lentamente. Rischiarò l'interno del magazzino riempiendolo di un bagliore meraviglioso.

Perry si avvicinò alla porta. Riusciva già a sentire il calore. Era la cosa più bella che avesse mai visto. Una gemma biologica che splendeva di luce ricavata da un milione di stelle. Aveva una trama simile a quella ruvida del tronco di un albero. Emanava un odore simile agli avanzi di una grigliata. Si sentì pervadere da sentimenti d'amore, ammirazione e perfino soggezione, troppo intensi per essere negati.

Perry la vide, la percepì e la avvertì allo stesso tempo. La vibrazione. L'*apertura*. La porta verde spugnosa dei suoi sogni di sei settimane prima, un'eternità addietro. Un collegamento con una distanza infinita; i fili dell'universo che si legavano, si intrecciavano e si agglomeravano in qualcosa che mescolava tutta l'esistenza. La purezza.

«Chiodo, quanto tempo ci vuole ancora?» chiese Dew. «Sono le 13:14. Questo affare si aprirà tra sessanta secondi.»

«Ci siamo quasi, signore!»

Perry accarezzò la porta un'ultima volta. Ormai non mancava più molto. Lasciò lì la mano avvertendo il calore crescente.

«Bene, siamo pronti!» gridò Chiodo. «Uuuscite! Andate-andate-andate-andate-andate!»

Gli uomini corsero fuori dal magazzino. Perry si stupì della loro energia e della loro forza. Qualcuno gli diede una pacca sulla spalla.

«Smettila di fissarli, ragazzo» disse Dew. «Andiamo.»

Dew si precipitò zoppicando verso l'uscita. Perry lo seguì senza nemmeno aver bisogno di correre per stargli dietro. Filarono fuori attraversando il campo. Perry si sforzò di concentrarsi mentre correva, di concentrarsi sulla sensazione sempre più fioca che doveva provenire da Chelsea Jewell. Che direzione doveva prendere? Non riusciva a capirlo.

Gli uomini di Chiodo si erano accovacciati in un ampio cerchio approssimativo, ogni soldato rivolto verso l'esterno con la mitragliatrice in posizione di tiro. Chiodo estrasse dal taschino un piccolo telecomando di plastica nera.

«Fuoco» disse, poi premette tre volte il telecomando.

Le pareti del 1801 di Atwater Street esplosero alla base verso l'esterno. Gli ultimi pezzi di vetro rimasti si frantumarono insieme al compensato che copriva quasi tutte le finestre. Dei frammenti di tetto schizzarono in cielo, seguiti da spesse spire di fumo nero in espansione. L'edificio crollò su sé stesso mentre le pareti di mattoni vecchie di cent'anni sprofondavano. Un attimo dopo, delle nuvole di fumo e polvere fluttuarono all'esterno in grandi volute oscurando ogni cosa.

«Cazzo» esclamò uno degli uomini ridendo. «Che figata!»

«Merda» disse Dew. «Spero con tutto il cuore che questa polvere non sia contagiosa.»

Estrasse il telefono satellitare. «Ce l'abbiamo fatta, Murray.»

Perry la percepì, appena, come gli ultimi strascichi di una sensazione. Chelsea. Che si muoveva senza smettere di ostacolarlo...

...Poi scomparve.

E Perry capì con assoluta certezza che non sarebbe mai riuscito a raggiungerla, a meno che lei non avesse voluto che accadesse. Era diventata troppo potente.

«L'ho persa» disse Perry. «Ho perso Chelsea.»

29

13:16, posizioni Bravo, parte seconda

Margaret si rannicchiò alla base di un piccolo edificio abbandonato mentre osservava la polvere intorbidare l'aria intorno a lei. A un isolato di distanza, l'edificio della Globe era appena esploso e crollato diffondendo una densa nuvola di polvere nei terreni abbandonati. Si chiese se la nuvola trasportasse il contagio, ma lei e Clarence erano al sicuro all'interno delle loro tute. Il nastro adesivo intorno alle mani avrebbe sigillato i tagli sui guanti. Era una versione scadente dei livelli di sicurezza quattro contro il rischio biologico, ma avrebbe funzionato comunque.

Clarence si spostò lungo il marciapiede. Tenne la spalla destra accostata alla parete di mattoni ricoperta di scritte, ma non la sfiorò: Margaret l'aveva messo in guardia dall'appoggiarsi a qualsiasi cosa, perfino per nascondersi se si fosse ritrovato coinvolto in uno scontro a fuoco. La pesante tuta contro il rischio biologico avrebbe ancora potuto strapparsi se avesse sfregato contro un oggetto di metallo frastagliato.

Degli elicotteri volteggiavano sopra di loro, le armi da fuoco sparavano, le esplosioni facevano vibrare il terreno: la guerra era arrivata a Detroit.

Clarence sbirciò dietro l'angolo. Guardò per alcuni istanti, poi si protese all'indietro e le strattonò delicatamente la mano, spingendola in avanti finché non poté vedere con i suoi occhi. In fondo all'isolato, dalla parte opposta dell'incrocio, c'era un altro edificio abbandonato. La porta d'ingresso malconcia di una casa ad angolo si apriva obliquamente rispetto all'incrocio tra Franklin e Riopelle. Grigio chiaro, a due piani, con le finestre sbarrate da assi, sembrava un vecchio ristorante o un bar, forse un negozietto di quartiere risalente a decenni addietro, quando in quella zona c'erano più edifici che terreni abbandonati.

«È lì che i tiratori hanno portato gli ostaggi» disse Clarence.

«Cosa c'è lì dentro?»

«Non lo so. Se la porta è stata distrutta, Ogden deve sapere che è finita e che ha perso. Ha riempito l'edificio di ostaggi per impedirci di sganciargli addosso una grossa bomba del cazzo.»

«O, forse, stanno cercando di convertire quelle persone? Di infettarle?»

«Può darsi» disse Clarence. «Magari alcuni di loro, ma mi sembra più sensato prendere in ostaggio persone normali. Altrimenti, non hanno alcun potere per negoziare.»

«Adesso cosa facciamo?»

«Dobbiamo cercare aiuto. Ascolta, tu tieni d'occhio il posto in cui sono entrati quei soldati e non muoverti. Il quartier generale di Ogden è saltato in aria presumibilmente per opera dei nostri uomini. Io girerò intorno al lato opposto dell'edificio – i cecchini non possono vedermi da lì – per appurare se riesco ad attirare l'attenzione dei nostri uomini e a farli venire qui.»

Clarence si chinò allontanandosi lentamente dall'angolo. Margaret si inginocchiò e rimase a osservare. Ogni venti secondi o giù di lì, un'automobile passava attraverso la polvere che si stava sedimentando, piena di persone in cerca di un nascondiglio. Quando vedevano lei o Clarence e scorgevano le loro tute contro il rischio biologico, le automobili acceleravano all'istante per allontanarsi. I volti all'interno dei veicoli sembravano terrorizzati, stravolti. Non poteva fare nulla per quelle persone senza dare nell'occhio e senza rendersi visibile ai cecchini che si trovavano nell'edificio dalla parte opposta della strada. Pregò in silenzio che tutte le automobili continuassero ad avanzare.

Poi una moto, proveniente dalla direzione del fiume, procedette lungo Riopelle. Massiccia, americana e rumorosa, sollevò una nuvola bassa della polvere che continuava a cadere. La guidava un uomo, con qualcuno dietro di lui, qualcuno di piccolo.

«Proseguite» sussurrò Margaret. «Non fermatevi qui, proseguite.»

La moto si fermò proprio davanti all'edificio pieno di ostaggi.

Margaret si irrigidì. Non poteva permettere a quegli individui di entrare. Scesero dalla moto, e Margaret vide che la persona più piccola era una bambina con i capelli ricci.

Biondi.

Chelsea Jewell.

E l'uomo – era il colonnello Charlie Ogden in abiti civili.

Corsero all'interno dell'edificio.

Margaret si precipitò dietro l'angolo, nascondendosi.

Clarence stava già tornando dalla parte opposta. Sfoggiava un sorriso ampio, un'espressione quasi incredula.

Margaret gli afferrò un braccio. «Ho appena visto Chelsea Jewell.»

Il sorriso di Clarence si allargò. «Ne sei sicura?»

«Sì, ne sono sicura! È lei. Perché sorridi?»

In realtà rideva. «Non lo so. Dopo tutte queste morti e tutta questa tensione, finalmente è successo qualcosa di buono e adesso non riesco a smettere di ridere. Va' a dare un'occhiata, non crederai ai tuoi occhi quando vedrai chi sta arrivando.»

Margaret si scambiò di posto con lui. Continuando a muoversi lentamente e con circospezione, si diresse verso il lato opposto dell'edificio e guardò dietro l'angolo.

E comprese la gioia di Clarence.

Perché la provò anche lei.

Intenti ad attraversare un isolato abbandonato e vuoto e a correre nella polvere che si stava sedimentando, vide Dew Phillips, Perry Dawsey e i soldati con le mitragliatrici.

30

La cavalleria

Se foste tornati indietro nel tempo, diciamo di sei settimane, in un momento in cui Margaret Montoya si trovava nel parcheggio di un condominio di Ypsilanti, in Michigan, col timore di perdere la vita perché un gigantesco uomo infetto, ustionato e gravemente ferito di nome Perry Dawsey stava cercando di strapparle la tuta contro il rischio biologico, fissandola con uno sguardo spiritato, macchiandole la visiera di saliva e di sangue e gridando con le labbra spaccate: 'Aprite quella fottuta porta e lasciateli entrare'...Se foste potuti tornare a quel momento e dirle che sarebbe arrivato un giorno in cui si sarebbe sentita infinitamente felice e sollevata di vedere il suo volto, Margaret non vi avrebbe creduto. Avreste potuto scommetterci. Scommettere con la stessa banconota che passava di mano così spesso tra Clarence e Amos.

E avreste vinto venti dollari.

Perry, Dew e forse venticinque soldati pesantemente armati e dall'aria torva arrivarono di corsa lungo Woodbridge Street. La cavalleria giunta in soccorso. Gli uomini si disposero a ventaglio come le dita di una mano, alcuni puntando le pistole dall'altra parte della strada contro le finestre sbarrate da assi dell'edificio di Chelsea, alcuni attraversando quella stessa strada di slancio per raggiungere l'edificio accanto al suo, con la schiena contro le pareti di mattoni, avanzando lentamente fino all'angolo, e alcuni proseguendo lungo la via, probabilmente per circondare il posto. Dew e Perry corsero subito da lei.

«Margaret!» esclamò Perry. «Abbiamo distrutto la porta. Stai bene?» L'abbracciò, con la tuta e tutto il resto, sollevandola da terra.

«Sto bene, sto bene.» Ricambiò l'abbraccio. Non riusciva a credere di essere così felice di vederlo.

Dew corse fino all'angolo, si guardò intorno, poi tornò indietro.

«Clarence ha detto che hai visto Ogden.»

«E Chelsea Jewell» disse Margaret.

Il sorriso di Perry si smorzò. I suoi occhi si riempirono di odio. Margaret ripensò subito allo sguardo spento e arrabbiato delle vittime infette che erano passate sul tavolo delle autopsie.

«E degli ostaggi» disse Clarence. «Una quindicina. E almeno tre tiratori corazzati armati di M4, pistole e granate. Potrebbero essercene altri già all'interno.»

Dew guardò Clarence dall'alto al basso. «Sei ancora un preservativo umano, eh?»

Clarence indicò Margaret con un cenno del capo. «Prenditela con lei.»

«Maledizione, magari ne avessi una anch'io adesso» disse Dew. «Margaret, cosa ne è stato di Sanchez? Hai capito cosa gli è successo?»

La sensazione di sollievo svanì, sostituita ancora una volta da un senso di fallimento.

«No» disse. «Cercate di non farvi infettare perché non ho ancora trovato una cura.»

Dew e Perry annuirono.

«Che fine hanno fatto Gitsh e Marcus?» chiese Dew. «E il dottor Dan?»

Clarence scosse il capo.

«Quindi abbiamo subìto delle perdite» disse Dew. «Facciamo in modo che non siano morti invano. Clarence, prendi Margaret e portala al campo di football della scuola superiore Martin Luther King, che si trova a circa un chilometro e mezzo da qui, lungo la Jefferson, non puoi lasciartelo sfuggire. Murray ha fatto atterrare lì una Margomobile per installare un pronto soccorso per l'infezione. Ci sono anche due Osprey in attesa. Se la situazione degenera, portala via di qui.»

«Io ho intenzione di restare qui, Dew» disse Margaret. «Clarence non è il mio guardiano.»
«Sì, invece» disse Dew. «E ti condurrà lontano da qui.»
«Incarica qualcuno dei tuoi uomini di portarla via» disse Clarence. «Voglio rimanere qui per finire il lavoro.»
Perché Clarence non si limitava a tenere chiuso il becco e a filar via? Non aveva già svolto il suo dovere? Non si erano già sacrificati abbastanza? Margaret voleva andarsene e voleva che lui andasse con lei.
«Otto, vattene fuori dalle scatole» disse Dew. «Il tuo compito consiste nel proteggere Margaret, e io voglio che lei se ne vada.»
Clarence scosse il capo. «Ma, Dew...»
«Chiudi quella bocca con un dente rotto. Ha ricevuto gli ordini. Ti dispiace se andiamo avanti a salvare il mondo, cazzo? Perry, va' con loro.»
In realtà, Perry Dawsey scoppiò a ridere. Una risata sinistra, che avrebbe potuto lasciarsi sfuggire in quella cucina che conteneva tre cadaveri.
«Vaffanculo, Dewie» disse. «Io e Chelsea dobbiamo parlare.»
Dew si voltò verso Perry inclinando il capo all'insù per guardarlo negli occhi. I sudici capelli biondi di Perry gli ricadevano sul volto macchiato di sporcizia e di polvere rossastra.
«Vattene subito, Dawsey, e questo è un ordine.»
«Quante volte devo dirtelo, vecchio?» esclamò Perry. «Non sono un soldato, e i tuoi ordini non significano un cazzo per me. Devo trovare quella bambina. L'unico modo in cui puoi fermarmi è spararmi e stavolta reagirò. Con la tua stessa pistola.»
Perry corrugò le sopracciglia e sollevò la pistola senza puntarla contro Dew, per rivolgergli un gesto dimostrativo.
«Signore!» Un omone di colore grosso quasi quanto Perry si avvicinò di corsa a Dew. «Signore, qualcuno sta sventolando una bandiera bianca dalla porta principale.»
«Bastardo» disse Dew. «Vediamo se riusciamo a risolvere questa faccenda. Chiodo, incarichi metà dei suoi uomini di mirare alle finestre del primo piano e l'altra metà a quelle del pianterreno. Non voglio uccidere nessun ostaggio, ma non sono nemmeno dell'umore adatto per farmi sparare.»

«Intesi» disse Chiodo, poi iniziò a sbraitare ordini. Margaret non aveva mai sentito un essere umano così rumoroso.

Dew guardò di nuovo Perry. «Immagino che, se ti dicessi di restare qui, mi ignoreresti, vero?»

Perry annuì.

Dew sospirò. «Bene, affanculo. Andiamo.»

I respiri lenti di Perry emisero vapore nell'aria gelida, portati via dalla brezza che proveniva dal fiume. Il casco era freddo sulla testa, ma il giubbotto antiproiettile tratteneva il calore corporeo e lo faceva sudare nonostante la temperatura glaciale. Strinse la calibro 45 e seguì Dew dietro l'angolo. Dew portava l'M4 con la canna rivolta verso il terreno. Gli aerei continuavano a sibilare sopra di loro, con il rombo dei motori che riecheggiava sul paesaggio urbano. Molto più in alto, il Renaissance Center continuava a bruciare come un'alta torcia nera che ardeva sotto la cenere, mentre una colonna di fumo unto saliva di traverso e si diffondeva sul centro di Detroit. Gli elicotteri aleggiavano sopra tutta la città, probabilmente in attesa che altri uomini di Ogden si facessero vedere.

Perry e Dew si avviarono verso l'edificio all'angolo. La porta d'ingresso era aperta solo un po', quanto bastava per lasciar passare un bastone a cui era legata una camicia bianca che veniva agitata avanti e indietro.

Vide uomini della compagnia Whisky dappertutto, con le pistole puntate contro la porta aperta e le finestre. Se qualcuno avesse sparato dall'interno dell'edificio, ne sarebbe seguito subito un massacro.

Dew si fermò a sei metri dalla porta. Perry fece la stessa cosa, un passo dietro Dew e alla sua sinistra.

«Vi ascoltiamo» disse Dew.

La porta si aprì e Chelsea Jewell uscì con in mano la bandiera.

Se si fosse trattato di qualcun altro, di un soldato o di un adulto, un dito ansioso avrebbe potuto fare fuoco, con o senza la bandiera bianca. Ma l'immagine di una bambina di sette anni con meravigliosi riccioli biondi e un viso innocente indusse le dita a rilassarsi sui grilletti, anche se di poco.

A chiunque altro sembrò innocente, ma Perry vide più in profondità. Scorse un incubo, qualcosa di oscuro ed egoista, qualcosa che era felice di distruggere chiunque non le concedesse ciò che voleva. A Perry non importava cosa doveva fare e fino a che punto doveva spingersi: Chelsea Jewell non sarebbe mai uscita viva da quel posto.

Chelsea si allontanò di tre metri dalla porta, quanto bastò per ritrovarsi sulla strada cosparsa di macerie e piena di buche.

Perry fece un passo avanti. Era arrivato il momento di farla finita. Sentì una mano sul petto: era Dew che lo spingeva indietro. Perry voleva spararle, ma sarebbe stato al gioco di Dew.

«Vogliamo negoziare» disse Chelsea. «La mia mamma ha bisogno d'aiuto.»

«Di' a tutti i tuoi uomini di gettare a terra le armi» gridò Dew, a voce abbastanza alta per farsi udire dagli uomini che si trovavano all'interno dell'edificio.

Chelsea rimase immobile fatta eccezione per la bandiera bianca che si agitava ancora a scatti nella sua manina. Le pistole furono gettate fuori dalle finestre rotte dell'edificio e caddero sferragliando sul marciapiede. Due giunsero dal pianterreno, solo una dal primo piano. A Ogden era rimasto solo quello? *Tre* cecchini?

Calò di nuovo il silenzio.

«Dov'è il colonnello Ogden?» chiese Dew.

«Uscirà adesso con la mia mamma» disse Chelsea. «È ferita, ha bisogno d'aiuto.»

Perry sentì la voce stentorea di Chiodo. «Squadra uno, avanti!»

I soldati della compagnia Whisky uscirono dai nascondigli e avanzarono, formando un ampio semicerchio intorno a Chelsea.

La bambina si voltò e varcò di nuovo la soglia. Perry si accinse a seguirla all'interno, ma la mano di Dew sul suo petto lo fermò di nuovo. Chelsea s'infilò all'interno sottraendosi alla loro vista. Dopo solo pochi secondi di attesa spasmodica, uscì un uomo. Ogden. Protese una mano all'indietro e spinse qualcosa attraverso la porta. Qualcosa di enorme, una specie di ippopotamo con due zampe. Grigio. Con addosso... dei pantaloni?

Un attimo.

L'uomo non stava spingendo quell'affare.

Quell'affare... stava *camminando.*

Margaret vide un mostro uscire dall'edificio.

«Cosa cazzo è?» chiese Clarence.

Era una donna. Una donna gonfiatasi orribilmente fino a raggiungere proporzioni assurde. Aveva le braccia ingrossate al punto che la pelle era così tesa da essere sottile e semitrasparente come un palloncino, o come il budello di una salsiccia che sfrigolava su una griglia. Il suo stomaco era dilatato come se fosse stata un personaggio di un cartone animato. I seni erano giganteschi, sformati, come palloni da spiaggia. Il volto era tumefatto a tal punto che gli occhi erano ridotti a fessure socchiuse e allungate. La donna non riusciva a vedere, era per quello che Ogden la guidava.

«Restate dove siete!» gridò Dew. «Ogden, si fermi o spariamo!»

Le pistole sferragliarono mentre i soldati prendevano la mira. Ogden si fermò. E anche la donna. Con un movimento ben congegnato e sicuro, Ogden infilò una mano in tasca, estrasse una granata e tirò la linguetta. Ficcò la granata tra le pieghe gonfie della donna.

Dew sparò. La testa di Ogden scattò di lato, e l'uomo cadde a terra senza vita.

Seguirono due lunghi secondi di pausa concitata. Margaret e i soldati fissarono la donna orribilmente gonfia in piedi accanto al corpo accasciato del colonnello Charlie Ogden.

Qualcuno iniziò a sparare.

Una dozzina di M4 fece fuoco all'improvviso, sforacchiando con i proiettili l'essere mostruoso che una volta era stato la bella Candice Jewell. Ogni pallottola fece fuoriuscire un getto grigio simile allo spruzzo di un estintore in miniatura. La donna indietreggiò di un passo barcollando e mulinando le braccia in modo ridicolo mentre cercava di riacquistare l'equilibrio.

E poi esplose la granata.

Ci fu una detonazione senza lampi. Si sollevò una nuvola grigia costellata di frammenti rossi di carne.

La nuvola si espanse fluttuando oltre Dew e gli uomini che avevano circondato Chelsea. Si assottigliò diffondendosi, formando una sfera traslucida che diventava sempre più trasparente. I soldati si voltarono per fuggire, ma la nuvola li inghiottì prima che potessero avanzare di tre passi. Fu sospinta dal vento al di là di loro, apparentemente bramosa dell'uomo successivo, e di quello dopo ancora.

I soldati rallentarono, poi si fermarono. Si portarono le mani alla gola, agli occhi e alle orecchie. Si grattarono. Si *artigliarono*. Gridarono. Caddero a terra. Si contorsero e scalciarono.

La nuvola fluttuò oltre Margaret coprendo la sua tuta ermetica di minuscole spore.

Il suo voltò si rigò di lacrime. Era la fine, era l'ultimo stadio. Dovevano esserci milioni di spore. Sanchez aveva contratto la malattia a causa di una piccola bolla, da cui forse gli erano finite sulla mano un migliaio di spore, e anche se si era lavato immediatamente la mano, non era bastato, quella roba era penetrata quasi subito dopo il contatto.

Tutti quegli uomini, compresi Dew e Perry, erano già stati infettati da una dose almeno mille volte più concentrata.

Margaret distolse lo sguardo dagli uomini e guardò l'aria intorno a sé. La polvere simile a polline si disperse poco a poco in una nuvola grigiastra sospinta dal vento. Le spore stavano già iniziando a cadere, ma solo alcune; avrebbero potuto viaggiare per un chilometro e mezzo o anche di più prima di posarsi definitivamente.

Se avessero percorso un chilometro e mezzo, sarebbero giunte nel centro di Detroit e perfino oltre, diffondendosi sulle decine di migliaia di cittadini terrorizzati che cercavano di proteggersi dagli spari. Le spore erano molto più piccole dei proiettili, ma molto più pericolose, e non c'era nessun posto in cui nascondersi per evitarle.

Delle persone si precipitarono fuori dall'edificio alla rinfusa. Gli ostaggi. Cercavano di graffiarsi gli occhi, la gola e le orecchie correndo in tutte le direzioni. Il contagio non sarebbe stato diffuso solo dal vento: quelle persone l'avrebbero portato molto più lontano.

Quante di loro avrebbero lasciato la città in preda al panico? Quante avrebbero trovato un'automobile, una via d'uscita, e si sarebbero semplicemente messe in viaggio? Quante avrebbero guidato per tre o quattro ore prima di addormentarsi?

E quante di quelle persone si sarebbero trasformate in un altro dirigibile, come la madre di Chelsea?

Margaret vide altri civili precipitarsi fuori dall'edificio dove erano nascosti, sfregandosi disperatamente gli occhi con le mani e graffiandosi la pelle esposta. Corsero in preda al panico, sparpagliandosi alla cieca in tutte le direzioni.

«Clarence, il tuo visualizzatore dice qualcosa a proposito dell'integrità della tuta?»

L'uomo non rispose. Si limitò a fissare la carneficina.

«Clarence!»

«Oh... No, non dice nulla a proposito dell'integrità della tuta.»

Grazie a dio era al sicuro.

«Dobbiamo andarcene di qui» disse Margaret. «Dobbiamo raggiungere il rimorchio della decontaminazione, nel campo di football. Sei in grado di guidare la moto parcheggiata davanti all'edificio?»

«Sì, ma che mi dici di Dew? Di Perry? Dobbiamo aiutarli.»

Margaret deglutì. Dew si contorceva a terra. Perry era sdraiato supino e si muoveva a malapena. Voleva andare da loro, ma la parte fredda e calcolatrice del suo cervello sapeva come sarebbero andate le cose.

«Non possiamo aiutarli» disse. «Fa' quanto dico e fallo subito. Altrimenti, il mondo andrà a rotoli.»

Clarence la guardò, poi si voltò a guardare gli uomini che strisciavano a terra e le persone che fuggivano in città. Parve che tutto gli fosse improvvisamente chiaro. Strinse gli occhi. Le lacrime gli colarono lungo le guance. Aprì gli occhi, prese la mano di Margaret e corse verso la moto.

31

Persone che si aiutano

Alzati, Perry. Ho bisogno di te.

Colpi di tosse.

Polvere, il sapore di fumo, il sapore di terra, il sapore di...

Non pensarci.

...carne bruciata. Nella sua bocca.

Altri colpi di tosse.

Ma non solo a causa dei mattoni, della terra, del fumo, del legno e della (*non pensarci*) carne bruciata, bensì a causa di qualcosa di più profondo, che si trovava nei suoi polmoni.

Qualcosa di infiammato.

Perry capì. Avvertì delle fitte su tutta la pelle, sul volto, nei muscoli e negli occhi. Erano dentro di lui.

È ora che ti unisca a me.

Era di nuovo lei. Nella sua testa. Aveva pensato che la porta fosse la cosa più bella che avesse mai visto. Si sbagliava. Per quanto meravigliosa fosse quella porta, impallidiva a confronto di quella voce.

Vieni da me, Perry. Portami via di qui.

Era bellissima. L'aveva già sentita, ma allora si trovava lontano centinaia di chilometri. Adesso non c'era nessuna distanza, nessuna interferenza, nessun grigiore indistinto: il suo potere assoluto allo stato puro imperversava nell'anima di Perry.

Perry si alzò e procedette incespicando lungo la strada. Era circondato da uomini, i soldati valorosi della compagnia Whisky che si rotolavano a terra tossendo e sputando sangue. Erano spacciati.

Proprio come Perry.

E lì, sdraiato in mezzo alla strada c'era... Dew Phillips.

Rilassati e lascia che succeda. Adesso sei più forte. Diventerai come me. Vieni da me, Perry. Proteggimi.

Perry si trascinò a stento verso Dew. Sdraiato supino, l'uomo apriva e chiudeva la bocca. Quando vide Perry, abbozzò un sorriso, poi si strinse nelle spalle.

Dew sapeva come stavano le cose.

«Mi dispiace... ragazzo» disse con la voce rauca. «A quanto pare... dopotutto non andremo a pescare.»

Uccidilo.

Dew contrasse il viso in una maschera tesa di sofferenza. Perry sapeva cosa provava Dew perché lui stesso avvertiva il medesimo dolore. La differenza era che Perry e il dolore erano amici che si erano persi di vista.

L'ondata di dolore che affliggeva Dew parve smorzarsi per un secondo. L'uomo sbatté rapidamente le palpebre, poi tossì schizzandosi sulle labbra una schiuma insanguinata.

«Ragazzo... prendi il mio telefono. Verifica se Margaret è scappata.»

Perry annuì. «Sì.»

Uccidilo. Fallo subito.

«Sono orgoglioso di te, Perry» disse Dew. «Forse non... hai i testicoli... ma hai di certo le palle.»

Dew Phillips si mise a ridere. O si accinse a farlo, poi tossì un po' di sangue.

Perry vide la sua calibro 45 a terra. Quella che era appartenuta a Dew per più di trent'anni.

Uccidilo!

«Grazie di tutto» disse Perry. «Mi dispiace, ma devo farlo.»

Perry posò la calibro 45 contro la fronte di Dew.

«Ragazzo? Cosa...»

Perry chiuse gli occhi, tenne la mano perfettamente immobile e premette il grilletto.

Poi si voltò e si diresse verso l'edificio.

Chelsea l'aveva chiamato, Dio l'aveva chiamato, e lui doveva obbedire.

32

In fuga per vivere

L'Harley nera Night Rod Special rombò lungo il marciapiede di East Jefferson Avenue. Persone traumatizzate si allontanarono correndo, fin troppo ansiose di sottrarsi a un'altra potenziale minaccia: una moto rumorosissima con a bordo due individui che portavano una tuta nera contro il rischio biologico.

Dei corpi fiancheggiavano il marciapiede e la strada: i cadaveri delle persone che avevano opposto resistenza alla retata in cerca di ostaggi condotta dagli uomini di Ogden. Clarence si fece largo zigzagando tra quei corpi, tra le automobili che erano salite sul marciapiede e si erano schiantate contro gli edifici e tra le poche persone che vagavano senza meta, graffiandosi gli occhi, il volto e le braccia. Margaret scorse dappertutto tracce di polvere grigia. Mentre avanzavano, la polvere si diradò finché non ne vide più. Erano usciti dal vasto raggio dell'esplosione della bolla.

Adesso le uniche spore si trovavano sulle loro tute contro il rischio biologico.

Nonostante l'ingorgo simile a quelli che si verificano nei parcheggi, l'Harley avanzò a ritmo veloce con il motore indecentemente rumoroso che avvisava da lontano chiunque avesse potuto trovarsi sulla sua strada. Nel giro di pochi minuti, videro a sinistra il campo di football della scuola superiore. All'interno, c'erano una Margomobile e due Osprey.

Un'icona si illuminò sul visualizzatore di Margaret: quella della connessione senza fili. Il computer installato nella sua tuta si era collegato con la rete di comunicazione della nuova Margomobile.

«Sono la dottoressa Margaret Montoya!» gridò mentre Clarence svoltava bruscamente in Mount Elliot. «Preparatevi immediatamente per l'evacuazione. Mettetemi *subito* in contatto con Murray Longworth su questa frequenza, aprite la porta della camera di equilibrio, poi scendete tutti dai rimorchi e salite sull'Osprey. Scaldate il motore. Ce ne andremo di qui tra tre minuti. Non avvicinatevi a me perché sono contagiosa.»

Un isolato più avanti, raggiunsero l'ingresso principale del campo di football. C'era una guardia, ma Margaret ne vide solo la schiena mentre l'uomo si precipitava verso l'Osprey. Clarence varcò il cancello con la moto rombante e si ritrovò sul campo, poi si fermò davanti alla porta della camera di equilibrio della Margomobile.

Non appena il motore della moto si spense, Margaret sentì la voce di Murray negli auricolari del casco. «Margaret, cosa sta succedendo?»

Lei e Clarence si precipitarono verso la camera di equilibrio. Le sembrava di correre da una vita, e ogni singolo muscolo del suo corpo protestava. Entrò, e Clarence chiuse la porta alle loro spalle. Quando la pressione dell'aria si livellò, Margaret aprì la porta della camera di decontaminazione.

«Margaret,» esclamò Murray «risponda!»

«È contagiosa» disse lei tra i respiri affannosi. Corse ai comandi mentre Clarence chiudeva la seconda porta della camera di equilibrio. Margaret premette i comandi e la stanza si riempì di spruzzi di candeggina e cloro.

«Sappiamo che è contagiosa» disse Murray.

«No, non ha capito.» Sollevò le braccia e si voltò lentamente per consentire al vapore di inondarla. «È trasportata dall'aria. Si moltiplica all'interno delle persone e le gonfia come dei palloni finché non scoppiano.»

«Bene, come possiamo arginarla? Dov'è Dew?»

«Dew è stato infettato» disse Margaret. «Anche Perry; tutti loro. Non possiamo fare nulla per salvarli, Murray, e se abbiamo qualche speranza di arginare il contagio, dobbiamo intervenire subito.»

Dal capo opposto della linea calò un silenzio di tomba.

«Murray, mi ha sentita?»

«Sì» si affrettò a rispondere l'uomo, ma con una voce che lasciava trapelare uno spossamento totale. «Cosa vuole che facciamo?»

Il vapore si disattivò. Clarence aprì la porta della camera di equilibrio che riconduceva all'entrata. Margaret deglutì. «Dovete...»

La voce le si smorzò in gola mentre seguiva Clarence, che chiuse la porta, e poi corse verso l'ultima camera d'equilibrio.

«Margaret?» esclamò Murray. «Dica qualcosa.»

Margaret sentì le lacrime scorrerle lungo il viso, ma a causa della tuta non poté asciugarle.

«L'opzione numero quattro» disse. «Dovete ricorrere all'opzione numero quattro.»

Silenzio di tomba. Otto la trascinò sul campo di football e iniziò a toglierle i guanti.

Quando Murray parlò, la sua voce risuonò debole e vecchia. «Deve esserci un'altra soluzione.»

Clarence le sollevò i piedi uno alla volta e le tolse le scarpe.

Margaret scosse il capo. «No. La palla di fuoco farà salire a tal punto la temperatura da uccidere tutte le spore nel raggio di cinque o sei chilometri. Probabilmente si sono già diffuse per un chilometro e mezzo. Dovete farlo subito.»

Un'altra pausa.

Margaret scollegò il casco dalla tuta ma lo tenne in testa in modo da poter continuare a parlare con Murray. Iniziò a togliersi la tuta. Clarence fece la stessa cosa.

Si udì una nuova voce negli altoparlanti.

«Margaret, sono il presidente John Gutierrez. Si rende conto che ci sta chiedendo di sganciare un'arma nucleare su Detroit?»

«Certo che me ne rendo conto, cazzo! So esattamente cosa vi sto chiedendo, fottuto idiota!»

Adesso Margaret non riuscì a trattenere le lacrime né i singhiozzi. Si tolse la tuta. Indossava solo la divisa chirurgica e il casco. Otto le prese la mano e la spinse verso la scaletta sul retro dell'Osprey.

«Quanto tempo ci vorrà per evacuare la città?» chiese Gutierrez.

«Non possiamo evacuarla» rispose Margaret. «Se non agite subito, sarà troppo tardi. Guardi come ha trasformato gli uomini di Ogden, con quanta velocità ha preso il sopravvento e cosa li ha costretti a fare. Le spore si sono già diffuse in tutto il centro di Detroit. Gli infetti sono migliaia e si sparpaglieranno al di fuori della città. Queste persone sono terrorizzate. Si allontaneranno il più possibile da Detroit; non potremo fermarle. Alcune di loro si trasformeranno in quei... dirigibili... pieni di spore. L'abbiamo appena visto. L'infezione si diffonderà ovunque. Le persone verranno convertite in questo organismo collettivo: non saranno più degli esseri umani. Se si diffonderà oltre Detroit, saremo fottuti. L'umanità sarà fottuta. Deve agire subito, signor presidente, altrimenti la faccenda ci sfuggirà di mano per sempre.»

«Dove si trova?» chiese Gutierrez.

«Stiamo salendo sull'Osprey nel campo di football.»

Margaret salì di corsa la scaletta che iniziò a ritirarsi dietro di lei. A bordo c'erano sette uomini che fissarono lei e Clarence ritraendosi subito e trascinandosi verso la parte anteriore della zona destinata ai passeggeri.

«Margaret,» disse Gutierrez con voce calma e fredda «è sicura, *assolutamente* sicura che questa sia l'unica soluzione?»

«Sì.»

Ci fu un'altra pausa, poi parlò di nuovo Murray. «Comunicherò al pilota dell'Osprey di decollare in fretta» disse. «Dovreste trovarvi fuori portata quando esploderà la bomba. Quali sono le coordinate precise dell'obiettivo?»

Margaret guardò fuori per un attimo. Tutti gli uomini di Dew erano morti. Non c'era nessuno in grado di segnalare l'obiettivo. Tuttavia c'era un modo per accertarsi che la bomba atomica colpisse il punto giusto.

«Riesce a ricevere un segnale dal telefono satellitare di Dew?»

«Sì.»

«Sganciatela lì.»

33

Perry incontra Chelsea

Il corpo di Perry ribolliva. Lui e il dolore erano vecchi amici, ma il suo vecchio amico si stava prendendo un po' troppe libertà. La sua seconda infezione, a quanto pareva, sarebbe stata divertente quanto la prima.

Varcò la porta d'ingresso dell'edificio abbandonato. All'interno c'erano due uomini di Ogden. Avevano recuperato le armi. Le spore non sembravano aver sortito alcun effetto su di loro.

Lasciarono passare Perry.

Vieni da me, mio protettore.

Perry camminò. I due uomini lo seguirono, uno dietro ciascuna spalla. Chelsea si trovava al primo piano. Riusciva a percepirla, a sentire la sua bellezza, il suo potere e la sua *divinità*. Salì dei vecchi gradini che scricchiolarono sotto i suoi piedi.

Il generale Ogden ha detto che avremmo avuto un'altra ora o giù di lì prima che chiudessero la città, quindi dobbiamo sbrigarci. Abbiamo bisogno di un'automobile. Poi possiamo andare a fare un giro.

Perry arrivò in cima ai gradini.

In fondo al corridoio, in piedi in una stanza vuota e cosparsa di spazzatura dell'edificio abbandonato, finalmente la vide.

Chelsea.

E gli si strinse il cuore.

«Purtroppo ho distrutto la porta, Chelsea.»

Hai distrutto molte cose.

«Cosa farai... senza porta?»

Adesso siamo come una persona nuova. Un superorganismo. Non è una bella parola? Non riesci a sentire gli striscianti che si fanno largo nel tuo corpo? Ti trasformeranno ancora di più, Perry. Fuggiremo da Detroit, e poi io e te faremo giocare insieme tutto il mondo.

Le si avvicinò. Si sentiva i piedi pesanti; ogni passo era come sollevare mezza tonnellata. Tutti i nervi protestavano per il dolore.

Chelsea avrebbe potuto farlo. *Avrebbe potuto* impadronirsi del mondo.

Chelsea Jewell avrebbe potuto essere Dio.

Adesso capisci, vero? Capisci com'è stato stupido combattere per tutto questo tempo? Prendiamo una macchina e andiamo a comprare il gelato.

Perry le sorrise. Era così piccola, così fragile, così bella.

Colpì il soldato alle sue spalle sollevando il braccio destro. Una gomitata poderosa si abbatté sul volto dell'uomo, fracassandogli lo zigomo sinistro e fratturandogli l'osso orbitale destro. Il soldato alla sinistra di Perry si accinse a sollevare la M4, ma Perry puntò la calibro 45 verso il basso e fece fuoco due volte. Due proiettili ridussero il piede dell'uomo a un pezzo di carne sanguinante e sbrindellato. Il soldato rabbrividì, gettò a terra la pistola e abbassò d'istinto la mano verso il piede. Mentre si piegava, Perry gli accostò la calibro 45 alla testa e premette il grilletto.

Perry si girò a destra per affrontare l'uomo a cui aveva dato una gomitata. Gli sparò due volte squarciandogli il petto con entrambi i proiettili. Prima ancora che il corpo cadesse sul pavimento di legno sudicio, Perry si voltò e protese una mano.

Con la manona destra serrò la gola di Chelsea Jewell.

La sollevò. Pesava pochissimo.

Smettila!

«No.»

No, Perry, no! Cattivo, Perry!

Non sembrava spaventata. Non sembrava nemmeno cattiva. Sembrava una bambina viziata, una bambina che faceva tutto ciò che voleva e otteneva tutto ciò che voleva.

Perry strinse un po' più forte.

La paura si insinuò in quegli angelici occhi azzurri, forse perché Chelsea si era resa conto di non riuscire a controllarlo.

Devi fare quanto ti dico! Ti ho ordinato di uccidere quell'uomo, e tu l'hai fatto!

«Non sei stata tu a indurmi a farlo» disse Perry. «Non potevo permettergli di fare la mia fine. Ho dovuto aiutarlo.»

Dei passi si precipitarono su per la scala dietro di lui. Perry si voltò verso la porta aperta, tenendo Chelsea ancora sospesa davanti a sé. L'ultimo cecchino corse lungo il corridoio con l'M4 sollevata. Si fermò sbandando quando vide Chelsea sospesa nel vuoto come uno scudo.

Perry mirò e fece fuoco.

Il proiettile colpì l'ultimo uomo al centro della fronte. Il soldato fece un passo indietro, lasciò cadere la pistola, poi sollevò debolmente la mano destra come se volesse toccare per l'ultima volta i capelli di Chelsea.

Cadde all'indietro.

Non si mosse più.

Perry guardò Chelsea. Era così bella! Capì il gesto d'amore e d'affetto dell'uomo in punto di morte.

Perché vuoi uccidermi, Perry?

Una sfumatura di odio pervase i suoi occhi gelidi.

Gelidi come gli occhi di una creatura.

Non sei come tutti gli altri. Lo vedo nei tuoi ricordi, Perry. Nessuno ti ha accettato per quello che sei, ma con me puoi essere quello che eri destinato a essere sin dalla nascita: un assassino.

«Forse questo è ciò che ero destinato a essere fin dalla nascita» disse Perry. «Ma ormai non lo sono più.»

Sì, invece, e lo sai. Perché vuoi aiutare queste persone? Cos'hanno mai fatto per te?

«Uno di loro aveva intenzione di portarmi a pescare» disse Perry.

Poi sparò a Chelsea Jewell in pieno volto.

34

Il telefono satellitare di Dew

Un soldato porse a Margaret un telefono satellitare. Lei si limitò a guardarlo. Clarence lo prese e rispose.

«Parla l'agente Otto.»

La voce al telefono satellitare gracchiava ma era chiaramente udibile. «Sono Murray. Ho in linea Perry. Vuole parlare con Margaret.»

Il corpo di Margaret si accasciò sul sedile. Perry era ancora vivo? Non per molto, niente affatto.

«D'accordo» disse, e prese il telefono.

Si sentì ancora gracchiare, poi la voce profonda di Perry Dawsey. «Ehi, Margo.»

Margaret ricacciò indietro le lacrime. Se avesse pianto troppo forte, non sarebbe riuscita a parlare. «Ehi,» esclamò «stai... stai parlando con il telefono di Dew?»

«Sì» rispose Perry. «Ho ucciso Chelsea. Finalmente non sento più le voci, ma... non credo di stare bene. Ho questi affari dentro di me. Mi fanno male. Parecchio. Penso che si stiano spostando verso il cervello. Margaret, non voglio perdere di nuovo il controllo.»

«Non lo farai» disse lei. «Non ne avranno il tempo.»

Ci fu una pausa. «Cazzo» esclamò Perry. «State per sganciarmi addosso una bomba atomica?»

«Sì.»

Proruppe in una risata, interrotta da una colpo di tosse umida, poi da un lamento di dolore. «Dew ha detto che sono come uno scarafaggio perché nulla può uccidermi. Però non credo che stavolta la fisica sia dalla mia parte.»

Margaret si lasciò sfuggire un suono che era per metà un singhiozzo e per metà una risata. Le si strinse il cuore.

«Clarence è con te?»

«Ti sento» disse Clarence, anch'egli con la voce strozzata. «Sei davvero incredibile. Non ho mai conosciuto un tipo tosto come te.»

«Scusa per quelle battute razziste» disse Perry. «Se devo dire la verità, ero soltanto geloso di te e Margo. Volevo sfogarmi con qualcuno, e c'eri tu.»

«Lo so» disse Clarence. «Non fa niente.»

«Non rovinare tutto con lei» disse Perry. «Spero che tu sappia quanto vale.»

«Sì» disse Clarence. «Fidati di me.»

«Bene» disse Perry. «Uhm... Quanto mi rimane?»

Intervenne la voce di Murray: «Circa quindici secondi.»

«Davvero?» esclamò Perry. «Allora sono proprio fottuto.»

Ci fu una pausa. Altri colpi di tosse.

«Margo?»

«Sì?»

«Grazie per avermi salvato la vita.»

35

La B61 fa tombola

Arrivò l'ordine.

Il capitano Paul Ward chiese loro di ripeterlo.

Lo fecero.

Paul non disse nulla.

Il suo ufficiale addetto agli armamenti, il tenente colonnello Maegan 'Mae' Breakall, era seduto subito dietro di lui. Era una delle poche donne che facevano parte dell'equipaggio di un F-15E, ed era arrivata a quella posizione facendo gioco di squadra e non discutendo mai gli ordini.

Mentre Paul rimaneva seduto senza parole, anche Mae chiese loro di ripeterlo.

Lo fecero, stavolta con un po' più di forza.

Allora il capitano Paul Ward fece una cosa che non aveva mai fatto in tutta la sua carriera militare: si rifiutò di obbedire.

Nossignore.

«Nossignore, non sgancerò una testata nucleare B61 di dieci chilotoni su Detroit.»

Dopo quindici secondi, il generale dell'aeronautica Luis Monroe si mise in comunicazione con lui. Come se non bastasse, si unì anche il presidente John Gutierrez. Che teleconferenza infernale!

Monroe gli spiegò con la massima calma, tenuto conto della situazione, che, se lui e Mae avessero disobbedito a un ordine diretto, avrebbero commesso un atto di tradimento. Anche Gutierrez aggiunse una motivazione in più: se il capitano Paul

Ward non avesse sganciato *subito* la bomba, cazzo, sarebbe stato il diretto responsabile della diffusione di un morbo in tutti gli Stati Uniti d'America, un morbo che potenzialmente avrebbe potuto distruggere il Paese, il suo popolo e, se fossero stati davvero sfortunati, l'intera umanità.

Paul e Mae non sapevano fino a che punto ciò fosse vero ma, d'altra parte, non era loro compito mettere in dubbio gli ordini. Il loro compito consisteva nell'*eseguire* gli ordini provenienti da qualsiasi ufficiale comandante, e, quando quegli ordini arrivavano dal capo dell'aviazione e dal comandante supremo in prima persona, era impossibile disobbedire.

Paul tirò indietro la barra di comando portando l'F-15E a un'altezza di quattromilacinquecento metri. Mentre lo faceva, gli altri componenti della sua squadra azionarono i postbruciatori e vennero al dunque. La radio si riempì di voci: gli Osprey, i Black Hawk, gli A-10, gli F-15 e tutti gli altri velivoli si allontanarono dal centro di Detroit procedendo alla massima velocità.

Paul e Mae erano soli.

E si stavano accingendo a sganciare una bomba atomica sull'America.

Mae ricacciò indietro le lacrime mentre inseriva i dati nel computer.

Una testata nucleare tattica B61 modello 4 è un'arma dalla potenza di diversi chilotoni dotata di un dispositivo che permetteva di selezionarne il rendimento. Ciò permette agli equipaggi degli aerei di cambiare la potenza della B61 nel corso di un volo. Come le era stato ordinato, Mae predispose una resa di dieci chilotoni. Fissò il punto di detonazione a un'altezza di trecento metri, innescò l'arma, poi disse a Paul che era pronta per esplodere.

Paul aprì di scatto la lastra di copertura del detonatore nucleare. Pensò ai suoi tre figli che si trovavano nella base dell'aeronautica di Mountain Home in Idaho e si chiese quanti figli come i suoi si trovassero laggiù a Detroit, quante figlie, madri, padri, fratelli, sorelle, nipoti e cugini. E cani. Quanti cani c'erano laggiù?

Il suo dito strinse il detonatore nucleare. Aveva la mano debole. Sperò che forse, soltanto forse, gli sarebbe venuto inaspettatamente un ictus e avrebbe perso la capacità di premerlo.

Mae disse: «Fallo, Paul.»

Paul premette.

Non ebbe un ictus.

Il detonatore andò a segno.

Il razzo B61 lungo tre metri e mezzo fu lanciato dall'F-15E a una velocità di milleduecento chilometri all'ora. Mentre la bomba scendeva come un lampo verso l'obiettivo, Paul andò a tutto gas e schizzò via da Detroit a una velocità supersonica.

Il B61 di trecento chili cadde verso la città. Il computer dell'orientamento rintracciò un segnale che veniva emesso vicino all'angolo tra Franklin e Riopelle. In realtà, il B61 non avrebbe toccato terra, ma se l'avesse fatto, si sarebbe abbattuto a soli sei metri dal telefono satellitare nella mano di Perry Dawsey.

A trecentosessanta metri, un generatore di gas esplose, espellendo un paracadute a nastri di nylon e kevlar-29 di sette metri. In soli tre secondi, il B61 rallentò passando da una velocità di milleduecento chilometri all'ora a una di cinquantasei.

Scese a poco a poco finché non raggiunse i trecentotrenta metri, dove la pressione barometrica attivò un meccanismo di combustione che innescò una reazione nucleare a catena.

La detonazione.

In un milionesimo di secondo, si formò una palla di fuoco che riscaldò l'aria alzando la temperatura a 6.400.000 gradi, quasi il doppio di quella della superficie del sole. Quel calore si irradiò verso l'esterno alla velocità della luce, espandendosi e disperdendosi. Comunque, *disperdendosi* in senso relativo, perché il calore provocò ustioni istantanee di primo grado entro un raggio di tre chilometri. Più ci si trovava vicino alla detonazione, più gravi erano le ustioni. Entro quattrocento metri dall'esplosione la carne si vaporizzava.

Tutte le spore comprese nel raggio di un chilometro e mezzo dal punto di detonazione morirono sul colpo. Quelle che si trovavano tra un chilometro e mezzo e tre chilometri sopravvissero per due secondi prima di ridursi in sbuffi di fumo infinitesimi. Il vento che soffiava a una velocità di otto chilometri all'ora aveva trasportato alcune spore fortunate fino a quattro chilometri di distanza: quelle impiegarono quasi cinque secondi per bruciare, ma bruciarono comunque.

In realtà, la palla di plasma era il vero nucleo della bomba atomica che causava temperature istantaneamente incandescenti in grado di uccidere tutte le spore, e funzionò a meraviglia.

Gli altri effetti della bomba atomica erano una specie di esagerazione inevitabile.

Il Renaissance Center si trovava a meno di un chilometro e mezzo dal punto di detonazione. Il calore si propagò verso il basso trasformando il metallo, il vetro e la plastica in un liquido bollente. Alcuni di questi liquidi evaporarono subito, ma l'edificio non fece in tempo a sciogliersi e a bruciare completamente.

Poi arrivò l'onda d'urto.

La forza dell'esplosione spinse verso l'esterno l'aria intorno a sé con un'onda d'urto che si muoveva a 1.248 chilometri all'ora, solo un tantino al di sopra della velocità del suono e due volte più rapidamente di un tornado F-5, il vento più forte della terra. L'onda andò a sbattere contro il vetro, il metallo e la plastica fusi del Renaissance Center, spazzando via il liquido fuso in un'onda gigantesca con una pressione di trentacinque chili per centimetro quadrato e fracassando le parti ancora solide come una mazza che si abbatteva su una casa di stuzzicadenti.

La torre principale del Renaissance Center aveva settantatré piani, le quattro torri circostanti trentanove ciascuna. Meno di tre secondi dopo la detonazione era tutto scomparso.

L'onda d'urto avanzò alla velocità del suono perdendo energia mentre procedeva. Distrusse il Comerica Park, lo stadio dei Tigers, facendo a pezzi le tribune di cemento e scagliandone i frammenti per chilometri. Nei giorni seguenti, tre seggiolini della sezione 219, mezzi fusi ma ancora imbullonati ai loro appigli di cemento, furono trovati nel parcheggio del bar Big Sammy di Westland, a trentadue chilometri di distanza. La copertura bianca di Ford Field, lo stadio dei Detroit Lions, sprofondò come il guscio di un uovo calpestato da un ciccione.

A un chilometro e mezzo di distanza dal punto della detonazione, l'onda d'urto distrusse tutti gli edifici con meno di dieci piani, scaraventandone i frammenti ancora più lontano, in una nuvola letale, potente come un uragano, di schegge di mattoni, legno, metallo e vetro.

La stessa onda d'urto sollevò le automobili e le scagliò come giocattoli Matchbox, facendole vorticare attraverso edifici in rovina, trasformando ogni Ford o Toyota o Chrysler in un missile turbinoso di morte. Fino a un chilometro e mezzo di distanza, l'esplosione capovolse le automobili in fiamme sui fianchi e sui tettucci.

Detroit non fu l'unica città ad avvertire gli effetti della bomba. Al di là del fiume, la palla di fuoco bruciò quasi tutta Windsor. L'onda d'urto squarciò la città, radendo al suolo case che si trovavano fino a un chilometro e mezzo dalla linea costiera.

Le persone morirono dappertutto. Quelle fortunate, vicine al punto di detonazione, evaporarono nel lampo iniziale, mentre le loro ombre bruciavano istantaneamente sui marciapiedi e sulle pareti. Una donna stava bevendo una Coca-Cola: il lampo la vaporizzò lasciando una sagoma perfetta con un braccio piegato, la testa inclinata all'indietro e la lattina ancora in mano. Più lontano dal punto della detonazione non ci si vaporizzava; la pelle si limitava a coprirsi di vesciche mentre il calore improvviso faceva ribollire il liquido contenuto in tutte le cellule, espandendo e facendo esplodere le membrane cellulari. In seguito, i sopravvissuti avrebbero descritto la sensazione paragonandola all'essere immersi in una vasca di acqua bollente. Quasi tutti quelli che superarono i primi effetti della palla infuocata morirono a causa dell'onda d'urto o furono uccisi dalle macerie degli edifici e da svariate parti di automobili che volavano a una velocità di ottocento chilometri all'ora.

Se si riusciva a sopravvivere a tutto questo, bisognava far fronte a ustioni di secondo e terzo grado, a edifici in fiamme e a cadaveri a perdita d'occhio.

E, se si sopravviveva a tutto questo, il corpo avrebbe avvertito gli effetti delle radiazioni negli anni a venire. Il numero dei malati di cancro nella zona sudorientale del Michigan sarebbe salito all'improvviso.

L'esplosione iniziale causò approssimativamente 58.000

morti. Altre 23.000 persone morirono nel giro di pochi giorni a causa delle ustioni e delle ferite correlate all'onda d'urto. In tutto, l'esplosione provocò 81.000 morti. Nei cinque anni seguenti, altre 127.000 persone sarebbero morte a causa dei danni permanenti, del cancro e di altri fattori correlati alle radiazioni.

In quegli anni, durante tutti gli scandali, le inchieste del Congresso e le proteste pubbliche, il presidente John Gutierrez, i suoi collaboratori, i capi di Stato maggiore, Murray Longworth, Margaret Montoya e Clarence Otto si sarebbero chiesti ogni giorno...

Ne valeva la pena?

Per quanto suonasse brutale, sì.

Avevano distrutto le spore, ucciso Chelsea e abbattuto l'Orbital. Non sapevano ancora cosa sarebbe dovuto uscire da quelle porte, che aspetto avessero in realtà gli angeli e quali danni avrebbero potuto provocare.

Non lo sapevano e, grazie a coloro i quali avevano sacrificato le loro vite, non l'avrebbero mai saputo.

Nelle settimane dopo l'esplosione, l'Agenzia federale per la gestione delle emergenze, il dipartimento per la sicurezza nazionale e una dozzina di altri enti e organizzazioni benefiche confluirono su Detroit e i suoi sobborghi per aiutare i sopravvissuti e seppellire i cadaveri, mentre due piccoli sottomarini con equipaggio iniziavano a recuperare gli unici resti solidi del nemico.

I pezzi dell'Orbital.

Duecentosettanta metri sotto la superficie increspata del lago Michigan, il relitto dell'Orbital era sparpagliato sul fondale, un insieme di detriti contorti, deformati e spezzati.

Comunque, un pezzo era rimasto quasi intatto. L'oggetto era stato progettato per sopravvivere a simili incidenti e sopportare quasi tutti i tipi di danni per garantire il salvataggio del suo contenuto.

Quell'oggetto specifico era grosso quasi quanto la lattina di una bibita gassata.

Ringraziamenti

Il mio 'primo lettore': ti sacrifichi sempre per il bene degli altri.

'La squadra Sigler': Julian Lama Tagliente Pavia e gli stacanovisti della Crown Publishing. Avete reso tutto questo una festa spassosa.

Byrd il Naturale Leavell per il sostegno costante, la guida e l'istinto per l'intreccio.

Scott Christian e J.C. Hutchins per le fondamentali prime letture che hanno contribuito ad appianare alcune grinze scoccianti. Siete dei duri.

Mae RDQ Breakall, per essere stata il mio cervello.

Paul Pulsar Rogalinski, assassino della programmazione.

Arioch Morningstar, macchina di produzione sonora.

Ricerca e guida: Jeremy Senofane Ellis, il mio amico e consulente scientifico di prim'ordine. Questo libro non sarebbe mai esistito senza la tua genialità.

Doug Ellis, per l'aiuto relativo alle procedure del livello di sicurezza quattro contro il rischio biologico.

Paul Blass e Bill DeSmedt, che mi hanno fornito un contributo indispensabile per la fisica orbitale.

'L'espresso della corsia per veicoli lenti', per avermi istruito sugli autoarticolati e i rimorchi.

Robert W. Gilliland, maggiore dell'aeronautica degli Stati Uniti, per l'approfondita conoscenza dell'aeronautica e i molti anni di amicizia.

Chris Grall, veterano dell'esercito americano, per tutte le tattiche, le armi, i dettagli e la cultura.

Grazie a tutti gli uomini e le donne dell'esercito americano, per tutto ciò che fate e per tutto ciò che sacrificate.

Ringraziamenti superspeciali con una spruzzatina in cima: un enorme grazie dal profondo del cuore a Joe Dumars, che si occupa di gestire gli scambi di mercato dei Detroit Pistons, per aver venduto Chauncey Billups alla squadra di Denver subito dopo che questo romanzo è andato in stampa. Perlomeno, adesso posso dire che Dumars mi ha fatto fare una figura da idiota...

E, infine, ai miei sostenitori irriducibili, cioè i Junkies. Tutto questo è per voi. Il romanzo che tenete in mano ci avvicina all'ascesa di Sigler. Diffondete la fede, perché tra poco arriveranno i carri armati a scacchi...

Dal catalogo Fanucci Editore

TIF Extra

Io sono Helen Driscoll di Richard Matheson
La Roma degli illuminati di James B. Winter
Il libro senza nome di Anonymous
Il demone malvagio di Kim Harrison
Straniero in terra straniera di Robert A. Heinlein
Trilogia del Sicario di Laura Iuorio
Fantasy lover di Sherrilyn Kenyon
Sette chiese di Miloš Urban
Flashforward – Avanti nel tempo di Robert J. Sawyer
Notte di piaceri di Sherrilyn Kenyon
La figlia della luna di Patricia Briggs
La furia dell'assassino di Robin Hobb
La cacciatrice della notte di Jeaniene Frost
L'Occhio di luna di Anonymous
Toccata dalle tenebre di Karen Chance
Le creature della notte di Kim Harrison
Il lato oscuro dell'anima di Joe R. Lansdale
L'abbraccio della notte di Sherrilyn Kenyon
Londra tra le fiamme di Joe R. Lansdale
La regina della notte di Jeaniene Frost
Rivendicata dalle tenebre di Karen Chance
Unione di sangue di Patricia Briggs
Danza con il diavolo di Sherrilyn Kenyon
L'urlo della notte di Jeaniene Frost
I migliori racconti di Richard Matheson
L'abbraccio delle tenebre di Karen Chance
Il nome del vento di Patrick Rothfuss
L'odore della notte di Jeaniene Frost
Il bacio della notte di Sherrilyn Kenyon
Io sono leggenda di Richard Matheson
Miniature di Paola Rondini
Perdido Street Station di China Miéville
Sotto un cielo cremisi di Joe R. Lansdale
Lo specchio di Dio di Andreas Eschbach
La trilogia di Valis di Philip K. Dick
Ubik di Philip K. Dick
L'ultima profezia del mondo degli Uomini di Silvana De Mari
La maledizione delle tenebre di Karen Chance
Il fascino della notte di Kim Harrison
Hyperion di Dan Simmons
La caduta di Hyperion di Dan Simmons
Endymion di Dan Simmons
Il risveglio di Endymion di Dan Simmons
Crepuscolo cremisi di Jeaniene Frost
La città e la città di China Miéville
La grande marcia di Sabina Colloredo
I fiumi di Londra di Ben Aaronovitch
Debito di ossa di Terry Goodkind
Dune di Frank Herbert
Messia di Dune di Frank Herbert

I figli di Dune di Frank Herbert
L'Imperatore-Dio di Dune di Frank Herbert
Gli eretici di Dune di Frank Herbert
La rifondazione di Dune di Frank Herbert
La strana storia dell'androide Philip K. Dick di David F. Dufty
Eternal Kiss of Darkness di Jeaniene Frost
Il Re Solo di Sabina Colloredo
Ma gli androidi sognano pecore elettriche? di Philip K. Dick
Le tre stimmate di Palmer Eldritch di Philip K. Dick
Tutti i racconti 1964-1981 di Philip K. Dick
Tutti i racconti 1954 di Philip K. Dick
Tutti i racconti 1955-1963 di Philip K. Dick
Tutti i racconti 1947-1953 di Philip K. Dick
Radio libera Albemuth di Philip K. Dick
Tempo fuor di sesto di Philip K. Dick
Noi marziani di Philip K. Dick
I giocatori di Titano di Philip K. Dick
Labirinto di morte di Philip K. Dick
E Jones creò il mondo di Philip K. Dick
I simulacri di Philip K. Dick
In senso inverso di Philip K. Dick
Occhio nel cielo di Philip K. Dick
Un oscuro scrutare di Philip K. Dick
Mr Lars sognatore d'armi di Philip K. Dick
Illusione di potere di Philip K. Dick
La penultima verità di Philip K. Dick
Nostri amici da Frolix 8 di Philip K. Dick
Cronache del dopobomba di Philip K. Dick
Voci dalla strada di Philip K. Dick
Scorrete lacrime, disse il poliziotto di Philip K. Dick
Lotteria dello spazio di Philip K. Dick
Follia per sette clan di Philip K. Dick
L'androide Abramo Lincoln di Philip K. Dick
Confessioni di un artista di merda di Philip K. Dick
Svegliatevi, dormienti di Philip K. Dick
Deus Irae di Philip K. Dick e Roger Zelazny
Il gioco della notte di Sherrilyn Kenyon
L'ombra del Torturatore di Gene Wolfe
L'artiglio del Conciliatore di Gene Wolfe
La spada del Littore di Gene Wolfe
La Cittadella dell'Autarca di Gene Wolfe
Urth del Nuovo Sole di Gene Wolfe
Flashback di Dan Simmons
Il Circolo segreto di Ted Dekker
Il cavaliere eterno di Larissa Ione
I demoni della notte di Kim Harrison
Il libro di Jade di Lena Valenti
Il libro sepolto dei segreti di David Sakmyster
Il giovane Philby di Robert Littell
La porta sull'abisso di Scott Sigler
La via di fuga di James Dashner

Per consultare il nostro catalogo
visita il sito www.fanucci.it
e iscriviti alla newsletter
per essere continuamente aggiornato
sulle nostre pubblicazioni.
Seguici su:

aNobii

e sul blog Fanucci Editore, www.fanucci.it

Questo libro è stampato col sole

Azienda carbon-free

Finito di stampare nel luglio 2012 presso
Grafica Veneta - via Malcanton, 2 - Trebaseleghe (PD)
Printed in Italy